시
론

시론

詩論

권혁웅 지음

문학동네

서문

시를 읽고 쓰고 가르치면서 새로운 시론의 필요성을 절감했다. 기존의 시학 이론서들이 현재의 시들을 설명하는 데 별반 도움이 되지 않았기 때문이다. 지금까지 나온 많은 시론서들이 기대고 있는 이론적 틀은 월렉과 워렌이 지은 『문학의 이론』이다. 신비평에 입각하여 지어진 이 책이 처음 나온 게 1948년이고, 우리나라에 소개된 게 1959년이다. 한 책이 무려 반세기 넘게 시를 설명하는 준거가 되어온 셈이다. 그동안 세상도 시도 너무 많이 변했다. 더욱이 새로운 세기에 들어서면서 그 변화의 폭은 더욱 커졌다. 그후에 나온 (앞의 책과 절연한) 시론서들을 읽으면서도 내 불만은 완전히 가시지 않았다. 이론과 실제 시가 부합하는지에 대해서 의문이 없지 않았기 때문이다.

이 책을 구상하면서 세운 원칙은 다음 다섯 가지다.

첫째, 복잡한 이론을 피하고 단순하고도 평명(平明)한 논의의 틀을 설정하고자 했다. 주체(S)와 대상(O), 수평적 배열(x축), 수직적 배열(y축) 네 가지만으로 시학의 전 영역을 포괄하고자 했다. 주체는 대상들의 배치와 위계가 만든 발화의 중심점(발화의 맥락에서 떠올라온 목소리)을 말하고, 대상은 발화의 구체적인 맥락에 포함된 모든 객체를 말한다. 또한 수평적 축은 병렬성(나란히 놓임)을, 수직적 축은 체계성(상하 관계에 놓임)을 뜻한다. 이 넷으로 시학의 여러 현상을 풀이했다. 수사학의 역사가 가르쳐주는 것이지만, 같은 현상을 설명할 수 있다면 그 분석의 기제는 간단할수록 좋은 것이다.

둘째, 위의 네 가지 요소를 엮어서 독자적인 시학이론의 체계를 구축하려고 고심했다. '각주 없는 이론서'라는 것은 불가능한 이상이어서, 실제로 이 책에도 많은 각주가 붙어 있다. 하지만 어떤 저자도, 어떤 문헌도 이 책에서 설정한 이론의 결정적인 준거는 아니다. 이 책은 자생적인 이론에 대한 오랜 꿈의 보잘것없는 첫 결과다. 이후에도 힘닿는 대로 꾸준히 고치고 다듬어 완성해가고자 한다.

셋째, 되도록 최근의 시들을 논의 대상으로 삼으려 애썼다. 동시대의 시를 설명하는 유효한 논거를 제공하고 싶었다. 시학의 분야에서만큼은 온고지신이 정답이 아니다. 지금의 시를 설명하는 방식으로 예전의 시를 설명할 수는 있으나, 예전의 시를 설명하는 방식으로는 지금의 시를 설명할 수가 없다. 현재의 시가 열어가는 지평을 바로 그 시들에 의거하여 설명하고자 했다. 그래서 이 책을 한국 현대시의 현장에 대한 이론적, 실제적 탐색의 결과라 말해도 크게 잘못은 아닐 것이다. 물론 시사에서 지나칠 수 없는 주요 시인들의 작품도 거두려고 애썼으나, 제한된 지면에 모두 담을 수는 없었다. 이 책은 시사(詩史)와 무관하지 않지만, 과거로 완결된 시사보다는 미래에 개방된 시사를 목표로 삼는다. 앞으로도 새롭고 중요한 시인들이 출현할 때마다 힘닿는 대로 이 책에 포함할 것이다.

넷째, 가능한 한 상세하게 시들을 설명함으로써, 이론과 실제의 괴리를 줄이려고 노력했다. 내가 보기에 이 책에서 다룬 시들은 분석의 선례가 없거나 분석이 소략하거나 잘못 분석된 것들이다. 시를 설명하는 유의미한 틀을 제시하고, 간략하게 제시된 설명을 자세히 풀고, 간혹 있을 수 있는 오해를 바로잡으려 애썼다. 이 때문에 처음 예상한 분량보다 책의 부피가 많이 늘어났다. 이 책의 설명이 다 옳을 수는 없겠으나, 적어도 적실한 해석의 예를 제시한다는 원칙만은 놓치지 않으려 했다.

다섯째, 시학의 모든 요소들을 의미론과 연결지어 해명하려 했다. 이것은 시학의 모든 영역이 구체적인 시적 상황을 해명한 이후에만 탐색될 수 있다는 뜻이요, 나아가 그 영역 모두가 세계의 실상을 반영하고 있어야 한다는 뜻이다. 나는 무의미시의 주장을 믿지 않는다. "내용 없는 아름다움"(김종삼)은 실현할 수 없기에 아름다운 꿈이다. 화자 대신에 주체 개념을 제안한 것(1장)도, 주체보다 대상을 강조한 것(2장)도, 시적 언술의 특징을 동일성으로 간추리는 데 반대한 것(3장)도, 서정시의 영역을 확장하려 시도한 것(4장)도, 어조를 객관적 관계의 표현으로 본 것(5장)도, 반어를 그 관계의 이중화 형식으로 정의한 것(6장)도, 제유와 환유를 은유에 맞서는 대등한 비유로 설정한 것(7~9장)도, 알레고리를 상징과 짝을 이루는 비유로 설정한 것(10장)도, 환유를 네 가지 비유의 매개항으로 본 것(11장)도, 율격을 의미론과 관련지어 해명한 것(12~13장)도, 이미지를 감각의 논리로 해명한 것(15장)도 모두 이 때문이다. 세계의 객관적 실상을 시학에서 찾아 해명하기 위해서는 반드시 의미론을 경유해야 한다. 따라서 이 책의 목적은 시의 진정한 리얼리즘을 위한 것이다.

이 책에서 나는 시학을 이루는 거의 모든 요소를 새롭게 정의하고자 했다. 각 장의 특질은 다음과 같다.

1부는 새로운 시학을 정립하기 위한 전제에 해당한다. 1부에서 새로운 시학의 기술에 필요한 예비적 단계로, 새로이 등장할 개념들을 다루었다.

1장에서는 화자 대신에 주체 개념을 제안했다. 시학 연구에서 화자 분석으로는 얻어질 것이 별로 없다고 생각한다. 화자 연구와 시 의식 연구가 혼동되는 게 작금의 현실이다. 시 의식이란 시를 생성해내는 (가상의) 정신작용을 이루는 말인데, 실제로 시를 낳는 것은 의식이 아니다. 역으로 말해서, 우리는 시의 언어가 의식을 낳는다고 말해야 한다. 시적 언어야말로 세계의 객관적 표현이며, 그 표현의 결과로 시적 주체가 생겨나기 때문이다. 이 글에서 설정한 주체는 발화를 수행하는 주체로서, 다층적인 시의 언술을 구성하는 언어적 중심이다. 특히 최근에 제출되는 시편들은 재래의 시학으로 설명하기 어려운 점이 많은데, 이는 시에서의 발화가 단일한 층위에서 산출되지 않기 때문이다. 주체는 이를 설명하는 유효한 개념이 될 수 있다고 믿는다. 화자 분석과 주체 분석의 차이를 개별 시의 예를 들어 설명했다. 다만 3절은 주체에 관한 논의를 상세히 하기 위한 것이므로, 이 부분을 건너뛰고 읽어도 좋다.

2장에서는 시적 대상에 관해 논의했다. 재래의 시학에서 대상은 관념이든 사물이든 사람이든 단순한 제재로 다루어진다. 시를 동일성의 산물이라고 말하고 나면, 화자/시인이 설정한 제재들은 결국 화자/시인의 분신이 된다. 이렇게 되면 대상은 의식의 자기 회귀적인 놀이의 산물로 전락하고 만다. 시가 동일성의 운동만을 보여준다고 생각할 수는 없다. 구심적인 작용만큼이나 중요한 것이 원심적인 작용이다. 이 책에서는 대상을 제재로 다루지 않고, (동작과 양태를 포함하여) 술어들의 작용을 받는 모든 객체로 간주했다. 비유적으로 말해서 대상은 목적어 자리에 놓인 객체들만이 아니다. 그것은 서술어의 영향에 노출된 모든 체언이어서, 때로는 주어로 때로는 목적어와 보어로 모습을 드러낸다(주체와 대상이 일치할 경우 반성적인 시가 산출된다). 대상이 주체를 낳는 것이지 주체가 대상을 낳는 것이 아니다. 후자를 수락한다면 시는 일인극에 지나지 않게 된다.

3장은 주체와 대상의 상호작용에 따라 모습을 드러낸 시적 언술에 관한 기술이다. 주체가 하나인가 여럿인가에 따라서, 대상이 병렬적인가 위계적인가에 따라서 시는 여러 형태를 갖는다. 시의 언술은 주체가 여럿일 때 일종의 단층을 품게 된다. 대상이 병렬적일 때 시는 수평적으로 배열되고 대상이 위계적일 때 시는 수직적으로 배열된다. 이를 유형화하고 예시하는 것으로 내용을 삼았다.

4장에서는 혼란스럽게 쓰이고 있는 서정에 관해 살폈다. 정념의 발생을 목표로 하는 시를 서정시로 부를 것을 제안하고, 이러한 서정이 언어의 층위에서 어떻게 유별되는가를 살폈다. 정합적인 언어와 그렇지 못한 언어로 쓰인 서정시가 있다. 전자를 행복한 서정시, 후자를 불행한 서정시라고 명명했다. 이렇게 보면 이상에서 김수영에 이르는 (후자의) 시인들을 서정시의 맥락에 포함하여 논의할 수 있는 길이 열린다.

2부는 시학의 여러 영역에 관한 본격적인 탐색이다.

5장에서는 어조를 다룬다. 어조는 화자의 '심리' 상태에서 파생되는 것이 아니라, 주체와 대상의 '관계'에서 파생된다. 시는 주관성의 산물(내가 어떻게 세상을 보는가)이 아니라 객관성의 산물(세계와 내가 어떻게 관계를 맺는가)이다. 대상과의 거리에 따라 어조의 기본 유형을 풍자, 예찬, 연민, 반성, 해학의 다섯 가지로 들고 개별 시의 예를 들어 설명했다.

6장에서는 반어와 역설에 관해 논의했다. (역설을 포함한) 반어는 어조의 형식을 이중화하는 장치이자, 체계를 이중화하는 반체계의 구성 원리다. 반어의 맞짝은 유비다. (7~11장에서 다루는) 다섯 가지 비유가 만들어내는 전체의 체계가 유비의 체계인데, 반어는 이 체계 전체와 맞먹는 반체계로 의미론을 통해서만 해명된다. 반어와 역설에서 주체와 대상은 이중적인 관계를 맺는다. 반어가 수직적인 언어에 반영된 수평적인 언어의 특질이라면 역설은 수평적인 언어에 반영된 수직적인 언어의 특질이다. 복합적인 어조로 쓰인 시들은 모두 어느 정도는 역설적이거나 반어적이다.

7장에서는 8장과 9장에서 상술할 비유 연구를 위한 기본 전제를 다룬다. '의미의 비유'(수사적 표현으로 다루어질 '말의 비유'는 시학의 해명에 특별한 도움이 되지 않는다고 보아 생략했다)에서, 비유들이 시어 차원에서만 맺어지는 게 아니라 언술 차원에서도 관찰된다는 것을 강조했다. 또한 은유만큼이나 제유와 환유가 중요하다는 사실을 역설했다. 이 장은 세 가지 비유 연구의 전사(前史)에 해당하므로, 8장에서 13장까지를 읽은 후에 추가적으로 읽어볼 것을 권한다.

8장에서는 은유, 직유, 소리은유를 넓은 범주에서 은유에 해당되는 것으로 간주하여 논했다. 은유는 대상들끼리의 수평적인 결합, 곧 비교작용에서 만들어진다. 은유는 동일성과 이질성의 교합작용에 따라 생겨난다. 은유의 영향 범위가 어디까지 미치는가에 따라 제한적인 은유와 체계적인 은유가 나뉘고(체계적인 은유에서 상징까지의 거리는 아주 가깝다), 은유의 대상이 어떤 방식으로 관계를 맺느냐에 따라 중첩, 비교, 병렬이란 하위 유형이 나뉜다. 동음(유음)이의어법은 소리의 유사성으로 의미의 이질성을 결속한다는 점에서 은유의 일종이다. 이를 소리은유라 명명했다.

9장에서는 제유와 환유를 검토했다. 은유가 수평적인 운동의 산물이라면 제유는 수직적인 운동의 산물이다. 제유는 부분과 전체의 관련에서 생겨나는데, 이를 낳는 사고작용이 체계의 소산이기 때문이다. 환유는 은유와 제유의 결합으로 생겨난다. 환유가 가진 인접성은 자동화된 사고의 소산이어서, 환유는 대체로 관습적이다.

10장에서는 상징과 알레고리에 관해 설명했다. 상징은 비교에서 생겨서 체계 차원으로 올라선 것이지만, 알레고리는 체계 차원에서 생겨서 비교 차원으로 내려온 것이다. 상징의 경우에 작품 내부에서 발생한 의미론적 요소들이 작품 바깥으로 확산된다면, 알레고리의 경우에는 작품 바깥의 또다른 의미론적 요소들이 작품 내부에 개입한다. 따라서 상징이 수평적 차원의 언어가 수직적 차원으로 변환된 것이라면 알레고리는 수직적 차원의 언어가 수평적 차원으로 변환된 것이다. 이 책에서는 그동안 경시되어온 알레고리의 지위를 복권하기 위해 많은 지면을 할애했으며, 특히 현대시에 대단히 큰 영향을 미친 '광주'의 알레고리를 예로 들어 우리 시의 알레고리적 측면을 살폈다.

11장은 앞에서 다룬 다섯 가지 비유의 위상을 역피라미드 형상으로 도식화했다. 이 도식에 따르면 은유, 제유, 상징, 알레고리는 환유를 경유하여 결속한다. 다른 네 가지 비유가 의미의 '생산'에 관계되는 데 반해, 환유는 의미의 '유통'에 관계된다. 환유가 관습적인 성격을 벗지 못하는 것은 이 때문이며, 이 도식이 피라미드가 아니라 역피라미드인 것도 같은 이유에서다. 네 변의 꼭짓점을 이루는 환유가 비유의 정점(頂點)이 아니라 저점(低點)에 있기 때문이다. 이로써 각 비유의 존재론적 위상과 상호 관계가 명료하게 드러났기를 희망한다.

12장에서 현대시의 음악성에 관해 살폈다. 정형시의 운율이론을 현대시의 운율이론으로 전용해서 활용할 수는 없다. 그렇게 되면, 정형성을 보존하고 있는 시편들만을 운율론의 대상으로 삼을 수 있어서 모순이 일어난다. 현대시에서 운율을 생성하는 것은 다음의 세 가지다. 개별 음운의 반복, 등량화된 음절의 반복, 구문의 반복. 이를 개별 시의 예를 들어 상세히 풀었다.

13장은 12장의 보론으로서, 현대시에서 음운이 의미화에 기여하는 세 가지 양상을 살폈다. 의성과 의태의 기능, 어조 강화의 기능, 행갈이가 갖는 마이너스 장치로서의 기능이 그것이다. 소리-뜻이야말로 시적 언어의 특징을 가장 잘 보여주는 예라 할 수 있다.

14장에서는 인유와 패러디를 검토했다. 인유가 두 텍스트 사이에서 유비적 관계를 맺는다면, 패러디는 두 텍스트 사이에서 반어적 관계를 맺는다. 인유가 이중화되지 않은 패러디라면 패러디는 이중화된 인유다. 기존 텍스트와 다른 텍스트의 관계로 설명된다는 점에서 인유와 패러디 역시 두 텍스트 사이의 거리로 설명할 수 있다. 이 책에서 어조의 유형에 따라 패러디와 인유를 구분해서 읽은 것은 이런 이유에서다. 또한 패러디와 다른 비유와의 상관성을 개별 시의 예를 들어 검토했다.

15장은 이미지론이다. 재래의 이미지 분류는 이성의 작용에 따른 분류이므로 이미지를 연구하는 데 적절하지 않다. 이미지는 감각의 도움을 받아서만 생성될 수 있으며, 그래서 이미지론은 감각의 논리학이어야 한다. 이미지의 구현 방식을 감각의 운동 방식에 따라 ① 전이(감각의 이동), ② 초점화(감각의 집중), ③ 관통(감각의 통일), ④ 영탄(감각의 즉물화), ⑤ 병합(감각의 접붙임)으로 세분화하여 살폈다.

3부는 보론의 성격을 띤 것이다. 이후에 전개될 시학의 변화를 몇 가지 측면에서 예측하고자 했다.

16장에서는 환상에 관해 살폈다. 환상을 비사실적인 것의 영역으로 정의하는 것은 외적인 정의, 부정의 정의다. 이렇게 정의하면 환상의 개별적인 성격을 살필 수 없게 된다. 환상 자체의 생산성에 기초한 정의, 실재의 현실을 보여주는 내적인 정의가 필요하다. 주체의 정념을 표현하는 뜨거운 환상과 세계의 모습을 재현하는 차가운 환상, 그리고 사건의 외양을 갖춘 서사적인 환상과 진술을 통해 드러나는 비사건적인 환상이 있으며, 앞의 둘이 뒤의 둘과 교차하면서 네 가지 환상의 영역이 생겨난다. 이를 통해 우리 시가 개척해나가는 환상의 지도가 작성되었기를 바란다.

17장에서는 추(醜)에 관해 살폈다. 추를 미의 불완전성으로 보지 않고, 미적 총체성의 영역 바깥에서 활성화된 미학적 자질로 간주할 것을 제안했다. 추의 영역을 알레고리로서의 추, 심리극으로서의 추, 희극적인 추, 상황적인 추의 넷으로 나누어 살폈다. 각각의 영역은 이 책의 다른 영역과도 연관된다.

18장에서는 전위에 관해 살폈다. 전위의 유형화라는 이 장의 목표는 사실 형용모순이다. 전위 자체가 유형화를 거부하고 새로운 생성을 향해서만 달려가기 때문이다. 그럼에도 불구하고 전위가 분기해나가는 큰 줄기를 짚어볼 수는 있을 듯하다. 사회적 전위, 자의식적 전위, 서정적 전위가 그 줄기들이며 각각 몽타주 구성, 자립적 표상, 알레고리를 그 서술 전략으로 삼고 있다. 여기에 통상의 서정시(이 책의 4장에 따르면 '행복한 서정시')와 정치적 전위시를 포함하면, 시사의 큰 줄기를 망라할 수 있다. 이 다섯 유형의 존재론적 성격과 언술의 특징을 서술하는 것으로 결론을 삼았다.

19장은 최근 시의 변화를 살폈다. 시는 전대의 미학을 비스듬하게 계승한다. 하위 수사학적 요소를 확장하여 새로운 시작(詩作)의 동력으로 삼고 있는 최근의 시들을 그 수사학적 특질을 통해 살피고자 했다. 몽타주 구성, 현실법과 예변법, 의사 인유와 명명법, 알레고리의 무대화, 위악어법, 블랙유머, 반(反)잠언, 비문을 통한 강조어법, 시선의 변화나 감정의 사물화를 통한 비례의 '왜곡'이 그것이다. 다른 장도 마찬가지겠지만, 특히 이 장만큼은 끊임없이 새로 씌어야 한다.

그동안 시를 읽고 쓰면서 느꼈던 내 문제의식의 대부분이 이 책에 투영되었다. 하지만 이 책의 논의가 온전해지려면 각 장에 한 권 분량의 논의를 덧붙여야 할 것이다. 그래서 이 책은 시론(詩論)이지만, 당연히 시론(試論)의 성격을 지닌 것이다. 잘되었는지를 판단하는 것은 내 몫이 아니다. 어쨌든 이렇게 해서 책을 지었다. 시학을 이루는 요소들을 새롭게 정의하고 설명하고 시의 실례를 들어 증명하는 동안은 외로웠지만 행복했다. 이 책이 가진 큰 결함과 작은 실수들을 지적받는 동안에도 내내 부끄럽지만 행복할 것 같다. 이 책을 통해 현대시에 대한 이해가 조금이라도 깊어진다면 더없는 기쁨으로 삼겠다.

책을 구상한 지 8년, 조금씩 써내려간 지 5년이 되었다. 쓸 만한 내용도 없이 두툼하기만 한 책일까 봐서 근심이 없을 수 없다. 그래도 이 보잘것없는 책을 내며 감사해야 할 분들이 많다. 특히 최동호, 김인환, 황현산 세 분 스승께 머리 숙여 감사드린다. 시적 정신의 도저함에 관해, 시와 현실의 관계에 관해, 간결하고 섬세하고 아름다운 문장에 관해, 깊이 읽기와 넓게 읽기에 관해 스승들께서는 많은 가르침을 주셨다. 돌이켜보면 이 책의 문제의식을 싹틔우기 시작한 처음 자리에도 스승들의 책이 있었다. 그분들의 그늘이 이렇게 두툼하구나, 생각하게 된다. 이 책의 최종원고 파일 이름은 '현대시론(ver4.0)'이다. 고려대와 성신여대, 명지대 대학원생들, 한양여대 문예창작과 학생들, 문지문화원 사이의 수강생들이 이 교재의 초고(이전 버전들)를 듣는 고역을 감당해주었다. 강의하면서 거듭해서 다듬을 기회를 얻었다. 감사드린다. 신형철 선생에게도 감사를 전한다. 내 게으름 때문에 도무지 진척이 없었는데, 출간을 의뢰해주고 만날 때마다 격려를 해줘서 한 줌의 재능을 쥐어짤 수 있었다. 문학 특히 시에 대한 그의 놀라운 혜안이 이 책 때문에 빛을 잃지 않기를 바랄 뿐이다. 이 책의 각주에도 출연해준 평생의 동지 양군에게도 깊은 감사와 사랑을 전한다. 이 책의 의의를 기꺼이 인정해주었는데, 그것이 과장법임을 처음부터 알고 있었다. 멋지게 책을 만들어주신 문학동네에도 감사를 전한다. 무엇보다도 기꺼이 이 책에 이름을 올린 모든 시인들에게 감사를 드린다. 허락을 받지도 않고 뻔뻔하게 그이들의 시를 다루었다. 그이들의 아름답고 지혜롭고 참된 시들이 있어서 우리 현대시가 이토록 풍요로운 것이다. 이 책의 이론에 문제가 많더라도 최소한 인용시들만큼은 세계 제일이라고 자부한다.

2010년 가을
권혁웅

제1부
시학을 위한 예비적 고찰

주체/ 화자를 어떻게 봐야 할 것인가

대상/ 시적 대상은 주체와 어떻게 관련되는가

언술/ 시적 언어의 특질은 무엇인가

서정/ 서정시를 어떻게 정의할 것인가

1장 주체

화자를 어떻게 봐야 할 것인가?

1. '화자＝자아＝시인＝실체'라는 가상

시적 발화를 수행하는 행위자는 누구인가? 우리는 이를 화자라 부르고, 화자라는 가면을 쓴 실제의 발화자를 시인(작가)이라 부른다. 작품 안의 서술자가 화자이고, 작품 바깥의 서술자가 시인이며(시인과 작품 바깥의 서술자 사이에 작품 외적 화자를 하나 더 세우기도 한다), 이 둘의 역할 분담을 통해 시적 언술이 만들어진다는 것이다. 시를 일인칭 독백의 형식으로 간주하거나, 시 장르가 자아와 세계의 동일시를 통해 구성된다는 가정이 이를 떠받쳤다. 대개의 시인론, 작품론, 시 의식 연구, 상상력 연구가 이런 가정하에 수행된다. 곧 시인('자아'는 시인 자신이 생각하는 상상적인 '나'다)이 특정한 가면(화자)을 내세워, 작품 안에서 발화를 수행한다. 다음과 같은 명제로 이를 요약할 수 있겠다. 시적인 발화는 화자라는 역할로서의 목소리를 거쳐, 시인 자신의 세계관의 표명으로 환원될 수 있다.

그러나 사정은 그렇게 간단하지가 않다. 먼저 시는 더이상 일인칭 독백의 형식이 아니다. 언어는 발화 주체(발화한다고 가정된 주체, 곧 대명사 '나'로 표기된 발화자)나 발화행위 주체(발화를 통해 언술에 참여하는 주체, 곧 실제의 발화자 혹은 글쓴이) 사이의 분열을 수반한다. 그것은 수많은 의미와 무의미로 오염되어 있다. 그래서 자아와 세계의 동일시로 시 장르의 특성을 간추릴 수도 없다. 정신분석의 가르침 이래 우리는 '자아'가 모든 언어행위의 중심이 아니라는 것을 알게 되었다. 앎은 나의 일관된 지배에 있지 않다.

"알려진 알려진 것들(known knowns)이 있다. 이는 우리가 알고 있음을 알고 있는 것들이다. 알려진 알려지지 않은 것들(known unknowns)이 있다. 다시 말해서, 알지 못함을 알고 있는 것들이 있다. 하지만 알려지지 않은 알려지지 않은 것들(unknown unknowns)이 있다. 즉 알지 못함을 알지 못하는 것들이 있다." 우리가 잊지 말고 덧붙여야 하는 것은 결정적인 네 번째 항목이다. "알려지지 않은 알려진 것들(unknown knowns)", 즉 알고 있음을 알지 못하는 것들. 이는 바로 프로이트적인 무의식이다. 라캉은 이를 "그 자신을 알지 못하는 앎"이라고 말하곤 했다.[1]

"나는 내가 아는 것을 말한다"라는 기본 문장은 다음과 같은 이형(異形)들을 포괄하게 되었다. "나는 내가 모른다고 알고 있는 것을 말한다" "나는 알지도 못하고 실제로도 모르는 것을 (모른다고) 말한다" "나는 내가 알고 있다고 생각하지만 실제로는 모르는 것을 말한다" 이 말들을 수행하는 나는 더이상 앎의 주인으로서의 '나'가 아니며, 따라서 발화의 주인으로서의 '나'도 아니다.

---

1) 슬라보예 지젝, 『이라크』, 박대진 외 옮김, 도서출판b, 2004, 19쪽.

시에서의 언술을 (화자를 경유한) 자아(시인이 생각하는 '나')의 지배 아래 있는 것으로 간주하면 여러 문제가 생긴다. 첫째, 시적 공간 전체가 일종의 진공 상태가 된다. 그것은 세계의 실상을 표현하는 공간이 아니라 자아의 내면만을 되비추는 공간이 되고 만다. 둘째, 대상의 실체성이 사라진다. 대상이 자아의 변형이자 거울상에 불과하기 때문이다. 세계가 자아화된다는 말이 뜻하는 게 이것이다. 셋째, 시의 다층적 차원이 사상(捨象)되고 만다. 언어는 언술로서 다루어질 때, 그 자체로 다층적인 접근을 허락한다. 하나의 언술은 하나의 세계, 하나의 계급성, 하나의 객관을 허락한다. 시에서도 언술들의 집적은 여러 세계와 이해 관계의 충돌을 보여주는 전장이다. 이 언술들을 애오라지 자아(시인)의 것으로 간주할 수 있겠는가? 넷째, 타자와의 관계가 왜곡되므로 어조, 이미지, 율격, 반어 등 시학의 여러 측면들이 불구화된다. 어조는 반드시 타자와의 관계를 통해서만 만들어진다. 어조는 자아의 주관적 '심리'를 표현한 것이 아니라, 타자와의 객관적 '관계'를 표현하는 것이다.[2] 이미지 역시 자아의 이성적 판단의 결과가 아니므로 자아 중심의 시학에서는 제 모습을 온전히 드러내기 어렵다. 율격 역시 발화가 대상에 얼마나 정합적인가에 따라 결정되므로 재래의 자아(시인)가 구사하는 표현의 층위로는 율격적 자질을 판단하기 어렵다. 율격은 고정적인 형식화의 결과가 아니며, 대상과의 관계에 따라 유동적인 변화를 허락한다.[3] 반어와 역설은 대상과의 관계를 이중화하는 반(反)구조의 원리다. 따라서 대상과의 관계가 해명되어야 반어의 생성 지점을 파악할 수 있다. 요컨대 시학의 모든 요소들이 '자아' 중심의 시학에서는 온전히 파악될 수 없는 것이다.

우리는 이런 자아, 시인, 화자, 저자 개념을 '실체'를 중심으로 한 사

---

2) 어조와 반어에 관해서는 5장, 6장에서 설명했다.
3) 우리 시의 율격에 관해서는 12장에서 설명했다.

유라 부를 수 있을 것이다. 이 개념들은 자연인 '아무개'라는 단일하고 변형 불가능하며 역사적이고 자연적인 실체를 중심으로 구성된다. 역사라는 시공간상의 좌표가 그의 무대이며, 시적 발화는 그의 육성이고, 완성된 시는 특정한 환경에서 그가 제출한 기록물이다. 그러나 이런 '인물'이 그 자체로 이데올로기적인 개념이라면 어떻게 할 것인가? "'인물'은 그 자체가 문학 텍스트 외부의 실제적이고 경험적으로 증명 가능한 리얼리티에 대한 '사실주의적' 재현이란 이름 아래 산출된 하나의 이데올로기적인 개념이다."[4] '인물'과 그것의 텍스트적 언표인 '나'는 텍스트 바깥의 현실과 텍스트를 통일하는 이데올로기적 가상이자 고안물이다. 둘의 동일시를 고집할 필요는 없다. "문학작품은 실제로 '살아 있는' 대화나 독백이 아닌 것이다. 그것은 어떤 특정의 '실재하는' 관계로부터도 분리되어 여러 독자들의 '재구성'과 재해석에 맡겨진 것이다. (…) 작품의 '익명성'은 불행한 우연적 사고가 아니라 바로 그 구조의 일부분인 것이다. 그리고 이런 의미에서 '작가(author)'가 된다는 것, 자신의 의미에 대해 권위(authority)를 지닌 의미의 '원천'이 된다는 것은 신화인 것이다."[5]

　시에서의 화자는 일종의 탈(mask)이다. 화자는 한 작품에서 시인이 쓴 역할 모델이다. 왜 시인이 하나의 역할을, 특정한 화자의 목소리를 취택하여 시를 썼는가를 연구하기 위해서는 화자를 분석하고 다시 그 목소리들을 관통하는 세계관을 검토해야 한다. 그런데 이 두 가지를 분리해내기가 쉽지 않다. 그것은 시가 기본적으로 일인칭 독백 장르로 간주되어왔기 때문이다. 작품 안의 화자와 작품 바깥의 화자를 나누고, 다시 작품 바깥의 시인을 갈라내는 것은 도식으로서는 쉽지만, 실제로 적용하기에는 어렵다. 시인/(작품 내부의) 화자/(작품 외부의) 화

---

4) 로지 잭슨, 『환상성』, 서강여성문학연구회 옮김, 문학동네, 2001, 112쪽.
5) 테리 이글턴, 『문학이론입문』, 김명환 외 옮김, 창비, 1986, 149쪽.

자를 나누는 막(/)이 아주 헐겁기 때문이다. 그래서 통상의 비평문에서 시인과 화자를 혼용해서 쓰는 경우가 아주 많다. 일반 시학 논문이 겨냥하는바, 시 의식 연구나 시 세계 연구는 모두 이런 전제 아래 쓰였다.

재래의 시가 발언하는 공간은 일종의 진공으로 간주되곤 했다. 시에서 대상은 시인/화자의 내면이 산출한 형상물이다. 거기에는 다른 목소리가 없다. 그런데 이것만으로는 시의 발화가 온전히 해명되지 않는다. 시적 공간이란 것이 실제로는 다양한 목소리와 다양한 세계가 충돌하는 현장이기 때문이다. 하나의 발화는 특정한 상황을 전제하지 않고서는 해명되지 않는다. 여러 발화가 다성적으로 울려나는 최근의 시를 해명하기에는 화자 이론에 결함이 있다. 또한 화자(시인이 쓴 여러 가면)를 관통하는 특별한 목소리가 있는 경우가 있다.

화자는 서술자인데, 실제로는 서술의 양상을 검토한다고 해도 화자 분석으로 도출할 수 있는 게 많지 않다. 다음은 김훈의 소설과 산문에서 뽑은 구절이다.

바다는 내가 입각해야 할 유일한 현실이었지만, 바람이 잠든 저녁 무렵의 바다는 몽환과도 같았다. 먼 수평선 쪽에서 비스듬히 다가오는 저녁의 빛은 느슨했다. 부서지는 빛의 가루들이 넓게 퍼지면서 물 속으로 스몄고, 수면을 스치는 잔바람에 빛들은 수억만 개의 생멸로 반짝였다. 석양에 빛나는 먼 섬들이 어둠 속으로 불려 가면 수평선 아래로 내려앉은 해가 물 위의 빛들을 거두어들였고, 빛들은 해지는 쪽으로 몰려가 소멸했다.

— 김훈, 『칼의 노래』 중에서

일몰의 서해에서 소멸하는 것들은 언제나 현재진행형이다. 하늘과 바다와 개펄에 가득 찬 빛의 미립자들은 제가끔 하나의 단독자로서 반짝이고 스러지지만, 그것들은 그 소멸의 순간순간마다 다른 단독자들과의 경계를 허물어, 경험되지 않은 새로운 빛의 생성을 이루면서 큰 어둠을 향하여 함몰되어 간다. 떼 지어 소멸하는 빛의 미립자들은 시공 속에 아무런 근거도 없이 생멸했고, 다만 앞선 것들의 소멸 위에서만 생성되었고, 생성과 소멸의 종합으로서 함몰했다.

저들의 생멸은 가볍고 유순하다. 저무는 빛의 미립자들은 그 소멸의 한복판에서 새롭게 태어나는 빛의 알맹이 속으로 사라진다.

— 김훈, 「저 일몰」, 『풍경과 상처』 중에서

앞글의 화자는 이순신이며 뒷글의 화자는 김훈 자신이지만, 두 글의 화자를 분리해서 말하기가 어렵다. 동일한 발화의 맥락을 갖고, 그래서 동일한 문체로 적혔기 때문이다. 실상 대개의 화자 분석 역시 그렇다. 화자는 흔히 특정 대상을 시의 무대로 끌어내기 위한 장치일 뿐, 특별한 맥락을 따로 생성하지 않는다.[6] 물론 두 글을 저자 중심으로 엮을 수도 없다. 뒷글에서 보이는 서술자를 저자라 부를 수는 없다. 차라리 두 글이 어떤 서술적인 중심을 경유해서 쓰였다고 보는 게 옳을 것이다.

재래식 비평에서는 텍스트를 어떻게 읽어야 할 것인가를 규정하기 위해 저자라는 개념을 의문의 여지가 없는 선험적인 조건으로 받아들이고 있는 데 반해, 언술이론에서는 저자를 텍스트의 소산이거나 결과로 설명

---

6) 이를테면 김춘수는 여러 연작에서 처용, 이중섭, 예수 등의 목소리를 차용했지만, 정작 시를 분석해보면, 이 연작들에 드러난 목소리는 모두 단일한 목소리다. 발화의 맥락(곧 시적 상황)은 다르지만, 동일한 주제와 화법을 갖고 있기 때문이다. 김춘수가 빌려온 세 명의 화자는 같은 목소리를 가졌고, 따라서 동일한 주체다.

할 수 있다.[7](고딕체 강조는 인용자. 이하 같음)

선험적으로 주어진 저자(혹은 화자와 서술자)를 가정해서는 얻어낼 것이 많지 않을 것이다. 시가 가진 다층적이고 다원적인 성취는 의도 차원에서 얻어지는 것이 아니다. "언술(담론)이란 '일종의 기계'인 것이다. 따라서 시 속의 주체성—곧 '시인'—이란 이 기계에서 (읽어내서) 만들어지는 신이나 유령처럼 결코 담론의 결과 이상일 수는 없는 것이다."[8] 저자가 텍스트를 낳는 것이 아니라 텍스트가 저자를 낳는다. 전자를 받아들이면 모든 텍스트는 저자의 의도와 작심(作心)의 결과가 된다. 후자를 받아들이면 모든 **텍스트**는 그것의 후행적인 효과로서 가정된 발화자들을 낳는다. 어떤 것이 생산적일까?

2. 주체란 무엇인가?

화자는 특별한 발화의 맥락에서 산출되기는 하지만, 화자 자체가 시에서 유의미한 분석 대상은 아니다. 단일한 목소리를 내는 발화자들을 하나로 통합하여 부를 필요가 있다. 더욱이 단일한 화자로 환원하기 어려운 복수적인, 비의지적인 목소리들이 있다. 이를 혼란스러운 목소리라고, 다시 말해 목소리들의 착란이라고 기각하고 말 것이 아니다. 이것은 재래의 화자 개념으로 설명하기 어려운 목소리들이며, 발화 자체의 다층적인 양상을 설명하기 위해서는 발화 자체의 성격에 따라 목

---

7) 앤서니 이스톱, 『시와 담론』, 박인기 옮김, 지식산업사, 1994, 25쪽. 용어의 통일을 위해 담론이라는 역어를 언술로 바꾸었다(이하 이 책 전반에서 동일함). 7장에서 시를 언술의 체계로 보아야 한다는 주장의 근거와 의의를 살폈다.
8) 같은 책, 56쪽.

소리를 나누거나 묶어야 한다. 처음부터 끝까지 일정하고 단일하고 동일한 목소리를 가진 존재(곧 화자)는 이들의 시에서 '말한다고 가정'된 그 목소리의 주인공이 아니다.

이 목소리를 주체라 부르기를 제안한다. 이 주체는 발화행위 주체와 가깝지만, 똑같은 것은 아니다. 발화는 특정한 맥락에서 소리 내어 말을 하는 현실적인 언어행위이며, 언표는 여기에 유의미한 기호체계(이를테면 교통신호, 모스 부호, 수신호 등)를 덧붙인 말이고, 언술(담론)은 여러 문장들로 이루어진 언표들을 전체의 의미론적 맥락 아래 구획할 때 붙이는 이름이다.[9] 그 관계는 다음과 같다.

　　　발화 ⊂ 언표 ⊂ 언술

한 문장을 발화한다고 가정된 주체가 발화 주체(the subject of speech)라면, 발화행위 주체(the speaking subject)는 실제로 그 발화를 통해 언술에 참여하는 주체이다. 전자가 대명사 '나'로 표기된다면, 후자는 실제의 발화자 혹은 글쓴이를 의미한다. 발화행위의 주체를 강조하는 것은 특정 맥락에서 이루어지는 특정 발화들이 모여 한 편의 시를 구성하기 때문이다. 시에 대한 궁극적인 해명은 언술 차원에서 이루어져야 하며, 그것을 분석하기 위한 세부적 연구는 발화 차원에서 이루어져야 한다. 앞에서 예로 든 김훈의 글 두 편과 각주에서 언급한 김춘수의 연작시 세 편은 각각 다른 발화 주체를 가졌지만, 내부적으로는 동일한 주체를 갖고 있음이 분명하다. 이들을 각각의 화자로 나

---

9) 이 책에서 사용된 역어는 김인환의 용어를 따랐다. ① discourse, discours(언술), ② utter-ance, énoncé(언표), ③ enunciation, énonciation(발화). "발화의 결과로 언표가 산출되므로 이 둘은 원인과 결과의 관계이고, 언술은 여러 문장들로 이루어진 복잡한 언표를, 그것을 이루고 있는 문장들이 짜여 나가는 규칙의 견지에서 이르는 개념이다"(김인환, 『비평의 원리』, 나남, 1994, 285쪽).

누어 분석해서는 얻을 것이 많지 않을 것이다. 전자의 경우에는 작품 바깥의 서술자와 작품 안의 서술자가 분리되고 후자의 경우에는 시인과 시의 화자가 분리되지만, 실상은 동일한 주체다. 이 주체를 연구 단위로 삼을 필요가 있다.

작가는 하나의 언어 속에서 그리고 하나의 논리 속에서 글을 쓰지만, 정의상 그의 담론은 이것들의 고유한 체계·법칙들 그리고 삶을 절대적으로는 지배할 수가 없기 때문이다. (…) 우리의 독서가 언제나 목표로 삼아야 하는 것은 그가 사용하는 언어의 도식들에서 그가 지배하는 것과 지배하지 못하는 것 사이의 어떤 관계, 즉 작가가 인지하지 못하는 관계이다.[10]

대리보충은 작가 자신의 글쓰기가 지배하거나 의도하지 않은 부분에 대한 독서로 우리를 추동한다. 우리는 시인(혹은 화자)이 지배하는 영역을 넘어 그가 말하고자 하는 것 너머에 있는 것까지 읽어내야 한다. 이런 발화의 중심점, 곧 발화가 생겨나는 자리를 주체라 부르자. 주체는 대상에 종속되고, 이미 대상의 일부인 대상이며, 대상들의 장을 마름질하는 가정된 중심이다. 대상이 해명되어야 주체가 해명되지, 그 역이 아니다. 이는 시학이 반드시 의미론적 영역 안에 있어야 한다는 말이기도 하다.

주체는 특정 맥락에서 발화를 산출하되 그 맥락을 넘어서는 곳에 자신의 자리를 마련한다. 하지만 이 주체가 구문상의 '나'(발화 주체)나 구문 이면의 나(발화행위 주체)와 반드시 일치한다고 볼 수는 없다.[11] 이 책에서 제안한 '주체'는 단일한 목소리를 가진 한 사람이 아니라 특정 발화가 만들어내는 수행적인 효과를 이르는 이름이다. 다시 말해 주체는

---

10) 자크 데리다, 『그라마톨로지에 대하여』, 김웅권 옮김, 동문선, 2004, 280~281쪽.

시적 언술을 산출하는 '실체'가 아니라, 이 언술들의 구조화된 장(場)에서 생겨나는, '말하는 것으로 가정된' 어떤 지점이다.

간단한 문형을 통해 자아와 주체의 차이를 생각해보자.

A 주어 — C 서술어 — B 목적어/보어

단순한 틀에서 시작해보자(서술어가 주어와 목적어를 연결짓는다는 것을 분명히 하기 위해 영어식 구문을 차용했다). 이 기본 구문을 자아의 것이라 간주하면, 시적 사고의 기저형(基底形)은 다음과 같이 변한다.

A 자아 — C 지배 형식 — B(=A) 대상(자아의 변체) (A⊃B)

이 도식의 핵심은 물론 자아(A)에 있다. 대상은 자아의 변체여서 시적 사고는 언제나 '나는 나(와 닮은 것)와 관계한다'는 것이 되고 만다. 하지만 여기서는 새로운 것이 아무것도 나오지 않는다. 나는 내 자신의 모습만을 확인할 뿐이다. 내가 때리면 내가 맞고, 내가 떠나면 내가

---

11) 오스틴은 발화행위를 언표적 행위(locutionary act), 언표내적 행위(illocutionary act), 언표수반적 행위(perlocutionary act)로 나누었다. 언표적 행위는 일반 문장을 발화하는 행위이고, 언표내적 행위는 문장을 발화하는 중에 상대방에게 약속, 명령, 축하 등과 같은 전언을 전달하는 행위이며, 언표수반적 행위는 문장을 발화하는 것으로 부가적인 결과를 가져오는 행위이다. 언표내적 행위를 유발하는 발화를 수행적인 발화(performative utterance, 언표)라고 부른다. 예를 들어보자. 한겨울에 방문을 닫지 않고 들어온 A에게 내가 "지금 기온이 영하 5도다"라고 말했는데, 그 말을 듣고 옆에 있던 B가 방문을 닫았다고 하자. 내가 발화한 문장("지금 기온이 영하 5도다")이 언표적 행위라면, A에게 '방문을 닫아라'라고 말하는 숨은 요청이 언표내적 행위이며, 그 말을 듣고 B가 방문을 닫았다면 이것이 언표수반적 행위이다(이정민 외, 『언어학 사전』, 박영사, 2000, 403쪽 참조). 화자가 아니라 발화행위 주체에 주목하면 언표내적 행위를 분석할 수 있다. 그러나 시적 맥락은 일반적인 발화의 맥락보다 훨씬 복잡하다. 이 글에서 제안하는 주체는 발화행위 주체와 일치하는 지점이 있으나, 같은 외연을 갖지는 않는다.

버림받는다. 이것은 반복되는 일인극이며 변치 않는 그림자놀이다. 중요한 것은 세계의 본질과 형상 자체일 것이다. 이 구문을 대상의 것으로 바꿔보자.

A 주체 — C 관계 형식 — B(≠A) 대상(세계의 실상) (A⊂B)

대상에 초점을 두면 도식이 위와 같이 변화한다. 중요한 것은 지배 형식(자아가 세계를 동일화한다)이 아니라, 관계 형식(대상끼리의 관계에서 주체가 생겨난다)이다. 대상이 목적어나 보어의 자리(B)에 놓인 것은 이 관계 형식에 따른 배치의 결과다. 대상(B)은 서술어의 영향을 받는 모든 체언이며, 따라서 주어에서 목적어, 보어에 이르는 모든 자리를 통섭한다(대상이 주어의 자리에 놓이면, 반성적인 형식의 발화가 생겨난다. 'A가 A와 관계하다'가 만들어지는 셈이다). 대상은 서술적인 관계 형식에 따라 A와 B의 모든 자리에 위치할 것이다. 나아가 이것은 세계의 실상을 있는 그대로 보여줄 것이다(A를 '화자'나 '자아' 대신에 '주체'라 부른 소이가 여기에 있다).

한 편의 시에서 구현되는 목소리는 1) 일련의 대상들을 취합하고 정돈하고 배열하는 지배자가 아니라 대상들 간의 거리를 측정하는 기준점이고, 2) 쪼개지거나 변형되지 않는 단일한 실체가 아니라 특정한 언술들을 낳는다고 가정된 가상의 지점이며, 3) 대상 전체에 특별한 성격을 부여하는 감정의 주인이 아니라 그런 감정이 흘러드는 귀결점이다. 각 항목에서 전자를 '자아'의 것이라 한다면, 후자는 '주체'의 것이다. 시를 자아와 세계의 동일시라는 상투어로 정의하는 관행은 오래되고도 끈질긴 것이다. 이를 자아의 세계화(투사)라 부르건 세계의 자아화(동화)라 부르건 자아는 세계 전체를 틀 짓는 강력한 근거였다. 그러나 상기했듯이 이로써는 세계의 실상을 드러낼 수 없다. 이제는 전자가 아니라 후자에 주의를 기울일 때가 되었다.

기하학적 도형을 예로 들어 생각해보자. 원뿔이나 구, 사면체, 육면체 같은 도형의 중심은 각각의 도형을 낳는 생성점이 아니라 표면과의 거리에 따라 위치 잡은 중심일 뿐이다. 각 도형의 표면을 시적 언술의 표면, 곧 문장으로 드러난 말들이라 간주하자. 이 말들의 중심점이 말들을 낳았다고 할 수는 없을 것이다. 그 중심은 그 말들이 배열된 결과로 생겨난 가정된 중심에 지나지 않는다. 목소리가 최종적인 목소리로 떠오르는 것은 이 말들의 배열 이후이지 이전이 아니다. 주체(subject)는 처음부터 '~에 종속된, ~에 복종하는, ~에 영향을 받는' 것이다.[12] 주체는 대상(object)의 지배 아래 놓인 신민(臣民, subject)이다. 대상에서 주체가 나오는 것이지, 그 역이 아니다. 대상(object)은 '~에 반대하는, ~에 이의를 제기하는, ~에 영향을 주는' 것이다. 대상을 맞짝으로 놓고서야 주체가 생겨난다.[13] 주체에 관한 몇몇 논의를 살피기로 한다.

---

12) 알튀세에게서도 주체 개념은 다음과 같이 이중적이다. "① 자유로운 주체, 일을 주도해가는 중심체, 행위의 장본인이자 행위에 책임지는 장본인. ② 더 높은 권위에 복종하고, 그래서 자신이 행하는 복종을 자유로이 받아들이는 것 말고는 모든 자유를 박탈당하는 종속적인 존재"(앤서니 이스톱, 앞의 책, 53쪽에서 재인용). 지젝은 이를 술어작용으로 설명한다. "주체와 대상의 차이는 이에 상응하는 두 개의 동사들, '자신을 복종시키다(to subject, 순종하게 하다)'와 '이의를 제기하다(to object, 항의하다, 반대하다, 장애를 만들다)'의 차이로도 표현될 수 있다"(슬라보예 지젝, 『시차적 관점』, 김서영 옮김, 마티, 2009, 39쪽).

13) 목소리를 이런 주체로 간주해야 어조 문제가 온전히 해명된다. 관계를 검토하지 않으면 어조를 온전히 기술할 수 없기 때문이다. 5장에서 이를 상세히 설명했다.

3. 주체에 관한 논의들

3-1. 정신분석의 주체

거울에 비친 형상과의 동일시를 통해 드러나는 자아의 탄생은 한편으로는 육체적으로 통합되지 않고 파편화된 무정형 상태의 어린아이가 통합되고 질서화된 게슈탈트를 획득했다는 점에서 하나의 환희로 다가오지만, 다른 한편으로 그 동일시가 '오인'에 근거한 상상적 타자와의 관계에서 형성되었다는 점에서 자아는 허구적 성격을 띠며 타자 혹은 타자의 이미지를 통한 자아의 탄생이라는 점에서 주체는 필연적으로 소외의 구조 속에 편입되는 것이다. (…) 상상계에서 자아가 탄생했다면 상징계에서는 주체가 탄생한다.[14]

시적 자아 역시 어떤 착란과 오인의 산물이다. 시적인 언술을 낳았다고 생각되는 일종의 가상이기 때문이다. 그러나 한 발화가 다른 발화를 대체하거나 부인하고 지배하거나 종속되고 병행하거나 부연할 때, 그 모든 양상을 자아의 것이라 말할 수 있을까? 한 기표에서 다른 기표로의 이행은 주체의 운동을 설명하는 것이지, 자아의 운동을 설명하는 것이 아니다. 주체가 타자에 선행하는 것이 아니라 타자가 주체에 선행한다.

에고가 본질적으로 (거울의 영상과 같이) 〈자기〉 눈에 비친 자기(다시 말해 다른 사람이 자신을 보는 것 혹은 누군가가 외부에서 자신을 보는 것과 같은)인 한, 그런 행위는 당연히 자기의식의 형태로, 즉 세계 내에 활동하는 자기에 대한 의식의 형태로 나타난다. (…) 〈자기의식의 신비

---

14) 박찬부, 『라캉: 재현과 그 불만』, 문학과지성사, 2006, 64쪽.

로움〉은 에고의 본성으로서, 내향 투사되고 내면화된, 주체의 객관적 이미지라 할 수 있다. 따라서 에고는 일종의 대상이다. 의식은 타인을 바라보듯 자신을 바라본다.[15]

에고(자아)는 행위와 사고의 중심이 아니다. 그것은 주체의 투사된, 대상화된 이미지다. 자아는 생산자가 아니라 생산물이며, 그래서 지배하는 것이 아니라 지배되는 것이다. "에고가 존재할 수 있기 위해선 먼저 언어가 필요하다."[16] 이 언어는 무엇보다도 먼저 부모가 사용하던 언어(이를 '타자의 언술'이라 부른다)인데, 주체는 이 언어 속에 자리잡아야 한다. 곧 "언어를 〈주체화〉하고 자신의 것으로 만드는 데 성공"해야 한다.[17] 이런 점에서 주체는 '말하는 주체'이다.

사물에 이름을 붙임으로써 그 사물은 '사라지고', 그것의 은유적 대변체인 기호의 그물망 속에 인간은 위치하게 된다. 이것이 상징계로의 진입이 가져오는 사물의 타살과 기호적 중재가 의미하는 것이다. 이후부터 인간은 사물과 직접적인 교류를 중단하고 기호와 기호, 혹은 시니피앙과 시니피앙이 엮어가는 의미의 연쇄고리 속에서 삶을 영위해간다. 라캉의 또다른 유명한 명제, "시니피앙은 다른 시니피앙을 위해서 주체를 재현한다"는 말도 이런 맥락에서 해석되어야 할 것이다. 주체는 시니피앙과 시니피에의 행복한 결합 속에서 탄생하는 것이 아니고, 하나의 시니피앙이 다른 시니피앙으로 은유적 대치를 이루는 시니피앙의 관계 속에서 자신의 모습을 드러낸다. 이것이 바로 라캉의 메타포 공식이 의미하는 것이다. 이 공식화 과정의 결과로서 어렴풋이 드러나는 의미 생

---

15) 브루스 핑크, 『라캉과 정신의학』, 맹정현 옮김, 민음사, 2002, 151쪽
16) 같은 쪽, 각주.
17) 같은 책, 153쪽.

성의 문제는 그대로 주체의 탄생과 직결된다.[18]

상징계에 진입하면서 인간은 사물과 자연에서 소외된다. "타살된 자연, 타살된 사물, 타살된 육체는 타살의 주역인 상징 질서와 뛰어넘을 수 없는 간극을 형성한다. 이것이 주체의 분열의 시작이다. 다시 말해서 라캉의 경우, 주체의 분열은 언어에 의해서, 언어를 통해서만 이루어진다."[19] 주체는 언어를 받아들이면서 존재의 세계에서 멀어져 상징 질서가 엮어내는 의미의 세계에서 살게 되는 것이다. 이 단계에서 (은유적) "의미의 창조, 본능의 추방, 무의식의 형성, 상징 질서나 대타자 속에 주체의 탄생, 욕망의 출현"[20] 등이 일어난다. 시의 주체는 언술의 주체라는 점에서 처음부터 상징적인 단계에 진입한 주체다. 주체를 검토하게 되면, 시적 언술의 표면(시의 의식)과 이면(시의 무의식)을 두루 검토할 수 있을 것이다. 무의식이 언어의 전제조건이 아니고, 언어가 무의식의 전제조건이다. 따라서 주체를 통해 시에 접근하면 시적 의식과 무의식을 동시에 살필 수 있을 것이다. 주체가 처음부터 구조의 결여와 빈틈으로 출현했기 때문이다. 자아는 주체의 거울 이미지에 불과하다. 예컨대 이런 주체를 'It rains'라고 말할 때의 가주어 'It' 혹은 '$'로 설명할 수 있다.

S는 Es, 즉 프로이트가 말하는 'Es, 자아, 초자아'라는 구조 속의 Es이며 원초에 있었다고 상정되는 한에 있어서 '주체'의 머리글자이기도 하다. 독일어로 '비가 온다'를 'Es regnet'이라고 한다. 비는 자신이 내리고 있다는 사실을 모르고 내린다. 인간 주체도 살아 있다는 것을 모르

---

18) 박찬부, 『기호, 주체, 욕망』, 창비, 2007, 87~88쪽.
19) 박찬부, 『라캉: 재현과 그 불만』, 67쪽.
20) 박찬부, 『기호, 주체, 욕망』, 86쪽.

면서 살고 있다.[21)

'비가 온다(rain)'라는 말을 발화하기 위해서는(곧 "It rains"를 완성하기 위해서는) 이를 산출하는 문법적인 중심점(Es, It)이 있어야 한다. 이 중심점은 유정물(有情物)과 무정물(無情物)을 모두 아우르지만, 그 자체로는 공백이자 결여다.

기표의 표지(S)의 동일성은 언제나 이미 주체($)를 표상한다. (…) 일련의 기표 표지들로부터 그것들이 기입되는 공간의 공백을 재표지하는 "적어도 하나"를 추출함으로써 말이다. 주체는 바로 이 공백, 보편적 실체의 술어 연쇄 속에 있는 결여이다. 그것은 실체의 동어반복적 자기-지시성 안에 함축된 "무(nothing)"[이다].[22)

주체는 발화가 출현하기 위해 소급적으로 설정된 자리이며, 그래서 처음부터 지워져(빗금 쳐져) 있다. "보편적 실체"로서의 술어들을 잇기 위해 가정된 자리가 주체의 자리인 셈이다. 시에서 발화들이 모여 한 편의 언술을 완성한다고 보면, 주체는 이 언술들을 생산해내기 위해 도입된 중심점이라고 할 수 있다. 이 중심점(주체)을 확정해야 한 편의 시가 가진 의미론적 지평을 재구성할 수 있을 것이다. "라캉의 언표행위 주체($) 또한 텅 빈 비실체적인 논리적 변항(함수가 아니라)이며, 반면에 언표된 것의 주체("인격")는 $의 공백을 메우는 환상적 "재료"로 이루어진다."[23) 주체는 실체가 아니라 형식적 중심이자 무(無)다. 그것은 언표 일반의 장(場), 곧 언술 내에서만 모습을 드러낸다. 술어 연쇄

<hr>

21) 신구 가즈시게, 『라캉의 정신분석』, 김병준 옮김, 은행나무, 2007, 204쪽.
22) 슬라보예 지젝, 『그들은 자기가 하는 일을 알지 못하나이다』, 박정수 옮김, 인간사랑, 2004, 207~208쪽.

를 이루는 대상(타자)들이 진정한 실체이며, 주체는 이 실체를 마름질하는 문법적, 비문법적 중심일 뿐이다. 달리 말해 "주체는 타자의 장에 종속된 상태로서만 주체일 수 있다는 것, 주체는 이 타자의 장에 공시적으로 종속됨으로써 나타난다."[24]

3-2. 하이데거의 주체

하이데거에게도 "나[자아]는 (…) 형식적인 제시의 의미로만 이해되어야 한다."[25] '자아'로서의 내 자신이 모든 행동과 관계의 근원으로 간주될 때, 현존재의 주어져 있음과 세계, 타인들 모두가 간과된다. 자아는 현존재를 열어 밝힐 수 없다. 그것은 다만 형식적인 것이다. 현존재는 처음부터 세계-내-존재이므로 "우선적으로 세계 없는 순전한 주체가 존재하거나 주어져 있는 것이 결코" 아니다. "결국에는 타자 없는 고립된 자아가 우선 존재하는 것도 아니다."[26]

---

23) 슬라보예 지젝, 『부정적인 것과 함께 머물기』, 이성민 옮김, 도서출판b, 2007, 29쪽. 다음 말도 참조할 것. "언어가 발화행위를 구현하는 인물을 정립시키고, 거기에 대화 상대와 지시 대상을 동시에 부여할 때, 〈주체〉라는 말을 쓰는 것이 정당하다고 해둡시다"(줄리아 크리스테바, 『사랑의 정신분석』, 김인환 옮김, 민음사, 1991, 23쪽).

24) 자크 라캉, 『세미나 11』, 맹정현·이수련 옮김, 새물결, 2009, 285쪽. 다음과 같은 거듭된 강조도 동일한 사실을 지시한다. "주체의 진실은 이 주체가 주인의 입장에 있을 때조차 주체 자신이 아니라 대상 속에, 본성상 베일 속에 감춰져 있는 대상 속에 있습니다"(같은 책, 17쪽). "주체가 이상으로서 구성되는 것, 예컨대 주체가 자신의 자아나 이상적 자아—자아이상이 아니라—를 조율해야 하는 것은 바로 타자를 통해서라는 겁니다"(같은 책, 218~219쪽). "타자의 장에서 생겨나는 시니피앙은 그것의 의미 효과에 의해 주체를 출현시킵니다"(같은 책, 314쪽).

25) 마르틴 하이데거, 『존재와 시간』, 이기상 옮김, 까치, 1998, 162쪽.

26) 같은 책, 163쪽.

함께하는 세계-내-존재에 근거해서 세계가 그때마다 각기 이미 언제나, 내가 타인과 함께 나누는 그런 세계인 것이다. 현존재의 세계는 공동세계이다. 안에-있음은 타인과 더불어 있음〔공동존재〕이다. 타인의 세계 내부적인 자체존재는 공동현존재〔함께 거기에 있음〕이다.[27]

현존재는 처음부터 타인과 함께하고, 그런 한에서만 세계-내-존재가 된다. 타인은 고유한 내가 나 자신과 구별하는 가운데 만나는 게 아니라, 현존재가 처음부터 타인을 배려하며 둘러보는 가운데 그 자신의 터-있음으로써 실존적으로 만나는 것이다. 다시 말해 "현존재의 존재에는 타인과의 더불어 있음도 속한다. 그러므로 현존재는 더불어 있음으로서 본질적으로 타인들 때문에 존재한다."[28]

처음부터의 본래적인 자기 자신(자아)으로는 이런 현존재의 실존적 차원을 설명할 수 없다. 나는 세계 안에 있을 때 타인과 더불어 있으며, 그 더불어 있음으로써만 제 자신일 수 있다. 시의 발화자 역시 대상과의 관련 아래서만 제 자신의 실존적 근거를 보장받는다. 이런 공동현존재를 주체라 부르자.

3-3. 푸코의 주체

언표의 주체를 (…) 공적인 말의 저자와 동일한 것으로 간주해서는 안 된다. (…) 그것은 언표들을 관통하는 언술의 표면 위에서, 순서에 따라 명백해지는 지속적이고 움직임 없고 변화하지 않는 일련의 조작들의 중심이 아니다. 그것은 사실상 서로 다른 개인들로 점유될 수 있는

---

27) 같은 책, 166쪽.
28) 같은 책, 172쪽.

특별한, 텅 빈 자리인 것이다. (…) 만일 하나의 명제, 하나의 문장, 일군의 기호들이 '언표'로 불릴 수 있다면, 그것은 어느 날 누군가가 그것들을 말할 수 있거나 그것들을 저작물이라는 구체적인 형태로 활용할 수 있어서가 아니다. 그것은 주체의 위치가 할당될 수 있어서인 것이다.[29]

(언표의) 주체는 특정한 개인이 아니라 언표 일반의 배치가 낳은 '텅 빈 자리'다. 주체는 언표의 배열, 곧 언표된 대상들의 배치에서 생겨나는 가정된 중심점이다. 주체는 술어의 행위자로서 출현하는 게 아니라 행위의 위치와 지위 자체를 이르는 이름이다. "일반적인 언표, 자유롭고 중성적이고 독립적인 언표란 없다. 언표는 언제나 하나의 계열이나 전체에 속하고, 언제나 다른 언표들에 의존하거나 다른 언표들과 구별됨으로써 그것들 사이에서 하나의 역할을 수행한다. 언표는 언제나 언표들의 네트워크의 부분이며, 그 네트워크 안에서 역할을 갖는다."[30] 언표는 단일한 발화의 산물이 아니라, 인접한 언표들의 영역(곧 장)에서 출현한다. 시를 하나의 언술로 본다면, 개별적인 언표는 전체 언표(대상들의 술어적 배치)들 사이의 관계에서만 그 지위를 인정받을 수 있다. 곧 다른 언표들과의 관계 아래서만 특정한 언표의 지위가 확정되는 것이며, 다른 대상들과의 관계에 따라 특정한 주체의 자리가 성립되는 것이다.

제기된 질문은 주체의 문제입니다. (…) 요컨대 환원 불가능성 속에서 주체를 출현시키는 것이 문제시됩니다. (…) 신체가 무슨 일을 할 때 신체를 사용하는 요체가 있다는 말입니다. 그런데 신체를 사용하는

---

29) Michel Foucault, The Archaeology of Knowledge, Trans. by A. M. Sheridan Smith, Routledge, 1972, p. 95.
30) Ibid., p. 99.

이 요체는 무엇일까요? (…) 그것은 오로지 행위 주체로서의 영혼입니다. 즉 그것은 신체, 신체의 기관, 신체의 도구들을 사용한다는 한에서 영혼입니다. (…) 그가 발견한 것은 실체로서의 영혼이 아니라 주체로서의 영혼입니다. (…) 즉 자기 배려는 우리가 다수의 '무엇인가의 주체'인 한에서 자기 배려입니다. 요컨대 우리가 기제적 행위의 주체, 타자와의 관계의 주체, 일반적 행동과 태도의 주체, 자기와의 관계에서의 주체인 한에서 자기 배려일 수 있다는 말입니다. 도구를 사용하고, 태도를 취하고, 관계를 가질 수 있는 주체인 한에서 우리는 자기 배려를 해야 합니다.[31]

후기의 푸코에서도 사정은 다르지 않다. 푸코에 따르면 '자기 배려'는 (소크라테스의 '너 자신을 알라'에 포함된) 자기 인식보다 근본적인 개념이다. 자기 배려를 행한다고 할 때의 '자기'는 '실체'가 아니라 '주체'다. 이것은 주체가 선험적으로 주어진 것이 아니라, 자기 배려를 행하는 전 과정―행위와 관계와 태도 전반의 과정에서 출현하는 것이라는 말이다. 결국 푸코의 주체 역시 행위의 능동적 작인(作因)이 아니라, (자기 배려라는) 행위의 수행적 중심이다.

시에서도 발화의 전개과정에서 생겨나는 중심점을 주체라 부를 수 있을 것이다. 이 주체가 발화의 중심에 한번 자리잡고 나면, 발화의 맥락을 포괄하는 목소리로 기능하게 된다. 사실 시인이 주어진 대상과 겪은 사건에서 촉발된 느낌을 논리정연하게 정리하면서 한 편의 시를 완성하는 것보다는 여러 구절이나 이미지 등을 모아 한 편의 시로 만드는 경우가 훨씬 많을 것이다. 이렇게 모였을 때 떠올라오는 발화의 중심점(대상과 과정을 포괄하거나 개괄한다고 생각되는 발화의 자리)이 바

---

31) 미셸 푸코, 『주체의 해석학』, 심세광 옮김, 동문선, 2007, 95~98쪽.

로 주체의 자리이다.

3-4. 레비나스의 주체

"레비나스는 순수의식의 관념론적 주체는 존재하지 않는다고 본다. 주체는 언제나 육화(肉化)된 주체다. 주체는 신체로서 거주할 때, 비로소 주체로서 존재한다. (…) 이와 같은 관점은, 사유를 통해 주체의 존재를 근거짓고자 한 관념론과 대립된다. 레비나스는 신체와, 타인과 함께 내밀한 공간을 형성하는 집을 주체를 떠받쳐주는 '기반'으로 삼고자 한다."[32] 순수의식의 관념론적 주체란 물론 '자아'(→화자)다. 형이상학은 형상을 초월한 자리(곧 순수의식)에서 존재의 근거를 찾는다. 레비나스에 따르면, 구체적인 형상으로서의 '신체'에서, 나아가 그 주체가 거주하는 '집'이 '타인'(→대상)을 환대(歡待), 영접(迎接)할 때, 진정한 주체가 성립한다.

'다소곳이' 존재하는 '여자'〔친밀성과 부드러움을 가진 타인(대상)을 이르는 말―인용자〕의 존재로 인해 요소 세계로부터의 분리가 일어난다고 레비나스는 보고 있다. (…) '여자'의 존재를 통해 거주가 가능하고, 거주를 통해 주체는 향유의 주체에서 세계를 표상하고 관리하고 통제할 수 있는 노동의 주체로 등장할 수 있다. 이것은 **주체의 성립과 자기 확인과정에는 타자의 존재가 반드시 개입되어야 함**을 보여준다.[33]

타자(대상)와의 만남에 의해서만 진정한 주체가 성립한다는 것은 주

---

32) 강영안, 『타인의 얼굴』, 문학과지성사, 2005, 137~138쪽.
33) 같은 책, 139쪽.

체성의 성립 조건이 동일자인 자기 자신이 아니라 타자에 달려 있다는 말이다. 시적 주체 역시 대상(타자)과의 관련 아래서만 진정한 자신의 자리를 찾을 수 있다. "선험적 자아는 자신의 지식, 행위와 의미들의 유일한 근원이 되고자 한다. 그렇지만 타자와의 만남은 그런 자유가 자아 중심적이고 독선적이며 정당하지 않다는 사실을 보여준다."[34] 동일자의 철학이 타자를 흡수하는 것처럼 자아 중심의 시학은 대상을 삼켜버린다. 실상을 반대로 봐야 한다. 타자(곧 주체와 맞놓인 대상)가 나의 주체성을 완성하는 것이다. 타자의 얼굴은 폭력이 아니라 주체성의 성립 조건이다.

3-5. 데리다의 주체

"자신을 살아 있는 유일한 자아로 구성하기 위해, 자기 자신을, 동일한 것으로서 자기 자신과 관련시키기 위해, 살아 있는 자아는 필연적으로 자기 내부로 타자를 영접하게" 된다.[35] 데리다는 이 타자를 '유령'이라 부르고, 존재론(ontologie) 대신에 유령론(hantologie, 이 신조어는 존재론의 동음이의적 말놀이다)을 제안한다. 그에 따르면, 서양 존재론의 핵심인 "현존(지금 있음)" 속에는 이미 과거(더는 있지 않음)가 포함되어 있으며, 그래서 이 '지금 있음' 속에는 더는 '있지 않음'이 대리보충과 차연의 방식으로 기입되어 있다. 그렇게 '되돌아오는 것'의 이름이 유령, 곧 존재론적인 장소를 부여받지 못한 타자다. "이러한 자아, 이러한 살아 있는 개인은 자신의 유령에 사로잡히며, 그 유령에 거

---

34) 콜린 데이비스, 『엠마누엘 레비나스—타자를 향한 욕망』, 김성호 옮김, 다산글방, 2001, 96~98쪽.
35) 자크 데리다, 『마르크스의 유령들』, 진태원 옮김, 이제이북스, 2007, 275쪽.

주당한다. (…) 자아＝환영. 따라서 '나는 있다'는 '나는 신들려 있다'
는 것을 의미하는 셈이다. (…) 자아가 존재하는 곳마다 '유령이 달라
붙는다.'"[36] '자아'는 결국 타자로서의 대상을 제 안에 품으면서 동시
에 적대해야 하며, 그런 과정 속에서만 제 자신을 정립할 수 있다.[37] 그
런 대상의 또다른 이름이 '이방인' 혹은 '손님'이다.

> 마치 주인이 주인으로서 자신의 장소와 권력의 포로, 자신의 자기성
> 의 포로, 자신의 주관성(그의 주관성은 인질이다)의 포로이기라도 하듯
> 이 말이다. 그러니까 결국 인질이 되는—진실로 언제나 인질일—것은
> 주인, 초대하는 자, 초대하는 주인(hôte)이다. 그리고 손님(hôte), 초대
> 받은 인질(guest)은 초대하는 자의 초대하는 자가 된다. 주인의 어른이
> 된다. 주인(hôte)은 손님(hôte)의 손님(hôte)이 된다. 손님은 주인의 주
> 인이 된다.[38]

'hôte'는 주인(환대를 베푸는 사람)이면서 손님(환대를 받는 사람)이
라는 이중적인 의미를 갖고 있다. 환대를 통해 주인은 손님의 손님됨

---

36) 같은 책, 259쪽.

37) "유령이란 단순히 내가 볼 수 있는, 비가시적인 가시적인 것이 아니라, 일체의 상호성 없
이 나를 바라보는 누군가인 것입니다. 바로 이런 누군가가 법을 만들고 여기서 나는 맹목
적으로, 이런 상황에 의해서 맹목적인 채로 있는 것입니다. 유령은 절대적인 볼 권리를 행
사합니다. 아니 유령이 볼 권리 자체인 것입니다./내가 상속인인 것은 이 때문입니다. 타
자와 (시선조차도) 교환하지 못한 채 그에게 복종해야 하는, 그 앞에 있는 내 앞에서 그는
나보다 먼저 있습니다. (…) 나는 나보다 먼저 있는 타자와 관련을 맺게 됩니다. 절대적인 자
율성이란 더이상 가능하지 않습니다"(자크 데리다, 『에코그라피』, 김재희·진태원 옮김,
민음사, 2002, 211쪽). "세계의 다른 기원이나 다른 시선, 타자의 시선에 대한 우리의 관계
는 유령성을 함축한다는 점을 분명히 말해둡시다. 타자의 타자성에 대한 존경은 망령에 대
한 (…) 존경을 암시합니다"(같은 책, 214쪽). 이런 타자 혹은 유령에 개방되어 있는 존
재, 타자(대상)를 통해서만 정립되는 존재를 주체라 부를 수 있을 것이다.

38) 자크 데리다, 『환대에 대하여』, 남수인 옮김, 2004, 동문선, 134~135쪽.

을, 손님은 주인의 주인됨을 획득한다. 주인은 손님을 통해서만 주인됨을 확인하는데, 이는 손님을 환대함으로써만 주인이 주인으로서의 자기 자신임을 확인할 수 있다는 뜻이다. 그래서 주인은 손님의 인질이자 손님의 손님이다. 마찬가지로 손님은 주인을 통해서만 손님됨이 가능해지며, 이는 주인의 환대를 조건으로 한다. 그래서 손님은 주인을 인질로 삼으며, 주인의 주인이 된다. 환대는 이처럼 주객의 자리 바꿈을 내재적인 조건으로 갖는다. 이처럼 손님(대상)을 통해서만 제집의 주인임을 확인할 수 있는 '환대의 주인'을 주체라 부르기로 하자. 시적 주체 역시 이처럼 대상에 의해서만 제 자신이 주체임을 확인한다.

3-6. 들뢰즈의 주체

자아들은 어떤 애벌레-주체들이다. 수동적 종합들의 세계는 규정되어야 할 어떤 조건들 안에서 자아의 체계를 구성한다. 하지만 그것은 분열된 자아의 체계이다. 어디선가 은밀한 응시가 성립하는 순간 거기에는 자아가 있다. 어디선가 수축하는 기계가 기능하고 반복에서 어떤 차이를 훔쳐내는 국면에 도달하는 순간 거기에는 자아가 있다. 자아는 양태 변화를 겪는 것이 아니라 그 자신이 어떤 양태 변화이고, 이때 이 용어는 정확히 훔쳐낸 차이를 지칭한다.[39]

능동적인 행위자로서의 자아를 구성하는 것은 그 자신을 응시하는 수많은 작은 자아들이다. "행위하는 자아 아래에는 응시하는 작은 자아들이 있다. (…) 자아를 말하는 것은 항상 어떤 제3자이다."[40] 이때

---

39) 질 들뢰즈, 『차이와 반복』, 김상환 옮김, 민음사, 2004, 187쪽.
40) 같은 책, 181쪽.

의 응시란 대답을 훔쳐내는 물음이자 긍정이며 반복 가운데 차이를 끌어내는 작용이자 기대의 지평이다. 능동적인 행위의 작인으로 설정된 자아는 실제로는 이런 수많은 응시의 결과다. 그래서 자아는 처음부터 분열되어 있으며, 그것은 수많은 작은 주체들(애벌레-주체들)의 집적이자 차이화의 소산이다. 아니 그렇게 차이짓는 것을 이르는 허구적 이름이 자아다.[41] "처음부터 끝까지 나는 어떤 균열을 겪고 있다. 즉 나는 시간의 순수하고 텅 빈 형식에 의해 균열되어 있다"[42]거나, "자아는 다른 가면들을 가리는 가면이고 다른 가장복(假裝服)들 밑의 가장복이다"[43] 혹은 "코기토 배후에는 어떤 균열된 '나'가 있고, 이 나는 자신을 가로지르는 시간의 형식에 의해 처음부터 마지막까지 쪼개져 있다"[44]는 식의 거듭된 언급이 지시하는 바는 자아가 처음부터 주체에게는 타자로 체험된다는 점이다. 시에서의 '나'의 자리가 정확히 그렇다. '나'는 대상(타자)들의 배치가 낳은 차이화하는 지점이며, 능동적인 행위자(시의 모든 상황을 결정짓는 주인)가 아니라 그런 행위들의 결과(시적 상황의 주인은 타자들이다), 행위들의 거울상(응시하는 수많은 작은 주체들의 집적이자 차이), 행위들의 표현('내가 ~을 하다'의 원 표현은 '~한 행위가 있다'이다)이다.

시는 시니피에보다 시니피앙이 우선하는 장르다. 시니피에가 시니피앙들을 모으고 배열하고 배치하는 게 아니라 시니피앙의 모음에서 시니피에가 생겨나는 셈이다. 이렇게 모였을 때 떠올라오는 발화의 중심점(대상과 과정을 포괄하거나 개괄한다고 생각되는 발화의 자리)이 바로 주체의 자리이

---

41) "우리의 자아나 '정체성'은 결코 주어진 것이 아니며, 정말이지 우리가 생각하는 '자아'라는 바로 그 관념이 일종의 철학적 허구인 것이다"(존 라이크만, 『들뢰즈 커넥션』, 김재인 옮김, 현실문화연구, 2005, 150쪽).
42) 질 들뢰즈, 앞의 책, 204쪽.
43) 같은 책, 250쪽.
44) 같은 책, 373쪽.

다. 주체를 제안한 것은 반드시 화자가 가진 인칭적 성격을 탈색함으로써 시를 구조적으로만 보려는 것이 아니다. 복수적(다성적)인 발화, 화자의 단일한 입이나 몸으로는 설명되지 않는 발화, 인용과 발언이 구분되지 않는 발화, 사물화된 발화, 심지어 관념과 정서가 인칭화된 발화 등을 그 자체의 맥락에서, 그것의 수행적 성격을 통해 검토하자는 말이다. 따라서 이런 주체는 전통적인 화자 개념을 포함할 수 있을 것이다. 대상들의 일관된 질서 아래 배열되어 있을 때 통일된 주체가 생겨나며, 이 주체가 전통적인 화자가 되기 때문이다.

4. 화자에서 주체로

화자와 주체의 차이를 보여주는 시들을 살펴보자.

시장 바구니에 커피 봉다리를 집어넣는 여자
빈 병에 커피를 채우고 커피물을 끓이는 여자
커피물이 끓을 동안 손톱을 깎는 여자
커피물을 바닥내고 다시 물을 올리는 여자
커피를 마시기 위해 커피물을 두 번 끓이는 여자
커피를 마시지 않는 저 여자
손톱을 깎으며 눈물을 보였던 여자
커피 한 봉다리로 장을 본 여자
횡단보도 앞에 서 있었던 여자
횡단보도 앞에 서서 오래 울었던 그 여자
빨리 건너지 않으면 더 오래 울게 될 거야
아직 건너지는 마 좀 더 울어야 되지 않겠어?

커피 봉다리를 들고 오래 울고 있었던 여자

이제 커피는 그만 마셔야겠다고 생각하는 여자

횡단보도 앞에 서 있는 여자

오래 서서 울게 될 여자 신호등이 될 저 여자

손톱 발톱이 마구 자랄 여자

—이근화, 「아이 라이크 쇼팽」 전문

　표면적으로는 화자가 어떤 여자를 보고 쓴 작품으로 읽힌다. 한 여자의 무료한 일상을 따라가면서 관찰한 결과와 소회를 적었을 거라는 게 일차적인 인상이다. 6행의 "저 여자", 10행의 "그 여자"라는 지칭이 그런 인상을 준다. 게다가 11~12행은 그 여자에게 건너는 화자의 발언처럼 들린다. 빨리 건너지 않으면 너는 계속 슬플 것이다, 혹은 지금 건너기엔 네 슬픔이 다하지 않았다 운운.

　하지만 작품을 다 읽고 나면, 이 시의 "여자"가 다른 어느 누구도 아닌 자기 자신임을 알게 된다. '저' 혹은 '그'라는 지칭은 자기 자신을 대상화하기 위한 것이다. 나는 커피물을 끓이고 쇼팽을 듣고 손톱 발톱을 깎았지만, 정작 이 일련의 행동은 커피를 마시거나 음악을 듣거나 손톱을 다듬기 위한 행동이 아니다. 나는 커피물이 졸아들어 다시 끓여야 했고, 손톱을 깎다가 눈물을 보였고, 장에 가서 겨우 "커피 한 봉다리"를 샀다(8행을 보면 이 여자는 장 보러 가는 게 목적이 아니었다. 혼자 있는 게 답답해서 장 보러 가는 핑계로 그냥 외출했던 것이다). 무언인가가 결락된 삶이 무료함을 낳았다. '아이 라이크 쇼팽'이라는 제목이 내 근심의 일단을 보여준다. 쇼팽의 음악이 좋았던 게 아니라 '아이 라이크'라는 말 자체가 중요했던 것이다. 아마도 어떤 사랑의 부재와 결핍이 막막한 삶을 낳은 듯하다. 11~12행의 말은 대화가 아니라 독백이다. 나는 횡단보도를 건너듯 이런 삶, 이런 관계를 넘어서야(건너야) 한다.

내가 그렇게 넘어서고 나면 눈물은 그치겠지만, 아직 내게는 이 슬픔이 다하지 않았다. 여자는 횡단보도 앞에서 "신호등"이 될 듯이 오래 서 있다. "손톱 발톱이 마구" 자랄 것이다. 시의 주체는 사랑의 관계에서 놓여났지만 여전히 그 끊어진 관계를 고통스러워하는 여자다. 시 전체는 독백으로 구성되어 있으며, 시적 대상은 자기 자신이다.

　　하느님……죄 없는 강물에 불 지르는 저 열사흘 달빛을 거두어들이시든가 어룽어룽 광을 내는 내 눈물샘 단번에 절단내시든가 건너지 못할 강에 다리 하나 걸리게 하·시·든·가

　　하느님……시월 상달 창틀 밑에 밤마다 우렁차게 자진하는 저 풀벌레 울음을 기어코 흩으시든가 내 간음의 가을을 뒤엎으시든가 짱짱한 아궁이에 장작을 피우시든가

　　하느님……우리 밥숟갈의 정의에 묻어 있는 독을 닦아주시든가 적멸보궁 진신사리 별밭 속을 운행하는 심판의 불칼을 멈추시든가 능곡지변 갈대밭에 늡늡한 능금나무 향기롭게 하·시·든·가
—고정희, 「흩으시든가 괴시든가」 전문

나는 선택의 기로에 놓였다. 나는 하느님께 이것 아니면 저것 가운데 하나를 하게 해달라고 소망하는데, 그 소망의 내용은 이렇다. 나로 하여금 (모든 어려움을 이기고) 그 사람을 사랑하게 해주시든가, 아니면 그 사람을 사랑하는 마음을 거둬가주시든가. 제목부터가 이중적이다. 제목을 '내 마음을 흩으시든가 고이게 하시든가'로 읽을 수도 있고, '내 사랑을 흩어버리든가 사랑하게(괴다) 하시든가'로 읽을 수도 있다. 자세히 살펴보자. 1연: 강물이 빛나는 것은 강물에 비친 달빛 때문이다.

그 발광(發光)에 강물은 죄가 없다. 이것이 사랑의 대상(달빛)과 그로 인한 내 아름다움과 심화(心火)를 나타낸다는 데에는 의심의 여지가 없다. 달빛이 "열사흘"째인 것은 내 충만한 마음과 관련 있다. 보름달이라면 그를 향한 내 마음은 약화될 것이지만, 열사흘 달이라면 아직도 더 충만할 여지가 있을 것이다. "내 눈물샘 단번에 절단"낸다는 것은 나로 하여금 더이상 울 일이 없게 만들어달라는 말이다. 눈물샘은 눈물을 분비하는 선(線)인데, 여기서는 샘물(spring)의 뜻으로 전화되었다. "건너지 못할 강"이라는 말에서 나의 사랑이 허락받을 수 없는, 용인될 수 없는 성격의 것임이 암시된다. 거기에 다리를 놓으면 나는 쉽게 그를 찾아갈 수 있을 것이다. 2연: 시월의 "풀벌레 울음"은 고전문학에서 흔히 쓰이던 용법을 차용한 것이다. 임 생각에 잠 못 이루는 가을밤에 벌레들이 자지러지게 운다. 그 울음을 흩어달라는 것은 임에 대한 내 생각을 거둬가달라는 청원이다. "간음/가을"이라는 유음이의 어를 통해 내 사랑이 가진 어려움이 다시 상기된다. "짱짱한 아궁이"가 그가 없는 여성의 몸을(텅 빈 아궁이니까), "장작"이 남성의 몸을 뜻한다는 것은 분명하다. 그가 내게 들어오면 나는 타오를 것이다. 3연: "밥숟갈"은 '먹고사는 일'을 뜻하는 환유다. 먹고사는 일에도 옳은 게 있고 그른 게 있다. 사는 데 용납되어선 안 되는 일을 그냥 하게 해달라는 청원인 셈이다. "적멸보궁"은 불상을 모시지 않고, 부처님의 "진신사리"를 안치한 사리탑을 봉안한 법당이다. 따라서 적멸보궁과 진신사리의 결합은 아궁이와 장작의 결합과 같다. 별밭 속을 운행하는 길이 태양 길 곧 황도(黃道)다. 태양은 주변을 환하게 비추므로 늘 정의의 신을 상징한다. "심판의 불칼"을 멈춰달라는 말에서 다시 용납받을 수 없는 사랑을 실천하게 해달라는 청원을 읽을 수 있다. "능곡지변(陵谷之變)"은 세상사의 변화가 극심함을 이르는 말이다. 세상이 그토록 빠르게 변화하므로 내 사랑이 용인될 수 있는 날이 돌아올 수도 있을 것이다. "늠늠한 능금나무"는 에덴에 있던 그 유혹의 나무다. 내가 너 글너글하고 활달하고 향기로운 열매를 맺어 그를 유혹할 수 있게 해달라는 말이다.

구체적인 대상을 숨기고 있지만, 이 시가 사랑의 번민과 열정을 담고 있다는 것은 부정할 수 없는 사실이다. 그래서 표면적으로 이 시의 청자는 하느님, 화자는 기원하는 자이지만, 그것만으로는 시의 실체가 드러나지 않는다. 이 시의 주체는 사랑의 정념에 사로잡힌 사람이며, 시적인 대상은 내가 사랑하는, 하지만 숨어 있는 그 사람이다. 하느님은 청자의 형식을 빌렸으나, 실제로는 주체의 발언을 듣는다고 가정되는 불특정한 청자다. 하느님은 아무 역할도 하지 않고 그저 내 하소연을 듣는 텅 빈 존재일 뿐이다. 화자/청자 분석보다 주체/대상 분석이 긴요한 까닭이 여기서도 확인된다.

1028개 마루에 동시에 울려 퍼진다. 우리는 곧 정전(停電)의 순간을 맞이하게 됩니다. 이후로 이 마이크와 당신들의 스피커에 전류는 끊깁니다. 지금 당신이 딩동,

소리를 들었다면 맨 마지막 초인종입니다. 603호의 어둠 속으로 한 남자가 들어갔습니다. 그러나 당신의 실루엣은 바야흐로 덩어리입니다.

많은 여자들이 울었고, 더 많은 남자들이 울었고, 아이들이 보챘습니다. 가령, 1104호 여자애의 드라이기에서 더이상 뜨거운 바람은 나오지 않고, 여자애는 젖은 머리칼을 그냥 베개에 쏟아버렸습니다. 그렇게 누군가 눈감아버리고,

또 당신들은 기어이 촛불을 들고 서서 유령처럼 서로를 확인하고, 동

동시에 전원이 확, 켜지고,

—김행숙, 「관리사무소」 전문

　단순하게 읽으면 관리사무소의 정전 안내를 상상을 덧붙여 기록한 것 같다. 그런데 "많은 여자들이 울었고, 더 많은 남자들이 울었고, 아이들이 보챘"다. 단순히 전기가 나갔다고 해서 집단적인 통곡의 현장이 연출되었을 리 없다. 대체 무슨 일이 있었던 걸까? 먼저 인칭의 착란에 주목하자. "603호"의 남자가 어둠 속에 들면서 "당신"이 되었고, "1104호" 여자애가 젖은 머리칼 채로 누우면서 "누군가"가 되었으며, 수많은 남녀노소가 촛불을 들고 다니며 "당신들"이 되었다. 여기에는 나와 당신과 그들로 지칭되는 거리감이 없다. 관리사무소는 처음부터 그 모든 이를 끌어모아 "우리"라고 부른다. 정전의 순간은 관리사무소에도 찾아올 것이기 때문이다. 단절은 당신들 사이에서만 일어나는 것이 아니라, 우리 모두에게 일어난다. 우리 내부의 "누군가"가 곧 "당신"이다. 우리는 인칭을 건너뛰며 이 시를 읽어야 한다.

　먼저 나와 당신을 잇는 "이 마이크와 당신들의 스피커에" 전류가 끊긴다. 곧 우리를 잇는 대화의 통로가 끊겼다. 이게 첫 번째 정전이다. 그래서 "누군가(당신이 혹은 내가)" 눈을 감았다. 눈을 감았으니 아무것도 보이지 않는다. 이게 두 번째 정전이다. 나는(혹은 여자애는) 젖은 머리칼을 베개에 쏟아버렸다, 달리 말하면 베개에 얼굴을 묻고 울었다("가령"이라는 말에 주의하라. 많은 이들이 울었다. 여자애의 행동은 이 울음의 한 예다). 이미 어둠에 들었으므로, 혹은 내 눈에 눈물이 가득했으므로 "당신의 실루엣은 바야흐로 덩어리"다. 이게 세 번째 정전이다. 눈물이거나 어둠에 젖은 눈으로 보았으므로 세상에는 슬픔이 미만해 있

나. 그래서 모든 이들이 운다. "맨 마지막 초인종" 소리가 관계의 단절을 입증하는 마지막 신호였던 셈이다. 그렇게 어두운데도 나는 당신의 모습을 찾는다. 당신은 흐릿하다, "유령" 같다…… 이 시의 처음과 마지막 연은 이런 감각을 완성하기 위한 구조적 틀이다. 불이 꺼지고 들어오는 사실 자체야 중요한 게 아니지만, 우리 삶에는 이런 급작스러운 단절과 어이없는 복구가 또 얼마나 많은가?

이 시의 화자는 경비원이지만, 경비원이 위와 같은 진술을 끌고 갈 수는 없는 법이다. 화자 대신에 주체에 눈길을 돌리면 진정한 시의 전언이 드러난다. 이 시의 주체는 (관리사무소의 마이크를 빌려) 사랑을 이야기하는 사람이다. 더욱이 이 주체는 단일한 주체가 아니라 청자를 분할한 주체다. "당신" "당신들"은 내 고백을 듣는 이가 아니라, 나와 같은 정조에 침윤되어 같은 감정을 겪는 일반인들이라고 해야 한다.

마네킹이 모퉁이를 돌아간다. 텅 빈 소매가 나풀거린다. 타닥타닥 보도블록에 무릎뼈가 닿을 때마다 두 귀가 바닥으로 흘러내렸다. 지나가던 사람들이 분홍색 살점을 떼어 마네킹의 무릎뼈에 붙여 준다. 마네킹은 목을 꺾지도 않고 또 다른 모퉁이를 돌아간다. 공원을 가로지를 때 나무 그늘에 쪼그리고 있던 앉은뱅이 소년이 튀어나왔다. 소년을 따라 물고기를 닮은 계집아이가 돌멩이를 던지며 튀어나온다. 다시 보니 계집아이는 가슴살을 뜯어 소년에게 던지고 있다. 마네킹은 또 다른 모퉁이를 돌아간다. 앞에서 마주 오던 검은 구름이 말을 걸었다. 마네킹은 쓸모없는 구두와 장갑을 팔러 정육점에 간다고 대답했다. 네겐 구두와 장갑이 보이지 않는걸. 구름이 가던 길을 되돌려 뒤따라 왔다. 마네킹은 아무런 대꾸 없이 또 다른 모퉁이를 돌아간다. 길가 벤치에서 잠을 자던 노파가 마네킹을 보고 아는 체를 한다. 노파의 아가미에서 비린내가 났다. 군데군데 살점이 뜯긴 축축한 몸을 소나기가 파먹고 있다. 넝쿨 같은 비가 마네킹을 덮쳤다. 마네킹은 얼굴에 들러붙는 나뭇잎을 뜯어내려고 손을 뻗친다. 이마에서 두 팔이 뻗어 나와 공중에 흩어진다. 마네킹은 연기처럼 찢어지는 두 팔을 보며 서른 번째 모퉁이를 돌아간다. 뼈 끝에서 살이 찌는 구두와 장갑이 무거워 횡단보도 앞에 잠시 멈춘다. 문이 닫히기 전에 정육점에 가야 한다. 차도에는 질주하는 바퀴들이 핏물을 튀기고 있다. 마네킹은 목을 꺾어 뒤를 돌아본다. 사람의 앞면을 지닌 마네킹들이 걸음을 재촉한다. 타닥타닥 뼈 부딪는 소리가 바닥을 질질 끌고 모퉁이를 돌아간다.

—이민하, 「환상수족」 전문

"환상수족"이란 수족이 절단된 상태에서도 그 수족이 달려 있는 것처럼 느끼는 상태를 말한다. 마네킹에 달린 팔다리가 실제의 팔다리일 리 없으니, 그것을 환상수족이라 불러도 이상할 것은 없겠다. 하지만 실제로 이 수족은 피로한 육체에 달린, 굴신(屈伸)이 어려울 만큼 힘든 몸의 움직임을 보여주는 팔다리일 뿐이다. 이 시의 마네킹은 고통스러운 육신 이상도 이하도 아니다. 마지막에 등장하는 마네킹들을 제외한다면(이들은 나처럼 힘겨운 다른 사람들이다), 이 시의 "마네킹"을 '나'라 바꿔 불러도 좋다. 시인은 이 시에서 피로한 어떤 하루, 너무 힘들어서 내 몸이 내 몸 같지 않은 하루를 그렸다. 왜 굴신이 자유롭지 않은 몸을 일러 마네킹처럼 뻣뻣하다고 하지 않는가?

"이마에서" 뻗어 나온 "두 팔"은 비에 젖어 이마 위로 흘러내린 머리카락을 넘기려는 내 손일 터, 그것이 이마 때문에 지각되었으므로 이마에서 뻗어 나왔다고 해도 틀린 말은 아니다. "구두와 장갑" 역시 그렇게 확장된 내 수족의 일부다. "질주하는 바퀴들" 역시 내게 빗물(내가 정육점에 가고 있었으므로 빗물이 핏물로 바뀌었다)을 튀기는 차의 일부(환상수족)이며, 꺾인 "목" 역시 힘겨운 고갯짓을 대신하는 환상적인

(=버거운) 육체의 일부다. 마네킹이 거리를 돌아다닌다는 충격적인 표현 밑에는 힘든 하루를 겨우 견뎌내야 하는 한 삶이 있다. 시는 특정 사물(마네킹)을 환상적이고 그로테스크하게 관찰하는 화자의 입장을 취하고 있으나, 실상은 피로하고 의탁할 곳 없는 아픈 몸을 이끌고 일용할 양식(먹이를 구하는 곳이므로 "정육점"으로 표현되었다)을 구해야 하는 나날의 삶에 주목하고 있다. 그래서 이 시의 주체는 고백적이고 반성적이다. "서른 번째 모퉁이"가 주체가 살아온 나날(나는 서른 살이다)이나 주체가 겪은 아픔(내게는 힘든 고비가 서른 번쯤 있었다)을 지시하는 것이다.

가스레인지 쪽에서 무슨 소리 숨찼다.
가서 보니
-이 -냉혈한 -것,에도 ──친구가 -생겼노라!,고.
흐음,하며 더 들어보니,
식식거리며
-내 -사랑스런 -친구는
              -바로 -이 -주전자,씨,라고.
    -예쁜 -엉덩이 -들썩거리는 -것 -보라!,고.
    -헐떡거리는 -것,도 -보라!,고.

그리고?

──자, 부럽느냐,고.

그래서?

나도 불렀지,

　　　저 쪽 불 꺼진 안방에 대고,-여보,오,하고.
　　또 -여보,오,하고.

그래서?

　　창문을 열고, 저 밤거리에, 식식거리며 소리쳤지,
　　　-여보,시오!
　　　　-거기, -누구, -여보,오,오,시오!하고.
　　　　　—박의상,「그때, 내가 왜 그랬던지, 알 수 없는 일—5」전문

　가스레인지 위에 올려놓은 주전자에도 에로스가 숨었다. "주전자,
씨"(이렇게 써놓고 보니, 정말, 여자 이름 같다)는 "예쁜 -엉덩이"를 들썩
거리며 불타오른다. 다 끓었노라고, 제법 신음이 야단이다. 그 다음,
세 개의 접속어가 장면을 바꾼다. "그리고" "부럽느냐" 내 자신의 처지
를 묻는 것이다. "그래서" 나는 "불 꺼진 안방에", 그 텅 빈 곳에 대고,
지금은 없는 아내를 부른다. 아무도 없으니, 대답이 있을 리 없다. "그
래서" 쑥스러워진 나는 다시 창문을 열고, "밤거리에" 대고 소리쳤다.
"여보,시오!" 그는 뒷말을 더해 아내를 부르던 말을 보통 사람들을 부
르는 말로 바꾸었다. 이 막연한 호칭은 다시 분해된다. "여보,오,오,시
오!하고"라고. 가고 없는 그대여, 오오, 이리 오시오, 라고 말이다. 재
담(才談)이 가장 많이 써 먹는 방법 가운데 하나가 언어유희(소리은유)
다. 하지만 시인의 유희는 그 가벼운 외피(外皮)에도 불구하고 절대로
가벼운 것이 아니다. 하나의 장면에서 촉발된 두 개의 재미난 행동이
있었는데, 그 행동은 기실 쓸쓸함의 다른 표현이다. 웃음을 떠받치는
슬픔이 여기에 있다. 이 시는 자유간접화법을 통해 다른 주체의 발언

을 시에 도입했다.

어느 날 갑자기 나는 사랑에 빠졌다. 나는 양미간에 주름을 지었다. 익숙지 못한 것들이 배를 뒤틀리게 하고 가슴을 칼로 긁고 머리를 지끈거리게 했다. 어느 날 갑자기 나의 사랑이 나의 어두운 방으로 들어와 누워 있는 날 문질러댔다. 앙칼진 것들이 내지르는 붉은 소름. 불쾌한 입술이 이를 앙다물었다. 나의 사랑은 날 떠나지 않으려 몸부림쳤다. 난 호소했다. 날 떠나지 말아달라고. 거듭거듭 호소하는 나의 혀가 딱딱하게 갇혀 있었다. 어느 날 갑자기 난 둘이 되어 있었다. 난 놀란 눈을 하고 날 보고 있었다. 난 놀란 나를 때려죽이고 싶었다. 놀란 나는 나에게서 도망치고 싶어 했다. 그러나 난 무섭게도 도망치는 날 끝까지 추격하여 때려죽이고 싶었다. 어느 날 난 둘이 되어 있었다. 손이 손을 맞잡고, 입술이 입술에 포개지고, 성기가 성기에 삽입되어 있었다. 그리고 난 죽고 싶었다. 영원히, 모든 것이 사라져버렸으면 했다.

—이철성, 「사랑」 전문

주체가 제 자신을 나누어 둘을 만들었다. 말하는 나와 듣는 나, 혹은 사랑하는 "나"와 "나의 사랑"으로. 주체가 제 자신을 대상화한 셈인데, 이렇게 재귀적인 구도를 갖게 될 때 시는 반성적인 어조를 갖는다. 이 시에서는 "나의 사랑"을 '내 사랑의 감정'으로도, '내가 사랑하는 사람'으로도 읽을 수 있다. 전자라면 시는 제 자신의 내면을 기록하는 자의식적인 진술이 되며, 후자라면 시는 사랑의 언술을 토로하는 고백적인 진술이 된다. 여기서는 전자에 가깝다. 시가 진행되면서 둘이 '나'와 '놀란 나'로, 다시 '나'와 '도망치는 나'로 변형되었기 때문이다. 사랑은 분열의 체험이다. 그의 자리에 내가 서기 때문이다. 마지막 두 문장은 이러한 이중성 때문에 이중적인 의미로 읽힌다. 첫째, 나는 내 사랑과

완전하게 결합했다. 이것은 개별자의 죽음이지만, 영원한 포개짐이기도 하다. 둘째, 나는 혼자서도 영원히 둘이 되고 말았다. 이 분열이 나를 죽고 싶게 만들었다. 영원히 하나가 될 수 없었기 때문이다. 어느 쪽이든 이 주체를 화자로 간주하기는 어렵다. 거울놀이를 제외하고서는 화자가 제 자신을 대상화할 수 없기 때문이다.

주체와 화자의 차이를 보여주는 시편들을 살폈다. 화자 개념만으로는 이 시편들의 본의를 짐작하기가 쉽지 않다. 발화의 내용과 그 효과를 검토해보면, 이 시편들의 화자 뒤에 또다른 발화의 주체가 있음을 알 수 있다. 주체는 각 시편들이 펼쳐 보인 발화의 구체적인 문맥에서만 도출되며, 따라서 반드시 의미론적 접근만을 허용한다. 무슨 말을 했는가를 살펴야 그 말의 주체를 짐작할 수 있는 까닭이다. '화자' 개념 대신에 '주체' 개념을 제안하는 의의가 여기에 있다. 단선적인 화자 개념보다는 복합적인 주체 개념이 시의 의미론적 국면을 더 풍요롭고 정치하게 살필 수 있으리라는 판단에서다. 주체는 시적 대상과 분리해 생각할 수 없다. 대상과 맺는 관계에서 주체의 입지와 발화 형식이 규정되기 때문이다. 주체와 대상의 이러한 관계가 시적 언술의 유형을 이룬다. 3장에서 이 언술에 관해 다룰 것이다. 또한 이 관계를 통해 주체의 대상에 대한 발화의 내용이 규정되며, 이것이 어조를 낳는다. 이를 5장에서 다룰 것이다. 그 전에 먼저 시적 대상에 관해 알아보기로 한다.

2장 대상

시적 대상은 주체와 어떻게 관련되는가?

1. 주체와 대상

대체로 시는 전언(주제)을 먼저 고르고 거기에 맞는 대상을 취사선택하는 방식으로만 쓰이지 않는다. 시적 대상에 관한 이런저런 진술이 먼저 생겨나고, 그런 말들이 모여 한 편의 시를 이루는 경우가 훨씬 더 많다. 전언을 이루기 위해 시를 구성하는 것이 아니라 이런저런 구절들이 모여 전언을 형성한다. 특별한 시인이 화자를 내세워 전언을 만든다기보다는 특별한 시어와 시행들이 모여서 전언을 만드는 것이며, 그 전언이 만들어질 때에 동시에 주체가 생겨나는 것이다.

대상의 위계와 배치에 따라 주체가 생겨난다. 따라서 주체의 성격을 검토하려면 대상의 성격을 반드시 검토해야 한다. 주체와 대상의 관계 양상에 따라 시의 언술이 모습을 갖추기 때문이다. 시가 동일성의 산물이라는 것은 시적 대상이 자아의 변체라는 걸 뜻하는 게 아니다. 그것은 이질적인 대상들을 하나의 평면에, 동일한 지평에 놓고 생각한다는 뜻이다. 그래서 화자는 그 모든 것들을 지배하는 실재의 주체가 아니라 그것들을 단지 문법적으로만 연계하는 가상의 주체다. 이 순서를 뒤바꿀 때, 대상이 의식의 산출이라고 생각할 때 흔히 오독이 일어난다. 그래서 시에서 다루어지는 특별한 제재로서만 대상을 다루는 것은 곤란하다. 대상은 늘 주체와의 관련 아래서만 맥락을 갖기 때문이다.

대상을 다음과 같이 정의하고자 한다. 대상이란 동작(동사)과 양태(형용사)로 특징지어지는 술어들의 작용을 받는 모든 객체다. 대상은 목적어 자리에 놓인 객체들만이 아니다. 그것은 서술어의 영향에 노출된 모든 체언이어서 때로는 주어로, 때로는 목적어와 보어로 모습을 드러낸다. 따라서 주체는 대상의 일부(대상들과의 관계에서 파생되는 네트워크의 중심점)이다. 주체와 대상 모두 다른 대상과 주체의 관계에서만 자신의 자리를 확증하며, 의미를 부여받을 수 있다.

우리는 의미를 부여받은 모든 이름들의 정상적인 법칙은 정확히 그들의 의미가 오로지 다른 이름에 의해서만 지시될 수 있는 것이라는 사실을 알고 있다($n1 \rightarrow n2 \rightarrow n3 \cdots$). 그 자신의 의미를 말하는 이름은 무의미일 수밖에 없다(Nn).[1]

이것은 시에서의 발화에서도 똑같이 적용되는 현실이다. 주체와 대상이 놓인 지평만이 그것들의 의미 영역을 획정한다.[2] 시에서의 의미가 "시의 배치 속에서 파악되는 것이지 시의 지시체라고 가정된 것 속에서 파악되지 않는다"는 주장이 의미하는 바도 이것이다.[3]

---

1) 질 들뢰즈, 『의미의 논리』, 이정우 옮김, 한길사, 1999, 145쪽.
2) '무의미시'의 이상은 다른 의미에 오염되지 않은 순수한 의미에 대한 꿈이다. 그것은 자기 자신을 가리키는 의미이며, 따라서 불가능한 의미이다. 무의미시는 글자 그대로의 무의미에 한 번도 이르지 못했다.

2. 대상은 어떻게 주체를 산출하는가?

주체가 먼저가 아니라 대상이 먼저다. 이를 분명하게 보여주는 예들을 먼저 살피자.

그 시절 밤이면 죽은 여인이 찾아와
내게 안아달라 말했네

두 팔을 벌려 껴안으면 죽은 여인은 눈 크게 뜨고
이제 아름다운 노래를 불러달라고 했네

자거라, 푹 자거라 낮은 음정으로 부르면
죽은 여인은 내 품에 안겨 새근새근 잠이 들었네

먼 옛날 문밖 하늘엔 큰 별들이 부딪쳐 우는 소리 자욱하고
벌판엔 쓰러져 죽은 전사들 사이 붉은 꽃들이 활짝 피어나던 시절

밤이면 밤마다 죽은 여인이 다가와
내 튼튼한 심장을 먹고 싶다, 조금만 다오 말했네

두 팔에 안긴 채 가슴에 머리를 파묻고 내 심장을 먹어가며
죽은 여인은 밤새도록 눈물을 흘렸네

새벽이면 멀리 떠나는 그녀를 배웅하며

---

3) 알랭 바디우, 『비미학』, 장태순 옮김, 이학사, 2010, 64쪽.

나 다시 돋아나는 심장의 아픔에 진저리 치곤 했네

그 시절 밤마다 찾아온 죽은 여인은 이 밤도 내 집 창가를 어른거리며
나랑 같이 떠나자, 멀리 떠나자 노래 부른다네

허나 눈멀고 머리 허옇게 센 나는 창틀에 기대어
심장 똑딱거리는 소리만 듣고 있네

똑딱거리다가
그마저 멈출 날 기다리고 있네

—남진우, 「바람의 노래를 들어라」 전문

죽은 여인, 시체가 된 신부가 나를 찾아온다. 이 좀비는 황폐한 현재의 비루한 증인이며, 돌이킬 수 없는 과거의 몰락한 증인이다. 밤마다 나를 찾아오던(내가 그리워하던) 여인은 지금 내게 없다는 의미에서 죽었다. 그녀는 과거의 여자이고 그 여자에게 나도 과거의 남자다. 그럼에도 나는 그녀를 잊지 못해 이렇게 심장을 파먹힌다. 나는 늙어 죽을 날을 기다리는데, 이 죽음 역시 생물학적인 죽음이 아니라 재회의 소망이 사라진 상태를 이르는 말이다. 대상의 이면이 밝혀지는 순간 주체의 정체가 밝혀지는 것이지, 그 역이 아니다. "죽은 여인"을 실제로 죽었다고 말할 근거가 없기 때문이다. 표면적으로는 호러 영화의 문법을 차용했으나, 이 시가 실제로 이야기하는 것은 지금은 내게 없는 한 사람에 대한 그리움이다. 대상의 실제 성격이 주체의 발언을 규정하는 것이다.

몸이 있으나 몸을 부려둘 공간이 없다 그들에게는

소비할 공간이 없다 먹고 죽을 공간도 없다 그러니

어떻게 발을 두나 머리를 두나 먹을 입과 담아둘 위장과 배설할 항문

을 어디에 두나 똥은

또 어디에 내려놓나

모든 가능 공간을 몰수당했으므로 그들은

존재일 수 없음

그러므로 그들의 시간도 꽃필 수 없음 나프탈린처럼

또는 유령처럼 생으로 졸아들다가 증발한다

그러니 그들의 시간도 튀긴 구정물처럼 길가 담벼락이나

애꿎은 바지자락 같은 곳에 묻어 오갈들 뿐

그 떳떳하던 공간들은 다 어디로 갔나 그들은 정말로

그 싱싱한 공간들을 다 먹어치운 것인가 소문처럼

그 착한 공간들을 어디에나 똥 눠 치운 것인가

마이너스 공간에서 반(反)물질을 소비하며 그들은 있다

아닌 공간의 그들을 인 공간에서 보면

없다, 떼먹은 공간을 변제하고 그들은 없어야 한다

그러므로 그들의 현재는 오직 게워냄에 있다 제 안을 밖으로

뒤집는 데 있다

그러므로 그들은 게운다 제 목구멍을 제 내장을 제 항문을 항문 바깥

의 우수마발(牛溲馬勃) 장삼이사 돗긴갯긴을 피눈물을 마지막으로 게우

는 제 입까지를 게운다

구강에서 항문까지 속통의 안팎이 홀딱 뒤집힌 채

그들은 있다, 있음인 체해본다 한사코

그들은 완성이자 죽음인 블랙홀이다 모든 공간은 몰수되고

우리는 그들의 내장 위에 붙어 있다

우리는 그들이 게워낸 공간 위에 다시 게워져 있다
우리는 그들의 항문을 지나 그 다음에 있다

—김사인, 「노숙」 전문

노숙자에 대한 아프고 고통스런 긴 서술의 끝에서 그들과 우리의 관계가 재설정된다. 그들은 "모든 가능 공간을 몰수당했으므로" 존재할 수 없고, 그럼에도 불구하고 저렇게 있으므로 모든 떳떳하고 싱싱하고 착한 공간들을 다 먹어치웠다. 그들이 있다는 것 자체가 이곳이 반(反)공간임을 말해준다. 그들이 없어야 할 곳에 있다면 우리도 그렇다. 우리는 반공간의 반공간에 있다. 달리 말하면 우리는 그들의 내장 위에 붙어 있고, 그들이 게운 공간에 다시 게워져 있으며, 그들의 항문을 지나 그들이 똥 눠버린 공간에 있다. 마지막 연의 충격적인 진술은 그들로 인해 우리에게 반성적인 공간이 마련되었다는 뜻이다. 그들을 경유하지 않고서는 우리의 진정한 위치를 찾을 수 없다. 그러므로 우리는 "그들"이 설정해둔 경계와 공간, 지위를 차지한다. 대상인 그들이 주체인 "우리"의 정체성을 설정해주는 것이다.

일찍부터 우리는 믿어왔다
우리가 하느님과 비슷하거나
하느님이 우리를 닮았으리라고

말하고 싶은 입과 가리고 싶은 성기의
왼쪽과 오른쪽 또는 오른쪽과 왼쪽에
눈과 귀와 팔과 다리를 하나씩 나누어 가진
우리는 언제나 왼쪽과 오른쪽을 견주어
저울과 바퀴를 만들고 벽을 쌓았다

나누지 않고는 견딜 수 없어
자유롭게 널려진 산과 들과 바다를
오른쪽과 왼쪽으로 나누고

우리의 몸과 똑같은 모양으로
인형과 훈장과 무기를 만들고
우리의 머리를 흉내 내어
교회와 관청과 학교를 세웠다
마침내는 소리와 빛과 별까지도
왼쪽과 오른쪽으로 나누고

이제는 우리의 머리와 몸을 나누는 수밖에 없어
생선회를 안주 삼아 술을 마신다
우리의 모습이 너무나 낯설어
온몸을 푸들푸들 떨고 있는
도다리의 몸뚱이를 산 채로 뜯어먹으며
묘하게도 두 눈이 오른쪽에 몰려 붙었다고 웃지만

아직도 우리는 모르고 있다
오른쪽과 왼쪽 또는 왼쪽과 오른쪽으로
결코 나눌 수 없는
도다리가 도대체 무엇을 닮았는지를

—김광규, 「도다리를 먹으며」 전문

우리는 우리의 생김새가 그렇다고 해서 세상이 좌우대칭을 하고 있다고 여긴다. 하느님이 우리를 닮았을 테니 신도 좌우 분할을 좋아할 것이다. 우리는 우리 몸에서 시작해서 도구와 사물과 자연을 모두 좌우로 나누어 살았다. 술을 마시는 것도 몸과 마음을 대칭으로 분할하는 것이다. 그러다가 문득 좌우대칭을 '잃은' 도다리에게 눈이 간다. 눈이 한쪽으로 몰려 붙은 도다리는 비웃음의 대상이지만, 문득 도다리가 신도 자연도 사람도 닮지 않았다는 것을 알게 된다. 그렇다면 우리가 도다리를 비웃을 게 아니라 도다리가 우리를 비웃을 수도 있지 않겠는가? 우리가 모르는 어떤 질서가 그 비대칭에 숨어 있지 않겠는가? 도다리는 우리의 무지와 무능을 폭로하는 신적인 지식의 누설자가 아닌가? 이 시는 대상(도다리)에서 촉발된 생각이 대상을 은닉해둔 채 지속되다가 마지막에 가서야 대상을 폭로한다. 도다리의 출현에 이르러서야 여태까지의 진술들이 제 있을 곳에 자리잡는 것이다. 대상이 생각을 촉발했으되 마지막에서야 생각의 (역전된) 결론으로 출현했다고 하겠다.

친구에게, 라고 적어봅니다
비 내리는 오후 유리창이 침을 흘려댑니다 배가 고파서
사실 가정을 갖는 일에는 늘 실패합니다
책임감은 언제나 그림자의 발뒤꿈치로 달아나고
하루는 그림자와 손을 맞대고 다짐합니다 서로에게 본보기가 되자고
찬 벽이 싫어서 얼른 손을 떼었지만
오늘밤은 얼굴이 조금 가렵습니다
뭐랄까, 나는 낭만적인 사람에 가깝다고 해야 할까요. 부끄러운 줄도
모르고,
사람들은 자신이 만든 음악에 취해 왕관을 꿈꾸고
새 옷과 구두를 장만하지요

나는 그렇게 하는 대신, 긴 그림자가 사라지는 먹구름의 오후
종이 위에 친구에게, 라고 적습니다
친구여 자네를 누나라 불러도 좋을까, 꾸욱 눌러쓰며 말이죠

매형, 세상에는 참 불쌍한 놈들이 많습니다.
—황병승, 「불쌍한 처남들의 세계」 전문

1연은 친구를 부르며 시작한다. 유리창에 흐르는 빗방울은 권태로운 오후를 흉내 내고("침"을 흘려댄다), 나는 늘 배가 고프다. 가정을 갖지도 못했고 책임감도 없다. 다짐은 늘 다짐으로 끝나고 반성도 내 몫이 아니다. 그러니 부끄러움도 없다. 할일 없이 음악이나 들으면서도 자신을 '낭만주의자'로 여기는 형상이 영락없이 백수다. 그러다가 마지막에 나는 친구를 "누나"로 바꿔 부른다. 이 명명은 일종의 착란이지만, 이 착란 때문에 2연의 착란이 가능해진다. A가 친구인 B를 누나라고 부른다면, A는 당연히 남동생이 되어야 한다. 그럼에도 불구하고 B는 (누나로 가정된) 친구이므로 '누나(가정)의 친구(실제)'가 된다. 결국 나(A)는 B를 누나와 제일 친한 벗인 누나의 남편, 곧 매형으로 갖게 되며, 그래서 자기 자신은 처남이 된다. "매형"이라는 명명은 이 두 번의 착란을 통해 생겨났지만, 시의 초점은 여전히 그 명명을 통한 명명, 곧 처남으로서의 자기 자신에게 놓여 있다. 대개 처남이라는 자리가 직업을 얻기까지 매형에게 용돈이나 얻어 쓰는 "불쌍한" 백수의 이름이 아니겠는가? 몇 번의 명명을 통해 시는 자기 자신(나, A)으로 돌아오는데, 이 마지막 귀환 이후에야 주체의 입지가 분명히 떠올라온다.

　이런 점에서 보면 황병승의 목소리 역시 자아가 아니라 이런 명명을 통해 형성되는 주체다. 대상을 우회하지 않고서는 이 목소리의 정체를 짐작할 수 없다. 친구→누나→매형이라는 명명을 통해 이 명명의 내

부에서 하나의 목소리가 자리잡는 것이다.

3. 대상은 어떤 지평에 놓여 있는가?

　대상을 유정물(有情物)과 무정물(無情物), 그리고 특정 관념으로 대별하는 것만으로는 충분치 않다. 사람이든 사물이든 관념이든 시적인 대상은 은유적인 맥락 아래 통합되기 때문이다.

　어물전 개조개 한 마리가 움막 같은 몸 바깥으로 맨발을 내밀어 보이고 있다
　죽은 부처가 슬피 우는 제자를 위해 관 밖으로 잠깐 발을 내밀어 보이듯이 맨발을 내밀어 보이고 있다
　펄과 물속에 오래 담겨 있어 부르튼 맨발
　내가 조문하듯 그 발을 건드리자 개조개는
　최초의 궁리인 듯 가장 오래하는 궁리인 듯 천천히 발을 거두어갔다
　저 속도로 시간도 길도 흘러왔을 것이다
　누군가를 만나러 가고 또 헤어져서는 저렇게 천천히 돌아왔을 것이다
　늘 맨발이었을 것이다
　사랑을 잃고서는 새가 부리를 가슴에 묻고 밤을 견디듯이 맨발을 가슴에 묻고 슬픔을 견디었으리라
　아―하고 집이 울 때
　부르튼 맨발로 양식을 탁발하러 거리로 나왔을 것이다
　맨발로 하루종일 길거리에 나섰다가
　가난의 냄새가 벌벌벌벌 풍기는 움막 같은 집으로 돌아오면
　아―하고 울던 것들이 배를 채워

저렇게 캄캄하게 울음도 멎었으리라

—문태준, 「맨발」 전문

조개가 내민 발은 사랑의 증거이기도 하고(2행), 사색의 산물이기도 하며(5행), 슬픔의 표상이기도 하고(7행), 가난의 환유이기도 하다(11행). 제재로서의 대상은 실제로는 어떤 것으로도 변환될 수 있다. 따라서 대상 자체의 외연을 따르지 말고 주체와의 관련 양상을 살펴야 한다. 정확히는 대상들의 배치에 따라 주체의 자리가 측정된다. 대상을 주체와의 관계에 따라 포함(包含), 인접(隣接), 분리(分離)로 대별할 수 있을 것이다. 이런 주체의 지배 방식에 따라 대상이 위계화되거나 병렬된다. 위계화와 병렬에 관해서는 3장에서 상술하고 여기서는 대상과 주체의 거리에 따른 분류만을 살피기로 한다.

3-1. 포함 관계의 대상

주체 안에 포괄되는 대상(대상의 내부에서 주체를 생성하는 대상) 곧 주체와 긴밀하게 연동된 대상이 있다. 이런 대상은 주체의 자기표현과 관련되어 있으므로 표현적이다.

목재는 100℃ 이상 가열되면; 추워라, 추워라, 상처 입은 짐승처럼 아무리 그대 얼굴 떠올려도 생각나지 않네; 가연성 가스인 CO, H₂, CH₄ 등이 발산되고; 나는 심해의 향유고래처럼 미지의 어둠에서 떨고 있구나; 150℃ 이상 되면 탄화 작용으로 흑갈색으로 착색되며; 얼마나 사랑했으면, 얼마나 사랑했으면; 250℃ 이상 되면 화원(火源)에서 스스로 불꽃을 당겨 인화하며; 피의 온도—칼날처럼 슬픈 너의 꽃이(齒)를 기억하고 있지; 화원이 없어도 목재 자체에서 불길이 일기 시작한다; 너는 왜 나를 파고들지?

기억하니?

미친 내 인생을

—함성호, 「발화」 전문

1행 전체에서 보통 글씨로 쓰인 부분은 자연과학적 사실을 전달하는 객관 서술이다. 온도가 오르면 목재는 스스로 탄다는 얘기가 이 서술의 중심 내용이다. 한편 작은 글씨로 쓰인 부분은 사랑을 토로하는 주관 서술이다. 사랑을 잃은 자의 추운 내면에서 시작해 사랑의 열기로 타오르던 한 시절의 추억으로 넘어가는 이 서술은 격렬하고 아름답고 고백적이다. 그런데 이 두 서술이 병치되면서 보통 글씨로 기록된 사실이 작은 글씨로 기록된 고백을 비유적으로 풀어낸다. 목재는 뜨거운 온도에 이르면 가스를 내다가 흑갈색으로 변하다가 스스로 타오른다. 너에 대한 내 사랑도 그렇다. 2행과 3행은 둘 다 작은 글씨로 쓰였어야 할 부분이다. 이 둘을 뒤섞음으로써 주체는 마침내 타오르는 목재가 사랑으로 인해 스스로 발화하는 "미친 내 인생"과 다르지 않음을 이야기한다.

그러므로 이 시의 주체는 객관적인 사실을 전달하는 중립적인 발화자와 주관적인 내면을 토로하는 고백적인 발화자의 둘로 나뉘어 시작되었다가 마지막에 가서 하나로 결합한다. 객관적 사물로서의 대상이 주체의 내면을 요약하는 주관적 사물로 변형되는 셈이다.

문득 스스로를 느낄 수 없는 하루가 온다. 세면. 식사. 여자의 전보. 이곳은 아름답군요 언제 서울로 돌아갈는지는 모르겠어요. 나는 그대의 소식을 두고 외출한다. 등 뒤에서 나의 몫으로 주어진 시간을 폐쇄하는 문. 여기가 문밖인가? 아무것도 지시하지 않는 사물들. 아무렇게나 아름다운 것들, 가령 담배꽁초. 보도블럭. 초로의 여자가 나누어주는 〈일수돈 씁니다〉.

어쩌면 몇 편의 죽음만으로 한 시대를 설명할 수 있을는지도 모른다. 종로 2가의 가로수. 종로 1가의 바람. 크로포트킨 공작이 무의미한 세계를 견디지 못해 아나키스트가 되었다는 소문은 사실이 아니다. 광화문의 바람. 가로수. 다시 바람. 정신분석은 지겹다. 십수 년 전 바움테스트에서, 나는 고의로, 부러진 나무를 그렸다. 의사는 치유할 방도를 강구하자고 말했다. 그가 내게 준 것은 위약(僞藥)이었다.

그러므로 아직도 나와 친한 것들은 스스로를 오래 묵인하여 죽어가는 것들이다. 가령 무언가를 향해 필사적으로 도열해 있는 간판들. 시월의 태양 아래 혼자 끓는 육체. 손차양 사이로 문득 햇살이 무심하다. 이순신 상 곁을 날아가는 지중해행(行) 종이비행기. 생각난다, 이런 순간이 있었다, 그때 나는 불긋한 색종이라도 접어 유장한 강물에 배 한 척 띄웠을는지, 그 배 지금쯤 멕시코만 어디서 좌초했을는지.

교보빌딩 화장실 변기 위에 달린 자동 감지기. 내가 다가가면 붉은 등을 켜는, 내 유일한 존재 증명. 그대가 서울에 없으니까 나는 죽도록 쓸쓸하다, 돌아오라 돌아오라, 고 나는 전보를 치지 않는다. 거리에 도열한 간판들은 고의로 부러진 나무들처럼 고요하다. 또 위약이군, 중얼거릴 때 내 몸을 가볍게 통과하는 종이비행기. 아주 조금씩 스스로를 지워가는 사물들과 더불어, 다만 어느 날, 투명한 지중해의 햇빛 속을, 산보라도 할 것.

—이장욱, 「투명인간」 전문

시는 "문득 스스로를 느낄 수 없는 하루"를 살아가는 나의 무료한 일상을 펼쳐 보인다. 멀리 가서 돌아오지 않는 여자와 "아무것도 지시하지 않는 사물들"의 목록(1연), 뜻 없이 걸어간 종로의 길과 아무 효과가 없었던 정신분석 상담 체험(2연), "스스로를 오래 묵인하여 죽어가는 것들"과의 친밀감(3연), 희망 없이 날아가는 종이비행기(4연)를 거쳐, 시는 "교보빌딩 화장실 변기 위에 달린 자동 감지기"에서 자신의 "유일한 존재 증명"을 찾아내는 주체를 보여준다. 수많은 사람들이 나를 알아보지 못하고 지나쳐 갔다. 그들에게 나는 있어도 없는 존재였을 뿐이어서 "투명인간"과 다르지 않았다. 따라서 투명인간은 무의미한 삶을 견뎌내는 주체 자신의 자화상이며, "투명한 지중해의 햇빛 속을" 투과하고 싶어하는 주체를 드러내는 비유적인 거울이다.

    미나리와 비슷하게 습지 따라가거나
    잎과 줄기를 삶아먹기 때문에 나온
    미나리아재비란 이름에는 마흔 살의 흠집이 먼저다
    제 이름 없이 더부살이한다는 의심이 먼저다
    다섯 장의 꽃잎이 노란 것도
    식은 국물같이 떠먹기 쉬운
    약간은 후줄근한 아재비란 촌수 탓이다
    저 풀의 독성이란 언젠가 다시 켜보려는 붉은 알전구들
    돌아갈 수 없는 열정이
    저 풀을 이듬해에 또 솟구치도록 숙근성으로 진화시켰다
    노란 꽃 찾는 꿀벌의 항적(航跡)도 명주나비 얼룩무늬도
    미나리아재비 살림의 쓴맛 단맛
    막무가내 번식하는 미나리아재비 군락을 지나간다면
    일장춘몽 쓸개는 곰비임비 햇빛에 널어라

양지에 피어난 것이 어디 미나리아재비뿐이냐
누구를 기다리지도 누군가 다가오지도 않는
마흔 살 너머!

—송재학, 「마흔 살」 전문

"미나리아재비"란 단어 속에는 '아재비' 곧 '아저씨'를 부르는 낮춤 말이 숨었다. 그 꽃의 모습과 속성에는 "마흔 살의 흠집"과 "제 이름 없이 더부살이한다는 의심"과 "후줄근한 아재비란 촌수"가 섞였다. 마흔이라는 나이가 그렇다. 이 나이에 남은 것은 "돌아갈 수 없는 열정"과 살림살이의 "쓴맛 단맛"과 "일장춘몽"이, 나아가 "누구를 기다리지도 누군가 다가오지도 않는" 무미건조한 삶이 있을 뿐이다. 결국 미나리아재비라는 대상은 청춘을 다 떠나보낸 주체의 내면적 표상이다.

언뜻 내민 촉들은 바깥을 향해
기세 좋게 뻗어가고 있는 것 같지만
실은 제 살을 관통하여, 자신을 명중시키기 위해
일사불란하게 모여들고 있는 가지들

자신의 몸속에 과녁을 갖고 산다
살아갈수록 중심으로부터 점점 더
멀어지는 동심원, 나이테를 품고 산다
가장 먼 목표물은 언제나 내 안에 있었으니

어디로도 날아가지 못하는, 시윗줄처럼
팽팽하게 당겨진 산길 위에서

—손택수, 「화살나무」 전문

주체는 화살나무에서 실존적인 삶의 모습을 보았다. 화살나무의 잎들은 화살촉처럼 바깥으로 "기세 좋게 뻗어가고 있는 것" 같으나, 사실은 제 안을 향해 있다. 화살나무에게도 "나이테", 곧 "과녁"이 있기 때문이다. 그래서 2연 4행의 말은 이 대상에서 찾아낸 일반 진술이기도 하고, 대상의 속성을 자기화하는 데서 나온 깨달음이기도 하다. 어느 경우든 "가장 먼 목표물은 언제나 내 안에" 있었다는 말은 나무와 나의 관계가 극히 긴밀함을 보여준다.

두리번거리며 몹시 추위 타는 시늉으로
몸을 오그라뜨리는 어떤 슬픔에게
아무런 요량도 없이 툭 벗어주는 옷자락,
플라타너스 큰 잎사귀, 연민(憐憫) 한 장이
또 한 벌 벗기고, 또 한 벌 벗겨낸다.

—한영옥, 「연민憐憫 한 장」 전문

플라타너스가 떨어뜨리는 저 큰 잎은 "추위 타는 시늉으로/몸을 오그라뜨리는 어떤 슬픔"을 위한 것이었다. '이걸 입어봐, 조금 따뜻해질 거야'라는 투다. 주체와 대상은 두 번 연동된다. 낙엽이 "옷자락"이 되어 추위를 타는 이에게 입힌다는 상상이 하나, 나무가 건넨 잎이 "연민 한 장"이어서 슬픈 자에게 건네는 위로라는 상상이 또 하나다. 어떤 쪽이든 저 연민은 주체와 대상의 교감을 보여주는 지표다.

3-2. 인접 관계의 대상

주체와 인접한 대상은 주체 자신은 아니지만, 주체와의 관련 아래서

만 의미화되는 대상(대상과 인접한 자리에서 주체를 생성해내는 대상)이
다. 따라서 이런 대상은 표현적이기도 하고 재현적이기도 하다.

> 몸져누운 어머니의 예순여섯 생신날
> 고향에 가 소변을 받아드리다 보았네
> 한때 무성한 숲이었을 음부
> 더운 이슬 고인 밤 풀여치들의
> 사랑이 농익어 달 부풀던 그곳에
> 황토먼지 날리는 된비알이 있었네
> 비탈진 밭에서 젊음을 혹사시킨
> 산간 마을 여인의 성기는 비탈을 닮아간다는,
> 세간 속설이 내 마음에 천둥 소낙비 뿌려
> 어머니 몸을 닦아드리다 온통 내가 젖는데
> 경성드뭇한 산비알
> 열매가 꽃으로 씨앗으로 흙으로
> 되돌아가는 소슬한 평화를 보았네
> 부끄러워 무릎을 끙, 세우는
> 어머니의 비알밭은 어린 여자아이의
> 밋밋하고 앳된 잠지를 닮아 있었네
> 돌아갈 채비를 끝내고 있었네

—김선우, 「내력」 전문

"된비알"은 생식 기능을 잃고 터럭이 다 빠져버린 어머니의 몸이다.
전반부에서는 "이슬 고인 밤 풀여치들의/사랑이 농익어 달 부풀던" 과
거와 "황토먼지 날리는" 현재가 대조되면서 세월이 강요한 비극적이고
고통스러운 어머니의 처지가 드러난다. 그런데 후반부에서 역전이 일

어난다. "어머니의 비알밭은 어린 여자아이의/밋밋하고 앳된 잠지를 닮아" 있었다. 열매는 흙으로 돌아가고 어머니는 다시 생산할 수 없겠지만, 그것은 처음으로 돌아가는 일이다. 죽음과 생산을 겹쳐 읽는 이 시선의 역전을 통해 고즈넉하고 "소슬한 평화"가 내려앉는다. 어머니는 돌아가실 테지만, 그것은 노구(老軀)에서 처녀로, 다시 앳된 여자아이로, 아기로, 마침내 흙으로 귀환하는 돌아감이다.

이 시의 대상은 물론 어머니의 몸이며, 그 몸이 내포한 의미가 주체 자신과의 관련 아래서 드러난다. 모녀 관계가 전제되지 않았다면, 시는 세월이 강요한 공포를 드러내거나 낡아가는 육신에서 비롯된 연민을 드러내는 데 그쳤을 것이다. "내 마음에" 뿌려진 "천둥 소낙비"가 새로운 시선을 가능하게 했다. 대상은 끝끝내 주체 바깥에 있으나, 이 경우 역시 주체와의 관련 아래서만 의미화된다.

　　먼 길을 가기 위해
　　길을 나섰다
　　강가에 이르렀다
　　강을 건널 수가 없었다
　　버드나무 곁에서 살았다
　　겨울이 되자 물이 얼었다
　　언 물을 건너갔다
　　다 건너자 물이 녹았다
　　되돌아보니 찬란한 햇빛 속에
　　두고 온 것이 있었다
　　그렇게 하지 말았어야 했다
　　다시 버드나무 곁에서 살았다

아이가 벌써 둘이라고 했다

—장석남, 「수묵水墨 정원 1」 전문

'물을 건너다'라는 관용어가 가진 '돌이킬 수 없다'라는 뉘앙스가 잘 활용된 시다. 한 줄로 이뤄진 2연이 있어서 1연의 이야기가 새로운 의미를 부여받았다. 이야기는 만남과 이별에 관한 얘기로 전환된다. 강가에서 살다(그 사람과 살다)—물이 얼다(그 사람에 대한 마음이 식다)—물을 건너다(그 사람과 헤어지다)—돌아보니 강물이 녹아 빛나다(그 사람에 대한 옛 추억을 아름답게 생각하다)—후회하다로 이어지는 일련의 이야기가 2연 한 줄 덕택에 자리잡는다. 대상의 모습이 2연에서 얼핏 모습을 드러낸다. 나는 끝내 그 사람을 잃었다. 그래서 그 사람은 내 바깥에 놓였으나, 내가 그이를 완전히 떠나보낸 것은 아니다.

당신이 얼마나 외로운지, 얼마나 괴로운지,
미쳐버리고 싶은지 미쳐지지 않는지
나한테 토로하지 말라
심장의 벌레에 대해 옷장의 나방에 대해
찬장의 거미줄에 대해 터지는 복장에 대해
나한테 침도 피도 튀기지 말라
인생의 어깃장에 대해 저미는 애간장에 대해
빠개질 것 같은 머리에 대해 치사함에 대해
웃겼고, 웃기고, 웃길 꼴골에 대해
차라리 강에 가서 말하라
당신이 직접
강에 가서 말하란 말이다

강가에서는 우리

눈도 마주치지 말자.

—황인숙, 「강」 전문

1연은 당신의 하소연을 더는 견디지 못하는 나의 거절이다. 이제 그만 좀 해라, 지긋지긋하다. "나한테 토로하지 말라" "나한테 침도 피도 튀기지 말라" "차라리 강에 가서 말하라"와 같은 거듭된 반발은 당신이 끝끝내 당신의 외로움과 괴로움과 미칠 것 같음과 사소함을 내게 쏟아냈다는 것을 암시한다. 제발 그만하라, 차라리 임금님 귀는 당나귀 귀라고 외친 옛날이야기의 이발사처럼 아무도 없는 곳에 가서 아무것도 아닌 것에 대고 말하라. 2연의 얘기는 뜻밖의 역전이다. 내게도 그런 사연이 있으니 강가에서 우리는 서로 모른 척하자. 너만이 아니라 나도 그렇게 아프고 외롭고 슬픈 사연이 있었다는 뜻이다. 따라서 "강"이라는 대상은 너와 나의 외면의 결과(우리는 따로 강가를 거닐 것이다)이면서, 공감의 표현(우리는 둘 다 강가를 거닐 것이다)이기도 하다. 나와 분리되었으되 나와의 관련 아래서만 의미화되는 대상이 바로 강이다.

형수가 죽었다

나는 그 아이들을 데리고 감자를 구워 소풍을 간다

며칠 전에 내린 비로 개구리들은 땅의 얇은

천정을 열고 작년의 땅 위를 지나고 있다

아이들은 아직 그 사실을 모르고 있으므로

교외선 유리창에 좋아라고 매달려 있다

나무들이 가지마다 가장 넓은 나뭇잎을 준비하러

분주하게 오르내린다

영혼은 온몸을 떠나 모래내 하늘을

출렁이고 출렁거리고 그 맑은 영혼의 갈피
갈피에서 삼월의 햇빛은 굴러 떨어진다
아이들과 감자를 구워 먹으며 나는 일부러
어린 왕자의 이야기며 안델센의 추운 바다며
모래사막에 사는 들개의 한살이를 말해 주었지만
너희들이 이 산자락 그 뿌리까지 뒤져본다 하여도
이 오후의 보물찾기는
또한 저문 강물을 건너야 하는 귀가길은
무슨 음악으로 어루만져 주어야 하는가
형수가 죽었다
아이들은 너무 크다고 마다했지만
나는 너희 엄마를 닮은 은수원사시나무 한 그루를
너희들이 노래부르며
파놓은 푸른 구덩이에 묻는다
교외선의 끝 철길은 햇빛
철 철 흘러넘치는 구릉지대를 지나 노을로 이어지고
내 눈물 반대쪽으로
날개도 흔들지 않고 날아가는 것은
무한정 날아가고 있는 것은

—이문재, 「기념식수」 전문

아름다운 이 시의 풍경은 형수의 죽음과 반어적으로 연계되어 있다. 풍경이 아름다울수록 죽음의 비극성이 두드러지기 때문이다. 이를테면 "교외선 유리창에 좋아라" 매달려 있는 아이들, 겨울잠에서 깨어난 개구리들, 분주히 새 잎을 내는 나무들이 그렇다. 나는 아이들을 준비시키려 애써 비극 이야기를 건넸지만, "저문 강물을 건너야 하는 귀가 길"의 끝에는 실제의 비극이 기다리고 있을 것이다. 저 "은수원사시나무"는 형수의 죽음을 기념하면서 새로운 부활(형수는 죽어서 나무 한 그루가 되었다)을 기리는 대상이기도 하다. 내 슬픔의 지평 끝에서 슬픔과 소망을 감당하는 핵심 대상이 바로 이 나무다.

3-3. 분리 관계의 대상

주체가 그렇듯 대상에도 단일한 대상이 있고 복수의 대상이 있다. 3-1과 3-2에서 다룬 대상이 단일한 주체를 낳는 단일한 대상이라면, 이 경우의 대상은 여러 주체를 낳는 여러 대상이다. 주체의 자리가 이산(離散)했으므로 대상들과의 거리도 멀어진다.[4] 복수적인 대상들은 단번에 주체와 연동되지 않는다. 이 대상들을 기술하는 주체가 이동하는 자리에 있기 때문이다.

주체와의 관계에 따라 대상의 수가 주체의 수와 연동되는 것은 당연한 일이다. 여러 발언자가 여러 이야기를 할 것이기에 여러 주체는 여러 대상을 끌어들인다. 다만 특정 시공간을 중심으로 이야기가 전개되면, 여러 주체가 등장해도 하나의 중심 대상만 있을 수 있다.

> 지하철로 내려가는 계단;
> 공양보살좌상(供養菩薩坐像)들이 입구에 쭈그리고 앉아
> 오징어, 삶은 옥수수, 김밥, 랩지로 싼

---

4) 단일한 대상이란 대상이 하나라는 뜻이 아니라 하나의 중심 대상이 있고, 그 주변에 여타의 대상이 모인다는 뜻이다. 이것은 체계적(수직적)인 언어의 특징이다. 3장에서 상술하겠다. 복수의 대상이란 여러 대상이 개별적이고 자립적인 성격을 갖고 모여 있는 대상을 말한다. 이것은 병렬적(수평적)인 언어의 특징이다. 역시 3장에서 상술하겠다.

떡들을 놓고 팔고 있고,

운주사(雲舟寺) 계곡에 기대어 서 있던 문둥이—석불 한 점이

계단 중간쯤, 졸면서 서 있다

지하철로 내려가는 계단들이, 바쁘게,

지하철로 올라가는 계단들에게 밟힌다

오르가슴을 표현하는 화장품 광고 사진,

그리고 영성체처럼, 담배 자동판매기 마일드 세븐이 형광(螢光)한다

젊은 남자 목소리: 난, 개새끼야, 죽어야 돼. (계속 같은 문장을 중얼거린다) 신갈 저수지 옆 버즘나무 밑으로 갈 거야.

중년 여자 목소리: 어머, 문을 안 잠그고 나왔잖아!

중년 남자 목소리: 이 나이 되도록 난 아무것도 이뤄놓은 게 없구나. 치과엔 언제 가보나, 어머닌 잘 계실까? (가랠 돋는 신음 소리)

젊은 여자 목소리: 어딜 가나 꼭 날 미워하는 사람이 한 사람씩 있어, 어쩌지? 종이컵 커피는 안 마실래.

늙은 여자 목소리: 벽제 공원 묘지에도 지금 비가 오려나? 뿌연 날 나타나는 숲, 생각나는구만. 빨리 가야 할 텐데.

다른 젊은 남자 목소리: 짜식들은 아직 내가 누군지 몰라. 임마, 내가 고개 한번 돌리면 우주를 한바꾸 돌고 온단 말야. 내가 입 한번 열면 늬들은 다 죽어.

굵은 남자 목소리: 담배를 끊어야 할 텐데……

울먹이는 여자 목소리: 거짓말이었어.

다른 중년 남자 목소리: 이번 결제 안 되면 난 끝장이야. 어음을 어떻게 막나……

또다른 중년 남자 목소리: 서울대학병원 가려면 어디서 내려야 하나? 그나저나 터미널까지 온 암 환자에게 뭐라고 말해야 하지? 그 녀석

이 더 잘 알고 있을 텐데.

다른 중년 여자 목소리: 애 아빠, 이번 감사에 무사할까?

또다른 젊은 남자 목소리: 하루종일 섹스만 생각나. 뇌가 다 녹아버릴 지경이야.

늙은 남자 목소리: 난, 희생자야.

또다른 중년 여자 목소리: 지하철 갱도가 무너지지 않을까?

다른 늙은 남자 목소리: 평양에 우리집이 있지. 보통문 근처 네 칸짜리 한옥 기와집이 있었어. 아들놈에게 주소와 약도를 줬으니까. (유언하듯)

다른 젊은 여자 목소리: 벌겋게 달아오른 귀두를 빨아먹고 싶어.

또다른 중년 남자 목소리: 이 사기꾼아, 널 꼭 잡고 말 테다! (고함)

어린 소년 목소리: 학교가 무서워요.

소녀 목소리: 이상해. 「사랑을 그대 품안에」서 신애라가 초록색 털스웨터를 입고 나왔는데 나도 초록 스웨터를 입었거든. 내가 볼펜을 들고 있으니까 신애라도 테레비에서 볼펜을 들고 있잖아. 이상해애.

늙은 청년 목소리: 여긴 너무 비좁아. 아까 분식점 유리문 밖으로 내다볼 때 느꼈어. 인도 갈 거야. 가서 안 와.

그때, 바람을 밀면서 지하철, 들어온다
신도림(新桃林)을 지나온 지하철 유리문에
비 젖은 나뭇잎들이 스티커처럼, 붙어 있었다
　　　　　　—황지우, 「지하철역에 기대고 서 있는 석불」 전문

지하철을 기다리고 있는 장삼이사들 모두가 부처요, 그들의 삶 모두가 존중받아야 할 삶이라는 것이 도입부에서 암시된다. 지하철을 내려갈 때 만났던 이들이 모두 성자였다. 음식을 파는 아낙이니 "공양보살"

이요, 사지 중 하나가 떨어져나간 거지이니 운주사에서 보았던 그 "문둥이—석불"이다. 그 다음 2연의 중구난방이 펼쳐진다.

이 시의 구도는 연극적이다. 2연에서 들리는 각각의 목소리는 실제로 발화되지는 않고, 마음속의 얘기가 들리는 방백(傍白) 같은 것이다. 이 각각의 목소리들이 시에서 별개의 문맥을 형성하는 것은 아니다. 각각의 웅성거림이 모여 집단적인 소음과 비슷한 효과를 낼 터인데, 그로써 한 사람 한 사람이 모두 제가끔의 고민에 싸여 있다는 것이 드러난다. 단일한 주체인 '나'가 두드러졌다면, 이처럼 개별적인 내면의 소리를 받아 적을 수는 없었을 것이다. '나'는 시의 말미까지 등장하지 않으며, 다만 이 말들을 받아 적는 기술자의 손길만 있을 뿐이다. 지하철이라는 특정 공간이 성스러운 공간으로 전화하자, 여러 주체의 발언이 단일한 맥락에 포괄된 셈이다.

한편 주체가 하나이고 진술이 일관될 때에는 단일한 대상이 필요하다. 다만 주체가 특정 시공간을 편력하면서 관찰이나 체험의 결과를 적어나갈 때에는 여러 대상이 등장한다. 이런 주체를 이동하는 주체라고 부를 수 있다. 최근 시의 장형화는 흔히 바로 이 자리에서 이루어진다.

비 내리는 길 위에서 여자를 휘파람으로 불러본 적이 있는가

사람은 아무리 멋진 휘파람으로도 오지 않는 양이다 어머니를 휘파람으로 불러서는 안 된다 대대장을 휘파람으로 불러서는 안 된다 간호원을 휘파람으로 불러 세워선 안 된다 이것들을 나는 경험을 통해 배웠다 이것이 내가 여기에 들어온 경위다 외롭다고 느끼는 것은 자신이 아무도 모르게 천천히 음악이 되고 있다고 느끼는 것이다 외로운 사람들은 휘파람을 잘 분다 해가 뜨면 책을 덮고 나무가 우거진 정원의 구석으로 가서 나는 암소처럼 천천히 생각의 풀을 뜯을 것이다

나는 유배되어 있다 기억으로부터 혹은 먼 미래로부터.

그러나 사람에게 유배되면 쉽게 병든다 그리고 참 아프게 죽는다는
것을 안다 나는 여기서 참으로 아프게 죽을 것이다 흉노나 스키타인이
거나 마자르이거나 돌궐이거나 위구르거나 몽골이거나 투르크족처럼
그들은 모두 유목의 가문이었다 그들의 삶은 늘 유배였고 그들의 교양
은 갈 데까지 가보는 것이었으며 그들의 상식은 죽어가는 가축의 쓸쓸
한 눈빛을 기억할 줄 아는 것이었다 그들은 새벽에 많이 태어났고 새벽
에 많이 죽었다

나는 전생에 사람이 아니라 음악이었다 그리고 지금 내가 가장 사랑
하는 음악은 그때 나를 작곡한 그 남자다 그는 현세에 음악으로 환생한
것이다 까닭에 나는 그 음악을 들을 때마다 전생을 거듭 살고 있는 것이
며 나의 현생은 전생과 같다 나는 다시 서서히 음악이 되어가는 것이다
나는 이 이야기를 간직한다

예감 또한 음악이다 자신이 한 번도 들어본 적 없는 그러나 자신과
가장 닿아 있는, 자아의 연금술이다 나는 지금 방금 내 곁을 흘러간 하
나의 시간을 예감한다 그렇게 생각하고 있을 때 내 생각은 음악이 되고
한 컵의 물이라는 음악을 마시는 동안 내 생각은 어느 먼 초원 스페인
양떼들의 털을 스친다

모든 나를 인정하는 순간이 올까? 목이 마르다고. 당신과 함께 사는
동안 여덟 번 말했다

비 오는 날 태어난 하루살이는 세상이 온통 비만 온 줄 알고 죽어간다

비 오는 날 태어나자마자 하수구에 던져진 태아는 세상은 태어나자마자

하수구 속에서 죽어가는 곳이구나라고 생각한다 그것은 인간의 일이다 그의 어미는 야산의 둔덕에서 하늘을 보며 빗물로 피 묻은 자궁을 씻고 있다 해가 뜨고 개미들이 어미와 태아의 끈이었던 태를 땅속으로 끌고 간다 나는 망원경을 들고 그것들을 꼼꼼하게 관찰한다 비온 뒤 축축한 땅에 귀를 대면 누가복음이 들려온다 개미의 저녁 예배를 듣다가 저녁을 굶었다

나를 견딜 수 있게 하는 것들이 나를 견딜 수 없게 한다 그것들을 이해하지 않기 위해 나에게 살고 있는 시간은 무간(無間)이다라고 불러본다

내가 살았던 시간은 아무도 맛본 적 없는 밀주(密酒)였다

나는 그 시간의 이름으로 쉽게 취했다

유년은 생의 르네상스다 내가 이슬람교도였다면 나는 하루 여섯 번 유년이라는 메카를 향해 절을 올렸을 것이다 어릴 적 나는 저수지에 빠져 죽을 뻔한 적이 있었다 그때 나는 한순간 너무 많은 것을 겪어버렸다 수면으로 가라앉으면서 바라보던 물 밖의 멀어지던 빛, 그것을 상상할 수 있는가? 학교에 가지 않고 물속에서 손바닥을 펴 죽은 새들을 건져 올리며 나는 그 열락을 기억해 냈다 중학교에 들어가서까지 어머니의 젖맛이 기억나지 않아 나는 새벽에 자고 있는 어머니의 가슴을 물어본 적이 있다

내 고통은 자막이 없다 읽히지 않는다

모든 사진 속에는 그 사람이 살던 시절의 공기가 고여 있다 따뜻한 말속에 따뜻한 곰팡이가 피어 있듯이 모든 영정 속에 흐르는 표정은 그 사람이 지금 숨쉬고 있는 공기다 영정을 보면서 무엇인가 아득한 기분을 느낀다면 내가 그를 느끼고 있는 것이 아니라 그 사람이 지금 이곳을 느끼고, 기억해 내기 위해, 안간힘을 쓰며 애쓰고 있기 때문이다 그것이 이쪽으로 전해지는 것이다 나의 영정엔 어떤 공기가 흐를까? 이런 생각을 할 때 내 두 눈은 붉은 공기가 된다

사진 속으로 들어가 사진 밖의 나를 보면 어지럽다.
시차(時差) 때문이다

죽었다고 생각하는 순간, 나는 나의 얼굴을 기억하지 못할 것 같다
너무 많은 죽음이 필요했기에 당신조차 들여다보지 않는 질서 속으로 나는 걸어가고 있다

방안의 촛불이 눈 속에 공기를 모두 연소하고 있다
촛불은 다른 불빛들과 이웃하지 않는다. 이것이 촛불이 밤에만 피는 까닭이다

—김경주,「비정성시非情聖市」중에서

시집 판형으로 22페이지에 달하는 이 긴 시를 다 옮길 수 없어서 앞부분만 옮겼다. 잠언으로 개인사를 요약하는 이 시에서, 주체는 여러 시간을 편력한다. 각각의 대상은 연상작용에 따라 느슨하게 연결되어 있으며, 모두 시간이라는 주제 아래 통합되어 있다. "휘파람"(1~2연), "유배"(3~4연), "음악"(5~6연), "목이 마르다"는 예수의 말(7~8연), "시

간"(9~10연), "고통"과 "열락"(11~12연), "사진"(13~14연), "죽음"(15~16연) 등으로 대구(對句)를 이루며 진행되는 이 긴 시는 유년과 전생과 예감된 몰년(沒年)을 관통하며, 비정하고 성스러운 이 도시(이것이 시의 제목이다)에서 단독자로서 살아가는 한 사람의 삶을 펼쳐 보인다.

이 세 관계를 기하학적 도형으로 표현할 수도 있을 것이다.[5] 주체를 도형의 중심(도형의 표면에서 등거리에 있는 중심점)으로, 대상의 배열을 표면으로 간주하면 다음과 같은 그림이 생긴다.

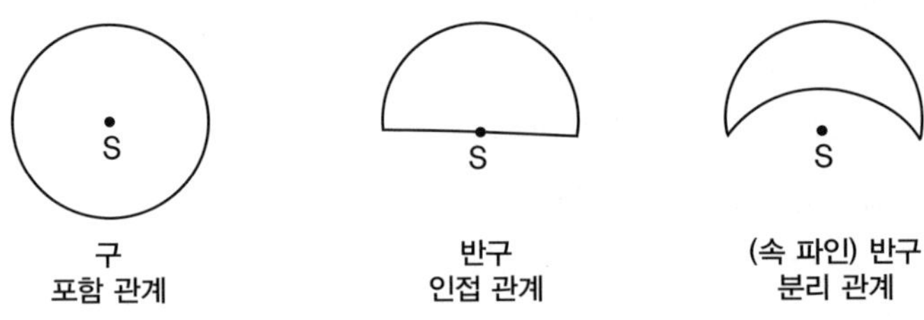

주체와 대상이 포함 관계로 맺어진 경우, 주체(도형의 중심)는 구(球)의 중심에 있다. 인접 관계일 때에 주체는 반구의 밑면 가운데에 놓인다. 인접 관계의 주체는 반구의 원주와 등거리에 있으면서도 표면에 노출된 중심이다. 분리 관계의 경우에는 속이 파인 반구가 모형이다. 이 경우 주체는 도형에 포함되지도 도형과 인접해 있지도 않으나, 여전히 도형의 원주와 등거리에 있는 중심점이다. 도형은 이 외심(外心)에 의해 자리잡는다.

---

5) 우리는 1장에서도 기하학적 도식을 통해 주체의 성격을 검토한 바 있다. 후에 비유 일반을 살필 때에도 기하학적 도식을 활용하게 될 것이다. 이 도식은 언어의 체계성을 공간화하여 이해하는 데 도움을 준다. 의미 자체가 (이런 도형의) 표면 효과로 간주될 수 있기 때문이다. "조직화의 총체는 점에서 직선으로, 직선에서 표면으로 간다. 즉 선을 그리는 점, 경계선을 만드는 선, 두 측면으로 전개되고 펼쳐지는 표면이 존재하는 것이다"(질 들뢰즈, 앞의 책, 286~287쪽). 표면 이후가 입방체이므로 이 차원에서 언어 전체의 체계적 성격을 검토할 수 있다.

3-4. 대상과 주체의 이합집산

실제로 위의 세 가지 유형이 혹은 결합하고 혹은 분리되면서 시에서 주체와 대상의 관계를 여러 방식으로 형성한다. 예를 살핀다.

난 강남의 목화예식장에서 결혼식을 올렸는데 관광버스를 대절하여 시골에서 올라온 당신은 끝동 푸른 한복을 화사하게 차려입고 목화꽃처럼 나타나셨는데 폐백을 드릴 때 당신을 업고 나는 수미산(首尾山)을 돌듯 넓은 방을 한 바퀴 돌고, 돌고, 돌았는데 사모관대를 걸친 막내아들이 늙은 당신을 업고 있는 그 사진을 어머니는 추억처럼 좋아하셨는데 세상 뜨시기 전까지 안방 낡은 유리액자에 꽂혀 즐겁게 업혀 있었는데 당신이 돌아가신 지 5년, 오늘 아침엔 세 살 난 딸이 나를 유심히 쳐다보며 한마디를 건네는데 아빠 왜 매일 어떤 할머니를 업고 있어, 슬그머니 등 뒤를 넘겨다보면 아무것도 보이지 않는데 추슬러 올려도 무거워 자꾸만 흘러내리는 아, 나의 업힌 어머니인데

—고영민, 「어머니 괴담」 전문

5년 전의 결혼식 상황이 있고, 지금의 상황이 있다. 어머니를 업었던 추억이 있고, 죽은 어머니의 사진을 보며 딸이 말을 건네는 현재가 있다. 따라서 두 개의 이질적인 상황이 제시되었는데, 이에 따라 각각의 상황에 놓인 다른 주체가 제시되었다. 두 주체는 분리되어 있으나, 딸의 말을 통해 접속했다. 내 등에 지금도 어머니가 업혀 있다는 상황은 겉으로는 공포를 유발할 만한 것(이 시는 공포영화의 문법을 따랐다)이지만, 실제로는 그리움(어머니의 입장에서)과 사랑(내 입장에서)의 다른 표현이다.

갑자기 내 방안에 회디흰 말 한 마리 들어오면 어쩌나 말이 방안에 꽉 채워 들어앉으면 어쩌나 말이 그 큰 눈동자 안에 나를 집어넣고 꺼내 놓지 않으면 어쩌나 백마 안으로 환한 기차가 한 대 들어오고 기차에서 어두운 사람들이 내린다 해가 지고 어스름 폐가의 문이 열리면서 찢어 진 블라우스를 움켜쥐고 시커먼 그녀가 뛰어나오고 별이 마구 그녀의 발목에 걸린다 잠깐만 기다려 해놓고 빈집에 들어가 농약을 마시고 뛰 어나온 그녀는 뛰어가면서 몸속으로 들어온 백마를 토하려 나무를 붙들 지만 한번 들어온 말은 나가지 않는다 말의 갈기가 목울대를 간지르는 지 울지도 못하고 딸꾹질만 한다 말이 몸 속에서 나가지 않으면 어쩌나 그 회디흰 말이 몸 속에 새긴 길들을 움켜쥐고 밤새도록 기차 한 대 못 들어오게 하면 어쩌나 농약이 성대를 태워버려 지금껏 말 한마디 못 하 고 백마 한 마리 품고 견디는 그녀에게 물으러 가야 하나 어쩌나 여기는 내 방인데 나갈 수도 들어올 수도 없게스리 말 한 마리 우두커니 서 있 으니 어쩌나

—김혜순, 「백마」 전문

이 시를 지탱하는 것은 동음이의어를 활용한 소리은유다.[6] "백마" ("회디흰 말")는 하얀 말의 그 백마이기도 하고, 백마역(白馬驛)의 그 백마이기도 하고, 희떠운 소리의 그 백마(흰말→흰소리)이기도 하다. 들머리에 제시된 '하얀 말'이란 대상이 기차가 들어오는 역 이름으로 전환되고, 이 '이름'에서 말(언어)로 변환된 셈이다. 방안(이것은 '원고 지'의 시각적 형상화다)에 들어와 나가지 않는 저 백마는 내 시와 글이 죄다 흰소리에 불과하면 어쩌나 하는 고민이 낳은 자의식의 표상이다. 온전한 "말 한마디 못" 하는 내 상황은 딸꾹질과 타버린 성대로도 표현

---

6) 동음이의어법과 유음이의어법을 '소리은유'라 명명한다. 8장 4-4 참조.

되어 있다. 시인은 말의 질병을 앓는 자라는 생각이 이런 변환을 뒷받침하고 있다. 따라서 처음에는 주체와 분리된 채 제시되었다가 나중에는 주체에게 포함되는 대상이 있으며, 이 대상이 주체의 자리와 전언을 만든다.

깊숙이 칼이 들어간다 몸에서 떨어지는 머리 배 내장을 끊는 날끝 하얀 척추가 드러난다 뭉개진 얼굴 지나가는 전기톱 두 덩어리로 분리되는 몸통 도려낸 살과 부위별로 분류된 뼈 갈고리에 꿰어진다 눈 뽑힌 두 개의 구멍에서 쏟아지는 물줄기

그가 빠른 속도로 파쇄기 속으로 들어가는 서류더미를 보고 있다
—송승환, 「자동차」 전문

두 개의 장면이 있다. 정육점에서 고기를 분해하는 장면(1연)이 하나라면, 서류를 파쇄하는 장면(2연)이 다른 하나다. 그런데 두 장면을 이어붙이는 제목이 '자동차'다. 그렇다면 1연은 교통사고 이후에 망가진 자동차를 분해하는 장면이기도 하고, 2연의 "그"는 우리로 하여금 그런 어이없는 죽음과 대면하게 만드는 '신'이기도 할 것이다. 개별적인 대상들이 결합하면서 새로운 주체를 생성해내는 예라 할 것이다.

꽉 무세요 아프세요?
지혈 솜을 이 뺀 자리에 물릴 때
내가 아무런 말도 할 수 없었던 것은
솜이 빠질까 봐가 아니라
의사의 코가 너무 가까워서다

때리면서 아프냐고 묻던 고참병
대답을 고민할 필요가 없어서 고마웠다
아프다도 아니고 안 아프다도 아닌 괜찮습니다
도대체 대답이 필요하지 않은 질문들이란 뭐지?
범칙금 고지서의 이의 제기 안내나 미란다 원칙 고지 같은

아랫니와 윗잇몸 사이에 솜을 물고서
환자 대기실에서 엿들은 누군가의 말
사회생활학과는 뭐 하는 데야?
사회생활이 어렵지

수족관 속 열대어의 툭 튀어나온 입에서
공기 방울이 쪼로록 올라갔다
뭐라고? 무표정한 것은 열대어
아무래도 수족관은 병원과 너무 잘 어울린다는 생각

—이현승, 「괜찮은 생각」 전문

　각각의 연은 다른 얘기를 품고 있다. 치과에서 벌어진 대화(1연)로 시작해서 군대의 기억(2연)과 "사회생활학과"를 둘러싼 썰렁한 대화(3연), 열대어에 대한 생각(4연)에 이르기까지 주체의 말은 정돈되지 않은 채 나열된다. 이 말들을 관통하는 것은 물론 1연의 상황이다. 이를 뺀 후의 통증이 야기한 정신없음이 혼란스러운 상황들에 반영되어 있는 셈이다. 그렇다면 제목은 유머를 포함한 반어로 읽어야 한다(나는 괜찮은 생각을 하는 게 아니라 두서없는 생각을 하고 있다). 주체의 생각을 끌어가는 것은 통증이 야기한 혼란이다.

커피물이 끓는 동안에 홈런은 나온다.
그는 왼발을 크게 내디디며 배트를 휘둘렀다.
좌익수 키를 훌쩍 넘어가는 마음.
제기랄, 뭐하자는 거야.
마음을 읽힌 자들이 이 말을 즐겨 쓴다고
이유 없이 생각한다.
살아남은 자의 고집 같은,

커피물이 다시 끓는 동안의 시간.
식탁 위에 놓인 찻잔을 잠시 잊고 돌아오는 시간.
오후 2시 26분 37초,
몸이고 마음이고 새까맣다.
20년 넘게 믿어 온 기정사실.
내 오후의 어디쯤에는 불이 났고 구멍이 뚫렸던 것이다.
방금 전 먹었던 너그러운 마음을
다시 붙들어 매는 데 걸리는
시간은 고작 17초.
애가 타고 꿈은 그렇게 식는다.

오후 2시 26분 54초,
커피물이 다시 끓지 않는 시간.
식탁 위로 찻잔을 찾으러 오는 시간.
커피는 아주 조금 식었고
향이 깊어지는
바로 그때
도무지 아무 생각이 나지 않을 때

국자를 들고 우아하게 스윙을 한다.

—여태천, 「스윙」 전문

커피물을 끓이는 오후의 한때, TV에서는 야구경기가 중계되고 있다. 홈런이 터지자 나는 불평을 내뱉는다. "제기랄, 뭐하자는 거야." 그런데 저 욕설이 그 말이 얹혔던 다른 상황을 불러온다. "마음을 읽힌 자들이 이 말을 즐겨" 쓰는 법이다. 그 잠시의 시간에 "내 오후의 어디쯤에는 불이 났고 구멍이 뚫렸던 것이다". 언제고 한 번은 그렇게 평온한 일상이 불온한 심사로 뒤틀리는 때가 있는 것이다. 거기에 걸린 "시간은 고작 17초"다. 그 시간은 야구에서 타자가 "좌익수 키를 훌쩍" 넘겨 홈런을 칠 때 필요한 바로 그 시간, 다시 말해 한 번의 스윙 궤적이 바꾸어낸 시간이다. 내가 "국자를 들고 우아하게 스윙"을 하는 것은 이 순간을 흉내 낸 것이다. 그러니까 두 개의 시간(일상적인 시간과 홈런의 시간, 혹은 보통의 순간과 구멍 난 순간)이 있었고, 국자를 든 스윙이 두 시간을 이어붙이는 동작이 되었던 것이다.

4. 대상을 경유하여 생겨나는 주체

목소리를 대상을 지배하는 자아나 화자의 문제로 환원하지 말고, 대상과의 관련에서 생겨나는 주체의 문제로 간주하자. 대상의 본질과 배열을 검토해야 목소리를 온전히 해명할 수 있다. 시의 의미론적 국면을 검토하지 않으면 주체의 위치와 정체를 살필 수 없다. 다시 말해 시적 발언들을 애오라지 자아의 것으로 간주하면, 대상끼리의 관계와 거기에서 생겨나는 발화의 주체를 해명할 수 없다. 자아를 분석의 전제로 삼는다는 것은 '나는 내가 한 발언들을 알고 있으며, 그 발언의 주인으로서 발언들을 온전히 장악하고 있다'는 가정을 수락하는 것이다. 차라리 '나는 제출된 발언의 결과로 생겨나는 목소리이며, 그 발언의 결과로서 발언들에 온전히 속해 있다'고 가정하자. 그러면 시와 시인과 화자를 혼동하는 악무한에서 벗어날 길이 열린다.

자아나 화자 개념 대신에 주체 개념을 활용하는 의의는 다음과 같다.

첫째, 시 장르 역시 세계의 실상을 온전히 드러내는 장르라는 점이 증명된다. 자아/화자 개념으로는 그 자신의 내면밖에 해명할 수 없다. 그러나 주체는 처음부터 '세계-내-존재'다. 세계가 대상들 간의 관계를 총체화한 것이며, 주체는 이 관계에 이미 기획투사되어 있기 때문이다.

둘째, 어조의 기저형을 탐색할 수 있다. 주체와 대상의 기본 관계는 아무리 많은 변형이 있을지라도 그 가짓수가 제한되어 있다. 여기에 반어와 역설의 작동 방식을 추가하면 주체와 대상의 관계 전반을 해명하는 길이 열린다.

셋째, 의미론을 시 해명의 중심 과제로 설정할 수 있다. 관계를 해명하기 위해서는 의미론적 요소를 검토할 수밖에 없는 까닭이다.

넷째, 감각의 운용 방식을 살필 수 있다.[7] 자아/화자 개념은 처음부터 시적 전언을 일차적인 발화의 층위에만 한정한다. 내가 모든 대상을 장악한다는 가정으로는 발화의 심층적 층위가 드러날 수 없는 것이다. 주체 개념을 활용하면, '나는 (내가 알고 있는 바로) 이것을 말한다'는 형식에 다음과 같은 전언들을 추가할 수 있다. '나는 (내가 모르는) 이것을 말한다.' '나는 (내가 모르는 척하는) 이것을 말한다.' '나는 내가 말한 것(들 가운데 하나)이다.' '나는 (내가 말하지 않은) 이것을 말한다.'

자아를 통해 (자아의 변체인) 대상으로 나아가지 말고, 대상을 통해 (대상들 간의 상호작용에서 생겨나는) 주체를 찾아내자는 것이 2장의 최

---

7) 15장에서 이를 자세히 살핀다.

종적인 제안이다.

대상과 주체의 관계 양상에 따라 시적 언술의 표면이 모습을 드러낸
다. 주체와 대상은 단수일 수도 있고 복수일 수도 있다. 또한 주체와
대상의 관계는 상조적(相照的)일 수도 있고 이율배반적(二律背反的)일
수도 있다. 이 관계에 따라 생겨나는 시적 언술의 유형이 3장에서 기술
할 내용이다.

3장 언술

시적 언어의 특질은 무엇인가?

1. 주체와 언어의 유형

주체와 대상에 관해 살폈다. 주체는 시적 언어를 관통하는 문법적, 비문법적 주어이며, 대상은 주어에서 목적어와 보어를 망라하는, 그러니까 서술어의 수식을 받는 모든 체언들이다. 서술어를 포함한 용언들이 이 둘의 관계를 설명한다. 주체와 대상은 시적 언술의 두 가지 축이다. 주체와 대상의 관계에 따라 여러 가지 어조와 발화의 형식이 생겨난다. 가장 강조되어야 할 것은 "시적 대상들이 어떤 지평에 놓여 있는가?"이며, 다음으로 중요한 것은 "그로써 생겨나는 주체의 자리는 어떠한가?"이다.

주체와 대상의 관계를 설정하기 위해 앞에서 말한 것을 토대로 간단히 유형화해보자. 먼저 주체의 종류다. 대상이 하나의 주체를 필요로 하는가, 둘 이상의 주체를 필요로 하는가에 따라 단수 주체와 복수 주체를 나눌 수 있다.

1) 단일한 주체: 하나의 주체를 통해서 시의 발화가 이루어지는 경우.

2) 복수의 주체: 여러 주체의 발언을 묶어 시의 발화가 이루어지는 경우.

1) 주체가 단일하다는 것은 말하는 이가 하나라는 뜻이다. 단일한 주체의 발언으로 대상을 정돈하므로 이 경우에는 정합적인 언어, 곧 주체에 의해 가지런해진 언어가 생긴다. 시에 음악(율격)이 있고 비유가 일정하고 어조가 통일된다. 전통적인 시가 대개 이 범주에 든다.

2) 여러 주체가 드러난다는 것은 말하는 이가 여럿이라는 뜻이다. 여러 주체의 발언이 쏟아지므로 이 경우에는 비정합적인 언어(들쑥날쑥한 언어)가 생긴다. 음악(율격)이 없고 비유가 산만하고 어조가 일정하지 않다.

다음으로 대상의 종류다. 주체와 대상이 어떤 방식으로 관계를 맺는가에 따라 수평적으로 배열된 대상이 있고(이를 수평적인 언어라 하자), 수직적으로 배열된 대상이 있다(이를 수직적인 언어라 하자).

1) 수평적인 언어란 시에 등장하는 각각의 대상들이 나란히 늘어서 있다는 뜻이다. 한 편의 시를 이루는 각각의 부분들이 서로를 억누르거나 지배하지 않고, 동일한 형식으로 배열된다. 수평적인 언어의 특징은 병행성이다. 이 언어는 동일한 평면에 펼쳐져 있으며 이로써 드러나는 각각의 부분은 자립적인 성격을 갖는다. 수평적인 언어의 각 부면은 다른 부면에 대해 우위를 주장할 수 없다.

2) 수직적인 언어란 시에 등장하는 각각의 대상들이 지배/피지배, 상위/하위의 자리에 있다는 뜻이다. 그래서 이를 입체적(체계적)인 언어라 부를 수도 있다. 이 경우 시 속의 대상들은 특별한 방식으로 체계화된다. 수직적인 언어의 특징은 체계성이다. 이 언어는 상이한 위계로 분화되며 각각의 부분은 다른 부분에 대해 포괄적이거나 종속적이다. 수직적인 언어의 각 부면은 다른 부면에 속해 있거나 다른 부면을 포함

하고 있다.

비유컨대 1)의 주체가 시장상인연합회 회장과 같다면 2)의 주체는 대그룹 회장과 같다. 시장상인들의 회장은 다른 이들과 동등한 자격을 갖지만 2)의 회장은 다른 이들을 지배하는 사람이다. 이것은 비유의 두 가지 방향, 곧 수평적인 비유(곧 은유를 포함한 비교 가능성)와 수직적인 비유(곧 제유와 환유를 포함한 체계성)와도 연관된다. 또 수평이 수직에 투영되었는가, 그 반대인가에 따라 우의와 상징, 역설과 반어와도 연관된다. 5장 이하에서 상세히 설명하기로 한다.

이제 두 가지 기준에 따라 네 가지 유형의 시적 언술이 생겨났다. ① 단일한 주체가 수평적인 언어로 쓴 시, ② 단일한 주체가 수직적인 언어로 쓴 시, ③ 복수의 주체가 수평적인 언어로 쓴 시, ④ 복수의 주체가 수직적인 언어로 쓴 시. 각각의 시를 살피기로 한다.

2. 시적 언술의 유형

2-1. 단일한 주체가 수평적인 언어로 쓴 시

나무가 자라는 집에서는 작고 애매한 파동이
아침 내내 일어 새들이 무리로 물어내어도
멈추지 않았습니다 집안은 잡목숲을 따라오는
파동 때문에 금세라도 지붕이 무너져 내릴 듯
했습니다 그 집의 역사가 유지되는 것은
순전히 숭숭 구멍을 뚫어대는 동박새라든가
딱따구리 새앙쥐의 역할인 듯했습니다

한낮이 되어 늙수그레한 남자가 나타나 비음이
심한 목소리로 무어라곤지 중얼거렸지만 파동은
조금치도 변동이 없었습니다 나무가 자라는
집을 구성하고 있는 지붕과 유리창 마루
거실들은 파동에 떨고 반향하며 근원 같은
곳으로 사라지는 듯했습니다 오후가 되자
대문 두드리는 소리가 한동안 울렸건만
아무도 뒤란을 돌아 문을 따주러 가는
사람은 없었습니다 나무가 자라는 집은
더욱 깊은 파동 속으로 들어가 옴쭉도
않았습니다 해질 무렵 예의 남자가 잠시
나타나 뒷걸음치듯 주춤거렸지만 그것도
잠시 남자는 잡목숲으로 사라지고, 시간이
열렸다가 닫히고 나무가 자라는 집은
깊은 적막으로 빠져 들어갔습니다

—최하림, 「나무가 자라는 집」 전문

이 집은 파동이거나 적막의 한가운데에 있다. 나뭇잎들이 만들어내는 "작고 애매한 파동"이 시행들을 진동하게 만든다. 진동의 증거는 두 가지다. 하나는 개별적인 시행에서 완결되지 않고 다음 시행으로 이어지는 문장의 연쇄이며, 다른 하나는 고르게 정렬된 서술어들을 통해 이루어지는 문장의 통일이다. 행을 분할하거나(행을 넘어서 문장이 이어지므로) 접속하는(행의 중간에서 문장이 끝나고 다시 시작되므로) 문장의 연쇄가 파동의 지속을, 동일한 문형을 가진 문장의 통일이 파동의 모양을 보여준다. 파동은 집 전체를 파문에 싸이게 만들었다. 지붕과 마루, 거실까지 "파동에 떨고 반향하며 근원 같은/곳으로 사라지는" 듯

했다. 끊임없이 진동하고 반향하는 사물은 진동의 처음에 있으면서 동시에 진동의 나중에 있다. 반향이 진동의 결과이므로 이러한 피드백이 파문의 처음과 나중을 동시적으로 드러낸다고 하겠다. 그래서 이 집은 파동 속에 있으면서 파동의 맨 끝자리―적막의 한가운데로 밀려난다.

　시를 구성하는 여덟 개의 문장은 제 안에 여러 개의 절을 품어 하위 문장으로 분할되어간다. 이 역시 파문의 상형(象形)이다. 집은 이런 이랑에 의해 너울거리며 아침에서 저녁으로, 파동에서 적막으로 옮겨간다. 그러나 각각의 문장은 시간의 순서에 따라 배열되어 있을 뿐이어서 핵심 문장과 부가 문장으로 구별될 수 있는 것이 아니다. 이 평면적인 문장을 통합하는 주체는 시의 바깥에 있다. 다시 말해 관찰자의 자리에 있다. 하지만 이 주체는 자신과 무관한 객관 사물로 세계를 구성하는 것이 아니다. 주체는 역시 무심히 대상을 묘사하는 듯하지만, 사실은 대상에 자신의 속내를 스며들게 만들었다. 이 대상들을 자신의 내면 풍경이라 말해도 좋을 것이다. "나무가 자라는 집은/더욱 깊은 파동 속으로 들어가 옴쭉도/않았습니다". 실은 옴쭉도 할 수 없었던 것은 주체 자신이다. 파동 가운데 놓인 집이 사실은 적막한 집임을 말하고 싶었던 것이다. 그러니까 이 시의 언어는 여전히 독백적이다. 자기 자신을 "늙수그레한 남자"로 대상화하는 주체의 쓸쓸함이 그렇다. 이 남자는 적막한 풍경의 일부이며, 파동과 적막을 오가는 쓸쓸한 주체의 초상이다. 그러므로 이 시의 주체는 다른 대상들과 한데 어울려 풍경을 만들어낼 뿐, 대상들에 위계를 부여하지 않고 오히려 그 자신이 대상화된다.

　　가문 섬진강을 따라가며 보라
　　퍼가도 퍼가도 전라도 실핏줄 같은
　　개울물들이 끊기지 않고 모여 흐르며

해 저물면 저무는 강변에
쌀밥 같은 토끼풀꽃,
숯불 같은 자운영꽃 머리에 이어주며
지도에도 없는 동네 강변
식물도감에도 없는 풀에
어둠을 끌어다 죽이며
그을린 이마 훤하게
꽃등도 달아 준다
흐르다 흐르다 목메이면
영산강으로 가는 물줄기를 불러
뼈 으스러지게 그리워 얼싸안고
지리산 뭉툭한 허리를 감고 돌아가는
섬진강을 따라가며 보라
섬진강물이 어디 몇 놈이 달려들어
퍼낸다고 마를 강물이더냐고,
지리산이 저문 강물에 얼굴을 씻고
일어서서 껄껄 웃으며
무등산을 보며 그렇지 않느냐고 물어 보면
노을 띤 무등산이 그렇다고 훤한 이마 끄덕이는
고갯짓을 바라보며
저무는 섬진강을 따라가며 보라
어디 몇몇 애비 없는 후레자식들이
퍼간다고 마를 강물인가를.

—김용택, 「섬진강 1」 전문

섬진강의 자연과 삶, 역사를 아우르는 연작의 맨 처음에 자리한 시다. 시는 의인법을 중심으로 전개된다. 개울물이 강의 이마에 꽃등을 달아주었다. 섬진강은 영산강 물줄기를 안고 지리산 허리를 감았으며, 지리산이 이 강물에 얼굴을 씻고 무등산이 이마를 끄덕이며 동의한다. 의인화는 섬진강을 친근하고도 절실하게 그리기 위한 것이다. 섬진강은 우리 삶과 무관한 큰 추상이 아니라 우리 삶의 터전이 되는 구체적 현실이며, 나아가 우리 삶의 배경이 되는 자연 풍경이 아니라 우리가 늘 말을 건네는 친구와도 같은 대상이다. 이 시가 단일한 주체를 갖고 있다는 것은 저 반복되는 명령법("섬진강을 따라가며 보라")에서 알 수 있다. 전반부의 격정적인 사랑의 토로와 후반부의 분노의 표출은 동일한 고백의 양면이다. 사랑에서 분노로 바뀌지만, 이것은 어조의 변화가 아니라 일종의 강조어법이다. 사랑을 부정하는 자에 대한 부정이 사랑의 강화로 이어지기 때문이다.

아버지, 아버지가 여기 계실 줄 몰랐어요
그해 가을 소꿉장난은 국산영화(國産映畵)보다 시들했으며 길게
하품하는 입은 더 깊고 울창했다 깃발을 올리거나 내릴
때마다 말뚝처럼 사람들은 든든하게 박혔지만 햄머
휘두르는 소리, 들리지 않았다 그해 가을 모래내 앞
샛강에 젊은 뱀장어가 떠오를 때 파헤쳐진 샛강도 둥둥
떠올랐고 고가도로(高架道路) 공사장의 한 사내는 새 깃털과 같은
속도(速度)로 떨어져 내렸다 그해 가을 개들이 털갈이 할 때
지난여름 번데기 사 먹고 죽은 아이들의 어머니는 후미진
골목길을 서성이고 실성한 늙은이와 천부(天賦)의 백치(白痴)는
서울역이나 창경원에 버려졌다 그해 가을 한 승려는
인골(人骨)로 만든 피리를 불며 밀교승(密敎僧)이 되어 돌아왔고
내가

만날 시간을 정하러 할 때 그 여자는 침을 뱉고 돌아섰다
　　　　　　　　　　　　　—이성복, 「그해 가을」 중에서

　「그해 가을」은 아버지에게 건네는 몇 문장(인용한 부분에서는 첫 줄)을 제외하면, 시종일관 같은 방식으로 쓰였다. "그해 가을"은 특정 시점이 아니다. 이 시는 불특정한 한 시점에서 잘라낸 시대의 단면도다. 인용한 부분의 연상 방법을 알아보자. 나는 어느 날 커서 "소꿉장난"이 시들해졌다. 국산영화도 그와 같아서 나는 하품을 했다. 크게 벌린 입은 박힌 말뚝을 연상시키고, 사람들은 그렇게 제 삶에 붙박였지만 누가 그들을 박아두었는지는 알 수 없었다. 구멍이 패었으므로 강과 물고기가 떠올랐고 같은 방식으로 사내가 떨어졌다. "새 깃털"은 "털갈이"를 떠올리게 했다. 개들은 쉽게 몸을 바꾸지만, 아이들은 어이없이 죽어갔다. 고통에 미친 어머니, "실성한 늙은이", 나면서부터 백치들은 버려졌다. 그들은 다른 세상에 속했다는 점에서 "밀교승"이다. 내게 침 뱉고 떠나간 여자도 도무지 알 수 없기는 마찬가지다……
　주체는 세속도시의 이곳저곳을 돌아다니며 관찰과 체험의 결과를 특별한 연상 방법으로 말했다. 이 주체 역시 단일한 주체로서, 여러 대상을 편력하고 그 편력의 경험을 나열했다. 주체의 이동 경로를 따라 여러 풍경들이 창밖을 스쳐가는 그림처럼 주체의 시선 속에 떠올랐다가 사라진다. 「나무가 자라는 집」의 주체가 여러 풍경 가운데 하나로 자신을 대상화했다면, 「그해 가을」의 주체는 여러 풍경들을 스쳐가는 주체로 자신을 내세웠다. 아버지에게 건네는 문장들(인용하지 않은 다른 부분들은 이렇다. "아버지, 새벽에 나가 꿈속에 돌아오던 아버지,/여기 묻혀 있을 줄이야" "아버지, 아버지! 내가 네 아버지냐" "아버지, 아버지…… 씹새끼, 너는 입이 열이라도 말 못해")은 이 각각의 풍경들을 구획하는(통합하는 게 아니라) 칸막이 역할을 한다. 다음 시 역시 이런 주체

를 보여준다.

　내 상상은 모질지 못하여 아직도 슬픔의 꼬리가 얼보이는 덤불숲에 한두 자락 꿈의 그늘을 널어두네 들숨과 날숨 중에 어떤 것에 집중해야 할지 몰라 천식 걸린 나날이 숨 헐떡이며 우주의 좁은 틈새를 유성마냥 날아가네 신은 죽었거나 말거나 이어폰을 통해 흘러나오는 노래들만이 구원 없는 세상을 향해 긴급 메시지를 날리네 (내용 무) 부처님 전에 절 올리고 나오는데 산등성이에 천 년 묵은 소나무가 실패한 개그처럼 애처롭네 옆에 섰던 비구 스님 왈 우는 소리는 까마귀인데 우러러보니 득음한 신선이더라 하던 시대는 오래전에 지났어 그저 막막한 하늘이라 치고 어여 잠이나 자거라 나는 아직도 슬픔에 남몰래 집착하여 자목련 고양이 명멸 등의 낱말들이 내 유아독존의 길을 늙은 창녀처럼 막아서네 그것 말고는 위풍당당 숭그리당당 유쾌하게 길을 걷지만 가끔 눈물이 기적적으로 흐르는 건 어쩔 수 없네 어머니는 서른을 훌쩍 넘어 면허 딴 나보고 운전 잘 하네 칭찬하다 우시네 돌아가신 아버지 생각이 난 게지 슬픔이 서류첩 사이사이 켜켜이 쌓여가는데 회사 인간들은 야근을 마치고 룰루랄라 노래방으로 향하네 당신의 십팔번이 나의 십팔번일 때 한없이 흐려지는 존재감 내가 제출한 사직서에 숨은 뜻은 없어 단지 그 의지를 곱씹어 부드러운 섬유질의 슬픔을 맛보시라고 실직을 며칠 앞두고 나는 사랑하는 그녀와 테니스를 치다 나와 결혼해줘 외치네 그녀는 멋진 백핸드 발리를 날리고 네트를 훌쩍 뛰어넘어 내게 다가와 속삭이네 조만간 모든 것이 끝이 날 거야 모르겠니 매치 포인트라고

—심보선, 「그녀와의 마지막 테니스」 전문

　개별적인 상황들이 나열되면서 클라이맥스("매치 포인트")를 향해 간다. 각각의 상황은 주체의 한심한 처지를 보여주는 삽화들이다. 삽

화들이 교체되면서 소심한 주체와 메마른 세상이 교대로 들고 난다. 나는 아직도 감상적이고 숨쉬기 운동이나 하는 나날을 보낸다. 이 무망한 날들을 지탱하게 해주는 것은 블랙유머뿐이다. 이를테면 긴급 메시지는 "내용 무"이고, "천 년 묵은 소나무"는 "실패한 개그" 같고, 슬픔에 대한 내 감수성은 "늙은 창녀" 같고, 노래방에서 나와 당신이 동시에 누른 같은 신청곡은 우리의 "존재감"을 박탈해버린다. 마침내 나는 그녀와 "매치 포인트"에 이르는데, 이 착란은 나와 세상의 엇갈림을 극적으로 보여준다. 내 고양된 감정과 그녀가 내게 건네는 절교 선언은 동일한 파국의 보색 효과다. 결국 주체인 내가 겪는 파국은 비구 스님과 당신과 그녀와 어머니 모두를 포함한 세계와의 간극에서 비롯된 것이다. 이 시 역시 단수 주체가 세계의 이곳저곳을 편력하며 겪은 기록이라고 할 수 있다.[1]

수평적인 언어에서 대상들이 병렬적임을 말했다. 단일한 주체가 이 대상들을 늘어놓거나 스쳐갈 때, 시는 평면적이고 대등한 정보들로 채워진다. 주체가 세태를 그리거나 자신의 상념을 펼칠 때, 혹은 여정(旅程)에 따른 소회나 그날그날의 기록을 적을 때 이 방식이 유효할 것이다.

2-2. 단일한 주체가 수직적인 언어로 쓴 시

초록은 두렵다

---

1) 이성복과 심보선의 시에 나타난 주체를 단일하지만 고정된 자리에 있지 않은 주체라 하여, '이동하는 주체'라 명명할 수도 있을 것이다. 이 주체는 단일한 주체의 일부로 어떤 편력의 과정에 있다.

어린 날 녹색 칠판보다도

그런데 자꾸만 저요, 저요, 저 저요, 손 흔들고

사방천지에서 쳐들어온다

이 봄은 무엇을 나를 실토하라는 봄이다

물이 너무 맑아 또 하나의 나를 들여다보고

비명을 지르듯이

초록의 움트는 연둣빛 눈들을 들여다보는 일은 무섭다

초록에도 감옥이 있고 고문(拷問)이 있다니!

이 감옥 속에 나는 그동안 너무 많은 말을

숨기고 살아왔다.

—송수권, 「초록의 감옥」 전문

"어린 날 녹색 칠판"과 비교되는 "초록"은 이미 추억의 내성화된 회로를 거쳐온 초록이다. 선생의 질문에 앞다투어 손을 드는 아이들처럼 봄은 "사방천지에서 쳐들어온다". "나"는 봄날의 청신함에 몸과 마음을 다 내주었다. 그러자 역전이 일어났다. 어느덧 나이 든 나는 사라지고 어린 시절의 내가 남았다. 초록의 정경에 물든다는 것, 초록으로 옷을 삼고 초록으로 성정(性情)을 삼았는데도, 초록은 여전히 내 밖에 있는 무엇이다. 그는 초록의 감옥에 갇혀버렸다. "이 봄은 무엇을 나를 실토하라는 봄이다." 초록 칠판 앞에서 무엇인가를 말해야 한다. 그 "무엇"은 동격의 길을 따라와서 내 자신이 된다. 이제 사방 봄 풍경이 내게는 선생이다. 대답하는 일은 두렵다. 더구나 자기 자신에 관해 말해야 하는 일일 때는 더욱 그렇다. 초록의 심문관들 앞에서 어린 시절의 자신과 그 시절에서 멀리 떠나온 자신을 비교해야 하는 일은 무섭다. 맑은 물 앞에서 자기 자신을 들여다보는 일도 그렇다. 자기 자신을 비추어보는 동시에 물의 심연을 들여다보는 일, 그 되비침과 깊어짐의 이중성은 어린 시절의 자신을 억누르며 살아온 나의 이중성이기도 하다.

심연 앞에서 나는 비명을 지르는데, 그 비명의 내용이 한 행 건너에 쓰여 있다. "초록에도 감옥이 있고 고문(拷問)이 있다니!" 이 봄의 감탄이 공포라니! 내가 그토록 먼 세월을 흘러왔다니! 이 영탄이 또 한 번의 역전을 가져온다. 이제 감옥에 갇힌 것은 내가 아니라 나의 말이다. "이 감옥 속에 나는 그동안 너무 많은 말을/숨기고 살아왔다." 나는 초록의 시선으로, 그 "연둣빛 눈"으로 세상을 말해오지 못했다. 그래서 우리는 시를 재구성해 읽어야 한다. 초록의 감옥은 청신함의 원천이 되는 시의 창고이기도 하다(너무 많은 말이 거기에 숨어 있다). 나를 심문하는 연둣빛 눈은 나를 격려하는 손짓이기도 하다("저요, 저요" 외치는 아이들의 눈빛이 연둣빛이다). 심연 앞에서 내지른 내 비명은 내 안에 잠기는 짜릿함이기도 하다(물이 너무 맑다!). 봄이 나를 고문하는 일은 좋은 글을 쓰라는 격려이기도 하다(봄은 죄가 아니라 나를 실토하라고 말한다).

이 시를 이루는 개별 문장들은 계층화되어 있다. 시행들은 1) "초록은 두렵다"라는 모두(冒頭) 진술을 부가적으로 설명하기 위해 순서에 따라 배열되어 있으며, 2) '초록은 경탄스럽다'라는 주체의 전언을 반어적으로 설명하기 위해 역순으로 배열되어 있다. 계층화된 구조의 중심에 단일한 중심이 있다. 나는 어린 시절과 지금을 왕복하며 초록의 감옥을 건축했다. 주체인 나는 '초록 칠판'에 앉은 어린 학생이기도 하고, 열심히 손 드는 어린 학생들 앞에 선 선생이기도 하다. 나는 너무 많은 말을 숨겨왔으며, 그 말을(무엇인가를 혹은 내 자신을) 실토해야 한다. 주체는 이 시의 대상들을 통일하고 있으며, 순서대로 혹은 역순으로 대상이 가진 의미를 읽게 하는 구조화된 중심이다. 주체는 구문을 통일하고 조직하는 생성적인 힘으로 자리하고 있다.

　　한쪽 귀가 먹은 여자 오른쪽 귀가 캄캄절벽인 여자 그래서 나를 늘
왼쪽에 앉히는 여자 가끔씩 나도 모르게 내가 오른쪽에 앉으면 이내 자
리를 바꾸어 앉는 여자 어떤 소리도 스테레오가 되지 않는다는 여자 그
래서 늘 오른쪽이 비어 있는 여자 내 오른쪽 귀도 캄캄절벽이라는 걸 아
직껏 눈치 채지 못하고 있는 여자

—정진규, 「고장 난 스테레오」 전문

오른쪽 귀가 들리지 않아서 나를 "늘 왼쪽에 앉히는 여자"가 있다.
두 귀로 들을 수 없으므로 그녀에게는 어떤 소리도 스테레오가 아니
다. 양쪽으로 들을 수 없다는 것은 사랑이 가진 불구의 속성이기도 하
다. 그녀는 '입체적으로' 듣지 못하고 편벽되게 들을 수밖에 없고, 그
래서 어느 한쪽을 비워둘 수밖에 없다. 그런데 나도 그녀와 같다. 그녀
는 내 말을 들으나 나는 그녀의 말을 들을 수 없고, 자리를 바꾸면 내
가 그녀의 말을 들으나 그녀가 내 말을 들을 수 없을 것이다.
　시에 등장하는 나와 그녀는 제목을 이룬 '고장 난 스테레오'란 비유
에 강력하게 구속되어 있다. 나와 그녀의 사랑은 스테레오가 아니었다
는 것, 상대의 말은 일방통행이었을 뿐 서로 주고받을 수 없었다는 것,
이것이 이 시의 전언이다. 하나의 대상("고장 난 스테레오")이 그녀와
나의 관계를 지배하는 비유의 핵을 이루기에 이 시의 대상들은 상위/
하위의 관계에 있고, 이 대상들의 중심에는 단일한 주체인 '나'가 있다.
다음 시는 동일한 연상을 정반대의 의미로 푼다.

　　왼쪽 귀가 들리지 않는 그는 늘 왼쪽에 앉는다
　　그들은 늘 그의 오른쪽에 앉는다
　　아내 투정도 아이의 까르륵 웃음도
　　여름날 뻐꾸기 울음소리도 빗소리도 모두

그의 오른쪽 귓바퀴에 앉는다. 소리에 관한 한
세상은 그에게
한바퀴로만 가는 수레다
출구 없는 소리의 갱도
어둠의 내벽이, 그의 들리는 귀와 들리지 않는 귀 사이에

그의 비밀은 사실, 들리지 않는 귀 속에 숨어 있다
전기를 가둬두던 축전병처럼, 그의 왼쪽 귀는
몸에 묻어둔 소리저장고
길게 목을 뺀 말 모자를 푹 눌러쓴 말 눈을 뚱그렇게 뜬 말 반짝반짝
사금의 말 진흙의 말 잎과 뿌리의 말, 세상 온갖 소리를 집어삼킨 말들
이 말들의 그림자가 그의 병 속에 꼭꼭 쟁여져 있다
그것들의 응집된 에너지를 품고 그의 병은
돌종처럼 단단해져간다

한순간, 고요한 폭발음!
소용돌이치며 팽창하는 소리의 우주가 병 속에, 그의 귓속에 있다
—류인서, 「병瓶」 전문

역시 한쪽 귀가 들리지 않는 그가 있다. 세상의 모든 소리가 "오른쪽
귓바퀴에 앉는다". 1연은 이 사실이 갖는 세간의 의미가 기록된다. 세
상은 "한바퀴로만 가는 수레"이고, 그의 오른쪽 귀는 "출구 없는 소리
의 갱도"다. 2연에서 이 사실의 내적인 의미가 드러난다. '한쪽 귀로
듣고 한쪽 귀로 흘린다'는 속담을 뒤집어 의미를 얻었다. 그는 한쪽 귀
로 듣고 반대쪽 귀에 그 내용을 저장해둔다. "전기를 가둬두던 축전병"
과 "소리저장고"가 그 귀의 정체다. 앞 시에서 '고장 난 스테레오'가 다

른 대상들을 수렴했다면, 이 시에서는 '병(瓶)'과 '소리저장고'가 대상들에 의미를 부여한다. 그의 귀는 모든 소리를 꼭꼭 쟁여놓았다가 마침내 한순간에 터뜨릴 것이다.

「고장 난 스테레오」의 주체가 그녀와의 관계에 결박되어 있다면, 「병」의 주체는 그의 내면에서 자유롭다. 동일한 사실(그녀와 그는 한쪽 귀가 들리지 않는다)을 다른 의미(그녀는 한쪽 소리를 듣지 못하고, 그는 한쪽에 소리를 저장한다)로 풀고 있으나, 두 시 모두 하나의 주체(하나는 경험자요, 하나는 관찰자다)로 관통되는 대상들의 일률적인 질서가 있다.

스무 살 무렵 나 안마시술소에서 일할 때, 현관 보이로 어서 옵쇼, 손님들 구두닦이로 밥 먹고 살 때

맹인 안마사들도 아가씨들도 다 비번을 내서 고향에 가고, 그날은 나와 새로 온 김양 누나만 가게를 지키고 있었는데

이런 날도 손님이 있겠어 누나 간판불 끄고 탕수육이나 시켜먹자, 그렇게 재차 졸라대고만 있었는데

그 말이 무슨 화근이라도 되었던가 그날따라 웬 손님들이 그렇게나 많은지, 상한 구두코에 광을 내는 동안 퉤, 퉤 신세한탄을 하며 구두를 닦는 동안

누나는 술 취한 사내들을 혼자서 다 받아내었습니다 전표에 찍힌 스물셋 어디로도 귀향하지 못한 철새들을 하룻밤에 혼자서 다 받아주었습니다

날이 샜을 무렵엔 비틀비틀 분화장 범벅이 된 얼굴로 내 어깨에 기대어 흐느껴 울던 추석달

—손택수, 「추석달」 전문

이 시를 「별」(알퐁스 도데)의 세속판이라 불러도 좋을 것이다. "내 어깨에 기대어 흐느껴 울던 추석달"은 물론 울어서 얼굴이 부은 "김양 누나"인데, 시의 사연과도 절묘하게 맞아 떨어진다. "스물셋 어디로도 귀향하지 못한 철새들"이 이 달에서 안식을 구했다. 나는 "퉤, 퉤 신세한탄"이나 했을 뿐인데, 김양 누나는 스물셋이나 되는 전표를 감당해야 했다. 모든 대상(손님, 철새, 나)이 추석달을 중심으로 위계화되었으므로 추석달(=김양 누나)은 이 시의 모든 대상을 수직적으로 배열하는 체계의 중심이다.

내 영혼의 내장에 가스가 찼는지 밤새 뒤척이다 겨우 서너 시간 자는 둥 마는 둥 한여름 새벽, 나는 뭐였더라? 어느 꿈의 난전(亂塵)을 헤매다 돌아온 어처구니의 똥줄이란 것인지, 그래도 속은 계속 끓고 안 좋아 내가 왕성히 소화해야 할 독 오른 풀빛 창밖의 매미 소리가
뜰 한구석 달개비밭 청보랏빛 꽃눈에 가득 넘친다.
그 넘치는 걸 다 보지 못한 채 급히 화장실 안으로
들어간다. 이내 세상을 수렴하듯 아랫도리를 까고 나만의 항문(肛門)을 열면
굵지 않은 밤새의 기억들이 진짜 똥으로
밑으로 느리고 힘없는 끊어질 듯 밧줄을 타고 내려와
어설픈 가부좌(跏趺坐)! 무간지옥 같은 내 속을 공사하다
내려온 작고 누런 부처가 얼굴을 땀으로 지워버린 채
그저 내 냄새만으로 한세상 썩어나갈 쿠린 경전(經典)을 소올솔 피워

올린다

—유종인, 「대변불大便佛」 전문

대변불을 만나기 위해 앞의 긴 서두가 필요했다고 해야 할 것 같다. 1행의 긴 호흡과 6행에 이르는 느린 묘사는 "작고 누런 부처"를 몸밖으로 내기 위해 겪어야 했던 긴 아픔의 시간들을 대신한다. 대변은 색깔과 모양만 부처가 아니다. 저 부처를 만나지 못했다면, 내 복통은 해결될 수 없었을 것이다. 그 부처는 "무간지옥 같은 내 속을 공사하다/내려" 왔다. 나는 "한세상 썩어나갈 쿠린 경전"을 거기서 얻었다. 이것은 해학이자 안심이다. 나는 깨달음 대신에 편안함을 얻었다. 난전과 달개비밭과 밤새의 기억에서 밧줄과 가부좌와 경전에 이르기까지 시의 대상 전체는 대변불을 중심으로 체계화되어 있다.

수직적인 언어는 주체의 강력한 장악력을 보여준다. 하나의 대상에 핵심 의미를 부여하면, 그 의미의 결을 따라 다른 대상들이 위계화된다. 교훈이나 주장을 위주로 하거나 깨달음을 내장한 시들은 대개 이런 언술로 쓰였다. 가장 많이 지어지고 읽히는 시편들이 이 유형의 시편들인 셈이다.

2-3. 여러 주체가 수평적인 언어로 쓴 시

그들은 결혼한 지 7년이 되며, 아들 제 771104-1562282호와 딸 제 790916-244137호가 있다.
애들아, 지금까지 어디 있었니? 나는 너희들을 사방에서 찾았단다.
먹이와 교양(教養)을 찾아, 해골 표시가 있는 벼랑까지 갔다 왔어요.

학교 가기 싫이요.

서울대학교 정치과(政治科) 졸업생들은 동창회를 미국에서 한대.

부디 몸조심하여라.

나는 그가 남을 헐뜯는 것을 단 한 번도 들어본 적이 없다. 이것만은 자신 있게 말할 수 있다.

그녀는 일본(日本)에 가본 적이 없지만, 마치 모국어인 양 거의 완벽하게 일어(日語)를 말한다.

나는 UHF방송을 즐겨 청취한다. 특히 '자연(自然)의 신비(神秘)'와 같은 프로에서 나는 알바트로스 새가 어떻게 암컷 수컷을 찾고 교미하고, 새끼 낳고, 겨울을 나고, 봄에는 마젤란 해협(海峽)으로 돌아오는가를 유심히 보았다.

일주일 전 그 집 대문 앞에 '조선일보(朝鮮日報) 사절'이 붙여져 있었는데, 오늘 아침 그 집 대문 앞에는 '조선일보 절대사절'이라 붙여져 있었다.

가령 know, see, hear, love, hate 등과 같은 동사는 진행형을 사용할 수 없습니다. 주부 여러분, 이건 다만 관습일 뿐이죠.

지난주부터 눈이 내리고 있다. 우리나라에는 대개 요즘 눈이 많이 내린다.

나는 검열을 두려워한다.

—황지우, 「그들은 결혼한 지 7년이 되며」 중에서

각각의 시행을 통합하는 주체를 하나로 말하기 어렵다. 이 시 전체 텍스트는 이질적인 하위 텍스트들의 집합이다. 하위 텍스트들은 텍스트의 긴 연쇄를 이루는데, 이 연쇄를 가능하게 하는 힘은 복수적인 주체의 연쇄에 있다. 이런 방법을 연상의 계기적 진행에 따른 서술이라고 부를 수 있을 것이다. 행별로 살펴보자.

첫 행은 이 시의 출발 지점이다. 첫 번째 주체는 도시에 사는 평범한 중산층 부부를 시적 무대에 올린다. 시는 이들의 내면 풍경을 외부 기호의 조합으로 보여준다. 아들, 딸의 이름이 주민등록번호(딸의 번호에는 약간의 착오가 있다)로 대체된 것은 이들의 삶이 거대 사회의 기호에 불과하기 때문이다. 이름은 그 이름으로 불리는 사람의 대리표상이다. 이름, 곧 그 사람을 잃어버렸으므로 부모는 그들을 애타게 찾는다(2행). 다음에 아이들이 대답한다. 우리는 학교에 다녀왔어요. 학교 다니는 목적은 생계(먹고사는 일)와 교양(먹고사는 데 필요한 지식)을 얻는데 있다. 하지만 그것은 생존경쟁의 벼랑으로 아이들을 내모는 일이다(3행). 학교 교육을 잘 받으면, 사회적으로 우월한 자리를 차지할 수 있을 것이다. "서울대학교 정치과"는 사회 피라미드 구조의 정점을 지시한다. 그들은 "동창회를 미국에서" 한다(4행). 다시 부모의 목소리, "부디 몸조심하여라"(5행). 속물적인 우월의식에 상하지 않게 조심하라는 말일까? 아니면 그때까지 긴장을 늦추지 말고 살라는 말일까? 미국은 좋은 곳이지만, 거기에 가기 위해서는 조심조심 살아야 한다. 정치판은 더욱 무서운 곳이다. 몸조심하는 가장 좋은 방법은 남을 헐뜯지 않는 것이다(6행). 이걸 자신 있게 말하는 "나"는 부모도 자식도 아니므로 새로운 주체다. 처세를 잘하기 위해서는 외국어를 잘해야 한다. "말할 수 있다"라는 표현은 외국어 운용 능력을 표현하는 데 흔히 쓰인다. 그녀 역시 신분 상승의 기회를 잡았다(7행). 유창한 외국어 구사는 "UHF방송을 즐겨 청취"한 덕분이다. 동물 다큐멘터리를 즐겨보는 것은 사람살이가 동물의 생태와 다를 바 없기 때문이다(8행). 우리의 삶 역시 동물의 삶처럼 그저 반복되는 관습일 뿐이다. 일주일 전에 신문을 보지 않겠다고 말했는데 여전히 신문이 들어오고 있듯이(9행). "사절"에서 "절대사절"로 우리네 삶은 그렇게 팍팍해져간다. 이를 "조선일보"라는 보수 신문에 대한 암시적 비판이라 보아도 좋다. "know, see, hear, love, hate" 같은 지각동사는 진행형을 쓸 수 없다(10행). 다시 말해 알고 보고 듣고 사랑하고 미워하는 일을 현재에 지속하기 어렵다. 그럴 수 있는 사람이 있다면, 그 사람의 일은 단지 관습이다. "주부 여러분"을 말하는 주체 역시 새로운 주체이다. 그런 무차별이 모든 풍경을 억압하고 획일화하는 눈으로 상징되고(11행), 그 눈의 의미가 "검열"이라 명명된다(12행).

  이 사슬은 무한히 이어질 수 있다. 실제로 이 시는 주체를 바꾸어가며, 이 뒤에도 30행이나 계속된다(중간에 도표까지 삽입된데다가 뒤로 갈수록 행이 길어진다). 각각의 시행들은 이질적이며(그래서 주체가 여럿이다) 병렬적이다(계층화되어 있지 않으므로 연쇄가 가능하다). 각각의 시행들을 잇는 것은 연상인데, 이로써 시행들이 혼성된다. 각각의 시행은 어느 한 시행에 종속되지 않는다. 다른 언어 형식으로 쓰였으므로 각각의 시행은 다른 시행과 대화적인 관계에 놓인다.

봄, 놀라서 뒷걸음질치다
맨발로 푸른 뱀의 머리를 밟다

슬픔
물에 불은 나무토막, 그 위로 또 비가 내린다

자본주의
형형색색의 어둠 혹은
바다 밑으로 뚫린 백만 킬로의 컴컴한 터널
—여길 어떻게 혼자 걸어서 지나가?

문학

길을 잃고 흉가에서 잠들 때
멀리서 백열전구처럼 반짝이는 개구리 울음

시인의 독백
"어둠 속에서 이 소리마저 없다면"
부러진 피리로 벽을 탕탕 치면서

혁명
눈 감을 때만 보이는 별들의 회오리
가로등 밑에서는 투명하게 보이는 잎맥의 길

시, 일부러 뜯어본 주소 불명의 아름다운 편지
너는 그곳에 살지 않는다

—진은영, 「일곱 개의 단어로 된 사전」 전문

일곱 단어의 뜻을 시로 풀고, 그를 통해 일종의 시론을 의도한 시편이다. 각 연에 든 각각의 단어들은 다른 연의 다른 단어를 지배하거나 다른 단어에 종속되지 않는다. 1~2연은 서정적이고 개인적인 대상들이다. 한 시절이 지나가도 봄은 다시 오고 그래서 놀라 뒷걸음질치다가 "푸른 뱀의 머리를" 밟았다. 이 뱀이 봄에 돋는 새순의 변형임은 불문가지다(1연). 슬픔은 울어서 퉁퉁 부은 몸과 같지만, 그 몸은 "나무토막"처럼 무력하다. 계속해서 내리는 비는 내게 슬픔이 그치지 않음을 암시한다(2연). 3, 6연은 풍자적이고 사회적인 대상들이다. 자본주의는 불야성(不夜城)으로 대표된다. 도시의 불빛은 "형형색색"으로 빛나지만 그것의 정체는 "어둠" 혹은 "컴컴한 터널"이다(3연). 혁명은 "눈 감을 때"나 "가로등 밑에서"만 보인다. 실제로 일어날 가능성이 별로 없다는 이야기다. 하지만 그래도 별들이 천천히(겉으로 보기에는) 격렬하게(그 본질로서는) 돌고, 나뭇잎에도 투명한 "잎맥의 길"이 있듯이 그 필연성마저 의심받을 수는 없는 것이 혁명이다(6연). 4, 5, 7연은 반성적이고 자의식적인 대상들이다. 문학은 흉가를 둘러싼 "개구리 울음" 같은 것이다. 우리는 그 울음에서 폐허가 아닌 먼 곳의 불빛을 발견해야 한다(4연). 시인의 시작(詩作)은 절망적인 어둠 속에서 삶을 지탱하게 해주는 가느다란 소리 같은 것이다. 비록 그것이 "부러진 피리"에서 나는 소리라고 해도 시인은 그 소리를 멈추지 않을 것이다(5연). 시는 "아름다운 편지"이지만 발신지를 찾을 수 없다. 시를 쓰게 만든 네가 이미 "그곳에 살지" 않기 때문이다. 부재와 결핍에서 비롯했으되 그 부재와 결핍을 넘어서고자 하는 것, 그것이 시의 운명이다(7연).

단어의 뜻풀이 형식으로 시를 적었으므로 시의 주체가 통일되어 있다고 볼 수도 있겠다. 하지만 다른 문체로 다른 대상을 겨누고 있으므로 이 시에 세 가지 주체가 들었다고 말하는 것이 더 정확할 것이다. 다른 주체의 다른 대상들이 나열되어 있는데, 이를 다 읽고 나면 이 평면적인(병렬적인) 대상들이 서로의 우위를 주장하지 않고서도 각각의 전언을 충실히 건네고 있음을 알 수 있다.

불—무당집, 죽은 할머니가 지저분한 손으로 자꾸만 권하는 약과

꽃—타오르는 이마, 할머니가 준 약과를 먹고 항문에 수북이 난 털

새—싫증 난 애인의 입술, 처음 하는 질문의 얼룩

구름—불거진 문장(文章), 한판 굿을 마치고 벗어던진 겹버선

집―색색의 지붕들, 죄다 팔레트에 넣고 섞으면 무슨 색일까, 똥색 혹은 쥐색

자동차―괴물들의 난교, 끝에 참 못 만든 핏덩이

그리고 겨울, 나랑 똑같이 생긴 조카의 책가방 속에는 귀를 찢는 클랙슨 소리가 티격태격 얽혀 있었다

뭐 하니, 무덤 만들어, 무덤은 왜, 삼촌 묻어주려고, 추울 텐데, 그럼 따뜻할 줄 알았어!

키스―척척해, 척척해

―황병승, 「똥색 혹은 쥐색」 전문

이 역시 여러 주체가 적은 시행들이 병렬되어 있는 시다. 이 병렬을 통해 한 세대의 성장담이라고 해야 할 전언이 모습을 갖춰간다. "불"은 신열로 앓던 나를 위해 굿을 한, 한때의 추억에 관한 얘기다. 지금은 돌아가신 할머니가 아픈 손자에게 자꾸 약과를 권했다. 뜨겁게 앓던 나는 그 약과, 곧 할머니의 사랑을 먹고 (항문에 털이 난) 어른이 되었다(약과는 항문 모양이기도 하다). 약과에는 "꽃"무늬가 있다. 자라서 나는 연애를 했다. 싫증 난 애인의 입술은 입술이 아니라 "새"의 부리다. 나를 끊임없이 쪼아댔다는 뜻이다. 첫 키스 혹은 잠자리의 얼룩이 거기에 묻었다. 그 얼룩이 "구름" 모양이다. 거기에 관해 쓴 글은 내가 쓴 문장 가운데 가장 불거진(도드라진) 문장이리라. "한판 굿"이 처음의 그 굿이 아님을 부연할 필요는 없을 것이다. 결혼을 하고 나면 "집"과 "자동차"를 갖게 될 것이다. 누구의 삶이나 비슷하게 암담하고, 그래서

그들의 삶을 섞으면 똥색이나 쥐색이 나올 것이다. "괴물들의 난교"는 자동차 사고다. 그 충돌 이후에 핏덩이가 된 육신이 남았다. 그러고 나서 내가 자라던 때와 똑같은 삶이 "조카"에게 반복된다. 새로운 세대는 서둘러 내 세대를 무덤에 넣으려 들 것이다. 첫 키스의 추억을 "척척" 한 것으로 기억한 후에, 그들은 새로운 세대의 삶을 시작할 것이다.

이 시의 시행 각각은 한 세대의 성장담의 세부를 이룬다. 그것들이 몇몇 어휘 풀이 사전의 형식을 빌려 시에 등재되었다. 각 시행이 병렬되어 있으나, 전반부의 목소리는 삼촌의 것이고 후반부의 목소리는 조카의 것이므로 주체가 복수화되었다고 볼 수 있다.

여러 주체가 여러 대상을 나열했으므로 이런 시들은 대개 평면적이고 병렬적이다. 산만해질 위험도 없지 않다. 대신에 대상들을 골고루 제시해보이거나 여러 문체를 도입할 수 있다는 장점이 있다.

2-4. 여러 주체가 수직적인 언어로 쓴 시

안개 속을 질주하여
새벽, 북한강가에 이르다

담배를 한 개피 피우며
말없이 강물 위에 일렁이는 그대의 얼굴을 그리다

박선생님, 잘못했어요, 잘못했습니다
세컨드라도 좋으니 제발 저를 버리지 말아주세요

못된 암컷, 곧 지폐처럼 낡아가게 될 그대의 얼굴을 그리다

그래, 그대 날 버렸는가
그대 울다 말고 자다 말고 내 노래를 들어라

나는 이 밤도 흘러가는 북한강가에
몽유처럼, 몽유도원도처럼, 흐르는 북한강가에서
이선희의 노래를 따라 흔드노니

아 옛날이여어
아 옛날이여어어

박선생님, 잘못했어요, 잘못했습니다
제발 세컨드라도 좋으니 저를 버리지 말아주세요

나는 홀로 이선희의 노래를 차문 열어놓고 따라하노니

그래, 그대 밥 한끼 먹는 것도 아깝다 하며 날 버렸는가
나는 비디오테이프나 보는 폐인이었던가

아 옛날이여허
아 옛날이여허어

그리하여 그대 혹시 마음의 눈까지 보인다면
내 이 홀로 추는 춤까지 한번 보아라

　　나는 이제 흘러가는 강물 위에 명멸하는 장급 여관의 불빛처럼, 바라
보며 춤을 추거늘,

　　이젠 내 곁을 떠나간 아쉬운 그대기에
　　마음속의 그대를 못 잊어 그려본다

　　훌쩍, 훌쩍 홀로 휘저으며 큰 강을 건너고 있는 이 나의 수컷의 헤엄을.
　　　　　　　　　　　　　　　　　　　　—박남철, 「새벽, 북한강가에서」 전문

　　발언의 층위를 고려하면 세 명의 주체가 있음을 알 수 있다. 새벽에
북한강가에 나와 홀로 음악을 듣는 내가 있고, 자신을 버리지 말아달
라고 간청하던 과거의 그녀가 있으며, 라디오에서 노래를 부르는 가수
이선희가 있다. 그녀의 말과 이선희의 노래는 내 심정과 혹은 밀고 혹
은 당기며 절정을 향해 치닫는다. 나는 그녀에게 버림받았고 혼자 강
에 나와 음악을 들을 뿐이다. 그녀는 내게 간청했으나 그후로 나를 버
렸다. 이 어긋남은 이선희의 노래를 매개 삼아 연결된다. 이선희의 노
랫말(7, 11, 14연)은 내 심정을 대변하는 것이지만, 그녀의 목소리는 내
것이 아니라 그녀의 것이다. "제발 저를 버리지 말아주세요"라는 간청
이 버려지는 여자의 목소리이기 때문이다. 그러므로 길항하며 흘러가
는 이 속된 이별(여기에 "지폐처럼 낡아가게 될 그대의 얼굴"과 "강물 위에
명멸하는 장급 여관의 불빛"이 섞인다)은 궁극적인 파국이다. 나는 홀로
"큰 강을 건너"가야 한다. 돌이킬 수 없는 것을 돌이킬 때에 쓰는 말(물
건너가다)이 내 울음("훌쩍, 훌쩍")으로 환치되었기 때문이다. 시에서는
주체가 셋이며, "내 이 홀로 추는 춤"(이것은 물론 노래에 부가된 율동이
자 울어서 흔들리는 내 몸이다)까지 고양되어가는 대상들의 일관된 배열
이 있다.

그러니, 제발 날 놓아줘,
당신을 더이상 사랑하지 않거든, 그러니 제발,

저지방 우유, 고등어, 클리넥스, 고무장갑을 신고
트렁크를 꽝 내리닫는데……
부드럽기 그지없는 목소리로 플리즈 릴리즈 미가 흘러나오네
건너편에 세워둔 차 안에서 개 한 마리 차창을 긁으며 울부짖네

이 나라는 다알리아가 쟁반만 해, 벚꽃도 주먹만 해
지지도 않고
한 달이고 두 달이고 피어만 있다고
은영이가 전화했을 때

느닷없이 옆 차가 다가와 내 차를 꽝 박네
운전수가 튀어나와
아줌마, 내가 이렇게 돌고 있는데
거기서 튀어나오면 어떻게 해
그래도 노래는 멈출 줄을 모르네

쇼핑 카트를 반환하러 간 사람, 동전을 뺀다고 가서는 오지를 않네
은영이는 전화를 끊지를 않네

내가 도는데 아저씨가 갑자기 핸들을 꺾었잖아요
듣지도 않고 남자는 재빨리 흰 스프레이를 꺼내
바닥에 죽죽죽 금을 긋네

십 분이 지나고 이십 분이 지나도 쇼핑센터를 빠져나가는 차들
스피커에선 또 그 노래
이런 삶은 낭비야, 이건 죄악이야,
날 놓아줘, 부탁해, 제발 다시 사랑할 수 있게 날 놓아줘

그 나물에 그 밥
쟁반만 한 다알리아에 주먹만 한 벚꽃
그 노래에 그 타령
지난번에도 산 것을 또 사서 실었네

옆 차가 내 차를 박았단 말이야 소리쳐도
은영이는 전화를 끊지를 않네
훌쩍이면서
여기는 블루베리가 공짜야 공원에 가면
바께쓰로 하나 가득 따 담을 수 있어
블루베리 힐에 놀러가서 블루베리 케잌 만들자구

플리즈 릴리즈 미, 널 더이상 사랑하지 않거든
그녀의 입술은 따스하고 당신의 것은 차거든
그러니 제발, 날 놔줘. 다시 사랑할 수 있게 놓아 달란 말이야
　　　　─최정례, 「그녀의 입술은 따스하고 당신의 것은 차거든」 전문

　역시 목소리가 셋이다. 마트에서 접촉사고가 나서 어쩔 줄 몰라 하
는 '나'가 있고, 이국에서 전화를 걸어서는 끊을 줄 모르고 수다를 떠는
'은영이'가 있으며, 스피커에서 흘러나오는 노래가 있다. 세 목소리는
서로 섞이고 길항하면서 복합적인 메시지를 만든다. 내 사연은 접촉사

고 이후의 난감한 뒤처리에 사로잡혀 있다. "옆 차가 다가와 내 차를 박았"는데, 차에서 내린 남자는 내 잘못이라고 도리어 성을 낸다. 은영이의 사연은 이민(?) 간 나라에 대한 자랑으로 시작했는데, 9연 3행의 "훌쩍이면서"를 보니 속내는 외로움에 대한 토로였다. 노래는 또 엇갈리면서 은영이와 내 속내를 교대로 보여준다. "제발, 날 놔줘."—이 말은 내가 전화를 끊지 않는 은영이에게 하고 싶은 말이고, "당신을 더이상 사랑하지 않거든."—이 말은 먼 곳에 가야 했던 은영이가 들었음 직한 말이다. 그렇다면 제목이 된 구절은? "그녀의 입술은 따스하고 당신의 것은 차거든."—이 말은 그 남자와 은영이를 동시에 상대해야 하는 내 자신의 말이다. 책임을 덮어씌우는 차가운 남자의 말과, 외로움을 호소하는 따스한 은영이의 말은 저렇게 또 다르다. 다른 이야기들도 그렇다. "건너편에 세워둔 차 안에서" "차창을 긁으며 울부짖"는 개도 그렇고, "쇼핑 카트를 반환하러" 가서는 오지 않는 동행도 그렇다. 이 모든 대화가 서로 어긋나거나 스며들면서 고백과 격정, 급박함, 절실함으로 점철된 삶의 한순간을 극화하고 있다.

그러나 나는 어디로 가게 되는 것인가?
내가 가야 할 거기가 어딘가?
택시를 쉽게 잡기 위해
택시 잡기 어려운 이곳으로부터 빠져나가야 할
그곳은 어딘가?
과연, 길안을 떠나 다시 길안으로 돌아올 수 있겠는가?
길안에서 처음으로
길안 바깥이 불안으로 닥쳐온다.
나는, 너는, 모든 길들은
어디로 가게 되어 있는 것일까?

우리 있을 데가 없다.

다 썼다. 3연의 시.
나는 그것을 읽어본다. 엉망이구나.
한숨을 쉰다. 이렇게 어려운 시.
이렇게 하기 어려운 일을 하며, 한평생
사는 것이 내 꿈이었다니! 나는
방금 쓴 3연의 시를 찢는다. 커피를 한
잔 끓여 마신다. 생각이 이어졌다. 유년시절에
계집애들이 하던 고무줄 놀이가 아닐까, 시 같은
것은. 점점 새로운 세계로 나가는 것. 자꾸
고무줄 높이를 높이면서 고통을 즐기는 것,
고통을 즐기는 것! 이 밤 기어이, 길안에서의
택시 잡기를 쓰고야 말겠다. 나는 무섭도록 새하얀
종이를 끼운다. 다시 쓴다.

　　풀이 우거진 자리에
　　한 무전여행가가 검은 슈트케이스를 든 채
　　택시를 기다리고 있었다.
　　늬엿늬엿 해가 지고 있었지만
　　택시는 보이지 않았고, 그렇다고
　　여행가가 쉽게 포기할 것 같지도 않았다.

여기까지 쓰자 아침이 밝고, 나는 세수를 하러 일어선다.
하룻밤 꿈을 꾼 듯. 밤샘한 어제가
어릿하다. 더운 물에 찬 물을 알맞게

섞는다. 생각이 떠올랐다.

물과 물이 섞인 자리같이

꿈과 삶이 섞인 자리는, 표시도 없구나!

나는 계속, 쓸 것이다.

—장정일, 「길안에서의 택시 잡기」 중에서

시집 판형으로 9쪽에 이르는 장시다. 시는 두 부분으로 나뉜다. 시를 쓰는 과정을 기록한 첫 번째 형식의 시가 있고, 그 과정을 통해 작성되는 두 번째 시가 있다. 들여쓰기를 통해서 구별되는 후자의 시는 시 속의 시이므로 액자시다. 액자시를 쓰고 지우고 다시 쓰는 과정이 첫 번째 형식의 이야기다. "나는/테크놀러지와 자연에 대한 현대인의/갈등을 추적해보고 싶다"(3연). "모든 문장이, 다,/로 끝나는 것이 이상하게도 번역투의/냄새를 풍긴다"(5연). "좀더/매끄럽게, 좀더 구체적인 풍경묘사로부터/서두를 전개할 수 있어야 한다"(7연). "나는 이 여행자를/존재론적 자기인식에 이르게 할 작정이다"(9연). "여행자의 고독이/너무 비현실적이다"(11연). "나는 테크놀러지 이용에 대한 이율배반의/모순성을 갈파하고자 한다"(13연). "이 어조로 쓰는 거야,/독하게 마음 먹는다"(15연). "그러면 이쯤에서/그가 가야 할 곳에 대한, 현대인의 회의를/끄집어내면서 이 시를 마무리하자"(17연). 시적 주체는 거듭해서 자신의 고쳐 쓰기가 어떤 의도를 가졌는지를 적는다. 그러고는 처음으로 돌아와 완성된 시에 실망하고, 다시 쓰겠다 결심하고, 마침내 6행을 쓴 후에 아침을 맞는다. 그때 더운 물과 찬 물이 섞이고, 꿈과 삶이 섞인다는 깨달음이 온다. "나는 계속, 쓸 것이다"라는 결론은 시 쓰기에 대한 이 시가 실제로는 꿈과 삶이 서로 섞인 자리에 대한 기록임을 드러낸다. 그러니 이 시에는 두 개의 주체가 있는 셈이다. 두 개의 주체가 마지막 결론에 이르기까지 체계적으로 이야기를 만들어간 시라고 할 수 있을 것이다.

　지구인이 할 일은 더이상 아무것도 없다 아버지는 이렇게 써놓고 자살했다 아버지는 지구 최후의 비밀외교관이었나? 나는 원래 말을 잘 듣지 않았다 무리해서 아버지가 이사장으로 있는 고등학교에 진학한 후 이 학년 중반에 그 유명한 헌령고교 집단임신사건으로 뛰쳐나왔다 헌령고교는 남녀 공학을 포기했고 중절한 여학생들은 소식이 두절됐다 아버지는 그 뒤에도 수년간 계속 안보외교를 책임지고 있었나 보다 그리고 어느 성탄절의 금요일 밤 나는, 후배이자 천재 웨이터인 그 바닥 주윤발이 덕분에 부킹한 탤런트 L모양이 집에 가는 것을 온갖 감언이설로 막아내는 홈런 초읽기에 다가섰던 것이다 춤도 좋지만 잠시 대화 좀 하자고 강남역 근처 포장마차까지 모셔 왔는데, 아니 이런, 내가 준비한 뼈꾸기는 듣지 않고 눈이 똥그래져 안주 접시를 바라보는 L양이다 안주 밝힘증인 줄 알고 나무라려는 순간, 나도 진실을 목도하고 말았으니 삶은 오징어 다리들이 드디어 모선(母船)의 명령을 수신하고 접시 위에서 하나 둘 일어서 우리에게 광선총을 쏘는 것이었다 지구 생물끼리는 다 친구 아니었던가! L모양이 먼저 갑오징어의 푸른 광선에 재가 되고 다음으로 포장마차 아줌마가 멍게에게 희생되었으니, 지구인이 할 일은 더이상 아무것도 없다 아버지 말이 생각나 급히 핸펀을 때렸다 동욱아 원하는 춤이나 맘껏 춰라피웅, 뭐라고요 삼촌? 아버지가 삼촌이라 부르라던 육군 장성도 막 광선에 맞아 전사한 게 분명했다 피웅피웅 안주거리 오징어들은 분주히 저희 부대 행렬을 찾아 떠나고, 고아가 된 나는 조용히 마지막 소주잔을 기울이는 것이다 태양계 최후의 별처럼 포장마차는 은은한 빛으로 밤을 밝히고, 그런데 포장마차 장막을 걷으며 꿈만 같이 고교 시절의 그녀가 들어서는 것이다 겨우 공격을 피한 듯 이마에 작은 멍 자국을 가진 채. 그녀는 아직 살아 있는 지구 짐승의 신호처럼

하얀 수증기를 뱉으며 말한다 나도 한잔 줄래? 힘없이 주저앉는, 이제
는 희귀종이 된 지구인에게 나는 말없이 따라 주었다 남편은 도망치지
못했어, 그러곤 운다 헌령고교에서 쫓겨나던 마지막 날처럼. 지구상의
최후 한 잔이 비워졌을 때 그녀는 졸음을 못 이기고 어깨에 기대온다 나
는 지구인의 마지막 단잠을 지키며, 지구방위대를 박살내고 하늘을 가
르는 오색 광선을 멍하니 바라보았다 아름답구나. 가지 않을 거지? 잠
결에도 그녀는 팔을 붙잡는다 겨드랑이가 너무 따뜻했고, 나는 가지 않
을 거였다……

—서동욱, 「우주전쟁 중에 첫사랑」 전문

이야기는 세 개의 차원을 겹쳐놓은 자리에서 전개된다. 전반부는 부
르주아의 속물적인 삶을 소묘한다. 외교관인 아버지와 육군 장성인 삼
촌을 둔 나는 "헌령고교 집단 임신사건"으로 학교를 그만두었으며, 지
금도 부킹을 통해 만난 "탤런트 L모양"을 유혹하려 애쓰는 중이다. 그
러다 중반부는 코믹 에스에프물로 넘어간다. 포장마차의 해산물들이
외계인으로 변신해서 사람들을 죽인다. 아수라장 속에 나는 지구의 마
지막 날을 목도하는 마지막 사람처럼 남았다. 후반부는 멜로물의 문법
을 차용한 사랑 이야기다. "고교 시절의 그녀"가 포장마차에 들어서고,
나는 그녀와 술을 마신다. "최후 한 잔이 비워졌을 때 그녀는 졸음을
못 이기고 어깨에 기대온다." 공손한 어조로 진행되는 이 첫사랑과의
해후 이야기는 따뜻하면서도 속물적이다. 그래서 얘기는 다시 처음의
어조를 잇대어둔다. 속물적인 사람들과 사회, 그들의 어이없는 몰락,
그리고 그 와중에 만난 첫사랑과의 해후가 겹치면서 시는 풍자와 해
학, 연민을 한자리에서 녹여낸다. 이 시의 풍자에는 자기 풍자가 섞였
고, 해학에는 만화적 상상력이 보태어졌으며, 연민에는 절실함이 담겼
다. 결구에 사랑 이야기가 없혔으므로, 이 시의 지구 종말 장면("지구방

위대를 박살내고 하늘을 가르는 오색 광선")이 사랑의 절정을 위한 것이라 볼 수 있다. "오색 광선"은 두 사람의 사랑을 환기하는 배광이며(그녀는 "아름답구나"라고 감탄한다), 나아가 사랑하는 두 사람에게는 어떤 외부도 필요하지 않다는 증거다(둘에게 세상은 없는 것이나 마찬가지다). 그녀를 "이제는 희귀종이 된 지구인"이라 부른 것은 이 아수라장 속에서 그녀만이 유일한 순수성을 유지하고 있어서다. 그런데 이런 순수성이 속물적인 구도에 의해서만 지탱된다는 것도 똑같은 사실이다. 그녀는 막 남편을 잃었으며, 나처럼 "헌령고교" 사건 때 학교에서 쫓겨났다. 그래서 시는 순수함을 환기한 후에 처음으로 돌아온다.

이 시의 주체를 셋으로 볼 수 있는 것은 각각의 장면이 동일한 층위에서 진행되지 않기 때문이다. 우주전쟁을 치르는 나와 포장마차에서 부킹한 여자를 꾀는 나와 첫사랑의 그녀와 상면한 나를 같은 주체라 부르기는 어렵다. 그런데 이 셋이 엮이면서 시는 아수라장("우주전쟁") 속에서 핀 아름다운 옛사랑이라는 한 사건을 만들어낸다. 이 때문에 이 시는 여러 주체가 만든 체계적인 시의 예가 된다.

여러 주체의 발화를 읽어 체계적인 대상으로 수렴해가는 방식 역시 쉽지는 않다. 대상을 배열하는 데 조작이 끼어들거나 시 자체가 산문으로 떨어질 위험이 없지 않을 것이다. 대신에 극적인 상황을 제시할 수 있다는 장점이 있다.

3. 주체와 언어의 성격

시의 언술을 주체의 수와 대상의 배열 방식에 따라 나누어 살폈다. 주체와 대상의 관계 양상에서 진정한 시의 형식과 내용이 도출된다. 5장

이하에서 이를 본격적으로 검토할 것이다. 그 전에 혼란스럽게 쓰이고
있는 '서정시의 용법'에 관해 살피기로 한다.

4장 서정

서정시를 어떻게 정의할 것인가?

1. 기존의 서정시 정의에 관하여

서정시에 관해 이야기하기 위해서는 용어를 먼저 정의해야 한다. 서정시란 용어가 여러 맥락에서 혼용되기 때문이다. 먼저 기존의 용법을 비판적으로 검토해보자.

첫째, 세계의 자아화가 서정시라는 주장이 있다. 자아가 세계로 나아가는 것을 투사, 세계가 자아로 들어오는 것을 동화라고 한다. 세계를 관통하고 수렴하는 주체의 환원적 운동이 동화라면, 세계에 스며들고 확장해가는 주체의 분산적 운동이 투사다. 어느 쪽이든 서정시는 동일시의 산물이며, 이때 세계는 주체의 모노드라마가 된다. 시적인 대상이 주체의 발언을 대신하는 존재이기 때문이다. 주체와 대상이 융합되는 체험, 곧 각각의 자리가 소멸되어 통전하는 체험이 서정적 체험이다. 이 주장은 장르론에서 말하는 서정을 서정시의 영역으로 전유한 것이다. 조동일에 따르면 서사가 자아와 세계의 대립을 이야기하되 작품 바깥의 인물이 개입하는 것이라면, 극은 그 대립과정에서 작품 바깥의 인물이 개입하지 않는 것이고, 교술은 자아의 세계화를 이야기하되 작품 바깥의 현실이 개입하는 것이라면, 서정은 세계의 자아화를 이야기하되 작품 바깥의 현실이 개입하지 않는 것이다.[1)]

두 가지 문제가 있다. 하나는 시 장르를 일컫는 서정과 시의 하위 장르로서의 서정이 교착(交錯)되어 있다는 점이다. 사실 이것들은 좌표상의 기준점이지 범주가 아니다. 다시 말해 서정적인 것, 서사적인 것, 극적인 것, 교술적인 것이 있지, 서정과 서사와 극과 교술이라는 실체가 있는 게 아니다. 그래서 장르를 언술을 나누고 가르는 형식화된 체계로 간주해서는 안 된다. 체계가 차이와 배제를 속성으로 삼고 있으므로 이때의 서정은 서사와 극과 교술 장르의 잉여이거나 분할로 정의될 수밖에 없다. 서정을 이렇게 정의하면 시 가운데 서정시 아닌 게 없게 된다. 모든 문학이 시였고, 그중에서 어떤 것들이 소설로 희곡으로 수필로 분화해갔기에 지금의 시가 모두 서정시라는 주장이 그래서 나왔다. 이 주장은 틀린 주장은 아니지만, 무의미한 주장이다. 그로써 해명되는 시적 특질이 아무것도 없기 때문이다. 서정시라는 용어를 지금 시대의 맥락에서 활용하려면 시의 하위 영역으로서 서정시의 자리를 획정해야 한다.

다른 하나는 동일시의 운동만이 서정적 주체의 운동은 아니라는 점이다. 통합과 일체를 말하는 서정시가 많으나, 그만큼 많은 것이 분리와 소외를 말하는 서정시다. 서정이 어떻게든 세계를 주체의 표상으로 만든다면, 그것이 통합적이든 분열적이든 세계는 표상된 주체이며 주체는 표상된 세계로 드러날 것이다. 후자의 경우, 곧 주체의 분열이 세

---

1) "서정은 작품 외적 세계의 개입이 없이 이루어지는 자아의 세계화이다. 교술은 작품 외적 세계의 개입으로 이루어지는 자아의 세계화이다. 서사는 작품 외적 자아의 개입으로 이루어지는 자아와 세계의 대결이다. 희곡은 작품 외적 자아의 개입 없이 이루어지는 자아와 세계의 대결이다"(조동일, 『한국문학통사 1』(3판), 지식산업사, 1994, 26쪽).

계의 분열로 드러나는 시편들을 여전히 동일성의 산물이라고 말할 필요가 있을까? 차라리 이질성의 결과로 주체와 세계의 관계를 설명하는 것이 낫지 않을까?

둘째, 전통적인 방식으로 써내려간 시들이 서정시라는 주장이 있다. 이것은 배타적인 구별 방법이다. 우리는 여러 가지 이항(二項)을 세워서 시를 구별해왔다. 전통과 실험, 사실성과 현대성, 언어의 사회성과 예술성, 내용과 형식 가운데 전자를 강조하는 것이 이런 용법의 서정시다. 이 구분을 끈질기게 고집하는 가장 완강한 의식이 서정을 자기 자신과 구분하는 실험적 의식이다. '전위적인, 자의식적인, 자율적인, 모더니즘적인' 따위의 말이 실험이라는 말을 수식해왔다. 이런 방식으로 계열짓는 것은 올바른 구분이 아니다. 서정을 주체의 자기동일성을 이르는 용어로 제한하고, 실험을 거기서 탈출하는 주체의 모험을 이르는 말로 설명하는 것은 범주의 오류에 해당한다. 하나는 발화의 주체이고 하나는 발화의 형식이기 때문이다. 한쪽을 강조한다고 해서 다른 쪽이 부정되는 것이 아니다. 서정적이면서도 실험적인 시가 얼마든지 있으며, 서정적이지도 실험적이지도 않은 시가 얼마든지 있다. 서정시의 반대는 실험시가 아니다.

셋째, 둘째와도 상관적인데, 이른바 전통 서정시라는 용어로 정의되는 서정시가 있다. 이것은 관습화된 용어로서, 그 효용가치가 거의 없거나 전혀 없다. 이때의 '전통'이라는 말은 관습화된 기교와 수사, 정형화된 화자와 어조를 이르는 상투어에 가깝다. 주체와 조화를 이루는 외부에 대한 여러 표상이 있어왔다. 멀게는 사군자(四君子)에서 가깝게는 '질마재'에 이르기까지 우리는 서정적 주체가 의탁할 만한 표상들을 갖고 있었다. 그러나 이런 표상 자체가 미학적인 생산성을 가진 것은 아니다. 특별한 표상이 특정 정서를 환기한다는 것을 인정하는 순간 그 표상들은 상투어의 목록에 오른다. 진정한 서정적 표상은 주체의 내면이 반드시 의탁해야 하는 표상이지, 주체의 바깥에서 본래부터 존재하는 표상이 아니다. 그렇게밖에는 드러나지 않는 표상들—다시 말해 정념이 발원(發源)하는 표상들, 정념의 유로(流路)를 지시하는 표상들, 그리고 정념이 안착(安着)하는 표상들이 진정한 서정적 표상들이다.

전통 서정시를 지탱하는 것은 다음과 같은 사항이다. 첫째, 말의 질료성에 대한 특별한 배려. 율격을 위해 시인의 독자적인 발언을 희생하는 것. 둘째, 중성화된 이미지에 대한 편향. 풍경을 그리기 위해서 주체의 개입을 가능한 한 차단하는 것. 셋째, 시적 관습에 대한 존중. 어슷비슷한 대상과 구문에서 가능한 한 일탈하지 않는 것. 여기서는 서정적 표상이 주체의 내면과 어느 정도 유리될 수밖에 없다.

어떤 영혼이 강에 닿은 적 있는가. 허연 갈꽃 몇 자락 꺾어 고요의 입구에 닿는다. 떨어진 시간 주위를 살핀다. 잠자리 꽁지만한 손가락으로 물그리메 그릴 때마다 여기저기 황망히 몸을 피하는 저 피라미떼. 내 눈보다 먼저 돌이 그들을 품는다. 누구도 발자국 끌고 와서는 강을 보지 못한다. 비밀의 그늘을 한 뼘 더 늘일 뿐이다. 물이랑 너머 마음 끝에는 날갯짓을 거둔 물레새 두엇, 소소리바람 곱게 감아 제 소리로 풀어 놓는다. 꺼이꺼이 목 메이던 물결도 잠시 방언을 멈추었다. 숨죽인 그리움으로 차오른 강 언저리, 어느새 짜가사리·납지리·어름치, 온갖 이름 모를 것들까지 내 푸르게 적신 무릎을 간지른다. 바람도 일제히 하늘 밖으로 소리를 던진다. 천 길 흩어진 물결을 고른다. 강은, 돌이 되어 그 깊이 헤아린 자의 정신이다. 고요에 든 자의 파문이다.

누구도 발자국 내려놓지 않고서는 강을 볼 수 없다.

—강희안, 「발자국 내려놓다」 전문

잠언으로 전언을 압축하는 방식("어떤 영혼이 강에 닿은 적 있는가" "누구도 발자국 끌고 와서는 강을 보지 못한다" "강은, 돌이 되어 그 깊이 헤아린 자의 정신이다" "고요에 든 자의 파문이다" "누구도 발자국 내려놓지 않고서는 강을 볼 수 없다"), 장중하거나 단호한 문어체 구문("있는가" "누구도 (…) 강을 볼 수 없다"), 인간을 소거한 풍경들("나"가 등장하지만, 나 역시 아무 역할을 하지 않는다. "내 (…) 무릎을 간지른다"라는 구문은 물고기들의 움직임으로 "숨죽인 그리움"을 설명하기 위한 예문이다. "나"는 수위를 측정하는 척도일 뿐이다), 풍경과 격절된 특별한 개념어들("영혼" "고요의 입구" "비밀의 그늘" "그리움" "정신"), 특별한 정서를 환기하는 자연적인 대상들("갈꽃" "물그리메" "물이랑" "소소리바람" "파문"). 이 모든 것은 우리가 전통 서정시라 부르는 일군의 작품에서 두드러지게 확인할 수 있는 항목들이다. 전통 서정시 자체에 문제가 있는 것이 아니라 그 용어로써 옹호되는 특별한 방식에 문제가 없지 않다는 뜻이다.[2]

정리하자. 다음과 같은 주장으로는 서정시가 온전히 정의되기 어렵다.

1) 세계와의 일치 혹은 세계의 주체화가 서정시라는 주장: 주체와 세계(대상)가 반드시 일치해야 하는 것은 아니다. 서정적 주체는 세계와 일치하든 그렇지 않든 그로써 드러난 자신의 정념을 이야기한다.

2) 실험적인 시도의 반대편에 있는 시가 서정시라는 주장: 서정적 주체는 그것이 실험적이든 아니든 자신이 선택한 특정 언어를 활용하여 시를 짓는다.

3) 전통적인 정서를 노래한 시가 서정시라는 주장: 서정적 주체는 관습화된 정서이든 아니든 자신에게 가장 적절한 언어적 운용 방식을 찾

---

2) 강희안 시인은 두 번째 시집 『거미는 몸에 산다』 이후로 시적 전환을 이루었다. 상기한 문제에 대한 반성의 결과였을 것이다.

아낸다.

중요한 것은 서정적 주체의 자리이며 그로써 드러난 언어의 배열 양상이다.

2. 서정시의 정의

시에서 주체의 정서 표출을 목적으로 하는 시를 서정시라고 정의하자. 주체와 대상과의 관계에서 파생되는 만족과 불만족, 행불행의 정도를 측정하면 서정시의 자리가 드러날 것이다. 서정시의 반대편에는 실험적인 시가 있는 게 아니라 대상의 모습을 특별히 재구성하여 드러낸 시들이 있다. 이성적인 주체와 이성적인 언어를 활용해 우리로 하여금 대상에 관해 새로운 인식을 갖게 하는 시가 있으며, 이런 시를 비서정시라 불러도 좋을 것이다.[3]

이제 서정시의 하위 영역을 탐색할 수 있을 것 같다. 주체와 대상의 일치를 추구하는 시편들이 있다(우리가 전통 서정시라고 말하는 서정시는 이런 시의 일부다). 이런 시의 언어는 주체와 대상을 일률적으로 매개하기 때문에 정합적(整合的)이다. 정합적인 언어로 쓰인 시들을 행복한 서정시라 부르기로 하자. 반면에 주체와 대상의 불일치를 적어내려간 시편들이 있다. 주체와 대상이 가지런히 놓여 있지 않으므로 이런 시들은 흔히 비정합적인 언어로 적힌다. 이런 시들을 불행한 서정시라 부르기로 하자.

목련화 그늘 아래 아니면, 인적이 끊긴 광화문쯤의

---

3) 최근 시의 예를 들자면 이승훈, 황지우, 김언희, 이수명, 성귀수, 함기석, 배용제, 정남식, 성기완, 김언, 박해람 등의 시 가운데 일부는 서정시가 아니다.

오피스 환기구였는지도 몰라

그대와 나라고, 하면은 금방 아닌 것 같은 그대들

술잔에 붉은 입술을 찍어

어린애 손바닥만한 꽃의 육질을 열어

좋은 안주로 삼았었지

그대는 깜찍이소다를 마시고

짐짓 취한 척

성냥을 건네주던 그대의 손을 혹은, 라이터

스치며 지는 꽃잎처럼, 흐르던 곡우(穀雨)

청명(淸明) 지나고 우수(雨水)는 이미 오래전 일

그날 잊지 않으려

마음속으로만 무수히 되뇌이던 시를

취한 듯 꿈인 듯 끝내 적어두지 못해

다시는 꽃이 진 나무 아래를 찾지 못하는 동지(冬至)

소설(小雪)과 대설(大雪) 동안은 놀고

가장 긴 밤에 나는 하염없이

잠든 나무의 이름을 찾아 헤매었지 잠든 나무?

(우리는 누구나 서로의 슬픈 미래를 본 적이 있다)

단오에는 내가

어떤 향기로 그대의 머리를 감겨주었던가?

바람에 꽃잎을 날리던 입하(立夏)와 소만(小滿) 사이

백로(白露)와 상강(霜降)의 햇빛도

소용없이 빈 마당에 떨어지는 가좌 아파트 베란다

꽃들은 세상을 버리고

봄을 잊은 나무는 괴롭게

저절로 깊은 세상을 열어두겠지

—함성호, 「꽃들은 세상을 버리고」 전문

작은 글씨로 적힌 부분만 없다면, 이 시는 정합적인 언어로 쓰인 통상의 서정시가 되었을 것이다. 절기를 짚어가며 진행되는 사연은 "그대"와의 추억을 중심으로 아름답게 직조되어 있다. 그런데 작은 글씨로 쓰인 부분이 개입하면서 시에는 균열이 도입된다. "목련화 그늘 아래"는 사랑을 나누기에 더없이 좋은 밀회의 장소다. 그런데 작은 글씨의 다른 목소리가 말한다. 아니, 아마도 광화문 어디쯤 그냥 으슥한 곳이었을 거야. 그곳에는 그대와 나만 있었다. 다시 다른 목소리: 아니, 그대라 불렀던 경우가 내게는 여러 번이야. 그때는 둘이었지만, 지나고 보면 그대들은 다른 그대들이었다고. 우리는 거기서 화전을 부쳐 먹었다. 또다시 다른 목소리: 화전은 무슨, 깜찍이소다나 마셨을 뿐이야. 나는 성냥을 건네주며 취한 척 그대의 손을 스쳤다. 또 작은 목소리: 아니, 라이터였을 거야. 우리는 잠든 나무의 이름을 찾아 헤맸다. 또다시 작은 글씨의 목소리: 무슨 소리야? 그런 적이 언제 있었는데?

그러니까 이 작은 글씨의 목소리는 시 전편이 완성한 정합적인 질서를 깨고 시에 실재를 도입하는 반성적인 목소리다. 이 두 번째 목소리(이를 두 번째 주체라 불러도 좋을 것이다) 때문에 시는 비정합적인 언어를 품게 된다. 첫 번째 목소리가 행복한 서정시의 육성이며, 두 번째 목소리가 불행한 서정시의 육성이다.

2-1. 행복한 서정시

행복한 서정시에서는 주체의 자리가 거의 변화하지 않는다. 한 편의 시에서 말하는 이가 한 사람이며, 말들이 가지런하고, 그로써 드러나는 세계의 모습에 분열이 없다.

> 나 보기가 역겨워
> 가실 때에는
> 말없이 고이 보내 드리우리다
>
> 영변(寧邊)에 약산(藥山)
> 진달래꽃
> 아름 따다 가실 길에 뿌리우리다
>
> 가시는 걸음걸음
> 놓인 그 꽃을
> 사뿐히 즈려밟고 가시옵소서
>
> 나 보기가 역겨워
> 가실 때에는
> 죽어도 아니 눈물 흘리우리다
>
> ─김소월, 「진달래꽃」 전문

이 시의 서정은 물론 불행한 서정이 아니다. 체념과 인고(忍苦)로 일관한 이별과 한의 미학이라는 세간의 평가는 잘못된 것이다. 이 시의 가정법은 화자의 강렬한 사랑을 표출하는 반어적 장치다. '설혹 당신이 나를 버린다고 해도 그걸 받아들이겠다'라는 고백은 사랑의 극점에서나 나올 법한 고백이다. 「진달래꽃」에서 우리는 다음과 같은 특질을 엿볼 수 있다. 첫째, 수미상관. 결구에서 최초의 자리로 돌아오는 구성

방법. 둘째, 반복과 대구. 짝을 이루어 이야기가 전개되는 것. 셋째, 리
듬감. 비슷한 말소리와 음절이 계속되면서 음악을 만드는 것. 넷째, 폐
쇄성. 이 시에는 님과 나 외에는 아무도 없다. 세계는 임과 중첩되며,
그래서 임의 모습이 세계를 가린다. 흔히 서정시의 세계에 갈등이 없
다고 말하는 것은 이런 절대성 때문이다.

    마음도 한자리 못 앉아 있는 마음일 때,
    친구의 서러운 사랑이야기를
    가을햇볕으로나 동무삼아 따라가면,
    어느새 등성이에 이르러 눈물나고나.

    제삿날 큰집에 모이는 불빛도 불빛이지만
    해질녘 울음이 타는 가을 강(江)을 보것네.

    저것 봐, 저것 봐,
    네 보담도 내 보담도
    그 기쁜 첫사랑 산골 물소리가 사라지고
    그 다음 사랑 끝에 생긴 울음까지 녹아나고,
    이제는 미칠일 하나로 바다에 다와 가는,
    소리 죽은 가을 강(江)을 처음 보것네.
                          —박재삼, 「울음이 타는 가을 강江」 전문

   친구의 사랑 이야기와 산행의 과정, 가을 강의 흐름이 한 가지이다.
친구의 "서러운 사랑이야기"가 절정에 오를 때 나와 친구는 등성이에
오르고, 첫사랑의 기쁨을 잃고 고통스런 상태("미칠일")를 지나온 친구
의 마음이 산골 물소리에서 시작하여 하류에 이른("미칠일") 가을 강의

상태와 겹친다. 이 세 이야기의 통합이 정합적인 언어 운용 방식을 보여준다. 주체의 자리로 수렴되는 풍경들이 그렇다. 이 풍경은 저녁 햇살에 빛나는 가을 강이라는 장엄함을 보여주는데, 이런 절정의 풍경은 서정적 주체의 정조가 충만한 상태에 있음을 알려주는 것이기도 하다. "울음이 타는"이라는 공감각적 수식어가 풍경을 주체의 내면 상태로 바꾸어내는 열쇠어다. "울음이 타는 가을 강"에는 슬픔과 기쁨, 조용함과 흥성거림, 격정과 고요함, 파국과 성숙이 다 녹아들어 있다. 친구의 이야기는 서러워서 슬픈데 가을 강이 그토록 아름답게 빛나고 있으니 찬탄을 불러일으킬 만하다. 친구는 조근조근 이야기하고 가을 강은 숨죽여 흐르는데도 그 반짝임은 마치 제삿날 큰집에 모이는 사람들처럼 북적댄다. 친구의 사랑은 등성이를 오르듯 온갖 격정을 거쳐 왔는데 지금은 저토록 조용히 흐른다. 친구의 사랑은 결국 파국으로 끝났는데도 그 결과로 강물은 넓고 고요하고 아름답게 흐른다.

이 세계는 주체의 내면과 합목적적으로 연계되어 있다. 친구의 서러운 사랑 이야기를 위해 산은 등성이를 보여주고 강물은 그토록 빛난다. 혹은 그 역이라 말해도 좋다. 정합적인 언어는 이처럼 주체의 정조를 드러내는 데 유용하게 활용될 수 있다.

행복한 서정시의 언어는 이처럼 정합적이다. 정합적인 언어 운용의 원칙은 다음과 같다.

1) 시어, 시행, 시련에 이르는 모든 차원의 반복. 반복을 통해 서정시의 언어는 그 최초의 자리로 돌아온다. 우리 시에 특이한 구성 방법 가운데 하나가 수미상관(首尾相關)인데, 이런 언어는 대표적인 회귀성 언어다.

2) 언어의 질감에 대한 배려. 언어가 가진 질료적 성격을 배려하면서, 곧 음운과 리듬을 통합하고 변용하면서 일관된 흐름을 유지하는 일.

이것은 주체가 언어의 세부에까지 스며드는 방식이다.

3) 주체와 연계된 풍경들. 이로써 시의 풍경이 주체의 내면 풍경이 된다.

4) 회귀적인 시공간의 창출. 고정된 주체의 주변에 대상들이 배치된다. 유년(다른 기억을 허용하지 않는 닫힌 시간), 사랑하는 상태(다른 사람을 허락하지 않는 닫힌 시간), 가족(소수의 구성원만을 거느린 닫힌 공간), 소규모 공동체(사회 역사적 지형과는 절연된 공간) 등이 흔히 이런 주체를 둘러싼다.

막차는 좀처럼 오지 않았다
대합실 밖에는 밤새 송이눈이 쌓이고
흰 보라 수수꽃 눈시린 유리창마다
톱밥난로가 지펴지고 있었다
그믐처럼 몇은 졸고
몇은 감기에 쿨럭이고
그리웠던 순간들을 생각하며 나는
한줌의 톱밥을 불빛 속에 던져 주었다
내면 깊숙이 할 말들은 가득해도
청색의 손바닥을 불빛 속에 적셔두고
모두들 아무 말도 하지 않았다
산다는 것이 때론 술에 취한 듯
한 두릅의 굴비 한 광주리의 사과를
만지작거리며 귀향하는 기분으로
침묵해야 한다는 것을
모두들 알고 있었다
오래 앓은 기침소리와

쓴 약 같은 입술담배 연기 속에서
싸륵싸륵 눈꽃은 쌓이고
그래 지금은 모두들
눈꽃의 화음에 귀를 적신다
자정 넘으면
낯설음도 뼈아픔도 다 설원인데
단풍잎 같은 몇 잎의 차창을 달고
밤열차는 또 어디로 흘러가는지
그리웠던 순간들을 호명하며 나는
한줌의 눈물을 불빛 속에 던져주었다.
—곽재구, 「사평역沙平驛에서」 전문

"좀처럼 오지" 않는 "막차"는 대합실에 선 사람들의 삶을 요약한다. "산다는 것이 (…) 귀향하는 기분으로/침묵해야 한다는 것"임을 그들이 알기 때문이다. 무엇인가를 기다린다고 할 때, '무엇'보다는 '기다림'에 해당하는 것이 삶임을 저 풍경이 말해준다. 나 역시 그 풍경에 속해 있다. "그리웠던 순간들을" 생각하고 또 호명하며 나는 "한줌의 톱밥"과 "눈물"을 거듭해서 불빛 속에 던져준다. 톱밥에서 눈물로의 저 변용은 주체의 마음과 풍경 혹은 그의 감정과 사람들을 이심전심으로 잇는 변용이다. 시는 이 행동을 통해 반복을 품게 되는데, 이러한 반복이야말로 저 지연된 시간(막차는 여전히 오지 않았다)과 주체와의 통일("지금은 모두들/눈꽃의 화음에 귀를 적신다")을 보여주는 유력한 지표다.

수련 열리다
닫히다
열리다

닫히다
닷새를 진분홍 꽃잎 열고 닫은 후
초록 연잎 위에 아주 누워 일어나지 않는다
선정에 든 와불 같다

수련의 하루를 당신의 십 년이라고 할까
엄마는 쉰 살부터 더는 꽃이 비치지 않았다 했다

피고 지던 팽팽한
적의(赤衣)의 화두마저 걷어버린
당신의 중심에 고인 허공

나는 꽃을 거둔 수련에게 속삭인다
폐경이라니, 엄마,
완경이야, 완경!

—김선우, 「완경完經」 전문

시인은 폐경(閉經)이라는 불행한 체험을 '월경의 완성'이라는 발상의 전환을 통해 극복해낸다. "완경(完經)"에는 경전을 완성한다는 의미가 숨었다. 열리고 닫히는 수련에는 접혔다 펼쳐지곤 하는 경전의 모습이 들었다. 그걸 다 뒤적이고 났으니(경전을 다 읽고 났으니, 곧 무언가를 깨쳤으니) 수련이 "선정에 든 와불" 같다는 묘사에도 이유가 있었던 셈이다. 수련은 그렇게 닷새를 반복하고, 엄마는 오십 년을 반복한 후에 꽃을 거두었다. 이 반복은 물론 시행과 시련의 반복이지만, 생산(生産)의 그 반복이기도 하다. 엄마는 다리를 열고 닫으면서 나를 낳고 꽃을 낳고 마침내 완성되었다. 이제 나는 "화두"마저 거둔 엄마를 "수련"

이라고 부른다. 이 동일시가 주체와 대상을 매개하는 일관된 언어로
쓰였음에 주목하라.

배를 민다
배를 밀어보는 것은 아주 드문 경험
희번덕이는 잔잔한 가을 바닷물 위에
배를 밀어 넣고는
온몸이 아주 추락하지 않을 순간의 한 허공에서
밀던 힘을 한껏 더해 밀어주고는
아슬아슬히 배에서 떨어진 손, 순간 환해진 손을
허공으로부터 거둔다

사랑은 참 부드럽게도 떠나지
뵈지도 않는 길을 부드럽게도

배를 한껏 세게 밀어내듯이
슬픔도 그렇게 밀어내는 것이지

배가 나가고 남은 빈 물위의 흉터
잠시 머물다 가라앉고

그런데 오, 내 안으로 들어오는 배여
아무 소리 없이 밀려들어오는 배여

—장석남, 「배를 밀며」 전문

배를 미는 체험이 사랑을 잃은 체험과 동시적이다. "온몸이 아주 추

락하지 않을 순간의 한 허공"은 사랑을 잃고 제자리를 잃은 심정과 등가를 이룬다. 정확히 말하면 허공은 내 자리가 아니라 나를 떠난 사랑의 자리다. 시인이 허전함을 환함이라고 바꾸어 쓴 것은 사랑이 떠날 순간에조차 아름다운 것이었기 때문이다. "빈 물위의 흉터"가 머물다 가라앉듯 이별은 새로운 만남을 위한 물길이 된다. 그래서 내 안으로 새로이 "들어오는" 거듭해서 "밀려들어오는"(음절 수가 늘어나지만 읽을 때 호흡이 늘어지지 않는다. 유사한 음운들이기 때문이다) 배는 다른 얼굴을 한 사랑이기도 하고, 그렇게 가득 차오르는 내 자신의 심사이기도 하다. 어두(語頭) 자음의 유사함[입술소리인 "배, 온몸, (희)번, 밀, 뵈, (슬)픔"과 혓소리인 "아슬, 사랑, 슬픔, 잠시"의 반복에 유의하라]과 2연에서 시작되는 어말(語末) 모음의 유사함("지, 이"와 "도, 고"와 "터, 여"의 교차)으로 인해 의미소들이 음소 역할을 하는 것도 이 시의 언어들이 나와 배, 사랑을 잇는 동일한 지평 위에 배치되어 있음을 보여주는 증거다.

　　요즘 나의 소풍은
　　홍은동 뒷산, 몇 해 전 이사 왔을 때 심은
　　살구나무에게 가는 거야

　　누군가 사납게 칼질을 해
　　몸의 절반은 찢겨졌지만
　　기어코 살아보겠다고, 불구의 제 몸을 제가 부둥켜안고 발버둥쳐
　　두어 해나 지나서야 전해오는
　　연둣빛 소식을 만나러 가는 거지

　　살아남은 한쪽 가지에 어린 꽃망울들
　　수줍게 매단 살구나무의 저녁은

멀고도 깊어라, 그곳에는

가출한 고양이들도 살고

시골 병원 6인실에서 만난 아버지의 죽음도 살고

오늘 하루도 헛살았구나, 입술 깨문

후회도 살고 있으니

나는 그 옆에 이복형제처럼 앉아

담배 연기를 맛있게 내뿜곤 하지

그러다가

가만히 흔들리는 가지 끝에

제 울음을 환히 밝힌 사랑의 빛들 전등(傳燈)하듯 번지어 오면

내가 떠난 뒤에 남을 세상과

어린 새끼들의 따스한 손바닥과

영영 갚지 못할 부채 같은 연애 따위를 떠올리면서

너무 많은 얼굴을 숨긴

어스름 속으로 잠기어가는 거야

살구나무 그 아픈 가지 중 하나인 듯

파르륵 파르륵 바람의 몸을 떨면서

— 전동균, 「살구나무의 저녁은」 전문

살구나무에게로 가는 소풍은 내 자신의 내면을 찾아가는 여행이다. 나무는 "칼질"을 받아 "몸의 절반"이 찢겨져나갔지만, 뒤늦게 잎과 꽃을 내었다. 나 역시 아득하게 삶을 건너오는 동안 그렇게 찢기곤 했다. 고양이는 집을 떠났고, 아버지도 돌아가시고, 하루하루의 후회로 입술을 깨물곤 했다. 나는 살구나무의 "이복형제"다. 낳은 이는 다르지만 처지와 생김과 운명이 같기 때문이다. 살구나무와 함께하면서 나는 울

음을 밝히는 "사랑의 빛"이며, "내가 떠난 뒤에 남을 세상"이며, "어린 새끼"며, "부채 같은 연애 따위"를 배웠다. 내 아픔에 공감하듯 나무도 아픈 가지 하나를 가만히 떤다. "가는 거야"(1연), "가는 거지"(2연), "내뿜곤 하지"(3연), "잠기어가는 거야"(4연) 같은 반복은 단순한 구문의 반복이 아니라 나와 살구나무를 동일한 사연과 감정으로 묶는 정체성의 반복이다.

내 그대를 팔베개 해줄 때
내 팔이 꼭 요만큼만 했으면 좋겠네

한계령의 화려함도 한철 지나고
미시령의 폭풍우도 잦아들고
다만, 한 숨결이 다른 숨결로 이어지는 길

그대 지친 머리 기대어올 때
솜털 같은 자작나무 맥박 뛰는 소리 들리고
온몸이 날개인 나비 한 마리
무장무장 세월을 건너는 소리

진부령 들어가며 한 여자 생각하네
다만, 한 숨결이 다른 숨결로 이어지는 길

길게 팔을 뻗네

—이홍섭, 「진부령」전문

"진부령"이 뻗은 저 능선에 팔베개할 때의 팔 모양을 겹쳐놓았더니 내 사랑의 크기가 한껏 커졌다. 한계령은 화려하고 미시령은 거칠지만, 진부령은 "한 숨결이 다른 숨결로 이어지는 길"이다. 그대가 내게 지친 머리를 기댈 때처럼 그 고개에서는 맥박 뛰는 소리가 들리고, 온몸으로 날개를 삼아 "무장무장 세월을 건너는 소리"도 들린다. 주체와 대상(진부령과 한 여자)을 잇는 저 연속된 선은 행복한 서정시가 그려내는 아름다운 일관성의 소산이다.

정합적인 언어로 쓰인 서정시들은 주체와 세계를 동일한 지평에 놓는다. 말하는 나와 말해진 세계가 정합적이라는 것은 둘을 관통하는 원리가 하나라는 것이다. 이것이 동일성의 세계라는 것은 췌언을 필요로 하지 않는 사실이다.

2-2. 불행한 서정시

불행한 서정시에서는 주체의 자리가 불안정하다. 세계와 어긋난 자리에서 주체의 정념이 생겨나기 때문이다. 말하는 이의 자리가 온전치 않고, 말들이 주체와 엇갈리며, 그로써 드러나는 세계의 모습에 균열이 있다.

> 남에게 희생(犧牲)을 당할만한
> 충분한 각오를 가진 사람만이
> 살인(殺人)을 한다
>
> 그러나 우산대로
> 여편네를 때려눕혔을 때

우리들의 옆에서는
어린놈이 울었고
비 오는 거리에는
사십(四十)명가량의 취객(醉客)들이
모여들었고
집에 돌아와서
제일 마음에 꺼리는 것이
아는 사람이
이 캄캄한 범행(犯行)의 현장(現場)을
보았는가 하는 일이었다
─아니 그보다도 먼저
아까운 것이
지우산을 현장(現場)에 버리고 온 일이었다.

─김수영, 「죄와 벌」 전문

이 기록이 야기하는 서정적 효과는 주체와 세계와의 불화에서 비롯되었다. 불화는 여러 번 거듭 일어난다. 이런 불일치를 지시하는 비평 용어가 반어다. 먼저 자신은 떳떳하다고 주장했는데 읽는 이가 그렇게 생각하지 않으니 문제다. 다음으로 자신을 변명하는 경구로 서두를 삼았는데, 그 경구와 사건의 전말이 일치하지 않으니 문제다. 그 다음으로 자신이 제목으로 삼은 "죄와 벌"이 실제의 "죄와 벌"과 일치하지 않으니 문제다.

이야기는 전개되어가지만, 개별 시행들은 이상하게도 화자의 태도와 어조에 의해 통일된다. 완강한 사실성의 세계와 그 이질성을 통일하는 주체의 언어 운용 방식이 일치하지 않는 셈인데, 이런 불일치는 근본적으로는 주체와 세계의 불일치에서 비롯된 것이다. 사건이 벌어

졌고 그 뒷이야기가 적혔으니 이 시에 어떤 이야기가 있는 것은 분명
하지만, 이야기를 이루는 개별 부분들은 주체의 통일적인 언어 운용
법칙의 지배를 받는다. 반어적 효과는 결국 통일된 언어가 분열된 세
계상을 제시하는 데서 비롯된 정서적 효과인 셈이다. 이 시의 경우, 가
지런한 언어로 가지런한 세상을 노래할 수 없다. 세상과의 상상적인
화해가 있을 수 없다. 불행한 서정시의 경우, 주체는 세계와 불화(不
和)를 겪는다. 세계는 주체와 언어적으로 매개되어 있는 듯하지만, 그
매개는 모순과 부조리를 내부에 숨기고 있다. "그러나", "아니 그보다
도 먼저" 같은 거듭된 부정이 반어의 유출 지점이다. 통합된 세상은 그
결말에 이르러 불행한 주체에 의해 부정된다. 지우산을 아까워하는 주
체는 세계와의 격절에 의해 극도로 위축된 주체일 수밖에 없다.

    여기는어느나라의데드마스크이다.데드마스크는도적맞았다는소문도
있다.풀이극북(極北)에서파과(破瓜)하지않던이수염은절망을알아차리
고는생식(生殖)하지않는다.천고로창천(蒼天)이허방빠져있는함정에유
언(遺言)이석비(石碑)처럼은근히침몰(沈沒)되어있다.그러면이곁을생
소(生疎)한손짓발짓의신호(信號)가지나가면서무사(無事)히스스로와한
다.점잖던내용(內容)이이래저래구기기시작이다.

—이상, 「자상自像」 전문

    자화상이므로 "데드마스크"로 축소된 얼굴은 내 자신의 얼굴이다.
데드마스크를 "도적맞았다는 소문"이 있다는 말은 그것이 자신의 얼굴
이 아닐 수도 있다는 뜻이다. 데드마스크란 게 얼굴을 주형한 것이면
서도 이미 그 얼굴에서는 분리된 것이기 때문이다. "풀이극북(極北)에
서파과(破瓜)하지않던" 같은 구문은 통상의 규칙에서 일탈한 구문이
다. "파과"는 파과지년(破瓜之年)의 준말로 여자로는 16세, 남자로는

64세를 말한다. 아마도 시인이 오랜 시간이 지난 후, 그러니까 자신의 죽음 이후에 대해 말하기 위해 쓴 것이 아닌가 싶다. 데드마스크에 달린 수염은 더이상 자라지 않는다. 데드마스크는 변치 않으므로 불멸이지만, 이미 수염 한 올도 자라지 않는 얼굴이므로 불모이기도 하다. 그것은 "극북", 다시 말해 어떤 극한에 이른 얼굴이다. 풀은 극북에서 자라지 않고, 나는 파과지년까지 살아남을 수 없으며, 그걸 깨달은 듯 수염은 얼굴에서 자라지 않는다.

데드마스크의 벌어진 입은 영원히 닫힐 줄 모른다. 오랜 세월 동안 하늘은 그곳에 놓인 허방에 빠져 있을 것이다. 그렇게 벌어진 입은 유언(遺言)을 미처 발설하지 못한 입이기도 하다. 무너진 돌비석처럼 나의 마지막 말은 입안을 맴돌 뿐이다. 나는 죽어가면서 나오지 않는 말 대신 몸부림쳤을 것이다. 그 "손짓발짓의신호(信號)"는 전달되지 못해서〔"무사(無事)히"〕, 다만 데드마스크 아래에 "생소(生疎)"히 버려져 있을 따름이다. 이 수줍고 부끄러운 행동이 데드마스크의 표정에 남아 있다. 격렬하게 마지막 발음을 내보내기 위해 애썼던 입과 함께 말이다. 남아 있는 말들과 벌어진 입, 손짓 발짓을 거느린 데드마스크의 나라는 살아서 그걸 생각하는 내 체면을 형편없이 구겨버린다.

죽음의 세계는 그처럼 공포와 부끄러움, 비명과 침묵, 불모와 불멸이 어우러진 세계다. 죽음의 불가지성 때문에 1) 언어는 정상적인 문법에서 일탈하고("풀이"로 시작되는 이상한 삽입구가 그렇다), 2) 비약하고(예컨대 마지막 문장에서 구겨지는 것은 사실 내용이 아니라 체면이다), 3) 매개어 없이 고립된다〔"석비(石碑)"와 "생소(生疎)한손짓발짓의신호(信號)" 같은 것들〕. 그럼에도 불구하고 구문 자체는 이러한 이질성을 띠고 있으면서도 이상하게 반듯하다. 현재형 술어들이 그렇고 분절을 무시한 채 나란히 붙어 있는 음절들이 그렇다. 다시 말해 이 서정시의 언어는 세계의 이질성 때문에 주체의 운용 방식에 대해서는 비정합적이며, 그러면서도 주체의 편력 방식을 반영하듯 가지런하다.

불행한 서정시의 언어는 이처럼 비정합적이다. 비정합적인 언어 운용의 원칙은 다음과 같다.

1) 다른 시어, 시행, 시련과의 연관을 의도하지 않는, 모든 차원의 배제: 비정합적인 언어는 한 가지로 수렴되지 않는 분산을 특징으로 한다.

2) 언어의 질감이 아니라 통사적인 구문에 대한 배려: 언어는 음운 차원에서도 음절 차원에서도 통일되지 않는다. 다만 비슷한 구문을 배치하여 전언을 통일하는 경우가 많다. 구문의 통일은 주체가 세계와 자신을 매개하는 유일한 방식이다.

3) 주체와 분리된 채 대상에서 다른 대상으로 진행하는 진술: 이러한 진술은 주체와 세계의 불일치를 드러내는 데 유력하다.

4) 개방된 시공간의 창출: 주체로 수렴되지 않는 세계는 그 자체로 곤혹스럽다.

세계가 언어화되면서 이미 그 이질적 성격이 언어의 목록에 기입되었으므로 비정합적인 언어는 세계의 불합리와 부조리를 드러내는 유력한 수단이 된다. 흔히 주체는 비정합적인 언어를 통해 세계 편력의 경험을 대상화하고, 거기서 비롯된 불일치의 경험을 정조로 삼는다.

텅 빈 버스가 굴러왔다

새가 내렸다
고양이가 내렸다
오토바이를 탄 피자 배달원이 내렸고
15톤 트럭이 흙먼지를 날리며

버스에서 내렸다

텅 빈 버스가 내 손바닥 안으로 굴러왔다

나도 내렸다
울고 있던 내 돌들도 모두 내렸다

텅 빈 버스가 굴러왔다

새와 고양이가 들어 있는
서랍이 열렸다

울고 있던 내 돌이 말했다
초침이 돌고 있는 네 눈 속에
단풍잎 하나
떨어지고 있어

새와 고양이가 들어 있는
서랍이 닫혔다

텅 빈 버스가 굴러갔다

—박상순, 「이 가을의 한순간」 전문

"텅 빈 버스"에서 도무지 내릴 수 없는 것들이 내린다. 새와 고양이
와 피자 배달원만이 아니라, 배달원이 탄 오토바이와 15톤 트럭까지
내렸다. "내 손바닥 안으로" 굴러온 이 버스는 6연에 나오는 바로 그

"서랍"이다(둘의 유사성에 유의하라. 이 서랍에는 이미 비퀴기 달렸을 것이
다). 거기에는 사랑하던 이와의 한때를 증거하는 모든 게 들었다. 서랍
은 추억의 보관소이자 추억의 운송 수단이다. 서랍을 열자 어떤 추억
이, 새와 고양이와 피자와 트럭과 "울고 있던 내 돌들"이 다 내게로 왔
다. 제목이 된 '이 가을의 한순간'은 따라서 추억의 한때이자 그 추억을
되새김질하는 바로 지금이기도 하다. 서랍을 닫자 버스가 굴러가고,
그래서 내 추억의 한순간도 밀봉되었다.

　지금과 추억의 한때가, 나와 사랑의 대상이 어긋나 있기에 이 시에
는 음운이나 율격에 대한 배려가 전혀 없다. 그럼에도 불구하고 구문
은 이상할 정도로 정돈되어 있다. 이런 통일이 나와 대상을 관통하는
유일한 일관성이다. 작은 서랍 안에 버스 한 대를 가득 채울 만한 대상
이 들어 있으니, 이 시의 공간이 개봉과 밀봉을 오가는 열린 공간임을
알겠다. 서랍을 연 한순간에 과거의 모든 추억이 함께 떠올랐으니 이
시의 시간이 과거로 열린 개방된 시간임을 알겠다.

　　　화분 속에서 눈을 뜨는 여자
　　　화분 속에서 머리가 반쯤 돋아난 여자
　　　화분 속에서 팔이 쭉쭉 늘어나는 여자
　　　화분 속에서 녹색 벽돌을 나르는 여자
　　　화분 속에서 아이를 한 채 짓는 여자
　　　소리 지르며 소리 지르며 모락모락 김이 나는 여자
　　　아이의 배꼽에 호스를 끼우는 여자
　　　아이 몸에 하나씩 쇠핏줄을 심는 여자

　　　그 여자의 체액을 빨아먹는 아이
　　　그 여자의 미소를 찢어먹는 아이

그 여자의 뼈를 발라먹는 아이

그 여자의 눈을 사탕 막대기에 꽂는 아이

그 여자의 뇌에 불을 지르는 아이

불 지르며 불 지르며 무럭무럭 크는 아이

여자의 배꼽에 호스를 끼우는 아이

여자 몸에서 하나씩 플러그를 뽑는 아이

아이의 배꼽에서 여자가 주름투성이 손을 내민다

여자의 배꼽에서 아이가 털복숭이 앞발을 내민다

—이민하, 「배꼽—관계에 대한 고집」 전문

'관계에 대한 고집'이라는 부제가 붙은 연작 가운데 하나다. 이 연작들은 사람 사이의 관계(주로 가족 관계다)를 통해 자기 존재를 부여받는 삶에 관해 쓴 시편들이다. 엽기적인 환상으로 보이지만, 여기에 담겨 있는 것은 모자(母子) 관계에 대한 성찰이다. 여자는 "화분 속에서" 눈을 뜨고 머리카락이 돋고 팔을 뻗고 집을 짓고 아이를 잉태했다. 이 "화분"을 비좁은 집 안에서 나고 자라고 죽어가는 이 시대 여성의 지위를 말한다고 보아도 좋고, 깨지기 쉬운 여성의 몸을 말한다고 보아도 좋다. 어느 쪽이든 여성은 좁은 세상에서 자라는 화초 같은 존재다. 이 수동성은 여자 자신이 선택한 것이 아니라 세상이 그녀에게 강요한 것이다. "아이의 배꼽"에 끼운 호스는 물론 탯줄이다. 아이는 세상 끝까지 난 그 탯줄을 통해 어머니의 모든 것을 빨아먹으며 "무럭무럭" 자라서는 마침내 "플러그"(역시 탯줄이다)를 뽑아버린다. 그렇다고는 해도 여자와 아이의 근원적인 관계(그 중심에는 물론 탯줄을 연결한 자리, 곧 "배꼽"이 있다)는 변하지 않는다. 아이 때문에 여자는 "주름투성이 손"을 가진 노파가 되고, 여자 때문에 아이는 "털복숭이" 손을 가진 어른이 된다. 이 관계는 사랑의 관계지만 다른 말로는 착취와 수탈의 관계이기도 하다.

　　너는 출렁거리는 내 몸을
　　두 손으로 움켜쥐고
　　내 목덜미에 빨대를 꽂는다
　　입을 대려다 멈칫, 다시 빨대를 뽑아
　　날 주전자에 붓고는 끓인다
　　기포가 생기면서 부어터지는 내장
　　김으로 날아가버리는 살덩이
　　식탁에 팽개쳐진 내 껍질이
　　찌그러들고 있다

　　식어가는 나를 마시자마자
　　너는 바닥에 쓰러져 뒹군다
　　배를 쥐어뜯으며 덩어리 피를 토하더니

　　움직이지 않는다
　　하지만 난 아직 네 내장들을 녹이며 출렁이고 있다

—김경후, 「흡吸」 전문

　앞의 시와 흡사하게 착취와 수탈의 관계가 반복된다. 1연에서는 너와 내가 흡혈귀와 희생자 혹은 한 사람과 팩 안에 든 음료수의 관계에 빗대어졌다. 너는 나를 움켜쥐고 빨대를 꽂거나 주전자에 붓고 끓였다(나는 너 때문에 속을 끓였다). 내장이 터지고 살이 날아가고 껍질만 남았다(네가 내 속을 다 파먹었다). 2연에서는 네가 쓰러져 뒹군다. 나 역시 고분고분하게 먹히기만 한 것은 아니다. 나는 독했고, 그래서 너 역시 피해를 입었다. 3연에서는 그 관계가 아직 완결되지 않았음이 폭로된다. 너는 나를 다 뱉지 못했고, 나는 여전히 네 안에 있다. 사랑이, 사랑의 이름으로 자행되는 무제한적인 늑탈이 될 때가 이럴 것이다. 주체는 대상과 동일한 지평에 놓이지 못하고 분열된다. 서로를 찢고 빨고 긇이고 쓰러뜨리는 과정만 무미건조한 문장에 얹혀 전달될 뿐, 여기에는 어떤 방식의 음악도 없다.

너는 문을 닫고 키스한다 문은 작지만 문 안의 세상은 넓다 너의 문으로 들어간 나는 너의 심장을 만지고 내 혀가 닿은 문 안의 세상은 뱀의 노정처럼 굴곡진 그림들을 낳는다 내가 인류의 다음 체형에 대해 숙고하는 동안 비는 점점 푸른빛과 노란빛을 섞는다 나무들이 숨은 눈을 뜨는 장면은 오래전에 읽었던 동화가 현실화되는 순간이다 미래는 시간의 이동에 의한 게 아니라 시간의 소멸에 의한 잠정적 결론, 너의 문 안에서 나는 모든 사랑이 체험하는 종말의 예언을 저작한다 너는 내 혀에서 음악과 시의 법칙을 섭취하려 든다 나는 네게서 아름다운 유방의 원형과 심리적 근친상간의 전형성을 확인하려 든다 그러니까 이 키스는 약물중독과 무관한 고도의 유희와 엄밀성의 접촉이다 너의 문은 나의 키스에 의해 열리고 나의 키스에 의해 영원히 닫힌다 나는 너의 마지막 남자다 그러나 네게 나는 최초의 남자다 너의 문 안에서 궁극은 극단의 임사 체험으로 연결된다 흡혈의 미학을 전경화한 너의 덧니엔 관 뚜껑을 닫는 맛, 이라는 시어가 씌어졌다 지워진다 살짝 혀를 빼는 순간, 내 혓바닥에 어느 불우한 가족사가 크로키로 그려져 있다

—강정, 「키스」 전문

시의 입구에 놓인 "문"은 입이기도 하다. 시 전체가 키스에 관한 잡

다한 언술들, 키스하는 순간 너머의 이면사로 저혀 있어서다. 하나씩 살펴보자. "문은 작지만 문 안의 세상은 넓다." 키스야말로 둘 사이가 특별한 세계로 진입했다는 지표이기 때문이다. 입안은 새로운 세계다. "문 안의 세상은" "굴곡진 그림들을 낳는다". 이곳은 촉각으로 이루어진 세계이므로 굴곡으로 된 윤곽만을 허락한다. 감각이 시선을 왜곡한다고 말해도 좋다. 나는 "인류의 다음 체형에 대해 숙고"한다. 키스만 발달한 인류라면 어떻게 생겼을까, 따위의 잡념 혹은 키스 다음에 섹스, 그 다음의 아이가 나온다면 어떡하지, 따위의 걱정. 이제 비는 "푸른빛과 노란빛을 섞"고 "나무들이 숨은 눈을" 뜬다. 황홀경의 세계가 열린다는 암시다. 미래는 "시간의 이동"이 아니라 "소멸"로 결정된다. 나는 황홀해서 이미 시간관념을 잃었다. "나는 모든 사랑이 체험하는 종말의 예언을 저작한다." 여기가 세상의 끝이다. 나는 끝이라는 예언을 씹어댄다.

너는 내게 "음악과 시"를, 나는 네게 "유방"과 "심리적 근친상간"을 확인하려 든다. 키스에서 네가 기대하는 게 낭만적인 노래라면 내가 기대하는 것은 육체적인 흥분이다. 그러므로 키스는 약물이 아니고서도 그런 효과를 내는 특별한 체험이다. 키스하는 순간 나는 너의 최초이자 마지막 남자다. 그 순간의 즉물성에 비추어볼 때 모든 키스는 첫 키스이며, 이후가 예정되지 않았다는 점에서 모든 키스는 마지막 키스다. 결국 우리는 "극단의 임사 체험"을 할 것이다. 너는 나 죽네, 소리치며 까무러칠 것이다. "흡혈"의 짜릿함과 "덧니"의 섹시함이 거기에 부가된다. 키스를 마치고 나면, 네게는 "어느 불우한 가족사"가 그려질 것이다. 버림받은 자들의 역사 말이다.

이 시는 키스의 감미로움과 아름다움을 예찬하지 않는다. 시는 반대로 그 순간의 욕망을 폭로하고, 그 다음에 전개될 장면들을 개괄하고, 그 다음다음 순간의 이별을 미리 당겨서 결론짓는다. 이것은 주체와 대상이 만나는 동일시의 체험이 아니라 동상이몽의 체험이다. 저 고의적으로 거친 구문들("뱀의 노정처럼 굴곡진 그림들" "시간의 소멸에 의한 잠정적 결론" "심리적 근친상간의 전형성" "약물중독과 무관한 고도의 유희와 엄밀성의 접촉" "극단의 임사 체험")은 주체와 대상 사이에 놓인 이러한 결락들을 형상화하고 있다.

비정합적인 언어로 쓰인 서정시들은 주체와 세계의 착란에서 시적 정념을 길어올린다. 말하는 나와 말해진 세계가 비정합적이라는 것은 세속의 원칙과 주체의 원칙 사이에 단락(短絡)이 있다는 것이다. 이를 이질성의 세계가 낳은 서정시라고 불러도 좋을 것이다.

3. 서정시의 두 영역

서정시를 주체의 정념을 우선하는 시로 보고, 서정시의 하위 영역을 행복한 서정시와 불행한 서정시로 나누어 살폈다. 주체와 세계가 부절처럼 들어맞을 때 시는 정합적이고 합목적적이 된다. 주체와 세계가 엇갈리며 가로놓일 때 시는 비정합적이고 변증법적이 된다. 우리는 그동안 동일성의 미학이란 범주 아래 전자의 세계를 서정시의 영역으로 인정해왔다. 이질성을 품은 서정시의 영역에 관해서는 상대적으로 주목해오지 않은 것이 사실이다. 후자를 서정시의 영역에서 배제하면 다른 잣대, 이를테면 실험성이나 자의식적 언어를 위주로 시를 검토할 수밖에 없다. 이런 폐해를 가장 많이 입은 시인이 이상일 것이다. 「척각」「아침」「행로」「지비」 같은 시가 빼어난 서정시라고 할 수 있을 텐데, 이보다는 「오감도 1호」「오감도 4호」「선에 관한 각서」 같은 기교적인 시가 더 많은 주목을 받아왔다. 불일치의 체험이 비극적인 정념의 근원임에는

의심의 여지가 없다. 이 영역을 서정시의 이름 아래 포섭할 때 온전한
서정시의 지형이 그려질 수 있으리라 생각한다.

제2부

시학의
여러 영역들

거리/ 어조란 무엇인가
이중화/ 역설과 반어는 어떻게 생겨나는가
비유/ 비유이론의 전제에 관하여
비교/ 은유란 무엇인가
체계/ 제유와 환유란 무엇인가
좌표/ 상징과 알레고리는 어떻게 생겨나는가
역피라미드/ 다섯 가지 비유의 상호 관계는 어떠한가
음악/ 시의 율격에 관하여
소리-뜻/ 음운은 어떻게 의미화에 기여하는가
인용/ 인유와 패러디의 위상에 관하여
감각/ 이미지를 어떻게 봐야 할 것인가

1. 어조의 정의

이 장에서는 현대시의 어조를 새롭게 정의하고, 어조의 기본 유형을 확정하며, 기본형의 확산과 변형을 살피는 데 목적을 둔다. 통상적으로 화자가 청자나 제재에 대해 취하는 특정 태도를 어조라고 부른다. 화자가 특정 인물을 전제하고 있으므로 어조는 이 인물이 내는 특정한 목소리로 기능한다.

어조는 제재와 청중(독자), 때로는 자기 자신에 대한 화자의 '태도'로 정의된다. 요컨대 '목소리'의 비유다. 이 목소리가 화자의 태도를 표현하는 것이다. (…) 작가는 글을 쓸 때 어떤 감정 상태의, 비판하는 입장의, 또는 지적으로 냉정한 어떤 존재가 된다. 그리하여 딱딱한(또는 공식적인)/부드러운(또는 비공식적인) 어조, 거만한/겸손한 어조, 냉정한/감정적 어조, 직선적/반어적 어조 등이 탄생한다. 이렇게 어떤 목소리를 선택하는가 하는 문제는 우선 제재에 대한 시인의 입장과 결부되어 있다. 그러나 우리가 주목해야 할 점은 그의 태도가 제재나 명제에 지배받지 않는다(또는 지배받지 않아야 한다)는 점이다. 이것은 그 제재나 명제를 개성적으로 처리해야 한다는 뜻이다. 말하자면 그는 남의 목소리가 아닌, 자기 목소리를 가져야 하는 것이다.[1]

한 편의 작품에 드러나는 말하는 사람을 '시적 화자'라고 하며 특정한 태도를 일컬어 '어조'라고 한다. 어조는 그러므로 한 작가가 이야기의 서술 속에서 소설 내적 요소나 독자들을 향해 가지는 태도의 특성을 의미하는 용어이다. 즉, 작품 속에 드러나는 작가의 '개성적' 특질을 말하며, 목소리(voice)라는 개념으로 설명한다.[2]

이런 정의는 몇 가지 문제점을 갖고 있다. 첫째, 어조의 근원이 해명되지 않은 채 남는다는 점. 화자의 '태도'가 곧 어조라고 했는데, 그렇다면 태도란 무엇인가? 다르게 표현해서 화자의 '태도'가 어조를 낳는다면, 무엇이 태도를 낳는가? 태도가 어떻게 생겨나는가에 대한 해명이 있어야 어조의 발생 원인과 형식을 탐구할 수 있다.

둘째, 목소리를 화자의 것으로 간주함으로써 작가와 작품의 내적, 외적 서술자의 구별을 무의미하게 만든다는 점. 발화의 층위를 유별하지 않으면 분석의 의도와 결과 사이에 단락이 생긴다. 앞에서도 지적한 바이지만, 한용운이나 김소월 시의 화자는 일반적으로 여성 화자로 받아들여지는데, 한용운과 김소월 시의 '목소리'에 대한 연구는 실제로 이 시인들의 시 의식 연구와 구별되지 않는다. 이것은 화자와 시인을 구별하면서도 실제로는 뒤섞인 채로 다루는 데서 생긴 착란이다.

셋째, 이중화된 어조, 곧 반어나 역설을 설명할 수 없다는 점. 반어는 화

---

1) 김준오, 『시론』(4판), 삼지원, 1996, 259쪽.
2) 이지엽, 『현대시 창작 강의』, 고요아침, 2005, 363쪽.

자의 주관적인 태도만으로는 짐작할 수 없다. 대상의 성격을 검토해야 반어를 추출할 수 있다. 반어가 가진 의미론적 자질은 문면에 떠올라오지 않기 때문이다. 예컨대 내 태도가 아무리 예찬적인 것으로 보인다고 해도 대상과의 관계에서 내가 우월하다면, 어조는 풍자적인 것이 된다. 관계를 살펴야 반어를 짚어낼 수 있는 것이다.

넷째, 시적 대상을 단순한 사물이나 제재로만 간주한다는 점. 위와 같은 정의로는 대상이 유정물(有情物)이든 무정물(無情物)이든 화자의 태도에 종속된 사물로 취급될 뿐이다. 시적 전언을 이해하기 위해 살펴야 할 것은 화자와 대상이 배치된 시적 상황 전반이다. 이 상황 아래 화자와 대상이 어떤 관련을 맺는가를 검토해야 한다.

다섯째, '개성' 곧 화자(혹은 시인) 고유의 '목소리'와 실제 어조가 동조하지 않는 경우가 많다는 점. 앞에서 말한 반어의 경우에도 그렇지만, 특별히 문제가 되는 것은 인유와 패러디의 경우다. 이 경우에 화자의 목소리는 개성적이지 않거나(인유의 경우에는 기존의 목소리를 끌어와 자기 목소리로 삼는다) 분열되어 있다(패러디의 경우에는 기존의 목소리를 반어적으로 끌어와 자기 목소리로 삼는다). 따라서 중요한 것은 선행 텍스트와 해당 텍스트의 목소리가 어떤 관련을 맺는가 하는 점이지, 목소리 자체의 개별적 발화가 아니다.

화자의 태도를 단순히 주관적인 감정의 표출로 볼 수 없다. 태도는 처음부터 '~에 대한' 태도이므로 특정 대상을 전제로 한다. 이 대상과의 관련 양상이 드러난 것이 태도이므로 어조는 화자의 '심리' 상태에서 파생되는 것이 아니라 주체와 대상의 '관계'에서 파생된다. 어조는 화자의 감정만을 드러내는 주관적인 태도가 아니라, 대상과의 관계를 반영하는 객관적인 지표다. 어조를 화자가 아니라 주체와 관련지어 해명할 필요가 있다. 곧 내가 어떤 태도로 세상을 보는가가 어조를 낳는다기보다는 세상이 어떤 방식으로 나와 연계되는가가 어조를 낳는다. 이런 시각에서 어조를 정의히면 전기한 문제들을 극복할 수 있을 것이다. 첫째, '태도'의 근원을 탐색할 수 있다. 태도는 내가 대상을 '어떻게' 보는가에서 생겨난다. 둘째, 화자와 시인을 혼용하는 데서 빚어지는 착란에서 벗어날 수 있다. 셋째, 반어와 역설을 어조에 포함하여 논의할 수 있다. 넷째, 시적 상황 전반을 검토할 수 있다. 다섯째, 인유와 패러디를 논의할 수 있다.

2. 어조의 기본 형식

어조가 대상과의 관계에서 생겨난다는 점을 분명히 해야 어조의 유형을 탐색할 수 있다. 대개 어조의 유형을 화자의 태도에 따라 나누고(교훈적, 관조적, 비판적, 사색적, 냉소적, 철학적, 종교적, 염세적, 낙천적······), 감정 상태에 따라 나누며(격정, 애상, 환희, 명랑, 우울, 격동, 냉정, 침착······), 청자의 유무나 청자에 대한 태도에 따라 나누곤 하는데(고백적, 독백적, 대화적, 권유적, 예찬적, 명령적······), 이런 분류는 어조를 주관의 산물로 본 데서 생겨난 분류다. 화자의 태도와 감정 상태, 청자에 따라 무수한—잠재적으로 보면 무한한—형식이 파생되는데, 이것은 형식의 파탄에 지나지 않는다. 유형화가 불가능할 정도로 무수한 형식이란 이미 형식화의 의의를 잃은 것이기 때문이다. 더욱이 이런 분산과 개별화에는 대상도, 대상과의 상관성(相關性)도, 시적인 상황도 개입할 틈이 없다. 대상과의 관련이 해명되어야 어조가 해명될 수 있는 것이다. 전자(지나치게 상세한 분류)는 분류 자체를 무의미하게 만들고, 후자(대상과의 관련이 해명되지 않은 분류)는 분류를 불완전하게 만든다.

어조를 시적 주체와 대상과의 관계에 따라 살펴보아야 한다. 이 관

계의 유형이 곧 어조의 유형이다. 대상과의 관계에 따라 어조를 다음의
다섯 가지 기본형으로 나눌 수 있다.

    1) 풍자/ A가 B를 비판하다,[3] 우스꽝스럽게 하다

    2) 예찬/ A가 B를 칭찬하다(주체가 대상보다 열등하다)

    3) 연민/ A가 B를 동정하다(주체가 대상보다 우월하다)

    4) 반성/ A가 A를 생각하다

    5) 해학/ B가 B를 우스꽝스럽게 하다

    주체와 대상의 거리가 멀어서 주체가 대상을 공격하는 형식이 풍자
라면, 두 거리가 가까워서 주체가 대상에게 친밀감을 느끼는 형식이
예찬과 연민이다. 대상이 주체보다 우월하면 윗사람에게 대하는 형식
(예찬)이 생겨나고, 주체가 대상보다 우월하면 아랫사람에게 대하는
형식(연민)이 생겨난다. 풍자는 처음부터 공격적이므로 풍자에서의 대
상은 늘 주체보다 열등하다. 대상과 주체가 일치하는 경우가 반성이
며, 대상이 자기 자신을 우스꽝스럽게 만드는 경우가 해학이다. 다음
과 같이 표로 정리해보자.

	1) 풍자	2) 예찬	3) 연민	4) 반성	5) 해학
주체와 대상의 거리	멀다(공격적)	가깝다	가깝다	멀다(반성적)	가깝다(멀었다가 가까워지다)
주체의 대상에 대한 관계	우월하다	열등하다	우월하다	평등하다	우월하다

---

3) "'x가 y를 비판한다'는 문장의 확대에 토대한 구성 유형을 우리는 풍자적 구성이라고 부를
   수 있다. 판박이 도덕에 집착하는 엄숙주의자와 물질적 이익에 탐닉하는 물신 숭배자는 풍
   자의 대상이 된다. 억압적인 권위의식과 물질적인 이해 관계에 사로잡혀 있는 인간을 비
   판하기 위하여 풍자적 구성은 사회 생활의 상하 관계를 전도시킨다. 특권 없는 인간이 특
   권 있는 인간을 비판하여 궁지에 몰아넣는 것이다"(김인환, 『비평의 원리』, 나남, 1994,
   147쪽).

왜 기본 형식을 다섯으로 유별하는가? 이유를 하나씩 살핀다. 1) 대상과의 거리가 가까운 풍자는 없다. 이때 풍자는 해학으로 전환된다. 공격받는 대상이 주체와 화해하는 것이 해학이기 때문이다. 주체가 대상보다 열등할 때에도 풍자가 생기지 않는다. 공격적인 태도는 윤리적, 도덕적 우월성을 전제로 하기 때문이다. 2), 3) 예찬과 연민은 대상에 친밀감을 느낄 때에만 성립한다. 주체의 위치가 대상보다 우월하면 연민이, 열등하면 예찬이 생긴다. 그러므로 둘은 주체의 위치에 따라 상호 변환된다. 4) 반성은 처음부터 주체가 주체 자신을 문제시할 때에만 생긴다. 따라서 '내가 나를 비판적으로 바라보다'가 반성의 기본 형식이다. 이 거리가 가까운 경우, 곧 '내가 나를 친근하게 바라보다'인 경우는 재앙이다. 반어적인 표현이 아니고서는 그냥 '잘난 척'이기 때문이다. 5) 주체가 주체 자신을 공격하다(우스꽝스럽게 하다)의 형식은 반성이므로 해학은 대상에 부여된 속성이다. 해학은 풍자를 내부에 품고 있다. '우스꽝스럽게 하다'가 공격성의 발로이기 때문에 해학적 대상은 주체에 비해 열등하다. 그런데 풍자에서 주체의 우월한 위치가 대상에 대한 공격적 지위로 유지되는 데 반해 해학에서는 주체와 대상이 화해한다. 그래서 해학의 형식을 'A가 B를 공격하고, B가 A와 화해한다'로 정의할 수 있으며,[4] 이를 추린 게 'B가 B를 우스꽝스럽게 하다'이다.

다른 형식들을 이 다섯 가지 기본 형식의 변형으로 간주할 수 있을 것이다. 예를 들어보자.

---

[4] "'x가 y와 화해한다'는 문장의 확대에 토대한 구성 유형을 우리는 해학적 구성이라고 부를 수 있다. 현실 자체가 갈등의 구조이므로 본문을 사회적으로 해석하면 풍자적 구성이라고 볼 수밖에 없다. 그러나 현실에 있을 수 없다고 하더라도 인간의 내면에 깃든 화해의 소망을 충족시켜 주는 해학적 구성은 그 나름의 존재 이유를 지니고 있다. 해학적 구성은 과오를 범하기 쉬운 인간성을 따뜻하게 감싸주면서 용서와 화해를 향해 진행되기 때문이다"(김인환, 같은 책, 150쪽).

① '고백'은 'A가 B에게 고백하다'로 추려지는데, 고백의 내용이 자기 자신의 이야기이므로 이 형식은 4) '반성'의 변형이다.

② '독백'은 'A가 A에게 고백하다'이므로 역시 4) '반성'의 변형이다.

③ '관조'는 'A가 B를 바라보다'이므로 주체와 대상과의 거리에 따라 1)과 2), 3)의 중간에 있다.

④ '냉소'는 'A가 B를 비웃다'이므로 1) '풍자'와 같은 말이다.

⑤ '영탄'은 'A가 B에 관해 감동/탄식하다'이므로 대상과의 관계에 따라 2)에서 4)까지의 어느 한 형식으로 환원된다.

다음 두 형식은 주체가 여격으로서의 대상을 갖고 있을 때에 생겨난다.

⑥ 청원/ A가 B에게 요구하다(주체가 대상보다 열등하다)
⑦ 명령/ A가 B에게 요구하다(주체가 대상보다 우월하다)

이 둘은 주체와 여격으로서의 대상이 수행적인 관련을 맺을 때 생겨난다. 대상이 주체보다 우월하면 윗사람을 대하는 형식(청원)이 생겨나고, 주체가 대상보다 우월하면 아랫사람을 대하는 형식(명령)이 생겨난다. '청원'은 대상이 주체보다 우월한 지위에 있을 때 요구하는 형식이다. 그래서 청원을 2) 예찬의 하위 형식이라 말할 수 있다. 예를 살핀다.

제가 죽거든 시체를 불태워 평평히 묻고, 나무 한 그루를 심어주세요. 저는 님을 쉬시게 할 큰 그늘을 살아서 만들지 못했습니다.

—하종오, 「한 나무」 전문

주체는 자신이 죽어 거름이 된다면, 그래서 나무 한 그루 키워 큰 그늘을 이루게 한다면, 그곳에서 님이 쉬고 갈 수 있다면 좋겠다고 소망한다. 자신을 낮추어 대상을 높이는 형식이므로 청원이 예찬을 전제로 하고 있음을 보여주는 예다.

'명령'은 주체가 대상보다 우월한 지위에 있을 때 요구하는 형식이다. 대상과의 거리가 멀면 비판적인 요구가 생기고, 대상과의 거리가 가까우면 동정적인 요구가 생긴다. 그래서 명령을 1) 풍자와 3) 연민의 하위 형식으로 간주할 수 있다. 예를 살핀다.

바람에 지는 풀잎으로
오월을 노래하지 말아라
오월은 바람처럼 그렇게
오월은 풀잎처럼 그렇게
서정적으로 오지는 않았다
오월은 왔다 비수를 품은 밤으로
야수의 무자비한 발톱과 함께
바퀴와 개머리판에 메이드 인 유 에스 에이를 새긴
전차와 함께 기관총과 함께 왔다
오월은 왔다 헐떡거리면서
피에 주린 미친개의 이빨과 함께
두부처럼 처녀의 유방을 자르며
대검의 병사와 함께 오월은 왔다
벌집처럼 도시의 가슴을 뚫고
살해된 누이의 웃음을 찾아 우는
아이의 검은 눈동자를 뚫고
총알처럼 왔다 자유의 거리에
팔이며 다리가 피묻은 살점으로 뒹구는

능지처참의 학살로 오월은 오월은 왔다 그렇게!

바람에 울고 웃는 풀잎으로
오월을 노래하지 말아라
오월은 바람처럼 그렇게
오월은 풀잎처럼 그렇게
서정적으로 일어나거나 쓰러지지 않았다
오월의 무기 무등산의 봉기는
총칼의 숲에 뛰어든 맨주먹 벌거숭이의 육탄이었다
불에 달군 대장간의 시뻘건 망치였고 낫이었고
한 입의 아우성과 함께 치켜든 만인의 주먹이었다
피와 눈물 분노와 치떨림 이 모든 인간의 감정이
사랑으로 응어리져 증오로 터진 다이너마이트의 폭발이었다

노래하지 말아라 오월을
바람에 지는 풀잎으로 '바람'은
학살의 야만과 야수의 발톱에는 어울리지 않는 말이다
노래하지 말아라 오월을
바람에 일어나는 풀잎으로 '풀잎'은
피의 전투와 죽음의 저항에는 어울리지 않는 말이다
학살과 저항 사이에는
바리케이드의 이편과 저편 사이에는
서정이 들어설 자리가 없다 자격도 없다
적어도 적어도 오월의 광주에는!
　　─김남주, 「바람에 지는 풀잎으로 오월을 노래하지 말아라」 전문

명령문과 부정문이 결합해 있다. 오월을 서정적으로 노래하지 말라는 요구를 보면 이 시가 '명령'의 형식을 갖고 있다고 할 수도 있겠으나, 실제적인 요구는 명령에 담겨 있지 않다. 서정적인 노래를 부정하고 비판하는 데 이 시의 목적이 있는 게 아니기 때문이다. 시는 오월 광주의 참혹함과 학살자들에 대한 분노와 민중에 대한 사랑을 격렬하고 비통한 어조로 노래한다. 그래서 이 시는 '명령'의 형식 아래 '풍자(학살자에 대한 공격성)'와 '연민(민중에 대한 사랑)'이 함께 녹아 있는 예가 된다.

마지막으로 다음의 두 가지는 앞의 기본 형식을 이중화하는 장치다.

1) 역설/ A가 B를 비판하면서 동시에 칭찬하다($A+B$, $A \neq B$)
2) 반어/ A가 겉으로는 B를 칭찬(비판)하면서 속으로는 비판(칭찬)하다(A/B, $A \neq B$)

실제 시에서는 기본 형식이 복합적으로 얽히고설키는 경우가 많기 때문에, 기본 형식들을 엮어가는 방법으로 이 두 형식이 일찍부터 주목을 받아왔다. 역설과 반어는 6장에서 살피기로 한다. 미리 말하자면 역설이 수평적인 언어에 반영된 수직적인 언어의 특질이라면, 반어는 수직적인 언어에 반영된 수평적인 언어의 특질이다.

다섯 형식의 개별적인 예를 검토하기로 한다.

2-1. 풍자

주체와 대상의 거리가 가장 멀 때 풍자가 생겨난다. 대상에 대한 공격적인 반응으로서 풍자는 대상을 비웃음과 비판의 중심에 놓는다.

팔 없는 몸을 뒤틀면서, 그들도 여전히 꿈을 꿉니다 '난 파리가 될 거
야' 거품구덩이에서 꿈꾸며 두 구멍뿐인 존재는 먹고 싸는 세월 속에
탈옥(脫獄)의 날을 기다립니다 몸을 뒤틀며 뒤얽히며 어서 불만의 민중
에 총알 까는 헬리콥터 같은 존재가 되자고 똥통 벽을 열심히 오릅니다
남을 껴안을 팔도 없이, 찐득한 온몸으로, 미끄러 떨어져도 다시 뻘뻘
실룩대면서

—최승호, 「똥구덩이 속에서」 전문

똥통 속에서 번식하는 구더기가 비판 대상이다. 똥통은 감옥이자 지
옥인데, 이곳을 벗어나도 구더기에게 마련된 새 삶은 기껏해야 파리의
삶일 뿐이다. 파리는 "불만의 민중에 총알 까는 헬리콥터 같은 존재"
다. 여기에는 5월 광주를 덮친 학살자의 이미지가 겹쳐 있다. 그래서
구더기는 권력에의 욕망만으로 꿈틀대는 자들의 바로 그 비열함을 보
여주기 위한 은유가 된다.

술 먹을 때면 항상 여자를 옆에 앉히는 버릇
을 가졌던 나는 생일날 친구네 식구들을 초청
하여 술을 마시다가 나 자신도 모르게
친구 아내의 사타구니에 손을 넣는 바람에
대판 싸우고 친구까지 잃었다.
"애새끼들만 아니면 네놈하고 안 살아!"
아내는 울고불고하다 지갑을 압수하고
신용카드란 카드는 모두 가위로 잘라버렸다.
"신용 지랄하네! 그놈의 물건도 그냥 잘라버려!"

어린 아들은 전자밥으로 강아지를 키우는

일제 다마고치를 가지고 놀다가 갑자기
아내가 키우던 애완견이 밥도 골라먹고
마음에 안 든다며 목을 졸라버렸다.
"이 새끼야! 어쩌면 부자지간 똑같아!"
아내는 파리채가 부러질 때까지 아들놈을 때리더니
징징거리며 죽은 애완견을 쓰레기 봉지에 싸서
아파트 분리수거함에 던져버렸다.
다음날 오전 무심하게 무심하게도
참으로 무심하게도 쓰레기를 옮겨가는 청소부
　　　　　　　　　—공광규, 「우리 집에서 생긴 일」 전문

　　풍자의 시선으로 제 삶을 돌아다볼 때 소시민의 안온한 삶은 돌연 누추하고 쓸쓸하고 진실해진다. 평이하게 지나간 사건에 관해 말하는 것 같지만, 시인의 말은 그 너머를 향해 있기도 하다. "신용 지랄하네! 그놈의 물건도 그냥 잘라버려!" 아내가 잘라버린 것은 내 경제권만 아니라 가족 간의 믿음이다. 겨우 남아 있는 게, 간신히 둘을 이어주는 게 아이였는데, 이번에는 아이가 애완견의 목을 졸라버렸다. "이 새끼야! 어쩌면 부자지간 똑같아!"(이 말 속에 숨은 "부자지"도 시인의 의도였을까? 그것은 성과 혈연을 동시에 암시한다) 새끼만 아니면 헤어지겠다고 소리를 질렀는데, 그 새끼가 자식에서 욕설의 대상으로 바뀌어버렸다. 그런데 아내마저 죽은 애완견을 쓰레기 봉지에 싸서 "아파트 분리수거함에 던져버렸다". 이 메마른 처리 방식 역시 이 시대 소시민이 가진 위선/위악의 일부다. 제목이 말하듯 두 사건은 흔히 일어날 수 있는 일이며, 그래서 가정을 망가뜨릴 만한 일이 아니다. 청소부는 이 쓰레기를, 잘린 신용카드와 죽은 강아지를 "무심하게 무심하게도/참으로 무심하게도" 옮겨간다. 나는 여러 차례 그런 일이 있었음을 은근히, 무심하게 이야기하고 있는 셈이다. 풍자의 시선이 주체를 포함하고 있으므로 이 시의 풍자에는 자기반성적인 시선이 겹쳐 있기도 하다.

> 나는 보았다 이자(利子)에 비틀거리는 청년들 성당 입구에서
> 기타 반주에 맞춰 흘러간 가요를 애절하게
> 이자(利子)하는 장님들 해남 대흥사 뒤뜰에 노랗게 핀
> 이름 모를 작은 꽃들 현금자동지급기 앞에 늘어서서
> 현금을 찾고 있는 이자(利子)들 불란서에서 공부하고 돌아와
> 불문학 교수가 된 시인들 설악산 대청봉에서 기념사진을
> 찍고 있던 보이스카웃 대원들 나는 보았다 거리에서
> 사무실에서 TV에서 울창한 숲과 탁 트인 바다에서
> 백화점에서 종로에서 영등포에서 나는 보았다
> 이자(利子) 위에서 현란한 춤을 추며 노래 부르는 가수들
> 검은 옷을 걸치고 근엄하게 검은 의자에 앉아
> 판결을 내리는 판사들 이자(利子)를 빨며 곤히 잠든 아이들
> 파고다공원 뒤에서 이자(利子)를 꼬시기 위해 어슬렁거리는
> 동성연애자들 석양으로 물든 이자(利子)에 점점이 떠 있는 작은 섬들
> 이자(利子)를 깨서 상대방의 머리를 내려치던 주먹들
> 이자(利子)를 잉태한 어머니들 백사장에 누워 작열하는 이자(利子)에
> 몸을 태우고 있는 비키니들 나는 보았다
> 이자(利子)가 이자(利子)와 뒤엉켜 몸부림치는 광경을 나는
> 보았다 이자(利子)가 이자(利子)들 속으로 사라져가는 것을 나는
> 보았다 이자(利子)를 잡기 위해 달려가고 있는 이자(利子)의 무리를
> ─장경린, 「사자 도망간다 사자 잡아라」 전문

    시를 지탱하는 힘은 자본주의 자체의 의인화다. "이자(利子)"는 자

본의 무한증식을 표상하는 것인데, 여기서는 사람의 이름처럼 쓰였다. 처음에 이자는 각각의 사물과 상황을 대신하는 낱낱의 표상이었다. 시에 등장한 순서대로 말하면, 이자는 각각 '취기'(1행), '노래'(3행), '고객'(5행), '무대'(10행), '사탕(혹은 엄마의 젖)'(12행), '동성 파트너'(13행), '수평선'(14행), '병'(15행), '아이'(16행), '태양'(16행)일 테지만, 마지막 부분에 가서는 모든 것이 이자로 변한다. 술을 마시고 노래를 하고 돈을 찾고 무대에 오르고 사탕을 빨고 연애하고 바닷가에 가고 임신하고 일광욕을 하는 그 모든 과정에 자본의 논리가 스며들어 있는 것이다. 마침내 사람과 사람의 관계가 이자와 이자의 관계로 환치되는 저 무한증식의 환상은 자본이 만들어낸 환상이다. 시는 풍자를 중심으로 짜여 있다. 아마 시의 제목이 된 "사자"도 '사자(lion)'이자 '사자(Let's buy)'일 것이다.

2-2. 예찬

주체가 대상에 대해 심리적인 친밀감을 느끼는 경우가 예찬과 연민이다. 주체가 대상에 대해 심리적으로 열세에 놓일 때 예찬의 형식이 만들어진다.

네 살은 홍시처럼 붉다 치솟는 젖무덤, 부푼 엉덩이 머리칼을 흩날리며 달려오는 너는 강이다 산이다 기름진 들이다 그러면 나는? 나는 미칠 것 같은 마음 하나로 복사빛 뽀얀 네 허벅지 마구 파헤치는 살쾡이, 아직도 네 허리춤 와락 끌어안고 있다

네 둔덕은 거칠다 네 계곡은 여전히 어둡다 숲의 나무들 암말처럼 뛰

어오른다 하여, 나는 봉두난발의 네 들뜬 앞이마, 오래오래 끌어안는다
그러면 너는, 너는 미칠 것 같은 마음 하나로 다시 내 귓밥 훑는다 볼때
기 물어뜯는다

　……오늘은 나도 폭포처럼 쏟아져내리는 물줄기, 날아오르는 물안
개…… 마침내 네 부푼 엉덩이, 네 검붉은 아궁이 뚫고 나도 일어서고
있다 온갖 생명들, 우르르 몸부림치는 강이여 산이여 기름진 들이여 너
로 하여 한세상 다시 환해지고 있다

　강이여 산이여 오오, 흐벅진 들이여 네 속에 길이 있다니, 사랑이!
—이은봉, 「강, 산, 들」 전문

성애(性愛)의 형식으로 산과 강과 들을 예찬하는 시다. 아름다운 자
연을 아름다운 여성에 빗대고 있다. 주체의 시선에 따라 강과 산과 들
은 아름다운 사랑의 대상이 된다. 감탄하는 자 앞에서 강과 산과 들은
마침내 제 몸을 연다. 절정을 향해가는 이 고양된 전언들은 단문으로
인해 무척 빠르게 읽힌다. 게다가 구절들은 사랑의 내밀함을 드러내기
위해 너와 나를 왕복하며, 제 안에서 수없이 공명하고 있다〔예를 들어 1
연에서 "그러면 나는? 나는 (…)"과 2연에서 "그러면 너는, 너는 (…)"은 나
란히 살을 맞대듯 마주한다〕. 마침내 마지막 구절이 쓰인다. "강이여 산
이여 오오, 흐벅진 들이여 네 속에 길이 있다니, 사랑이!" 길은 세 가지
다. 강과 산과 들을 질러가거나 에둘러 가는 자연의 길이 하나요, 사랑
하는 이가 사랑하는 이를 받아들이는 몸의 길이 둘이며, 그런 사랑의
방법 곧 마음의 길이 셋이다. 자연이 나를 낳고(나는 자연의 에로스를 발
견했을 뿐이다) 내가 자연을 낳았으며(나는 자연의 생생한 힘을 인간의 사
랑으로 번역했다), 마침내 자연과 내가 진정한 의미에서 한몸이 되었다

(나는 자연이 사랑하는 대상이며, 자연은 내가 사랑하는 대상이다)는 것. 이 열락은 대상에 대한 끝없는 고양(高揚)을 가능하게 한다. 이것이 예찬의 특질이다.

비로자나불은 눈을 거슴츠레 뜨고 앉아 어디를 보고 있을까? 맞은편 공양간의 무쇠밥솥에서 올라오는 김을 보는 것이 분명하다 입맛을 다시며 나는 차마 문턱을 넘지 못한다 조왕대신 때문만은 아니다 그 여자, 풋장더미 옆에 쪼그리고 앉아 경을 읽는 소리에 난 끓어 넘치는 줄 알았다 부뚜막 행주보다 말간 소리가 몇 년을 빨아 둔 내 밑구멍보다 깨끗하다 주목받고 싶어 까발린 생명의 근원보다 기습적이다 밥솥이 무거워진다 나는 뚜껑을 열고 퍼내야 할 똥무더기 만세루에 다 퍼질러 놓고도 이 목소에 깡그리 씻어보아도 더께 앉은 질투다 추방됐던 세계에서 너무 비대해진 거다 들어갔던 그 문으로 다시 나가기엔 아무래도 옷을 많이 껴입은 하와다 나는 조막만한 사과를 물고 헛구역질을 한다 초경을 하고 열아흐레부터는 실수하는 게 아니었다 식은 밥 같은 눈발이 거세졌다 환장할 밥 냄새 미치게 거년스런 민머리 저 여자
— 김이듬, 「운문의 똥막대기」 전문

예찬이 대상보다 열등한 주체를 제시한다는 것을 보여주는 예다. 운문사에서 한 여자를 만났다. "풋장더미 옆에" 쭈그려 앉았고 "미치게 거년스런" 여자이지만, 나는 그녀에게서 누구도 범접하지 못하는 성스러움을 본다. 운문사 "비로자나불"이 "눈을 거슴츠레 뜨고 앉아" 맞은편 공양간의 밥솥에서 올라오는 김을 보고 있다. 식욕과 색욕이 다른 것이 아님을 보여주는 눈빛이다. 공양주보살임이 분명한 이 여자에게는 밥하는 소리가 곧 경 읽는 소리이며, 거기에 진정한 생산성이 있다. 매우 감동하다=흥분하여 끓어 넘치다, 순결하고 순백하다=내 밑구

멍보다 깨끗하다 같은 표현 역시 성애의 형식으로 번역한 일반 진술이다. 밥솥은 다 익어서 무거워졌는데, "나는 뚜껑을 열고 퍼내야 할 똥 무더기 만세루에 다 퍼질러 놓고도 이목소에 깡그리 씻어보아도 더께 앉은 질투"일 따름이다. 내게는 속된 것들이 너무 많아 세속의 때로 "너무 비대해"졌다. 나는 이 성소로 다시 돌아오기에는 거짓 옷을 너무 껴입은 하와, 이미 먹어버린 사과 때문에 헛구역질하는 하와다. 그런데도 여전히 환장할 밥 냄새는 피어오르고 밖에는 "식은 밥 같은 눈발"이 날린다.

부처란 무엇입니까, 라고 한 사람이 운문(雲門) 선사에게 물었다. 선사의 대답: "똥막대기다." 비로자나불(Vairocana)이 석가모니의 진신(眞身)을 높여 부르는 칭호라는 점도 참조해두어야 할 부분이다. 나는 "똥무더기"이자 그것을 퍼질러놓은 여자고(앞 문단의 인용 부분은 이렇게 이중적으로 읽힌다), 부처는 나를 치우는 '거시기'일 뿐이다. 저 솥에 끓어 넘치는 밥이 가장 성스럽고 가장 깨끗하다. 저 여자가 진정한 생산을 가능하게 하는 "무쇠밥솥"이 아니고 무엇이겠는가? 내 뚱뚱한 질투가 어찌 그녀와 비교되겠는가? "초경을 하고 열아흐레부터" 실수를 했던, 그래서 입덧을 하는, 부끄러움에 잔뜩 옷을 껴입은 내 몸이 어찌 저 궁상스러운 여자를 따라갈 수 있겠는가? 이 시의 예찬은 자신을 낮추는 방식으로 성립되었다.

호박 한 덩이 머리맡에 두고 바라다보면
방은 추워도 마음은 따뜻했네
최선을 다해 딴딴해진 호박
속 가득 차 있을 씨앗
가족사진 한 장 찍어본 적 없어
호박네 마을 벌소리 붕붕

후드득 빗소리 들려
품으로 호박을 꼬옥 안아본 밤
호박은 방안 가득 넝쿨을 뻗고
코끼리 귀만한 잎사귀 꺼끌꺼끌
호박 한 덩이 속에 든 호박들
그새 한 마을 이루더니

봄이라고 호박이 썩네
흰곰팡이 피우며
최선을 다해 물컹물컹 썩어 들어가네
비도 내려 흙내 그리워 못 견디겠다고
썩는 내로 먼저 문을 열고 걸어나가네
자, 출세(出世)다

—함민복, 「호박」 전문

　"호박 한 덩이"가 마음을 따뜻하게 했다. 호박 하나가 이루어낸 가상의 마을이 내 방에서 자리잡았기 때문이다. 그런데 봄이 되자 호박이 썩었다. 그것을 "최선을 다해" "흙내 그리워 못 견디겠다고" 썩는다고 적는 시선은, 이미 호박의 입장에 선 자만이 품을 수 있는 성선설이다. 마침내 호박은 썩어서 버려지는데, 바로 그것이 "출세", 곧 세간으로 나가는 일이 되었다. 호박은 방 한구석에서는 마을을 이루더니 썩어서는 세상으로 나아갔다. 재야에서 몸을 일으킨 고수라도 되는 양 말이다.

2-3. 연민

주체가 대상에 대해 심리적으로 우위에 놓일 때 연민의 형식이 만들어진다.

　　　한번도 만날 수 없었던
　　　하얀 손의 그 임자

　　　취한(醉漢)의 발길질에도
　　　고개 한번 내밀지 않던,

　　　한 평의 컨테이너를
　　　등껍질처럼 둘러쓴,

　　　깨어나 보면
　　　저 혼자 조금
　　　호수 쪽으로 걸어 나간 것 같은

　　　지하철 역 앞
　　　토큰 판매소

　　　오늘 불이 나고
　　　보았다

　　　어서 고개를 내밀라 내밀라고,
　　　사방에서 뿜어대는

소방차의 물줄기 속에서

눈부신 듯
조심스레 기어 나오는
꼽추 여자를,

잔뜩 늘어진 티셔츠 위로
자라다 만 목덜미가
서럽도록 희게 빛나는 것을,

—문성해, 「자라」 전문

전반부에 부가된 진술은 그 여자를 "자라"와 동일시하기 위해 적혔다. 1연 2행과 3~4연, 그리고 7연 1행의 말이 그렇다. 후반부의 몇몇 첨언이 이 시의 어조를 분명하게 보여준다. "눈부신 듯"이나 "서럽도록 희게"와 같은 표현이 그렇다. 이 말로 인해서 꼽추 여자의 조심스러움과 부끄러움이 안타깝게 환기된다. "눈부신 듯"은 그녀의 외출이 가진 성격을 보여준다(그녀는 한 번도 밖에 나오지 않았고, 이 오랜만의 외출은 아름답다). "서럽도록"은 그녀를 보는 내 시선이 불러일으키는 정서다(그녀를 보고 나는 안타깝고 서러웠다). 그녀의 목덜미는 "서럽도록 희게" 빛났다. 그 흰빛은 오래 햇볕을 쬐지 못해 생긴 빛이며, 서정적인 감개가 농축된 빛이다. 연민이 예찬과 다른 것이 바로 이런 절제 때문이다.

물들기 전에 개펄을 빠져나오는 저 사람들 행렬이 느릿하다.
물밀며 걸어 들어간 자국 따라 무겁게 되밀려 나오는 시간이다. 하루하루 수장되는 저 길, 그리 길지 않지만

지상에서 가장 긴 무척추동물 배밀이 같기도 하다. 등짐이 박아 넣은
것인지,

뻘이 빨아들이는 것인지 정강이까지 빠지는 침묵. 개펄은 무슨 엄숙
한 식장 같다. 어디서 저런,

삶이 몸소 긋는 자심한 선을 보랴, 여인네들…… 여남은 명 누더기누
더기 다가온다. 흑백

무성영화처럼 내내 아무런 말, 소리 없다. 최후처럼 쿵,

트럭 옆 땅바닥에다 조갯짐 망태를 부린다. 내동댕이치듯 벗어 놓으
며 저 할머니, 정색이다.

"죽는 거시 낫겄어야, 참말로" 참말로

늙은 연명이 뱉은 절창이구나, 질펀하게 번지는 만금이다.

―문인수, 「만금이 절창이다」 전문

조개를 캐는 고단한 노인들의 삶에 대한 비유가 선연하다. "하루하
루 수장되는 저 길" "지상에서 가장 긴 무척추동물 배밀이" "삶이 몸소
긋는 자심한 선" 같은 절묘한 표현도 그렇지만, 가장 절실한 구절은 그
이들의 입을 통해 나온다. "죽는 거시 낫겄어야, 참말로" 마지막 말을
반복해서 잇대며 시적 주체는 그 말의 의미를 이렇게 푼다. "참말로/
늙은 연명이 뱉은 절창이구나". 노인들의 한숨 섞인 한탄을 "늙은 연
명"이라고 할 때 그것은 물론 연민에서 시작된 말이지만, 이어서 "절
창"이라고 할 때 그것은 다시 예찬으로 귀결되는 말이기도 하다.

잉글랜드 축구 3부 리그 수비수가 날 울릴 때가 있다. 얼마나 더 살겠
다고 MRI 찍는 통 속의 고독을 견디는 구순의 노인이 날 울릴 때가 있
다. 쓰러지기 전 거품 문 투우의 마지막 진실 같은 거. 그게 날 울릴 때
가 있다.

누군가와 일요일 아침 식은 밥을 물에 말아 먹고 싶다고, 겨울 내내 촌스러운 화장을 하는 여자. 카운트는 끝나 가는데 더이상 힘이 들어가지 않는 다리를 곧추세우려는 실패한 복서의 눈빛 같은 거. 절대 고독 안에 뒹굴고 있는 입석들의 페허다. 인생은

떨어지기 전, 떨어지기 전, 그 간들거림.

―허연, 「슬픈 빙하시대 5」 전문

이 연작은 슬픔으로 세상을 보는 자의 시선으로 쓰였다. "호명되지 않는 자의 슬픔을 아시는지요. 대답하지 못하는 자의 비애를 아시는지요. 늘 그랬습니다. 이젠 투신하지 못한 자의 고통이 내 몫입니다.// 내게 세상은 빙하시대입니다"(「슬픈 빙하시대 1」). 인용한 시에서도 연민의 목록이 빼곡하다. 3부 리그 선수가 성공한 축구 선수가 되기는 어려울 것이다. 게다가 수비수라면 공격수보다도 주목받기 어렵다. 구순의 노인이 "MRI" 찍는 걸 보며 나는 중얼거린다. "얼마나 더 살겠다고". 투우의 쓰러짐도, 혼자 밥 먹는 여자도, KO 당하기 직전의 복서도 날 울린다. 모두가 "절대 고독" 속을 뒹구는 자들이다. 여기에 자신에 대한 연민도 포함되어 있음은 물론이다.

2-4. 반성

주체가 자기 자신을 대상화할 때 반성이 생겨난다. 반성은 자기 자신을 대상의 자리에 놓은 주체의 운동이며, 따라서 대상은 주체에서 나와 주체로 돌아가는 재귀적인 궤도에 놓인다.

밤늦게 커튼을 치면서 보니
지나가던 밤도깨비 하나 유리창 이쪽을
힐끗 쳐다보며 섰다
어떻게 건너왔는가, 워낙 촘촘한
저 파사의 불빛들 속이고,
도깨비는 불빛이 미치지 않는 어둠 속에서만 관찰된다
어둠을 대면할 때, 외로움 건너편
골목 저 끝의 창문이 가끔씩 환해진다
모래 시간 쏟아져 내리기 전에는 어느 골목도
쉽게 잠들지 않았지만
지금은 반쯤 죽은 네온 희미하게 껌벅거려
우리 모두 사막을 기울이는 늦은 저녁 한때!
어떤 부유(浮游)의 생도
모래 무덤 밖으로 새로이 제 길을 낼 수가 없다
다만 안에서 움츠리는 희미한 불빛이
흔들리는 중년을 끌고 와서
유리창 저쪽에 세워놓는다, 불침번으로
너는 어떻게 사는가, 산다는 것의 물음놀이에
너는, 가 닿을 필요가 없다
둘러보면 적잖은 퇴직금을 들고 나와 남은 생애가
남부럽지 않을 친구들도 있다, 하지만 놀고 먹는
세월의 아뜩함!
어디론가 누군가와 함께 걷다가
다 놓치고 혼자 뒤처져버린 길이
부지런히 가고 있는 시간과 자꾸만 마주친다
너는 어디로 가느냐, 내 안의 생이 까닭없이

겸손해질 때 눈시울 붉어져
나는 다만 하릴없는 밤의 관찰자,
커튼 너머로 밀려드는 뿌연 밤안개,
어둠 속에 출몰하는
밤도깨비 보고 섰다

— 김명인, 「밤도깨비」 전문

이 도깨비가 아파트 유리창에 비친 자기 자신의 모습임은 불문가지
다. "안에서 움츠리는 희미한 불빛이／흔들리는 중년을 끌고 와서／유
리창 저쪽에 세워놓"았다. 어느 날 밤, 자기 자신이 낯선 중년임을 보
고 놀랐을 때 도깨비가 주체에게 왔다. 그 다음 "뒤처져버린 길"(물론
인생의 길이다)과 "부지런히 가고 있는 시간"(세월은 그렇게 흘러간다),
"내 안의 생"에 대한 상념이 이어진다. 나는 "흔들리는 중년"이며, 세
월은 아득하고, 이 삶은 너무 낯설다. 어디로 갈 수도 없이 막막하지
만, 어딘가로 하염없이 흘러가는 삶에 처한 중년의 고독이 절묘한 형
상을 얻었다고 하겠다. 시는 처음의 그 자리(밤도깨비를 발견하고 놀란
바로 그 자리)에 돌아오면서 끝난다. 이런 원환(圓環)의 운동이 반성적
인 관계를 극명하게 보여준다.

밤새도록 점멸하는 가로등 곁,
고도 6.5미터의 허공에서 잠시 생장(生長)을 멈추고
갸우뚱히 생각에 잠긴 나무.

제 몸을 천천히 기어오르는 벌레의 없는 눈과
없는 눈의 맹목이 바라보는 어두운 하늘에 대하여,
하늘 너머의 어둠 속에서 지금

더 먼 은하를 향해 질주하는 빛들에 대하여,

빛과, 당신과, 가로등 아래 빵 굽는 마을의
불 꺼진 진열장에 대하여,
그러므로 안 보이는 중심을 향해 집요하게 흙을 파고드는
제 몸의 지하에 대하여.

텃새 한 마리가 상한선을 긋고 지나간 새벽 거리에서
너무 오래 생각하는 나무.
　　　　　　―이장욱,「편집증에 대해 너무 오래 생각하는 나무」전문

　이 나무 역시 주체 자신의 모습이다. 생장을 멈추고 골똘히 생각에
잠긴 이 나무는 사색에 빠진 주체의 시선에 포획된 나무이며, 그로써
주체 자신의 사색을 대신하는 나무다. 주체의 시선은 허공에서 지상으
로, 다시 지하로 천천히 내려가는데, 이것은 자기 자신의 내면으로 침
잠하는, 그러니까 "안 보이는 중심을 향해 집요하게" 파고드는 나=나
무의 시선이다. 제자리에 붙박여 제 안의 중심에 들앉아 골똘한 생각
에 사로잡힌 저 나무가 내 자신이 아니라면 무엇이겠는가? 그 골똘함
이 편집증과 닮았다. 이 시 역시 자기 자신을 대리하는 대상을 제시한
후 동일한 자리로 돌아오면서 끝난다. 반성이 주로 제게서 나와 제게
로 돌아오는 형식임을 보여주는 예다.

　햇살에 베인 처마 끝이 미닫이를
　두 쪽으로 갈라놓고 있다
　소한 바람이 입가의 술냄새를 닦아주고 간다
　물인 줄 알고 마신 술

일고보니 불이었다
불타버린 나의 내부
식은 재 날리는 벌판의
모래 언덕의 모래 침대에 누워
창밖을 본다

문득, 거대한 짐승의 뱃속에서
하룻밤 쉬었다는 생각이 든다
주렁주렁 처마에 매달린 고드름들
티라노의, 단검 같은 이빨 같은
고드름들은 누군가 나에게 겨눈
창끝 같기도 하고
간밤 내가 그에게 드러낸 적의 같기도 하다

그러나, 자세히 보면 고드름들은
뾰족한 끝에서부터 한 방울씩 녹아내리고 있다
이런 생각이 든다, 나는
이제 누군가를 용서하고 있다
이제야 누군가에게 용서받고 있다

—이영광,「고드름」전문

한 사연이 있었다. 간밤에 술을 마시고 나는 누군가와 다투었다. 잠에서 깨니 몸도 마음도 불타버렸다. 지금 나는 "식은 재 날리는 벌판의 /모래 언덕의 모래 침대"에 누워 있다. 창밖 처마에 매달린 고드름들은 그런 "적의"를 대신하는 공룡의 "이빨"이다. 그런데 시간이 지나자 고드름들이 녹아내렸고, 그와 함께 적의도 사라졌다. 자신의 모습을 미화하지 않고 가감 없이 드러내는 이 시선은 반성하는 자의 것이다. 적의와 용서가 타인("누군가"는 특칭이 아니다)을 향하지 않고 자신을 향해 있기 때문이다.

2-5. 해학

해학을 "B가 B를 우스꽝스럽게 하다"의 형식으로 정리했는데, 여기에는 부연이 필요하다. 해학은 웃음을 유발하는 것이므로 여기에는 일종의 공격성, 곧 풍자가 들었다. 그런데 해학에서의 공격성은 대상을 추방하는 것이 아니므로 "A가 B를 공격하다"의 형식을 가진 일반적인 풍자와 다르다. 해학에서의 공격은 공격받은 대상이 주체 자신의 질서 아래 포섭되는 방식의 공격이며, 그래서 (분열과 싸움을 전제로 한 풍자와 달리) 통합과 화해를 전제로 한다. 해학적인 웃음은 주체와 대상의 거리를 매우 가깝게 만들기 때문이다.

해학을 "A가 A를 우스꽝스럽게 하다"의 형식으로 정리하기도 어렵다. 만일 주체가 주체 자신을 우스꽝스럽게 만든다면 그것은 반성의 하위 형식일 뿐, 해학 특유의 대상화가 이루어지지 않는다. 해학에서는 대상이 대상을 우스꽝스럽게 여기는 일, 그래서 주체와 대상이 친밀해지는 일이 일어난다. 그래서 해학을 친밀한 풍자, 주체와 대상의 거리가 가까워지는 풍자라고 말할 수 있다. 대상이 대상 자체를 우스꽝스럽게 만들고, 그로써 주체의 질서 아래 포섭되는 방식인 셈이다. 여기에는 주체와 대상의 친밀함이 전제되어 있다.

티끌 모아 태산(泰山)을 이루었더니 어머니가 보시고는 저, 지저분한 산 좀 버려라, 하신다 할 수 없이 태산을 쓰레기통 속에 버리고

피곤해서 산다

— 함성호, 「일곱째 날」 전문

두 가지 인용이 있다. 첫째 인용: 속담인 "티끌 모아 태산"이라는 말이 있다. 티끌로 이룬 태산이니 쓰레기를 쌓아올린 산이다. 그걸 보고 어머니가 "저, 지저분한 산 좀 버려라"고 말했다. 오래 청소하지 않은 방 안 풍경을 떠올리면 될 것이다. 그걸 쓰레기통에 버리고 나서 나는 피곤해서 잤다. 둘째 인용: 하느님이 육 일 동안 세상을 지으시고 일곱째 날에 쉬셨다. 안식일의 기원이다. 나도 하루 종일 청소를 하고 쉬었다. 그날이 내게는 안식일이다. 휴일을 맞아 대청소를 한 모양이다. 거창하게 시작해서 사소한 정보를 제공하고 끝내는 이 짧은 시가 주는 웃음은 속담과 창세(創世)의 신화를 신변잡사의 차원으로 바꾼 데서 비롯된다. 태산이 쓰레기통 속으로 들어갔을 때, 그리고 이것이 신화적 과장이 아님을 깨달았을 때 해학이 생겨난다. 대상이 우스꽝스럽게 변용되었던 것이다.

미스코리아 진(眞)이 왕관을 쓰고서

왕좌에 앉아서 미소 짓고 있다

그 우아함과 도도함 앞에

너는 정말 참되니

라고 묻기가 쑥스럽다

양옆으로 미스코리아 선(善)과 미(美)가

조그마한 관을 쓰고

의자도 없이 그냥 서서

역시 미소 짓고 있다

너희들은 참 착하고 아름답구나

나 같으면 부글부글 끓어오를 텐데
어쩜 그렇게 착하고 아름답게 웃을 수가 있니
—박순원, 「미스코리아 진선미」 전문

진선미(眞善美)는 근대의 가치를 대변하는 세 가지 영역이다. 참과 거짓의 영역, 선과 악의 영역, 아름다움과 추함의 영역은 자연과학, 인문과학, 예술의 전 영역을 포괄한다. 미스코리아 선발대회에서 일등 이등 삼등을 이 이름으로 뽑는 것도 진선미라는 이름이 행사하는 상징적 역할 때문이다. 그런데 실제로도 그런가? 사실은 얼굴과 몸매와 약간의 상식이 선발 기준일 뿐이다. 미스코리아 선발대회를 보면서 주체는 다른 것을 묻는다. 미스코리아 진이 참된 것도, 선과 미가 착하고 아름다운 것도 아니다. 주체의 반어적인 영탄(10행) 속에 든 것은 속물들의 잔치로 전락한 미스코리아 선발대회에 대한 의심이며, 나아가 현대의 타락한 상징과 명명법에 대한 조롱이다. 그런데 이 의심과 조롱은 천진한 감탄을 터뜨리는 순간 해학으로 전환된다. 대상들(미스코리아들)이 여전히 바보짓을 하고 있기 때문이며, 그로써 내 웃음의 영역 아래 포괄되기 때문이다. 친밀한 풍자가 해학의 본질임을 보여주는 시라고 할 수 있다.

산서에서 오수까지 어른 군내 버스비는
400원입니다

운전사가 모르겠지, 하고
백 원짜리 동전 세 개하고
십 원짜리 동전 일곱 개만 회수권 함에다 차르륵
슬쩍, 넣은 쭈그렁 할머니가 있습니다

그걸 알고 귀때기 새파랗게 젊은 운전사가
있는 욕 없는 욕 다 모아
할머니를 향해 쏟아 붓기 시작합니다
무슨 큰 일 난 것 같습니다
30원 때문에

미리 타고 있는 손님들 시선에도 아랑곳없이
운전사의 훈계 준엄합니다 그러면,
전에는 370원이었다고
할머니의 응수도 만만찮습니다
그건 육이오 때 요금이야 할망구야, 하면
육이오 때 나기나 했냐, 소리치고

오수에 도착할 때까지
훈계하면, 응수하고
훈계하면, 응수하고

됐습니다
오수까지 다 왔으니
운전사도, 할머니도, 나도, 다 왔으니
모두 열심히 살았으니!

—안도현, 「열심히 산다는 것」 전문

　"열심히 산다는 것"을 거창한 교훈이나 깨달음으로 전달했다면 감동
을 보존하기 어려웠을 것이다. 열심히 산다는 건 이런 것이다. 운전사

는 얌체 승객을 끝까지 응징했고, 할머니는 응수하는 가운데서도 끝내 30원을 아꼈다. 나를 포함한 승객들은 둘의 말다툼을 끝까지 견디고 오수까지 왔다. "슬쩍, 넣은 쭈그렁 할머니" "귀때기 새파랗게 젊은 운전사" 같은 묘사는 상대방의 시선을 빌린 묘사, 그러니까 운전사가 보는 할머니와 할머니가 본 운전수에 대한 묘사다. 이 시의 해학은 실시간으로 중계하는 듯한 이런 현장감에서 나온다. 시선이 인물들을 원거리에서 잡지 않고, 인물의 안쪽에까지 파고들었다는 얘기다.

3. 어조의 의의

어조를 주관적인 감정이나 태도로 보는 데 반대하고, 대상과의 관계에서 생겨나는 객관적인 지표로 보았다. 어조를 이렇게 정의하면, 무의미하거나 불완전한 정의에서 벗어나 어조의 기본 유형과 변형을 탐색할 수 있는 길이 열린다. 이 책에서는 그 유형을 풍자, 예찬, 연민, 반성, 해학의 다섯 가지로 들고 그 이유를 설명했다. 이 책의 제안을 따랐을 때 기대되는 효과는 다음과 같다. 첫째, 어조가 객관적인 관계의 표현이므로 어조 연구를 통해 시적 상황 전반을 이해할 수 있다. 둘째, 어조의 기본 유형을 획정함으로써 시적 관계의 일반형과 그 변용, 확산을 추적할 수 있다. 셋째, 반어와 역설을 어조에 포함함으로써 통일된 목소리만이 아니라 분열된 목소리까지 검토할 수 있다. 넷째, 인유와 패러디를 어조에 포함함으로써 어조 연구를 상호 텍스트성의 문제에까지 확장할 수 있다. 다섯째, 화자에 한정된 어조 연구에서 벗어나 시 의식 전반을 어조와 관련지어 해명할 수 있다.

주체와 대상의 관계를 살피지 않고서는 어조를 정의하기 어렵다. 관계가 맺어지는 기본 형식이 여러 갈래로 얽히고설켜 시의 표면을 이루어낸다. 이조의 디섯 유형을 들었으나 이는 기본 형식일 뿐이며, 실제의 시는 매우 다양하고 복잡하다. 몇 가지 형식이 얽혀 복합적인 어조를 만들어내기 때문이다. 대개의 시들이 이중화된 시선을 가졌다고 말할 수도 있다. 반어와 역설이 이 관계를 이중화하는 장치이며, 그래서 복합적인 시들은 늘 어느 정도는 반어적이거나 역설적이다. 6장에서 살필 내용이 바로 이 점이다.

6장 이중화
역설과 반어는 어떻게 생겨나는가?

1. 역설과 반어란 무엇인가?

역설과 반어는 앞장에서 말한 대로 주체와 대상의 관계를 이중화하는 장치다. 역설은 이 이중화하는 장치가 수평적인 언어에 구현된 것이며(비교 가능성), 반어는 수직적인 언어에 구현된 것이다(체계성). 실제 시에서는 앞장에서 말한 기본 형식이 복합적으로 얽히고설키는 경우가 많기 때문에 기본 형식들을 엮어가는 방법으로 이 두 형식이 일찍부터 주목을 받아왔다.

　　1) 역설/ A가 B를 비판하면서 동시에 칭찬하다(A+B, A≠B)
　　2) 반어/ A가 겉으로는 B를 칭찬(비판)하면서 속으로는 비판(칭찬) 하다(A/B, A≠B)

역설과 반어는 이항대립적인 자질이 공존하는 것이다. 기호 '≠'는 두 요소가 상반된 자질을 갖고 있음을 뜻하고, 기호 '+'는 두 요소가 공존함을, 기호 '/'는 두 요소가 배리(背裏)의 관계를 이룸을 뜻한다. 둘 다 모순을 통해 새로운 의미론적 자질을 생성해낸다는 공통점이 있다. 역설에서는 그 모순이 동시에 표면화되고, 반어에서는 그 모순이 표면과 이면에 배치된다. 그래서 역설적인 구조는 없으나(이른바 시적 역설은 반어와 구별되지 않는다. 구조 차원에 투영된 역설은 그 자체가 반어이기 때문이다) 반어는 항상 구조적이다(시의 이면이 표면을 지배하기 때문이다). 우리는 역설과 반어를 큰 차원에서 모두 반어라고 부를 수 있다. 역설을 반어에 포함하여 읽는 것은 반어가 더 크게 범주화하는 작용이기 때문이다.

2. 유비와 대조(반어)

은유, 환유, 제유로 포괄되는 비유가 유비(類比, analogy)의 소산이라면 반어는 대조의 결과다. 구조적인 비유가 유비라면 구조적인 대조가 반어인 셈이다. 유비(類比)는 사물들 사이에서 유사성을 찾아내는 오래된 방법이다. 수사학이 정립되면서 유비는 은유의 일부이거나(유비는 아리스토텔레스가 든 네 가지 은유 가운데 하나다) 은유의 알리바이로(은유의 원리인 대상의 전이를 설명하는 방법이 바로 유비다) 지위가 낮아졌으나, 본래의 유비는 풍부한 함의를 지니고 있었다.[1] 은유가 유사성을 통해 사물들이 주고받는 개별적인 속성을 공유한다면, 유비는 유사성을 통해 사물들이 가진 총체적인 속성을 공유한다. 우리는 유비에 다음과 같은 성격을 부가해야 한다. 첫째, 인과성: 유비는 가시적인 지표에 비가시적인 속성을 부여한다. 호두가 머리를 좋게 한다(혹은 두통을 낫게 한다)는 속설은 호두 속이 뇌를 닮았기 때문이 아니다. 반대로 호두가 머리를 좋게 하기 때문에 뇌를 닮은 것이다. 둘째, 적절성: 유비는 사물들의 질서를 설명한다. 임금이 아버지요 신하가 어머니요 백성이 어린아이라는 생각은 하늘의 큰 빛이 해요 작은 빛이 달이요 산천초목이 그 혜택을 누린다는 생각과 동일한 사고 지평에 펼쳐져 있다. 셋째, 모방성: 유비에는 늘 짝패가 있다. 사물들을 동일한 평면에 배치할 수 있는 것은 사물들이 이런 방식으로 결합되어 있기 때문이다. 법은 울타리를 흉내 내고(그것들이 우리를 위험에서 보호해준다), 동물은 사람을 따라 하고 사람은 신을 따라 한다(인간은 동물과 신의 중간적 존재다). 넷째, 정체성: 사물들이 유비적 관련을 맺고 있다는 것은 그것이 깊은 의미에서 동일한 질서를 구현하고 있다는 뜻이다. 식물은 직립한 동물이며 동물은 움직이는 식물이다. 그것들은 현상(식물은 서 있는 사람과 닮았고, 사람은 식물처럼 섭생한다)만이 아니라 그 본질에서도 유비적이다(모두가 숨탄것들이다).

그러니까 유비란 세상의 모든 것을 동일한 지평에 놓고 사고하는 방식이다. 은유가 부분적이라면 유비는 전체적이며 은유가 단편적이라면 유비는 체계적이다. 유비가 은유와 제유, 환유를 포괄하고 있으므

---

1) 아리스토텔레스의 은유에 관해서는 7장 참조. 그가 든 예 가운데 첫 번째와 두 번째는 제유이고, 세 번째는 은유이며, 네 번째 예만 유비이다. 그런데 제유와 은유, 나아가 환유의 운동은 기본적으로 유비에 기반을 두고 있다. 다음 도표를 보자(이 도표에 관한 실제 예는 11장 참조).

$$A \supset Aa + Ab + Ac + \cdots\cdots$$
$$\parallel \quad \parallel \quad \parallel \quad \parallel$$
$$B \supset Ba + Bb + Bc + \cdots\cdots$$

기호 ∥는 은유적 관계를, 기호 ⊃는 제유적 관계를 보여준다. 대상 A와 그 내부의 관계(Aa, Ab, Ac⋯⋯)가 제유라면, 은유는 대상 A와 대상 B, 혹은 대상 Aa와 Ba, 대상 Ab와 Bb⋯⋯의 관계이다. 환유는 은유와 환유의 결합에서, 곧 A와 Ba, B와 Aa 사이의 관계에서 생긴다. 유비는 이 모든 것을 가능하게 하는 체계 전체의 특질(곧 A와 B가 동일한 지평에 펼쳐진 상동체라는 것)이다. 그러므로 유비는 은유와 환유, 제유를 아우른다.

로 유비에는 체계성과 비교 가능성이 같이 포함되어 있다. 예컨대 기독교인은 세상에서 신의 손길을 느끼는데, 이런 작용도 유비에 해당한다. "하나님이 세상을 창조하신 그때부터 보이지 않는 그분의 속성, 곧 그의 영원한 능력과 신성한 본질이 그가 만드신 만물을 통해 분명히 나타났으니, 이제 죄인들은 변명할 수 없으리라"(「로마서」 1장 20절). 천지만물이 신의 창조와 능력, 신성을 증명한다. 천지가 있으니 만드신 분이 있을 것이며(인과성), 그것들이 정교하게 질서지어져 있으므로 신의 섭리가 있는 것이 분명하고(적절성), 말씀으로 세상을 만들었으므로 사물들은 태초의 말씀을 따르며(모방성), 그것들이 신의 손길에 따라 지어졌으므로 신이 천지만물의 아버지다(정체성).

반면에 구조적인 대조는 그 일자에 대한 부정이다. 반어에서는 일자가 분열한다. 그 분열의 결과는 다음과 같다. 첫째, 두 개의 주체가 생긴다. 보는 나와 보이는 나, 체험하는 나와 관찰하는 나, 현실적인 나와 이상적인 나 사이의 분열이 그것이다. 반어에서는 이면의 주체가 표면의 주체를 지배하게 된다. 둘째, 미메시스에 대한 의심이 생긴다. 유비에서 대상이 (일자로서의) 주체의 조각난 거울이라면, 반어에서 대상은 실제의 역상(逆像)이다. 발화의 결과가 발화의 의도와 일치하지 않기 때문이다. 셋째, 단일한 정체성이 깨져나간다. 주체가 분열되어 있으므로 처음부터 통일적인 자아라는 것이 주체의 가면이라는 사실이 폭로되는 것이다. 넷째, 대상이 분열한다. 대상이 주체와의 관계에서 이중화되기 때문이다. 유비에서 단일한 대상은 반어에서 표면적 주체의 발언에 포섭되는 대상과 이면적 주체의 발언에 오염되는 대상으로 분리된다. 다섯째, 인과적인 사유에 잡음과 혼선이 생긴다. 발화의 의도와 결과가 나뉜다는 것은 다른 이유와 원인이 그 사유에 개입된다는 것을 뜻한다. 여섯째, 세상과 사물의 질서가 흐트러진다. 적절성이란 것이 이데올로기적인 호명의 작용임이 노출되기 때문이다. 반어는 모든 진술에 "정말?"이라는 의심을 덧붙이는 작용이다.

반어를 다음같이 정리할 수 있다.

첫째, 역설은 반어의 하위 개념이다. 역설이 체계의 차원으로 전환되면 반어가 된다. 따라서 구조적 역설(혹은 이른바 시적 역설)은 모두 반어이며, 표면적 반어는 모두 역설이다.

둘째, 유비가 비유 전체를 통괄하는 체계적인 사유의 소산이라면, 반어는 대조적이거나 변증법적인 사유의 소산이다. 다시 말해 반어는 모든 비유적 구조의 맞짝을 이루는 반(反)구조의 성립 원리다.

사람들은 보통 변증법을 상대주의와 혼동한다. 변증법(혹은 극적인 것)이 서로 상충하고 이질적인 일련의 다양한 특성들과 관계가 있다고 생각하고, 더이상 생각하려 하지 않기 때문이다. 예를 들어, 어떤 개념(혹은 비유나 관점)을 다른 개념의 관점에서도 볼 수 있다고 주장하는 것은 분명히 상대주의적이다. 하지만 이 개념들이 어떤 정연한 질서에 속(참여)한다는 조건이 성립되면서 변증법이 일어난다. 이러한 참여의 변증법은 부분적인 개념과는 성격이 다른 어떤—아이러니한—확실성을 생산해낸다. 물론 이러한 확실성은 하나의 개념의 관점에서가 아니라 모든 개념의 총체적 관점에서 전체를 관조하는 독자나 관객이 경험하는 것이다. 변증법적인 독자나 관객은 모든 부분적인 확실성이 그 자체로서 올바른 것도 그릇된 것도 아니며 이들 부분적인 것들은 상호 보완적이라고 생각하기 때문이다.[2]

---

2) 케네스 버크, 「네 가지 비유법」, 석경징 외 옮김, 『현대 서술 이론의 흐름』, 솔, 1997, 165쪽. 버크는 이 글에서 반어를 은유, 환유, 제유에 이은 네 번째 비유로 간주했다. 하지만 은유, 환유, 제유가 비유의 내적 원리라면, 반어는 반(反)구조로서만 출현하는 외적 원리라는 데에 결정적인 차이가 있다. 이 책의 관점에 따른다면, 반어는 네 번째 비유가 아니라 세 개의 비유가 만들어내는 유비 전체의 맞짝(counterpart)이다.

변증법은 복합적인 사고의 소산이다. 모순을 자기 발진의 내적 추동력으로 삼는 변증법은 단선적인 사고도 상대주의적 사고도 허락하지 않는다. 그런 점에서 변증법을 반어의 원리라고 부를 수 있다.

셋째, 반어는 사유의 운동에서 언어 형식에 이르기까지 광범위한 영역에서 출현하지만, 그 자체가 시적 사고(혹은 어조)의 기본 형식은 아니다. 반어는 구조화된 형식의 반(anti)형식으로서만 출현한다.

넷째, 따라서 반어를 촉지(觸指)하는 기준점은 대상들의 배열이 합목적적이냐, 그렇지 않느냐에 있다. 합목적적으로 배치된 대상들은 단일한 어조(monotone)의 주체를 낳는다. 반면 변증법적으로 배치된 대상들은 이중화, 삼중화된 어조를 가진 주체를 낳는다. 후자의 주체는 표면적 주체와 이면적 주체로 분열된 주체이며, 반어는 이 주체의 분열 양상에 붙여진 이름이다.

3. 반어와 역설의 예

어조의 기본 형식이 얽혀 복합적인 맥락을 품은 시편들은 거의 항상 반어적인 성격을 갖게 된다. 어조의 이중화가 반어, 곧 표면적인 전언과 이면적인 전언의 분리를 낳는 예들을 살펴보기로 한다.

역사를하노라고 땅을파다가 커다란돌을하나 끄집어 내어놓고보니
도무지어디서인가 본듯한생각이들게 모양이생겼는데 목도들이 그것을
매고나가더니 어디다갖다버리고온모양이길래 쫓아나가보니 위험(危險)하기짝이없는 큰길가더라.

그날밤에 한소나기했으니 필시(必是)그돌이깨끗이씻겼을터인데 그이튿날가보니까 변괴(變怪)로다 간데온데없더라. 어떤돌이와서 그돌을

업어갔을까 나는참이런처(凄)량한생각에서아래와같은작문(作文)을지
었다.

　「내가 그다지 사랑하던 그대여 내한평생(平生)에 차마 그대를 잊을
수없소이다. 내차례에 못올사랑인줄은 알면서도 나혼자는 꾸준히생각
하리라. 자그러면 내내어여쁘소서」

　어떤돌이 내얼굴을 물끄러미 치어다보는것만같아서 이런시(詩)는그
만찢어버리고싶더라.

—이상, 「이런 시詩」 전문

작문의 내용을 보면 떠나간 옛사람에 대한 예찬이 담긴 이야기이지
만, 전후 맥락이 왜곡되었다. 커다란 돌 하나를(더구나 그 돌은 걸림돌이
다) 파서 내다버렸는데, 버린 곳이 큰길가였다. 돌은 사람들이 지나다
니는 데 장애물이다. 다음날 그 돌을 다른 돌이 업어갔고, 그 다음 사
라진 돌을 위한 작문이 지어졌다. 내 작문을 다른 이가 읽고 비웃을 것
만 같아 나는 부끄러웠다. 작문의 내용과 작문의 전후에 붙인 이야기
사이에 반어적인 균열이 생긴 셈이다. 내가 사랑한 그 사람은 돌과 같
은 사람(그가 무심하거나 무지했다는 이야기다)이었고, 그예 다른 사람
을 찾아갔다. 겉으로 드러난 어조는 '예찬'이지만, 그 속에는 '풍자'(나
는 그 사람을 무작정 높인 것이 아니다)와 '해학'(그 돌은 바보짓을 해서 나
를 웃겼다)이 자리하고 있다.

　논배미마다 익어가는 벼이삭이
　암놈 등에 업힌
　숫메뚜기의
　겹눈 속에 아롱진다

배추밭 찾아가던 배추흰나비가

박넝쿨에 살포시 앉아

저녁답에 피어날

박꽃을 흉내낸다

눈썰미 좋은 사랑이여

나도

메뚜기가 되어

그대 등에 업히고 싶다

—오탁번, 「사랑 사랑 내 사랑」 전문

일견 서정적인 '고백'으로 읽히는 시다. 제목부터 춘향가에 나오는 사랑가의 일절인데다가, 마지막 연의 "업히"는 놀이까지 그렇기 때문이다. "논배미마다 익어가는 벼이삭"과 "배추밭"과 "박넝쿨"과 "저녁답"이 어울려 이루어내는 향토적인 풍경, "메뚜기"와 "배추흰나비"가 내려앉은 이 서정에, 주체는 나 또한 그대에게 업혀 그 풍경 속에 들어가고 싶다고 말한다. 그런데 "암놈 등에 업힌/숫메뚜기"는 한창 교미 중이다. 내가 그대 등에 업히고 싶다는 고백 속에는 나도 그런 체위로 그대와 교접하고 싶다는 소망이 숨어 있다. 그래서 이 시의 형식은 겉으로는 예찬(정확히는 '고백'의 형식을 빌린 예찬)이지만 속으로는 '해학'(나는 그대를 덮치고 싶다)이다.

그의 상가엘 다녀왔습니다.

환갑을 지난 그가 아흔이 넘은 그의 아버지를 안고 오줌을 뉜 이야기를 들었습니다. 생(生)의 여러 요긴한 동작들이 노구를 떠났으므로, 하지만 정신은 아직 초롱 같았으므로 노인께서 참 난감해 하실까봐 "아버

지, 쉬, 쉬이, 어이쿠, 어이쿠, 시원허시것다아" 농하듯 어리광부리듯
그렇게 오줌을 뉘였다고 합니다.

온 몸, 온 몸으로 사무쳐 들어가듯 아, 몸 갚아드리듯 그렇게 그가 아
버지를 안고 있을 때 노인은 또 얼마나 작게, 더 가볍게 몸 움츠리려 애
썼을까요. 툭, 툭, 끊기는 오줌발, 그러나 그 길고 긴 뜨신 끈, 아들은 자
꾸 안타까이 땅에 붙들어 매려 했을 것이고, 아버지는 이제 힘겹게 마저
풀고 있었겠지요. 쉬—

쉬! 우주가 참 조용했겠습니다.

—문인수, 「쉬」 전문

"쉬"가 가진 이중적인 뜻이 함께 들었다. 오줌을 누일 때 내는 소리
가 하나라면, 조용히 할 것을 요구할 때 내는 소리가 다른 하나다. 늙
으신 아버지의 "툭, 툭, 끊기는 오줌발"은 지상에서의 인연의 끈, 생명
의 끈이기도 해서 아들은 그것을 "땅에 붙들어 매려" 했고, 아버지는
그것을 마저 풀어 지상에서 떠나고자 했다. 그래서 그 오줌발은 아버
지와 아들을 잇는 사랑의 끈이기도 하다. 그것은 우주적인 집중을 요
하는 순간이다. 온 우주가 아버지가 오줌을 누는 그 한순간에 몰두하
는 셈이다.

시는 늙으신 아버지에 대한 연민으로 시작해 생명의 한순간에 대한
경외로 끝난다. 온 우주가 숨을 죽이고 그 장면을 지켜보는 것은 거기
에 사랑과 생명의 본질이 들었기 때문이다. '연민'과 '예찬'이 절묘하게
자리를 바꾸는 순간이 "쉬"라는 소리가 발성되는 바로 그 순간이다.[3]

이른 아침 6시부터 밤 10시까지 하루도 빠짐없이

---

3) "쉬"는 따라서 소리은유이기도 하다. 8장 4-4 참조.

그는 의자 고행을 했다고 힌다.

제일 먼저 출근하여 제일 늦게 퇴근할 때까지

그는 자기 책상 자기 의자에만 앉아 있었으므로

점심시간에도 의자에 단단히 붙박여

보리밥과 김치가 든 도시락으로 공양을 마쳤다고 한다.

그가 화장실 가는 것을 처음으로 목격했다는 사람에 의하면

놀랍게도 그의 다리는 의자가 직립한 것처럼 보였다고 한다.

그는 하루 종일 손익관리대장경(損益管理臺帳經)과 자금수지심경(資
金收支心經) 속의 숫자를 읊으며

철저히 고행업무 속에만 은둔했다고 한다.

종소리 북소리 목탁소리로 전화벨이 울리면

수화기에다 자금현황 매출원가 영업이익 재고자산 부실채권 등등을

청아하고 구성지게 염불했다고 한다.

끝없는 수행정진으로 머리는 점점 빠지고 배는 부풀고

커다란 머리와 몸집에 비해 팔다리는 턱없이 가늘어졌으며

오랜 음지의 수행으로 얼굴은 창백해졌지만

그는 매일 상사에게 굽실굽실 108배를 올렸다고 한다.

수행에 너무 지극하게 정진한 나머지

전화를 걸다가 전화기 버튼 대신 계산기를 누르기도 했으며

귀가하다가 지하철 개찰구에 승차권 대신 열쇠를 밀어 넣었다고도
한다.

이미 습관이 모든 행동과 사고를 대신할 만큼

깊은 경지에 들어갔으므로

사람들은 그를 '30년간의 장좌불립(長座不立)'이라고 불렀다 한다.

그리 부르든 말든 그는 전혀 상관치 않고 묵언으로 일관했으며

다만 혹독하다면 혹독할 이 수행을

외부압력에 의해 끝까지 마치지 못할까 두려워했다고 한다.
그의 통장으로는 매달 적은 대로 시주가 들어왔고
시주는 채워지기 무섭게 속가의 살림에 흔적 없이 스며들었으나
혹시 남는지 역시 모자라는지 한 번도 거들떠보지 않았다고 한다.
오로지 의자 고행에만 더욱 용맹정진했다고 한다.
그의 책상 아래에는 여전히 다리가 여섯이었고
둘은 그의 다리 넷은 의자다리였지만
어느 둘이 그의 다리였는지는 알 수 없었다고 한다.

— 김기택, 「사무원」 전문

사무원의 일상을 고승의 수행에 빗댄 작품이다. 하루 일과가 참선의 언어로 번역되면서 웃음이 생겨났다. 사무원은 일견 무의미해 보이는 업무를 지극정성으로 치러낸다. 그것은 우스꽝스럽고 측은한 일이다. 그래서 시는 표면적으로 '풍자'(사무원을 우스꽝스럽게 보이게 한다)와 '연민'(사무원의 삶은 불쌍하다)을 오가지만, 시를 다 읽고 나면 다른 감정이 떠올라온다. 우리 주변에서 흔히 볼 수 있는 이런 사람들이 바로 지극한 삶을 사는 이들이 아닌가? 그들이야말로 용맹정진하는 수행자들이며 존중받아야 할 사람들이 아닌가? 그래서 이 시의 이면에는 '예찬'(고승은 먼 데 있는 게 아니다)이 들었다.

내가 천사를 낳았다
배고프다고 울고
잠이 온다고 울고
안아달라고 우는
천사, 배부르면 행복하고
안아주면 그게 행복의 다인

천사, 두 눈을 말똥말똥
아무 생각하지 않는
천사
누워 있는 이불이 새것이건 아니건
이불을 펼쳐놓은 방이 넓건 좁건
방을 담은 집이 크건 작건
아무것도 탓할 줄 모르는
천사

내 속에서 천사가 나왔다
내게 남은 것은 시커멓게 가라앉은 악의 찌끄러기뿐이다
—이선영, 「내가 천사를 낳았다」 전문

아기가 천사 같다는 생각을 그대로 받아들여 읽으면, 이 시는 '예찬' 형식을 갖고 있음을 알 수 있다. 그런데 마지막 행에 가서 시가 변화한다. 내 안에 든 모든 선의와 아름다움을 아기가 다 가져갔다. "내게 남은 것은 시커멓게 가라앉은 악의 찌끄러기뿐이다". 이 마지막 구절은 "내가 천사를 낳았다"는 전제와 충돌하면서 아기와 엄마를 선악의 이편저편으로 나누어놓는다. 내 자신으로 돌아온 이 시선 때문에 시는 '반성'으로 전화했다.

늙은네들만 모여앉은 오후 세시의 탑골 공원
공중변소에 들어서다 클클, 연지를
새악시처럼 바르고 있는 할마시 둘
조각 난 거울에 얼굴을 서로 들이밀며
클클, 머리를 매만져주며

그 영감탱이 꼬리를 치잖여—징그러바서,

높은 음표로 경쾌하게

날아가는 징·그·러·바·서,

거죽이 해진 분첩을 열어

코티분을 꼭꼭 찍어바른다

봄날 오후 세시의 탑골 공원이

꽃잎을 찍어놓은 젖유리창에 어룽어룽,

젊은 나도 백여시처럼 클클 웃는다

엉덩이를 까고 앉아

문밖에서 도란거리는 소리 오래도록 듣는다

바람난 어여쁜, 엄마가 보고 싶다

—김선우, 「봄날 오후」 전문

시는 시종 '해학'과 '예찬'을 겹쳐놓은 시선으로 진행된다. "탑골 공원"의 "할마시" "영감탱이"들끼리 이뤄내는 로맨스는 웃음과 긍정을 낳는다. "새악시처럼 바르고 있는 할마시" "높은 음표로 경쾌하게 / 날아가는 징·그·러·바·서" 같은 말이 해학이라면, "젊은 나도 백여시처럼 클클 웃는다" "바람난 어여쁜, 엄마가 보고 싶다" 같은 말은 예찬이다. 그런데 그게 다가 아니다. 시는 로맨스그레이에 대한 이야기가 아니고, 풍자는 더더욱 아니다. 주체와 대상의 간격 때문이다. 사정을 관찰한 나는 젊고 사연을 말하는 할머니들은 늙었다. 이 거리가 주체에 우월성을 부여한다. 그러니까 주체는 전혀 의식하지 못하는 동안에도 할머니들이 안됐다고 생각하는 셈이다. 그래서 이 시의 바탕에는 '연민'이 깔려 있다. "조각 난 거울" "거죽이 해진 분첩" 같은 말이 그것을 증거한다.

사나운 뿔을 갖고도 한번도 쓴 일이 없다
외양간에서 논밭까지 고삐에 매여서 그는
뚜벅뚜벅 평생을 그곳만을 오고 간다
때로 고개를 들어 먼 하늘을 보면서도
저쪽에 딴 세상이 있다는 것을 알지 못한다

그는 스스로 생각할 필요가 없다
쟁기를 끌면서도 주인이 명령하는 대로
이려 하면 가고 워워 하면 서면 된다
콩깍지 여물에 배가 부르면
큰 눈을 꿈벅이며 식식 새김질을 할 뿐이다

도살장 앞에서 죽음을 예감하고
두어 방울 눈물을 떨구기도 하지만 이내
살과 가죽이 분리되어 한쪽은 식탁에 오르고
다른 쪽은 구두가 될 것을 그는 모른다
사나운 뿔은 아무렇게나 쓰레기통에 버려질 것이다

―신경림, 「뿔」 전문

소의 평생을 건조하고도 비판적인 어조로 적어간 시다. "한번도"
"뚜벅뚜벅 평생을" "하지만 이내" "아무렇게나" 같은 어사가 어리석은
소의 삶을 극명하게 드러낸다. 그런데 여기에는 일생을 착취와 억압
가운데 살다간 가난한 삶이 겹쳐 읽힌다. "사나운 뿔"을 갖고 있으면서
도 한 번도 쓰지 못한 가련한 소는 자기 자신이 역사와 사회의 주인이
면서도 변혁의 주체가 되지 못하고 가련하고 착하게 살다 죽어간 수많
은 장삼이사들이기도 하다. 그래서 이 시는 '풍자'를 겉으로 내세웠지

만, 그 속에는 '연민'이 들었다.

속편하게 가라,

느타리버섯 같은 암 세포가

네 항문을 다 파먹고 이미 내장에까지 뿌리내렸다니

자식걱정, 와이프 걱정 하지 말고

용감하게, 대한민국 육군하사답게

전우의 시체를 넘고 넘어 진격하듯이

그렇게 가라,

나이 서른여덟이면 피는 꽃도 지는 꽃도 아니지

스무 평 전세 아파트와

현금 이천만원 남겼으면 됐지

가늘게, 가늘게라도

네 외아들에게 원주 전씨 24대를 넘겨줬으면 됐지

아프다고 돌아누워

애처럼 징징거리지 말고

내가 병실 문을 쾅 닫고 돌아서서 나온 것처럼

미련 두지 말고

그깟 생명보험 하나 못 들어둔 거

입을 거, 먹을 거, 다 못 누렸다고 원통해하지 말고

저 밤하늘에

곰팡이 포자처럼 둥둥 떠서

혼자 가라,

주섬주섬 짐을 싸서 이사 다니던 그날처럼

저승길 외롭다고 누구 데려갈 생각 말고

돌아보지 말고

살아서 지겨운 가난,

너 혼자, 너 혼자서, 다 끝내고 가라

—최금진, 「친구야, 혼자서 가라」 전문

시는 시종일관 친구를 꾸짖는 형식으로 전개되고 있다. 친구야, "대한민국 육군하사답게/전우의 시체를 넘고 넘어 진격하듯이" 가라. "아프다고 돌아누워/애처럼 징징거리지 말고" 가라. "살아서 지겨운 가난,/너 혼자, 너 혼자서, 다 끝내고 가라". 이런 말들은 공격성을 전면에 내세운 풍자다. 하지만 실제 내용은 비통하기 그지없다. 친구는 젊은 나이에 암에 걸렸고, 지긋지긋한 가난에 시달렸으며, 아내와 어린 아들을 남기고 죽어가고 있다. 이 시의 공격성은 친구를 향한 게 아니며, 울분과 슬픔의 다른 표현이다. 따라서 표면적으로는 풍자이지만, 이면에 깔린 것은 친구에 대한 연민이다. 이 시에서도 반어를 판별하는 기준이 의미론에 있음을 다시 한 번 확인할 수 있다.

나의 구겨진 바지가 부인의 예의 갖춘 눈살을 구긴 모양이다!

대뇌 회로에 얼마나 심한 갈림길이 꾸불꾸불 나다니면 저 엉킨 검은 실꾸리를 머리에 이고 다닐까

게으르기 짝 없는 시선이 브레이크 파열을 일으킨 저 한쪽 눈의 바퀴는 왜 좌석권 내의 궤도를 탈선하나 유전은 아닌지

저 얼굴 아래에 지렁이가 꼬물꼬물 기어다니는 대화는 가운뎃다리 실고추가 그리는 상승 포물선을 의심케 하네

잠수하듯 침하하는 저 어깨는 음모의 겨드랑이를 고양이 발톱처럼 감추려드는 걸까 자기 위를 뛰듯 날아가려고? 이미 무익조는 아니었을까

얼마나 얼토당토않은 얼빠진 얼치기 얼굴이길래 바지는 요철 거울에 비친 바둑무늬 옷처럼 구겨졌나

진창인 미로 두뇌에서 얼마나 헤매댔으면 저 가죽신은 가죽이 벗겨
지고 신이 벗겨지고 무두질만 남았는가
"당신에게 내 딸을 출가시킬 순 없어요"

부인의 몸에서 가출한 입에서 가출한 말이, 딸을 태내로 끌고 "들어
가자, 애" 하며 예의 안전막을 치고 총총 달아난다

하하 하루 뒤, 미안하지만 당신의 딸은, 내 백수에 정화(情火)의 지문
을 도장 찍듯, 곧 묻히게 될 것이다
나는 고소(苦笑)를 침 묻히듯 입술에 바른다
　　　　　―정남식, 「빳빳한 부인에 의해 구겨진 남자의 자화상」 전문

미래의 장모될 분을 만나서 결혼 허락을 받지 못했다. 그런데 그걸
전하는 말이 가관이다. 부인은 "구겨진 바지"를 보고 눈살을 찌푸렸다
(1연 1행). "대뇌"에 얼마나 주름이 갔으면 "저 엉킨 검은 실꾸리"를 헤
어스타일이라고 내세웠을까, 안목이 의심스럽다(2행). 왜 한쪽 눈은 사
시처럼 나를 째려보나(3행). 입 모양은 "지렁이가 꼬물꼬물" 기어다니
는 것 같아 성적 흥분하고는 거리가 머네(4행). 저 처진 어깨는 겨드랑
이 털을 감추고 있겠지만, 날개는 꺾이고 없겠네(5행). 얼빠진 얼굴에
바지는 구겨지고 신은 해어졌구나(6~7행). 부인은 내게 "딸을 출가시
킬" 수 없다고 말하고는 총총 사라진다(2연). 나는 뒤에 대고 혼잣말을
한다. 그래도 내일이면 당신 딸은 내게로 와서 몸을 바칠 거다(3연 1
행). 나는 비웃는다(3연 2행).

처음부터 끝까지 풍자로 시종한 작품이지만, 내용을 보면 꼭 그렇지
만도 않다. 약자는 풍자의 대상인 부인이 아니라 풍자하는 나 자신이
기 때문이다. 나는 보잘것없었고 허락받지 못했고 눈앞에서 무안을 당

했다. 무력한 자가 혼잣말로 복수하는 내용이 적힌 셈인데, 그렇다면 이 시는 자신의 못남을 대상에 투영한 방식으로 서술되었다고 할 수 있다. 표면적으로는 풍자이지만, 속으로는 반성(나는 못났다)과 해학(부인은 바보짓을 했는데, 그래서 공격 대상이 된 게 아니라 나와 같은 부류임이 폭로되었다)이 섞여 있다고 할 수 있다. 어조가 시적 상황, 곧 시 전반의 의미론적 맥락과 결부되어야 할 이유가 여기서도 발견된다.

그리하여 시간이란 계급을 재편성하는 과정이란 느낌이 들 때
햄버거는 입 속에서 혈관을 터트리고 커피는 저녁처럼 어두워졌다
순환하는 인간들, 청춘은 중년이 되고 또다른 청춘은
이곳을 가득 메우며 노년에 이르게 됨을 눈치 채지 못한다
이십 년 전에도 그랬다, 포장마차가 즐비하던 자리는
고층으로 새를 부르고 검게 그을린 유리창에 잎사귀를 부르지만
저 싱싱한 다리는 아주 기분 나쁜 팔자를 만나
저녁의 숙명에 흘러가는 것을

화장품 상점에서 환한 빛으로 나오는 여자가 남자 속에서
둥글어지는 여름이다, 땀내 무럭무럭 자라 보잘것없음이
나의 나라라는 것임을 마침내 떠가며 알아 갈 것이니
여름이란 이곳을 차지하던 그 누군가들이 부푼 육체 속에
청춘의 찜통을 채우는 일이다, 편성된 계급에 기대어
유리창 너머로 들리는 꿈의 찰칵거리는 소리에
혹독한 운명이 자신의 것이 아니라고 부인하지만
평화가, 평화가, 나의 국가에서 울려 퍼지는 것이라고
저 시간은 벽 속에 도는 피에 빗대 저녁을 침묵시킨다

　　　　　　　　　　　　　　　　　　　　─박주택, 「강남역」 전문

'강남역'이라는 계급성이 돌올한 공간을 들고 있어서 풍자로 읽히지만, 사실 이곳은 "시간"의 계급이다. 1연 1행의 "시간이란 계급"이란 표현을 두 가지 방식으로 읽을 수 있다. 첫째, 이곳은 '시간이라는 계급'을 재편성하는 과정이 일어나는 곳이다. 곧 젊은이들은 지배계급이고 늙은이들은 피지배계급이다. 그것을 보여주는 장소, 청춘의 대표공간이 강남역인 셈이다. 둘째, '시간'이라는 것은 계급을 재편성하는 과정이다. 시간이 흐르면서 강남역은 황무지에서 유산계급의 상징공간으로 변했다. 후자가 전자보다 올바른 독법이지만(전자의 방식으로 읽으려면, "그리하여" 앞에 다른 문장을 상정해두어야 한다), 내적인 논리로는 전자가 더 본질에 맞는 독법이다. 이곳이 "순환하는 인간들"(이것은 물론 순환선인 2호선과 연관된 표현이다), 곧 "청춘은 중년이 되고 또다른 청춘은" "노년에 이르게" 되는 과정을 극명하게 보여주는 곳이기 때문이다. 시간이 흐르면서 청춘(지배계급)은 노년(피지배계급)이 되고 만다. "저 싱싱한 다리는 아주 기분 나쁜 팔자를" 만나게 될 것이다. 이곳에서 욕망, 숙명, 운명, 청춘, 노년, 육체, 팔자 같은 어사들은 모두 시간에 의해 재편성된다. 따라서 시는 풍자가 아니라 영탄을 숨긴 반성(나는 늙었고 그래서 쓸쓸하다)에 가깝다.

어쩌면 나는 기계인지도 몰라
컨베이어에 밀려오는 부품을
정신없이 납땜하다 보면
수천 번이고 로봇처럼 반복동작 하는
나는 기계가 되어버렸는지도 몰라

어쩌면 우리는 양계장 닭인지도 몰라
라인마다 쪼로록 일렬로 앉아

희끄무레한 불빛 아래 속도에 따라 손을 놀리고
빠른 음악을 틀어 주면 알을 더 많이 낳는
양계장 닭인지도 몰라
진이 빠져 더이상 알을 못 낳으면
폐닭이 되어 켄터키치킨이 되는
양계장 닭인지도 몰라

늘씬한 정순이는 이렇게 살아 무엇하냐며
맥주홀로 울며 떠나고
영남이는 위장병에 괴로워하다
한 마리 폐닭이 되어 황폐한 고향으로 떠난다
3년 내내 아귀차게 이 악물며 야간학교 마친 재심이는
경리자리라도 알아보다가 졸업장을 찢으며 주저앉는다
어쩌면 우리는 멍에 쓴 짐승인지도 몰라

저들은,
알 빼먹는 저들은
어쩌면 날강도인지도 몰라
인간을 기계로
        소모품으로
        상품으로 만들어버리는
점잖고 합법적인 날강도인지도 몰라

저 자상한 미소도
세련된 아름다움과 교양도
부유하고 찬란한 광휘도

어쩌면 우리 것인지도 몰라
우리들의 피눈물과 절망과 고통 위에서
우리들의 웃음과 아름다움과 빛을
송두리째 빨아먹는
어쩌면 저들은 흡혈귀인지도 몰라

—박노해, 「어쩌면」 전문

자본의 노예가, 기계가 된 노동자의 처지에 대한 한탄으로 시는 시작된다. 나는 로봇 같은 기계인지도, 양계장의 닭인지도 몰라. 노동자인 우리 자신의 비통한 처지에 대한 토로는 기본적으로 반성의 형식을 갖고 있다. 후반부에 가서 시는 우리를 착취하는 자들에 대한 분노로 변한다. 저들은 날강도인지도, 흡혈귀인지도 몰라. 그리고 저들의 미소와 아름다움과 교양과 부유와 광휘가 바로 "우리들의 피눈물과 절망과 고통"을 담보로 쌓아올린 것이야. "……인지도 몰라" 같은 말이 수사적인 의심임은 물론이다. 따라서 시가 전개되면서 어조는 비록 동일한 말투로 적혔으나, 실제로는 반성에서 풍자로 변했다.

영장 기각되고 재조사 받으러 가니
2008년 5월부터 2009년 3월까지
핸드폰 통화내역을 모두 뽑아왔다
나는 단지 야간 일반도로교통법 위반으로 잡혀왔을 뿐인데
힐끔 보니 통화시간과 장소까지 친절하게 나와 있다
청계천 톰앤톰스 부근……

다음엔 문자메시지 내용을 가져온다고 한다
함께 잡힌 촛불시민은 가택수색도 했고

통장 압수수색도 했단다 그러곤
의자를 뱅글뱅글 돌리며
웃는 낯으로 알아서 불어라 한다
무엇을, 나는 불까

풍선이나 불었으면 좋겠다
풀피리나 불었으면 좋겠다
하품이나 늘어지게 불었으면 좋겠다
하모니카나 불었으면 좋겠다
트럼펫이나 아코디언도 좋겠지
1년치 통화기록으로
내 머리를 재단해보겠다고,
몇 년치 이메일 기록 정도로
나를 평가해보겠다고
너무하다고 했다

나의 과거를 캐려면
최소한 저 사막 모래산맥에 새겨져 있는 호모사피엔스의
유전자 정보 정도는 검색해와야지
저 바닷가 퇴적층의 몇천 미터는 채증해놓고 얘기해야지
저 새들의 울음
저 서늘한 바람결 정도는 압수해놓고 얘기해야지
그렇게 나를 알고 싶으면 사랑한다고 얘기해야지,
이게 뭐냐고

—송경동, 「혜화경찰서에서」 전문

1~2연이 말하는 공권력의 어이없는 탄압은 충분히 울분을 불러일으킬 만한 일이다. 그런데 거기에 대한 내 반응이 뜻밖이다. 풍선이나, 풀피리나, 하품이나 불었으면 좋겠다. 불다(자백하다/입김으로 소리를 내다)라는 말의 착란을 통해 전혀 다른 차원의 뜻을 접속하고 있는 것이다. 풍자적인 공격성을 필요로 하는 곳에서 의외의 능청을 떠는 셈인데, 이 때문에 시는 예측 가능한 풍자 대신에 아름다운 해학으로 넘어간다. 그 다음에는 자부심의 표현이다. 내 뒷조사를 하려면 "호모사피엔스의/유전자 정보"가, 오래된 화석 기록이, 새와 바람 소리가 필요하다. 그리고 내게 자백을 받아내려면 먼저 "사랑한다"고 고백해야 한다. 내 자백은 사랑의 고백 외에 다른 것이 아니기 때문이다. 마지막 말 덕택에 내 행위의 정당성과 내 말의 절실함에 반어적인 강세가 놓였다. 풍자와 해학의 이 절묘한 결합은 2010년의 노동시가 이른 정점 가운데 하나다.

누가 가장 심한 잠꾸러기냐고 혹 묻는다면 글쎄, 맨 먼저 떠오르는 사람은 권영식 씨다. 그는 투석 받는 내내 작정한 듯 잠을 잔다. 네 시간 반 투석 끝나 바늘 빼는 동안에도, 또 지혈 끝나 반창고를 붙이고도 내처 잔다. 나중엔 간호사가 와서 "권영식 씨! 집에 가서 주무셔야죠!" 하고 몇 번 부르며 흔들어 깨우면, 그때서야 부스스 일어나 휘청휘청 집으로 돌아간다.

다른 환자들 그의 잠을 부러워한다. 우리의 영식 씨는 '영원한 휴식'이란 이름값을 톡톡히 하는 셈. 하긴 멀쩡한 대낮 너덧 시간을 꼼짝없이 누워서 견디기란 호락호락한 일 결코 아니다. 그의 잠 비결을 궁금해하는 내게 간호사 귀띔해준바, 그는 갸륵하게도 병원비를 손수 조달하시느라(?) 도원결의 친구들을 불러 모아 고스톱을 치시는데, 그게 날밤을 꼬박 새우는 일이란다.

　　어쨌든 잠이란, 무언가를 오롯이 견뎌내야 하는 때 가장 좋은 친구, 그야말로 휴식 같은 친구 아니던가. 그럼에도 불구하고 곤히 잠든 그의 얼굴, 수척한 몸피에 밴 저것은 고스란히 괴로움과 슬픔이 아니면 무어란 말이던가.

—엄원태, 「어떤 잠꾸러기」 전문

　　매번 투석을 받아야 하는 곤고한 삶을 바꾸는 지혜가 "권영식 씨"에게는 있다. 그 힘든 과정 내내 그는 잔다. 그의 비결은 밤샘 화투인데, 그걸로 병원비도 번다는 말은 물론 농담이다. "도원결의 친구들을" 불러 모았다고 하니 도리짓고땡 게임을 좋아한 모양이다. 다른 이들은 모두 그를 부러워하지만, 그의 "곤히 잠든" 얼굴에 "밴 저것은 고스란히 괴로움과 슬픔"이다. 그 역시 투석을 받아야만 하는 삶의 신산함에 젖어 있기는 마찬가지였던 것. 그의 이름이 품은 "영원한 휴식"이라는 뜻도 그렇게 보면, 죽음의 기미를 품은 이름이었던 셈이다. 시는 연민에서 시작해서 해학으로 넘어갔다가 다시 연민으로 돌아온다. 그렇다면 2연이 품은 해학은 죽음에 버팅기는 안간힘이 아니면, 곤고한 삶을 지탱해보려는 초인적인 노력의 소산일 것이다.

　　모름지기 짜증은 아무한테나 내는 것이 아니다 짜증은 아주 만만한 사람한테나 내는 것이다 그러므로 세상에서 짜증을 받아줄 마지막 사람은 제 엄마다 짜증이 심한 사람은 엄마 말고 식구들한테도 짜증을 낸다 필시 이 사람은 식구들을 아주 만만하게 생각하는 사람이다 달리 보면 가족을 믿고 사랑하는 사람일지도 모르겠다 더 심한 사람은 식구 아닌 남한테도 짜증을 낸다 이 사람은 아주 힘 있는 놈 아니면 망나니임에 틀

림없다 짜증 낼 사람이 하나도 없는 사람은 자신한테 짜증을 낸다 이 사
람은 자신을 만만하게 생각하는 사람이다 아니면 이 사람은 자신 말고
는 아무도 안 믿는 사람이다 이도저도 아니면 이 사람은 세상에서 가장
외로운 사람일 것이다

—이희중, 「짜증론論」 전문

짜증에 관한 첫 번째 진술은 평이하고 일반적이다. 그런데 거기에
곧장 두 번째 진술이 덧붙어 문맥을 이중화한다. "짜증은 아주 만만한
사람한테나 내는 것이다". 짜증을 통해 두 사람 사이에 특별한 관계가
맺어진다. 이 만만함을 미루어가면 세상에 대해 짜증을 부리는 "힘 있
는 놈 아니면 망나니"가 있고, 만만함을 줄여가면 자기 자신에게나 짜
증을 부리는 "세상에서 가장 외로운 사람"이 있다. 그 사이에 "엄마"와
식구들이 동심원을 그리듯 그를 둘러싸고 있다. 동심원의 중심에 짜증
을 발하는 그 자신이 있다. 그는 세상에서 가장 외롭거나 자신만 믿거
나 자신을 우스꽝스럽게 여기는 사람이다. 고독한 처지를 보듬는 연민
과 독선적인 태도를 비판하는 풍자, 자신에 대한 반성이 어우러진 진
술이다.

아파트 화단 앞 벤치에 동네 할머니 서넛이 모여앉아 유모차에 실려
나온 갓난아이 하나를 어르고 있습니다. 백일이나 됐을까요, 천둥벌거
숭이 하나를 빙 둘러싸고 얼럴럴 까꿍, 도리도리 짝짜꿍 난리가 났습니
다. 배냇짓을 하는지 사람을 알아본다며 박수를 치고, 옹알이를 하는지
사람의 소리를 낸다며 아이들처럼 좋아합니다. 조금 전까지 한창이던
동남아 관광 얘기는 쑥 들어갔습니다. 할머니들은 지금 저 어린 나그네
가 떠나온 나라에 대해 묻고 싶은 게 많은 모양입니다. 떠나야 할 길에
대해 알고 싶은 게 많은 모양입니다. 거기도 봄인지, 눈도 녹고 길도 좋

은지. 거기까지 늙은이 걸음으로는 얼마나 걸리는지.

—윤제림,「봄날에」전문

갓난아이를 둘러싼 즐거운 소동이 전반부 이야기라면, 거기에 덧붙인 나의 논평이 후반부를 이룬다. 아이의 "배냇짓"과 "옹알이"는 언제든 감탄을 자아낸다. 할머니들의 즐거움은 순수한 감탄이다. 그런데 내가 보기에 아이와 할머니들은 정확히 대칭이다. "저 어린 나그네"는 저 나라를 떠나서 막 이 나라에 도착했다. 할머니들은 이 나라를 떠나서 조만간 저 나라로 가야 한다. 그 소식이 궁금한 거나 아닌가? 전반부가 할머니들이 품은 순수한 예찬의 시선이라면, 후반부는 내가 덧붙인 연민의 시선이다. 슬프고 아름다운 한순간이다.

어머니는 마흔넷에 나를 떼려고
간장을 먹고 장꽝에서 뛰어내렸다 한다
홀가분하여라
태어나자마자 여생(餘生)이다

—반칠환,「일찍 늙고 보니」전문

어머니 뱃속에 있을 때 나는 한 번 죽을 뻔했다. 다른 사연이 적히지 않아 더 비극적인 전언이다. 그런데 그 말을 해학으로 받아치는 솜씨가 일품이다. 여생이 전부 보너스이니 홀가분하게 살아도 되겠네. 비극적인 삶에 대응하는 정신승리법인 셈이다. 이 시에서는 연민과 해학이 뗄 수 없이 한 몸이다.

고양이 얼굴만 했다. 고막이 터져 남의 나라 처마 아래 계단이 되어 있다. 비바람을 받은 몸은 풍향계가 되었다. 종아리와 입술이 터진 채.

음식점 문 앞에 죽은 듯 앉아. 낮이 되면 누군가 부축해 데려간다. 그는
곧 늑대가 되다가 쥐가 되다가 다 그만둔다.

창을 내다본다. 부러진 손가락이 아코디언을 잡고 있다. 자신이 눈감
는 걸 사람들 어깨 사이로 보여준다. 우리가 다 잊은 그 옛날 백거이의
다 저녁 비파행은 아니다. 서울이다. 무서운 저녁이 온다.

핏빛 저녁은 불행의 길로 이어진다. 그는 며칠 나타나다 사라졌다.
꽃샘 기침처럼 일산화탄소가 뛰어나왔다. 그는 길에서 그것을 슬픔처럼
깊이깊이 마셨다. 그 길을 걷는 동안 그는 메뚜기처럼 작아졌다. 죽음도
해학이 되었다. 지하철의 공기가 얼어붙었다.

—고형렬, 「찢어지다, 또 찢어지다—서울」 전문

그는 얼굴이 작았고 고막이 터졌고 풍찬노숙의 신세였다. 낮에는 어
딘가 사라졌다가 밤에만 늑대처럼, 쥐처럼 나타났다. 그는 아코디언을
연주하지만, 사람들은 그를 외면했다. 그는 옛날의 백거이가 아니라 서
울의 가난뱅이일 뿐이다. 그는 슬픔을 이기지 못했고, 메뚜기처럼 작
아졌다. 그리고 어느 겨울, 지하철에서 얼어 죽었다. 저 거듭된 불행이
란 그에게만 부여된 운명이어서 서울의 어느 누구도 그를 거들떠보지
않았다. 이렇게 본다면 시는 연민을 기초로 제작되었다고 할 수 있다.

그런데 시의 부제가 서울이다. 그렇다면 2행의 후반부에 출현하는
서울을 '그'가 사는 장소가 아니라, '그'의 이름이라 볼 수도 있을 것이
다. 이렇게 보면 시의 내용이 사뭇 달라진다. 서울은 아주 작은 곳이
고, 다른 나라(외세)의 영향에서 자유로울 수 없는 곳이며, 세파와 풍
랑에 이리저리 휘둘려왔다. 여기저기 얻어터졌고 먹을 것을 구걸해야
하는 신세이며, 쥐나 늑대처럼 교활하고 비굴하게 살아야 했다. 서울
은 아무도 거들떠보지 않는 아코디언 주자다. 스스로도 그것이 부끄럽
다. 서울의 거리는 기침처럼 터지는 공해로 오염되어 있다. 이곳은 사

람이 살 만한 곳이 못 된다. 이렇게 본다면 이 시는 풍자로 시종해 있다. 전체적으로는 서울을 '그'로 의인화하고 있으므로, 두 독법이 다 가능하다. 연민과 풍자의 이중주가 이 시의 어조인 셈이다.

4. 반어와 역설의 자리

대상과의 거리가 이중화된 시를 모두 반어적(역설적)이라 말할 수 있다. 시에서 반어와 역설을 찾아낸다는 것은, 주체와 대상의 관계가 이중삼중으로 얽힌 지점을 찾아낸다는 것과 같은 뜻이 된다. 이렇게 꼬인 지점(혹은 매듭)이 역설이 성립하는 지점이거나 반어의 유출 지점이다. 유비가 품은 비유의 형식으로 해명되지 않는, 구조 너머의 반구조, 혹은 체계 내부의 균열이 반어(역설)가 자리잡은 지점인 셈이다.

1. 비유의 전제

7장에서 11장까지는 비유에 관해 살핀다. 먼저 은유, 제유, 환유로 비유의 체계 전반을 설명하고자 한다. 그 전에 다음 같은 사항을 유념하자.

첫째, 세 가지 비유가 가진 본유 개념을 존중해야 한다. 은유, 환유, 제유를 연구할 때에는 이들이 가진 본래 개념을 존중해야 한다. 이를 존중하지 않고, 이 셋을 비유의 비유로 활용하면[1] 논의가 엉키게 된다.

둘째, 세 가지 비유를 단어 차원에서만 다루지 말고, 언술 차원에서 다루어야 한다. 기존 연구에서는 은유만이 단어이론(기호론, 곧 닮은 것으로 원본을 대체하는 것)에서 문장 차원의 이론(의미론, 곧 은유의 의미론적 혁신), 나아가 언술 전체의 이론(은유의 지시적 차원, 곧 세계의 실상에 대한

---

1) 비유의 비유란 이 세 가지 비유를 수사적 실체와 무관하게 비유적인 용법으로만 전용해서 쓰는 경우를 말한다. 은유와 환유에 관한 라캉의 논의나 야콥슨의 논의를 이어받은 오규원의 '날이미지 시론'이 그 대표적인 예다.

파악)에 관련된다. 하지만 각각이 서로 다른 사유의 운동 형식임을 받아들인다면, 환유와 제유에서도 언술 차원의 논의가 가능할 것이다. 각각의 비유가 대상의 생성과 변형, 구축에 다른 방식으로 관여하며, 그로써 드러나는 세계의 실상이 달라질 것이기 때문이다. 이 장에서는 이를 위해 언술의 장(field)이란 개념을 설정하고 설명했다.

셋째, 세 가지 비유는 유비(analogy)의 구조를 이루며, 이 체계의 맞짝은 반어(irony)를 구성원리로 하는 대조의 구조이다. 은유는 기본적으로 수평적인 특질을 갖고 있다. 은유는 대상과 대상 사이에서 발생하기 때문이다(비교 가능성). 제유는 수직적인 특질을 갖는다. 제유는 부분과 전체 혹은 상위 개념과 하위 개념 사이에서 발생한다(체계성). 환유는 은유와 제유의 결합에서 생긴다. 이른바 환유의 '인접성'은 다음과 같은 특질을 갖는다. 첫째, 경제성. 환유는 축약 가능성에서 생기기 때문에 경제적인 비유다. 둘째, 가청성(可聽性). 환유는 기본적으로 독자가 아니라 청중을 전제로 한다. 직접적인 이해 가능성이 환유의 성립을 가능하게 한다. 셋째, 외적 구조성. 제유가 내적 구조에서 발생한다면, 환유는 외적 구조에서 발생한다. 곧 환유는 한 체계 내부가 아니라 체계와 연관된 외부와의 관계에서 생겨난다.

넷째, 세 가지 비유는 의미의 생성원리이자 세계 이해의 산물이다. 곧 한 시인이 특정 비유를 활용하여 시를 짓는다는 것은 그 비유에 내포된 특정 세계관을 받아들인다는 뜻이다. 은유의 생성적 사유와 제유의 구조화된 사유, 환유의 웅변술적 사유는 그로써 드러나는 시인의 세계 이해를 반영한다.

2. 비유 연구의 역사

2-1. 아리스토텔레스에서 중세까지의 은유

은유(metaphor)는 고대 수사학에서부터 중요하게 다루어졌다. 아리스토텔레스는 『시학』에서 은유를 명칭의 전용으로, 즉 "어떤 사물에다 다른 사물에 속하는 이름을 전용(epiphora)하는 것"으로 정의했다.[2] 그는 은유의 종류를 넷으로 나누었는데, 명사를 1) 유(類)에서 종(種)으로, 2) 종에서 유로, 3) 종에서 종으로, 4) 유추에 의하여 (다른 명사로) 대치하는 것이 그것이다.[3]

1)과 2)는 전통적으로 제유로 알려져 있는 것이다. 아리스토텔레스가 1)과 2)의 예로 든, "여기 내 배가 서 있다"('서 있다'는 '정박해 있다'를 대신한 말), "오디세우스는 실로 만 가지 선행을 행했다"('만 가지'는 '다수'를 대신한 말)에서 보이는 문장의 대치는 유와 종의 자리 바꿈에서 파생된 말이므로 제유로 보아야 한다. 아리스토텔레스는 아직 환유와 제유의 개념을 몰랐던 셈이다. 환유와 제유는 그의 은유 개념 속에 미분화된 상태로 포함되어 있다. 3) 종에서 종으로의 이행만이 전통적인 은유의 요건을 충족한다. 그는 4) 유추 방법을 가장 생성적인 것으로 보았다. "유추에 의한 전용은 A에 대한 B의 관계가 C에 대한 D의 관계와 같을 때 가능하다. (…) 예컨대 잔(B)이 주신 디오니소스(A)에 대하여 가지는 관계는 방패(D)가 군신 아레스(C)에 대하여 가지는 관계와 같다. 따라서 잔을 '디오니소스의 방패'(A+D)라고 말하고, 방패를 아레스의 잔(C+D)이라고 말할 수 있을 것이다."[4] 이러한 중첩

---

2) 아리스토텔레스, 『시학』(21장), 천병희 옮김, 삼성출판사, 1982, 380쪽.
3) 같은 쪽.
4) 같은 쪽.

온 다른 방법으로 사용되기도 한다. "어떤 사물에 속하는 명칭을 부여함과 동시에 그 명칭에 고유한 속성의 하나를 부정하는 방법"으로, '술 없는 잔(=방패)' 같은 은유가 파생될 수도 있다.[5] 아리스토텔레스는 사물의 명칭을 다른 사물로 대치하는 모든 수사적 활용을 은유라는 이름으로 묶었다.

그런데 4) 유추(유비)는 은유, 환유, 제유 전체를 포괄하는 체계의 기술 논리다. 이것은 전통적인 은유가 아니라 은유(나아가 제유와 환유)를 낳는 포괄적인 구조의 논리이며, 이 바깥에 비유 전체를 뒤집는 반-구조, 곧 대조의 구조가 있다.

퀸틸리아누스(Quintilianus)는 은유를 다음의 네 가지로 구별했다.

1) 무생물에서 생물로('적'을 '칼'이라 부르는 경우)

2) 생물에서 무생물로(언덕의 '이마' the 'brow' of a hill)

3) 무생물에서 무생물로('그는 함대에게 고삐를 주었다' gave his fleet the rein)

4) 생물에서 생물로('카토가 스키피오에게 짖어댔다' Scipio was barked by Cato)[6]

퀸틸리아누스 역시 아리스토텔레스를 이어 은유를 명칭의 전이로 보고 있음을 알 수 있다. 고대의 수사학에서 은유는 적극적인 의의를 갖지 못했다. 그것은 사물의 본래 의미가 아니며, 다만 그 의미의 이면을 장식적으로 보여주는 것이어서 진리 파악의 수단이 되지 못하는 것으로 간주되었다. 은유는 다만 "특별한 장식적인 '효과들'을 위하여 문

---

5) 같은 쪽.

6) 테렌스 호옥스, 『은유』, 심명호 옮김, 서울대출판부, 1986, 18쪽.

장가에게 유용한 약간 수상쩍은 방안"일 뿐이었다.[7]

중세 기독교 사회에서는 가시적인 세상과 불가시적인 신 사이에 은유적인 관련을 유추하고자 했다. 기독교적인 인간은 세상에서 신의 손길을 느낀다. 그래서 중세 기독교인의 사고는 그 자체로 은유적인 사고였다. 시인의 임무는 "궁극적으로 신의 뜻을 발견하려는 것이며, 그의 은유들은 그 목적을 달성하기 위한 수단이다. 그런 고로 기독교의 세계에서는 고전주의적인 수사학자들이 받아들여질 수 있었다."[8] 달리 말하면 중세의 수사학은 기독교 해석학의 하위 학문으로 존속될 수 있었다. "수사학은 기독교의 보증을 받아, 합법적으로 고대로부터 서양의 기독교 사회 속으로(따라서 근세 사회 속으로) 건너올 수 있게 된다."[9]

중세에 이르기까지 수사학자들은 서로 다른 문채를 구별하고 상세화하는 데 힘을 기울였다. 수사적 항목의 폭발적인 증가는 논의의 공소함을 불러올 수밖에 없다. 그것들을 묶어줄 전체의 틀이 무너지는 결과를 초래하기 때문이다. "이러한 분류에 대한 집착은 대개의 경우 수사학에 대한 비판과 혐오의 주된 원인을 이룬다. 왜냐하면 분류에 대한 열의는 언제나 여기에 공감하지 않는 사람에게는 무의미하고 무용해 보이기 때문이다."[10] 근대에 들어 그와 상반되는 움직임, 즉 다양한 수사적 갈래들을 통합하려는 움직임이 있는 것은 이런 연유에서인 듯하다. 은유 중심의 논의가 활발해지는 경향을 단순화의 경향이라고

---

7) 같은 책, 21쪽.
8) 같은 책, 25쪽.
9) 롤랑 바르트, 「옛날의 수사학」, 김현 엮음, 『수사학』, 김성택 옮김, 문학과지성사, 1985, 42쪽.
10) 박성창, 『수사학』, 문학과지성사, 2000, 86쪽.

부를 만하다. 은유 중심으로 수사적 갈래를 통합하려는 논의는 결국 아리스토텔레스의 견해로 회귀하는 방식이 되는 셈이다.

2-2. 니체, 레이코프 & 존슨, 휠라이트의 은유

니체는 우리의 세계 인식이 은유적인 것이라고 말했다. "니체에게서 은유는 최초의 신체적 접촉에서부터 일어나는 현상이다. 대상이 일으키는 생리적 자극을 수용할 때 이미 신체는 그 자극을 은유적으로 해석하며, 이 해석에서 비롯되는 지각과 언어는 그 해석에 대한 은유적 재해석이자 재왜곡의 과정에 불과하다. 은유적 해석과 가상은 있는 그대로의 사물과 일치하지 않으며, 그런 한에서 인간의 언어는 기원에서부터 실재를 있는 그대로 반영해본 적이 없다. 따라서 진리란 허구에 불과하다."[11] 모든 언어의 모근(母根)을 이루는 말은 신체적 접촉에서 파생된 말이다. 여기에서부터 은유적인 왜곡이 일어난다.

진리란 무엇인가? 은유와 환유와 의인화로 이루어진 기동부대이다. 요컨대 그것은 사람들의 관계가 집적된 것으로서 시적이고 수사적으로 강화되고 변형되고 꾸며져서 오래 쓰이다가 결국 한 나라 안에서 고정되고 전범이 되고 결속된, 사람들 사이의 관계의 총화이다. 진리란 그것이 환상이라는 것을 잊어버린 환상이며, 아무 느낌도 주지 못하는 낡은 은유이다.[12]

---

11) 김상환, 『해체론 시대의 철학』, 문학과지성사, 1996, 238쪽.

12) Friedrich W. Nietzsche, Essays on Metaphor, Whitewater, Wisconsin: The Language Press, 1972, p. 180(정원용, 『은유와 환유』, 신지서원, 1996, 9~10쪽에서 재인용. 원문을 다시 번역했음).

니체에 따르면 모든 개념 언어는 결국 은유적인 대체의 결과인 셈이다. 개념들의 진리치는 부정될 수밖에 없으며, 존재와 언어 사이에는 근본적인 단절이 있다. 은유적인 전이는 비논리적인 비약과 단절의 역사를 자기 안에 숨긴다. 니체의 이러한 언급은 모든 언어가 가진 은유적 성격을 지적하고 있는 말이라 하겠다.

레이코프와 존슨도 은유가 세계를 인식하는 방식이라고 보았지만, 이들에게 은유는 진리를 왜곡하는 것이 아니라 깨닫게 하는 것이다. 이들의 은유론은 어휘나 언술 차원의 은유론이 아니라 개념의 은유론이다. 우리가 체험을 구조화하면서 은유적인 개념의 도움을 얻어 개념과 경험을 일치시킨다는 것이다. 우리는 세계와 상호작용하면서 세계상(世界像)을 창조해가는데, 이때 은유적 개념은 "하나의 경험을 다른 경험에 의하여 부분적으로 구조화하는 방식"이 된다.[13] 우리는 은유적 개념을 활용해 체험적인 게슈탈트를 만들어간다. 저자는 은유를 지향적 은유, 존재론적 은유, 구조적 은유 등으로 유형화했으며, 그것이 어떻게 복잡한 구조와 체계를 생성하는가를 보여주었다. 저자들의 개념 은유는 비유가 사고의 운용 방식 자체를 내장한다는 이 책의 기본 전제를 지지하는 증거 가운데 하나다.

저자들은 환유를 은유와 구별했다. "은유와 환유는 다른 종류의 과정이다. 은유는 주로 하나의 사물을 다른 사물에 의하여 인식하는 방식이어서, 그것의 주요한 기능은 이해이다. 반면에 환유는 우선적으로 지시적인 기능을 갖는다. 말하자면 환유는 우리로 하여금 하나의 실체로 다른 실체를 대신하여 쓸 수 있게 해준다."[14] '햄샌드위치'라는 말

---

13) George Lakoff & Mark Johnson, Metaphors We Live By, Chicago: The Univ. Chicago Press, 1980, p. 77.
14) Ibid., p. 36. 이 글에서 저자는 제유를 환유의 특수한 경우로 포함하여 논의하고 있다.

로 그것을 먹는 사람을 대신할 때, 그것은 "의인화된 은유의 실례가 아니다. 우리가 햄샌드위치에 사람의 특질을 부여함으로써 햄샌드위치를 이해하는 것이 아니기 때문이다. 대신에 우리는 어떤 실체와 관련된 다른 실체를 지시하기 위해 그 실체를 사용하고 있다."[15] 은유는 사물을 '이해'하기 위해 다른 사물의 관점에서 한 사물을 이해하는 방식이고, 환유는 한 사물을 '지시'하기 위해 다른 사물을 대신하는 것이다. 은유와 마찬가지로 환유도 체계적이며 어느 정도 이해 기능을 가지고 있다. 레이코프와 존슨 역시 은유와 환유를 인식의 주요한 두 방식으로 간주한다.[16]

휠라이트는 은유의 종류를 둘로 나누었다. 그는 전통적 개념의 은유를 치환은유(epiphor)라 부르고, 이것을 병치은유(diaphor)와 구별했다. "전자가 비교를 통해 의미를 넘어서거나 확산하는 일을 대표한다면, 후자는 병치(juxtaposition)와 통합(synthesis)에 의해 새로운 의미를 창조하는 일을 대표한다."[17] 치환은유의 근본적인 목표는 "비교적 잘 알려져 있거나 구체적으로 알려져 있는 것(매개)과 훨씬 더 가치 있고 중요한 것이지만 잘 알려져 있지 않거나 막연하게 알려져 있는 것

---

15) 같은 쪽.
16) 이 책에서는 환유가 충분히 언급되지 않았다. 뒤에 레이코프는 Women, Fire and Dangerous Thing: What Categories Reveal about the Mind, Chicago Univ. Press, 1989에서 일곱 가지 환유 모델을 제시했다. 1) 사회적 고정 관념, 2) 전형적인 사례, 3) 이상적인 것, 4) 모범적인 것, 5) 생성원(生成源), 6) 하위 모델, 7) 두드러진 사례가 그것이다(김욱동, 『은유와 환유』, 민음사, 1999, 204~207쪽 참조). 그의 환유이론은 제유를 포괄하고 있는 것이어서 이 책에서는 받아들이지 않았다. 제유를 별항으로 설정한다면, 위 모델의 거의 전부는 제유의 모델이 되어야 한다. 또한 다른 많은 환유적인 예들이 위 모델로 설명될 수 있는 것도 아니다. 다음에 예로 들 환유의 예 가운데 많은 부분은 위 모델에 포섭되지 않는다. 중요한 것은 환유가 성립하는 생성원리다.
17) Philip Wheelright, Metaphor & Reality, Indiana Univ. Press, 1973, p. 72.

(취의)과의 유사성을 표현하는 것이다."[18] 서로 비슷하지 않은 듯이 보이는 사물의 유사성을 발견함으로써 숨겨진 의미를 드러내 보여주는 것이 치환은유의 기능이다.

병치은유는 어떤 특정한 경험들을 은유적으로 관통하는 원리가 있을 때 발생한다. 서로 다른 이미지나 개념이 병치되면서 새로운 의미론적 요소가 생겨난다. "병치은유의 근본적인 가능성은 새로운 특질과 의미를 만들어내는 광범위한 존재론적 사실에 놓여 있다. 그것은 지금까지 묶여지지 않은 요소들을 결합하여 새로운 존재에 이르게 만든다."[19] 그래서 그는 "치환은유의 역할은 의미를 암시하는 데 있고, 병치은유의 역할은 존재를 만들어내는 데 있다"[20]고 말했다. 결국 병치은유는 레이코프와 존슨이 말한 존재론적 은유와 가까운 셈이다. 휠라이트는 에즈라 파운드의 「지하철 정거장에서」를 병치은유의 예로 들었는데, 이 예는 적절해 보인다. 위 시는 하나가 다른 하나의 은유적 표현으로 간주될 수 있다.[21]

하지만 병치은유를 인정한다고 해도 그가 들고 있는 다른 예들에서는 은유적인 요소를 추출하기 어려운 것으로 보인다. 은유에 병치적 요소가 없는 것은 아니나, 그 예를 지나치게 확대 적용할 수는 없다. 휠라이트가 든 예를 검토해보겠다. 첫째, 휠라이트는 오든의 시 「로마의 멸망」의 마지막 부분을 병치은유의 예로 들었는데,[22] 이것은 단순히 진술의 이미지화일 뿐이다. 이를 서술적 이미지라 부를 수는 있어도 여기에서 야기되는 효과("멀리 떨어진 순록들이 무엇인가를, 즉 로마

---

18) Ibid., p. 73.

19) Ibid., p. 85.

20) Ibid., p. 91.

21) 「지하철 정거장에서」에서 보이는 은유는 두 개의 시행(혹은 언표) 사이에 맺어진다. 이 책의 관점에 의하면, 이 시는 은유적인 비교에 해당한다.

22) Ibid., pp. 86~87.

의 패망이 암시하는 것이 가능한 인간의 조건과도, 평안함과도 다른 것임을 표상한다는 것"[23])가 이전의 시행들과 은유적인 관련을 맺는 것은 아니다. 이 시행을 병치은유로 본다면, 이미지를 통해 나타난 모든 진술(혹은 범박한 은유적 성격을 가진 모든 진술)을 병치은유로 간주해야 할 것이다. 다음으로 휠라이트는 이집트 피라미드 텍스트에 있는 고대의 시와 『도덕경』의 예를 들었는데, 이 역시 병치은유라 보기는 어렵다. 두 작품은 여러 개의 치환은유를 단순히 늘어놓은 것에 지나지 않는다. 다시 말해 병치은유가 아니라 은유의 나열일 뿐이다. 매개어들이 교차하는 자리에서 은유 효과가 생겨나는 것이 아니기 때문이다. '나는 A이고, B이고, C이다'라는 은유는 세 가지 치환은유를 등위적인 접속어 '그리고'로 이은 것이다. 만일 병치은유가 되려면 A, B, C의 세 은유가 교차하면서 생성되는 어떤 것이 있어야 한다. 병치된 이미지들 사이에서 은유 효과가 발생해야 하는 것이다.[24] 셋째로, 리처드 올딩턴의 시 「새끼사슴이 처음 눈을 본다」의 예다. 내용만 보면 병치은유의 요소가 있는 듯한데, 사실은 제목과 본문 사이에 치환은유적 관련을 맺은 시다. 이 시의 경우, 본문 전체는 제목과의 연관 아래서만 은유적 성격이 검토될 수 있다. 따라서 이 역시 치환은유의 예가 된다.

그럼에도 불구하고 휠라이트의 병치은유는 은유의 생성적인 면을 언술 차원에서 검토한, 중요한 논의로 보인다. 특히 김춘수의 서술적 이미지는 병치은유의 중요한 실례로 간주될 수 있다.[25]

---

23) Ibid., p. 87.

24) 이 책의 관점에 따르면 이런 교차가 은유적인 병렬을 낳는다.

25) 홍문표는 『현대시학』, 양문각, 1987, 158~159쪽에서 김춘수의 시를 병치은유의 중요한 예로 들었다.

2-3. 야콥슨의 은유와 환유

야콥슨은 은유와 함께 환유의 중요성을 강조했다. 그의 선구적인 통찰 이후에 은유와 환유를 두 축으로 삼는 견해가 일반화되었다. 야콥슨은 문장 구성의 두 축을 결합의 축(통합체)과 선택의 축(계열체)이라 불렀고, 전자를 환유에 후자를 은유에 연결지었다. "화자는 단어들을 선택하고 그것을 그가 사용하는 언어의 구문체계에 따라 결합하여 문장을 만든다. 문장 역시 같은 방식으로 결합되어 언표가 된다."[26] 하나의 문장을 이루는 각각의 어휘들은 유사 어휘들 가운데 선택된 것이며, 하나의 문장은 그렇게 선택된 어휘들이 인접한 구문체계에 따라 결합된 것이다. 선택의 축은 유사성의 원칙에 따라, 결합의 축은 인접성의 원칙에 따라 배열된다. 문장 구성의 차원에서 보면, 선택의 축은 비현전(非顯前)의 것이며 결합의 축은 현전(顯前)의 것이다. 선택/결합을 은유/환유의 이항대립과 동일시하면서 야콥슨은 예술의 두 가지 경향을 일반화할 수 있었다. 낭만주의·상징주의/사실주의, 초현실주의/입체파, 영화예술에서의 (은유적) 몽타주/(제유적) 클로즈업·(환유적) 배경 등의 대비가 그것이다.

야콥슨에 따르면 "그동안의 시적 비유에 대한 연구는 주로 은유에 대해 이루어졌고 환유적인 원리와 깊이 관련된 이른바 사실주의 문학은 여전히 해석되지 못하고 있다."[27] 시에서 은유가 환유보다 더 중시

---

26) Roman Jakobson, Language in Literature, edit. by Kristina Pomoraka & Stephen Rudy, Harvard Univ. Press, 1987, p. 97.

27) Ibid., p. 90. 환유를 제유와 분리하면 시사적 유형도 야콥슨의 논의와는 달라진다. 곧 사실주의 문학의 특성은 제유의 개념에 내포된 특성이다. 버크는 「네 가지 비유법」에서 은유는 '관점', 환유는 '환원', 제유는 '재현'이라는 용어로 대체할 수 있다고 말했다(케네스 버크, 「네 가지 비유법」, 석경징 외 옮김, 『현대 서술이론의 흐름』, 솔, 1997, 151쪽). 은유는 한 사물을 다른 사물의 입장에서 보는 방법이므로 관점이라는 용어로 대치될 수 있

된 것은 시에서의 유사성이 결합의 축에서도 반영되기 때문이다. 야콥슨은 "시에서는 유사성이 인접성 위에 겹놓인다. 따라서 등가성이 연속체를 구성하는 장치로 승격된다"고 말했다.[28] 시에서는 유사성에 의한 선택의 원리가 인접성에 의한 결합의 원리와 결합한다. '내 마음은 호수'라는 문장은 인접성의 원칙에 따라 배열된 것이지만, 이 문장을 이루는 마음과 호수는 유사성에 따른 등가의 자리를 가진다. 의미적 유사성이 위치적 인접성의 축에 반영된 셈인데, 야콥슨은 이를 "시에서는 등가의 원리를 선택의 축에서 결합의 축으로 투영한다"고 표현했다.[29] 데이비드 로지(David Lodge)는 야콥슨의 두 축을 다음같이 정리했다.[30]

은유(METAPHOR)	환유(METONOMY)
계열체(Paradigm)	통합체(Syntagm)
선택(Selection)	결합(Combination)
대체(Substitution)	〔없음〕 조직(〔Deletion〕 Contexture)
인접성 장애(Contiguity Disorder)	유사성 장애(Similarity Disorder)
조직 결함(Contexture Deficiency)	선택 결함(Selection Deficiency)
연극(Drama)	영화(Film)
몽타주(Montage)	클로즈업(Close-up)
꿈의 상징화(Dream Symbolism)	꿈의 압축과 전위 (Dream Condensation & Displacement)
초현실주의(Surrealism)	입체파(Cubism)

고, 환유는 추상적이고 무형적인 것을 구체적이고 유형적인 것에 입각해 말하는 것(곧 추상화 과정을 거슬러 가는 것)이므로 환원이라는 용어로 대치될 수 있다는 것이다. 제유가 재현인 것은 부분(혹은 종)이 전체(혹은 유)를, 전체가 부분을 나타내는 방식이기 때문이다. 소우주와 대우주가 동일하다는 형이상학적 주장, 사회 기구가 전체 사회를 대표한다는 정치이론, 사물의 성질을 감각을 통해 판단하는 인식 방식, 작품 내용이 실제 세계를 드러낸다고 보는 예술적 시각 역시 제유적 재현이다. 그러므로 사실주의 문학의 기본적 입지는 (환유가 아니라) 제유에 있다.

28) Ibid., p. 127.
29) Ibid., p. 61.
30) David Lodge, The Modes of Modern Writing, Edward Arnold, 1977, p. 81.

시(Poetry) 서정시(Lyric) 낭만주의와 상징주의 (Romanticism & Symbolism)	산문(Prose) 서사시(Epic) 사실주의(Realism)

하지만 그의 은유·환유이론은 그 영향력에도 불구하고 정치하지는 못한 것으로 보인다. 은유/환유로 가는 일반화 방식에는 여러 가지 개념의 혼란이 노정되어 있다. 그는 실어증의 두 유형을 분석하면서 유사성과 인접성이 언어의 두 가지 능력임을 밝혔다. 문제는 이를 은유와 환유로 일반화하면서 생기는 논리의 허점이다.

첫째, 야콥슨의 은유·환유이론은 문장 구성의 일반적 원리에서 도출된 것인데, 이를 은유와 환유로 간주할 수 있는 근거가 없다. 야콥슨은 선택과 결합축이 가지는 원리를 유사성과 인접성으로 간주하고, 이를 다시 은유와 환유로 일반화했다.[31] 이 일반화에는 은유와 환유의 비유적 본의가 탈색되어 있다.

둘째, 야콥슨에게는 의미론과 구문론이 명쾌하게 구별되지 않는다. 그가 말한 유사성과 인접성은 문법적인(위치적인) 유사성과 인접성, 의미적인 유사성과 인접성으로 다시 나뉜다. 유사성에서 구문론적인 것(위치적인 유사성)과 의미론적인 것이 섞이면서, 환유적인 자리와 은유

---

31) 메츠는 야콥슨이 인접성/유사성과 환유/은유가 연관됨을 주장했으나, 그 둘을 혼동하지는 않았다고 본다. "이와 같은 연관에도 불구하고 야콥슨은 결코 은유와 계열축이, 환유와 결합축이 같은 것이라고 주장한 적이 없다. 그 대립쌍은 비교되지만 언제나 별개의 것이다. 이 사실이 아주 자주 잊혀왔다. 사람들은 유사성 때문에 다른 두 가지 쌍을 혼동하여 은유와 계열축을 뒤섞어 '은유'라 부르고, 환유와 통합축을 뒤섞어 '환유'라 불렀다"(Christian Metz, The Imaginary Signifier: Psychoanalysis and the Cinema, trans. by Celia Britton etc., Indiana Univ. Press, 1982, p. 180). 그러나 실제로 야콥슨이 둘의 친연성을 강력하게 주장했으므로 이를 읽는 이의 혼동이라 말하기는 어렵다. Roman Jakobson, op. cit., p. 109 참조.

적인 지리가 겹친다. 그가 말한 환유가 사실은 전혀 환유가 아니라는 비판은 여기에서 파생된 것이다.[32] 유사성과 인접성을 이야기할 때에 의미론적인 것과 구문론적인 것을 구별하는 것은 당연하나, 이것들이 상호 교차해 별개의 가짓수를 형성하는 것은 아니다. 은유와 환유는 의미론적인 국면에서만 작동하는 것이다. 문장 결합의 원리를 유사성과 인접성으로 볼 수는 있으나, 이 차원에서는 은유와 환유가 도출되지 않는다.[33]

셋째, 결국 야콥슨의 환유이론은 은유이론으로 설명할 수 없는 모든 것이다. 다시 말해 환유론이 아니라 비(非)은유론이다. 그의 인접성에는 다음과 같은 사항이 포함된다. 1) 문장을 결합시키는 통사적 관계, 2) 화자와 청자 간의 접촉, 3) 공간적으로 이웃하고 있는 것, 4) 시간적으로 연속되는 것. 결국 전통적 의미의 환유는 그의 이론체계에서는 발견되지 않는다. 은유와 맞먹는 환유의 성격을 그의 체계에서는 도출할 수 없다. 1)의 경우 위치적인 인접성을 환유라고 부를 만한 근거는 전혀 없다. 예컨대 '오두막집(Hut)'에서 '불타버렸다'라는 반응을 보이는 것은 서술적인데, 이 방식은 전통적인 의미의 환유와는 아무 관련이 없는 것이다.[34] 2)는 실생활에서의 접촉 상황을 가정한 것이므로 역시 환유로 간주할 수 없다. 3), 4)에서는 환유의 인접성을 떠올릴 수 있으나, 이때의 인접성은 어느 정도 비유적인 어법이다. 인접한 것을 환유라 이름 붙이기 때문이다. 전통적 의미의 환유에서 중요한 것은 인접성이 갖는 관습적이고 자동화(自動化)된 성격이다. 모든 공간적, 시간적인 접면이 환유적인 것은 아니다.

---

32) Leon Surette, "Metaphor and Metonomy", University of Toronto Quartly, Vol. 56, No. 4, Summer, 1987, pp. 557~574(정원용, 『은유와 환유』, 신지서원, 1996, 142~158쪽) 참조.

33) 메츠는 은유와 환유를 의미론적 유사성과 인접성에서 찾았다. 그 역시 지시체로서 작동하는 의미론적 영역과 언술 영역을 구별했다. Christian Metz, Ibid., pp. 184~185 참조.

넷째, 따라서 그가 말한 은유의 축 역시, 논리적 정합성에서 벗어나 있다. 선택의 축에 배열된 가상의 항목들을 은유적인 것으로 묶을 수 없다. 야콥슨은 언어 연상 실험에서 '오두막집(Hut)'을 대치하는 단어들로 다음과 같은 것을 들었다. ① 동어반복(Hut), ② 동의어(Cabin, Hovel), ③ 반의어(Palace), ④ 은유(den, burrow).[35] 야콥슨에 따르면 이것들은 (위치적) 유사성의 예인데, 전통적 의미의 은유적인 반응은 ④뿐이다. 이 모두를 은유의 방식으로 간주하기는 어렵다.

다섯째, 그는 환유와 제유를 같은 것으로 간주했는데 이런 일반화가 정당한지는 검증되지 않았다.[36]

이 책에서는 그의 은유·환유이론이 언술 차원에서 활용되는 방식에 주목하고자 한다. 다시 말해 언술 내에서 문장(혹은 시행)이 다른 문장과 유사성이나 인접성의 틀로 결속하고 있을 때를 은유적, 환유적 구성으로 간주하기로 한다. 문법적인 인접성은 환유의 경우로 고려하지

---

34) 환유는 통사적 결합이 화자와 청자 간에 일반화되어서 특정 부분이 탈락해도 화자와 청자 간의 의사소통에 문제가 되지 않을 때 일어난다. '톨스토이'로 '톨스토이가 쓴 작품'을, '한 잔'으로 '한 잔의 술'을 지칭하는 것이 환유이다. 야콥슨이 통사적 결합을 환유의 축으로 간주한 것은 이 때문이다. 그렇다고 해도 모든 통사적 관계가 탈락을 허용하는 것은 아니며, 모든 탈락이 환유인 것도 아니므로 통사적 관계를 환유로 본 것은 오류다. 환유는 통사적 인접성이 의미론적 인접성으로 전이했을 때에만 일어난다. 다시 말해 환유 역시 의미론의 차원에서만 논의할 수 있다. "인접성이 곧 통사론인가는 의문이다. (…) 통사론은 필요성의 질서를 대표하고, 완전히 공식적인 법칙에 의해 지배된다. 그런데 인접성은 불확정의 질서에 머무르며, 더 나아가 대상 자체의 층위에서 부수적인 질서에 머무르며, 그 속에서 매 사물은 완전히 독립적인 전체를 형성한다. 그래서 환유적인 인접성은 통사적 연결과 아주 다른 것으로 나타난다는 점이다"(김욱순, 「언술은유와 기형도의 시」, 한국기호학회 엮음, 『은유와 환유』, 문학과지성사, 1999, 167쪽).

35) Roman Jakobson, Ibid., p. 110.

36) 환유가 일종의 축약에서 생성됨을 앞에서 말했다. 환유의 인접성을 심리적, 공간적 거리의 인접이라 보는 것은 환유가 가진 축약으로서의 성격 때문이다. 반면 제유에는 이런 축약이 없다. 일반적으로 제유의 성격을 포괄성으로 정의하는 것은 제유적 사물이 전체에 대해 대표성을 갖기 때문이다. 이 점에서도 환유를 제유와 동일시하기는 어렵다.

잃으며, 제유적 구성과 환유적 구성을 구별하고자 했다.

2-4. 주네트의 은유, 환유 비판

주네트는 고대 수사학의 여러 범주가 현대에 오면서 은유와 환유로, 더 극단적으로는 은유로 줄어들었다고 말한다. 먼저 주네트의 환유에 대한 비판을 살펴보기로 한다. 그는 야콥슨이 유사와 인접이라는 고전적인 대립을 "계열체와 통합체, 등가 관계와 연속 관계 간의 적확하게 언어학적인 대립들(시니피앙에 근거한 대립들)에로의 어쩌면 대담하다 할 수 있는 어떤 동화에 의해"[37] 일반화했다고 비판했다. 이러한 일반화가 매력적인 것은 그 일반화를 통해 감지할 수 있는(sensible) 의미적 특징, 이를테면 시간과 공간의 관계, 유추 관계가 두드러지기 때문이다. 예컨대 제유를 환유의 하위 항목에 포함하는 것은 인접성이라는 "어떤 가-공간적(假-空間的)인 개념"이 가진 매력 때문이다. "감지될 수 있는", 다시 말해 "감각적인" 국면이 제유와 환유의 모든 부면을 아우르게 되었다.[38] 실제로 야콥슨의 인접성이 반드시 공간적인 것은 아니지만, 최소한 공간화된(감지할 수 있는) 어떤 비유의 틀에 의해 지탱되고 있음은 분명한 사실이다. 따라서 서술의 중심을 인접성에 두는 것만으로 환유를 설명하기는 어렵다.

다음은 은유에 대한 비판이다. 주네트는 "은유가 점점 유추의 장(場) 전체를 포함하려는 경향이 있다"고 말했다.[39] 그가 보기에 은유가 모든 비유의 핵심적인 위치를 차지한 데에는 두 가지 이유가 있다. 첫

---

37) 제라르 주네트, 「줄어드는 수사학」, 김현 엮음, 『수사학』, 문학과지성사, 1985, 123쪽.
38) 같은 책, 126쪽.
39) 같은 책, 127쪽.

째는 '이미지'라는 용어의 사용이다. 이미지가 "유사에 의한 문채들만
을 가리키는 것이 아니라 모든 종류의 문채 혹은 의미의 파격을 가리
키는 것으로 오용되어 쓰이고 있다."[40] 이로써 많은 통합적 문채들이
은유적인 것으로 축소, 해석된다. 둘째는 '상징'이라는 용어가 겪은 의
미의 변화이다. 이 용어가 "서로 유연적(有緣的), 기호론적 관계라면
어떠한 것이든지 간에 적용되고 있다."[41] 모든 비유는 용어들 사이의
치환(substituion)으로 설명할 수 있다. 그래서 그것들 사이가 전혀 유
추적이지 않을 때에도 두 용어 간에는 어떤 등가 관계가 있다. 등가의
자리를 가진 두 대상을 유사성으로 묶을 때 은유가 탄생한다. 따라서
모든 용어들의 자리 바꿈을 은유로 간주할 수 있다는 것이다. 이것은
은유에 부당한 지위를 부여하는 것이다.[42]

주네트의 논의는 은유와 환유를 중심으로, 혹은 은유 중심으로 모든
비유를 설명하려는 현대 수사학의 경향이 단순화의 오류를 범하고 있
음을 말해준다. 이 책에서 은유적, 환유적 구성에 제유적 구성을 추가
한 것은 이러한 집중화의 경향이 바람직하지 않다는 문제의식에서 비
롯된 것이다. 이 책은 비유적 구성의 일반형을 도출하려는 목적을 가지
고 있지만, 그것이 은유와 환유의 축으로만 구축되지는 않는다고 본다.

---

40) 같은 책, 138쪽.

41) 같은 쪽.

42) 토도로프 역시 뮈 그룹의 제유를 소개하면서 은유 중심의 논의를 비판했다. "언어에 있
    어 모든 것이 은유적이라 말한다면 (⋯) 은유의 특이성을 거부하는 것이 되고, 따라서 은
    유의 존재 자체를 부정하는 것이 된다"(츠베탕 토도로프, 「제유」, 같은 책, 167쪽).

2-5. 뮈(μ) 그룹의 제유

뮈 그룹은 은유와 환유가 궁극적으로 제유의 일종이라고 본다. 은유는 두 사물의 공통부분이 두 사물 전체에 확대, 적용될 때 성립한다. 그래서 은유는 두 과정으로 분해된다. 첫 번째는 출발점으로서의 사물(D)에서 공통부분(I)으로 진행하는 과정이고, 두 번째는 공통부분(I)에서 도착점으로서의 사물(A)로 진행하는 과정이다. 이 두 과정이 일반화 혹은 개별화의 과정으로 설명될 수 있으므로, "은유는 두 개의 제유의 결과이다."[43] 결국 은유는 의미상의 공통부분을 일반화하거나(종에서 유로, 부분에서 전체로) 개별화한(유에서 종으로, 전체에서 부분으로) 이중의 과정을 통해 완성된다. 물론 모든 제유의 결합이 은유를 산출할 수 있는 것은 아니다. 뮈 그룹은 개념적인 분해(Π분해)의 경우에는 개별화＋일반화의 방식만이, 물질적인 분해(Σ분해)의 경우에는 일반화＋개별화의 방식만이 은유를 가능케 한다고 보았다. 다른 두 경우에서 은유가 성립하지 않는 것은 의미상의 공통부분을 이루기 위한 교차가 불가능하기 때문이다. 다음에 도식을 나타냈다.

   1) 일반화 ＋ 개별화(물질적인 분해): 자작나무↗유연한↘소녀(은유 가능)

   2) 일반화 ＋ 개별화(개념적인 분해): 손↗사람↘머리(은유 불가능)

   3) 개별화 ＋ 일반화(물질적인 분해): 녹색의↘자작나무↗유연한(은유 불가능)

   4) 개별화 ＋ 일반화(개념적인 분해): 배↘돛↗과부(은유 가능)[44]

---

43) 자크 뒤부아 외('μ' 그룹), 『일반수사학』, 용경식 옮김, 한길사, 1989, 183쪽.

44) 같은 책, 187쪽 참조. 이 책에서는 3)이 Sg＋Sp, 곧 '일반화＋개별화'로 제시되어 있는데, 오식이다.

환유 역시 같은 방식으로 이해할 수 있다. 은유와 환유의 차이점은 은유가 의미상의 공통부분을 매개로 성립하는 데 반해, 환유는 공통부분 없이 두 사물을 포괄하는 전체의 장 아래서 성립한다는 것이다. 은유는 두 사물이 의미소나 부분을 공유함으로써 성립하고, 환유는 의미소 집합이나 전체 가운데 두 사물이 공동으로 소속됨으로써 성립한다. 뒤 그룹에 따르면, 환유를 분류하는 많은 정의들(예컨대 그릇/내용, 생산자/생산물, 소재/완성품, 원인/결과, 운전자/기계 등)은 결국 이러한 의미소 집합이 내포하는 바를 부분적으로 지시하는 것에 지나지 않는다. "작품에 대해 말하기 위해 작가의 이름을 말할 때, 두 의미는 마찬가지로, 그의 일생, 작품들 등을 포함하는 어떤 더 큰 집합에 관련되어, 제유로서 작용한다. 이 두 의미를 동치시키는 것이 가능해진다."[45]

뒤 그룹의 연구는 은유(혹은 은유와 환유)만을 중시하는 일반적인 경향을 극복하는 새로운 시각을 제시했다는 점에 의의가 있다. 하지만 그들의 주장대로 은유나 환유가 제유의 변종에 불과한 것인가에는 의문의 여지가 있다. 은유에서 중요한 것은 의미상의 공통부분이 아니라, 하나의 사상을 다른 사상의 시각에서 보는 일 혹은 하나의 사상에서 다른 사상으로 이행하는 일이다. 그러한 시각이나 이행은 의미상의 공통부분에 대한 제유적인 '추론'으로 이루어지는 것이 아니라, 사물의 유사성에 대한 순간적인 '직관'으로 이루어진다. '내 마음은 호수'라는 은유에서 '마음'과 '호수'의 맺어짐은 개별화와 일반화의 복잡한 방식을 우회하지 않는다. 더욱이 둘 사이의 공통부분이 여러 속성(예를 들어 '고요함', '넓음', '축축함' 등)으로 이루어졌을 경우에는 제유적인 추론을 하기 어렵다. 서로 다른 여러 개의 제유가 결합해 하나의 은유를 성립시킨다는 것은 결국 은유에 고유한 결합원리가 있다는 말이 되기 때

---

45) 츠베탕 토도로프, 앞의 글, 170쪽.

문이다.

환유의 경우 역시 설명하기 어렵다. 환유를 판별하는 방식에 대한 저자의 설명은 부정어법으로 이루어져 있다. 뮈 그룹은 "문채가 제유인지, 은유인지, 반용법(反用法, antiphrase)인지를 연구"한 다음, 문채가 그 어느 것에도 해당되지 않을 때 "환유를 확인할 가능성을 얻는다"고 말한다.[46] 이는 결국 제유도 은유도 반용법도 아닌 경우가 환유라는 말인데, 이런 부정의 어사로는 환유를 정의하기 어렵다. 더욱이 환유 관계인 두 사물과 관련된 제유적 사물을 획정하기가 곤란하다. 제유된 것은 포괄적인 유(類)의 범주일 뿐 사물이 아니기 때문이다.

결론적으로 말해 뮈 그룹이 은유와 환유를 제유로 설명한 것을, 사물의 대체를 설명하기 위한 논리 조작의 일환으로 받아들일 수는 있을 것이다. 하지만 그 조작의 결과로도 은유와 환유는 고유한 작동원리를 가진 것으로 나타난다. 이 때문에 은유, 환유의 본유 개념 자체를 제유에 종속시키기는 어렵다.

휠라이트와 야콥슨을 제외하면, 은유, 환유, 제유를 둘러싼 논의는 대개 어휘 차원의 논의였다. 은유, 환유, 제유 등을 어휘 차원에서 이루어지는 부분적이고 장식적인 요소로만 간주하면, 각각의 수사는 그 생성적 역할을 마감하고 기계적이고 기능적인 학습 대상으로 전락할 위험이 있다. 중세 수사학이 교육의 장으로 한정되자 나타난 병폐가 이와 같다.

---

46) 자크 뒤부아 외('μ' 그룹), 앞의 책, 206~207쪽. "반용법(反用法)과 반어법은 거의 구별되지 않는다"(같은 책, 242쪽). 불유쾌한 태도를 비난할 때 흔히 '굉장한 놈(프랑스어로는 Belle mentalité, 멋진 정신상태)'이라고 한다든지, 어머니가 자식에게 '내 강아지(프랑스어로는 Petit monstre, 작은 괴물)'라고 부르는 것이 반용법의 예다. 뮈 그룹에 따르면 반어와 역설, 반용법은 논리변환의 영역에 있고, 은유, 환유, 제유는 어의변환의 영역에 있다.

규범화된 연습들은 학생들에게 기계적인 작문의 습관을 가져다주며 여러 담론들에서 비슷하게 발견되는 관념들이나 표현법들의 저장고를 습득하게 해준다. (…) 학생들은 어떠한 주제가 주어지면 언술의 생산에 이를 수 있는 모든 단계들을—논거들을 발견하고 그 순서를 정하고 언술을 작성하고 외운 다음 목소리와 동작을 통해 말하는 것—두루 섭렵하게 된다. 그러나 이 단계들에서는 영감의 자유로운 전개나 흐름은 허용되지 않았으며 재능은 아주 제한적으로만, 즉 세부적인 부분이나 새로운 결합에서만 나타날 수 있었다.[47]

시를 짓는 데 활용되는 시적 구성의 방식을 연구하기 위해서는 은유, 환유, 제유에서 도출된 사고의 기저형(基底形)을 언술 차원으로 확대할 필요가 있다. 은유, 환유, 제유의 기본적 정의는 개념적인 것이므로 단순한 대체만으로 설명되지 않기 때문이다. 그래서 이 책의 은유, 환유, 제유적 구성에 대한 논의는 단순히 어휘 차원의 논의가 아니다. 한 시인이 시를 쓸 경우, 연상이나 사고의 흐름은 개별 어휘 차원에서 진행되지 않는다. 그러한 흐름은 시를 이루는 전체 언술의 맥락 안에서만 관찰되고 연구될 수 있다. 이 책에서 주목하는 것은 그러한 연상이나 사고의 결합 방식이며, 형식적 구성원리가 의미론의 영역과 어떻게 만나는가 하는 점에 있다.

3. 언술의 장(영역)에 관하여

언술 차원의 연구는 한 시인의 세계 이해의 방식을 보여준다. 언술

---

47) 박성창, 앞의 책, 146~147쪽.

차원에서만 전언의 맥락과 진언을 둘러싼 상황이 드러나기 때문이다. 문장과 문맥 차원에까지 연구를 확장할 때에 의미와 지시성의 문제가 대두될 것이다. 언어 자체에는 의미만 있을 뿐 지시성의 지표가 없다. 기호는 체계 내적 차이만을 전제로 하기 때문이다. 소쉬르의 기호는 사물과 의미의 결합이 아니라 기표(청각 영상)와 기의(개념)의 결합이다. 기호는 언어체계 내에서 다른 기호와의 차이로 의미를 획득할 뿐이다. 하지만 문장 이상의 단위에서 언어는 지시성 차원으로 이동한다. 즉 지시성은 언어 너머의 어떤 상황, 경험, 현실을 전제로 한다. 예를 들어 문장에서 인칭대명사는 그 자체로는 어떤 것도 지시하지 않으나, 언술 내에서는 말하는 그 사람을 지시해준다. 시제는 말하는 자에게 시간성의 좌표를 부여하고, 술어는 말하는 자의 특질, 관계, 행위의 범주를 획정한다. 따라서 언술 차원에서 언어는 주체, 시간, 공간성을 부여받아 어떤 자기 초월적인 지표가 된다.[48] 언술을 통해 언어는 언어체계의 외부에 있는 현실과 관련을 맺는 것이다. 시작 방법을 언술 차원에서 연구하는 의의가 여기에 있다. 언술 차원의 시적 구성에 대한 검토를 통해 시인의 세계대응 방식을 검토할 수 있다. 한 시인이 선택한 특정 언술 방식은 그 시인의 특정한 세계 이해를 보여준다고 할 수 있다.

이 책에서 검토하고자 하는 은유, 환유, 제유적 구성은 언술 차원에서의 구성에 대한 논의이다. 한 시인이 시에서 어떤 시작 방법을 활용했는가, 곧 한 편의 시가 어떻게 구성되어 있는가를 파악하기 위해서

---

48) 언술의 의의에 관해서는 Paul Ricoeur, The Rule of Metaphor, trans. by R. Czerny, Routledge & Kegan Paul, 1978, pp. 65~100 참조. 리쾨르가 언술의 생산성을 이야기한 것은 은유에 한정되어 있다. 낱말에서가 아니라 주부와 술부가 이어지면서 은유가 발생하는 것이기 때문이다. 그는 환유가 여전히 기호 차원에서 하나의 낱말을 다른 낱말로 대치하는 수사법이라 보고 있다. 이 책에서는 언술 차원에서 은유, 환유, 제유적 구성이 가능하다고 보았으므로 리쾨르의 견해와 다르다.

는 문맥과 문맥 간에, 문장과 문장 간에, 시행과 시행 간에 이루어지는 상호작용을 두루 검토해야 한다. 한 편의 시에서 문맥을 결정하는 것은 다층적이다. 하나의 텍스트는 기호표현의 층위에서는 문자소, 음소→음절→단어→구→문장→텍스트로, 기호내용의 층위에서는 의미소→형태소→어휘소→절→전개→텍스트로 형성된다.[49] 따라서 시작 방법이나 시적 구성에 대한 연구는 문장과 문장, 문맥과 문맥의 관계에까지 확장될 필요가 있다.

이를 위해 먼저 연구의 기본 단위를 확정해야 한다.

비유의 핵심이 되는 낱말들은 전자장(電磁場)과 비슷한 물결무늬를 그리면서 주위로 파동처 나아간다. 이러한 운동에서 형성된 두 문맥이 상호 침투하여 비유가 생성된다. 비유에는 둘 이상의 사실들이 관련되는데, 그것들은 대개의 경우에 폭과 깊이, 부피와 운동을 지니고 있는 문맥들이다. 이러한 둘 이상의 문맥들이 서로 연결되고 대립되며, 화합하고 투쟁함으로써 보통의 독자가 예상하지 못했던 새로운 방식의 문맥을 형성하는 것이다.[50]

시는 여러 층위를 가지고 있다. 이러한 층위는 시의 음절, 시어, 시행, 문장을 포괄한다. 이러한 층위는 한 편의 시 안에서 일종의 장(場, field)을 이룬다. 언술의 장, 곧 언술의 영역을 언표의 담화력이 언술 내에서 미치는 범위라고 규정할 수 있을 것이다. 한 편의 시에서 음절, 시어, 시행, 문장 등은 서로 결속하고 길항하는데, 그것들은 여러 개의 크고 작은 동심원에 비유될 수 있다. 하나의 문맥은 물결무늬를 이루듯 시어와 시어, 구와 구, 절과 절, 시행과 시행, 문장과 문장 차원으로 확산되어

---

49) 자크 뒤부아 외('*μ*' 그룹), 앞의 책, 48쪽.
50) 김인환, 『비평의 원리』, 나남, 1994, 123쪽.

간다. 이를 언술 차원에서 검토하기 위해 언술을 영역으로 분할했다. 그러므로 언술 영역은 시어에서 시행과 문장에 이르는 문맥 내 영향의 정도를 측정하기 위해 설정한 단위이다. 언술 영역들이 서로 연결되거나 대립함으로써 새로운 의미를 도출하며, 이러한 상호작용을 통해 한 편의 시를 이루는 언술이 만들어진다. 물론 이러한 상호작용은 단일한 차원에서 이루어지지 않는다. 시어와 시어 사이의 상호작용은 기존의 연구로 충분히 해명될 수 있다고 생각되지만, 구와 절, 문장, 행과 연 사이의 상호작용은 한 편의 시를 이루는 언술 내에서만 해명될 수 있다. 다층적인 맥락의 결을 파악하기 위해 언술을 하위 단위로 나눌 필요가 있다.[51]

은유, 환유, 제유를 언술 차원에서 다루면서 언술을 개별화된 영역으로 분할한 것은 이것들이 처음부터 일종의 장을 통해서만 개념화될 수 있기 때문이기도 하다. 예를 들어 설명해보자.[52] 1) "그녀의 눈 아래 두 송이 장미가 피어 있다"에서 대체물인 '장미'와 피대체물(취의)인 '뺨' 사이에는 은유가 성립한다. 이 둘을 은유로 묶는 것은 '빨간, 부드러운' 같은 의미상의 공유 지점이 있기 때문이다. 이 지점은 하나의 의미소가 아니므로 일종의 의미 영역을 형성하는데, 이를 장(場) 개념으로 설명할 수 있다. 2) "그 반 전체가 반을 뛰쳐나갔다"에서 앞의 '반'은 '반 학생들'을, 뒤의 반은 '교실'을 의미하는 환유이다. 이 경우 대체물과 피대체물이 환유를 이루는 것은 사회적인 맥락에 따라 결정된다. 다시 말해 둘을 아우르는 관용적인 의미 영역(場)이 형성되어 있어야

---

51) 그러므로 언술 영역 역시 복수적 계층을 이룬다. 이 영역은 단어에서 구와 절, 문장과 문장 이상의 단위(행과 연)를 아우른다.

52) 이 예는 위르겐 링크, 『기호와 문학』, 고규진 외 옮김, 민음사, 1994, 204쪽에서 가져왔다. 이 책에서 역자는 '제유'를 '대유'라 번역했으나, 이 책에서는 원래의 용어로 되돌렸다.

하는 것이다. 3) "그 여자는 내 지붕 밑으로 들어오지 않았다"에서 대체물인 '지붕'은 피대체물 '집'을 대신하는 제유이다. 이 경우 '지붕'이라는 부분적인 요소를 '집'이라는 전체의 맥락 안에 포함해 생각해야 한다. 이 전체가 제유적 요소를 포괄하는 영역이다. 따라서 이러한 장의 개념은 재래의 은유, 환유, 제유를 설명하는 개념으로도 활용될 수 있으며, 어휘 차원을 넘어 언술 차원에서도 활용될 수 있는 개념이라 판단된다.

로트만은 텍스트 내적인 의미론적 분석을 위해 다음과 같은 조작이 이루어져야 한다고 말했다.

1) 텍스트를 차원들로 분해하고 통합적 분절들(시 텍스트에 있어서 음소, 형태소, 행, 연, 장, 그리고 산문 텍스트에 있어서는 단어, 문장, 단락과 장)의 차원들에 따라 그룹 짓는다.

2) 텍스트를 차원들로 분해하고 의미론적 분절들의 차원에 따라 그룹 짓는다(예를 들어 인물들의 유형). 이러한 대립은 특히 산문 분석에 있어서 중요하다.

3) 모든 반복들(등가물들)의 짝들의 추출.

4) 모든 인접성들의 짝들의 추출.

5) 가장 고능력의 등가물을 가진 반복들의 추출.

6) 텍스트의 변별적 의미론적 자질과 모든 차원의 의미론적 대립을 추출하기 위해 서로의 등가의 의미론적 짝들을 겹쳐놓는 것. 문법 구성들의 의미론화의 검토.

7) 통합적 구성의 구조와 인접성에 의해 형성된 짝들 속에서 그것으로부터의 의의 있는 이탈을 수집하는 것. 구문론적 구성의 의미론화를 검토하는 것.[53]

텍스트의 구성을 위해 먼지 구문론적, 의미론적 분절이 선행되어야 한다. 이 분절은 구와 절, 시행과 문장 등을 포괄한다. 포괄적인 분절의 단위를 일차적, 이차적, 삼차적 언술 영역으로 간주하고자 한다. 분절에 따라 여러 차원의 등가(음운론적, 구문론적, 의미론적 등가)와 이탈을 찾아내고, 이 상호연관을 통해 형식적 구성과 의미화의 방식을 검토할 수 있다.

문장이 최종 경계가 아니라 기본 단위로 등장하는 것은 언술 영역에서다. 즉 문장은 언술의 단위이다.[54] 시적 구성에서도 언술의 기본 단위를 문장으로 설정해볼 수 있다. 하지만 시에서는 문장만으로 구성 차원을 해명하기 어렵다. 행갈이를 고려해야 하기 때문이다. 이 때문에 시적 언술을 계층화된 개념으로 보아야 한다. 언술이 문장으로 분절된다면 문장은 문장을 이루는 구와 절을 포함한 문법적 구성 요소로 분절될 것이며, 언술이 시행으로 분절된다면 시행은 행의 구분에 따른 형식적 경계에 따라 분절될 것이다. 이러한 두 가지 분절이 의미론적인 분절을 낳는다. 한 편의 시를 이루는 언술 영역은 개별 시행과 일치하거나 엇놓이는데, 의미 단위의 검토, 나아가 시작의 방법론으로서의 구성의 검토를 위해서는 시행에 대한 기계적인 분석보다는 이러한 언술 영역의 배열 방식에 주의를 기울이는 게 생산적이다.[55]

언술 영역은 계층적으로 구성되어 있다. 대체로 일차적 층위에서는 연이나 문장 이상의 단위로 분절되는 언술 영역이, 이차적 층위에서는 시행이나 구와 절 단위로 분절되는 언술 영역이, 삼차적 층위에서는 시어 단위로 분절되는 언술 영역이 검토될 수 있을 것이다. 언술 영역

---

53) 유리 로트만, 『예술 텍스트의 구조』, 유재천 옮김, 고려원, 1991, 144쪽. 로트만은 등가성과 인접성을 결합축에서 진행한다. 이것은 시적 구성의 원리에 대한 언급이어서 야콥슨의 선택과 결합축에 대한 언급과는 차이가 있다.

54) 이정민·배영남, 『언어학사전』, 박영사, 1987, 284쪽.

을 계층적으로 설정하면, 한 편의 시를 이루는 체계 내의 모든 구성 요소를 연구할 수 있다. 은유, 환유, 제유가 어떻게 언술 차원에서 논의되는가에 대한 간단한 예를 든다. 먼저 은유의 예다.

> 남천(南天)과 남천(南天) 사이 여름이 와서
> 붕어가 알을 깐다.
> 남천(南天)은 막 지고
> 내년 봄까지
> 눈이 아마 두 번은 내릴 거야 내릴 거야.
>
> —김춘수, 「남천南天」 전문

"남천"은 상록교목이며, 여름에 작고 흰 꽃을 무더기로 피운다. 2행의 "알"은 이 꽃을 형용한 말이며, "붕어"는 겹잎으로 핀 남천 잎들을 묘사한 말이다. 따라서 "여름이 와서 / 붕어가 알을 깐다"라는 말은 여름에 '남천 잎 사이로 흰 꽃이 피었다'라는 서경의 번안이다. 그러므로 시어 차원에서 붕어=남천 잎, 알=꽃이라는 은유를 추려낼 수 있다 (일차적 은유). 한편 "붕어가 알을 깐다"라는 문장은 "남천이 잎 사이로 꽃을 피웠다"는 문장을 은유적으로 치환한 것이다. 문장 전체가 은유적인 소여를 갖는다(이차적 은유). 이 문장을 이렇게 볼 수 있는 것은

---

55) 푸코의 언술에 대한 정의를 참고할 수 있다. "나는 '언술'이라는 단어의 유동적인 의미를 점차로 제한하는 대신 사실상 그것에 의미를 더했다고 믿는다. 즉 언술을 때로는 모든 언표들의 일반적인 영역으로 다루었으며, 때로는 언표들을 개별화할 수 있는 그룹으로 다루었고, 때로는 일련의 언표들을 설명할 수 있는 통제된 실제로 다루었다"(Michel Faucault, The Archaeology of Knowledge, trans. by A. M. Sheridan Smith, Routledge, 1972, p. 80). 푸코는 언술에 복수적(複數的)인 정의를 시도했다. 언술은 언표들이 정초된 일반화의 장이고, 언표들을 묶어내는 유형화의 장이며, 언표들을 설명하는 내재적 통어의 장이다. 결국 푸코에게서도 계층화된 언술의 자리는 영역 혹은 장 개념으로 설명될 수 있다고 하겠다.

바로 앞 행, "남천과 남천 사이 여름이 와서"를 통해서다. "남천과 남천 사이"라는 말에서 "붕어가 알을 깐다"라는 시행이 남천이라는 나무에서 벌어진 일임을, "여름이 와서"에서 여름에 벌어진 일임을 짐작할 수 있기 때문이다. 남천이 6~7월에 작고 흰 꽃을 피우므로 앞 시행까지 염두에 두어야 이 시의 은유적 성격이 온전히 해명된다(삼차적 은유).

「남천」에서의 은유적 언술 영역

일차적 은유(시어)	붕어, 알	잎, 꽃
이차적 은유(시행)	붕어가 알을 깐다	잎 사이로 꽃이 피었다
삼차적 은유(문장 이상)	남천과 남천 사이 여름이 와서, 붕어가 알을 깐다	남천 나무 잎들 사이로 여름에 흰 꽃이 피었다

그러므로 위 은유는 시어 차원에서 문장, 나아가 문장 이상의 차원에까지 그 영향력을 행사하고 있다. 다음은 환유의 예다.

우리들의 포동 흰 알살을 덮은 두드러기며 딱지며 면사포며 낙지발들을 면도(面刀)질해 버리는 거야요.
—신동엽, 「주린 땅의 지도원리指導原理」 중에서

"알살"은 우리의 본질적 실체를 나타내는 제유다. 알몸의 살로 몸 전체를 나타내기 때문이다. 한편 각각의 "두드러기" "딱지" "면사포" "낙지발"은 우리의 일부이면서도 비본질적인 것들을 일컫는 환유들이다. 몸을 뒤덮은 껍질들에 불과하기 때문이다(일차적 환유). 이 환유들이 모여 부정의 대상을 일관되게 나타낸다. "알살"이라는 제유가 "포동 흰 알살"이라는 구(句)로 확장되듯, 각각의 환유가 결합해 적대적인 하나의 대상을 다면적으로 환유한다(이차적 환유). 이 환유는 신동엽의 시에서 늘 부정적인 어사와만 결합한다. 이것들이 "면도질"의 대상으로서만 나타나므로, "면도질하다"라는 술어는 앞의 환유적 구절들을 통해서만 해명될 수 있다(삼차적 환유).

「주린 땅의 지도원리」에서의 환유적 언술 영역

일차적 환유(시어)	두드러기, 딱지…	우리를 덮은 더러운 것
이차적 환유(구)	…얼살을 덮은 두드러기, 딱지…들	우리의 아름다움을 가리는 비본질적인 것들
삼차적 환유(문장)	…얼살을 덮은 두드러기, 딱지…들을 면도질해버리자	아름다움을 가리는 비본질적인 것들을 제거하자

그러므로 위 환유는 시어 차원에서 그것들을 묶는 구, 나아가 문장 차원에까지 확장될 수 있다. 다음은 제유의 예다.

　　누가 말리겠어요. 젊은 아사달(阿斯達)들의 피꽃으로 채워버리는데요.

—신동엽, 「주린 땅의 지도원리」 중에서

"아사달"은 건강한 생명력을 가진 민중의 대표여서 민중 전체의 제유다(일차적 제유). 신동엽은 아사달을 "아사달들"이라 불러 고유명사를 일반명사로 바꾸었다. 그러므로 "아사달들" 역시 민중 전체를 집단적으로 대표하는 제유가 된다. 한편 "피꽃"은 건강하고 아름다운 민중의 생명력을 표상한다. "꽃"이라 불렀으니 은유와 결합되어 있으나, 이 시어의 본질적 표상은 "피"에 있다. "피"로 생명력 있는 민중을 나타냈으니 피는 민중의 제유다(일차적 제유). 이 제유가 "피꽃"이라는 합성어를 낳았고 이 합성어가 "젊은 아사달들"이라는 제유와 결합했으므로 "젊은 아사달들의 피꽃" 역시 민중을 대표하는 제유적인 구다(이차적 제유). 이것들이 화자의 청원과 결합하므로 "채우다"라는 술어는 앞의 제유적 구절들을 통해서만 해명될 수 있다(삼차적 제유).

「주린 땅의 지도원리」에서의 제유적 언술 영역

일차적 제유(시어)	아사달, 피꽃…	민중
이차적 제유(구)	젊은 아사달들의 피꽃	건강하고 아름다운 민중
삼차적 제유(문장)	젊은 아사달들의 피꽃으로 채우자	건강하고 아름다운 민중의 세상을 이루자

그러므로 위 시의 제유 역시 시어 차원에서 그것들을 결합한 구, 나아가 문장 차원에까지 확장된다.

이처럼 한 편의 시를 이루는 언술의 개별적인 하위 항목들은 통합해 연구할 필요가 있다. 은유, 환유, 제유를 언술 차원에서 논의하기 위해서는 계층화된 여러 층위의 구성적 동형(同型)을 통일할 연구 단위가 필요하다. 언술 영역(場)을 규정하고, 시어 차원의 은유, 환유, 제유를 포함해 문장과 행, 연들을 구성하는 방식을 유형화할 필요가 있다.[56] 나아가 한 시인의 전체 작품을 포괄하는 구성적 특성을 도출

---

56) 수사학의 문채는 단어에서 언술 차원에 이르기까지 광범위하게 걸쳐 있다. "문채는 전의와는 달리 고유한 용어들을 사용하여 생겨날 수도 있으며 '아이러니'의 경우에서 볼 수 있는 것처럼 한 문장 또는 문단의 차원에서 이루어지거나 '알레고리'의 경우처럼 언술 전체 또는 작품 전체의 맥락을 요구하기도 한다"(박성창, 앞의 책, 112쪽). 그러므로 은유, 환유, 제유에서 상징과 알레고리, 나아가 반어에 이르는 문채 전반을 연구하기 위해서는 통합적인 연구 단위를 설정할 필요가 있다.

57) 물론 이것은 하나의 제안이며, 이 책 전반을 관통하는 분석의 방법론은 아니다. 실제로 위와 같은 계층화된 분석은 세밀하고 정교한 대신 번잡하고 번다해서, 이 책의 경우에서와 같이 시학의 영역 전반을 다루는 데에 활용하기는 어렵다(졸저, 『한국 현대시의 시작 방법 연구』, 깊은샘, 2001에서 이 방법론을 활용해 여러 시를 분석했다). 다만 언술로서

해 시적 언술이 해당 시인의 세계관과 어떤 관련을 맺는가를 살펴봐야
한다.[57]

의 비유를 다루는 데 필요한 분석의 기제라 여겨, 개별 시편들을 상세히 분석할 때 활용
할 만한 하나의 제안으로 놓아두고자 한다.

8장 비교
은유란 무엇인가?

1. 언술 차원의 비유에 관하여

먼저 수평적 언어와 수직적 언어에 관해 상기하자. 이 장에서 다루는 은유와 직유, 소리은유 등은 수평적인 대상 사이에서 의미를 생성해내는 비유로, 이 모두를 은유의 틀로 묶어 말할 수 있다. 은유는 유사성으로 두 사물을 결속하는 방식이다. 유사성이란 동일성의 틀 안에서 이질성을 배열하는 것을 말한다. 곧 유사성이란 동일성과 이질성의 결합이다. 흔히 은유를 동일시의 완력을 통해서만 설명하는 견해가 일반화되어 있으나, 은유에서 중요한 것은 동일성보다는 그 내부에서 분화되어 있는 이질성의 사유다. 은유에서 상징이 파생되는데, 상징은 수평적인 차원의 대상이 수직적인 차원으로 변환되면서 만들어진다.

은유, 환유, 제유를 전통적인 수사학에서처럼 용어를 대체해 장식적인 효과를 내는 비유법의 하나로만 다루는 데에는 문제가 있다. 기존 시학이론의 문제점은 다음과 같다.

1) 은유에 관해서는 상세히 해명했으나, 제유와 환유에 관해서는 올바른 설명이 거의 없다. 매우 소략하거나 오류이거나 지나치게 포괄적이다.

2) 셋을 수사학 차원에서만 읽어서 구조적 독법이 불가능하다. 나아가 (궁극적으로 해명해야 할) 사고나 감각의 운동 형식으로 활용하지 못했다.

3) 은유를 제외하고는 대체이론으로만 읽어서 환유나 제유적 사고체계에 이르지 못했다.[1]

4) 특히 환유에 대한 오해가 심하다. 흔히 인용되는 야콥슨의 환유이론은 비(非)은유론이며, 여기에는 제유가 구분되지 않고 섞여 있다.

은유, 환유, 제유의 기저 개념을 존중하면서 언술로서의 은유이론을 확장하고 언술로서의 환유·제유이론을 세우고자 하는 것이 8~9장의 목표다. 은유, 환유, 제유를 지적할 수 있는 곳에서 은유적 사고와 환유적 사고, 제유적 사고라 부를 만한 사고의 기저형(基底形)이 두드러지며, 이들이 시작(詩作)의 주요 방법론을 이룬다. 이 장에서는 먼저 은유를 검토하려 한다.

---

1) "환유나 제유는 은유와는 달리 '명사들'의 층위에서만 그 의미론적 전이를 실행한다. (…) 폴 리쾨르의 질문을 반복하자면, '은유는 모든 종류의 단어들에 작용하는 데 반해 환유와 제유는 명사를 통한 지칭에만 관련된 까닭은 무엇인가?' 그런데 '명사들'은 다른 언어학적 범주들보다 단어와 관념 그리고 사물 사이의 관계가 잘 드러나는 단위다"(박성창, 『수사학과 현대 프랑스 문화이론』, 서울대출판부, 2002, 69쪽). 그러나 앞 장에서 언급했듯이 환유와 제유의 생성원리를 분명히 한다면, 환유와 제유 역시 언술 차원에서 다룰 수 있을 것이다.

2. 은유란 무엇인가?

은유는 기본적으로 수평적인 언어의 특성이다. 앞에서 서술했듯이 은유에서의 유사성은 동일성과 이질성의 결합이다. "차이의 원리는 유사성들의 포착을 금지하지 않는다. 오히려 거꾸로 그것들에 가장 지극한 놀이를 허락한다. (…) '어떤 차이가 있는가?'라는 물음은 항상 '어떤 유사성이 있는가?'라는 물음으로 바꿀 수 있다."[2] 두 사물이 유사성의 관계로 묶인다는 것은 두 사물이 본질적으로 서로 다르다는 것을 전제로 한다. 따라서 유사성을 차이 나는 것들의 동일시 혹은 동일한 것의 분화를 이르는 말이라 보아도 좋을 것이다.

> 전체만이 은유를 구성한다. 그러므로 실제로는 단어의 은유적인 사용이 아니라 은유적 언표(metaphorical utterance)에 대해서 말해야 하는 것이다. 은유는 은유적인 언표에서 일어나는 두 개념 간의 긴장이 낳은 산물이다.[3]

은유를 대체이론에서처럼 단어 차원에서만 봐서는 안 된다. 은유를 '긴장'이라 본 것은 발화에 대한 상반되는 두 가지 해석(문자적인 해석과 은유적인 해석)의 충돌과 꼬임(twist), '의미론적 무례함(semantic impertinence)'에서 은유가 생겨나기 때문이다. 리쾨르 역시 은유의 유사성이 이질적인 것들의 충돌에 의해 생겨난다고 보았다. "은유가 관념에 이미지의 옷을 입힌 것이 아니라, 양립할 수 없는 두 가지 관념들이 낳는 충격으로 환원할 수 있다면, 유사성의 원리는 바로 이런 간격이

---

2) 질 들뢰즈, 『차이와 반복』, 김상환 옮김, 민음사, 2004, 50쪽.
3) 폴 리쾨르, 『해석 이론』, 김윤성·조현범 옮김, 서광사, 1998, 93~94쪽. 역어의 통일을 위해 발화를 언표로 수정했다.

나 차이로의 환원 속에서 작동한다."[4] 은유를 동일시의 완력으로 이해하고, 환유를 이질성의 작인으로 보는 것은 잘못이다.

　서로 다른 사물 간에 연계 가능한 어떤 지표가 있을 때 은유가 성립한다. 이 지표는 본질적으로 의미론적인 것이지만, 언술 차원에서는 자주 그 의미를 담보하는 구문의 유사성이 있다. 구문의 유사성 자체가 서로 다른 언술을 이어주는 통로 같은 기능을 하는 것이다. 소리은유(유음이의어나 동음이의어를 통한 말놀이)는 같거나 비슷한 말소리로 두 개의 어휘(혹은 구문)를 결속한다. 이러한 결속 역시 유사성으로 차이를 가로지른다는 점에서 은유적이다. 반복이나 병행성은 이를 보여주는 중요한 지표다.

　은유는 상이한 두 구문 사이에 이처럼 연계 가능한 지표를 허용하며, 그 지표를 통해 구조적인 유사성을 산출한다. 둘 이상의 사물 사이에 유사성이 성립하므로 은유와 직유, 우화 같은 의미론적인 유사성이나 대구, 대조와 같은 구문론적인 유사성이 모두 동형의 구조를 갖는 것은 자연스러운 일이다. 구문적으로 유사한 구문 사이에 의미적으로 유사한 관계가 흔히 맺어지는 것이다. 두 개의 문장이나 구, 절, 시어가 구문적으로 통합되면서 둘에 공통되는 어떤 의미를 산출하므로 이렇게 통합된 구문 사이의 관계를 은유적이라고 부를 수 있다.

　직유를 은유에 포함해 논의할 수 있다. "직유는 'like'나 'as if' 구조 때문에 은유보다는 더욱 그 요소들 사이에 시각적인 경향을 띤 관계를 포함한다. 사실상 때때로 직유는 은유의 빈약한 친척이며, 다만 전이작용(轉移作用)의 '앙상한 뼈대'만을 제한된 유추나 비교의 형식으로 제시"[5]한다고 이야기된다. 그러나 사실 '~처럼'이나 '~같은'과 같은 가시적 문법 요소는 그다지 중요하지 않다. 그것이 드러나거나 감추어

---

4) 같은 책, 95쪽.
5) 테렌스 호옥스, 『은유』, 심명호 옮김, 서울대출판부, 1986, 4쪽.

졌다고 해서 유사성의 정도를 측정할 수 있는 것은 아니기 때문이다. 그보다 중요한 것은 직유에서 유사한 두 대상을 이어주는 술어작용이 드러나느냐 아니냐 하는 점이다.

> 어떤 결의를 애써 감출 때 그렇듯이
> 청년들은 톱밥같이 쓸쓸해 보인다.
>
> —기형도, 「조치원鳥致院」 중에서

이 직유는 "청년들"과 "톱밥"을 잇는 술어작용[6]인 '쓸쓸하다'를 통해 효과를 발휘한다. 여기서 "~같이"라는 지표는 그리 중요하지 않다. 은유의 생산성이 두 대상(이를테면 청년과 톱밥) 사이의 긴장(tension)에서 관찰된다면, 직유의 생산성은 두 대상을 연계하는 술어작용(여기서는 '쓸쓸하다')의 긴장력에서 가늠된다. 위 구절은 '청년들은 톱밥이다' 같은 은유(유사성이 전혀 없으므로 실패한 은유다)나 '청년들은 톱밥처럼 메마르다' 같은 직유(술어가 유사성의 내력을 단순하게 진술하므로 실패한 직유다)가 감당하지 못하는 생산성을 품고 있다. 따라서 직유는 지표가 드러난 은유일 뿐이어서 '은유의 빈약한 친척'이라 말하는 것은 옳지 않다. 위 구절이 웅변하듯이 직유가 은유보다 훨씬 더 풍부한 함의를 갖는 경우도 있다.

3. 은유의 범위―제한적인 은유와 전면적인 은유

은유가 체계 전체에 걸치지 않고 단어나 특정 구문에만 영향을 미칠

---

6) 술어작용의 반대편에는 체언을 중심으로 한 명명작용이 있다. 직유가 술어작용에 속한다면 은유는 명명작용에 속한다.

때가 있다. 이 경우 은유는 수사적인 차원에 한정되게 된다. 묘출의 방법론으로서 부분적인 은유가 만들어지는 셈이다. 이때에는 은유의 영향력이 제한적이어서 하나의 구나 절, 행을 거느릴 뿐 시 전체의 차원으로 확산되지는 않는다.

> 그리움도 버릇이다 **치통처럼** 깨어나는 밤
> 욱신거리는 한밤중에 너에게 쓰는 편지는
> 필경 지친다 더이상 감추어둔 패가 없어
> 자리 털고 일어선 **노름꾼처럼**
> 막막히 오줌을 누면 내 **삶도 이렇게 방뇨되어**
> 어디론가 흘러갈 만큼만 흐를 것이다
> 흐르다 말라붙을 것이다 덕지덕지 **얼룩진**
> **세월**이라기에 옷섶 채 여미기도 전에
> 너에게 쓰는 편지는 필경 구겨버릴 테지만
> 지금은 삼류 주간지에서도 쓰지 않는 말
> 넘지 못할 선, 넘지 말아야 할 선을 넘어 너에게
> 가고 싶다 **빨래집게로 꾹꾹 눌러놓은**
> 어둠의 둘레 어디쯤 너는 기다리고 있을 테지만
> **마음은 늘 송사리떼처럼** 몰려다니다가
> 문득 일행을 놓치고 하염없이 두리번거리는 것
>
> 저 별빛 새벽까지 **욱신거릴 것이다**
> —강연호, 「저 별빛」 전문(고딕체 강조는 인용자)

직유를 포함해 여덟 개의 은유가 있지만, 각각의 은유들끼리 모여 특별한 체계를 형성하지는 않는다. 그리움을 치통에 비유해 욱신거린다고 한 말(1연 1~2행과 2연), 밤을 새운 노름꾼처럼 허비한 세월과 삶(1연 3~8행), 통속적인 은유가 오히려 절실한 마음의 상태(1연 10~11행), "빨래집게"로 비유된 너 있는 곳의 고요(1연 12~13행), 어리둥절해 있다가 너를 놓친 나의 심사(1연 14~15행) 등이 고백의 세부를 이루지만, 정작 그 은유의 세목끼리 결합되어 있는 것은 아니다.

너는 악을 통해 다가왔다
석류꽃 향기를 밀어내는 밤이
흰 손가락으로 타이프라이트처럼 찍는 너의 발자국은
내 체온을 따라와 흑백으로 인화되어 있다
섭씨 39도쯤에서
너의 고백이 나를 불심검문하리라
너는 곧 알게 되겠지
왜 내 두 손이 붕대를 감고 있는지
내가 만졌던 너는 벌건 숯덩이 이전에
악의 두께였다
심장에서 손바닥까지 흐르는 피를 보듯
사랑을 시작할 때가 있다
너는 나의 애인이니
너 안에서 불탄 몸을 밟고 가던 나를 보았겠지
참담하여라, 그러고도 너는 출렁거리는 호수이다

—송재학, 「애인」 전문(고딕체 강조는 인용자)

역시 부분적인 은유다. 이를테면 "벌건 숯덩이"는 "붕대를 감고 있는" 내 손과 너의 "불탄 몸"이 연계되지만, "타이프라이트처럼 찍는 너의 발자국"이나 "출렁거리는 호수"와는 연계되지 않는다.

반면 은유가 전체 구성과 관련을 맺으면 전면적이고 체계적인 은유가 된다. 수평적인 특질이 시편 전체로 확산되면서 수직적인 성격을 갖는 것이다. 따라서 이런 은유의 원관념은 일종의 제유적 본유개념(本有槪念)이 된다. 원관념이 다른 모든 은유를 지탱하는 체계의 중심에 자리하기 때문이다.

> 열무 삼십 단을 이고
> 시장에 간 우리 엄마
> 안 오시네, 해는 시든 지 오래
> 나는 찬밥처럼 방에 담겨
> 아무리 천천히 숙제를 해도
> 엄마 안 오시네, 배추잎 같은 발소리 타박타박
> 안 들리네, 어둡고 무서워
> 금간 창틈으로 고요히 빗소리
> 빈방에 혼자 엎드려 훌쩍거리던
>
> 아주 먼 옛날
> 지금도 내 눈시울을 뜨겁게 하는
> 그 시절, 내 유년의 윗목
> ― 기형도, 「엄마 걱정」 전문(고딕체 강조는 인용자)

부분적인 은유인 것 같지만 사실은 체계적인 은유다. 전체가 "열무 삼십 단을 이고" 간 엄마와 관련되어 있기 때문이다. 이를테면 "찬밥처럼 방에" 담긴 나(이 비유는 밥을 공기에 담아 아랫목 이불 속에 넣어두곤 했던 당대의 체험과 연관되어 있다. 어머니가 너무 늦어서 따뜻했던 그 밥마저 그예 식고 말았다), "시든 지 오래"인 해(이 비유는 채소가 다 시들었을 것이라는 추측과 관련되어 있다), "배추잎 같은 발소리"(이 비유는 어머니의 지친 걸음걸이와 소리를 효과적으로 형상화한다), "유년의 윗목"(이 비유는 앞에서 말한 아랫목과 관련되어 있다)이 다 이와 관련되어 있다. 생계와 관련된 체험이 이런 은유를 낳았다고 하겠다.

1

어머니가 뒷방으로 오셨다. 애야, 방이 별로 따뜻하지 않구나, 난방 파이프에 바람을 좀 빼야겠구나, 예, 나는 세숫대야를 대고, 방구석에 있는 난방 조절박스를 열었다. 아이들 두 놈은 무슨 구경이라도 난 듯 목을 들이밀고 구경하고, 나는 밸브 옆에 주사바늘 모양으로 생긴 꼭지를 틀었다. 그 순간, 녹이 잔뜩 슨 꼭지는 견디고 있던 압력을 참지 못하고, 전폭적으로! 터져버린 것이다. 아이쿠, 아이들과 나는 순식간에 튀어 오르는 썩은 물을 뒤집어쓰고 물은 폭압적으로 치솟아 온 방을 적셨다. 나는 뜨거운 물을 뒤집어쓰면서 손가락으로 구멍을 막았다. 이렇게 작은 구멍에서 엄청난 물이 쏟아져 나오다니, 아파트단지 전체를 데우는 거대한 보일러의 압력이 지금 이 구멍으로 한꺼번에 밀려나오고 있는 것이다! 손가락이 뜨거운 것인지 아픈 것인지 정신까지 황망한데, 관리실에 전화를 해보세요, 내 대신 구멍을 막고 있는 아내의 하얗게 질린 얼굴에 검은 물방울들이 얼룩져 있었다. 밤중이라 기사가 아무도 없는데요, 이런, 속수무책!

2

십 분이 흘렀을까? 아니면 한 시간? 대책 없이 관리실 아저씨가 왔다. 계단 옆에 있는 온수밸브를 잠그니, 구정물을 씻어내려고 샤워를 틀고 있던 아이들, 온몸에 비누칠을 했는데, 온수만 뚝, 그쳤을 뿐, 구멍의 난방수는 그대로 치솟고, 다시 지하실로 내려가서 동 전체의 난방을 잠

가보겠다는 아저씨, 아이들은 수건으로 비눗물을 대강 닦아내고 옷을
챙겨 입었는데, 아저씨 올라와서는 이제 안 나오죠? 하면서 아내와 교
대로 구멍을 막아보려다 뜨거운, 한 십 년은 족히 썩었을 검은 물을 뒤
집어썼을 뿐, 도무지 잠길 줄 모르고 치솟는데, 어머니는 온몸을 적시며
쓰레받기로 그 구정물을 세숫대야에 퍼담아 내시고, 아랫집에서는 천정
에 물이 새요, 하며 달려오고, 어쩔 줄 모르는 순간들이 우리를 짓누르
고, 우리는 모두 무언가를 허둥대며 끈적끈적한 어둠에 휩싸이는 지경
이었는데, 밸브, 밸브, 컴컴한 터널 끝에 놓인 밸브, 이사올 적 냉장고를
놓을 때 보았던 부엌 구석의 큼지막한 밸브! 아저씨와 나는 허겁지겁
냉장고를 들어내고 그 밑의 밸브를 잠갔다. 구멍의 물이 드디어 뚝! 그
쳤다

    3
우리 집에 평화가 왔다, 그러나
난방이 차단된 추운 방에서 자며, 꿈에
거대한 몸체를 쓰러뜨리며 아파트가
무너져 내리는 것을 보았다

아버지는 그렇게 우리 곁을 떠나셨다

—엄원태, 「뇌출혈」 전문

   2부분까지의 긴 이야기는 그 자체로는 축약된 이야기일 뿐이다. 그
런데 이 이야기가 제목과 3부분에 이어지면서 시 전체가 체계화된 은
유로 전환된다. 아파트 동 전체 가운데 우리 집에서 터진 밸브는 아버
지의 터진 뇌혈관 바로 그곳을 지시할 것이다. 꿈속에 무너져내린 아
파트는 그렇게 무너져버린 가장의 몸이며, "난방이 차단된 추운 방"은

그후에 남은 가족이 겪어야 했던 그리움과 생활고의 다른 표현이다. 이 모두가 전체 이야기가 제목과 연계되면서 체계성을 획득했기에 생겨난 의미들이다.

> 겨울이 되면, 어른들은
> 얼어버린 냇물 위에서 돼지를 잡았다.
>
> 우리 동네에는
> 바다까지 이어지는 도마가 있었다.
> 얼음 도마는 피를 마시지 않았다.
> 얼어붙은 피 거품이 썰매에 으깨어졌다.
> 버들강아지는 자꾸 뭐라고 쓰고 싶어서
> 흔들흔들 핏물을 찍어 올렸다.
> 얼음 도마 밑에는 물고기들이 겨울을 날고 있었다.
>
> (바닷가에서 노을을 볼 때마다 나는 생각한다.
> 핏물은 녹아내려 서녘 하늘이 되었는데
> 비명은 다들 어디로 갔나?)
>
> 얼음 도마 위에 누워
> 버럭버럭 소리를 지르는 돼지가 있었다.
> 일생 비명만을 단련시켜 온 목숨이 있었다.
>
> 세상에,
> 산꼭대기에서 바다까지 이어지는 도마가 있었다.
>
> —이정록, 「얼음 도마」 전문

얼음 도마는 물론 얼어붙은 강이다. 1연과 마지막 연 사이의 변환이
시적 공간을 창출한다. 이 변환 덕에 2~4연에 등장하는 형상들이 생
동감을 갖게 되는 것을 알 수 있다. "버들강아지"와 "서녘 하늘"의 전환
도 그렇지만, 돼지를 "일생 비명만을 단련시켜 온 목숨"이라 지칭하는
것은 "얼어버린 냇물"이 "얼음 도마"가 되었기 때문이다. 체계화된 은
유를 통해 풍경 전체가 도살장으로 변한 셈이다.

둥근 소나무 도마 위에 꽂혀 있는 칼
두툼한 도마에게도 입이 있었다.
악을 쓰며 조용히 다물고 있는 입
빈틈없는 입의 힘이 칼을 물고 있었다.

생선의 배를 가르고
창자를 꺼내고 오는 칼.
목을 치고 몸을 토막 내고
꼬리를 치고,
지느러미를 다듬고 오는 칼.

그 순간마다 소나무 몸통은
날이 상하지 않도록
칼을 받아주는 것이었다.

토막 난 생선들에게
접시나 쟁반 역할을 하는 도마.
둥글게 파여 품이 되는 도마.
칼에게 모든 걸 맞추려는 도마.

나이테를 잘게 끊어버리는 도마.

일을 마친 생선가게 여자는
세제를 풀어 도마 위를
문질러 닦고 있었다.

칼은 엎어놓은 도마 위에
툭 튀어나온 배를 내놓고
차갑고 뻣뻣하게 누워 있었다.

—이윤학, 「짝사랑」 전문

생선가게에서는 통나무를 도마로 쓴다. 주인 여자는 생선을 토막 내고 다듬고 나서 식칼을 그 도마에 찍어두었다. 이 풍경에 붙은 제목이 '짝사랑'인데, 이로써 식칼과 도마가 사랑하는 이들과 연관된 중심 은유라는 게 드러난다. 이 은유는 단순히 하나의 사물로 다른 사물을 대치하는 차원의 은유가 아니다. 이 은유는 온갖 장삼이사들의 삶을 요령 있게 형상화한다. 이 관계에서 어떤 이는 가재도구를 때려 부수고 아내를 두들겨 패는 술 취한 남편을 떠올릴 수도 있고, 어떤 이는 애인을 괴롭히고 착취하는 무정한 애인을 연상할 수도 있으며, 또 어떤 이는 사랑의 이름으로 자행되는 일반적인 폭력과 수탈의 현장을 그려볼 수도 있다.

이 풍경은 여러 세부를 품고 있다. 먼저 1연: "악을 쓰며 조용히 다물고 있는 입/빈틈없는 입의 힘이 칼을 물고 있었다." 도마가 악을 쓴다는 것은 도마가 그저 고분고분히 있지 않다는 뜻이다. 그런데 도마가 쓰는 "악"은 '있는 힘을 다해 모질게 쓰는 기운'이라는 의미의 악이 아니라, '이를 악물고 참다'라고 말할 때의 그 악이다. 칼이 도마를 찍어딜 때 도마는 그 찍힌 상처로 칼을 물고 있다. 안타까운 일이기는 하지만, 사랑은 원래 상대적이다. 심지어 짝사랑에서도 그렇다. 하나는 때리고 하나는 맞는데, 그게 그들의 사랑법이다. 다음 2~3연: 칼은 "생선의 배를 가르고/창자를 꺼내고" "목을 치고 몸을 토막 내고/꼬리를 치고,/지느러미를" 다듬는 데 쓴다. 도마는 그걸 다 받아주면서 "날이 상하지 않도록" 제 몸통을 내준다. 칼은 생선과 도마 둘 다에게 해를 입힌다. 도마는 생선과 같은 자리에서 나란히 누워 피해를 입는다. 그런데 칼이 토막 내려는 것은 사실 생선이다. 도마는 이 살육의 현장에 칼날이 상하지 않도록 칼을 돕는다. 그러니까 도마는 다치는 생선이며 해치는 칼이다. 사랑은 그 사람의 자리에 서는 것이다. 그에게 해를 입고서도 나는 그의 편에서 생각한다. 나를 때리는 그의 손은 얼마나 아팠을까. 그 다음 4연: 이번에는 도마의 이야기다. 도마는 "토막 난 생선"을 담는 "접시나 쟁반"이며, "둥글게 파여 품"을 이루고 있으며, 제 "나이테를 잘게 끊어"버린다. 사실은 이 모두가 사랑하는 이의 형상이다. 생선을 떠받치는 사랑, 상처로 넉넉한 품을 만드는 사랑, 세월의 침식을 고스란히 받아들이는 사랑 말이다. 마지막으로 6연: 칼과 도마는 마침내 하루의 일과를 끝내고 엎어져 있거나 누워 있다. 이 역시 잠자리를 같이한 사랑하는 이들의 형상이다.

도마는 칼이 하는 모든 행동을 제 몸으로 받아냈다. 이 체계적인 은유는 짝사랑의 속성을 정확히 복사하고 있다. 짝사랑은 일방통행이라는 점에서는 불구의 사랑이지만, 상대의 행동에 따라 영향을 받는 사랑이 아니라는 점에서는(짝사랑에 빠진 이는 밀고 당기는 법을 모른다) 이상적인 사랑이기도 하다.

떡집에 가서 떡 뽑는다
떡방앗간 기계 헐떡거리며 혓바닥을 내민다

떡집 여자 가위를 들고

쉴 새 없이 혓바닥을 자른다

혓바닥 위에

수레바퀴 문양을 찍는다 뜨끈뜨끈한

혓바닥 담은 상자 넘겨받고 떡집 나서면

세상 모든 길이 검은 절편, 검은 혓바닥

망상(妄想) 위에 기름 발라가며 떡 싣고 돌아가는 길

떡살무늬 바퀴를 끼운 자동차들 죽음을 향해

어깰 겨룬다 더러는 잘못 찍은 절편의 문양처럼

뭉개지고 찌그러지고

—유홍준, 「절편」 전문

"절편"과 "혓바닥"의 유사성이 체계 차원으로 확장된 은유다. 철컥거리며 비어져나오는 떡은 비죽 내민 혓바닥을 닮았다. 잘린 혓바닥에 "수레바퀴 문양"을 찍어 절편을 만든다. 혀 위에 바퀴 자국이 났으니 필시 이 혀는 죽은 혀일 것이다. 그래서 아스팔트 길이 모두 "검은 절편, 검은 혓바닥"으로 보인다. 그 위를 오가는 차들도 "죽음을 향해" 간다. 길의 끝(목적지)은 언제나 죽음이니까. "더러는" 정말로 사고 나서 "뭉개지고 찌그러지"기도 한다. 제 말을 다하지 못하고 횡사한다는 점에서는 우리가 모두 그렇다. 그렇다면 가위를 든 "떡집 여자"는 (베를 잘라 수명을 끊는다는) 운명의 여신일 것이다. 닮은꼴을 찾아낸 시선이 삶과 죽음에 대한 성찰로 확장되었다고 하겠다.

다음 시에서는 부분적인 은유와 전면적인 은유가 동시에 관찰된다.

얼마 전에 졸부가 된 사람이 있다

그 사람은 나의 외삼촌이다

나는 그 집에 여러 번 초대받았지만
그때마다 이유를 만들어 한 번도 가지 않았다
어머니는 방마다 사각 브라운관 TV들이 한 대씩 놓여 있는 것이
여간 부러운 게 아닌지 다녀오신 얘기를 하며
시장에서 사온 고구마 순을 뚝뚝 끊어 벗겨내실 때마다
무능한 나의 살갗도 아팠지만
나는 그 집이 뭐 여관인가
빈방에도 TV가 있게 하고 한마디 해주었다
책장에 세계문학전집이나 한국문학대계라든가
니체와 왕비열전이 함께 금박에 눌려 숨도 쉬지 못할 그 집을 생각
하며,
나는 비좁은 집의 방문을 닫으며 돌아섰다

가구(家具)란 그런 것이 아니지
서랍을 열 때마다 몹쓸 기억이건 좋았던 시절들이
하얀 벌레가 기어 나오는 오래된 책처럼 펼칠 때마다
항상 떠올라야 하거든
나는 여러 번 이사를 갔었지만
그때마다 장롱에 생채기가 새로 하나씩은 앉아 있는 것을 보았다
그 집의 기억을 그 생채기가 끌고 왔던 것이다
새로 산 가구는
사랑하는 사람의 눈빛이 달라졌다는 것만 봐도
금방 초라해지는 여자처럼 사람의 손길에 민감하게 반응하지만,
먼지 가득 뒤집어쓴 다리 부러진 가구(家具)가
고물이 된 금성라디오를 잘못 틀었다가
우연히 맑은 소리를 만났을 때만큼이나

상심한 가슴을 덥힐 때가 있는 법(法)이다
가구(家具)란 추억의 힘이기 때문이다
세월에 닦여 그 집에 길들기 때문이다
전통이란 것도 그런 맥락에서 이해할 것——
하고 졸부의 집에서 출발한 생각이 여기에서 막혔을 때
어머니가 밥 먹고 자야지 하는 음성이 좀 누그러져 들려왔다.
너무 조용해서 상심한 나머지 내가 잠든 걸로 오해하셨나

나는 갑자기 억지로라도 생각을 막바지로 몰고 싶어져서
어머니의 오해를 따뜻한 이해로 받아들이며
깨우러 올 때까지 서글픈 가구론(家具論)을 펼쳤다.

—박형준, 「가구家具의 힘」 전문

"고구마 순"(=내 살갗)이 부분적인 은유라면, "가구"(=동거인)는 전체적인 은유다. 전자는 어머니의 이야기에 단 한 번 등장할 뿐이지만, 후자는 시적 주체의 생각을 펼쳐내는 기본적인 전제가 된다. 이를테면 가구는 오래된 책처럼 여러 기억을 떠올리게 하고, 사람처럼 상처들을 갖고 있으며, 사랑에 빠진 여자처럼 예민하고, 라디오처럼 의외의 소리를 내서 가슴을 따뜻하게 한다. 기구란 한갓 사물이 아니라 동기인이라는 생각이 전체의 이야기를 지탱하고 있는 것이다.

제한적인(부분적인) 은유와 전면적인(체계적인) 은유에 관해 살펴보았다. 기본적으로 은유가 비교 차원에서 생겨나므로 비교 가능한 영역에 따라 두 가지 은유가 만들어진 셈이다. 제유와 환유의 경우에는 그렇지 않은데, 이는 제유와 환유가 체계 자체를 반영하거나(제유) 체계 자체에서 파생된(환유) 비유이기 때문이다. 이 점에서도 제유와 환유를 언술 차원의 수

사가 아니라 단어 차원의 수사로 보는 전통적인 접근법의 한계가 드러
난다고 하겠다. 제유와 환유가 단어 차원에서 발견되는 경우에도 그 발화의
맥락에는 늘 체계 자체가 포괄되어 있다. 곧 제유와 환유가 올바로 기능하
기 위해서는 언술 전체의 맥락이 고려되어야 하는 것이다.

　체계적인 은유에서 상징까지의 거리는 아주 가깝다.[7] 다음 시를
보자.

　　손상기는 서른아홉에 죽었다
　　손상기는 자라지 않는 나무였다

　　자라지 않는 나무는 가지를 안으로 뻗는다
　　자라지 않는 나무는
　　오래 고독하다

　　눈부신 푸른 잎을 가득 달고 있는
　　겨울나무들은 자라지 않았다
　　죽지 않았다
　　자라지 않는 나무는 얼마나 커다란 것이냐
　　우뚝한 것이냐

　　명산의 바위처럼 위용 있게 돌출된 가슴뼈*
　　외봉낙타처럼 생긴 등,
　　5척에도 못 미치는 키

---

7) 은유에서 상징으로의 이전에 관해서는 11장 참조.

그가 그린 자화상의 제목은

위대한 자

그가 걸었던 좁은 골목길과

흰 페인트가 칠해진 높은 담을 끼고 오르는

가파른 길들이 내겐 낯설지 않았다

오래된 그 길들을 꺼내어 말리면

북아현동의 골목길들은

그와 나를 한 길에 세워놓는다

실패를 따라가는 실처럼

나는 그 길을 따라나선다

* 는 손상기의 글

—조용미, 「자라지 않는 나무」 전문

"자라지 않는 나무"는 손상기의 그림 제목이자 화가 자신에 대한 묘사다. 손상기는 꼽추다. "자라지 않는 나무"는 그 사실에 대한 은유("손상기는 자라지 않는 나무였다")이지만, 자기 주변에 풍경들을 배치하면서 자립적인 형상으로 전환된다. 2연의 묘사가 이를 보여준다. 1연에서 2연으로의 전환은 은유에서 상징으로의 전환이다.

아버지는 두 마리의 두꺼비를 키우셨다

해가 말끔하게 떨어진 후에야 퇴근하셨던 아버지는 두꺼비부터 씻겨주고 늦은 식사를 했다 동물 애호가도 아닌 아버지가 녀석에게만 관심을 갖는 것 같아 나는 녀석을 시샘했었다 한번은 아버지가 녀석을 껴안고 주무시는 모습을 보았는데 기회는 이때다 싶어 살짝 만져 보았다 그런데 녀석이 독을 뿜어대는 통에 내 양 눈이 한동안 충혈되어야 했다 아버지, 저는 두꺼비가 싫어요

아버지는 이윽고 식구들에게 두꺼비를 보여주는 것조차 꺼리셨다 칠순을 바라보던 아버지는 날이 새기 전에 막일판으로 나가셨는데 그때마다 잠들어 있던 녀석을 깨워 자전거 손잡이에 올려놓고 페달을 밟았다

두껍아 두껍아 헌집 줄게 새집 다오

아버지는 지난 겨울, 두꺼비집을 지으셨다 두꺼비와 아버지는 그 집에서 긴 겨울잠에 들어갔다 봄이 지났으나 잔디만 깨어났다

내 아버지 양손엔 우툴두툴한 두꺼비가 살았었다
—박성우, 「두꺼비」 전문

두꺼비는 물론 아버지의 손인데, 이 정보는 마지막 연까지 노출되지 않는다. 그전까지 "두꺼비"는 독자적인 손으로 그려졌다. 이처럼 비유적 연관에서 독립해 자립성을 가진 표상이 상징이다. 다만 마지막 연에 오면 두꺼비는 상징의 자리에서 내려와 체계적인 은유의 핵심이 된다.

4. 은유의 유형

은유적인 두 대상이 서로 관계 맺는 방식에는 다음과 같은 것이 있다.

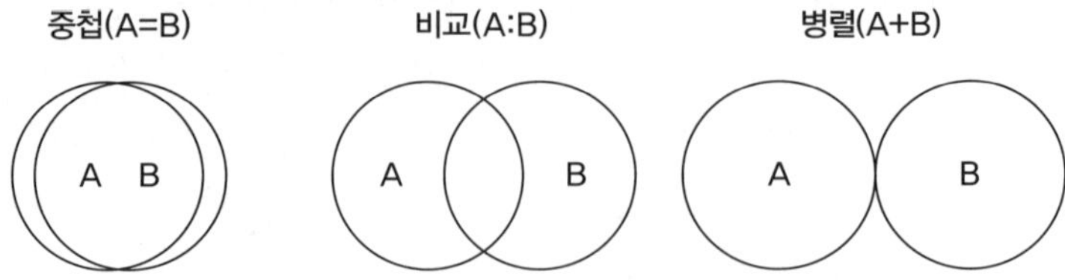

위 도식은 은유의 유형이 유사성의 정도에 따라 만들어진다는 것을 보여준다. 중첩은 유사성이 가장 강한 경우(혹은 동일성에 가까운 경우)이며, 비교는 중간인 경우이고, 병렬은 가장 약한 경우(혹은 이질성에 가까운 경우)다. 중첩의 경우에 두 대상이 완전히 겹치지는 않는다는 사실에 유의하라. 두 대상이 완전히 포개지면 외연을 공유하므로 은유가 아니라 동의어가 되고 만다. 병렬의 경우에 은유되는 두 대상이 접면하고 있음에 유의하라. 두 대상이 이어져 있지 않으면 비유가 성립하지 않는다.

4-1. 중첩(덮어 쓰기) A=B

두 개 이상의 대상이 결합해 하나가 다른 하나를 대신하는 것. 혹은 두 개 이상의 언술이 동일성의 틀 안에서 결속하는 것. 이 경우에 하나의 언술 영역은 다른 영역의 원관념이자 보조관념이 된다.

계수(桂樹)나무 한 나무
토끼 한 마리
돛단배에 실려 인도양(印度洋)을 가고 있다.
석류꽃이 만발하고, 마주 보면 슬픔도
금은(金銀)의 소리를 낸다.

멀리 덧없이 멀리
명왕성(冥王星)까지 갔다가 오는
금은(金銀)의 소리를 낸다.

— 김춘수, 「보름달」 전문

윤극영의 동요 「반달」을 번안한 시다. 시인은 첫 두 행을 「반달」에서 가져왔다. '쪽배'를 "돛단배"로, 은하수 건너에 있는 '서쪽 나라'를 "인도양"(인도는 서쪽에 있다)으로 치환했을 뿐, 3행의 의미도 동요와 같다. 4행 이하는 마주 서서 노래를 부르며 손뼉을 치는 이 노래의 율동을 은유한 것이다. "석류꽃"을 마주 선 두 사람의 벌어진 입술로, "금은의 소리"를 손뼉 치는 소리로 변환하고 나면 이 점이 분명해진다. 그들의 손뼉 소리는 멀리멀리("명왕성까지") 퍼져갈 것이다. 김춘수의 무의미시는 대개 이런 방식을 취한다. 같은 시인의 시를 한 편 더 든다.

마당에는 덕석이 깔려 있고
감나무가 잎을 드리우고 있더라.
공중(空中)을
풍뎅이가 한 마리 날고 있더라.
해가 지고 언덕이 있고
구름이 있고,
피라미 새끼들이
남강(南江) 상류(上流)를 내려오고 있더라.

— 김춘수, 「안과眼科에서」 전문

얼핏 보면 세 개의 문장이 특별한 연관을 갖고 있지 않은 것처럼 보이지만, 사실 이 문장들은 제목과 은유적인 관련을 맺고 있다. 화자가 안과를 찾아갔으므로 아마도 눈과 관련된 질환이 이 풍경을 낳았을 것이다. 비문증(飛蚊症)은 시야에 점이나 실 모양의 희미하고 불규칙한 형체가 보이는 현상이다. 비문증은 대개 안구 유리체의 혼탁이나 안구 출혈에서 생기는 노안의 전형적인 증상이다. 세 개의 문장은 이 증상을 다른 방식으로 설명하고 있다. 1~2행에서 마당에 그늘이 졌다고 했고, 3~4행에서 풍뎅이가 날고 있다고 했으며, 5~8행에서는 피라미 새끼들이 상류에서 내려오고 있다고 했다. 모두가 작고 희미하고 불규칙한 형상들이어서 눈앞이 어리어리하다는 진술을 표현하기에 알맞다. 그러니까 이 시의 풍경은 안과에서 바라본 풍경이 아니라, 비문증을 앓는 이의 시선을 은유적으로 설명하는 풍경이다.

저녁이라면 이곳도 가끔씩 여우가 출몰하는 곳일까,
가슴을 깊게 파내린 저 여자,
이미 유순하게 길들여진 듯
어깨를 타고 앉은 여우 한 마리 이쪽을 흘낏거린다
은빛 털의, 살기를 감춘
유리 눈동자 유난히 번들거리는
여우는 어느 사막을 헤매다닌 것일까,
아니라면 내가 아는 사막이 이미 여기까지 와 있나,
지금은 사자(死者)의 추모에 어울리는
황홀한 음악이 연주되는 시간,
뿌우연 실내 조명 사이로
죽음에 기댄 듯 키 큰 선인장 듬성듬성 서 있다
이곳은 여우가 자주 출몰하는 곳입니다
더위를 막 넘기면서 찾아든 데스 밸리,
안내원은 저만큼 모래 구릉 쪽으로 성큼성큼 걸어간다

여우는 기둥 사이로 몸을 숨기고 이쪽을

노려보고 있다, 시간이 사제가 아니라면

누가 저 메마른 여우 울음을 엿듣기라도 할 것인가

나는 노련한 여우가 이미 여러 죽음을

예고했다는 것을 이제야 겨우 알아차린다

누구나 죽음 뒤켠으로 잠시 물러설 수 없다면

스스로의 무덤을 향해 한 걸음

더 다가서야 할 때,

다만 저 여우, 무너져 내리는 모래 살 위에

품위 있게 앉아서

다가오는 죽음을 차례로 점지하리라

—김명인, 「여우를 위하여」 전문

4~6행을 보면, 이 여우가 여우 목도리의 변환임을 알 수 있다. 여우는 죽어 가죽만 남아서도 한 여자의 "어깨를 타고" 앉아 "유리 눈동자"를 번들거린다. 이미 죽은 여우가 살아서 이쪽을 힐끗거리므로 저 여우는 전설을 타고 이승의 세계로 넘어왔다. 그 다음에는 죽음에 대한 상념이 이어진다. "사자의 추모에 어울리는" 음악이 연주되고, "선인장"들은 "죽음에 기댄 듯"하고, 사막의 이름은 "데스 밸리"다. 이 모든 상념의 끝에는 우리를 기다리는 죽음이 있을 것이다. 저 여자의 살도 무너져내릴 것인데, 여우는 그처럼 우리에게 마련된 죽음의 운명을 점지한다. 산 여우와 죽은 여우 목도리 사이의 중첩이 시 전체를 지탱하는 힘이다.

사랑이란…… 줄무늬가 있고 층계가 있다. 층계 밑은 사랑이란…… 어딘가 있다는 은유이다. 반드시 사랑이란…… 올라가야 하고 보이기는 하지만 유리로 막힌 안의 세계여서 들어가자면 문을 자기 힘으로 당겨서 열어야 한다. 자기가 열고 들어가지 않으면 사랑이란…… 없다.

사랑이란…… 걸어가야 할 자리와 앉을 자리와 설 자리가 있다. 앉을 자리에 서면 사랑이란…… 흔들린다. 그런 자리마다 칸막이가 되어 칸막이 밑바닥은 서로 다리와 별을 숨기고 불을 밝혀야 한다. 하늘은 칸막이 너머의 창으로 커튼을 열고 불러야 한다. 사랑이란…… 그렇다.

사랑이란…… 먼지가 하얗게 앉은 드라이플라워가 한쪽 구석에 밀려 있고 꺼진 전구가 낮달처럼 매달려 있다. 사랑이란…… 모든 불이 켜져 있지는 않다. 밖에서 오는 전언은 전화기를 든 사람에게만 들린다. 물론 사랑이란…… 여러 층층의 편지꽂이가 한쪽 벽에 있기도 하다.

Love is…… Café Love is……

—오규원, 「명동明洞 3」 전문

이 시에는 두 개의 층위가 있다. 첫 번째 층위에서 각 문장은 사랑에 대한 비유적 정의가 된다. 1연을 이루는 세 문단은 각각 사랑하는 사람을 위한 충고와 격려, 사랑에 빠진 사람의 모습에 대한 묘사, 사랑이 물러간 자리의 쓸쓸함에 대한 기술이다. 삶에 무늬가 있듯 사랑에도 무늬가 있다. 사랑하려면 계단을 밟아 올라가듯 차근히 올라가야 한다. 내가 지금 사랑의 처음 단계에 있다는 것은 저 위쪽 어디에 사랑이 반드시 있다는 증거다. 사랑하기 위해서는 한 계단씩 차근히 올라가야 한다. 사랑의 세계는 투명하고 아름답지만, 그대가 스스로 입장하기 전까지는 닫혀 있는 세계다…… 두 번째 층위는 "사랑이란……"이 카페 이름이라는 것이다. 1연의 세 문단은 이 카페의 입구와 앉을 자리, 앉아서 본 풍경에 대한 길고 지루한 사실적 묘사다. 사랑의 속성을 설명하는 모든 이야기가 실은 카페의 내부에 대한 설명이었던 셈이다.

내면서술과 객관서술이 중첩되면서 은유적 의미가 생성되었다고 하겠다. 이것은 중첩이지 비교가 아니다. 두 개의 속성이 하나의 대상만을 갖고 있기 때문이다.

이 시편들의 경우에는 한 대상이 다른 대상에게 의미론적 자질을 넘겨주고 숨어버렸다. 그래서 이런 시편들의 경우, 숨은 대상을 찾는 게 시를 파악하는 지름길이다. 중첩은 이처럼 하나의 대상이 다른 대상과 포개지므로 이질성보다는 동일성에 더 견인된 유사성이다.

4-2. 비교(나란히 놓기) A:B

두 개 이상의 대상이 유사성의 영역을 두고 결속해 일대일 대응을 이루는 것. 그 결합의 정도로 보아 중첩과 병렬의 중간에 위치한다.

> 흙담벽에 볕이 따사하니
> 아이들은 물코를 흘리며 무감자를 먹었다
>
> 돌덜구에 천상수(天上水)가 차게
> 복숭아나무에 시라리타래가 말러갔다
> —백석, 「초동일初冬日」 전문

아이들과 주변의 풍경이 서로 조응을 이룬다. 아이들이 따로 있고 풍경이 따로 있는 것이 아니다. 따스한 겨울볕을 쬐는 아이들은 물코를 흘리고, 돌절구에는 물이 고여 있으며, 복숭아나무에서는 시래기를 엮은 타래가 말라간다. 시래기타래가 말라가는 모습과 아이들이 볕을 쬐는 모습이, 돌절구에 고인 물과 아이들이 흘리는 물코가 유사한 장면을 이루는 것이다. 개별적인 풍경이 비교되면서 은유적 소여(所與)를 부여받은 셈이다. 따라서 시의 1연과 2연 사이에서 은유적인 비교가 성립한다.

> 기침이난다. 공기(空氣)속에공기(空氣)를힘들여배앝아놓는다. 답답하게걸어가는길이내스토오리요기침해서찍는구두(句讀)를심심한공기(空氣)가주물러서삭여버린다. 나는한장(章)이나걸어서철로(鐵路)를건너지를적에그때누가내경로(經路)를디디는이가있다. 아픈것이비수(匕首)에베어지면서철로(鐵路)와열십자(十字)로어울린다. 나는무너지느라고기침을떨어트린다. 웃음소리가요란하게나더니자조(自嘲)하는표정(表情)위에독(毒)한잉크가끼얹힌다. 기침은사념(思念)위에그냥주저앉아서떠든다. 기가탁막힌다.
>
> —이상, 「행로行路」 전문

각혈의 경험을 시화한 이상의 시편들은 체험적인 절실함을 보여준다. 이상은 「아침」에서 "캄캄한공기(空氣)를마시면폐(肺)에해롭다.폐벽(肺壁)에끌음이앉는다"라는 구절에서 보듯이 어둠을 그을음으로 감각화한 바 있다. 「행로」에서도 숨을 쉬는 일은 매우 힘겨운 노동이다. 무형의 공기를 "힘들여배앝아놓는다"고 말하는 데서 숨 쉬는 일의 지난함이 느껴진다.

이상은 이 시에서 결핵의 고통과 독서의 경험을 비교했다. 여기에 인생의 길이라는 은유가 다시 결합된다. "답답하게걸어가는길이내스토오리"이다. 어렵게 지탱하는 삶을 힘든 여정으로 표현하는 것은 낯익은 비유이지만, 이상은 여기에 자신의 병력을 겹쳐 읽게 했다. 객혈로 인해 자주 멈추어야 하는 여로는 구두점이 많은 줄글의 형태를 닮았다. 구두점의 모양(,)은 기침하면서 뱉은 객혈의 상형이다. 잦은 기침에 고통받는 화자와, 화자의 고통에 무심한 상황이 "심심한공기가주물러서삭여버린다"는 말 속에 녹아들어 있다. 화자는 그렇게 어렵게 자기 삶의 '한 장'을 건너간다. 이 길에 "철로"가 등장하는 것은 두 가지 이유에서인 듯하다. 철로에 가로놓인 침목들이 삶의 길을 단속적으로 끊어놓는 기침과 유사하기 때문이요, 기차가 내는 소리가 또한 기침과 유사하기 때문이다. "내경로를디디는이"는 타인이 아니라 숨결을 가로막는 기침이다. 한편 기침은 또다른 길이어서 "아픈것이비수에베어지면서철로와열십자로어울린다". 요란한 웃음소리 역시 시끄러운 기침소리를 은유한 것이다. "웃음소리"는 두 어절 뒤에 "자조"라는 말로 그 성격이 구체화된다. 객혈을 "독한잉크가끼얹힌다"라고 표현한 것은 객혈이 독서로 은유된 삶의 길을 가로막은 까닭이다. 엎질러진 잉크처럼 객혈은 삶을 엉망으로 망가뜨린다. "기침은사념위에그냥주저앉아서떠든다." 화자가 기침에 주체의 자리를 내준 것은 기침에 사로잡혀 아무 생각도 할 수 없기 때문이다. 정리하면 세 개의 은유적인 대상이 있어 두 번의 비교가 일어난다. '기침하다=길을 걷다=책을 읽다.' 각각은 세목에서 얽히고, 서두와 결말에서 원관념으로 시작하거나 돌아온다. 이상의 시를 한 편 더 살핀다.

찢어진벽지(壁紙)에죽어가는나비를본다. 그것은유계(幽界)에낙역(絡繹)되는비밀(秘密)한통화구(通話口)다. 어느날거울가운데의수염(鬚髥)에죽어가는나비를본다. 날개축처어진나비는입김에어리는가난한이슬을먹는다. 통화구(通話口)를손바닥으로꼭막으면서내가죽으면앉았다일어서드키나비도날라가리라. 이런말이결(決)코밖으로새어나가지는않게한다.

—이상, 「오감도 제10호 나비」 전문

임종의 입회자는 선풍기뿐

바람이 그녀의 몸 위를 두리번거리네 어젯밤

이 방에서 움직이던 두 개의 장난감 중에 하나는 멈추고

하나만 남아서 여전히 심벌즈를 두드리듯

바람의 손뼉을 치고 있네

방은 뚜껑이 열리지 않는 유리병처럼 밀봉돼 있고

냉장고 안에선 생선이 썩고

그녀의 입 속에선 혀가 썩네

좌로 한 번 우로 한 번 몰려다니는 통에

고장 난 그녀는 도저히 잠깰 수 없었다네

몸속에 플러그처럼 박힌 아기를 잘라버리자

이제 열린 책처럼 알몸으로 펄럭거리는 그녀

아무것도 더 할 일은 없었다네

들숨 날숨 바쁘게 공기를 갈아줄 일도 없었다네

전력 회사와 아직도 연결된 불쌍한 선풍기만

벙어리 증인처럼 그녀의 뺨을 이쪽 한 번

저쪽 한 번 밤새도록 갈기고 있었을 뿐

—김혜순, 「선풍기의 살인」 전문

살아 있는(=작동하는) 선풍기와 죽은(=고장 난) 그녀의 자리 바꿈
이 시를 떠받치는 힘이다. 둘은 "이 방에서 움직이던 두 개의 장난감"
이었다. 이 시에서 죽은 사람에 대한 사물화(事物化)와 움직이는 사물
에 대한 의인화는 정확히 등가적이어서 죽은 이가 고장 난 물건이 되
는 것과 동시에 움직이는 선풍기는 살아 있는 인물이 된다. 그녀의 사
인(死因)을 짐작할 수 있는 유일한 구절은 11행이지만("몸속에 플러그

처럼 박힌 아기를 잘라버리자"를 보면, 유산 혹은 중절이 죽음과 연관되었을 것이다), 이것만 갖고는 정확한 원인을 밝힐 수 없다(마지막 구절을 보면, 그녀의 죽음은 자살 같지만 확실한 것은 아니다). 이미 그녀가 고장 난 장난감이 되어버렸기 때문이다. 왜 죽었는가보다는 죽음의 생생한 현재성(선풍기는 지금도 그녀의 뺨을 치면서, 그녀를 깨우려 애쓰거나 괴롭히고 있다)이 두드러져 있는 셈이다. 시는 두 개의 등가적인 은유─사물화와 의인화─를 통해 죽음의 현장성(전자의 경우)과 비극성(후자의 경우)을 돌올하게 그려낸다.

끊어진 숨이야 그렇다 치고
지글지글 타들어가면서도
뜨거운 불판 치며 기세를 꺾지 않는 꼬리
나 다 익었다 탄다 타 뒤집어라
연기 자욱한 연옥 지나
끝장을 보자는 듯
뜨거운 불판 위, 장어 한 판 타고 있다
(그때 그,
시청 앞 노제 같다)

기세가 한풀 꺾이자
주인장 붓으로 갈색 소스 칠하고 뒤집고
또 칠하며 자개장에 옻칠하듯
정교하게 시신을 화장시켜
맛을 염한다 이게 우리 집 노하우죠
거듭 칠할수록
빛나는 장어 흑갈색의 미라

이 한 판의 죽음을 앞에 두고

술잔을 때리며

아까 꼬리치는 거 봤지, 느껴져?

죽음이 생에 생기를 불어넣는 이 느끼함

이 땅의 요리사

그 뜨거운 불판을 느끼며

그 느끼함 잊기 위해

힘차게 술잔을 때려가며

—장경린, 「장어 한 판」 전문

익어가는 장어에게 발언권을 넘겨주자 아주 이상한 말이 떠오른다. "나 다 익었다 탄다 타 뒤집어라". 장어는 죽어가며 마지막으로 꿈틀댈 뿐인데, 우리는 그 단말마의 비명을 '맛있겠다'로 번역한다. 그게 욕망의 언어다. 삶은 죽음에서도 제 동력을 찾아낸다. "아까 꼬리치는 거 봤지, 느껴져?" 이렇게 말이다. 장어의 장례식이 진행될수록 시인이 그려낸 식욕은 더 맹렬하게 타오른다. "죽음이 생에 생기를 불어넣는 이 느끼함"은 욕망이 만들어낸 어이없는 죽음의 포만감(장어를 많이 먹으면 느끼하다)이자 미구에 찾아올 모든 욕망의 끝인 죽음의 포만감(우리는 장어에서 우리 육신을 태울 화장터의 "그 뜨거운 불판을" 느낀다)이기도 하다. 삶은 그걸 누리며, 혹은 억지로 잊으려 애쓰며 맞부딪치는 술잔의 수위에 지나지 않는다. 그 수위가 바닥을 드러낼 때, 우리도 꼬리치는 장어처럼 불판 위에 누울 것이다. 여기에 시대적인 죽음이 겹친다. 이를테면 "그때 그,/시청 앞 노제". 1연에는 장어의 발언(은유)이 있고, 2연에는 술꾼들의 발언이 있다. 이 교환 혹은 비교를 통해 삶과 죽음이 언뜻 자리를 바꾼다.

한 번이라도 오줌 누어본 이라면
실감하면서 동의하리라
내가 화장실의 안팎을 구별하여 주면
오줌은 내 몸의 안팎을 구별하여 준다
따지고 보면 그게 얼마나 기특한 일인지
어떤 때 나는 소변 쏟다 말고 쉬면서 잠깐
오줌붓 머리를 쓰다듬어 주기도 한다
콜라를 부어도 막걸리를 넣어도
정수되어 말갛게 괸 오줌은
몸 속 욕망의 바위틈을 지나오면서
얼마나 무겁게 짓눌리고 시달렸는지
맨 마지막 구멍으로 헤엄쳐 와서는
나오자마자 거품 물고 하얗게 까무라친다

내가 잠깐 방뇨하면
오줌은 오래 나를 방생한다

—이갑수, 「방생放生」 전문

　　나와 오줌의 비교와 자리 바꿈이 핵심이다. 나는 화장실의 안팎을 구별하고, 오줌은 내 몸의 안팎을 구별한다. 오줌은 힘겨운 정화의 과정을 마치고 나와서는 "거품 물고 하얗게 까무라친다". 그 다음 내가 "방뇨"하면 오줌은 나를 "방생"한다. 오줌을 누지 않는다면 살 수 없을 테니 오줌이 나를 살려준다는 말이 틀리지 않다. 따라서 둘의 자리 바꿈은 둘을 평등하게 다룬 것 혹은 오줌에 살아 있는 사람의 지위를 부여한 것(의인화)을 가능하게 했다. 은유적인 비교의 과정이었던 셈이다.

마네킹 다리가 거꾸로 뻗어 있다
멀리 별을 밟았다
발을 든 모양이다

족발은 또 족발끼리 모여
모퉁이처럼 쌓인 풍경 속

다리 잘린 몸통들이 어둠의 거죽을 두르고
뛰어다녔다 그전에,
슬쩍 검은 스타킹을 신겨둔다

그전에 붉은 솥에 푹 고아둔다

두쪽 발굽에 딱딱하게 말라붙은
발자국 한꺼풀씩 벗겨
저자의 거리로 내보낼 수는 없나 내보내
문양으로 새길 수는 없나

밤이 되면
하늘에 막혀 있던 못들
와르르 빠지고
풍경을 걸었던 자리마다
별이 빛났다

발자국은 그런 것—풍경을
지상에 걸었던 자국

못은 언제 헐거워졌을까?

풍경들이 지나간다 모두
까만 스타킹을 신었다 벗겨보면
빨갛게 삶겨 있었다

짧은 치마를 입은 여자들이
족발을 들었다
껌을 건네며 다가서는 노인의 발,
어디에 썰어놓아도
아무도 발라가지 않는,

껌딱지처럼 떨어지지 않는
별자리 단단한
못자국 앞에서

모두들 말이 없었다 족발들이 수북이
신고 있는 까만 스타킹

―신용목, 「스타킹」 전문

  몇 가지 대상이 두 개의 계열을 이루고 있다. 먼저 마네킹 다리와 족
발이 있다. 전자는 "다리 잘린 몸통들"로 거꾸로 뻗어 있고, 후자는 빨
갛게 삶겨 한쪽에 쌓여 있다. 다음으로 전자는 "별을 밟았"고 후자는
"저자의 거리"에 "문양"으로 남았다. 하늘의 별과 지상의 발자국이 그
것이다. 마지막으로 짧은 치마를 입은 여자들과 껌을 건네며 다가서는

노인의 발이 있다. 여기에 와서는 마네킹의 발과 족발이 만난다. 여자들의 발은 마네킹 다리처럼 검은 스타킹을 신은 채 늘씬하지만, 벗겨보면 족발처럼 발갛다. 각각의 계열은 다른 계열과 빗대어지면서 계속된다. 은유적인 비교가 만들어낸 연속체다.

노련한 손길이 사과 한 알을 깎듯, 지구를 손에 들고 깎아서 만든 길, 그 길고 긴 길의 한쪽 끝에 한 개의 당신이, 또 한쪽 끝에 또 한 개의 당신이, 나는 아침마다, 나는 밤마다, 두 개의 당신을, 나 하나와, 나 하나와, 나 하나를 세워두며, 바통을 잇는 달리기 선수처럼, 그 모퉁이, 모퉁이마다 무수한 내가, 언젠간, 이 길의 끝장을 집어들고, 미역처럼 둘둘 걷어, 국을 끓여, 그리하여 그것이, 나의 마지막 안부, 어느 쪽으로 달려가도 언제나, 반대쪽으로 뒤통수가, 언제나, 그러나 언제나, 셋도 아니고 넷도 아닌, 딱 두 개인,

—김소연, 「노련한 손길」 전문

"사과 한 알"과 "지구"가, 껍질을 깎아서 낸 길과 당신에게 가는 길이 빗대어졌다. 사과를 깎듯 이 길을 만들어가면, 지구 반대편에 당신이 있을 것이다. 내가 낮이면 밤인 당신이 있고, 내가 밤이면 낮인 당신이 있을 것이므로 당신은 언제나 "딱 두 개인" 당신이다. 거기에 "바통을 잇는 달리기 선수" 같은 나의 간절한 다가섬이 있고, "미역처럼 둘둘 걷어, 국을 끓여" 먹게 될 미래가 있다. 그러니까 기본적인 차원에서 세 개의 대상(사과, 지구, 당신을 향해 가는 여정)이 비교되고, 두 개의 부가적인 대상(달리기 선수, 미역국)이 추가되었는데, 그것들은 모두 당신이라는 대상을 향해 있다.

중첩이 두 대상을 포개는 데 비해 비교는 두 대상을 나란히 둔다. 또

병렬이 두 대상을 나열하는 데 비해 비교는 두 대상을 결속한다. 중첩이 동일성에, 병렬이 이질성에 좀더 경사된 유사성이라면, 비교는 그 중간에 해당한다.

4-3. 병렬(늘어놓기) A+B

두 개 이상의 대상 혹은 언술이 유사성의 틀을 통해 느슨하게 결속해 있는 것. 각각은 개별적인 대상으로서의 성격을 갖고 있으면서 비슷한 점을 공유한다. 병렬은 다변(多辯)을 가능하게 하는 형식적 원리다.

> 풍경(風景)이 풍경(風景)을 반성하지 않는 것처럼
> 곰팡이 곰팡을 반성하지 않는 것처럼
> 여름이 여름을 반성하지 않는 것처럼
> 속도(速度)가 속도(速度)를 반성하지 않는 것처럼
> 졸렬(拙劣)과 수치가 그들 자신을 반성하지 않는 것처럼
> 바람은 딴 데에서 오고
> 구원(救援)은 예기치 않은 순간에 오고
> 절망(絶望)은 끝까지 그 자신을 반성하지 않는다
>
> —김수영, 「절망絶望」 전문

1~5행에서 선택된 항목들은 느슨하게 결속되어 있다. 풍경은 다만 펼쳐져 있을 뿐이며(1행), 곰팡이는 원치 않는 데서도 번성한다(2행). 오지 않기를 기다린다고 여름이 찾아오지 않는 것도 아니다(3행). 속도는 관성 때문에 멈추려 하지 않으며(4행), 졸렬함과 수치스러움은 반성의 대상이 아니다(5행). 그것은 다만 숨겨야 할 것들이지, 내놓고 성찰

할 수 있는 성질의 것이 아니다. 1~5행을 이루는 각각의 사물이나 양태, 감정 어휘들은 모두 부정의 어사로 쓰였다.

그것들이 연계되는 것은 사실 6~7행이 아니라 8행이다. 모두가 제 자신을 반성하지 않는 것처럼 절망도 자기 자신에 관해 되묻지 않는다. 절망은 소망이 끊어져 있는 상황이어서 우리에게 주어져 있는 것이지 우리가 선택한 것이 아닌 까닭이다. 혹은 절망을 야기한 어떤 주체에 자기반성이 결여되어 있다는 비판일 수도 있겠다. 현실적인 부정의 주체에게 반성적 성찰을 기대할 수는 없는 노릇이다. 어쨌든 마지막 부분과 연계되면서 1~5행을 이루는 대상들도 부정성에 침윤된다. 풍경이 현실 상황을 대표한다고 보아도 좋을 것이다. 이 상황은 저절로 개선되지 않는다. 곰팡이는 그런 현실에 번져가는 독소 같은 것이다. 여름은 (희망으로 의미화되는) 봄을 몰아낸 계절이다. 속도가 이런 상황의 전개를, 졸렬과 수치가 상황에 대응하는 우리 자신의 태도를 이야기한다고 보면, 이 시에서 병렬된 시어들이 무작위로 추출된 것이 아님을 알게 된다.

6~7행은 다른 부분과 섞이지 않는다. 아마도 이 구절을 삽입한 것은 그 의미화 방식과 관련 있을 것이다. 말하자면 이런 삽입은 "바람은 딴 데에서" 오는 것과 "구원은 예기치 않은 순간에" 오는 것을 의미화하기 위한 지표다. 절망을 야기한 주체, 절망에 사로잡힌 객체, 절망의 상황 자체에서는 아무것도 나오지 않는다. "딴 데" "예기치 않은 순간"은 지금 이곳이 아니라는 의미일 것이다. 다른 곳, 다른 때를 기대해야 절망적인 이 상황을 벗어날 수 있다. 아마도 김수영이 오래 천착한 주제인 혁명의 때가 그러할 것이다. 반성은 혁신의 전제가 되는 의식작용이다. 그런 반성이 혁명과 무관한 부정의 주체에게 있을 수는 없는 노릇이다.

이 시의 시행들은 1~5행과 8행의 여섯 대상의 병렬, 6~7행의 두 대상의 병렬로 크게 나누어진다. 전자가 절망의 부정성에 침윤되어 있다면, 후자는 구원의 의외성에 힘입고 있다. 개별적인 시행들을 관통하는 은유적 병렬은 현실성의 지표를 그 원관념으로 내장하고 있다.

초대받아 가는 길, 숲속에서 한 친구가 늦여름
굶어죽었다 죄로부터 가벼워지고 싶다, 라고
나무 밑동에 손톱 글씨를 새겨놓았다 푸른 숲
자기 죄를 모르면서 턱없이 구타당한 뒤
자기 대가리를 산산조각 박살낸 군대 친구는
울고 싶은데 울지도 못하게 한다, 라고 수첩 일기를
적었다 늦여름, 숲속에 숨어서 울다가 들켜서
더 맞았다고 편지를 보내왔으며 제발 목숨만
살려만 주면 죽어지내겠다고 샛별서점 주인은
남산 대공분실에서 서약서 쓰고 귀가하자마자
앓았다 눈에서 샛별이 떨어졌다 아프게 살
용기 없는 자 죽을 것, 이라고 누이는 위험 수위의
한강물 위로 떠올랐으며 가난한 시인이 심야에
먹은 것을 토하다 숨막혀 죽었다 신림극장 앞
몇몇이 용병 교육 반대를 외치며 분신자살할 때
절대 다수는 전방 입소하러 망우리 공동 묘지로
교련복 입고 사열 종대로 자진 집합했다 거부하던
죽음보다 개죽음이 있을까 우리 외삼촌은 월남에서
일부의 손톱과 머리카락만 외갓집으로 보내졌다
한다, 석가 탄신일, 분수대 뒷건물, 신은 자살했다
세상은 공포였으므로 무더기로 태어난 아이들은
막무가내 발버둥쳤다 세상을 향한 첫마디는

절규였다 우는 것이 숨쉬는 것이었다 통곡하는,
통곡하는 것이 숨쉬는 것이었다 초대받아 가는 길
그 옆 숲 속에서 한 친구가 숨쉬지 않다가 숨막혀
죽던 날 분수대 뒷건물, 총구 앞에서 쓰러져준
그들의 떼죽음은 자살이었다 죽음으로부터
도망가지 않은 사람들이 죽고 나자 어제가 가도
오늘은 오지 않았다 죄는 가벼워지지 않았다
—김중식, 「어제가 가도 오늘은 오지 않고—가라는 대로 가면, 화살
표를 따라가면/부고訃告의 담벼락과 전봇대를 따라가면/초상집이었
다」 전문

죽음의 상례들이 시의 부제와 결합해 있다. 실로 무수한 죽음들이
시행을 가득 채우고 있는데, 이 죽음은 '오월 광주'의 참혹한 죽음("석
가 탄신일, 분수대 뒷건물, 신은 자살했다")에서 그 절정을 이룬다. 개별
자들의 죽음(이 죽음 역시 참혹한 시대에 침윤되어 있기는 마찬가지다)에
뒤이어 "총구 앞에서 쓰러져준/그들의 떼죽음"이 있었다. 죽음이 미만
해 있으므로 "오늘은 오지 않았다". 죽음이 모든 것을 과거지사로 결정
지었기 때문이며, 진정한 삶을 누릴 수 있는 현재가 우리에게 허락되
지 않았기 때문이다. 수많은 대상들이 죽음이라는 공통의 의미소(그것
의 비유적 표현, 곧 기저 의미가 "초대받아 가는 길"이다)를 원관념으로 삼
아 배열된 시라고 할 수 있다.

쇳덩어리는 망치질 횟수를 기억하고 있을까
망치를 가지고 있다면 나는 무엇을 만들 수 있을까
내게 그런 조그만 권력이 주어진다면

희망은 국가와 법을 만들 수 있다
원한다면 어디든 희망구역으로 선포할 수 있다
희망구역에서 아지랑이처럼 나른하게 솟아오르는 지하생활자들

희망은 도처에 우글거린다 사제가 뚱뚱한 식당주인으로 보이고
그 식당의 밥찌꺼기를 핥으며
희망이 어떻게 사육되고 있는가를 보았다

개새끼, 하고 대들어도 판사는 절망에게 희망을 선고하고
의사는 절망에게 희망의 진단서를 송부하고
긴 복도를 걸어오는 희망의 발자국 소리
문을 노크하는 희망의 인기척 소리
그 고문기술자의 가방 속에는 얼마나 많은 희망이 들어 있던가

한쪽에서는 기계를 세우고 공장을 점거하고
다른 한쪽에서는 식수와 전기를 끊고 통신마저 차단시켜도
그래도 희망은 인형공장 송사장 편에 있다
그는 오늘도 모처에 예쁜 인형들을 팔아넘겼다

이제 전쟁은 다시 일어나지 않을 것이다
(군대를 경험한 사람들은 누구나 예비군복을 갖고 있다)
그 많은 산업예비군 중에서 내게 통지서가 날아왔다
나는 오늘 전선으로 떠난다 아직 오지 않는 열차를 기다리며
역 한구석에서 나는 오래 보지 못할, 영원히 못 볼지도 모를 사람들
에게 편지를 쓴다

……지금 한때 직업과 계급을 혼동해도 좋을 행복한 순간입니다

그래도 이 거대한 도시에서 먹고 자고 일도 할 수 있는
이런 방이라도 하나 갖고 있다는 게 얼마나 다행인지 몰라요
여자는 여전히 희망을 이야기하며 가랑이를 벌렸다
하루 일을 마친 사내들이 어둠처럼 그 거리를 향해 몰려갔다
—송찬호, 「희망」 전문

희망의 상례들이 시행들에 가득 펼쳐졌는데, 안타깝게도 이 희망은
반어로 쓰였다. 그것은 희망이 "원한다면 어디든 희망구역으로 선포할
수" 있는 권한을 갖고 있기 때문이다. 희망 아닌 희망들의 실제가 시를
가득 메우고 있다. 예를 들어 식당에서 사육되는 희망(3연)은 복날에
잡아먹힐 운명에 처한 개다(개는 "뚱뚱한 식당주인"의 희망이다). 판사가
선고한 희망과 의사가 송부한 희망의 진단서는 모두 상대를 절망에 빠
뜨린다. 징역 1년이라는 선고는 1년 후에 석방될 거라는 희망이고, 3
개월 시한부 인생이라는 진단은 3개월 동안 살 수 있을 거라는 희망이
다. 심지어 "고문기술자"마저 상대를 고문해서 자백을 받아내겠다는
희망에 부풀어 있다(4연). "인형공장 송사장"의 인형들은 거짓 위안을
주는 희망이다. 격한 대립의 시대에 이런 종이인형(물론 시일 것이다)이
무슨 소용이 있을까 하는 의심이 스며든 전언이다(5연). 심지어 창녀마
저도 "희망을 이야기하며 가랑이를 벌렸다"(7연). 저 수많은 희망의 목
록은 이 시대의 절망을 부감하는 거짓 희망들인 셈이다. 희망을 드러
내는 문장〔"희망은 (…) 어디든 희망구역으로 선포할 수 있다"〕이 본문을
반어적으로 결속하는(본문의 개별 시행들을 병렬하는) 원관념이다.

"네 멋대로 자고, 담배 피우고 입 다물고, 우울한 채 있으려므나"

출처를 잃어버린 인용을 좋아해
단단한 성벽에서 떨어진 회색 벽돌을 좋아해
매운 생강과자를 좋아해
헐어가는 입과 커다란 발을

끊어져 흔들리는 철교의
빨갛게 녹슬어가는 발목 아래서나
썩어가는 두엄지붕들 위에서
저 멀리
평원에서
들소의 젖은 털 사이로 불어오는
달착지근하고 따스한 바람을

손가락으로 좋아해
아니라고 말하는 어려움을
모든 습작들을 좋아해
서툰 몸짓을
이사 가는 날을 좋아해
죽은 사람의 아무렇게나 놓인 발들의 고요를
그 위로 봉긋하게 솟은
공원묘지에 모여든 초록 유방들
산 자의 기침과 그가 빠는 절망의 젖꼭지를
좋아해
그러나 꿀과 눈이 섞이는 시간을

너의 얼굴에서, 목에서

허리에서

얼음 같은 파란색 흐르는 시간을 좋아해

우리가 타버린 재 속에

함께 굽는

마지막 청어의 탄 맛을

—진은영, 「무질서한 이야기들」 전문

　좋다고 말하는 목록들을 병렬하면서 시는 진행된다. "멋대로 자고, 담배 피우"는 일이 자유이듯이 입 다물고 우울한 채 있는 것도 자유다. 텍스트에서 떨어져 나온 인용문도, 성벽에서 떨어진 벽돌도 자유다. 정전(正典)이 내세우는 권위도, 성채가 구축한 권력도 거기에는 없기 때문이다. "매운 생강과자"가 허락하는 "헐어가는 입"과 그에 걸맞은 "커다란 발"도 마찬가지다. 상처 난 입이 토해내는 발화가 바로 이런 고백일 것이다(1연). 철교와 두엄지붕과 바람도 병렬의 목록에 포함된다. 그것들은 각각 끊어져 흔들리거나 빨갛게 녹슬어가고 썩어가고 달착지근하고 따스하다. 우울과 퇴락이 선사하는 자유로움이 아닐 수 없다(2연). 손가락은 몸짓언어의 기표라는 점에서 로고스의 반대편에 있고, 머뭇대며 부정하는 일은 어렵지만 선한 행동이고 모든 습작들은 겸손하고 죽음 쪽으로 이사하는 일과 죽은 자들의 세계와 산 자들의 애도는 슬프지만 평등하다. 그 시간은 "꿀과 눈이 섞이는 시간"이다. 달콤함과 차가움이, 혹은 황홀과 눈물이 어렵게 역접의 방식("그러나")으로 결합한다(3연). 우리는 폐허 속에서 "마지막 청어의 탄 맛을" 느낀다. 무언가 다 타버렸다. 우리에겐 "재" 된 시간이 남았다. 그런데 그 시간이 우리에게 마지막으로 허락된 만찬의 시간이다. 지나감 속에서만 인지되는 행복이란 그렇게 고통스럽고 그렇게 아름답다(4연). 저 목록들은 따라서 단순히 "무질서한" 것이 아니라 자유로운 것이다. 자유롭게 부서지고 떨어져나오고 헐고 녹슬고 썩고 따스하고 무너지고 달콤하고 차갑고 서툴고…… 한 모든 술어들이 자유(혹은 무질서)의 이름 아래 모여 있다.

병렬은 은유적인 결속력이 가장 약한 방법이다. 많은 대상들을 느슨하게 나열하는 데 효과적인 방법이 병렬인 셈이다. 병렬은 대개 형식적인 유사성(동일한 구문)을 통해 대상의 계량화를 가능하게 한다.

4-4. 소리은유─동음이의어법과 유음이의어법

동음이의어 혹은 유음이의어를 통한 대상의 결합은 소리의 유사성으로 의미의 이질성을 담보한다는 점에서 일종의 은유다. 기표 차원의 유사성이 기의를 결속하는 은유적 소여를 갖고 있기 때문이다. 물론 이때의 유사성은 차이를 도입하기 위한 전조(前兆)와 같은 것이다.

유음이의어는 두 단어의 변별적 특성(b와 p)과 전혀 구별되지 않고, 또 오로지 그런 혼동을 통해서만 기능한다. 마찬가지로 동음이의어도 여기서는 한 기표의 명목적 동일성으로 나타나는 것이 아니라 다만 서로 다른 기의들의 분화소로 나타난다. 기의들 사이에서 성립하는 유사성의 효과는 이 분화소를 통해 이차적으로 산출된 것이고, 이 점에서 그것은 기표 안에서 생기는 어떤 동일성의 효과와 마찬가지다.[8]

유음이의어에서 변별적 지표는 변별되지 않는 것으로서만 기능한

---

8) 질 들뢰즈, 앞의 책, 272쪽. 인용문 서두에서 '유사 동음이의어'라는 역어를 '유음이의어'로 바꾸었다.

다. '혼동'을 위해 차이가 도입되는 것이다. 동음이의어에서는 이 지표
가 결여태(Φ)로 나타나는데, 이 경우에는 지표가 없는 것이 아니라 마
이너스 지표(있어야 할 자리에 있지 않아서 생기는 효과)로 기능한다. 전
자의 변별적 지표가 동일성을 표면에 올린다면, 후자의 지표 없음은
차이를 이면에 숨긴다. 결국 둘은 표면적이고 형식적인 동일성을 통해
이면적이고 의미론적인 이질성을 보유한다는 점에서 은유로 간주될
수 있는 것이다. 이 둘을 소리은유라 명명하기로 한다.

> 나는 술꾼이다 낡은 성곽(城郭) 보좌(寶座)에 앉아 있다 정상(正常)
> 이다 쾌청(快晴)하다
> WANDA LANDOWSKA
> J·S BACH도 앉아 있었다
>
> 사자(獅子) 몇 놈이 올라왔다 또 엉금엉금 올라왔다 제일 큰 놈의 하
> 품, 모두 따분한 가운데 헤어졌다
>
> ──────────────
>
> 나는 다시 사체(死體)이다 첼로의 PABLO CASALS
> ──김종삼, 「첼로의 PABLO CASALS」 전문

란도프스카는 하프시코드 연주자이며, 카잘스는 첼로 연주자다. 전
자는 바흐의 평균율을, 후자는 바흐의 첼로 모음곡을 녹음한 바 있다.
이 시는 그 두 연주자의 음악에 대한 해학적인 감상문이다. 나는 술꾼
이고 보좌에 앉아 있고 정상이고 쾌청이고 사체(死體)다. 술에 취해 음
악에 깊이 잠겨든 여러 모습이 재미있게 그려졌다. 엉금엉금 올라온

"사자 몇 놈"은 하품(사자의 하품하는 입이 제일 크다)이 만들어낸 이미지이기도 하고, 바흐의 선율이 만든 맵시이기도 할 것이지만, 그 무엇보다도 먼저 "첼로"와 유관한 소리은유이기도 하다. '사자'와 '첼로'가 합쳐서 만들어진 소리은유가 '사체'이기 때문이다. 나는 정상이고 쾌청하지만, 카잘스의 첼로 연주를 들으면 사체처럼 꼼짝할 수가 없다. 그 음악이 너무 좋다는 얘기다.

나는 왜 굴비를 두려운 존재라고 말해야 하나
석쇠 위에 구워 먹거나 찌개 끓여도
얌전히 있는
저 무력하기 짝이 없는 굴비를

굴비는
소금에 절여 통째로 말린 조기라 한다
혹은 건석어(乾石魚)

굴비, 나의 적(敵), 나의 반역(反逆), 나의 비굴
비굴한 삶은 통째로
굴비를 닮아간다
그물을 뒤집어쓰고 퍼덕이다가
결국 장님에 벙어리
귀머거리가 된 굴비를
나는 왜 두려운 존재라고 말해야 하나

—최승호, 「무서운 굴비」 전문

굴비가 "두려운 존재"인 것은 그것이 "나의 적, 나의 반역, 나의 비굴"이기 때문이다. 굴비≒비굴이라는 소리은유를 통해 시적 주체는 자기 자신의 비굴한 삶을, 그래서 멀리해야 할, 하지만 그렇게 하지 못하고 결국 거기에 사로잡힌 삶을 대면하고 만다.

> 낙타의 쌍혹 같은
> 사내의 고환을 타고
> 달도 없는 밤을 건넌다
> 육교(肉交)
> 새벽은 멀다
> 수상한 골목
> 검은 구두 발자국 소리
> 누군가 지나가고 있다
> 50촉 백열등 불빛처럼
> 신음소리 새나간다
> 정작, 불온한 것은
> 그립다는 것이고
> 사막이 아름다운 건
> 흔적을 부정하기 때문이다
> 이곳은 청량리 588번지
> 오아시스도 낙타도 없는 사막
> 새벽은 멀고
> 육교의 마지막 계단으로 내려와
> 달을 본다
> 토끼 눈을 한 사내가
> 방아를 찧고 있다
> 뼈를 찧고 있다

여자는 그믐이다

—안현미, 「육교」 전문

육교는 육교(陸橋)이면서 육교(肉交)다. "낙타의 쌍혹 같은/사내의
고환"이란 육교(肉交)가 그만큼 메마르고(성교가 사막을 건너는 일만큼
이나 힘겹다), 거창한 일이라는 뜻이다(고환이 낙타의 혹만 하다는 건 작
은 걸 크게 확대해보았다는 이야기다. 포르노의 화면을 생각하면 될 것이
다). 골목은 수상하고 발자국 소리는 음험하다. "50촉 백열등 불빛처
럼" 희미하고 작은 소리가 거기서 새어나온다. 그 다음 이상한 잠언이
나온다. "불온한 것은/그립다는 것이고/사막이 아름다운 건/흔적을
부정하기 때문이다". 사막이 창녀촌과 겹쳤으므로 이 잠언은 우선 르포
기사의 결론과 같은 것이다. 육교를 그리워하는 일은 옳은 일이 아니
다, 이곳이 남자들에게 별천지인 것은 바람피운 흔적이 남지 않기 때
문이다 운운. 그러나 그뿐만은 아니다. 사막은 그 황량한 삶의 조건 너
머에 어떤 희망을 숨기고 있다. 그 희망의 장소가 오아시스이며 그곳
을 찾아가는 수단이 낙타다. 물론 "청량리 588번지"는 오아시스도 낙
타도 없는 사막이지만, 대신에 낙타를 닮은 사내의 고환과 오아시스를
닮은 여자의 음부가 있는 곳이다. 그래서 이 잠언은 거듭해서 읽어야
한다. 이 삶은 황폐하고 불온하지만 그래서 더더욱 그리워할 만한 곳
이다. 사막이 아름다운 건 이곳의 삶이 흔적(곧 과거의 것)이 아니라 생
성(곧 현재의 것)이기 때문이다. 적어도 이곳에는 자기 몸으로 캄캄한
밤을 건너가는 절실하고 치열한 삶이 있다. 이제 시는 "육교의 마지막
계단"을 이야기한다. 사내는 오르가슴의 능선을 타고 내려왔다. 거기
서 본 달은 이 삶의 거울과 같은 것이다. 충혈된 눈으로 자기 몸동작에
열중하는 사내와 달리 "여자는 그믐이다". 그녀는 보름달처럼 충만할
수가 없다. 이것은 육교의 내통과 착란인데, 이를 떠받치는 힘은 육교

(肉交/陸橋)라는 소리은유다.

전신주 위의 애자가 몸을 떨고 있네
기지촌에 비는 내리고
먼 데서 달려온 뜨거운 전기가
쉴 새 없이 애자의 몸을 핥고 지나갔네

철조망에 매달린 물방울이 보이네
전선을 타고 흐르는 애자의 눈물이 보이네
고통은 길지만 지나가는 것이고,
생(生)은
애자의 몸을 시커멓게 더럽히며 사라진
찰나의 스파크 같은 것이라네

깨진 애자의 젖은 몸이 길 위에 뒹굴고
미제 험비*가 마지막으로 한 번 더
불에 그을린 애자의 몸을 밟고 지나갔네
* 미제 군용 차량

—박후기, 「애자의 슬픔」 전문

"애자"는 전선을 부설할 때 전주나 구조물 사이에 설치하는 절연기구 이름이다. 시는 이 애자를 여성의 이름으로, 그것도 기지촌 여성의 이름으로 바꾸었다. 애자를 지나가는 전기는 (같은 이름을 한) 여성의 몸을 짓밟는 욕정들, 나아가 "미제 험비"로 대표되는 외세의 은유다. 생이 그녀에게 "찰나의 스파크"를 일으키며 사라진 후에 애자는 깨져 길 위를 뒹군다. 이 땅의 모든 민중의 삶이 그와 같은 처지일 것이다.

이 시의 소리은유("애자")는 곧장 의인화의 입구가 되어 있다.

> 슬픔은 살이 된다
>
> 신랑을 잃고 그는 울면서 찬밥을 먹는다. 손님이 적은 날은 버릴 수 없어서, 그렇지 않은 날은 남편 몫으로 퍼놓은 밥을 먹는다. 한번은 자신의 입맛으로, 새참은 남편의 식성으로 눈물 떨군다. 그가 살집에 갇힌 까닭도 그리움이고, 그가 풀려나올 수 있는 방법도 사랑이다. 뚱뚱한 세 딸 모두 엄마의 체질을 투덜거리지만 아버지가 보고플 때마다 그들도 밥을 먹는다. 사람들은 그 집을 살찌는 집이라 부르며 간혹 그의 살집에 갇히면 좋겠다 큰소리친다. 하지만 옛사랑은 너무 뚱뚱해서 밖으로 나올 수 없다. 살찌는 집에 가면 슬픔도 비벼 먹을 수 있음을 알게 되고 살이 되는 눈물이 든든해진다.
>
> 찬밥 가득한 그의 몸은 보온밥통이다.
> 눈물 젖은 손으로는 플러그를 뺄 수가 없다.
>
> ─이정록, 「살찌는 집」 전문

"살집"은 살의 집이어서 살찌는 집이다. 신랑을 잃은 슬픔 때문에 그 슬픔이 식성으로 바뀌어서, 혹은 어머니의 체질을 이어받아서 그들은 살이 쪘다. 그들은 옛사랑을 슬픔으로 바꾸었으므로 너무 큰 슬픔을 돌이킬 수 없었다. 이미 먹은 밥을 "찬밥"이라 부르는 시선에는 유머가 스며들어 있지만, "눈물 젖은 손으로는 플러그를 뺄 수가 없다"고 적는 손에는 슬픔이 배어 있다. 소리은유가 사연과 만나서 쓸쓸한 웃음을 낳은 시편이라 하겠다.

고비에 다녀와 시인 C는 시집 한 권을 썼다 했다 고비에 다녀와 시인 K는 산문집 한 권을 썼다 했다 고비에 안 다녀와 뭣 하나 못 읽는 엄마는 곱이곱이 고비나물이나 더 볶게 더 뜯자나 하시고 고비에 안 다녀와 뭣 하나 못 쓰는 나는 곱이곱이 자린고비나 떠올리다 시방 굴비나 사러 가는 길이다 난데없는 고비라니 너나없이 고비라니, 너나없이 고비는 잘 알겠는데 난데없이 고비는 내 알 바 아니어서 나는 밥숟갈 위에 고비나물이나 둘둘 말아 얹어드리는데 왜 꼭 게서만 그렇게 젓가락질이실까 자정 넘어 변기 속에 얼굴을 묻은 엄마가 까만 제 똥을 헤쳐 까무잡잡한 고비나물을 건져 올리더니 아나 이거 아나 내 입 딱 벌어지게 할 때 목에 걸린 가시는 잠도 없나 빛을 보자 빗이 되는 부지런함으로 엄마의 흰 머리칼은 해도 해도 너무 자라 반 가르마로 땋아 내린 두 갈래 길이라는데 어디로 가야 하나 조금만, 조금만 더 필요한 위로는 정녕 위로 가야만 받을 수 있는 거라니 그렇다고 낙타를 타라는 건 상투의 극치, 모래바람은 안 불어 주는 게 덜 식상하고 끝도 없는 사막은 안일의 끝장이니 해서 나는 이른 새벽부터 고래고래 노래나 따라 부르는 까닭이다 한 구절 한 고비, 엄마가 밤낮없이 송대관을 고집하는 이유인즉슨이다

—김민정, 「고비라는 이름의 고비」 전문

많은 이들이 고비에 다녀와 시와 산문을 썼다. 그들에게 고비는 "낙타" "모래바람" "끝도 없는 사막"이다. 나와 엄마는 거기 다녀오지 않았으므로 쓸 말도 할 말도 없다. 나와 엄마에게 고비는 "고비나물" "자린고비" "한 구절 한 고비"다. 나는 시인들의 고비가 "상투"적이고 "식상"하고 "안일"하다고 생각한다. 거기에 삶과 생활이 없기 때문이다. 그들은 삶과 생활을 이곳에 놓아두고 그곳에 다녀왔다. 나와 엄마는 그래서는 안 된다고 생각한다. 어디를 다녀오려면 "이른 새벽부터" 준비해서 송대관의 노래처럼 "한 구절 한 고비" 꺾어 넘으며 건너가야 한

다. '고비'에서 '고비'로 이행한 저 소리은유의 미끄러짐은 상징에서 알레고리로, 죽음에서 삶으로 이행하는 미끄러짐이다. "고비" 사막이 "곱이곱이, 고비나물, 자린고비, 굴비, 한 구절 한 고비"로 변형되면서 시적 전언의 핵심어 목록을 채우는 시편이다.

> 사랑은 움직인다
> 사랑이 동그란 바퀴를 타고 있기 때문에,
> 당신밖에 할 수 없는 일,
> 사람에서 ㅁ을 깎아 ㅇ을 만들어서
> .....ㅇ....ㅇ....ㅇ.....ㅇ.......ㅇ......
> 동그란 바퀴는 구르고 움직이며 때로 미끄러지기도 한다,
> ㅇ.... 굴렁쇠...... 사랑은 누군가의 목을 조이기도 하고
> 들판 밖으로 나가 굴러 널브러지고도 하고
> 정착을 모르고 여기저기 쓰러지기도 하지만
> 깊고 찬 우물, 광야에서 발견한 우물의 ㅇ
>
> 아리랑.......쓰리랑........이란 말도 그렇다,
> 그런 말이다,
> 마음에 바퀴를 달고 있다는 것이다,
> 시베리아 남부지역, 바이칼 호숫가에 살고 있는 에벤키족의 언어에서
> 아리랑(alirang)은 '맞이하다'는 뜻을,
> 쓰리랑(serereng)은 '느껴서 알다'는 뜻으로 사용되고 있다고 한다,
> 영혼을 맞이해봐라
> 이별의 슬픔을 참아봐라,
> 아리랑 쓰리랑 두 개의 바퀴를 타고 가서, 나아가서,
> 찬 새벽 사막에서 우물 ㅇ을 만나봐라

마음을

.....ㅇ....ㅇ....ㅇ.....ㅇ.......ㅇ......에 올려두고

일평생 미끄러져봐라

앉아 있는 사람에서 ㅁ이 ㅇ이 될 때까지

둥글게 둥글게 모서리 뼈를 깎아봐라,

ㅁ이 ㅇ이 될 때까지 아리 아리게 쓰리 쓰리게

뼈를 깎는 그 고통이 지나야만

웃는 웃음 ㅇ이 바퀴를 굴려 나가리니

깊고 찬 우물, 광야에서 발견한 우물의 ㅇ

당신밖에 할 수 없는 일,

어떤 사막에서도 멈출 줄 모른다,

사랑은 ㅇ을 타고 있기에

— 김승희, 「사랑은 ㅇ을 타고」 전문

"사람에서 ㅁ을 깎아 ㅇ을 만들"면 사람이 사랑이 된다. 시는 이 "ㅇ"에 관한 이야기다. 그것은 바퀴이자 굴렁쇠이며, 올가미이자 우물이다. 우리 민족의 노래인 "아리랑"도 그렇다. "마음에 바퀴를 달고 있다는 것이다". 그것은 "영혼을 맞이"하는 일이자 "이별의 슬픔을 참"는 일이다. 마음을 "ㅇ"에 올려두고 "일평생 미끄러져봐라". 그러면 우리는 고통에서 웃음으로, 사막에서 우물로 이행할 수 있을 것이다. "사람"과 "사랑" 사이의 이 관계는 형상적인 것('ㅁ'을 깎아서 'ㅇ'을 만들다)이자 소리은유적인 것(둘은 유음이의어 관계다)이다.

저 숲속 깊은 곳으로 가면 무가당 담배 클럽이 있다네, 어떤 사람들은 그걸 애연가 클럽으로 알고, 또 어떤 사람들은 담배를 끊으려는 금연

동맹 정도로 아는데, 무가당 담배 클럽은 도심에 호랑이를 풀어놓기 위한 시민 연합과 차라리 그 성격이 비슷하다네, 얼음이 물이 되고 종달새가 우는 봄이 오면 무가당 담배 클럽에서는 무슨 일이 일어나고 있나, 아는 사람은 다 알지, 무가당 담배 클럽에서 봄을 맞이하여 첫 번째로 하는 일은 지난 겨울 읽던 책들을 절구통에 넣고 빻아서 떡을 만들어 먹는 일, 겨우내 얼어붙었던 얼음 맥주의 강을 망치로 부수어 마시는 일 그리고 그 강물 속에서 술에 절어 겨울잠을 자던 술고래들을 낚시하는 것, 그렇다면 술고래들의 겨울잠이 무가당 담배 클럽에 무슨 해를 끼치기라도 했단 말인가, 그렇지는 않지만 얼음 맥주의 강에서 얼음장을 깨고 술고래들을 낚는 일은 너무나 재미있는 일이라네, 술고래들은 한결같이 잠에 취해 정신없이 끌려나오지, 술고래들을 운반하기 위하여 무가당 담배 클럽의 마을에는 기차가 드나드는 작은 역도 하나 생겨났지, 하루에 두 번 기적을 울리며 기차가 들어올 때면 술고래들은 잠에서 깨어나 펄쩍펄쩍 뛰지, 그러나 이미 때는 늦은 거라네, 술고래들은 아마 도시로 팔려나가 사람들을 위해 얼음 맥주의 호수를 망치로 부수는 일을 하겠지, 더러는 커다란 수족관 같은 데서 술 마시고 담배 피지, 더러는 커다란 수족관 같은 데서 술 마시고 담배 피우는 연기를 하기도 하겠지, 무가당 담배 클럽에서는 올해도 상당한 숫자의 술고래를 도시와 계약했다지, 얼음이 물이 되는 봄이 오면 무가당 담배 클럽의 술고래 낚시가 더욱 바빠지겠네

—박정대, 「무가당 담배 클럽에서의 술고래 낚시」 전문

"무가당 담배 클럽"은 낭만적인 명명이다. 술과 담배와 독서로 소일하는 이들을 해학적으로 표현한 모임이기 때문이다. "도심에 호랑이를 풀어놓기 위한" 목적이란 그것의 무모함으로 평가되는 것이 아니라 낭만성으로 평가되어야 한다. 봄이 되면 그들은 "지난 겨울 읽던 책들"로

떡을 만들어 먹고(다 읽었다는 뜻이다), "얼음 맥주의 강"에서 술고래들을 낚시한다(술독에 빠져 있는 동료들을 깨운다는 말이다). 술을 고래처럼 먹는 자들이라는 뜻의 '술고래'를 고래의 일종으로 전유한 이 소리은유는 그러나 완전하게 전유되어 있지는 않아서 시의 후반부에 가서는 "술고래"들이 다시 사람으로 돌아온다(도시에서도 술 마시고 담배 피우는 일을 계속한다는 뜻이다).

발이 있어야
말은 말발이 서고
글도 힘센 글발이 되고
현이 없는 기타소리도 발만 달아주면
소릿발이 되어 빗발을 불러오고
빗발은 서릿발로 다시 눈발로 몸을 바꾸고
눈에는 핏발이 서야만
시선도 눈길로 열려서 발길을 재촉해
발만 달아주면 마당도 마당발이 되어
끗발 날릴 수 있다니까

신을
왜 신발이라고 하는지 이제 알겠네.
—유안진, 「신이 신발인 까닭」 전문

"발"로 끝나는 단어들을 덧붙인 말놀이(소리은유)인데, 결론이 자못 충격적이다. 말과 글과 소리에 붙은 발들은 힘을 보태주는 발이고, 비와 서리와 눈에 붙은 발은 흔적을 대신하는 발이다. 거기에 "핏발"과 "마당발"을 더하면, 신(神)에 붙은 발의 힘이 얼마만 한지 알 수 있겠다. 신발이 신보다 힘이 센 이유를 설명하는 해학적인 시다.

소리은유를 말놀이에 불과하다고 말하면 그것이 갖는 의미론적 기능이 재담 차원으로 격하되고 만다. 소리은유는 현대시에서 광범위하게 관찰되는 현상이다. 13장에서 우리는 소리가 특정 의미로 기능하는 경우를 검토하게 될 것이다. 의미의 미끄러짐과 소리의 정박(碇泊)이 동시적으로 일어나면서 생기는 이 효과는 정확히 은유적인 효과에 해당한다.

<h1 style="text-align:center">9장 체계</h1>

제유와 환유란 무엇인가?

8장에서 수평적인 비교에서 파생된 비유들(은유, 직유, 소리은유)에 관해서 살펴보았다. 9장에서는 수직적인 비유에 관해 살핀다.

1. 제유

1-1. 제유란 무엇인가?

은유가 유사성의 소산이고 환유가 인접성의 소산이라면, 제유는 포괄성(혹은 종속성)의 소산이다. 제유 관계에 있는 두 사물은 상위/하위 관계에 놓인다. 전통적인 제유는 "부분으로 전체를('오십 척의 배' 대신 '오십 개의 닻'을), 전체로 부분을('봄' 대신 '미소짓는 해'를), 종으로 유를('암살자' 대신 '살인자'를), 유로 종을('인간' 대신 '피조물'을), 재료의 이름으로 만들어진 사물을 대신하는 것 등"을 이른다.[1] 부분과 전체의 대체는 물질적, 결합적인 대체이며, 종과 유 혹은 재료와 사물의 대체는 개념적이고 분리적인 대체에 해당한다. 따라서 시선(물질적)이든 연상(개념적)이든 제유는 상위 개념과 하위 개념 사이의 대체를 이른다. 많은 경우 환유와 제유를 동일시하는 것은 대체물과 피대체물을 물질적인 것으로만 상상했기 때문이다. '내 코트에 소포가 있다'고 했을 때 '코트'는 '주머니'를 이르는 말이며, '한 잔 하겠다'고 했을 때, '잔'은 '한 잔의 커피'를 이르는 말이다.[2] 전자가 제유이고 후자가 환유인데, 양자 모두 환유의 물질적인(공간적인) 인접성의 용어로 설명할 수 있는 것이다. 하지만 전자가 제유인 것은 '주머니'가 '코트'의 일부이기 때문이며, 후자가 환유인 것은 '잔'이 '커피'와 관용적으로 관련되어 있기 때문이다.

구조적 관계는 사물들 내(within)의 관계이고 외적 관계는 사물들 간(among)의 관계이다. (…) 구조적 관계란 제유적 관계를 일컫는 것이다. 즉 전통적으로 부분과 전체, 종과 일반, 사물과 그 재료의 관계를 말하는 제유라는 것이다. 이들은 관계들의 이질적 집합이 아니라 단일 유형의 변종들인 것이다.

주장하고자 하는 것은 제유적 관계는 구조적이고 환유적 관계는 외적(extrinsic)이라는 것이다. 즉 특정 사항과 그 사항에 속한 부분들, 또 특정 사항들 간의 관계를 말한다. (…) 예를 들어 '바퀴들'이란 자동차에 대한 제유이지만 경주 운전자가 '바퀴'라는 별명을 갖게 되면 그것은 환유이다. 전자의 경우 '특정' 사항은 자동차이고 바퀴는 그것의 일부, 전체에 대한 부분으로써 자동차에 구조적으로 관련된 것이다. 후자의 경우 바퀴가 특정 사항이고 또다른 특정 사항은 운전자와 외적으로 연

---

1) J. Kreuzer, Elements of Poetry, Macmillan Company, 1955, p. 106.
2) Ibid., pp. 106~107. 하지만 크루저 역시 제유가 환유의 특수한 종류로 간주될 수 있다고 말한다.

관되어 있다.[3](고딕체 강조는 인용자)

제유는 구조적인 사고의 결과로 출현한다. 제유는 사물의 부분과 사물 전체의 관계에서 맺어지는 것이어서 내적 관계라 할 수 있으며, 환유는 한 사물과 관용적으로 혹은 사회적인 문맥으로 관련된 사물과의 관계에서 맺어지는 것이어서 외적 관계라 할 수 있다. 다시 말해 제유는 한 사물의 부분과 그 사물 전체를 형성하는 구조적 틀 안에서 발생하는 것이며, 환유는 여러 개의 이질적인 사물들 사이에서 그것들을 아우르는 사회적인 문맥의 힘이 있을 때 발생하는 것이다.

은유가 교차 관계의 사물 사이에서 맺어진다면, 제유는 포함 관계의 사물 사이에서 맺어지며, 환유는 배제 관계의 사물 사이에서 맺어진다. 은유의 유사성(혹은 동일성)은 교차 관계의 사물 사이에서 성립하는 것이며, 제유의 포괄성(혹은 종속성)은 하나의 사물이 다른 사물의 일부분이거나 전체일 때 성립하는 것이고, 환유의 인접성은 교차하지 않는 두 사물을 전제로 할 때 성립하는 것이다.[4] "제유는 인간의 기본적인 범주화 능력(많은 대상 속에서 한 가지 공통성을 보는 것)과 관계 있고, 환유는 인간의 기본적인 지각 능력(한 대상과 인접해 있는 대상을 찾아내는 것)과 관계 있다. 범주화의 능력이 없으면

---

3) 정원용, 『은유와 환유』, 신지서원, 1996, 164~165쪽. 외적 관계는 다시 의존 관계와 단순 관계로 나뉜다. 의존 관계는 사물들이 갖는 속성이 특정 관점에 의해 결합된 경우인 반면, 단순 관계는 사물들 사이에 의존 관계가 보이지 않는 경우다. 전자의 특징이 유사성이므로 의존 관계는 은유의 기초를 이룬다. 반면 단순 관계는 상호 의존적이지 않은(곧 공유되는 속성이 없는) 관계여서 환유의 방식을 이룬다. 결국 제유는 사물들 사이의 구조적 관계에서, 환유는 외적인 단순 관계에서, 은유는 외적인 의존 관계에서 발생한다는 것이다.

4) 에코는 기호적 조직화의 방식으로 제유와 환유를 구별했다. 먼저 제유에 대한 설명이다. "만일 의미소가 연결되지 않은 의미소들의 비계층적 집합이라면, 우리는 의미소 '남성'이 외연적 표지 '인간'을 가지고, 의미소 '인간'이 내포적 표지 '남성'을 가질 수 있다고 말해야 한다. (…) 각 표지는 (기호적 합의에 의해) 유를 내포하며, 이때 유 안에 그 표시가 포함된다. 그리고 그 표지는 구성원의 유가 되는 구성원을 내포한다. 그러므로 의미소는 유이고, 상의 관계(hyperonymy)에 의해서 그것의 종을 외연하며, 하의 관계(hyponymy)에 의해

세계는 무의미한 무질서의 상태로 보일 것이고 인간의 대상 인식이 불
가능해진다고 할 수 있다. 또 시공간의 인접성에 대한 지각이 없으면
세계는 산산이 흩어지게 된다. 인간은 한편으로 주변에 존재하는 사물
들과 발생하는 사건들과 인접하여 생활함으로써 공간적 시간적(인과
적) 지식을 얻게 된다."[5]

정리하자면 제유는 부분으로 전체를, 전체로 부분을 대신하는 비유
다. 두 가지 성격을 나누어야 한다. 첫째, 물질적인 방식으로 부분과
전체의 관계가 가능한 경우. 둘째, 개념적인 방식으로 부분(종)과 전체
(유)가 가능한 경우. 제유는 처음부터 구조(체계)의 소산이다. 제유의
경우, 두 대상(혹은 언술의 영역)은 등위적인 위치를 갖지 않는다. 부분

서 그것의 유가 되는 종을 내포한다"(움베르토 에코, 『기호학 이론』, 서우석 옮김, 문학과
지성사, 1985, 308쪽. '기저의미'라는 역어를 '외연'으로, '부가의미'라는 역어를 '내포'로,
'제누스'를 '유로', '표시소'를 '표지'로 바꾸었음). 제유를 상위 개념과 하위 개념 간의 계
층적 관계로 설명하는 셈이다. 종개념(남성, 주홍)으로 유개념(인간, 붉은)을 외연하고 유
개념으로 종개념을 내포하는 것이 제유이다. 다음 환유에 대한 설명이다. "환유에 대해서
말하자면 만족스런 해명은 의미적 재현 안에 역할(roles) 또는 〈경우(cases)〉의 유형학에
따른 n-위치의 속성(predicates)을 삽입함으로써 도달될 수 있다. 이런 방법으로 우리는
결과 대신 원인이나 그 역, 소유자 대신 소유한 것이나 그 역, 포함하고 있는 것 대신 포함
된 것이나 그 역 등과 같은 관계들을 기록할 수 있다"(같은 쪽). n-위치란 문맥적 선택
(cont-)에 따라 분화되어가는 기저의미d(외연)와 부가의미c(내포)의 자리를 말한다. 다
시 말해 특정 문맥 안에서 외연과 내포에 따른 의미소의 자리 바꿈이 환유를 낳는 조건이
라는 이야기다. 의미소가 문맥 안에서 특정한 역할이나 경우의 유형에 따라 자리를 바꿀
때에 환유가 생성된다.
5) 정원용, 앞의 책, 191쪽. 저자는 환유가 물질적인 면과, 제유가 개념적인 면과 관련된다고
추론했다. 환유가 실세계에서의 인접성을 지각하는 능력이며, 제유가 개념적인 범주화 능
력이기 때문이다. 환유가 인간의 지각 능력과, 제유가 인간의 범주화 능력과 관련되어 있
다는 추론은 설득력이 있다. 긴 구문을 혹은 시-공간의 긴 회로를 축약했을 때 환유가 생
성되는 것이므로 인접성으로 설명할 수 있으며, 부분과 전체, 종과 유(일반)를 구조화했을
때 제유가 생성되는 것이므로 포괄성(혹은 종속성)으로 설명할 수 있기 때문이다. 그러나
개념적으로 인접한 환유(예: 범죄자→범죄)와 물질적으로 범주화된 제유(예: 음식 ⊃
빵)를 간추릴 수 있으므로, 환유가 반드시 물질적인 측면에서만 발생하거나 제유가 반드
시 개념적인 측면에서만 발생하는 것은 아니다.

과 전체, 상위 범주와 하위 범주의 경우에서만 제유적인 관계가 성립하기 때문이다. 동등한 층위의 언술 사이에서는 은유적인 관계(유사성으로 묶인 경우)나 환유적인 관계(인접성으로 묶인 경우)가 이루어진다. 제유적인 관계를 설명하는 특질은 포괄성 혹은 종속성이다. 상위 언술이 하위 언술에 대해 갖는 특질이 포괄성이며, 역으로 하위 언술이 상위 언술에 대해 갖는 특질이 종속성이다.

1-2. 제유의 종류

제유는 하나의 대상(혹은 언술)이 다른 대상(혹은 언술)과 상위/하위 관계로 맺어졌을 때 성립한다. 제유로 맺어진 언술에서는 상위의 언술 영역이 하위의 언술 영역을 포괄한다. 두 언술이 제유적인 관련을 맺기 위해서는 하위 언술 영역이 상위 언술 영역의 부분이거나 특화여야 한다. 다시 말해 하위 언술의 체계 안에 상위 언술의 체계가 반영되어야 한다.

제유는 연상의 방향에 따라 구별되는 다음과 같은 하위항을 포함한다.

1-2-1. 구체화 A ⊃ B

물질적인 영역에서 시선이 넓은 범위(비가시적인 범위)에서 좁은 범위(가시적인 범위)로 축소되는 것, 혹은 개념적인 영역에서 연상이 상위 범주에서 하위 범주로 내려가는 것. 곧 상위 대상이나 언술이 시선이나 연상의 진행에 따라 하위 대상이나 언술로 개별화되는 것을 말한다.

설파제를 먹어도 설사가 막히지 않는다
하룻동안 겨우 막히다가 다시 뒤가 들먹들먹한다

꾸루룩거리는 배에는 푸른색도 흰색도 적(敵)이다

배가 모조리 설사를 하는 것은 머리가 설사를
시작하기 위해서다 성(性)도 윤리(倫理)도 약이
되지 않는 머리가 불을 토한다

여름이 끝난 벽(壁) 저쪽에 서 있는 낯선 얼굴
가을이 설사를 하려고 약을 먹는다
성과 윤리의 약을 먹는다 꽃을 거두어 들인다

문명(文明)의 하늘은 무엇인가로 채워지기를 원한다
나는 지금 규제(規制)로 시를 쓰고 있다 타의(他意)의 규제(規制)
아슬아슬한 설사다

언어(言語)가 벽을 뚫고 나가기 위한
숙제는 오래된다 이 숙제를 노상 방해하는 것이
성의 윤리와 윤리의 윤리다 중요한 것은

괴로움과 괴로움의 이행(履行)이다 우리의 행동(行動)
이것을 우리의 시로 옮겨놓으려는 생각은
단념하라 괴로운 설사

괴로운 설사가 끝나거든 입을 다물어라 누가
보았는가 무엇을 보았는가 일절 말하지 말아라
그것이 우리의 증명이다

—김수영, 「설사의 알리바이」 전문

성과 윤리, 문명, 언어 따위의 규제를 설사할 때의 괴로움으로 구체
화해 나타낸 시다. 나는 지독한 설사를 경험한 후에 사회 전반의 억압
과 규제에 대해, 자연의 묘리(妙理)와 시작(詩作)에 대해 생각을 키운
다. "배가 모조리 설사를 하는 것은 머리가 설사를/시작하기 위해서
다"라는 말에는 해학이 있다. 아무 약도 듣지 않는 복통이 계속되자 나
는 머리가 터질 듯한 괴로움을 느낀다. 꾹 참았던 이성의 규제가 설사
처럼 터져나오는 것이다. 아마도 시적 주체는 고통을 못 이겨 상스러
운 욕을 한 것 같다. 그 욕에 "성(性)도 윤리(倫理)"가 묻어나왔다. 성
적인 어사가 섞인 욕이고, 윤리 따위를 돌보지 않는 욕일 테니 이런 연
상이 어색하지 않다.

　그러고 보니 가을이 잎을 떨구고 꽃을 거두어 들이는 것도 설사하는
일과 진배없다. 자연과 달리 "문명"은 규제하고 억압하는 것이다. 문명
은 "무엇인가로 채워지기를 원한다". 마치 설사하지 않은 뱃속처럼 문
명은 규제로 가득하다. 시를 쓰는 일도 언어로 자신의 내면을 드러내
는 일이어서 규제를 받으면서도 그것을 터뜨리는 일이다. 언어라는 것
이 사회적인 규제를 받아들여야 쓸 수 있으며, 그러한 규제로 자기 이
야기를 한다는 것이 늘 어떤 수위를 넘지 않으면서도 넘어야 하는 일
인 까닭이다. 그러니 시를 쓰는 일도 "아슬아슬한 설사다". 말하지 않
는 것이 언어의 죽음이니, 시를 쓰는 일은 "언어가 벽을 뚫고 나가기
위한/숙제"인 셈이다. 이 숙제는 다시 사회적인 금기와 위반의 경계를
생각하게 만든다. 규제를 받아들이며 규제를 넘어서야 하듯, "성의 윤
리와 윤리의 윤리"를 받아들이며 동시에 넘어서야 한다. 성의 윤리는
개인을 강력하게 규제하는 것이며, 윤리의 윤리는 사회를 강력하게 규
제하는 것이다. 이런 안팎의 괴로움을 "이행"하는 일이 살아가는 일이
며, 시 쓰는 일이다.

　이제 나의 생각은 "우리의 행동"에까지 미쳤다. 나는 지금 괴로움을

이행하는 일, 곧 실천의 문제 앞에 직면해 있다. "이것을 우리의 시로 옮겨놓으려는 생각은/단념하라"라는 말은 반어다. 이미 시는 완성 단계에 있기 때문이다. 이 말은 금기와 위반을 동시적으로 수행해야 한다는 말이다. 그러므로 마지막 명령어는 "설사"라는 구체적 고민으로 돌아와 아파하고 조바심하는 모습을 제시하려는 것이지, 앞의 모든 상념을 취소하고 번복하려는 것이 아니다. "괴로운 설사가 끝나거든 입을 다물어라"라고 말했는데, 이 역시 아직은 입을 다물 때가 아니라는 말을 강조하는 반어적 어법일 따름이다. 1행을 참조하면, "설파제를 먹어도 설사가 막히지 않"기 때문이다.

이 시는 설사에서 시작해 모든 규제와 일탈에 대한 일반의 상념을 제시한 후에 다시 설사로 끝난다. 설사는 모든 규제를 벗어나려는 시도를 은유하기도 하고, 모든 차원의 일탈을 구체화하는 제유로 기능하기도 한다. 내가 직접 설사를 경험하기 때문에 제유를 육체를 포함한 모든 벗어남의 하위 개념으로 간주할 수 있는 것이다. 가로축을 은유 관계에, 세로축을 제유 관계에 할당해 표를 만들면 여러 차원의 일반 진술이 제유적으로 구체화되고 있음을 확인할 수 있다.

은유→

문명		언어	자연	개인
성(개인적 차원)	윤리(사회적 차원)	시	가을	(꾸루룩거리는) 배
설사를 하다(제유적 구체화)				

제유↓

신생아들은 보통 아랫도리를 입히지 않는다

대신 기저귀를 채워놓는다

내가 아이를 낳기 위해 수술을 했을 때도

아랫도리는 벗겨져 있었다

할머니가 병원에서 돌아가실 때도 그랬다
아기처럼 조그마해져선 기저귀 하나만 달랑 차고 계셨다
사랑할 때도 아랫도리는 벗어야 한다
배설이 실제적이듯이
삶이 실전에 돌입할 때는 다 아랫도리를 벗어야 된다

때문에 위대한 동화작가도
아랫도리가 물고기인 인어를 생각해내었는지 모른다
거리에 아랫도리를 가린 사람들이 의기양양 활보하고 있다
그들이 아랫도리를 벗는 날은
한없이 곱상해지고 슬퍼지고 부끄러워지고 촉촉해진다
살아가는 진액이 다 그 속에 숨겨져 있다

신문 사회면에도
아랫도리가 벗겨져 있었다는 말이 심심찮게 등장하는 걸 보면
눈길을 확 끄는 그 말속에는 분명
사람의 뿌리가 숨겨져 있다

—문성해, 「아랫도리」 전문

"아랫도리"는 삶을 시작하고 끝맺는 제유다. 아기가 태어날 때에도, 아기를 낳을 때에도, 저세상으로 돌아갈 때에도 우리는 그렇게 헐벗었다. 이것은 단순히 공수래공수거의 비유가 아니다. "배설이 실제적이듯이" 삶이 난장의 무대에 들기 위해서는 감춘 것이 없어야 한다. 아이의 세계인 동화와 어른의 세계인 성(性)이 또한 그렇다. 동화의 세계에선 성이 없으므로 인어의 예에서 보듯 아랫도리를 찾을 수가 없고, 성적인 세계에선 감추고 있어도 제일 중요한 게 여전히 아랫도리다. 모

든 욕망은 그렇게 "한없이 곱상해지고 슬퍼지고 부끄러워지고 촉촉해
진다". 거기가 삶이 시작되고 마감하는 곳이며, 삶이 깃들거나 건너뛰
는 곳이다.

　이 시의 죽음은 삶을 이끌어가는 근원적인 힘, 곧 욕망이 가장 잘 드
러나는 곳에서 제모습을 드러낸다. "아랫도리가 벗겨"진 채 죽음을 맞
는 "신문 사회면"의 피해자들은 그 죽음으로써 무서운 삶의 동력을 역
설적으로 증거하는 것이다. 우리는 이곳을 벗어날 수 없다. 나서도 죽
어서도 여전히 삶을 요약하는 단 하나의 장소가 바로 여기다.

　밤중에 잠이 깼는데 머리가 찢어질 듯해 방바닥을 몇 바퀴 굴렀는지
몰라요. 엄마와 하나님이 부르는 소리가 들려 손을 내밀다, 우연히 부엌
문이 열려 가스 중독에서 살아났어요. 이렇게 간증한 박 양은 감사의 표
시로 교회에 종을 기증했다.

　가난한 농사꾼의 팔남매에서 일곱째인 그녀는, 라디오로 고등학교
마치고 야간 대학에 다니던 그녀는, 자수기 한 대에 생계를 걸며 혼자
월세방을 옮겨다니던 그녀는, 다시 찾아온 중독 사고로 세상 떠났다. 더
불어 유치원 선생이 되려는 작은 희망도 이승에서 사라졌다. 그녀가 이
불에 수놓은 수천 쌍의 학, 그 날개 아래 잠든 사람들 단꿈 꾸는 봄밤에.
　　　　　　　　　　　　　　　　　　　　　―최두석, 「박정길 양」 전문

　연탄가스는 서민들의 생명을 위협하는 대표적인 위험인자 가운데
하나였다. "박정길 양"도 연탄가스의 거듭된 내침에 목숨을 잃었다. 곡
진한 한 인물의 사연이 이 땅의 민중이 겪어야 했던 전형적인 사연이
될 때, 그는 제유적인 인물이 된다. 전형적인 개인은 언제나 그가 속한
집단 전체를 대표하므로 부분으로 전체를 대신하는 제유적 성격을 갖
는 것이다. 집단 전체의 곡절을 한 몸에 체현했으므로 그녀는 제유적

구체화의 예가 된다.

　　사람들은 구내식당에 줄을 서서
　　자신의 욕망만큼 주문한다
　　아니, 일용할 욕망이 허락되는 만큼

　　공기밥 400원 아욱국 200원 제육볶음 1000원 시금치나물 400원 해파
리냉채 600원 김치찌개 1000원 병어구이 1000원

　　수저를 드는 순간
　　내 앞에서 수저를 들고 있는
　　또 하나의 손,
　　나는 저 손을 알고 있다
　　조금 전까지 거리에서 광고지를 나누어주던 손
　　버려지기 위해 쌓인 광고지와
　　그것을 다 버려야만 밥을 먹을 수 있는 손
　　그 손이 하염없이 먹고 있는

　　한 그릇 맨밥

　　얼어터진 손등이 나르고 있는 흰 밥알들은
　　부르튼 입술 사이에서 구름처럼
　　뭉쳐졌다 풀어지고 뭉쳐졌다 풀어지고
　　밥알을 씹는 어두운 눈동자 속으로
　　잠시 휘돌다 사라지는

흰 구름 한점

—나희덕, 「흰 구름」 전문

식당에서 맨밥을 먹고 있는 한 사람을 만났다. 거리에서 광고지를 나누어주던 사람이다. 시는 그 사람 전체를 비추지 않고, 그의 손만을 클로즈업해서 보여준다. 이때의 손은 ('일손' 같은) 기능으로 대표되는 손이 아니라, ('맨손' 같은) 헐벗음으로 대표되는 손이다. 이 제유와 "흰 구름"(=밥)이라는 은유가 만나서, 헐벗은 한 삶의 아득함과 막막함이 아름답게 소묘되었다. 사실 '흰 손'이라는 제유만으로는(이미 관용적인 표현에 해당하기 때문에) 생산적인 표현이 되지 못했을 것이다. 은유의 생성적인 힘을 흡수한 덕에 이 제유는 한 폭의 풍경화(의 일부)로 변모할 수 있었다.

모 목장에서 양B로 오인 받아 도살당하는 양A.

양B요! 배달된 양A를 보고 양B가왔군 판매하는 식육점 주인.

양B로 알고 구매한 양A를 양B처럼 조리하는 요리사.

양A의 요리를 양B의 요리 가격을 주고 먹는 손님.

굶주린 늑대가 얼룩말 떼를 습격할 때

같은 무리 발에 걸려 넘어지는 얼룩말.

집었던 콜라를 놓고 우유를 살 때 그 콜라.

어느 밤 트럭에 치여 즉사한 고양이.

어느 아침까지 계속 치이고 있는 고양이.

어느 새벽 청소부가 삽으로 긁어내고 있는 고양이.

차창 밖으로 마주친 오줌 누던 개의 눈동자.

덜컹 덜컹 시간 속으로 멀어지는 눈동자.

공터에 버려진 채 비를 맞는 소파.

오며 가며 아이들이 칼자국 내고

시청 다니는 늙은 자식이 오줌도 깔기는 소파.

버스 맨 뒷자리 아무렇게나 펼쳐진 신문.

청소하는 아주머니가 되는대로 둘둘 말아 쥐고

바퀴벌레를 향해 내리치는 신문.

그 신문에 인쇄된 바퀴벌레의 터진 비명.

—황성희, 「개나리들의 장래희망」 전문

"개나리"는 '익명'으로밖에는 의미화되지 못하는 이 땅의 장삼이사들이다.[6] 그러므로 개나리는 소리은유이자 은유(개별자로서의 이름을 잃고, 군집으로만 불리는 이들)이다. 이것이 은유적으로 병렬되는데, 이런 병렬이 모여 제유적 구체화로 기능하고 있다. 저 시행들을 가득 채우는 개별자들이 모두 개나리의 변형들이자 일원이기 때문이다. 오인받았거나 배신당했거나 버림받았거나 횡사했거나 더럽거나 더럽혀지거나 오용되거나 간에 이것들 모두는 이름을 잃었다. 이것들은 그 다수성으로서만 특징지어지는 개나리들의 변용태다. "양A"는 잘못 도살되고 판매되고 조리되고 먹혔다. 양은 오인의 유통과정에 휩쓸려 들었다. "얼룩말"은 "같은 무리 발에 걸려" 넘어졌다. 피식자와 포식자의 관계는 여전히 완강하지만 "얼룩말"은 포식자의 피식자가 아니라 피식자의 피식자가 되었으니 이중으로 억울해졌다. "콜라"는 선택되었다가 버림받았으니 두 번 버림받았고, "고양이"는 "트럭에 치여 즉사"하고서도 아침까지 거듭 치였다. "오줌 누던 개의 눈동자"는 아무것도 보지 않았을 터인데, 차 안의 나도 그 개를 보려고 본 것은 아닐 터이므로 둘은 마주 보는 외면(外面)이다. 버려진 "소파"는 사람들 대신에 비와

---

6) 이 시인의 다른 시에는 "나, 정말 저 개나리 중 아무 개나리야?"(「정말로」)란 구절이 나온다. "아무 개나리"에서 '아무개(某)'라는 뜻이 나왔다. 이 시는 이 구절의 예증이다.

칼자국과 오줌을 제 몸에 앉혔으니 버려지고서도 소파의 소임을 다했고, 버려진 "신문"은 거기에 쓰인 활자 대신에 둘둘 말린 몽둥이로써 제 소임을 다했다. 이 모두가 제 정체성을 부여받지 못한 '아무개'(라는 제유)들인 셈이다.

1-2-2. 일반화 A ⊂ B

물질적인 영역에서 시선이 좁은 범위(가시적인 범위)에서 넓은 범위(비가시적인 범위)로 확대되는 것, 혹은 개념적인 영역에서 연상이 하위 범주에서 상위 범주로 올라가는 것. 곧 하위 언술이 시선이나 연상의 진행에 따라 상위 언술로 보편화되는 것을 말한다. 따라서 일반화와 구체화는 제유적인 사고가 구체에서 보편으로 올라가느냐(일반화), 보편에서 구체로 내려가느냐(구체화)의 차이일 뿐, 본질적인 차이가 아니다.

오대(五代)나 나린다는 크나큰 집 다 찌그러진 들지고방 어득시근한 구석에서 쌀독과 말쿠지와 숫돌과 신뚝과 그리고 넷적과 또 열두데석님과 친하니 살으면서

한 해에 몇번 매연지난 먼 조상들의 최방등 제사에는 컴컴한 고방 구석을 나와서 대멀머리에 지르터 맨 늙은 제관의 손에 정갈히 몸을 씻고 교의 우에 모신 신주 앞에 환한 촛불 밑에 피나무 소담한 제상 위에 떡 보탕 식혜 산적 나물 지짐 반봉 과일들을 공손하니 받들고 먼 후손들의 공경스러운 절과 잔을 굽어보고 또 애끓는 통곡과 축을 귀애하고 그리고 합문 뒤에는 흠향 오는 구신들과 호호히 접하는 것

구신과 사람과 넋과 목숨과 있는 것과 없는 것과 한줌 흙과 한점 살

과 먼 녯조상과 먼 훗자손의 거룩한 아득한 슬픔을 담는 것

　내 손자의 손자와 손자와 니와 할아버지와 할아버지의 할아버지와
할아버지의 할아버지의 할아버지와…… 수원백씨(水原白氏) 정주백촌
(定州白村)의 힘세고 꿋꿋하나 어질고 정많은 호랑이 같은 곰 같은 소
같은 피의 비 같은 밤 같은 달 같은 슬픔을 담는 것 아 슬픔을 담는 것
—백석,「목구木具」전문

목구는 큰 집 고방에 처박혀 있을 때는 제석신과 살고, 제사 때에는
신주 앞에서 음식을 올린 채 후손들의 절을 받거나 흠향하러 온 조상
들과 만난다. 귀신과 사람이, 조상과 후손이 목구를 통해 만난다. 1~2
연의 병렬을 통해 목구와 함께 놓인 구체적 사물들이 목록에 오르고,
3~4연의 병렬을 통해 목구를 매개로 모이는 일가와 귀신들이 무대에
등장한다. 다시 말해 1~2연이 제유가 가진 구체화의 특질(부분으로 전
체를 형상화하는 방식, 곧 목구와 관련된 각각의 사물들이 모여 집안의 전체
모습을 일러준다)을 보여준다면, 3~4연은 제유가 가진 일반화의 특질
(전체로 부분을 형상화하는 방식, 곧 모든 존재들이 모여 이 목구에 담긴다)
을 보여준다. 이로써 목구는 한 집안의 내력과 삶, 죽음을 끌어안는 제
유적 상징이 된다.
　종합은 총체성의 사고와 맞닿아 있다. 제유가 전체성에 대한 인식을
전제로 한다는 점에서 이는 자연스러운 귀결점이다. 백석은 흔히 이와
같은 제유적 종합을 통해 고향의 세부를 탐색하면서도 공동체의 특질
을 이야기할 수 있었다. 총체성의 사고는 백석의 시에서 환칭을 통해
드러나기도 한다.[7]

　아득한 녯날에 나는 떠났다

부여(夫餘)를 숙신(肅愼)을 발해(渤海)를 여진(女眞)을 요(遼)를 금
(金)을

　　홍안령(興安嶺)을 음산(陰山)을 아무우르를 숭가리를

　　범과 사슴과 너구리를 배반하고

　　송어와 메기와 개구리를 속이고 나는 떠났다

　　나는 그때

　　자작나무와 이깔나무의 슬퍼하든 것을 기억한다

　　갈대와 장풍의 붙드든 말도 잊지 않었다

　　오로촌이 멧돌을 잡어 나를 잔치해 보내든 것도

　　쏠론이 십리길을 따러나와 울든 것도 잊지 않었다

　　나는 그때

　　아모 이기지 못할 슬픔도 시름도 없이

　　다만 게을리 먼 앞대로 떠나 나왔다

　　그리하여 따사한 햇귀에서 하이얀 옷을 입고 매끄러운 밥을 먹고 단
샘을 마시고 낮잠을 잤다

　　밤에는 먼 개소리에 놀라나고

　　아츰에는 지나가는 사람마다에게 절을 하면서도

　　나는 나의 부끄러움을 알지 못했다

---

7) "환칭은 제유의 일종인데, 이것은 대표적인 개인을 통해 종을 지시하는 수사법이다. 예컨
대 스탈린을 통해 스탈린주의자들이나 스탈린주의를 지시하는 경우이다. (…) 환칭은 인
격화를 통해 체계 전체의 영광이나 수치를 개인에게 돌리게 한다"(올리비에 르불, 『수사
학』, 박인철 옮김, 한길사, 1999, 66쪽). 개인으로 계급 전체를 대표하는 경우이므로 환칭
은 제유의 하위 범주 가운데 하나다.

그동안 돌비는 깨어지고 많은 은금보화는 땅에 묻히고 가마귀도 긴 족보를 이루었는데
이리하여 또 한 아득한 새 녯날이 비롯하는 때
이제는 참으로 이기지 못할 슬픔과 시름에 쫓겨
나는 나의 녯 한울로 땅으로—나의 태반(胎盤)으로 돌아왔으나

이미 해는 늙고 달은 파리하고 바람은 미치고 보래구름만 혼자 넋없이 떠도는데

아, 나의 조상은 형제는 일가친척은 정다운 이웃은 그리운 것은 사랑하는 것은 우러르는 것은 나의 자랑은 나의 힘은 없다 바람과 물과 세월과 같이 지나가고 없다

—백석, 「북방北方에서」 전문

이 시의 "나"는 개인 화자가 아니다. "나"는 "아득한 녯날"에 오래된 나라와 장소와 짐승들을 떠나왔다(1연). 떠난 행동을 "배반하고" "속이고" 같은 부정어로 거듭 지칭하는 것은 이 떠남이 "북방"을 저버리는 행동이었기 때문이다. 자연물과 퉁구스족이 슬퍼하며 나를 전송했다(2연). 나는 북방을 저버리고, 떠나와서는 편안히, 게으르게 살면서 부끄러움을 몰랐고(3연), 결국 영락했다(4~6연). 나는 "따사한 햇귀에서 하이얀 옷을 입고 매끄러운 밥을 먹고 단샘을 마시고 낮잠을 잤다". 겨우 반도의 좁은 땅덩어리를 차고앉아 따스한 햇살과 흰옷과 단밥과 샘물에 만족하며 살았을 뿐이다. 내게는 이제 이전의 기상과 포부가 없어진 지 오래고, 그 작은 땅덩어리마저 잃은 지 오래다. 이제 겨우 북방, "나의 태반"으로 돌아왔으나 이미 모든 것을 잃었다. 옛 조상의 기개와 강역을 모두 잃었으므로 이제 나는 그곳을 떠돌며 탄식할 뿐이

다. 이 시가 보여주는 역사와 장소는 한 개인이 겪은 시간과 거쳐간 공간이 아니다. 그것은 우리 민족이 지내온 역사적 과정과 지리적 이동을 압축한다. 다시 말해 "나"는 우리 민족 전체를 대표하는 제유다. 개인에게 전체성을 부여하는 이런 제유적 종합에서 특정한 인물이 겪는 특별한 사건이 보편적 인물이 겪는 일반적 사건으로 확장된다.

> 하루해
> 너의 손목 싸쥐면
> 고드름은 운하 못 미쳐
> 녹아 버리고.
>
> 풀밭
> 부러진 허리 껴건지다 보면
> 밑둥 긴 폭포(瀑布)처럼
> 역사(歷史)는 철철 흘러가 버린다.
>
> 피다순 쭉지 잡고
> 너의 눈동자 령(嶺) 넘으면
> 정전지구(停戰地區)는
> 바심하기 좋은 이슬젖은 안마당.
>
> 고동치는 젖가슴 뿌리세우고
> 치솟은 삼림(森林) 거니노라면
> 초연(硝煙) 걷힌 밭두덕 가
> 새벽 열려라.

—신동엽, 「새로 열리는 땅」 전문

신동엽은 흔히 조국이나 국토를 "너"의 몸으로 은유해 그에 대한 사랑을 토로하곤 했는데, 이 경우 나라 곳곳이 몸의 이곳저곳이 된다. 이 시에서 "손목" "허리" "쭉지" "눈동자" "젖가슴" 등은 "너"에 대한 제유다. 신체의 일부가 사람 전체를 대신하기 때문이다. 그래서 "너의 눈동자 령 넘으면" 같은 말이 나왔다(3연). 본문에서 나온 신체의 부분들은 "너" 전체를 대신하므로 이를 제유적 일반화라 부를 수 있다.

"하루해"가 마치 어린아이를 이끌듯 "너의 손목"을 잡고 간다. "고드름"은 비정하고 냉혹한 것들을 환유한 것이다. 나라를 "해"로 대표되는 광명한 존재가 이끌어가면, "고드름" 같은 차가운 결정들은 녹아버릴 것이다(1연). "부러진 허리"는 나라가 분단된 사정을 반영하는 말이다. 이를 껴안아 구제하려 하면, 역사는 "폭포"가 흐르듯 "철철 흘러가 버린다"(2연). 아직 조국의 "쭉지"에는 따스한 피가 흐르고, 조국의 "눈동자"는 "령" 너머 먼 곳을 볼 수 있는데, 국토는 허리께에서 도막이 나 있다. 이제 통일된 새날이 오면 그렇게 도막 났던 허리 부분인 "정전지구"는 타작하기 좋은 "안마당"으로 활용될 것이다(3연). "고동치는 젖가슴"은 "치솟은 삼림"의 모습을 형용한 것이기도 하고, 나의 설렘과 흥분을 감각화한 것이기도 하다. 이제 이 나라에 화약연기가 걷히고, 진정한 새벽이 열릴 것이다(4연). 신동엽은 시작(詩作) 내내 신체의 일부로 사랑하는 사람 전체를 대신하는 제유를 썼는데, 이렇게 해서 형상화된 사람은 조국이나 국토 전체에 대한 은유로 기능한다. 그래서 이 사람(애인)은 신동엽의 시에서 어떤 이상적인 전체(全體)를 이룬다. 이 전체성은 제유가 구체적인 것에서 일반적인 것으로 확장되었음을 보여주는 지표다.

아스팔트는 핏줄을 가지고 있다.
쓰러져 무엇을 토해내는 아스팔트는

　　가장 굳센 핏줄을 가지고 있다.

　　아스팔트의 부릅뜬 눈, 붉디붉은 입술, 팔뚝 휘젓는 끈기의 힘, 꿈틀
거리고 고요하고 다시 소리치는 동체(胴體), 대지(大地)를 걷어차고는
숨죽여 기다리는 두 다리, 불덩이인 온 몸, 아스팔트는 아직 굳센 핏줄
을 가지고 있다. 아스팔트는 아직 우리들의 편이다.

　　아스팔트는 넉넉하게도 버티고 있다.
　　쓰러져 무엇을 자꾸 토해내는 아스팔트는
　　아직도 아직도 버티고 있다.

　　아스팔트는 너무 강해서
　　결코 핏줄을 터뜨리는 법이 없다.
　　아스팔트는 넉넉하게도 터지는 법이 없다.

—이성부, 「아스팔트」 전문

　　"아스팔트"는 은유이자 제유다. 1연을 보면 아스팔트가 "핏줄" 모양
이므로 은유인데, 2연을 보면 아스팔트는 핏줄을 가진 사람 전체를 이
르는 제유다. 은유와 제유가 만나서 생산적인 의미를 낳은 또 하나의
예라 하겠다. 이 시에서는 아스팔트→강인한 핏줄→민중으로 의미가
전변하며, 이에 따라 은유와 제유가 갈마든다. 최종적으로 시는 강하
고 넉넉한 민중에 대한 믿음을 토로하면서 끝난다. 한 사람이 이상적
인 전체(곧 집단)를 표상하고 있으므로 이 시를 제유적 일반화의 예라
할 수 있다(따라서 시 전체를 놓고 보면, 두 번의 제유와 한 번의 은유가 있
다. 아스팔트=핏줄이라는 은유와 핏줄로 한 사람을 표상한 제유, 한 사람으
로 민중 전체를 표상한 제유가 그것이다).

피가 도는 밥을 먹으리라

펄펄 살아 튀는 밥을 먹으리라

먹은 대로 깨끗이 목숨 위해 쓰이고

먹는 대로 깨끗이 힘이 되는 밥

쓰일 대로 쓰인 힘은 다시 밥이 되리라

살아 있는 노동의 밥이

목숨보다 앞선 밥은 먹지 않으리

펄펄 살아오지 않은 밥도 먹지 않으리

생명이 없는 밥은 개나 주어라

밥을 분명히 보지 못하면

목숨도 분명히 보지 못한다

살아 있는 밥을 먹으리라

목숨이 분명하면 밥도 분명하리라

밥이 분명하면 목숨도 분명하리라

피가 도는 밥을 먹으리라

살아 있는 노동의 밥을

—백무산, 「노동의 밥」 전문

　"밥"은 물론 '먹을 것 일반'을 의미하는 제유다. 시는 참된 노동의 대가로 밥을 먹겠다는 결의를 반복하여 강렬한 인상을 빚어낸다. 이 반복의 과정에서 밥에 부가적인 의미가 추가된다. "피가 도는 밥" "펄펄 살아 튀는 밥"이란 살아 있는 이들의 건강한 삶의 결과로 주어지는 밥이라는 뜻이지만, 그 자체로는 밥에 부여한 활유다. 따라서 이 경우에도 (먹는 것 전체를 뜻하는) 일반화하는 제유가 은유의 도움을 얻어 생생해진 셈이다. "목숨보다 앞선 밥"이란 삶을 구걸하여 비굴하게 얻은 밥, 죽어 있는 밥이다. 여기에는 진정한 삶에 대한 나의 믿음과 결의가 얹혀 있다. 결국 '살아 있는 것=노동하는 것'이라는 의미가 '먹고사는 일'(밥을 먹다)의 의의를 보장해주는 셈이다.

2. 환유

2-1. 환유란 무엇인가?

전통적인 은유의 경우, 대체물(보조관념)과 피대체물(원관념) 사이에는 공통 특성이 있는 것으로 간주된다. 의미상의 공통집합이 은유를 유사성으로 묶어주는 근거가 된다. 반면 환유에서는 그 공통 특성이 매우 미약하다. 전통적인 환유는 은유와 마찬가지로 하나가 다른 하나를 대체하는 수사법이지만, "이 둘 사이에 의미적으로 공통부분이 없을 때"를 이른다. '서울'로 '대한민국의 정부 대변인'을 대신하는 경우, 이 둘 사이에는 공통의 의미소가 없으나 "실용적 관계, 즉 동일한 사회적 문맥"이 있다. 그래서 환유는 항상 실용적인 동기 혹은 사회적인 문맥에 근거한다.[8] 환유적인 두 대상 사이의 관계가 외적이라는 것은 둘을 묶는 공통 특성이 (은유나 제유와 달리) 존재하지 않는다는 말이다. 환유적인 대상에는 공통의 의미 영역이 없다. 있는 것은 두 대상을 감싸는 실용적, 사회적인 문맥이다.

다음은 환유를 유형화한 목록과 실례다. 실제로 목록은 무한히 늘어날 수 있다. 환유의 진정한 성립원리가 이 목록에서 관철되지 않은 탓이다.

---

8) 위르겐 링크, 『기호와 문학』, 고규진 외 옮김, 민음사, 1994, 219~220쪽.

㉠ 원인과 결과: 전쟁은 참혹하다(전쟁의 결과)

㉡ 기호와 기호화된 것: 왕관을 쓰다, 왕좌에 앉다(왕이 되다)

㉢ 구체물과 추상물: 꽃다발을 받다(축하를 받다)

㉣ 행위자와 행위: 성범죄는 가혹하게 처벌받아야 한다(범죄자)

㉤ 열정과 열정의 대상: 그녀는 나의 진정한 사랑이다(사랑하는 대상)

㉥ 용기와 내용물: 끓고 있는 주전자(주전자 속의 물)

㉦ 장소와 장소에 있는 대상: 청와대의 발표가 있었다(청와대의 정부 대변인)

㉧ 시간과 시간적인 대상: 호전적인 시대(전쟁이 많았던 시대)

㉨ 소유자와 소유물: 그는 펜을 꺾었다(글을 쓰지 않다)

㉩ 창조자와 만들어진 것: 그는 김소월을 읽고 있다(김소월이 지은 시)

㉪ 사용자와 도구: 가죽잠바가 들어왔다(가죽잠바를 입은 사람)

이처럼 장황하고 난삽한 유형을 있는 그대로 받아들이기는 어렵다. 이들을 관통하는 일반적인 원리를 찾을 필요가 있다. 환유는 "피대체물과 대체물 사이에서 일어나는 통사적 결합의 아주 잦은 반복이 있을 때 일어난다."[9] 사회적으로 어떤 생략과 비약을 허용할 수 있을 때 환유가 생겨나는 것이다. '톨스토이'로 '톨스토이가 쓴 책'을 나타내거나, '감투'로 '벼슬'을 나타내거나, '자동차'로 '운전자'를 나타내는 일은 그 연상의 통로가 이미 명확히 밝혀져 있기 때문에 가능한 일이다. 따라서 환유가 발생하는 근본적인 전제는 환유적 연상의 통로가 얼마나 분명한가에 있다.

환유를 낳는 조건은 연상이 가진 일종의 자동성(自動性)이다. 이런 자동성이 언중에 익숙해져서 축약될 수 있을 때 어휘 차원의 환유가

---

9) 같은 쪽.

생성된다. 자동화(自動化)된 인접성이 곧 환유의 방식이므로 어휘 차원의 환유는 일종의 괄호치기의 결과로 생겨난다. 말을 하는 사람(발화자)과 듣는 사람(청자나 독자)이 서로 아는 영역을 생략했을 때에 환유가 생겨나는 셈이다. 이 관습적인 괄호의 자리가 공유 가능한 체계의 영역이다. 앞에서 든 예를 살펴보자.

　　㉠ 전쟁은 참혹하다 → 전쟁(의 결과)

　　㉡ 왕관을 쓰다, 왕좌에 앉다 → 왕관을 쓰(고 왕의 역할을 하)다

　　㉢ 꽃다발을 받다 → 꽃다발(로 축하를) 받다

　　㉣ 성범죄는 가혹하게 처벌받아야 한다 → 성범죄(를 저지른 자)

　　㉤ 그녀는 나의 진정한 사랑이다 → 사랑(하는 사람)

　　㉥ 끓고 있는 주전자 → 주전자(속의 물)

　　㉦ 청와대의 발표가 있었다 → 청와대(의 정부 대변인)

　　㉧ 호전적인 시대 → 호전적인 (사람들이 많았던) 시대

　　㉨ 그는 펜을 꺾었다 → 펜을 꺾(고 집필을 포기=절필하)다

　　㉩ 그는 김소월을 읽고 있다 → 김소월(이 지은 시)

　　㉪ 가죽잠바가 들어왔다 → 가죽잠바(를 입은 사람)

　목록에 있는 환유 전체가 괄호 안에 들어올 수 있음을 보았을 것이다. 환유에서 중요한 것은 이 괄호치기의 가능성, 곧 자동성에 따른 생략 가능성이다.[10]

---

10) 라캉은 '증상은 은유이고 욕망은 환유'라고 말한다. "자아에 관련되는 환유와는 달리 은유는 주체의 자리와 연관되어 있기 때문이다"(브루스 핑크, 『에크리 읽기』, 김서영 옮김, 도서출판b, 2007, 191쪽). 이 상관항은 이 책의 논의와도 일정하게 관련되는 듯하다. 은유가 주체와 대상 관계에서 파생되는 발생학적인 것이라면, 환유는 사회적 관습에서 만들어지는 경제학적인 것이다. 따라서 은유가 주체와 연동된다면, 환유는 자아와 연계된다. 주체가 의미가 생겨나는 빈틈이라면, 자아는 의미가 유통되는 광장이다.

2-2. 환유의 종류

환유는 그 연상의 전개 방식에 따라 다음과 같이 나뉜다. 은유가 유사성의 정도에 따라 유형화된다면, 여기서의 환유는 인접성의 방향, 곧 논리 전개의 성격에 따라 유형화된다. 연접이 순행적인 논리 전개라면 이접은 역행적인 논리 전개다. 한편 연쇄는 환유의 생성원리인 자동성이 논리 전개에 반영된 결과다.

2-2-1. 연접 A→B

하나의 대상이 자동화된 연상을 따라 그와 인접한 다른 대상으로 옮아가는 것. 환유적인 연접에서는 시선이 공간적인 인접성에 따라 이동하거나 연상이 계기적인 진행에 따라 다음 연상으로 옮겨간다.

사랑하는 우리 오빠 어저께 그렇게 위하시던 오빠의 거북 무늬 질화로가 깨어졌어요
언제나 오빠가 우리들의 '피오닐(пионéр)' 조그만 기수라 부르는 영남이가
지구에 해가 비친 하루의 모든 시간을 담배의 독기 속에다
어린 몸을 잠그고 사온 그 거북 무늬 화로가 깨어졌어요

그리하여 지금은 화젓가락만이 불쌍한 영남이하구 저하구처럼
똑 우리 사랑하는 오빠를 잃은 남매와 같이 외롭게 벽에 가 나란히 걸렸어요
　　　　　　　　　　　—임화, 「우리 오빠와 화로」 중에서(1~2연)

감옥에 들어간 오빠를 생각하는 누이동생의 목소리로 적어나간 시

다. 이 시의 가장 중요한 소도구는 물론 "거북 무늬 질화로"인데, 이것은 감옥에 들어간 오빠를 은유하는 것이다. 아끼는 질화로가 깨진 것처럼 오빠의 신상에 위험이 닥쳤다. 질화로가 없는 "화젓가락"의 처지란 오빠를 잃은 누이(나)와 동생("영남이")의 처지와 다르지 않다. 이것은 체계적인 은유(질화로와 화젓가락의 관계가 오빠와 동생들의 관계에 투영된다)이면서 체계적인 환유이기도 하다. 오빠가 아끼는(오빠와 인접한) 사물로 오빠를 대신하기 때문이다. 기호로 표시하면 다음과 같다.[11]

질화로　＝ ←　　　오빠
　　　∪　　　　　　∪
화젓가락 ＝ 누이(나)와 동생(영남이)

　기호＝는 은유적인 관계를, 기호 ∪는 제유적인 관계를(질화로에 화젓가락이, 오빠에 누이와 동생이 종속된다. 이것이 제유가 가진 포괄성이다), 기호 ←는 환유를 보여준다. 질화로와 오빠의 관계에서 생기는 은유와 제유의 이런 교차는 환유가 제유와 은유의 결합에서 생겨난다는 것을 보여주는 또다른 예라 하겠다. 질화로와 화젓가락이 오빠와 누이(와 동생)의 관계를 체계적으로 은유하면서 환유와 제유를 낳은 셈이다. 여기서 '오빠 → 질화로'라는 환유는 은유의 생성적인 힘을 흡수하면서 생생한 비유로 전화되었다. 이 환유, 제유, 은유에 기대어 다음 연이 쓰였다.

　오빠……
　저는요 저는요 잘 알았어요

---

11) 환유를 은유와 제유의 결합으로 분해할 수 있다. 두 대상이 은유로 결합해 있을 때, 한쪽의 제유적인 전체와 다른 쪽의 제유적인 부분 사이에는 흔히 환유가 생긴다. 11장 2-2 참조.

왜―그날 오빠가 우리 두 동생을 떠나 그리로 들어가실 그 날 밤에

연거푸 말은 궐련을 세 개씩이나 피우시고 계셨는지

저는요 잘 알았어요 오빠

언제나 철없는 제가 오빠가 공장에서 돌아와서 고단한 저녁을 잡수
실 때 오빠 몸에서 신문지 냄새가 난다고 하면

오빠는 파란 얼굴에 피곤한 웃음을 웃으시며

……네 몸에선 누에 똥내가 나지 않니―하시던 세상에 위대하고 용
감한 우리 오빠가 왜 그 날만

말 한 마디 없이 담배 연기로 방 속을 메워버리시는 우리 우리 용감
한 오빠의 마음을 저는 잘 알았어요

천정을 향하여 기어올라가던 외줄기 담배 연기 속에서―오빠의 강철
가슴 속에 박힌 위대한 결정과 성스러운 각오를 저는 분명히 보았어요

그리하여 제가 영남이의 버선 하나도 채 못 기웠을 동안에

문지방을 때리는 쇳소리 바투르 밟는 거치른 구두 소리와 함께―가
버리지 않으셨어요

―임화, 「우리 오빠와 화로」 중에서(3연)

오빠의 몸에서 나는 "신문지 냄새"와 누이의 몸에서 나는 "누에 똥
내"는 무산 노동자인 두 사람을 대변하는 환유적 감각이다. 한편 "문지
방을 때리는 쇳소리 바투르 밟는 거치른 구두 소리"는 탄압하는 자들
의 비인간성을 도드라지게 하는 환유적 감각이다. 이 냄새와 소리는
환유가 가진 인접성의 길을 따라 남매와 적들의 '기능'을 대변한다. 노
동자의 곤고한 처지와 탄압하는 자들의 잔인한 실상이 드러나기 때문
이다. 시의 후반부에서는 오빠의 친구들이 모두 오빠 같은 "사랑스런
용감한 청년들" "세상에 가장 위대한 청년들"임이 표방되는데, 이는
제유적인 일반화의 길을 따라(오빠는 그런 청년들 가운데 하나였다) 이

남매의 삶이 공동체의 삶을 재현하는 전형임을 보여준다. 시는 '이렇게 세상의 누이동생과 아우는 건강히 오늘 날마다를 싸움에서 보냅니다'와 같은 결의를 보여주며 끝난다.

그러나 이런 유형의 시를 거듭해서 쓰게 되면 인물들과 이야기에서 도식성을 벗기가 어렵게 된다. 동일한 사연이 반복되고, 동일한 깨달음이 토로되고, 동일한 주장이 제기되기 때문이다. 이런 도식성은 개별 시의 완성도를 저해하는 요인이 틀림없지만, 낱낱의 시편이 가진 선동성이 이러한 반복을 통해 더욱 강화되었음을 짐작하기는 어렵지 않다. 여기에 환유에 내재한 관습성이 큰 역할을 했다고 할 수 있다.

> 바다에 몸을 굽힌 사나이들,
> 하루의 노동을 끝낸
> 저 사나이들의 억센 팔에 안긴
> 깨지지 않고 부서지지 않은
> 온전한 바다,
> 물개들과 상어떼가 놓친
> 그 바다,
>
> ─ 김춘수, 「부두埠頭에서」 전문

이 행은 바다가 신성한 노동의 장소임을 암시해준다. "바다에 몸을 굽힌" 것은 바다에 굴복해서가 아니다. 3행에서 바다가 "사나이들의 억센 팔에" 안겨 있다고 한 것은 사나이들이 잡은 생선의 신선함을 설명하기 위한 것이다. 그러므로 바다는 생선을 환유한다. 바다 곧 생선은 "온전한 바다"여서 사나이의 팔에 아기처럼 평온히 안겨 있다. "물개들"과 "상어떼"는 노동하는 주체가 아니다. "물개들과 상어떼가 놓

친/그 바다"라는 말은 물개들과 상어떼가 놓친 고기일 테지만, 나아가
바다가 물개들의 장난(분탕질)과 상어떼의 횡포(폭력성)에 얼룩지지 않
았다는 의미를 포함하는 것이기도 하다. 이 시에서 관찰 대상은 "사나
이들"→"억센 팔"→"바다"(혹은 생선)로 옮겨간다.

출근길이었다.
한길에서 택시기사 두 명이
서로 삿대질로 혈압을 올리더니
약속이나 한 듯
차를 몰고 간다.
끝났나?
싶었는데, 웬걸
공터가 나오자
약속이나 한 듯
차를 동시에 세운다.

파란 택시기사가
야, 너나, 나나, 먹고살기 바쁜데 딱,
십 분만 뛰자고 제안하니
노란 택시기사는
너, 이 개자식 오늘이 제삿날인 줄 알아! 한다.
싸움은 딱 십 분만 뛰자던 사람이 이겼다.
코피가 터진 것을 신호로 끝난 것이다.
시계를 보니 딱 십 분,
노란 택시기사가 올려다본 하늘은 노랗다.
사나이는 차 대신 찌그러진 것이다.

아무렴! 잘한다, 잘해.
밥통이 찌그러져서는 안 되지!
밥이 적게 들어가니까.

—최종천, 「찌그러진 밥통」 전문

"밥통"은 먹고사는 일을 대신하는 환유다. 이를 '위(胃)'로 본다면 이는 제유의 예가 되지만, 이 시에서는 자동차(=먹고사는 데 소용되는 도구)와 연관되어 있으므로 제유보다는 환유에 가깝다. 이 시의 유머는 먹고사는 일에 대한 일종의 외경에서 생겨난다. "노란 택시기사가 올려다본 하늘은 노랗다" 같은 유머가 그렇다. 밥통이 찌그러져서는 안 되므로 사내가 차 대신 찌그러졌다. 따라서 이 시의 환유는 '기사의 몸'='차체'='밥통'이라는 은유와 결합해 있다. 몸과 차, 둘을 연결해주는 밥통이 동일한 연상의 지평에 펼쳐져 있으므로 이 시의 환유는 연접에 해당한다.

집이 떠나갔다.
아버지 가신 지 딱 삼 년 만이다.
아버지 사십구재 지내고 나자,
문득 서까래가 흔들리더니
멀쩡하던 집이 스르르 주저앉았다.
자리보전하고 누워 끙끙 앓기 삼 년,
기어이 훌훌 몸을 털고 말았다.
하필이면 이렇듯 날씨 매운 날 가시는가,
손끝 발끝이 시려왔을 뿐이다.
실은 그날 이미 알고 있었는지도 모른다.

아버지 숨소리 끊기자 모두 다 빛을 잃었다.
아버지 손때 묻은 재떨이와 붓, 벼루가
삭기 시작했고 문고리까지 맥을 놓았다.
하여 사람들은 집이 떠나감을
한 세계가 지는 것이라 하는가.
두 손 모두어 경배하고
나이 마흔넷에 나는 집을 떠난다.

—정우영, 「집이 떠나갔다」 전문

아버지 돌아가신 지 "딱 삼 년 만"에 집이 무너졌다. 실은 아버지가 돌아가시던 그날에 집은 "맥을 놓았다". 가장의 삶을 그 터전이 대신했던 셈이다. 따라서 이 집은 아버지의 몸을 은유하는 것이자 '집'이라는 인접성으로 그 집에 사는 '아버지'를 대신하는 환유이기도 하다. '아버지가 죽자 집이 따라서 무너졌다'로 간추려질 이 이야기는 자연스러운 연상의 경로를 따라가므로 환유적인 연접에 해당한다.

전깃줄에 닿는다고
인부들이 느티나무를 베던 날
아파트가 있기 전부터 동네를 지키던 나무는
전기톱이 돌아가자 순식간에 쓰러졌다
옛날 사람들은 가지 하나를 꺾어도 미안하다고
나무 밑동에 돌멩이를 던져주었고
뒤란 밤나무를 베던 날
아버지는 연신 헛기침하며
흙으로 그 몸을 덮어주는 걸 보았는데
느티나무의 숨이 끊어지자 인부들은

그 커다란 몸을 생선처럼 토막 내 싣고 갔다
이파리들의 그늘에 와 쉬어가던 무성한 여름과
동네 새들이 깃들이던 하늘의 집을
그렇게 어디론가 싣고 가버렸다

—이상국, 「하늘의 집」 전문

인부들이 실어간 것은 나무만이 아니다. 나무와 인접한 "그늘", 그늘에 와 쉬어가던 "여름", 새들이 깃들이던 "하늘의 집"마저 사라졌다. 저 그늘과 둥지는 나무와 인접한 것들이며 나무의 식구다. 나무 한 그루로 인접한 모든 것을 대표하므로 여기에는 환유적인 연상이 숨었다. 나무가 사라지자 나무가 거느리던 모든 영역이 일시에 사라졌다. 이 비극이 환유적인 연상을 통해 형상화되었다고 하겠다.

2-2-2. 이접 A↔B

하나의 대상이 그와 무관하거나 상반된 다른 대상으로 옮겨가는 것. 환유적인 이접에서는 공간적인 인접성이 상반된 진술을 불러온다. 연접이 순행 방식이라면 이접은 역행 방식인 셈이다. 시선이나 연상이 인접한 공간이나 생각으로 순차적으로 옮겨가는 경우가 연접이며, 동떨어지거나 상반된 공간이나 생각으로 옮겨가는 것이 이접이다.

올해같이 몹시 오는 눈은 없었고 올해같이 추운 겨울도 없었다
그래도 우리들은—계집애 어린애까지가
다—기계틀을 내던지고 일어나지 않았니

동해 바다를 거쳐오는 모질은 바람 회사의 펌프, 징 박은 구둣발 휘몰아치는 눈보라—

그 속에서도 우리는 이십 일이나 꿋꿋이 뻗대오지를 않았니

—임화, 「양말 속의 편지」 중에서(6~7연)

회사 노동자인 "우리"가 권력자들의 해고와 투옥에 맞서 꿋꿋이 파업을 전개했다는 게 대강의 내용이다. 인용 부분에서 환유는 두 군데서 발견된다. 6연에 나오는 "기계틀을 내던지고 일어나"다(공장 일을 그만두고 파업에 동참하다) 같은 환유는 관습적일 뿐이지만, 7연에 나오는 "회사의 펌프"와 "징 박은 구둣발"(권력자들의 물리적인 탄압)이란 환유는 추운 날씨를 은유하는 "모질은 바람" "휘몰아치는 눈보라"와 결합해 급박한 탄압을 효과적으로 형상화한다.[12] 두 개의 환유가 두 개의 은유와 교차, 배열되면서 은유의 생성적인 힘을 흡수한 덕택이다. 회사의 펌프와 징 박은 구둣발, 그 물질과 발길질이 혹한의 날씨와 비견되면서 감각적으로 수용되기 때문이다.

원래는 들과 산 전체가 밥그릇이었다
워낙 커서 사람들이 다툴 일이 없었다
있는 대로 다 먹고 남의 것 슬쩍 덜어 먹어도
표나지 않아서 모른 척 했다
사람들이 자식 낳은 뒤론 저마다 거둬놓고 먹이니
집 마당 자체가 밥그릇이었다
크지는 않아도 울타리 쳐 있어 넘볼 일 없었고
자기 것 말고는 눈여겨보지도 않았다

---

12) "구둣발"을 '구두 신은 발'로 본다면, 이 표현은 제유가 된다. 다만 이 시의 문맥에서는 이를 '구두 신은 발로 해대는 발길질'로 보는 게 적절할 듯하다. '발길질'에 강세가 놓여 있으므로 한 사람의 동작(발길질)으로 그 사람(폭력을 휘두르는 사람)을 대신하는 환유라고 보는 것이 옳다. "구둣발"과 "눈보라"가 은유로 묶였다는 게 그 증거다.

날이 가면서 집 안에 들인 먹을거리보다
들판과 산기슭에 더 생겨나자
더 차지하려고 씩씩거리기 시작했다
서로 입에 넣는 숟가락질 수를 비교해보고는
공평하게 먹어야 한다며 흙으로 밥그릇을 빚었다
나남의 밥그릇이 정해지자
혼자 많이 오래 먹으려고
몰래 밥그릇을 크게 만들다가 싸우게 되었다 하는데
요새는 사람들이 들이나 산에 나가 지내면
원래의 밥그릇에 대한 기억이 살아나는지
결코 다투지 않는다고 한다 코나 벌, 름, 벌름거릴 뿐

—하종오, 「밥그릇 천국」 전문

"밥그릇"은 먹고사는 일을 대신하는 환유다. 예전의 공동체에서는 먹고사는 일로 다투지 않았다. "들과 산 전체가 밥그릇"이었기 때문이다. 먹고살 만했다는 이야기가 아니다. 네 그릇, 내 그릇을 나누지 않았다는 뜻이다. 그러다 제 밥그릇의 크기에 관심을 갖자 서로 다투게 되었다. ('밥그릇 싸움'이라는 관용어에서 비롯된) "밥그릇"이라는 환유는 싸움이라는 부정적인 의미소를 품었으므로 연접이 아니라 이접의 성격을 갖는다.

오늘은 3월 10일 근로자의 날이다
그동안 일년 삼백육십오일 동안
밤낮을 가리지 않고 물불을 가리지 않고 일해줬다고
손가락이 잘려나간 줄도 모르고 팔목이 잘려나간 줄도 모르고 일해
줬다고

자본가가 노동자에게 상을 주는 날이다
피 묻은 감투상을 주며 노사협조의 건배를 드는 날이다
오늘은 5월 1일 메이데이 날이다
계급에 의한 계급의 착취를 끝장내기 위해 노동자들이
투쟁의 깃발을 치켜든 날이다
한 사람은 만인을 위해 만인은 한 사람을 위해
만국의 노동자들이여 단결하라 외치며
투쟁의 무기를 치켜든 날이다

—김남주, 「깃발」 중에서

"감투"와 "건배"는 자본가들이 노동자를 회유하기 위해 정한 "근로자의 날"을 수식하는 환유이고, "깃발"은 노동자들이 자본가에 맞서 투쟁하기 위해 지켜온 "메이데이 날"을 대표하는 환유다. 상반된 두 환유는 이 시를 대립적 계급과 세계가 충돌하는 현장으로 만든다. 이런 이항대립적 자질이 환유적인 이접의 특성이다.

나의 손에는 피가 묻어 있다
엄지 검지
다섯 손가락 모두

석유(石油) 난로에 손을 쬐어보라
함성이 들려온다
한 마리 짐승이 골짜기를 도망친다
야만의 눈알 하나
차근차근 숲을 뒤진다

나의 손은 검다
검은 손에 피가 묻어 있다
장지도 무명지도
열 손가락 모두

친구여 그러나 피가 묻은
나의 손은 따스하다
짐승의 피보다 더욱 따스하다
석유난로가에서, 문명(文明)의 따스함 곁에서

—김명수, 「가죽장갑」 전문

'손에 피가 묻다'라는 표현은 다른 이를 해하다 혹은 해친 책임이 있다는 뜻을 가진 관용구다. 시에서는 이 관용구가 문명에 대한 비판적 의식을 토로하는 데 활용되었다. '가죽장갑'은 짐승의 가죽으로 만든 것이므로 장갑 한 짝이 있기 위해서는 희생물이 필요하다. (결국에는 희생물이 된) "한 마리 짐승"이 있고, (그 짐승을 잡기 위해) "야만의 눈알"에 불을 켠 인간이라는 짐승이 있다. 따라서 "피가 묻은/나의 손"(=가죽장갑)은 두 종류의 짐승(희생물이 된 짐승과 해치는 자로서의 짐승)을 대신하는 이항대립적인 환유이자 제유다. 손으로 사람을 대신하는 제유와 장갑으로 신체를 대표하는 환유가 결합된 셈이다.

2-2-3. 연쇄 A→B→C→……

하나의 대상이 자동화된 연상의 길을 따라 다른 대상으로 계속적으로 변환되는 경우. 환유적인 연쇄에서는 시적 대상이나 언술이 사슬을 잇듯 앞의 대상이나 언술과 연계된다.

나의아버지가나의곁에서조을적에나는나의아버지가되고또나는나의
아버지의아버지가되고그런데도나의아버지는나의아버지대로나의아버
지인데어쩌자고나는자꾸나의아버지의아버지의아버지의……아버지가
되느냐나는왜나의아버지를껑충뛰어넘어야하는지나는왜드디어나와나
의아버지와나의아버지의아버지와나의아버지의아버지의아버지노릇을
한꺼번에하면서살아야하는것이냐

—이상, 「오감도 제2호」 전문

무한히 가계를 거슬러 오르며 진행되는 이 연쇄는 결국 그렇게 거슬
러 가는 화자의 자리로 정확히 돌아오면서 끝난다. 아버지가 내 곁에
서 졸 때에 내가 아버지가 된다는 말은, 내가 늙은 아버지를 돌봐야 한
다는 말이다. 내가 아버지 노릇을 하니 나는 내 자신의 아버지("나의아
버지")가 되고 또 "나의아버지"의 아버지 노릇을 하니 나는 "나의아버
지의아버지"가 된다. 이 연쇄는 무한히 계속될 수 있으나, 어째서 그렇
게 "나의아버지를껑충뛰어넘어야하는지" 나는 알 수가 없다. 나는 아
버지만 돌볼 뿐인데, 어째서 "아버지"와 "아버지의아버지"(할아버지)
와 "아버지의아버지의아버지"(증조부)들이 내 가계에 들어와 있는가.
아버지를 봉양하는 것은 사실 모든 선조들을 거두고 봉양하는 일의 집
적이다. 아버지는 아버지의 아버지에게 그렇게 해왔을 것이고, 이 연
쇄는 끝없이 계속되었을 것이기 때문이다. 그 무게가 아버지와 내 사
이에 들어와 있는 셈이다.

내가 나의 아버지가 된다는 것은 내가 나와 인접한 타자가 된다는
말이다. 이와 같은 기호의 환유적 연쇄가 의도하는 것은 그 오랜 과정
의 집적으로 나와 아버지가 여기에 있다는 것이다. 그래서 나와 아버
지의 관계는 모든 상징적 관계의 반복과 연쇄를 가능하게 하는 매듭이
다. 내가 "나의 아버지"가 되는 것(다시 말해 "나의 아버지"가 나의 아들

이 되는 것)은 은유고, "아버지" 속에 모든 조상들이 혹은 아들 속에 모든 자손들이 든 것은 제유가 된다. 그러므로 이 시에서 은유와 제유는 한 대상 안에 이중으로 얽혀든 셈이며, 그래서 나와 아버지는 환유적인 관계가 된다〔아버지가 아들로, 아들(나)이 아버지로 미끄러졌다〕.

　　나는 보통 두 사람이다 그 사람과 말하고 있을 때 그 사람과 말하고 있고 나와 말하고 있다

　　그 사람도 두 사람이다 나와 말하고 있을 때 나와 말하고 있고 그와 말하고 있다 세 사람도 있다 한 사람 더 있는 사람이다 아주 많은 사람과 말하는 사람이 있다

　　별 하나가 나를 내려다본다 그 별 하나를 내가 올려다본다 이렇게 정다운 너 하나 나 하나는 어디서 무엇이 되어 다시 만나랴
—박찬일, 「김광섭」 전문

위 시도 동일한 연상 방식을 보여준다. 그 사람과 말할 때, 나는 그와 말하는 나와 그 말을 듣는 나로 나뉜다. 대화란 무릇 말을 주고받는 것이다. 그래서 나는 그와 대화하는 한편으로 나와 대화한다. 나는 두 사람이다(1연). 사정이 그렇다면 그에게도 동일한 일이 일어날 것이다. 그는 "나와 말하고 있고 그와 말하고 있다". 결국 그는 "세 사람"과 대화할 것이다. 나와, 나와 말하는 나와, 그와 말하는 그와(2연). 이제 김광섭 시인의 시가 나온다. 저렇게 많은 별들 중에, 특별한 별 하나가 나를 내려다본다. 나는 그 별을 올려다본다. 이제 별은 대화의 분열증적 양상을 따라 뭇별로 확산될 것이다. 그래도 우리는 대화를 나눈다. "이렇게 정다운 너 하나 나 하나"(3연). 이 시의 자동성은 대화가 품은

복수성(대화를 하기 위해서는 최소한 둘이 있어야 한다)과 분열 가능성(대화는 서로 의견이 다른 두 사람이 주고받는 것이다)에 의해 추동된 것이다. 나와 그의 대화는 별과 나의 바라봄과 상동적이므로 두 대상(속에 든 두 대상)은 은유적으로 묶인다. 두 대상의 교차에 의해 환유가 생겨난다. 예컨대 '그와 대화하다=별이 빛나다', '별이 나를 내려다보다=그가 말하다' 같은 의미는 환유의 인접성이 낳은 것이다.

서울에 오는 눈이 춘천에도 오고
춘천에 오는 눈 속엔 누가 있나
춘천에 오는 눈 속엔 춘천이 있
고 서울에 오는 눈 속엔 서울이
있네 서울에 오는 눈이 진주에도
오고 부산에도 오고 수원에도 오
네 오늘 하루종일 내리는 눈발
속에 하루가 내리고 오늘 오는 눈은
어 제 오 던 눈 이 눈 속 에
눈 속에 내가 있네 눈은 내리고
눈발 속에 내가 사라지네 눈발이
나를 덮네 간절함도 애절함도 눈
발에 파묻히는 불빛일 뿐

—이승훈, 「서울에 오는 눈」 전문

　전국에 눈이 내리고 있다. 그렇다면 춘천에도, 진주와 부산과 수원에도 눈이 올 것이다. "춘천에 오는 눈 속엔 누가 있나". 춘천과 다른 도시에 사는 누군가에 대한 생각이 떠오른 모양이다. 서울에 내리는 눈 속엔 내가 있다. 그렇다면 춘천의 눈〔이 눈은 눈(雪)이자 눈(眼)이어서 춘천의 '그 누구'에 대한 안부와 그리움을 다 포괄한다)에는 그가 있을 것이다(후자의 뜻을 따른다면, 그는 내 눈에 밟힌다). "하루종일 내리는 눈"이 변해서 "눈발/속에 하루가 내리고", 이틀 연속 내리는 눈이 이어져서 "오늘 오는 눈은/어제 오던 눈"이 된다. 결국 눈은 그칠 것이고 나는(혹은 내 그리움은) 사라질 것이다. 내가 눈발에 덮이듯 내 "간절함도 애절함도" 다 덮이고 말 것이다. 자동적인 연상이 숨겨놓은 이 쓸쓸함이란 뒤집어 말해서 쓸쓸함이 만들어낸 말잇기 놀이 같은 것이었는지도 모른다. 눈(雪/眼)이란 말놀이가 만들어낸 은유가 이곳(서울)과 저곳(춘천)의 지평에 연장되면서 환유적인 대상(눈에 갇힌 너/눈에 밟히는 너)으로 전환되었다고 하겠다.

어떻게
다른 것인가
하얀 눈이 내리면서
강물을 지워버립니다 라고
말하는 것과 하얀 눈이 내리면서
왜 강물을 지워버리는 것입니까
하고 말하는 것과는 어떻게
다른 것인가
하얀 눈이 내리면서
강물 위의 다리를 지워버립니다
라고 말하는 것과 하얀 눈이
내리면서 왜 강물 위의 다리를
지워버리는 것입니까 라고
말하는 것과는
어떻게 다른 것인가

하얀 눈이 내리면서

다리 위의 사람을 지워버립니다

라고 말하는 것과 하얀 눈이

내리면서 왜 다리 위의 사람을

지워버리는 것입니까 라고

말하는 것과는 어떻게

다른 것인가 어떻게 다른 것인가

지워버리면서 눈은 소리도 없이

내립니다 라고 말하는 것과 오오

지워버리면서 눈은 왜 소리도 없이

내리는 것입니까 라고

말하는 것과는

어떻게

다른 것인가

―전봉건, 「진혼가鎭魂歌」 전문

하나의 풍경 묘사가 조금씩 변형되면서 반복되고, 다시 그것이 평서문과 의문문으로 고쳐 쓰이고 있다. 주체는 그 차이에 관해 계속 묻는다. 눈이 강물을 지운다, 라는 말과 눈이 강물을 왜 지우는가, 라는 말의 차이는 무엇일까? "왜"가 개입하면서 풍경에 어떤 인과 판단이 들어섰다는 게 다르다. 눈이 강물을 지우는 것은 범상한 풍경일 수 있으나 눈이 왜 강물을 지우느냐고 물을 때에는 사정이 달라진다. 거기에 숨은 원인이란 사람이 풍경에 부여한 의미 외에 다른 것일 수 없기 때문이다. 이제 눈은 강물을, 강물 위의 다리를 지우다가 마침내 한 사람을 지운다. 이러한 연상은 인접성의 길을 따라 조금씩 첨가되면서 부연된다. 마지막 질문은 이것이다. 눈은 왜 사람을 지우는가? 그리고 그러면서 왜 소리도 없이 내리는가? 전자가 사람의 실존을 지우는 일(눈처럼 하얗게 비우는 일), 곧 죽음과 관련되어 있다면, 후자는 그것의 반응, 곧 감정적인 표현(사람이 죽었는데 왜 아무 울음소리도 들리지 않는가?)과 관련되어 있다. 여기까지 오면 왜 이 시의 제목이 '진혼가'인지를 이해할 수 있다. 어떤 죽음과 그 죽음에 대한 반응이 평서문으로 한 번, 의문문으로 한 번 적혔던 것이다. 환유적인 이어쓰기(연쇄)의 결과로 진혼의 형식이 갖추어졌다고 하겠다.

3. 은유, 환유, 제유의 논리적 성격

은유, 환유, 제유를 도식화하여 다음과 같은 벤다이어그램으로 나타낼 수 있다.[13]

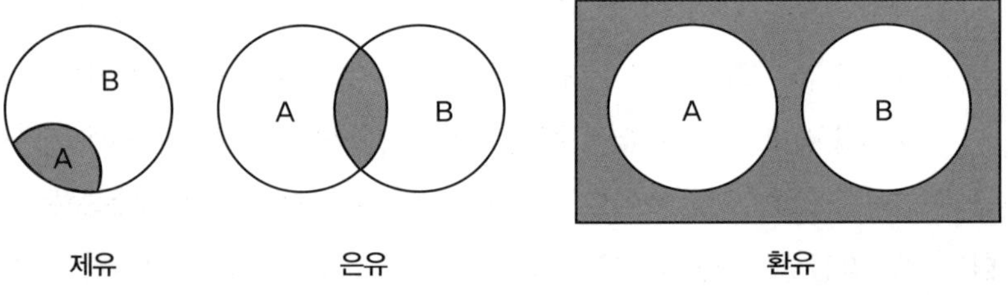

이 그림은 은유, 환유, 제유의 존재론적 성격을 보여준다. 은유의 유사성은 두 대상(A와 B)의 포개짐에서 비롯되며, 이것이 비유의 기본형이다. 두 대상이 근접하면 동일한 것(A=B, 비유 실패)이 되거나 하나가 다른 하나를 포함

---

13) 1판 4쇄 이후에 환유의 도식을 수정하였다. 동일성과 이질성이 각각 강조된 좀더 세분화된 은유의 도식은 8장 4절을 참조하라.

하는 제유(A⊂B)가 되며, 두 대상이 멀어지면 서로 다른 것(A≠B, 비유 실패)이 되거나 A와 B를 감싸는 사회적 문맥으로 결속되는 환유가 된다.

은유의 대상은 내적으로 겹치고 환유의 대상은 외적으로 인접하며 제유의 대상은 구조적으로 포함된다.[14] 은유가 두 대상의 포개짐(내적인 공유)에서 생겨나는 반면, 환유에서 두 대상은 접면할 뿐 포개지지 않는다. 따라서 내적인 의미 영역(場)에서 환유를 찾으려는 모든 시도는 실패할 수밖에 없다. 환유는 저 접면의 관습적 성격(두 대상은 관용적으로 연결된다)에서 생겨나는 것이다. 한편 제유는 구조적이다. 제유에서 포함되는 대상은 포함하는 대상의 일부다. 그러므로 제유는 체계적이고 구조적인 사고를 반드시 내장하고 있다. 그 결합의 정도로 보면 제유가 가장 긴밀하고 은유가 그 다음이며 환유가 가장 느슨하다. 그런데 제유와 환유에는 공히 관습적 성격이 스며들어 있다. 전자의 관습은 사회, 역사, 제도, 문화 일반의 것이며, 후자의 관습은 언어 활동의 경제적 성격에 속해 있는 것이다. 따라서 관습에서 자유로운 은유가 가장 생산적인데(다만 죽은 은유는 환유화된다), 통상 은유를 긴장(tension)의 산물로 보는 것도 이 때문이다. 은유가 그 긴장의 정도에 따라 중첩과 비교, 병렬로 이루어진다는 점을 앞에서 말했다. 위 도식에 주목하면 중첩이 제유에, 병렬이 환유에 좀더 근사한 방식임을 알 수 있다.

은유, 환유, 제유로 구성된 구문은 논리 변환의 성격을 내재하기도 한다. 은

---

14) "환유는 두 대상 사이의 통상적인 관계에 작용하지만, 두 대상은 상대방이 없어도 존재할 수 있는 것이다. 화로가 없는 가정도 있을 수 있고 그 역도 참이다. 반면 제유의 경우에는 두 대상 중 어느 것도 상대방이 존재하지 않고는 존재할 수 없다. 머리가 없는 인간은 존재할 수 없으며, 죽지 않는 사람도 있을 수 없다"(올리비에 르불, 앞의 책, 67쪽). 이것은 환유가 외적인 인접 관계에서 생겨나고, 제유가 구조적인 포함 관계에서 생겨나기 때문이다. 환유의 두 대상은 서로를 포함하거나 겹치지 않기 때문에 한 대상이 없어도 다른 대상이 자립할 수 있다. 반면 제유의 두 대상은 필연적으로 전체와 부분, 상위와 하위 관계 아래 놓인다. 따라서 제유의 경우에는 부분 없는 전체, 전체 없는 부분이 성립할 수 없다.

유적 구성은 등위문(等位文)을 만들어낸다. 대등한 언술 영역의 교체를 통해 시적 전개가 이루어지기 때문이다. 은유적 구성 가운데 '중첩'은 언술과 언술을 동일성의 차원에서 묶기 때문에, '즉'이나 '환언하면' 같은 논리 형식을 갖는다. 우리는 은유적인 중첩에서 하나의 언술이 대등한 같은 언술로 바뀌는 논리의 변화를 관찰할 수 있다. '비교'는 두 언술을 맞짝으로 놓는 것이어서, 비교구문('A는 B와 같다, 비슷하다')으로 설명된다. '병렬'은 하나의 언술이 대등한 다른 언술로 바뀌는 것이어서 '그리고'나 '또한' 같은 논리 형식을 보여준다. 은유적인 병렬은 언술 사이의 유사성을 구성원리로 하기 때문이다. 다만 그러한 병렬이 은유적으로 기능하기 위해서는 언술들을 묶어주는 동일성의 장(場)이 형성되어야 하며, 은유적 병렬의 경우 이 지점을 지적할 수 있다.

환유적 구성은 언술을 둘러싸고 있는 사회적 연상의 장(場)이 마련되어 있을 경우에 성립한다. 이질적(異質的)인 언술들이 그 장 안에서 환유적으로 결합하는 것이다. 수평적인 언술들이 시선이나 연상의 흐름에 따라 결합하는 방식을 환유적이라 이름 붙일 수 있다. 환유적 구성 가운데 '연접'은 그 흐름이 자연스러운 시선이나 연상의 전개에 따라 이루어지는 것이어서 '그래서'나 '그러므로' 같은 논리 형식에 대응한다. 하나의 언술 영역이 예측 가능한 자연스러운 흐름을 따라 다른 언술의 영역과 접속하는 것이다. 환유적인 '이접'에서는 그 흐름이 역행적이다. 하나의 언술이 그와 상반되는 다른 언술을 떠오르게 하는 경우이기 때문이다. 그래서 환유적인 이접은 '그러나'나 '그럼에도 불구하고' 같은 대조의 논리 형식을 갖는다. '연쇄'는 연접의 과정을 따라 언술이 계속적으로 전변(轉變)하는 것이므로 'A니까 B이고, B니까 C이다' 같은 순환문(循環文)을 만들어낸다.

제유적 구성에서는 일종의 포괄문(包含文)이나 종속문(從屬文)이 관찰된다. 하나의 장이 그보다 하위의 구성을 이루는 장이나 상위의 구성을 이루는 장으로 변화하기 때문이다. 이 경우 두 개의 언술 영역은 하나가 다른 하나를 포함하거나 다른 하나에 종속된다. 제유적 '구체화'의 경우에는 하위 언술 영역이 상위 언술 영역의 실례이거나 이미지화로 간주될 수 있다. 그래서 상위 언술 영역에서 하위 언술 영역으로 이행하는 것을 '예를 들어'나 '가령' 같은 논리 형식으로 설명할 수 있다. 반면 제유적 '일반화'의 경우에는 상위 언술이 하위 언술의 핵심 전언의 구실을 한다. 그래서 '일반화'는 '요컨대'나 '요약하면' 같은 논리 형식으로 설명된다.

각각의 구성을 비유적으로 설명하자면, 은유적 구성은 같은 말을 그와 유사한 다른 말로 바꾸는 말 바꾸기(혹은 말 맞추기) 놀이에 비유될 수 있다. 다시 말해 하나의 말에서 파생될 수 있는 동의어들을 만드는 놀이(중첩)이거나 유의어들을 만드는 놀이(병렬)이다. 환유적 구성은 하나의 말에서 파생되어 다른 말로 옮겨가는 말 잇기 놀이와 같다. 하나의 말을 그와 관련된 다른 말로 바꾸는 놀이(이동)이거나 그와 반대되는 말로 바꾸는 놀이(반동)인 셈이다. 제유적 구성은 일종의 말 옮기기 놀이다. 하나의 말을 그것에 속해 있는 하위의 말로 바꾸거나(구체화) 그것에 포함된 상위의 말로 바꾸는 놀이(일반화)이다.

각각의 구성적 특질을 도식화해 아래에 표로 제시했다.

	은유적 구성			환유적 구성			제유적 구성	
	중첩	비교	병렬	연접	이접	연쇄	구체화	일반화
구문적 지표	있음	있음	있음	없음	없음	없음	없음	없음
시선(연상)의 이동	수평적	수평적	수평적	수평적	수평적	수평적	수직적	수직적
특성	동일성	유사성	이질성	친인접성	반인접성	친인접성	종속성	포괄성
논리변환의 성격	즉	마찬가지로	그리고	그래서	그러나	다음에… 그 다음에는…	예컨대	요컨대
구문끼리의 결속력	강함	강함	강함	약함	약함	약함	보통	보통

4. 제유와 환유 시사(詩史)의 가능성

황톳길에 선연한

핏자욱 핏자욱 따라

나는 간다 애비야

네가 죽었고

지금은 검고 해만 타는 곳

— 김지하, 「황톳길」 중에서

아직 동트지 않은 뒷골목의 어딘가

발자욱 소리 호르락 소리 문 두드리는 소리

외마디 길고 긴 누군가의 비명 소리

신음 소리 통곡 소리 탄식 소리 그 속에 내 가슴팍 속에

깊이깊이 새겨지는 네 이름 위에

네 이름의 외로운 눈부심 위에

살아오는 삶의 아픔

살아오는 저 푸르른 자유의 추억

되살아오는 끌려가던 벗들의 피묻은 얼굴

떨리는 손 떨리는 가슴

떨리는 치떨리는 노여움으로 나무판자에

백묵으로 서툰 솜씨로

쓴다.

— 김지하, 「타는 목마름으로」 중에서(2연)

"황톳길"은 헐벗은 국토의 제유다. 임화의 시에 선행 구절이 있다.
"이미 낡은 지가 오래된 시뻘건 나토(裸土)"(임화, 「혁토赫土」)가 그것

이다. 「타는 목마름으로」의 인용문 2행은 탄압자들을 지시하는 환유인데, 역시 임화의 시에 선행 구절이 있다. "징 박은 구둣발"(「양말 속의 편지」) 소리가 그것이다. 우리 시사에서 제유와 환유를 가장 전면적으로 그리고 비교적 성공적으로 활용한 최초의 시인이 임화다. 신경림의 시 역시 농촌 공동체를 형상화하면서 환유의 호소력에 기댔다.

> 녹슨 삽과 괭이를 들고 모였다
> 달빛이 환한 가마니 창고 뒷수풀
> 뉘우치고 그리고 다시 맹세하다가
> 어깨를 끼어보고 비로소 갈 길을 안다
> 녹슨 삽과 괭이도 버렸다
> 읍내로 가는 자갈 깔린 샛길
> 빈 주먹과 뜨거운 숨결만 가지고 모였다
> 아우성과 노랫소리만 가지고 모였다
>
> —신경림, 「갈길」 전문

"녹슨 삽과 괭이"는 생계수단을 대신하는 환유이며, "빈 주먹과 뜨거운 숨결"은 결의에 찬 육신을 대신하는 제유이고, "아우성과 노랫소리"는 시위하는 행동을 대신하는 환유이다. 1980년대의 민중시와 노동시에서는 이 같은 예가 흔하게 보인다.

제유적 사고와 환유적 사고는 은유와는 다른 사고의 기저 형식(基底形式)이다. 그동안 우리 시사는 비유적 방식에서 은유에 우월성을 부여하고, 제유와 환유는 부차적인 비유로만 취급해온 경향이 없지 않다.[15] 임화에서 시작해 신동엽, 김지하, 신경림을 거쳐 1980년대 민중시, 민족시에 이르는 시편들이 평가절하된 데에는 이와 같은 환유적, 제유적 사고에 대한 고려가 별로 없었던 데에도 원인이 있을 것이다.

실제로 임화의 시가 처음 소개한 환유와 제유는 1980년대에 이르기까지 그 용례를 크게 넓히며 활용되어왔다. 이것은 제유와 환유에 내재한 사고의 운동성이 작용한 결과다. 공동체적인 삶을 형상화하는 시에서는 제유가, 대중에 호소하는 시에서는 환유가 주요하게 활용되었던 셈이다. 물론 이 시편들이 가진 상투성과 도식성은 비판받아 마땅할 것이나, 이런 시편들의 가능성 자체는 존중할 필요가 있다. 그래야 공동체에 대한 사유를 보존한 시편들, 묵독보다는 낭송에 적합한 시편들의 시사적 위치가 온전히 자리매김될 것이기 때문이다. 제유가 부분과 전체를 나타내는 데 적당하다고 했는데, 실제 시에서도 제유가 활용된 시들은 사회적인 메시지를 전달하는 경우가 많다. 환유가 관습적인 연상을 활용한다고 했는데, 실제로 환유가 드러난 시들은 상투적인 대상들을 활용하는, 어느 정도는 선동적인 시편들이다. 그래서 이 둘은 사회, 역사적인 문제를 이야기하는 시편들에서 자주 활용되곤 한다. 그러나 모든 제유가 관습의 소산은 아니다. 사회역사적 상상력이 온전히 발휘될 때에 제유는 무서운 힘을 갖는다. 은유로 쪼그라들지 않은 생생한 힘이 있기 때문이다.

---

15) 구모룡이 『제유의 시학』(좋은날, 2000) 1부에서 제유를 중시하는 시학을 제시한 바 있다. 다만 이때의 제유는 비유가 작동하는 구문적 차원에서가 아니라 세계관의 차원에서 제기되었다는 점에서, 이 책의 주장과 다르다. 이 책의 가정 가운데 하나는 비유로서의 본래적 본성이 시적인 사유 전체의 본성에도 보존되어 있다는 것이다.

<h1 style="text-align:center">10장 좌표</h1>

상징과 알레고리는 어떻게 생겨나는가?

상징이 체계성의 차원으로 올라간 비교라면, 알레고리는 비교의 차원으로 내려간 체계다. 상징은 비교에서 파생된 것이다. 상징의 가장 간단한 정의는 "원관념이 생략된 은유"라는 것인데,[1] 이로써 보조관념 자체가 원관념을 포함하게 된다. 이는 곧 은유의 비교 가능성이 체계 전체를 통괄하는 기능을 할 때 상징으로 전환된다는 것을 뜻한다. 알레고리는 체계에서 파생된 것이다. 알레고리는 하나의 체계가 이면에 숨겨진 다른 체계를 지시한다. 이때 숨겨진 체계 전체가 알레고리의 원관념 역할을 하며 이로써 알레고리 자체가 숨겨진 체계의 보조관념 역할을 하므로 체계가 비교 가능성의 수준에서 재편성된다.

---

1) C. Brooks & Warren, Understanding Poetry, Rinehart and Winston, 1960, p. 556.

1. 상징

1-1. 상징은 어떻게 생성되는가?

은유에 관한 항목에서 은유가 체계화되면 상징에 근접한다고 말한
바 있다.

> 은유의 그물망은 우리가 근원적인 은유(root metaphor)라 부르는 것
> 을 낳는다. 이 근원적인 은유들은 한편으로 우리 경험의 다양한 영역에
> 서 빌려온 부분적인 은유들을 모두 함께 묶어내고, 또한 그렇게 함으로
> 써 그것들에 균형을 보장해주는 힘을 가지고 있다. (…) 그러므로 서서
> 히 진전하는 상징적 수준과 좀더 휘발성으로 진전하는 은유적 수준을
> 결합시켜주는 네트워크를 발생시키고 조직할 수 있는 지배적인 은유는
> 바로 이 근원적인 은유들이다. (…) 은유들의 집합은 네트워크를 구성
> 하는 것을 넘어 근원적으로 위계적인 구조물을 보여준다. (…) 상징적
> 경험이 은유에 의미 작업을 요청한다는 것은 자명하다. 이 의미 작업은 은유
> 가 조직적인 그물망(organizational network)과 위계적인 수준들(hierar-
> chical levels)을 통해 부분적으로 제공하는 것이다. 그리고 또한 의미의
> 은유적인 잠재력이 이미 발휘된 의미들이 모여서 이룬 저수지가 곧 상
> 징체계들이라는 점도 역시 자명하다.[2]

체계적인 은유와 상징의 거리는 아주 가깝다. 근원적인 은유는 예컨
대 원형 이미지 혹은 상징적 범주(symbolic paradigm)를 말하는데, 이
를 체계적인 은유라 부를 수 있다. 리쾨르에 따르면, 이런 은유가 은유

---

2) 폴 리쾨르, 『해석 이론』, 김윤성·조현범 옮김, 서광사, 1998, 115~116쪽.

의 상부 구조와 상징의 하부 구조를 잇는 일종의 다리다.

은유는 이미 정화된 로고스의 세계에서 발생한다. 반면 상징은 삶의 세계(bios)와 이성의 세계(logos)를 갈라놓고 있는 분리선에서 망설이고 있다. 상징은 '담화'가 원초적으로 '삶' 속에 뿌리내리고 있음을 입증해준다. 그리고 상징은 힘(force)과 형태(form)가 일치하는 곳에서 태어난다.[3]

상징에는 의미론적 계기와 비의미론적 계기가 있다. 의미론적 계기는 은유를 통해 상징으로 나아가는 길에 놓여 있다. 여기서 상징은 은유를 우회해 의미작용과 해석의 관점을 허용하며 은유에서 말한 특징과 겹쳐진다. 반면 비의미론적 계기는 상징에서 의미, 곧 은유적 해석과 대응하지 않는 부분을 말한다. 그것은 상징적 기능과 접속된 비상징적이거나 전(前)언어적인 부분이다. 위의 인용은 그 부분이 삶의 세계를 지칭한다는 것을 보여준다. 따라서 리쾨르에 따르면 상징은 은유에서 시작했으되, 은유적인 매개를 끊고 그 자체로 독립한 표상이다. 언술이 지시성의 차원에서 세계의 실질성을 시에 끌고 오는 것과 같이 상징은 원관념을 지움으로써 은유 너머의 세계를 지칭하는 셈이다. 다음 시를 통해 은유와 상징의 관계를 짐작해보자.

1
계단을 오른다
밟을 때마다 삐걱이는 계단의 관절
한 걸음 다시 한 걸음 내딛을 때마다

---

3) 같은 책, 107쪽.

내 발은 어느덧 계단 속으로 푹푹 빠져들고
계단 곳곳에 진을 치고 있는 늪지대 저 아래
악어들이 느릿느릿 몸을 일으킨다

　　　2

계단이 입을 벌린다
꼬리를 휘저으며 계단을 오르내리는 악어들
계단 모서리에 웅크리고 있다가 불현듯
지나가는 사람의 발뒤꿈치를 물어뜯는 악어들
저들이 어디서 오는지 아무도 모른다
다 올랐다고 생각하는 순간 일제히 출렁이며
내 몸 위로 쏟아져 내리는 악어들

　　　3

계단이 일어선다 일어서서 검은 입을 치켜들고
나를 삼킨다 와르르 굴러 떨어지는 악어들
사나운 입에 물린 채 나는
계단 저 아래로 처박힌다

올려다보면 어느새
다시 근엄하게 펼쳐진 굳건한 계단들
악어들이 꼬리를 감춘 계단에
불안스런 정적이 감돌고 있다

—남진우, 「계단 오르기」 전문

악어의 출현은 심리적인 것이자(계단이 삐걱대서 나는 어떤 아가리 속으로 빠질 것만 같았다) 시각적인 것이고(층층이 누운 채 내 발을 삼키려 드는 저 계단들이 바로 악어떼다), 은유적인 것이자(악어는 계단과 닮았다) 상징적인 것이다(악어는 계단에서 떨어져나와 계단 밑의 어둠에 숨었다). 이 연상의 순서를 따라가보자. A. 계단이 악어와 닮았다. → B. 계단이 악어다. → C. 악어는 계단 밑에 숨어 있다. 이를 순서대로 보면, A. 직유 → B. 은유→ C. 상징이 될 것이다. 상징이 은유적인 매개를 끊고 독립한 표상이라는 데 유의하자. 계단이 출현시킨 악어는 이 단계에 이르러 계단과의 연관을 끊고 제 형상을 획득한다. 다른 말로 상징이 된다.

1-2. 상징의 범위와 유형

상징만큼 다양하고 폭넓게 쓰이는 용어도 많지 않을 것이다.

상징이란 따로 분리시켜서 비평적 고찰을 할 수 있는 모든 종류의 문학 구조의 단위를 의미한다. 낱말, 구(句), 또는 특정한 연유로 사용된 이미지(이것이 보통 상징이라는 말로 해석되지만)가 비평적 분석에서 구별될 수 있는 요소들인 경우에는 모두가 상징이다.[4]

---

4) 노스럽 프라이, 『비평의 해부』, 임철규 옮김, 한길사, 2000, 164쪽. 프라이의 상징은 ① 축자적 상징(상징주의, 신비평과 연관된 낱말의 리듬, 음운, 언어 패턴의 분석), ② 기술적 상징(사실주의, 자연주의와 연관된 실제 생활, 사건의 미메시스적 분석), ③ 형식적 상징(신고전주의와 연관된 전형적 행위와 교훈 분석, 알레고리가 여기에 포함된다), ④ 신화적 상징(민중적 장르, 원형 비평과 연관된 제의와 꿈 분석), ⑤ 신비적 상징(종교와 관련된 묵시록적 분석)으로 유별된다. 이 체계는 그의 역사비평적, 주제적 분류 체계(신화→로맨스→상위 모방→하위 모방→아이러니 양식)와도 상동 관계를 이룬다.

상징을 이와 같이 쓰면, 시에서의 자립적 영역은 모두 상징이 되고
만다. 이런 사정을 반영하듯, 논자에 따라 상징의 영역은 천차만별로
규정되어왔다. 시의 하위 영역(이미지, 비유, 리듬)에 대한 탐색에서 작
품 바깥의 현실과 의미를 강조하는 데에 이르기까지, 혹은 시인의 삶
과 작품 형식 사이의 관계에서 기호 일반에 이르는 용어까지 모두 상
징의 영역에 포괄될 수 있다.[5] 이런 폭넓은 상징 개념을 시학의 연구에
적용할 수는 없을 것이다. 따라서 이 책에서는 은유와의 상관성에 주
목해 체계적 은유가 그 수평적 성격을 버리고 수직적 차원으로 전환된
경우만을 상징으로 인정하고자 한다.[6]

흔히 상징의 유형을 다음같이 나눈다.[7]

1) 관습적 상징, 우발적 상징, 보편적 상징(에리히 프롬): 관습적 상
징은 일상언어의 관습에서 만들어진 것(예를 들어 '다리'에서 책상 다리,
교각이 파생되는 경우)이며, 우발적 상징은 관습적 상징의 반대로 상징
과 상징되는 것 사이에 내재적 관계가 없는 것(예를 들어 부산에서 교통

---

5) "상징주의자인 예이츠의 경우, (⋯) 상징적 표현에 대한 정의를 이미지·비유·신화뿐만
아니라 시의 모든 음악적 관련 사항들(리듬, 화법, 압운 등)도 포괄시키는 데까지 확대한
다. 반실증론자들인 크리거, 휠라이트, 랭거, 카시러, 어번 등은 (⋯) 산만하지 않은 의
미·진실·환상을 표상하는 능력을 강조한다. 케네스 버크는 (⋯) 시인의 심리적인 긴장
의 규칙을 상징하는, 작품의 여러 요소에 있는 (⋯) 방식을 강조한다. 사회비평가들인 브
리슨 시선집의 작가들은 (⋯) 보편적인 사회 현상이 인간의 가치 기준에 대한 지시자로
작용하는 방식에 대해 언급하는 용어(표지, 유행 구조, 공공건물, 활동사진 등)들에 초점
을 맞춘다"(노스럽 프라이, 「시의 상징」, 김용직 엮음, 『상징』, 문학과지성사, 1988, 18쪽).
6) 이렇게 본다면 상징은 알레고리와 대립되는 용어가 아니라 상호변환되는 용어가 된다. 비
유의 체계성(위계성, 수직적 성격)과 병렬성(비교 가능성, 수평적 성격)은 흔히 호환되기
때문이다. 상징의 수직적 성격이 관습화되면(다른 말로 평면화되면), 상징은 알레고리로
변환된다. 2절 알레고리 항목 참조.
7) 1)~3)은 김용직 엮음, 『상징』에서, 4)는 Philip Wheelright, Metaphor & Reality, Indiana
Univ. Press, 1973에서 뽑았다.

사고를 당한 사람이 부산을 사고의 도시라 기억하는 경우)이다. 보편적 상징에서는 상징과 상징되는 것 사이에 내재적 관계가 있다(예를 들어 '불'과 '물'은 보편 상징이다).

2) 자연적 상징, 관습적 상징, 개인적 상징(찰스 휠러): 자연적 상징은 자연물에서 유추해낸 상징이며, 관습적 상징은 역사적이고 관습적인 의미가 부여되어 만들어진 자의적 상징이다. 개인적 상징은 개별 작가가 자신의 작품 세계 내에서 특정 표상에 부여한 상징이다.

3) 비본질적(자의적) 상징, 본질적(기술적) 상징, 통찰 상징(윌버 어번): 비본질적 상징은 대상의 기호로 작용하는 기능적인 상징이며, 본질적 상징은 상징되는 것에 내재해 있는(따라서 직관 가능한) 상징이고, 통찰 상징은 정신적 관계의 본질(예를 들어 신의 개념이나 예술에서의 특정 인물의 상징적 성격)을 드러내는 상징이다.

4) 협의 상징, 긴장 상징, 원형 상징(필립 휠라이트): 협의 상징은 수학의 기호처럼 일정한 규약에 의해 사용되거나 관습적이고 제도적인 상징들이며, 긴장 상징은 복합적인 연상작용에 의해 풍요로운 의미를 생산하는 상징이고, 원형 상징은 인류에게 보편적으로 받아들여지는 자연 상징이다.

상징에서 이런 유형화보다 강조되어야 할 것은 '창조성'의 유무다. 위 분류는 상징이 창조적인 의미 생산 능력을 보유했는가 그렇지 못한가에 따라 대별될 수 있다. 시적 주체는 기존의 상징적 의미를 원용할 수도 있고, 개별화된 상징적 의미를 생산할 수도 있다. 중시되어야 할 것은 그로써 자신의 대상과 전언에 얼마나 생산적인 효과를 낳았는가 하는 점이다. 그런 효과를 낳지 못한 상징은 관습적이거나 자의적인 상징이 되고 만다(2절에서 살피겠지만 의미의 관습적 효과를 노린 비유가 알레고리이며, 이것은 그 나름의 생산성을 갖고 있다).

문화적인 상징의 예를 보자.

　그렇군요. 저는 종려나무로부터 빚어진 사람이군요. 물에 담긴 많은
흰 국화 중 하나를 꺼내 내 이마에게 건네고 두 번 인사합니다. 해바라
기들이 다 죽어버린 벌판으로 네 발 달린 짐승처럼 태양은 다가왔습니
다. 몸속 아주 깊이 칼날이 들어오는 기분으로 저는 저의 갈비뼈를 만져
보고 검시(檢屍)하듯 눈물을 하나 꺼냈어요.

　그렇군요. 아버지가 그토록 열중한 것. 만능 기판과 저항, 엄마를 지
졌던 인두도 같은 걸로 하나 마련해야죠. 납이 타는 냄새 속에 몽롱히,
축협으로 떠났던 돼지 등이 유리알처럼 반짝이던 한때. 귀신을 본다든
가, 헛것을 본다든가, 나의 유령들은 소자(素子)와 저항에 견주어 불충
분한 것에 가깝습니다. 우리는 구름의 약한 전류에 감염되듯 천국과 지
옥 사이를 오갑니다.
―조연호, 「근친의 집―부계父系」 중에서

　위 시는 장시 「근친의 집」의 일부다. "종려나무"는 성경에서 의인의
상징이어서 예수가 예루살렘에 입성할 때에 사람들이 그리스도를 환
영하며 그 가지와 잎을 길에 깔아놓은 나무다. "흰 국화"는 물론 조화
(弔花)이고 내가 내 자신에게 "두 번 인사"하는 것 역시 내가 죽었다는
명시(明示)다. 예수가 십자가에 달렸을 때, 태양이 어두워졌으며, 지키
던 군병이 창으로 예수의 옆구리를 찔러 죽음을 확인했고, 거기서 피
와 물이 흘러나왔다. 인용 부분은 이 장면을 정확히 복사하고 있다. 예
수는 죽으면서 "나의 하나님, 나의 하나님, 어찌하여 나를 버리셨나이
까"를 외친다. 본문에는 드러나지 않은 이 절규가 "부계"를 떠받치고,
다시 나의 가계와 결합한다.

"축협으로 떠났던 돼지"(예수가 사람에게서 귀신을 내쫓자 귀신이 돼지 떼 속으로 들어갔다)와 "귀신"과 "헛것"과 "천국과 지옥 사이를" 오간 일 (외경에 따르면 예수는 죽어 지옥에 내려갔다가 부활한 후에 승천했다고 한다)은 나(＝예수)의 경험이고, "만능 기판과 저항" "인두" 등은 내게 아무 응답도 하지 않은 잔인한 아버지(＝하느님)의 소관이다. 인용한 2연에는 두 개의 주체가 있다. 성경기사의 주인공인 '예수'와 현재의 '나'. 내 목소리는 예수의 목소리와 겹치고, 내가 말 건네는 대상인 아버지는 아버지 하느님과 겹친다. 이것은 내가 내 자신의 고통을 가상칠언(架上七言)에 빗댔기 때문이다. 둘은 은유적 관련을 맺고 있으나, 은유만으로 추려지지 않는 복합적인 성격을 갖고 있다. 이를테면 시의 대상인 (예수의 아버지인) '하느님'과 (나의 하느님인) '아버지' 사이에는 착란이 있다. 하느님은 사랑하는 아들을 십자가로 보낼 만큼 인간을 사랑하는 존재이지만, 아버지는 그 아들(곧 나)을 죽이는 잔인함 그 자체만으로 그려진 악의 존재다. "해바라기들이 다 죽어버린 벌판으로 네 발 달린 짐승처럼 태양은 다가왔습니다"가 뜻하는 것은 본래의 기사에서는 예수가 죽었을 때 하늘도 캄캄해졌다(아버지도 슬퍼했다)는 뜻이지만, 내가 포함된 문맥에서는 아버지가 짐승처럼 잔인했고 내게는 어떤 희망도 없었다는 뜻으로 읽힌다. 신학적 문맥이 이 시의 상징적 환경을 이루는 것이다. 중요한 것은 상징이 관습적인가 아닌가에 있지 않고, 그것이 (도입된 상징이건 발명된 상징이건 가리지 않고) 생산적인가 아닌가에 있다.

자연적인 상징의 예다.

무엇이라고 쓸까
이 시대 이 어둠 이 안개
줄줄 흐르는

흘러야 속이 시원한
이 불면(不眠)

무엇이라고 쓸까
자유롭기를
기쁘기를
시간은 즐거이 가기를
그리고
그대를 기다리길

무엇이라고 쓸까
어둠 속에서 어둠이 보이지 않는데
빛이 빛을 덮어
눈물이 눈물을 덮어
죽음이 죽음을 덮는데

무엇이라고 쓸까
친구야 일어서라
어둠이여 밝아라
죽음이여 저리가라

정말 무엇이라고 쓸까
아무도 없는데
저 혼자 문이 열렸다 닫힌다

—강은교, 「무엇이라고 쓸까」 전문

이 시의 상징은 죽은 비유에 가깝다. "어둠" "안개" "빛" "눈물" "죽음"이 모두 원형 상징으로 기능하는데, 그것의 의미맥락이 지나치게 자명하기 때문이다. "문" 또한 그런 의미의 관습적 상징인데, 여기서는 이 상징이 이미지(곧 단일한 사건으로 체험되는 상징)로 기능하고 있어서 생생함을 획득했다. 우리는 마지막 연의 "아무도 없는데"를 '자연히, 필연적으로'라는 의미로 읽어야 한다. 저 마지막 구절 덕택에 다른 비유들도 더불어 생생해진다. 이 어둠, 눈물, 죽음 따위는 언젠가 극복될 것이다. 닫힌 문이 저절로 열리듯.

원형적인 상징의 예를 보자.

참으로 이상한 일이지 우리 엄니 몸속에 들어가 썩지 않고 나온 것이 바로 나인데 이 몸에 들어오면 모든 것은 썩는다 썩지 않는 것이라곤 하나도 없다 썩는 일을 아주 잘 끝낸 술도 썩는다 엄니를 다시 만날 수 있었으면, 그럴 수만 있다면, 아주 간절하지만 이젠 어느 누구도 몸속에도 함부로 들어갈 엄두도 낼 수가 없다 길을 낼 수가 없다 지난여름 한 보름 내가 가서 수없이 들락거린 내 생가 터 풀밭, 풀잎 속의 풀잎들이 내 밟고 다닌 자리마다 길이 나가지고선 이 봄 아직껏 그냥이라는, 돋지 않고 있다는, 맨땅이라는, 소식이 없다는 소식을 들었다 독하다! 사람이 지나간 자리에는 맨땅의 길이 있다

—정진규, 「길」 전문

식도(食道)는 먹어서 버리는 길이며, 산도(産道)는 낳아서 살리는 길이다. 내 몸속을 지나간 모든 것은 죽는데, "우리 엄니 몸속"을 지나온 나는 이렇게 살았다. 운율에 기대어 읽는다면, 시의 중간에도 수많은 길("도")이 들었다. "이젠 어느 누구도 몸속에도 함부로 들어갈 엄두도 낼 수가 없다". 저 수많은 조사("도")들은 내 길이 가진 불가역성

을 안타깝게 형상화하는 음성 상징이다. "생가 터 풀밭"에 내가 낸 "맨 땅의 길"은 내가 낸 길이 죽음과 죽임의 길이라는 또 하나의 예증이다. 이 시에 나온 세 길(식도와 산도와 오솔길)은 '통로'라는 기본 개념에서 파생된 관습적인 은유들이다. 그런데 이 길이 먹는 것과 낳는 것, 통과 하는 것이라는 부가적 의미를 흡수하자 각각의 의미요소를 원관념으 로 거느린 상징으로 변환되었다(상징에서 원관념은 하나로 추려지지 않 는다. 상징에는 언제나 잉여가 있다).

개인적인 상징의 경우를 보자.

   젓가락과 사타구니 사이
   여자라는 상징이 있다
   벌린다는 것, 좋든 싫든 벌려야 하는
   그런 구조가 있다
   여학교 때 체육선생은
   개각(開脚)하는 아이들 등을 꾹꾹 눌러
   나무젓가락 가르듯 기절시키곤 했다
   꼭 그래야 했을까
   간혹 젓가락이 반듯하게 나뉘질 않고
   삐뚤어지거나 엇나가는 건
   젓가락의 저항이다
   말 못하는 다리의 저항이
   삐끗 다른 길로 들게 했을까
   와리바시라는 이름 딱지 영 못 떼고
   생을 마감하는 불운처럼
   사타구니 불안을 영 마감할 수 없는
   여자이야기,

참 길고 질긴 이야기

— 이규리, 「와리바시라는 이름」 전문

나무젓가락(예전에는 일어로 "와리바시"라 불렀다)은 좌우로 벌려서 나누어 쓴다. "여학교 때 체육선생"도 아이들 다리를 그렇게 쨌다. 어쩌면 그게 여자의 운명이었을지도 모른다. "사타구니"로 대표되는, 다리를 벌리는 것으로써 자기 존재를 보장받는 여자 말이다. 이렇게 말하면 "젓가락"과 여자 사이는 '다리를 벌리다'라는 은유로 묶인다. 그런데 그게 다가 아니다. 그것이 "여자라는 상징"이 되기 위해서는 "와리바시"가 단순히 나무젓가락으로 치환되어서는 안 된다. "와리바시"라 부를 때의 그 비하하는 시선, 일회용 젓가락으로 쓰고 버려지는 운명, 다리의 좌우를 쪼갤 때의 고통(여성의 입장에서)과 쾌감(남성의 입장에서) 등이 여성의 삶에 부가되어야 한다. 그리고 실제로 그렇게 되었기에 이 이야기가 "사타구니 불안을 영 마감할 수 없는/여자이야기"가 되는 것이다.

네 편의 시를 보았다. 문화적인 상징, 자연적인 상징, 원형적인 상징, 개인적인 상징. 중요한 것은 상징의 유형이나 속성이 아니라 그 상징의 생산성임을 확인할 수 있을 것이다. 어떤 상징이 특별히 다른 상징보다 우월하다고 말할 근거는 없다. 그보다 중요한 것은 그것이 얼마나 풍요롭고 창조적인 맥락을 시에 도입했는가 하는 사실이다.

1-3. 상징의 예

최근에 우리 시가 형상화한 몇몇 상징물들을 탐색해보기로 한다.

1-3-1. 조정권의 '산정묘지'

저곳은

육신(肉身)이 무거운 자에게는 멀고도 험악한 곳.

또한 가벼운 자에게는

가벼움으로 인해 기슭으로는 가 닿을 수 없는 물결.

산정(山頂)이여, 햇발 치는 드높음,

내게는 언제나 숨가쁨이여.

언제 보아도 산정(山頂)은 머리 위에 고산(高山) 만년설(萬年雪)을

지붕처럼 높이 받들고 있고, 저곳에는

고요한 잠과 열락.

일찍이 우러러 깨친 자들만이

둥그런 우주의 지붕 처마 밑에

노래받이 물통을 받혀 놓고

음악을 듣던 곳.

해마다 여름은 이곳에 찾아와

샘물의 봉인(封印)을 뜯고

서늘한 그늘 밑으로 바람을 밀생(密生)하고

갓 태어난 염소들의 입덮개를 벗겨준다.

사유하는 이마들이 잔설(殘雪)을 헤치고 찾아내는

보랏빛 꽃, 그 속에 감춰진 한 떨기 이슬.

수많은 계절이 찾아와도

여름은 만년설(萬年雪)의 잔설(殘雪)을 녹이지는 못하리.

바람의 정(釘)이 며칠이고 계속 바위 속 얼음의 일각(一角)을

깨뜨리지 못하는 한.

그것들은 불의 혀로서도 타지 않으리.

왜냐하면 불은 이곳에서는 얼어붙는 혀. 기화하는 연기이니까.

오, 고요를 일으키며 잔잔히 파도치는 설풍(雪風)이여.

너희들 설풍(雪風)의 옷자락조차 또 한 차례의 고요를 기슭에다 헌사
하고 있지 않은가.

오랜 세월 기슭에다 쌓아올린 시간의 고요여.

깨울 수 없는 태허(太虛)의 고요,

거기 깃들어 있는 신(神)의 미소.

그곳에서는 모든 성에꽃들이 빛을 사방으로 출발시키고 있지 않은가.

빛이 도착하는 지점은 곧 출발의 회귀점.

수많은 성에꽃들은 깊은 심해의 해류식물의

형상을 취하고 있지 않은가.

오 기묘함이여.

일찍이 이곳은 지각변동이 있기 전 가장 낮은

심해 한복판이었을까.

그리하여 물은 수백 년간 해류식물 사이를 흐르면서

형상들과 친화(親和)하며 제 모습 속으로 흡인하는 본능을 키웠던 것
인가.

그럴지도 모른다.

물의 꿈은 형상을 취하고 제 혼 속에서 형상을 이루는 것.

자연의 형상과 친화(親和)하는 인간들, 오 그대들,

고산식물(高山植物)처럼 고산지대에서만 사는 이들.

염소치기, 양치기, 목자, 점성술사, 선사(禪師)들.

북극성이 밤하늘을 횡단하는 여행자에게 한 모금의 샘이 되듯

사유하는 이마에 삼각돛을 달고 항해하는 자들.

비와 눈과 얼음과 폭풍의 동행자(同行者), 시인들.

지상으로는 결코 내려가 쉬지 않는

구리발톱의 새와 친화(親和)하는 펜촉을 노래하고,

젖은 날개를 험한 절벽 끝에서 말리며 휴식을 거부하는

강한 영혼들을 노래하라.

지상으로는 결코 내려가 피지 않는 고생초(高生草)들의 밀생지(密生地), 미래의 가인(歌人)들의 거주지,

영혼의 평온한 휴식처.

이곳에서 내려다보면

저 아래 깎아지른 벼랑 밑,

은어들이 산란하는 상류는 한갓 발밑의 세계.

녹음을 끌어당기는 천길 계곡과

천상(天上)에서 봉우리와 봉우리를 두 쪽으로 가르며

떨어지는 장대한 폭포 역시 발밑의 세계.

하지만 바다는 늘 광대무변한 품을 향해 출발하고 있고

능금 껍질의 푸른 띠를 두른 해안으로 난파자와

방랑자를 품에 끌어들여 눈부신 휴식의 잠을 준다.

오, 난파자들이 수평선 너머 잃어버리고 온 바다

놓쳐버린 바다를

수백 마일 밖으로부터 다시 몰고 오는 자들, 수천 마리의, 수억 마리의, 사자 떼의 흰 머리갈기를 타고 몰려오는 파도를

다스리며 친화(親和)해 온 근육들. 오, 보라!

일찍이 율리시즈가 껴안고 꺾으려 했던 바다!

일찍이 율리시즈도 산 채로 사로잡지 못했던 바다!

오, 그대들, 시인들!

수만 년 전 율리시즈가 난파한 기슭

거기 쌓여 있는 고요한 모래.

수만 년 동안을 바다가 게워놓은 모래.

거기 묻혀 있는 신(神)들의 글씨 또한 고요하지 아니한가.
인간의 영혼만 남고 신(神)들은 침묵하지 않는가.

—조정권, 「산정묘지山頂墓地 8」 전문

　조정권의 「산정묘지」는 30편으로 이루어진 연작시로 장려하고도 유려한 필치로 정신의 고고한 경지를 노래한 시편들이다. 정신의 극점에서 깨달음은 언외(言外)의 것이 된다. 진정으로 깨달은 자는 침묵해야 한다. 이것이 묘지의 정체다. 이곳은 육신이 무거워도 도달할 수 없고, 가벼워도 가 닿을 수 없는 곳이다. 이곳의 "만년설"은 청신(淸新)하고 "고요한 잠과 열락"을 대신한다. 이곳은 "우러러 깨친 자들" "사유하는 이마들"에게만 허락된 곳이며, "태허"와 "신"이 선사한 고요와 미소만이 자리한 곳이다. 지구 역사의 전변만이 이곳의 식생을 설명할 수 있을 것이며(그만큼 유구하다는 뜻이다), "자연의 형상과 친화하는 인간들", 예컨대 "비와 눈과 얼음과 폭풍의 동행자, 시인들"만이 이곳의 거주민이 될 수 있다. 이곳은 "고생초들의 밀생지, 미래의 가인들의 거주지"이자, "영혼의 평온한 휴식처"이기 때문이다. 이곳은 만물을 발밑에 두었으며, 광대무변한 바다만이 이곳의 장엄함과 짝을 이룰 만한 자격이 있다…… 이런 식의 바그너적 음악, 니체적 목소리가 시편들을 가득 채우며 흘러간다. 산정묘지는 우리 시가 도달한 정신의 높이를 보여주는 장려한 상징이다.

1-3-2. 황동규의 '풍장'

내 세상 뜨면 풍장시켜다오.
섭섭하지 않게
옷은 입은 채로 전자시계는 가는 채로

손목에 달아 놓고
아주 춥지는 않게
가죽가방에 넣어 전세 택시에 싣고
군산에 가서
검색이 심하면
곰소쯤에 가서
통통배에 옮겨 실어다오.

가방 속에서 다리 오그리고
그러나 편안히 누워 있다가
선유도 지나 통통 소리 지나
배가 육지에 허리 대는 기척에
잠시 정신을 잃고
가방 벗기우고 옷 벗기우고
무인도의 늦가을 차가운 햇빛 속에
구두와 양말도 벗기우고
손목시계 부서질 때
남 몰래 시간을 떨어뜨리고
바람 속에 익은 붉은 열매에서 툭툭 튀기는 씨들을
무연히 안 보이듯 바라보며
살을 말리게 해 다오.
어금니에 박혀 녹스는 백금(白金) 조각도
바람 속에 빛나게 해다오.

바람 이불처럼 덮고
화장(化粧)도 해탈(解脫)도 없이

　　이불 여미듯 바람을 여미고

　　마지막으로 몸의 피가 다 마를 때까지

　　바람과 놀게 해 다오.

— 황동규, 「풍장 1」 전문

　황동규의 「풍장」은 14년에 걸쳐 쓰인 연작시다. 1~3부의 시들은 각각 『악어를 조심하라고?』(1986), 『몰운대행』(1991), 『미시령 큰바람』(1993)에 실렸으며, 4부의 시들은 1995년 연작시집이 간행될 때 새로 실린 것이다.[8] 긴 시간에 걸쳐 쓰인 시편답게 각 부에 따라 미묘한 편차를 보이며 전개된다. 인용한 시는 이 연작의 서시에 해당한다. 주체는 자신이 세상을 뜨면 시체를 섬에 데리고 가서 풍장을 시켜달라고 청원한다. 그런데 그렇게 그려내는 자신의 모습이 시체가 아니라 잠시 정신을 잃거나 편안히 누운 생시의 인물에 가깝다. 시체에 인격을 부여한 셈인데, 이것은 삶 쪽에서 바라본 죽음의 가상현실에 가깝다. 그러다가 2부에 가면 죽음 이후의 세계(예를 들어 익은 술, 낙화, 성교 도중에 잡아먹히는 사마귀 수컷, 낙수)의 황홀함이 이야기되고, 3부에서는 몸의 분열과 증식을 통해 시체에 더 다가선 경지를 그린다. 4부에서는 뜻밖에 일상잡사의 소중함이 조명된다. 풍장이라는 가상의 죽음에 비추어 삶의 고결함과 황홀함이 보색 효과처럼 선연하게 도드라져 보이는 것이다. 따라서 '풍장'은 삶이 앞당긴 죽음에서 죽음에 비춘 삶으로의 전환을 보여주는 형이상학적 상징이다.

---

8) 「풍장」 전편에 대한 해설은 졸고, 「삶과 죽음의 변증법」, 『시적 언어의 기하학』, 새미, 2001 참조.

1-3-3. 송찬호의 '동백'

마침내 사자가 솟구쳐 올라
꽃을 활짝 피웠다
허공으로의 네 발
허공에서의 붉은 갈기

나는 어서 문장을 완성해야만 한다
바람이 저 동백꽃을 베어물고
땅으로 뛰어내리기 전에

— 송찬호, 「동백이 활짝,」 전문

"동백"은 위 시 한 편으로만 보면 은유다. 동백=사자이기 때문이다. 하지만 2연에서 이미 '사자-동백'이라는 은유는 원래의 자리로 되돌려진 상태다. 개별적인 은유들이 한 권의 시집에서 적층되면서 다의적인 문맥을 획득하는 경우, 그것들은 상징이 된다. 송찬호의 시집 『붉은 눈, 동백』은 이를 보여주는 좋은 예다. 이 시집에서 동백은 식물, 동물, 사람, 경전 등으로 수없이 변신한다. 한 편의 시에서 은유였던 동백이 여러 번 반복되면서 낱낱의 표상을 벗어나 자족적인 상징으로 변하는 셈이다. 예컨대 다음 시에서 동백은 '은자'로 변신했다.

내가 선생을 찾아간 것은 어느덧
삼월도 다 지난 어느 햇살 맑은 봄날이었다

그 깊은 내력을 알 수 없지만 선생은 의서와
역서를 읽는 분이었다 어쩌다 소문을 듣고

찾아오는 사람들의 뼈를 맞추거나 응혈을
풀어주기도 하고 몇몇 종자를 구해와서는
절기에 따른 파종법을 가르치기도 했다
분명한 것은 선생은 해마다 돌배를 타고
혹독한 겨울 바다를 건너와 천기를 살피며
근심하다 봄빛이 완연해지면 떠나간다는
사실이었다 어느 해인가 난리가 났을 때는
탄식하며 배를 바다 밑에 끌어 묻고 꽃을 뿌려
손수 펼친 진법 속에 한동안 은거하기도 했다

내가 가던 날, 아직 배는 문 밖에 매여 있으되
오랫동안 선생의 기척은 없었다 드디어 조바심을
참지 못한 성미 못된 내 마음속 원숭이들이
가슴을 긁으며 가르릉거렸다 선생은 어디 계시는지
이제 정말 봄빛이 완연하다 나는 한동안 서성이다
인근 사람들이 일러준 대로 우선 눈에 띄는 소똥
묻은 돌멩이에 다가가 여쭀다

안에 동백 선생 계십니까?

—송찬호, 「동백 선생」 전문

동백은 초야에 숨은 선생인데, 몸을 낮추어 제 자신을 "소똥/묻은
돌멩이"와 구별되지 않게 만들었다. 혹은 길가의 돌멩이 하나에서도
고결한 품성을 발견할 수 있다는 전언이라 보아도 좋겠다. 어떤 경우
이든 동백은 시집 전체를 통해 수없이 전변하는데, 이로써 이상향의
구성원이자 지표(동백 있는 곳이 이상향이다)가 된다.

1-3-4. 채호기의 '수련'

물의 침대에 누워 잠든 수련은
빛이 사그라진 시간의 숙면 때문이 아니라
꿈의 액체에 흥건히 젖어
은회색이다.

같은 색의 화면에 가는 선이 그어진 것처럼
물과 수련은 부피의 굴곡도 색채의 구분도 없다.

별빛을 들고 가까이 비춰보면
잠자는 수련을 응시하는 물의 윤곽을 볼 수 있다.

투명한 침대에 걸터앉아
오른팔로 상체를 지탱하고 왼팔로 고개 튼
그녀의 뺨을 어루만지는 물의 손

수련을 응시하는 물의 시선은 반딧불처럼 명멸하기도 하고
소금쟁이가 일으킨 파문처럼 번져가기도 한다.

수련은 여전히 밤과 같은 무채색이고
물은 생기다 만 새벽의 색채로 그녀를 응시한다.
— 채호기, 「잠자는 수련을 응시하는 물」 전문

송찬호에게 "동백"이 상징이라면, 채호기에겐 "수련"이 상징이다. 송
찬호의 경우와 마찬가지로 채호기의 시에서도 개별 시편에서는 은유

였던 수련이 여러 시들을 거치며 상징으로 전환된다. 이 역시 은유와 상징의 관계를 보여주는 예라 할 수 있다. 위 시에서는 수련＝잠자는 미녀, 물＝그녀를 쳐다보는 남자라는 몽환적인 관계가 설정되어 있는데, 다른 시편이 더해지며 관계는 계속 바뀐다.

다음 구절들을 보라.

"저 수련은 꽃 피는 식물이 아니라 물의 반죽이다."(「저 투명한 슬픔 위에」)

"물의 말을 듣기 위해 귀를 적신다.//물이 밤새 휘갈긴 수련을 읽는다."(「물과 수련」)

"나는 수련을 꺾어 녹음기처럼 귀에 대고/물 위에다 당신에게 보내는 기나긴 편지를 쓴다."(「공기 6」)

"밤하늘은 어두운 연못/젖은 별처럼 수련은/검은 수면에 불을 켠다."(「별과 수련」)

수련은 물의 반죽이고 물이 쓴 문장이고 녹음기이고 등불이다. 이 모든 은유가 겹치면서 수련은 매개적인 표상에서 벗어나 다의적인 상징이 되어가는 것이다.

1-3-5. 마종기의 '바오밥 나무'

왜 그렇게도 매일 외울 것이 많았던지
밤샘의 현기증에 시달리던 나이,
큰 바오밥 나무를 세 개나 그려
소혹성 몇 번인가를 가득 채워버린
그 그림 무서워하며 헐벗은 날을 살았지.

그후에 가시에도 많이 찔리고
허방에도 많이 빠지고
녹슨 못을 잘못 밟아 피 흘리면서
창피한 듯 눈치껏 피해만 다녔지.
나는 그렇게 살아냈어. 너는?

하느님이 제일 처음 심었다는 나무,
뿌리가 하늘을 향해 물구나무선 채로
늙은 의사가 되어서야 지쳐서 만난
아프리카 초원의 크고 못난 다리,
안을 수도 없어 어루만지기만 했는데
밀가루 같은 추억이 주위에 흩어졌어.

밥이 되는 열매와 야채가 되는 잎,
나이테도 아예 없애고 둥치만 커지는
주위로는 대여섯 개의 문이 닫혀 있는데
안내원은 더위에 덮인 목소리를 뽑으며
이것이 아프리카의 수장(樹葬)이라고 했지.

큰 바오밥을 만나니 무섭기보다는 목이 메인다. 둥치를 뚫고 나무에
구멍을 만들어 시체를 그 속에 밀어넣고 판막이로 입구를 못질해 막으
면, 열대의 초원에 우뚝 선 바오밥은 시체를 잠재워준다. 껴안고 녹여서
몇 해 안에 제 몸으로 받아들여준다. 못질한 막이도 어느새 구별되지 않
는다. 천 년 이상 이렇게 사람을 안아주었으니 얼마나 많은 시체가 한
나무에서 살다가 나무가 되었을까.

나무가 되어버린 인간들은

남은 살과 피로 열매를 만들며

추억을 수액에 섞어 마신다.

인간이 나무 속에 들어가는 동네,

잡초까지 이상하게 물구나무선다.

둥치의 긴 척추가 우리들의 날같이

귀환의 낮과 밤을 비추어준다.

축복처럼 아프게 행복하다.

—마종기, 「바오밥BAOBOB의 추억」 전문

젊었을 적, 어린 왕자 책에서 본 바오밥 나무는 "소혹성"을 가득 덮은 무서운 나무였다. 그후에 나는 여러 번 다치며 힘겹게 살아왔다. 마침내 "늙은 의사"가 되어서 그 나무와 마주쳤는데, "밀가루 같은 추억이 주위에 흩어"졌다. 나는 이 나무에서 동병상련을 느꼈다. 바오밥 나무는 무시무시한 고독과 슬픔을 견디고 자란 나무이고, 수많은 상처를 받아낸 나무이며, 긴 세월을 뛰어넘어 사랑하는 이들의 죽음마저 끌어안은 나무다. 나도 여러 번의 죽음을 겪었고, 그들을 가슴에 품으며 오랜 세월을 살아왔다. 그래서 저 나무는 내 자신의 삶을 대표하는 표상이기도 하다. 마침내 나무는 "귀환의 낮과 밤을" 비추는데, 이로써 나무와 사람이 같은 결을 가진 아름다운 동행임이 드러난다. 바오밥 나무는 그것의 이국적 성격을 벗고, 내 자신의 덕성을 나누어 가진 아름다운 상징이 되었다.

1-3-6. 장석주의 '몽해(黑海)'

구월 들어 흙비가 내리쳤다.

대가리와 깃털만 남은 멧비둘기는

포식자가 지나간 흔적이다.

공중에 뜬 새들을 세고

또 셌다, 자꾸 새들을 세는 동안 구월이 갔다.

식초에 절인 정어리가 먹고 싶었다.

며칠 입을 닫고 말을 삼간 것은

뇌수막염에 걸린 듯 말이 어눌해진 탓이다.

여뀌와 유순한 그늘과 나날이 어여뻐지는

노모와 함께 나는 만월의 슬하에 든다.

당신의 그늘을 알아,

당신에게 그늘이 없었다면

몇 그램의 키스를 탐하지 않았을 터다.

만월에는 오히려 성운(星雲)의 흐름이 흐릿하다.

금식 사흘째다. 모자를 쓰고

안성 시내를 나갔다가 원산지 표시가 없는

쇠고기를 먹었다. 중국에서는 부화 직전의

알을 깨서 통째로 씹어 먹는다고 했다.

사람의 식욕은 처절하다.

초승달이 뜨고 모란꽃 지던 밤은

멀리 있었다, 밤엔 잠이 오지 않아

따뜻한 물에 꿀을 타서 마셨다.

흑해가 보고 싶었다.

물이 무겁고 차고 검다고 했다.

날이 차진 뒤 장롱에 넣었던 담요를 꺼냈다.

안성종고 이영신 선생이 올해 텃밭 수확물이라고

고구마 한 박스를 가져왔다.

조개마다 진주가 들어 있는 것은

아니다, 삽살개의 눈에 자꾸

눈곱이 낀다. 속병을 가진 모양이다.

집개는 아파도 아프다는 소리를 못하는데,

나는 치통 때문에 신경 치료를 받으러

두 달간이나 치과를 드나든다.

작년보다 흰 눈썹이 몇 올 더 늘고

바둑은 수읽기가 무뎌진 탓에 승률이 낮아졌다.

흑해에 갈 날이 더 가까워진 셈이다.

— 장석주, 「몽해항로 3—당신의 그늘」 전문

「몽해항로」 연작은 사소한 일상잡사들, 계절에 따른 풍광의 변화들, "당신의 그늘"에 대한 쓸쓸한 회한 등을 두서없이 나열하며 진행되는데, 그 가운데 몽해에 관한 언급이 나온다. "꿈속에서 모래먼지를 일으키며 달리는 버스를 탄다./누군가 흑해행 버스라고 했다"(「몽해항로 1—흑해행」). '몽해'는 꿈에서만 찾아갈 수 있는 곳이며, 죽어서야 갈 수 있는 곳이다. 노구가 되어가는 몸을 확인하며 "흑해에 갈 날이 더 가까워진 셈"이라고 적는 마음은 ('늙은 청춘'이라 불러야 할) 어떤 역설적인 열정을 품고 있다. "무겁고 차고 검"은 저 흑해의 물은 깃털마저 가라앉힌다는 저 약수(弱水) 같은 성질을 가진 것은 아니었을까? 모든 회한과 슬픔을 억눌러 품은 물빛이 아닐까? 장석주의 '몽해'(=흑해)는 최근에 우리 시가 발견한 탁월한 개인적 상징 가운데 하나다.

1-3-7. 신동옥의 '악공'

당신의 기차는 내 창가에 묶여 있어요
창을 열면 낯선 구두가 이마를 꾹꾹 눌러요
하늘엔 새들이 오래도록 멈춰 서 있고요
여섯 가닥의 먹구름이 흘러가요 그 위로
한 줄기 번개가 소리 없이 디스토션을 걸어요
고압선을 따라 당국의 메세지가 전송되는 아침
소리 분리 수거법이 강화됐다는 전갈이에요
주부들이 소음을 가득 채운 쓰레기봉투를 던져요
기타줄은 소각됐고 당신의 기타는
기다란 손톱을 사랑하는 소리의 방주예요
레일을 잃은 기차예요

당신의 기타는 너무 오래 묶여 있어요
창을 닫으면 낯모를 신음이 벽을 두드려요
소녀들이 수화를 재잘거리며 지나가요
음반 가게에선 침묵을 구워 팔아요
아나키스트들은 복화술로 지령을 전달하고
사람들은 초음파로 대화하는 데 익숙해져가요
그 많던 기타줄은 다 어디로 갔을까요?
역사가는 백가쟁명의 선사라 우기고
정치가는 반국가적 복화술 책동이라 우겨요
사람들은 몰라요
기타는 달리고 기차는 울고
소리 없이 뛰는 건 당신의 심장이에요

자궁 위로 초음파가 지나듯 해가 저물어요
빈 술독 틈에서 소리 없는 나날이 저물어요

— 신동옥, 「악공, Anarchist Guitar」 전문

신동옥의 '악공'은 가인이자 시인이며, 그래서 어느 정도는 시인 자신의 자화상이기도 하다. 시집 『악공, 아나키스트 기타』의 2부를 장식하는 이 연작은 '아름다운 영혼/추한 세속'이라는 대립항을 품고 있다. 악공은 모든 세속의 질서와 기율에 반대한다는 점에서 아나키스트이기도 하다. 그의 무기는 "기타"인데, 이것은 노래(시) 자체의 절대성으로 세상의 엄혹함에 맞서는 낭만주의의 전략이다. 또한 기타는 소리은유를 따라 "기차"로 변주된다. 이곳에 대한 부정(이곳은 "고압선을 따라 당국의 메세지"가 전송되는 곳이다)과 이곳 아닌 다른 곳에 대한 동경이라는 낭만주의의 도식을 시적 주체가 수락하고 있다는 것을 알게 되는 대목이다. 악공은 최근의 우리 시가 품은 낭만주의의 표상 가운데 하나인 셈이다.

1-3-8. 이경림의 '상자'

그때 그녀는 거기 머무르는 허공들처럼 아주 조용한 환자였다 매일 반복되는 한 가지 일만 빼고는
일은 대개 새벽녘에 터졌다 내가 잠든 틈을 타 그녀는 조용히 공격해왔다
그녀는 소리 없이 산소 호스를 뽑고 침대를 내려가 발꿈치를 들고 살금살금 문쪽으로 갔다 인기척에 놀란 내가 억지로 그녀를 데려와 다시 침대에 뉘며 물었다
— 엄마 어디 가시는 거예요?

— 어딜 가긴, 부엌에 가지, 빨리 밥을 지어야지

— 아이구 엄마두 여긴 병원이에요 부엌은 없어요

— 무슨 소리냐 부엌이 없다니 그럼 넌 뭘로 도시락을 싸가고 너희 아버진 어떻게 아침을 드시니?

— 엄만 지금 아파요. 이젠 밥 따윈 안 해도 된다구요!

— 큰일날 소리! 아버지 깨시기 전에 서둘러야지

— 엄마! 여긴 병원이라구요 부엌은 없어요!

— 애야, 세상에! 부엌이 없는 곳이 어디 있니? 어디나 부엌은 있지 저기 보렴 부엌으로 나가는 문이 비스듬히 열렸잖니?

— 저긴 부엌이 아니에요 복도예요

— 그래? 언제 부엌이 복도가 되었단 말이냐? 밥하던 여자들은 다 어딜 가구?

— 밖으로 나갔어요 엄마, 밥 따윈 이제 아무도 안 해요 보세요, 저기 줄줄이 걸어나가는 여자들을요

— 깔깔깔 (그는 정말 참을 수 없다는 듯이 배를 움켜쥐고 웃었다)

— 애야, 정말 어리석구나 저 복도를 지나 저 회색 문을 열고 나가면 더 큰 부엌이! 정말 큰 부엌이 있단다 저기 봐라 엄청나게 큰 밥솥을 걸고 여자들이 밥하는 것이 보이잖니? 된장 끓이는 냄새가 천지에 가득하구나

— 엄마 제발 정신 차리세요 여긴 병원이란 말예요

— 계집애가 그렇게 큰 소리로 떠드는 게 아니란다 아버지 화나시겠다 어여 밥하러 가자 아이구 애야, 숨이 이렇게 차서 어떻게 밥을 하니?(모기만 한 소리로) 누가 부엌으로 가는 길에 저렇게 긴 복도를 만들었을까? 세상에! 별일도 다 있지 무슨 여자들이 저렇게 오래 걸어 부엌으로 갈까?

　　엄마는 입술이 점점 파래지더니 까무러쳐서 오래 깨어나지 못했다
　그때 나는 그녀가 기어이 그 긴 복도를 걸어 나가 엄청나게 큰 부엌으로
　들어가는 것을 보았다
　　엄마의 청국장 냄새가 중환자실에 가득했다
—이경림, 「부엌—상자들」 전문

　이경림의 시집 『상자들』의 여기저기에서 출현하는 '상자'는 이 시대 여성의 지위와 운명을 대표하는 상징이다. 그 모양(상자는 무엇인가를 담기 위한 모양이다)이 여성의 존재론적 특성을 대표한다고 보아도 좋고, 그 존재 방식(상자는 쌓여 있다)이 여성의 지위를 보여준다고 보아도 좋다. 중환자실에 입원한 어머니는 온전한 정신을 놓아버린 와중에도 새벽마다 해야 했던 일을 반복하려 했다. 환상적으로 제시된 대화의 마지막 부분에서 어머니에게 할당된 "부엌"의 운명이 이 땅의 여성들에게도 동일하게 할당되어 있음이 드러난다. 그녀는 작은 부엌에서 나와 기어이 "엄청나게 큰 부엌"으로 들어가고, 그 뒤에 "청국장 냄새"(이것은 목숨을 놓았을 때 흘러나오는 오물의 냄새이기도 하다)만이 진동한다.

　우리 시가 품은 상징의 목록은 앞으로도 무한히 늘어날 것이다. 한 시인의 세계가 어떤 어휘와 이미지, 대상을 중심으로 반복, 집중, 강조, 중의, 확산될 때, 그것은 상징어로 기재된다. 상징어는 세계를 구조화하는 중심이다. 그렇다고 해서 그 구조 자체가 세계는 아니다. 상징은 "스스로 이룩되어 곧바로 뜻을 내는 유비를 통한 의미작용"[9]이지만, 그 구조 안에 다 담기지 않는 세계가 언제나 있는 법이다. 상징만으로는 이 바깥의 세계를 가늠할 수 없다. 이때 도입되는 것이 알레고리다.

---

9) 폴 리쾨르, 『악의 상징』, 양명수 옮김, 문학과지성사, 1999, 31쪽.

2. 알레고리

2-1. 알레고리란 무엇인가?

알레고리는 표면적으로는 완결된 하나의 이야기인데, 이것이 다른 의미를 숨기고 있는(달리 말해 이면적으로 또다른 완결된 이야기가 있는) 경우를 말한다. 알레고리의 특징은 다음과 같다.

1) 상징은 원관념과 보조관념이 여럿 대 하나이지만, 알레고리는 하나 대 하나다. 따라서 상징은 하나의 원관념이 여러 개의 보조관념을 거느리는 은유적 병렬의 역상(逆像)이며, 알레고리는 표면의 의미가 이면의 의미와 상반되는 반어의 역상이다. 알레고리의 두 대상이 의미론적으로 일치한다면(A＝B), 반어에서의 두 대상은 의미론적으로 분열되어 있다(A≠B).

2) 상징은 비교 차원에서 생겨서 체계 차원으로 올라선 것이지만, 알레고리는 체계 차원에서 생겨서 비교 차원으로 내려온 것이다. 작품 바깥의 또다른 의미가 작품에 개입하기 때문이다.

3) 알레고리에서 작품 바깥의 의미는 대개 사회, 역사적 의미를 갖는다. 그래서 알레고리는 대개 교훈적인 의도를 갖는다.

4) 알레고리는 환유와 마찬가지로 관습적이다. 은유(죽은 은유)와 제유(체계화)를 공유하기 때문이다.

흔히 알레고리를 열등하고 차원이 낮은 수사로 여기는 것은 4)의 특징 때문이다. 리쾨르는 알레고리→은유→상징의 순서로 더 중요해지고 고차원적이 된다고 생각했다. "알레고리는 일단 그 역할이 끝난 다음에는 삭제할 수 있는 수사적 절차에 불과하다. 사다리를 오른 다음에는 그 사다리를 내려버릴 수 있는 법이다. 알레고리는 교훈적 절차

일 뿐이다."[10] 그가 보기에 알레고리는 상징의 빈약한 그림자에 지나지 않는다. 알레고리가 낮은 차원에 속하는 것은 그것이 삶의 차원을 내포하지 않기 때문이다. 리쾨르의 견해를 요약하면, 1) 알레고리는 교훈적이고 수사적인 죽은 은유에 불과하고, 2) 은유에는 아래에 부분적인 은유와 위에 체계적인 은유가 있으며, 3) 체계적인 은유(혹은 근원적인 은유)와 상징은 연계되고, 4) 상징은 가장 고차원적인 체계화 과정의 결과다. 부분적 은유는 비교 가능성을 품고 있다는 점에서 수평적이며, 체계적 은유는 위계를 품고 있다는 점에서 수직적이다. 그러므로 체계적인 은유는 한편으로는 제유와, 다른 한편으로는 상징과 관련된다. 상징과 제유는 체계의 소산이기 때문이다.

그런데 이렇게 위계를 완성한 순간 설정된 위계들은 서로의 경계를 지우며 뒤섞이게 된다. 이렇게 질문해보자. 상징이 은유가 가진 수평적 차원(곧 비교 가능성)에서 발생해 수직적 차원(곧 체계성)으로 확산된 것이라면, 죽은 상징은 삶(=세계의 실상)을 반영하지 못하는 알레고리가 아닌가? 반대로 알레고리가 수직적 차원(체계성)에서 발생해 체계 전체를 은유적 지평(수평적 차원)에 놓는 것이라면, 생성적 알레고리가 있을 수 있지 않겠는가? 다시 말해 살아 있는 은유(그 생성적 힘을 소진하지 않은 은유)와 접속된 알레고리는 이미 그 자체로 상징적인 것이 아닌가? 요점은 상징과 알레고리를 가르는 막이 알려진 것과는 다르게 매우 헐겁다는 것이며, '살아 있는/죽은'과 같은 가치 판단으로는 둘을 유별할 수 없다는 것이다.

상징은 은유의 비교 가능성에서 출현한다. 원관념을 삭제한 보조관념들이 총체화, 체계화되면 상징이 된다. 알레고리는 처음부터 하나의 체계(알레고리적 텍스트)가 다른 체계(알레고리의 원관념 역할을 하는 사

---

10) 폴 리쾨르, 『해석이론』, 김윤성 외 옮김, 서광사, 1998, 102쪽.

회적 교훈과 관습의 체계)를 지시(비교)할 때 출현한다. 상징은 보조관념이 원관념을 제거함으로써 그 의미를 내부에 포괄할 때 생기는 것이며, 알레고리는 매개된 체계 자체가 원관념 역할을 하는(표면에 드러나지는 않으나 그 자체로 이미 명료한) 다른 체계를 지시할 때 생기는 것이다. 상징은 비교 가능성에서 생겨나 체계성으로 올라가고, 알레고리는 체계성에서 와서 비교 가능성으로 내려간다. 따라서 둘은 하나가 다른 하나의 역상(逆像)이자 사유의 운동이 서로 간에 역행(逆行)한 것이다. 하나(상징)는 모호하고 하나(알레고리)는 명료하다는 특징이 있으나, 여기에 섣불리 긍정/부정 판단을 가할 이유는 없다.[11]

상징은 전체성의 소산이다. 상징은 부분과 부분의 조화를 추구하며 그로써 유기적 전체가 가진 총체성을 목표로 삼는다. 반면 알레고리는 개별 부분의 자립성을 보존하고 있으며 그러한 파편들의 집적 이상을 의도하지 않는다. 상징이 전체적이고 이상적인 근원성을 추구한다면, 알레고리는 파편적이고 현실적인 역사성을 추구한다. 벤야민은 바로크 비극을 분석하면서 알레고리의 중요성을 강조했다. 그리스 비극은 신화적 영웅의 죽음을 통해 운명에 대한 공포와 연민을 보여준다. 반면에 바로크 비극의 죽음은 역사적인 것이다. 바로크 비극(Trauerspiel)의 인물들은 불멸성을 위해서가 아니라 시체가 되기 위해 죽는다. 시체로서의 엠블럼(emblem)이 역사에 대한 알레고리로 제시되는 것이다. 바로크 비극에서 시체는 폐허가 된 역사 자체를 가리킨다.

폐허 속에서 역사는 물질적으로 통합되어 무대화된다. 그리고 이러

---

11) 이를테면 우리는 비둘기를 평화의 '상징'이라고 부르지만 그것의 성립을 가능하게 한 은유는 이미 '죽은 은유(관습적 사유의 소산)'이다. 이때 상징은 알레고리로 전화한다. 곧 비둘기는 평화의 '알레고리'다. 그러나 그것이 알레고리가 된 것은 관습적 지시물이 '명료'하다는 이유에서이지 '열등'하다는 이유에서가 아니다.

한 외양 속에서 역사는 불멸하는 삶의 과정이라는 형식으로 가정되는 것이 아니라, 돌이킬 수 없는 퇴락의 과정으로 가정된다. 그러므로 알레고리는 그 자체가 미의 너머에 있음을 주장한다. 폐허가 사물의 영역에 있다면, 알레고리는 사유의 영역에 있다.[12]

상징이 예술적이고 조형적이며 유기체적 총체성의 이미지를 갖고 있다면, 알레고리는 무형의 파편들이다. 전자가 온전한 자유, 완전함, 아름다움을 갖는다면, 후자는 부자유, 미완성, 아름다움의 파괴로 드러난다.

미적인 상징, 조형적인 상징, 유기체적 총체성의 이미지에 대립하는 것으로 알레고리적 글쓰기의 형식 속에서 발견되는 무형의 파편들을 인식할 수 있다. (…) 알레고리적인 직관의 영역에서 이미지는 조각이자 룬문자(북유럽의 고대문자, 해독하기 어려운 신비 문자—인용자)다. 상징으로서의 미는 신성한 배움의 빛이 그 위에 내려앉을 때 사라진다. 총체성이란 거짓된 외양도 소멸한다. 형상(eidos)이 사라지고 직유가 존재하기를 멈추며, 그것을 포괄했던 우주가 시들어버리기 때문이다. (…) 극단적인 본질에서, 고전주의는 자유의 결핍, 불완전, 육체적이고 미적이며 자연적인 것의 붕괴를 인정하지 않았다. 하지만 그 화려한 겉모습 아래서, 바로크 알레고리는 예견되지 않았던 강조를 통해, 이 점을 정확히 주장해왔다.[13]

따라서 벤야민이 말하는 알레고리는 자유와 완전성, 아름다움으로서의 총체적 상징과 대립되는 부자유, 미완성, 추로서의 역사적 성격을 갖는다. 그것은 완성된 가상이 아니라 파편화된 조각이며, 그로써

---

12) Walter Benjamin, The Origin of German Tragic Drama, trans. by J. Osborne, Verso, 2003, pp. 177~178.
13) Ibid., p. 176.

역사의 퇴락을 증거한다.[14] 황현산 역시 상징과 알레고리 사이의 이러한 대립을 신화와 현실(역사)의 대립으로 파악한다.

상징은 초역사적이고 통합적이지만, 알레고리는 시대적이고 파편적이다. 상징은 인류학적이지만 알레고리는 문화적이고 사적이다. (…) 그러나 알레고리는 바로 이 약점에 의지하여, 본질적이고 튼튼하다고 믿었던 삶의 토대가 얼마나 허망하며, 그래서 존재가 얼마나 부박하고 비극적인가를 알게 한다. 알레고리는 질서 속에 혼란을 창조한다. 문제는 이 혼란인데, 삶의 비극성뿐만 아니라 새로운 가능성도 이 혼란 속에 있기 때문이다. 알레고리는 그 파편적 성질을 이용하여 현실의 고리가 거의 끊어진 자리에서 미래의 한 점을 향해 정신을 투기하고, 논리적으로 현실의 조건이 아직 성숙하지 않은 자리에서 그 현실의 질적 변화를 전망한다. 굳어진 현실이 한 치의 빈틈도 내보이지 않고, 말이 바닥나고, 논리가 같은 자리를 맴돌아 모든 토론이 무위로 돌아갈 때, 신비주

---

14) 폴 드 만에 따르면, 모든 독서는 오독을 내포한다. 모든 내러티브는 그 자신의 독서에 대한 알레고리다. 내러티브는 그 자체와는 다른 해석의 가능성에 열려 있으며 그래서 독서는 내러티브를 해체(deconstruct)한다. 이 오독을 그는 알레고리라 부른다. "모든 텍스트의 범주는 문채(혹은 문채들의 체계)와 그것의 해체로 이루어져 있다. 하지만 이 모델은 최종적인 읽기에 의해 완결되지 않기 때문에, 다음 차례로, 추가적이며 보충적인 포개짐을 낳는다. 이 포개짐이 원래 서술의 독서 불가능성을 서술한다. 문채에 그리고 궁극적으로는 늘 은유에 집중된 이전의 해체적인 내러티브와 구별하여, 우리는 이런 내러티브를 이차적인(혹은 삼차적인) 차원의 알레고리라 부를 수 있다. 알레고리적인 내러티브들은 독서의 실패라는 이야기를 이야기한다"(Paul de Man, Allegories of Reading, Yale Univ. Press, 1979, p. 205). 폴 드 만에 따르면, 모든 내러티브는 비유[문채(figure)는 비유로서의 형상을 말한다]로 이루어져 있으며, 이 비유를 추가적으로 해체함으로써 서술된다. 그런데 이런 해체는 완결될 수 없으며, 그래서 추가적인 포개짐을 낳는다. 곧 일련의 추가적인 독서의 연쇄를 촉발하는 것이다. 그래서 본래의 책과는 다른 내러티브가 산출되며, 이것이 알레고리다. 프라이가 상징을 체계 전체를 설명하는 범주로 바꾸었다면, 폴 드 만은 알레고리를 독서의 완결 불가능성을 이르는 명명으로 바꾸었다. 이 역시 알레고리의 다의성(혹은 의미 생산의 다양성)을 이르는 말로 받아들일 수 있을 것이다.

의자들은 어떤 신화적 세계의 안개 속으로 걸어 들어가겠지만, 현실을 잊어버리지 않는 사람들에게는 이 초라한 현실이 그 조건을 그대로 간직한 채 더 큰 현실로 연결되는 한 고리가 죽음 뒤에나 볼 수 있을 것 같은 낯선 얼굴로 나타난다.[15]

아마도 이때의 현실이란 총체성에 기입되지 않는 파편화된 상황을 이르는 말일 것이다. '현실'이라 말할 수 있는 '전체'가 있다면, 그 역시 상징에 포획될 수밖에 없기 때문이다. 현실은 우주를 비추는 일대일 축척의 거울이 아니라 개별자들을 담는 조각 난 거울들의 집적에 지나지 않는다.

알레고리의 특징을 다음과 같이 간추릴 수 있을 것이다. 1) 알레고리는 상징의 맞짝(counterpart)이다. 상징이 비교 가능성에서 생겨난 체계로 모호하다면, 알레고리는 비교 가능성으로 내려온 체계로 명료하다. 2) 상징이 유기적이고 총체적이고 신화적이라면, 알레고리는 유물론적이고 파편적이고 역사적이다. 3) 모든 내러티브를 다른 해석의 가능성에 개방되어 있다는 점에서 일종의 알레고리로 볼 수도 있다. 하나의 텍스트(체계)가 다른 텍스트(체계)와 대응하기 때문이다. 물론 관습적인, 죽은 은유에 기반을 둔 알레고리를 저급한 수사라 부를 수는 있다. 그러나 하나의 텍스트(한 담론으로 이루어진 하나의 우주)가 또다른 해석의 가능성에 열려 있다면, 그것이 다른 텍스트(다른 담론으로 이루어진 또 하나의 우주)로 전환된다면, 그것을 무조건 저급하다고 말할 수는 없는 것이다. 같은 시인이 쓴 다음 두 시를 살펴보자.

날아가던 돌이 문득 공중에 멈췄다.

---

15) 황현산, 「불모의 현실과 너그러운 말」, 웹진 '문장'(http://webzine.munjang.or.kr), 2010년 1월호.

공중에 떠 있다.
일설(一說)에는 그 돌이 정치적이라고 한다.

그 소리의 화석(化石)의 연대(年代)는 애매하다.
웃지 않는 운명만이 확실하다.

다만 철제(鐵製) 프로파갠더를 매일
독약처럼 조금씩 먹는다.
          —정현종, 「돌—공중에 떠 있는 것들·1」 전문

이 시는 알레고리다. 작품 바깥의 정치적인 상황(이 돌은 투석전의 그 돌이다)이 전제되어야 해석이 되기 때문이다. "돌"이 공중에 떠 있는 이유는 정치적인 의사 표현(예컨대 독재정권은 물러가라는 구호)의 일종으로 던져져서다. 그 돌은 당연히 고고학의 대상이 아니며, "웃지 않는 운명"을 품었고, "철제 프로파갠더"(이 은유는 돌 던지기가 냉혹하고 차가운 의사 표현의 일종이라는 뜻을 품었다)를 표현한다.

사람들 사이에 섬이 있다
그 섬에 가고 싶다
          —정현종, 「섬」 전문

반면에 이 시는 상징이다. 섬의 다의성은 바깥의 참조물을 필요로 하지 않으며, 따라서 대단히 풍요롭거나 모호한 문맥에 놓인다. 예컨대 이 섬은 관계가 품은 이상향일 수도 있고, 고독의 표상일 수도 있으며, 관계의 복잡함 자체일 수도 있다. 이런 다의성이 상징의 장점이자 단점이다.

　중학교 국사시간에 동해변 함경도 땅, 옥저(沃沮)라는 작은 나라를
배운 적이 있습니다. 그날 밤 꿈에 나는 옛날 옥저 사람들 사이에 끼여
조랑말을 타고 좁은 산길을 정처 없이 가고 있었습니다. 조랑말 뒷등에
는 삼베를 조금 말아 걸고 건들건들 고구려(高句麗)로 간다고 들었습니
다. 나는 갑자기 삼베 장수가 된 것이 억울해 마음을 태웠지만 벌써 때
늦었다고 포기한 채 씀바귀 꽃이 지천으로 핀 고개를 넘고 있었습니다.
드디어 딴 나라의 큰 마을에 당도하고 금빛 요란한 성문이 열렸습니다.
무슨 이유인지 지금은 잊었지만, 나는 그때부터 이곳에 떨어져 살아야
한다는 말을 들었습니다. 아버지, 어머니가 고구려 사람이 아닌 것 같은
데 혼자서 이 큰 곳에 살아야 할 것이 두려워 나는 손에 든 삼베 묶음에
얼굴을 파묻고 울음을 참았습니다. 그때 그 삼베 묶음에서 나던 비릿한
냄새를 나는 아직도 잊을 수 없습니다. 그 삼베 냄새가 구원인 것처럼
코를 박은 채 나는 계속 헤어지는 인사를 했습니다. 아무 것도 보이지
않아 헛다리를 짚으면서도, 어느덧 나는 삼베옷을 입은 옥저 사람이 되
어 있었습니다. 오래 전 국사 시간에 옥저라는 조그만 나라를 배운 적이
있습니다.

—마종기, 「안 보이는 사랑의 나라」 중 '1. 옥저의 삼베'

　이 시에서 "고구려"와 "옥저"에는 조국을 떠나 타국에서 살아야 했
던 아픈 시인의 체험이 반영되어 있다. "삼베옷"이 상징하는바, "옥저"
라는 약소국이 우리나라의 알레고리가 된다.[16] 나는 약소국을 떠나 큰
나라로 와야 했으며, 큰 나라에 사는 내내 떠나온 고국을 그리워하며
살았다. 이 사실은 이 시의 내부에는 기입되어 있지 않은 외적 기술이

---

16) 이 시는 이용악의 「오랑캐꽃」과 알레고리적 구도를 공유한다. "아낙도 우두머리도 돌볼
　　새 없이 갔단다/도래샘도 떳집도 버리고 강 건너로 쫓겨갔단다/고려 장군님 무지 무지
　　쳐들어와/오랑캐는 가랑잎처럼 굴러갔단다//구름이 모여 골짝 골짝을 구름이 흘러/백

다. 시가 전개되면서 정보가 제공되기는 하지만, 기본적으로 이 정보
들은 알레고리적 현실에 속해 있는 것이지 상징적 문맥에 속한 것이
아니다. 경우에 따라서는 자연 현상이 알레고리적 배경이 되기도 한다.

이 밤 사장님이
지구 반대편 나스카 고원을 순시하신다

검은 도화지 위에 번진 도시의 불빛,
밤의 지분이 만드는 무정형의 불면

죽은 버드나무에 기대 우는
노파의 동굴같이 캄캄한 입속에서
비명을 지르며 튀어나오는 박쥐들

또다시 사장님께서 버드나무에게로
멀고 먼 손을 뻗으시어, 철컥, 철컥,
가는 잎 수천수만 개 재개발하시는 봄밤

결재문서 속 검은 셀로 지정된 표를 따라
칸칸이 지나가는 첫 번째 자동차

먼 출장에서

년이 몇백 년이 뒤를 이어 흘러갔나//너는 오랑캐의 피 한 방울 받지 않았건만/오랑캐꽃
/너는 돌가마도 털메투리도 모르는 오랑캐꽃/두 팔로 햇빛을 막아줄게/울어보렴 목놓아
울어나보렴 오랑캐꽃." 오랑캐꽃과 옥저가, 고려 장군님과 고구려가 동일한 지평에 놓여
있는 셈이다.

　　노란 택시를 타고 사장님이 돌아오신다

─김중일, 「봄밤─made by SMLC」 전문

　사장님은 지구를 순시하는 신이고, 노란 택시는 태양이므로 이 시는 관습적인 상징을 바탕에 깔고 있다고 볼 수도 있다. 그런데 그 상징이 도시의 불빛과 불면, 동굴에서 튀어나오는 박쥐들(2연에서 원관념과 보조관념은 고의적으로 얼크러져 있다), 재개발과 결재문서 같은 현실성의 지표들에 힘입어 알레고리로 전화한다. 시인의 다른 시에 따르면 "SMLC"는 태양건설(주)(Sun/Moon_Light Company)의 약자다. 따라서 태양신과 태양이 태양건설 사장님과 노란 택시로 변화하면서 생기는 여러 측면들은 알레고리적인 함의를 갖는다. 이를테면 도시의 불빛은 "무정형의 불면"(빈민들의 한숨?)을 낳고, 나무의 잎은 "수천수만 개"의 "재개발"이며(강제철거?), 황도(黃道)는 "결재문서 속 검은 셀로 지정된 표를 따라" 표시된다(생산성만을 평가하는 자본주의에 대한 비판?). 이것들은 작품 바깥의 현실을 시에 도입하는 알레고리 표상들이자 자연 현상을 전유하여 현실화한 표상들이다.

2-2. 알레고리의 예('광주'의 알레고리)

　실제로 알레고리는 우리 시사에서 대단히 풍요로운 형상들을 산출했다. 이를테면 알레고리는 정치적인 검열을 피하는 유력한 방법론으로 활용되기도 했다. 그 예로 '광주'의 알레고리를 살펴보고자 한다.

2-2-1. 1980년대와 알레고리의 지평

1980년대는 '광주'라는 미증유의 폭력과 상처를 안고 출발했다는 점에서 전대(前代)의 알레고리와는 다른 차원의 지평을 열었다. 전대의 역사적 분기점과 '광주'는 어떻게 달랐는가? 첫째, '광주'는 한국인 모두의 상처로 지각되었다. 한국전쟁도 동족상잔의 비극이었으나, 그 비극에는 외세와 이데올로기라는 강력한 고정점들이 있었다. 미소의 대리전이자 동서진영의 이념적 대결이라는 구도가 '우리'라는 공동체의식에 선행했기에 한국전쟁의 비극은 어느 정도는 그 가상의 틀에 걸러졌다. 반면 '광주'의 상처에는 그런 허위의식이 없었다. 비정상적인 권력에 의해 동원된 군대가 동족을 살해하고 탄압했다. 정점에 자리한 권력자 몇몇을 제외하면, 학살에 동원된 군인도 저항하기 위해 총을 든 시민군도 모두 '우리'였다. 공동체 전체의 비극성이 드러나는 지점이 여기다. 둘째, '광주'는 민족에서 민중으로의 이행을 분명히 했다. 학살자가 외세나 이념을 대표하는 자들이 아니라 그냥 권력욕의 화신이었다는 사실은, 이제 저항의 대상이 외부가 아니라 내부에 있음을 뜻했다. 계급성이 첨예하게 드러났고, 지식인의 허위의식이 거듭해서 고발되었으며, 민중의 주체적 역량이 의식적으로 강조되었다. 셋째, 폭력과 탄압이 일상화되었다. 아무런 정당성도 없이 무력으로 쟁취한 권력이 전체주의화되는 것은 필연적인 과정이다. 죄가 있어 고발하는 게 아니라 고발이 있어 유죄로 선고하는 '형식의 전도'가 일어났다. '삼청교육대'가 그것의 희비극적인 예다. '유신'은 대체되지 않고 강화되었다.

이렇게 열린 1980년대적 지평은 시가 폭발적으로 분출하는 계기가 되었다. 우리는 이 시기를 흔히 시의 시대라 부른다. 하지만 이 시기가 시가 가진 잠재력을 온전히 구현했다고 간주하기는 어려울 것이다. 무엇보다도 검열과 탄압이 광범위하게 자행되었기에 말할 수 없는 것이 너무 많았고, 현실의 요구가 너무 촉급했기에 시적 발화도 선언(宣言)과 명령과 부정과 영탄에 지나치게 경사되었다. 후자가 민중시의 폭발을 가져왔다면, 전자가 알레고리의 만개(滿開)를 불러왔다. 그런데 후자의 성과가 후대와 단절된 채 좌초하고 고사했다면, 전자의 성과는 약간의 잠복기를 거쳐 2000년대에 부활했다는 점에서 검토해볼 가치가 있다. 어째서 알레고리가 만개했을까? 알레고리는 언술 바깥의 현실을 지시하는 발화법이다. 상징이 언술 내부의 요소들을 엮어 체계를 세운다면, 알레고리는 언술 외부의 체계를 가져와 내부를 결속한다. '광주'는 당대에 검열과 탄압으로 인해 발화될 수는 없었으나 다른 모든 현실을 틀 짓는 강력한 '숨은 기표'였다. 따라서 광주는 체계의 바깥에 있으면서 체계 내부의 모든 요소들을 배열하는 강력한 동인(動因)이었으므로 알레고리의 핵심 인자가 되었던 것이다.

2-2-2. 광주에 대한 시적 대응과 알레고리의 양상

① 이성복의 시와 '가족'의 논리

이성복은 가족의 논리로 당대 사회의 고통을 시화했다. 이성복의 첫 시집(『뒹구는 돌은 언제 잠 깨는가』, 문학과지성사, 1980)에 드러난 사건들은 가족사(家族史)로 변환되는데, 이때의 가족은 실제의 가족이 아니라 사회 전체의 축도로 기능하는 알레고리다. 시인은 사회 구성원 간의 상호작용을 가족 간의 사건으로 환원한다. 이를테면 "어머니는 고향에/내려가 땅 부치는 사람의 양식 절반을 합법적으로 강탈"(「그해 여름이 끝날 무렵」)했고, 형은 "술병을 치켜들고 아버지를 내리/찍으려"(「어떤 싸움의 기록」) 했으며, 딸은 "주간지 겉장"에서 "키스를 던지며"(「이동」) 환송했다. 지주와 주정뱅이와 삼류잡지 모델을 어머니와 형과 딸로 대체한 셈이다. 이 대체의 결과는 일종의 내면화다. 우리를 착취하는 자가 어머니이고, 우리를 폭행하는 자가 형이며, 우리 욕정의 대상이 딸이었다. 우리는 가해자이자 피해자이다. 이것이 '광주'의 고통과 연동되어 있음을 짐작하기는 어렵지 않다. 어쨌든 동족이 동족을, 우리가 우리를 죽였던 것이다. 이것은 비극이지만 절망은 아니다.

거기서 너는 살았다 선량한 아버지와
볏짚단 같은 어머니, 티밥같이 웃는 누이와 함께
거기서 너는 살았다 기차 소리 목에 걸고
흔들리는 무우꽃 꺾어 깡통에 꽂고 오래 너는 살았다
　　　　　　　　　　　　—이성복, 「모래내·1978년」 중에서

　　시가 "1978년"을 말하고 있다는 데 주목해볼 필요가 있다. '광주' 이
전의 기억 속에서 가족은 행복과 평화의 표상으로 남아 있다(이 시집에
실린 첫 시인 「1959년」이 '4·19'와 관련되어 있는 것과 같은 맥락이다). 그
다음 "어느 날 너는 집을 비워줘야 했다". 고향과 이향(離鄕)을 나누는
사건, 스위트홈의 기억을 떠나보내야 했던 사건이 바로 '광주'였던 셈
이다. 비극적 경험이 세상을 타향으로 변형시켰으나, 이성복의 시적
주체는 여전히 타향을 가족의 논리로 대한다. 우리는 착취와 폭행과
욕정의 대상이자 주인이다. 이런 깨달음은 우리를 일종의 공동체로 묶
는다. 우리는 우리가 야기한 고통의 희생자다. 훼손되지 않은 가족 공
동체가 반성적 대상으로 정립되어 있기에 가능한 일이다.

엄마, 어느 날 저녁 구름을 밀어내며 애야
여기 예루살렘이야 통곡(痛哭)으로 벽(壁)을 만든 나의 안방이야
요단, 잔잔하단다 요단, 지금 건너라, 빨리 하시면

내가 건너가겠어요? 어느 게 나룻배인가요? 아니예요
그건 쓰러진 누이예요 엄마, 누이가 아파요
　　　　　　　　　　　　—이성복, 「사랑일기日記」 중에서(5~6연)

「사랑일기」의 3부는 근심하는 어머니와 대답하는 아들의 대화로 엮

여 있는데, 이 가운데 드러나는 것은 알레고리화된 현실의 참상이다. 어머니는 아픈 나를 데려가려고 거듭 시도하지만, 나는 이미 고향을 떠났거나(1~2연), 죽어가고 있다(3~4연). 세 번째 거듭된 시도에서 내 대답은 우리가 "통곡"을 외면하고 건너뛰는 방법이 "누이"의 아픔을 외면하는 일이라는 것이다. 현실의 고통이 우리 자신의 고통이라는 것, 그것을 직면하지 않고서는(함께 앓지 않고서는) 극복할 수 없다는 것―이것이 이성복의 가족 알레고리에 담긴 깨달음이다.

② 최승자의 시와 '버림받은 연인'

최승자의 시는 연애시의 형식을 취하고 있으나, 통상의 연애시와는 전혀 다른 어법과 어휘를 취했다. 그녀의 시는 비속어, 일상어, 구어로 적혔는데, 이 때문에 부재와 결핍에서 오는 고통이 걸러지지(순화되지) 않은 날것 그대로 전달되었다.

일찍이 나는 아무것도 아니었다.
마른 빵에 핀 곰팡이
벽에다 누고 또 눈 지린 오줌 자국
아직도 구더기에 뒤덮인 천 년 전에 죽은 시체.

아무 부모도 나를 키워주지 않았다
쥐구멍에서 잠들고 벼룩의 간을 내먹고
아무 데서나 하염없이 죽어가면서
일찍이 나는 아무 것도 아니었다

떨어지는 유성처럼 우리가
잠시 스쳐갈 때 그러므로,

나를 안다고 말하지 말라.
나는너를모른다 나는너를모른다.
너당신그대, 행복
너, 당신, 그대, 사랑

내가 살아 있다는 것,
그것은 영원한 루머에 지나지 않는다.

—최승자, 「일찍이 나는」 전문

최승자는 보들레르에서 서정주로 이어지는 '저주받은 시인'의 형상을 '버림받은 연인'의 형상으로 바꾸었다. 자신의 정체성을 "곰팡이"와 "오줌 자국" "시체"에 빗대는 것은 고결한 혈통의 부정에 더해 건강한 육체의 부정에까지 이르는 상상이다. 그것은 최승자 시의 주체가 자신을 버림받은 자로서 그리기 때문이다. 우리는 잠시 스쳐갔을 뿐 "너당신그대"는 나를 알지 못했고, 그래서 나는 "영원한 루머"에 지나지 않았다. 다른 이의 시선에 자신의 정체성을 걸어두고 있으므로 이 시의 어법이 연애시의 그것이라는 점은 분명한 사실이다. 하지만 그렇게 부정된 자신을 극단적인 비하의 자리에까지 두는 것에는 무슨 의미가 있을까?

시집 『이 시대의 사랑』(1981), 『즐거운 일기』(1984)에는 "구더기" "개새끼" "기둥서방" "병신" "아싸라비야" "도로아미타불" 같은 비속어들, "매독균" "종기" "뇌수" "골수" "토해놓은 내장" 같은 해부학적인 어휘들이 빼곡히 자리하고 있다. 이런 어휘들은 고통이 가진 즉자적인 성격을 분명히 보여준다. 고통이야말로 육체적인 지각에 기반을 두기 때문이다. 궁극적으로 최승자 시의 주체는 '버림받은 연인'에서 '시체'로까지 격하되는데, 이것이 '광주'의 비극을 겪은 주체의 자리와 겹쳐졌던 것이다. 이것은 최승자 시의 시체가 버림받은 연인으로서의

알레고리를 통해 벤야민적인 파편성의 역사를 증거할 수 있게 되었음
을 의미한다.

③ 황지우의 시와 '세속' 도시

황지우의 패러디가 세속 도시의 바로 그 세속성을 겨냥하고 있다는
지적이 있어왔다.[17] 그런데 그의 패러디는 방법적인 전략이지 목적이
아니다. 그 패러디의 거의 전부가 '광주'와 연관되어 있다고 해야 한
다. 황지우의 패러디는 형식 파괴와 실험에 강조점이 놓인 것이 결코
아니다. 시집 『새들도 세상을 뜨는구나』(1983)에는 죽은 이들에 대한
추모와 고문 체험, 지역 감정에 대한 생각, 소시민 의식에 대한 반성,
권력자에 대한 비판, 혹독하고 참혹한 현실에 대한 고발, 우민화 정책
에 대한 고발 등 당대 사회를 겨냥한 우회적인 발언이 가득하다.

어제 나는 내 귀에 말뚝을 박고 돌아왔다
오늘 나는 내 눈에 철조망을 치고 붕대로 감아 버렸다
내일 나는 내 입에 흙을
한 삽 처넣고 솜으로 막는다

날이면 날마다
밤이면 밤마다
나는 나의 일부를 파묻는다
나의 증거 인멸을 위해
나의 살아 남음을 위해

—황지우, 「그날그날의 현장 검증」 전문

17) 황지우의 패러디를 포스트모더니티, 해체, 실험, 도시와 관련지은 대표적인 논의로 김준
오, 『도시시와 해체시』, 문학과비평사, 1992가 있다.

보고 듣고 말하는 모든 정상적인 감각을 정지시켜야 이곳에서 살아남을 수 있다. 밤낮으로 증거를 숨기고 자신을 숨겨야 한다. 이것이 '광주'의 학살자들이 지배하는 세상에 대한 알레고리임은 불문가지다. "말뚝"과 "철조망" "한 삽"에 담긴 "흙"은 개인의 삶을 지배하는 전체주의의 탄압을 효과적으로 형상화한다.

> 김종수 80년 5월 이후 가출
> 소식 두절 11월 3일 입대 영장 나왔음
> 귀가 요 아는 분 연락 바람 누나
> 829-1551
>
> — 황지우, 「심인」 중에서

> 그녀를 무등태운 산(山) 그림자가 시내까지 따라온다.
> — 황지우, 「에서 · 묘지 · 안개꽃 · 5월 · 시외 버스 · 하얀」 중에서

> 나는 3루에서 홈으로 생환(生還)하지 못한, 배번 18번 선수를 생각하고 있었다
> — 황지우, 「5월 그 하루 무덥던 날」 중에서

실제로 시집의 거의 전부가 광주를 염두에 두지 않으면 해명되지 않는 진술이라 해도 좋을 정도다. 심인 광고에서도 5월에 죽은 이의 이름이 보이고, 서울에서도 무등산이 보이며, 야구 경기에서도 죽은 5 · 18의 영령들이 보인다. 심지어 「묵념, 5분 27초」는 본문 전체를 여백으로 둠으로써, 잔인하게 진압당했던 '광주'의 그날을 추모한다. 시집의 거의 모든 부분이 작품 바깥에 놓인 역사적 사실과의 연관성 아래서만 의미화되므로 '광주'라는 기표를 갖는 이 역사적 사실을 시집의 모든

진술을 가능하게 하는 알레고리라 부를 수 있는 것이다.

④ 김혜순의 시와 천진한 '죽음'

　김혜순의 초기시가 가진 천진함의 이면에도 '광주'가 야기한 공포가 숨어 있다. 두 번째 시집 『아버지가 세운 허수아비』(1985)와 세 번째 시집 『어느 별의 지옥』(1988)에서 몇몇 예를 든다.

　　1) 하늘에 계신 우리 아버지가／더이상 우리 말은 듣지 않겠다고／작정한 순간,／폭설이 쏟아졌다(「함박눈」)
　　2) 말은 해서 변기통에 몰래 버리고／비뚤어진 입은 제자리에 갖다 놓는다.／다시 참지 못해 입을 비틀고／말을 한다.／그러면 너는 내 말을 건져서／—님금임 는귀 귀나당 귀／내 입속에 다시 처넣고／내 입술을 비틀어 닫는다(「되돌아오는 말」)
　　3) 그날, 아무도 시를 쓰지 않고／웨딩드레스를 찢어／붕대를 만들고／밥주발을 들어／각자의 머리를 담을 관을 삼았다／너무 아름다운 것은／시가 아니다／그날, 입을 벌려／세상 처음인 듯 울 때／그것은 시가 아니었다／다만／한 도시 전체의 개화(開花)／지구 밭에 떠오른／한사코 시가 되지 않는 꽃!(「한사코 시가 되지 않는 꽃」)

　1)에서는 주기도문을 비틀어 시대의 알레고리를 얻어낸다. 그날은 "하늘에 계신 우리 아버지"가 우리에게 귀를 닫아버린 날이다. 우리의 간구는 갈 곳을 잃었다. 그러므로 저 폭설은 '묵묵부답'이거나 '차마 말로 형언할 수 없음'을 대신하는 여백의 상형이다.
　2)에서는 옛날이야기가 알레고리의 수단이 된다. 우리는 저 시대의 참상을 말해야 하지만, 시대는 우리에게 말할 입을 허락하지 않았다. '임금님 귀는 당나귀 귀'를 외쳤던 이발사처럼 우리도 그 말을 발설하고

마는데, '너'로 대표된 세상은 그 말을 다시 내 입에 처넣고 입을 봉해버린다. '말하지 못했다'가 아니라, '~을' 말하지 못했다고 함으로써 말해버린 셈이다. 비록 그 말이 뒤집히고 가려져 있었을지라도 말이다.

3)에서의 미화법은 좀더 직접적으로 광주를 겨냥한다. "그날" 아무도 시를 쓰지 않았고, 그 무엇도 시가 되지 않았다. 너무 아름다웠기 때문이라고 했지만, 실제로는 너무 아프고 슬펐기 때문이다. 우리는 "세상 처음인 듯" 울면서 광주를 추모했다. 그 도시는 "한사코 시가 되지 않는 꽃"으로 피어났다. 혈흔이 피워낸 저 크고 붉은 꽃은 시적인 묘사와 진술의 범위를 넘어서는 꽃이었다. 그것이 1980년의 광주였다.

김혜순의 시는 동화적인 어법으로 고통의 세계를 재현했다. 천진한 주체가 겪은 악몽들에는 그 악몽을 야기한 원체험이 있었다. '광주'로 대표되는 1980년의 비극이 바로 그것이다. 악몽들, 이를테면 우리 기도를 들어주지 않는 신이 내린 폭설, 꼭 해야 할 말을 하지 못하거나 하고서도 내 입안으로 되돌아오는 무서운 소문, 크고 붉은 꽃으로 피어난 한 도시가 있고, 그 악몽의 근원이 되는 역사의 알레고리가 있었던 것이다.

⑤ 최승호의 시와 '동물'들

최승호의 초기시는 전체주의에 억눌린 삶을 형상화하고 있다. 첫 시집 『대설주의보』(1983)에서 보이는 "눈보라가 내리는 백색의 계엄령"(「대설주의보」)이 그 삶의 배경을 이루는데, 이 '눈보라'야말로 상기한 김혜순의 '폭설'과 동일한 배경이다. 최승호는 이런 전체주의 사회에 짓눌린 소시민들을 자주 시의 무대에 올렸다. 시인은 이를 흔히 동물로 형상화했다. 최승호 시에 무수히 등장하는 동물들은 육체의 욕망만으로 움직인다는 점에서 유물론적인 인간의 알레고리다.

밤의 식료품 가게

케케묵은 먼지 속에

죽어서 하루 더 손때 묻고

터무니없이 하루 더 기다리는

북어들,

북어들의 일개 분대가

나란히 꼬챙이에 꿰어져 있었다

나는 죽음이 꿰뚫은 대가리를 말한 셈이다.

한 쾌의 혀가

자갈처럼 죄다 딱딱했다.

나는 말의 변비증을 앓는 사람들과

무덤 속의 벙어리를 말한 셈이다.

말라붙고 짜부라진 눈,

북어들의 빳빳한 지느러미.

막대기 같은 생각

빛나지 않는 막대기 같은 사람들이

가슴에 싱싱한 지느러미를 달고

헤엄쳐 갈 데 없는 사람들이

불쌍하다고 생각하는 순간,

느닷없이

북어들이 커다랗게 입을 벌리고

거봐, 너도 북어지 너도 북어지 너도 북어지

귀가 먹먹하도록 부르짖고 있었다.

—최승호, 「북어北魚」 전문

북어들의 "일개 분대"를 "말의 변비증을 앓는 사람들과/무덤 속의 벙어리"라고 일컫는 데에서 이들의 성격을 짐작할 수 있다. 이들은 아무 말도 하지 못한 자들이며, 그래서 죽은 자들이다. 그 역이 아니다. 제 생각을 펼치지 못하고, 제 할 말을 발설하지 못한 자들이야말로 시체와 다를 바 없다. 시의 말미에서 북어들이 내게 "너도 북어지"라고 되묻는 공포스러운 장면이 나온다. 할 말을 못하고 그냥 '죽은 듯' 지내는 '죽은' 삶에 대한 반성적 되물음이다. "죽음이 꿰뚫은 대가리"에 나 역시 포함된 셈이다. '잉어' '굴비' '해마' '코뿔소' '앵무새' '쥐치' '게' '버마재비' '까마귀' '초어' '고슴도치' 등의 수많은 동물들이 모두 그런 소시민의 속성을 분유(分有)했다.

최승호의 시는 1990년대 들어 사물화된 삶과 헛것으로서의 삶을 형상화하는 것으로 이행해가는데, 이 역시 이때에 촉발된 '죽은 삶'의 변형과정으로 이해할 수 있다. "북어"를 비롯한 저 수많은 동물들 뒤에 '광주'로 대표되는 집단적인 죽음의 그림자가 어른거리고 있는 것이다.

⑥ 기형도의 시와 '늙은 자'에 대한 증오

기형도의 『입 속의 검은 잎』(1989) 역시 '광주'의 상흔을 그대로 안고 태어났다. 시집의 표제작부터 '광주'에 관해 이야기하고 있다. "그 일이 터졌을 때 나는 먼 지방에 있었다/먼지의 방에서 책을 읽고 있었다"(「입 속의 검은 잎」). "그 일"은 물론 광주에서의 항쟁과 학살을 말한다. 나는 그 역사의 현장에 있지 못했고, 거기에 관해 알지 못했으며, 그래서 그에 관해 소리 높여 말할 수 없었다. "내 입 속에 악착같이 매달린 검은 잎"은 그것을 말하지 못한 내 혀를 '죽은 혀'로 빗댄 표현이다. 할 말을 놓친 혀가 죽은 혀라는 생각은 기형도가 동시대의 많은 시인과 공유하던 생각이다.

이 시집의 1부에는 비극적이고 염세적인 태도를 표명하는 시적 주체가 등장한다. 2부와 3부에서 유년시절과 청년시절을 회상하는 목소리와는 아주 다른 목소리다.[18] 우리는 1부에서 드러난 공격적인 목소리를 2~3부의 목소리와 분리해 받아들일 필요가 있다.

문을 열고 사내가 들어온다

모자를 벗자 그의 남루한 외투처럼

희끗희끗한 반백의 머리카락이 드러난다

삐걱이는 나무의자에 자신의 모든 것을 밀어넣고

그는 건강하고 탐욕스러운 두 손으로

우스꽝스럽게도 작은 컵을 움켜쥔다

단 한번이라도 저 커다란 손으로 그는

그럴듯한 상대의 목덜미를 쥐어본 적이 있었을까

사내는 말이 없다, 그는 함부로 자신의 시선을 사용하지 않는 대신

한 곳을 향해 그 어떤 체험들을 착취하고 있다

숱한 사건들의 매듭을 풀기 위해, 얼마나 가혹한 많은 방문객들을

저 시선은 노려보았을까, 여러 차례 거듭되는

---

18) 1부의 시들과 2~3부의 시들은 매우 이질적으로 보인다. 전자의 주체는 냉소적이고 비판적인 태도로 대상을 본다. 그 자신을 표상할 때에도 방랑자와 노인 같은 소외된 인물로 그린다. 그가 그리는 대상은 사회적인 인물들이다. 「질투는 나의 힘」과 「가수는 입을 다무네」의 1, 3연(가수의 노랫말이다)을 제외하면, 어떤 음악적 요소도 없는 산문체다. 반면 2~3부에서는 전혀 다른 목소리가 드러난다(유일한 예외는 「노인들」이다). 후자의 주체는 회고조이며, 연민에 가득 차 있다. 그가 보는 대상은 가족이나 연인 같은 지극히 개인적인 대상들이다. 많은 시에서 '~하네, ~느냐, ~이여, ~거라'와 같은 문어체 구문으로 음악성을 의도한다. 두 묶음의 시편들에서 시인은 다른 목소리를 내세운다. 동일한 화자의 다른 발언이 아니라 다른 주체의 다른 발화가 있는 셈이다. 표로 만들어 정리해보자.

	주체	대상	태도	음악성	언술의 성격
1부	관찰	사회, 역사적 인물들	냉소, 절망	없음(산문체)	알레고리
2부~3부	체험	개인적 인물들(가족, 연인)	회고, 연민	있음(번역체)	은유

마지막 칸에 덧붙인 언술의 성격이 주체의 성격을 분명히 해준다. 이에 따라 저 냉소와 절망 속에 숨은 진정한 전언이 드러나는 것이다. 기형도의 시에 관한 상세한 해명은 졸고, 「실체에서 주체로」, 『세계의 문학』, 2009년 봄호 참조.

의혹과 유혹을 맛본 자들의 그것처럼

그 어떤 육체의 무질서도 단호히 거부하는 어깨

어찌 보면 그 어떤 질투심에 스스로 감격하는 듯한 입술

분명 우두머리를 꿈꾸었을, 머리카락에 가리워진 귀

그러나 누가 감히 저 사내의 책임을 뒤집어쓰랴

사내는 여전히 말이 없다, 비로소 생각났다는 듯이

그는 두툼한 외투 속에서 무엇인가 끄집어낸다

고독의 완강한 저항을 뿌리치며, 어떤 대결도 각오하겠다는 듯이

사내는 주위를 두리번거린다, 얼굴 위를 걸어다니는 저 표정

삐걱이는 나무의자에 자신의 모든 것을 밀어넣고

사내는 그것으로 탁자 위를 파내기 시작한다

건장한 덩치를 굽힌 채, 느릿느릿

그러나 허겁지겁, 스스로의 명령에 힘을 넣어가며

나는 인생을 증오한다

— 기형도, 「장미빛 인생」 전문

　카페에 한 늙은 사내가 들어와 앉았다. 그 사내에 대한 나의 공들인 묘사에는 적의와 공격성이 숨김없이 아로새겨져 있다. 그런데 그 노인은 내게 해를 입힐 만한 아무 짓도 하지 않았다. 무슨 일이 일어난 것일까? 어째서 "나는 인생을 증오한다" 같은 단언이 제출된 것일까?

　이를 이해하기 위해서는 1부 전체를 표제작인 「입 속의 검은 잎」과 등단작인 「안개」의 자장 안에 놓고 살펴야 한다. 거기서는 "망자의 혀가 거리에 흘러넘쳤"(「입 속의 검은 잎」)고, "공장의 검은 굴뚝들은 일제히 하늘을 향해/젖은 총신(銃身)을"(「안개」) 겨누었다. 곧 죽음과 학살이 1부의 시편 전체를 물들이고 있는 것이다. 저 '늙은 사내'에게는

학살의 기억이 겹쳐 있고, 권력의 그림자가 드리워져 있으며, 탐욕의 시선이 묻어 있다. 그는 "장미빛 인생"(이 말은 적어도 저 사내에게는 반어가 아니다)을 누렸고 지금도 누리고 있는 자다(참고 삼아 말하자면, 이 시가 제작된 1987년에도 저 광주의 학살자는 권좌를 지키고 있었다). 이 공격성의 반대편에는 학살의 시대가 교체되지 않았음을 탄식하는 고통스런 고백이 있다. 이를테면 "나는 일생 몫의 경험을 다 했다"(「진눈깨비」), "길 위에서 일생을 그르치고 있는 희망이여"(「길 위에서 중얼거리다」), "나는 이미 늙은 것이다"(「정거장에서의 충고」) 같은 단언들이 그렇다. 따라서 기형도 시의 '늙은 자'는 '광주'의 상흔을 야기한 권력자와 그의 "장미빛" 시절 아래서 어떤 희망도 품을 수 없었던 삶의 모습을 동시에 보여준다. 이것이 기형도의 시가 '광주'와 관련을 맺고 있는 알레고리적 양상이다.

2-2-3. 역사와 알레고리

1980년대의 주요 시인들에게서 나타난 알레고리의 양상을 '광주'의 체험과 관련지어 살폈다. 이로써 알레고리가 1980년대를 관통하는 광범위한 방법적 전략이었음을 확인할 수 있었다. 이성복의 '가족', 최승자의 '버림받은 연인'(시체), 황지우의 '세속 도시', 김혜순의 동화적인 '죽음', 최승호의 '동물', 기형도의 '늙은 자' 등이 모두 당대를 형상화하는 시대적 요구에서 생겨난 알레고리다. 이것은 1980년대 모두에 놓인 '광주'라는 역사적인 상처가 이후의 삶을 틀 짓는 알레고리가 되었기 때문이다. 시적 발화의 표면에 드러나지 않으나, 그 모든 발화가 지시하는 체계 바깥의 현상을 이르는 말이 알레고리다. 1980년대의 주요 시편들이 알레고리의 자장 안에 있었던 것은 어쩌면 자연스러운 현상이었다고 하겠다.

11장 역피라미드

다섯 가지 비유의 상호 관계는 어떠한가?

1. 비유의 도식

7장에서 10장까지 살핀 다섯 가지 비유의 존재론적 지평을 살피고,
이들의 상호 관계를 검토해보자. 앞에서 우리는 은유, 제유, 환유, 상
징, 알레고리의 다섯 가지 비유를 검토했다. 이들이 놓인 지평을 다음
같이 도식화할 수 있다.[1]

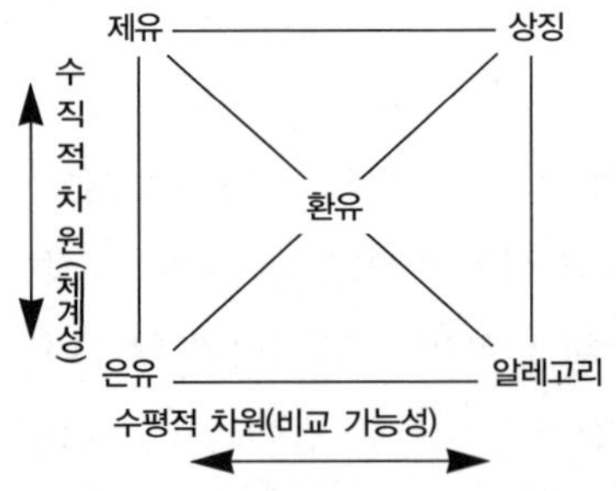

____

1) 이 도식을 말로 풀면 다음과 같다. 은유는 수평적(비교 가능성)이지만 수직적이지는 않고,
제유는 수직적(체계성)이지만 수평적이지는 않다. 알레고리는 수직적인 지위에서 수평적
인 지위로 내려왔으며 상징은 수평적인 지위에서 수직적인 지위로 올라갔다.

이 도식은 기존의 은유, 제유, 환유의 삼각형 도식[2]을 두고, 환유를 중심으로 제유-은유의 삼각형을 뒤집어 상징과 알레고리의 자리를 배당해 만든 것이다. 이는 상징과 알레고리가 제유와 은유에서 비롯되었으되, 서로 반대의 자리로 이동했기 때문이다. 달리 말해 상징과 알레고리, 환유의 삼각형은 은유, 제유, 환유 삼각형의 역상(逆像)이다.

도식의 가로항은 비유의 수평적 차원을 말한다. 수평적 차원이란 비유의 두 대상이 비교 가능한 차원에 놓여 있음을 말하며, 은유가 대표적이다. 알레고리는 체계에서 비롯되었으나 체계 전체가 비교 차원으로 내려왔다. 도식의 세로항은 비유의 수직적 차원이다. 수직적 차원이란 비유의 두 대상이 상위와 하위 관계(혹은 포함, 종속 관계)를 맺고 있음을 말하며, 제유가 대표적이다. 상징은 비교에서 생겨났으나 체계 차원으로 고양되었다. 환유는 이 각각의 교착에서 생겨나며 다른 네 가지 비유들을 교직하는 중심원리다. 위 도식은 네 개의 삼각형(환유를 꼭지점으로 하는 네 개의 이등변삼각형)을 품고 있다. 각각의 비유를 위 도식에 따라 정위(正位)함으로써 각 비유의 생성원리와 상호 관계를 검토하고자 한다.

2. 비유의 삼각형

2-1. 은유-제유-환유의 삼각형

은유가 사고의 수평적인 운동에서, 제유가 수직적인 운동에서 생겨났다면 환유는 이 둘의 결합에서 생겨난다. 환유는 비교의 사고가 체계에 투영되거나 체계의 사고가 비교에 투영될 때에 만들어진다. 은유와 제유가 동시적으

---

2) 이에 관해서는 정원용, 『은유와 환유』, 신지서원, 1996, 192쪽에 실린 켄이치 세토의 도식 참조.

로 성립했을 때, 은유 관계에 있는 한쪽의 제유적인 유개념과 다른 한쪽의 제유
적인 종개념 간에는 환유 관계가 맺어진다. 은유적인 두 대상을 A와 B라 하
고, A와 B가 맺고 있는 제유적 대상을 a와 b라 하면, Aa와 Bb, Ba와
Ab 사이에 환유 관계가 생성되는 것이다. 환유가 가진 교환 가능한,
곧 등위적인 성격은 Ab와 Ba 사이에 맺어지는 성격이다. 결국 환유는
이중의 유추로 이루어지는 셈이다.

$$자동차(A) \supset 바퀴(a) + 운전석(b) + 전조등(c) + \cdots\cdots$$
$$\parallel \qquad\qquad \parallel \qquad\qquad \parallel \qquad\qquad \parallel$$
$$사람(B) \supset 다리(a) + 머리(b) + 눈(c) + \cdots\cdots$$

기호 ∥는 은유 관계를, 기호 ⊃는 제유 관계를 나타낸다. 첫째, 자
동차를 사람으로, 바퀴를 다리로 나타내면 은유가 된다. 둘째, 자동차
를 바퀴로, 사람을 다리로 나타내면 제유가 된다. 환유는 이 둘의 결합
에서 생긴다. 자동차를 사람의 다리로(예: 무서운 다리들이 경적을 울리
며 도로를 뛰어왔다), 사람을 자동차의 바퀴로(예: 그 바퀴는 열심히 돌았
으나 인생이라는 진창을 벗어나지 못했다) 나타내는 것이 환유다.

등위적(等位的)인 대상이 유사성(두 대상의 공통으로 소유하는 특성)
으로 결속하는 것이 은유라면, 환유는 등위적인 대상이 교차하는 점
없이 변위(displace)하는 것이다. 은유가 구문적인 지표(mark)를 갖는
것과 달리 환유에는 구문적인 지표가 없다. 생략과 비약을 통해 환유
가 생겨나기 때문이다. 환유에서 대상들은 서로 이질적이지만 사회적
인 관습에 따라 그 연상의 통로가 알려져 있다. 따라서 환유는 은유에
비해 생성적인 힘이 약할 수밖에 없으며, 환유적인 상상을 토대로 지
어진 시편들은 관습적인 대상을 쉽게 받아들이는 경향이 있다.

환유의 특징인 인접성은 경제적인 언어 활동의 결과로 생겨난 것이

다. 환유는 새로운 의미 생산의 가능성이 차단되어 있다는 단점(그래서 환유가 생산적인 힘을 가질 때에는 대개 은유와 결합할 때다)이 있는 반면, 발화자와 청자/독자의 소통 가능성을 가장 잘 실현한다는 장점을 갖는다. 환유는 화자와 청자가 이미 서로 알고 있는 문맥 안에서만 유통된다. 따라서 환유는 선동적인 어조를 품은 시편들에 적합하다. 환유는 읽는 시보다는 듣는 시, 궁리하여 의미를 찾아야 하는 시보다는 처음부터 즉각적인 반응을 유인하는 시에서 흔히 보인다. 이것이 환유의 웅변술적인 힘이다.

2-2. 상징-알레고리-환유의 삼각형

상징과 알레고리의 항목에서 알레고리가 상징보다 열등하게 취급되는 사정을 보았다. 알레고리의 항목에서 살펴보았듯이 이런 가치 판단은 알레고리와 상징의 존재론적 위계에 내재한 특성이 아니다. 상징 가운데에도 관습적이고 교훈적인 상징은 얼마든지 있으며, 역으로 알레고리 가운데서도 생산적이고 풍요로운 알레고리는 무수하다. 알레고리나 상징이 관습적이라면 이는 상징과 알레고리가 관련 맺고 있는 환유적 특성에서 생겨난 특징이다. 관습적 상징이나 관습적 알레고리는 환유가 가진 자동성(自動性)에서 파생된 것이다. 앞에서 말했듯이 상징은 은유의 비교 가능성에서 출현한다. 보조관념들이 총체화, 체계화되면 상징이 된다. 알레고리는 처음부터 하나의 체계(알레고리적 텍스트)가 다른 체계(알레고리의 원관념 역할을 하는 사회적 교훈과 관습의 체계)를 지시(비교)할 때 출현한다. 따라서 알레고리가 기대고 있는 사회적 체계는 정확히 제유에서 비롯된 것이다.[3] 상징과 알레고리가 서로의 역상(逆像)이자 사유의 운동이 서로 간에 역행(逆行)한다는 사실은 앞 장에서 언급한 바 있다.

2-3. 은유-알레고리-환유의 삼각형

상징과 알레고리가 수직적 차원의 성격을 공유한다면, 은유와 알레고리는 수평적 차원의 성격을 공유한다. 은유에서의 비교 가능성이 은유를 형성하는 두 대상 사이의 유사성에서 비롯된 것이라면, 알레고리에서의 비교 가능성은 드러난 체계와 숨은 체계 사이의 유사성에서 생겨난 것이다. 은유가 체계화되면 상징으로 가는 길이 마련되고, 제유가 비교 가능해지면 알레고리로 전환된다.

은유와 알레고리의 호환에서도 환유가 중요한 역할을 한다. 은유가 환유적인 성격을 가지면 관습화된 은유, 곧 죽은 은유(dead metaphor)가 만들어진다. 죽은 은유는 은유의 생성적인 힘을 잃은 대신 환유가 품은 연상의 자동성을 극대화한다. 한편 알레고리가 지시하는 이면적 체계는 관습적이고 정형화된 의미에 의해 지탱되는 경향을 가지며, 따라서 환유적이다. 결국 은유는 죽은 은유를 통해, 알레고리는 평면적 의미화 방식을 통해 환유와 연계된다.

---

3) 그러므로 비유의 삼각형에 포괄되지 않는 두 관계(은유와 상징, 제유와 알레고리)의 위계를 표시할 수 있다. 은유는 상징의 전 단계이며, 제유는 알레고리의 원형이다. 역으로 상징은 은유의 진화이며, 알레고리는 제유의 퇴화다. 전자가 비교에서 체계로 상승했다면, 후자는 체계에서 비교로 하강했기 때문이다. 은유가 원관념을 체계 전체의 차원으로 확산할 때 상징이 된다. 한편 제유가 사회적 전형성을 띨 때에는 흔히 알레고리로 화한다. 제유는 전체성을 담보하는 사유 형식이다. 알레고리의 원관념은 언술 체계의 밖에 위치한 사회 체계다. 따라서 전체성과 사회성이 동일한 차원에서 고정될 때, 둘은 동일한 대상을 지시하는 것이다. 이를테면 10장에서 살폈던 이성복의 '가족', 최승자의 '(버림받은) 연인', 황지우의 '세속 도시', 김혜순의 '(천진한) 죽음', 최승호의 '동물', 기형도의 '늙은 자' 등은 사회 관계를 표상하는 알레고리이자 체계 전체와 관련된 제유이기도 하다.

2-4. 제유-상징-환유의 삼각형

한편 제유와 은유가 수직적 차원에서 분할된다면, 제유와 상징은 수평적 차원에서 분할된다. 제유와 상징은 체계성이라는 특징을 공유하지만 그 생성 방식이 다르다. 제유는 처음부터 체계적이고 구조적인 사유의 소산이다. 체계 자체가 전제되지 않으면 제유는 생겨나지 않는다. 상징은 비교 가능성이 확장되어 체계화된 비유다. 그래서 상징은 체계 내적이지만, 여전히 비교 가능성에 의해서 지탱된다(그것은 상징이 은유에서 발전해 나왔기 때문이다).[4]

흔히 제유적 인물이나 소도구, 사건(예컨대 신동엽의 '아사달, 아사녀', 김수영의 '헬리콥터, 설사')을 상징적인 인물이나 소도구로 생각하는 경향이 있다. 하지만 우리는 은유와 상징을 구별하듯이 제유와 상징을 구별해야 한다. 예컨대 '아사달, 아사녀, 헬리콥터'는 제유이지만, 한용운과 김소월의 '임'은 상징이다. 전자(제유)에는 체계 차원에서 비교 가능한 지표가 있어서 대상이 전체의 일부를 구성한다. 이것들은 체계의 다른 부분, 이를테면 '도미의 처, VOGUE, 욕설' 등과 호환될 수 있다. 이 호환에서 환유(환유가 제유와 은유의 교차에서 생긴다는 것을 앞에서 말했다. 환유는 부분/전체의 등가적인 호환에서 생긴다)가 생기는 것이다. 반면 후자(상징)에는 비교 가능한 지표가 없어서, 대상('임')이 전체의 일부가 아니라 전체를 떠맡는다. 그래서 '임'이 '연인, 조국, 신' 등을 포함한 전체성의 상징이 될 수 있는 것이다.

제유가 환유와 교환되는 것은 둘이 기능적 속성을 공유할 때다. 다음 예를 보자.

---

4) 처음에 제시한 비유의 도식에서 제유가 수직적 차원의 정점에 있으되 수평적 차원을 갖지 않은 것과, 상징이 수평적 차원과 수직적 차원 모두에서 정점에 있는 것은 이 때문이다.

문을 부수고 매부리코, 가죽잠바, 주걱턱, 군화가 들어왔다.

여기서 "매부리코"와 "주걱턱"은 신체의 일부로 신체 전체를 나타내는 제유이며, "가죽잠바"와 "군화"는 몸과 인접한 의복과 신발로 그 사람을 대신하는 환유다. 그런데 둘의 수사적 효과가 같다. 제유에는 대상을 어떤 기능(예: '일손이 부족하다'고 할 때의 노동력을 나타내는 제유)이나 속성(앞의 "매부리코"와 "주걱턱"은 잔인한 느낌을 준다)으로 축소하고 환원하는 특질이 있다. 이런 특질은 처음부터 관습성을 전제로 한다. 환유는 처음부터 관습적인 연상에서 출발한다. 따라서 둘의 속성이 같아지는 것은 제유가 가진 전체적 사고가 관습화되었을 때다.[5]

상징이 환유와 결합하는 것 역시 상징이 관습화될 때다. 상징 가운데에는 예컨대 '십자가'(=기독교)와 '백합'(=순결)처럼 상징이 가진 고도의 의미 생산 능력을 잃은 것들이 있다. 이것들은 정확히 환유이기도 하다. '십자가'는 기독교와 유관한(=인접성을 가진) 사물이어서 자동화된 연상을 허락하는 환유이며, '백합'은 처녀의 모습과 닮은(=유사성을 가진) 사물이어서 죽은 은유에서 비롯된 환유다.[6]

---

5) 관습화된 은유도 환유적이다. 이런 은유를 죽은 은유라 부른다. 환유는 처음부터 관습의 소산이다. 따라서 은유가 생성적인 힘을 잃고 관습화될 때, 환유의 소통 가능성을 받아들이게 된다. 위 예를 부연해보자.

  문을 부수고 검은 양복을 입은 깍두기들이 들어왔다.

  이때의 "깍두기"는 짧은 머리 모양을 뜻하는 죽은 은유다. 헤어스타일로 특정 인물형(조폭)을 나타내므로 이것은 환유적 연상을 숨기고 있기도 하다. 이것은 은유가 관습화되면서 기능적인 용법, 곧 환유로 변환되는 예라고 할 수 있다.

3. 뒤집힌 피라미드형(型)

그동안의 비유 연구에는 다음 같은 문제가 있었다. 첫째, 상징과 은유에 지나친 과부하가 걸려 있었다. 주네트는 그것이 '이미지'와 '상징' '은유'에 대한 혼동에서 비롯되었음을 말한다.[7] 물론 그것들 사이의 유연적(有緣的) 관계는 분명하지만, 이 관계가 이런 착종을 정당화할 수는 없을 것이다. 이미지는 발화의 결과로 산출된 감각화된 개념이다. 은유는 이런 개념을 생성하는 의미론적 작용원리다. 상징은 은유가 체계 차원으로 승화된 것(비교 가능한 지표를 삭제한 채 체계 전체를 통할하는 자족적 표상이 된 것)이다. 우리는 상징과 은유의 근친 관계를 인정할 수 있으나 상징과 은유 자체는 구별해야 한다. 둘째, 환유와 제유의 구분이 올바르지 않았고, 이 때문에 은유, 환유, 제유를 구별하는 데 어려움을 겪어왔다. 이것은 환유가 부분적으로는 은유와, 부분적으로는 제유와 견고트는 양상을 해명하지 못했기 때문이다. 환유가 은유와 제유의 결합에서 생겨난다는 점을 증명함으로써 이 셋의 영역과 상호 관계가 밝혀졌기를 희망한다.

---

6) 환유의 자동성을 고려한 괄호 묶기를 생각해보면 될 것이다. '십자가'(=기독교)는 '십자가'(로 대표되는 기독교)이며, '백합'(=순결)은 '백합'(처럼 고운 처녀로 대표되는 순결함)이다. 후자는 은유에서 비롯된 환유다. 다음 도식을 보라.

처녀(A) ⊃ 순결함(Aa) + 아름다움'(Ab) + ······
   ‖   ‖   ‖
백합(B) ⊃ 깨끗함(Ba) + 아름다움"(Bb) + ······

'백합'(B)이 '순결한 처녀'(A)를 뜻한다면 은유이지만, '처녀가 가진 순결'(Aa)을 뜻한다면 환유이다. 3-1에서 언급한 환유('자동차'와 '사람'에서 도출된 '바퀴'와 '다리')가 물질적인 제유에서 파생된 환유라면, 이 환유는 개념적인 제유에서 파생된 환유라 하겠다. 환유에서 상기한 네 가지 비유의 의미가 집결한다는 사실에 유의하라. 죽은 은유와 관습적인 상징, 기능화된 제유, 평면적인 알레고리는 모두 환유다. 이 장의 결론 참조.

7) 제라르 주네트, 「줄어드는 수사학」, 김현 엮음, 『수사학』, 문학과지성사, 1985, 138쪽.

셋째, 알레고리의 위상을 지나치게 낮게 잡음으로써 비유들의 올바른 위상이 어그러졌다. 알레고리를 저급한 비유로 격하시키면, 그것과 상호작용하는 다른 네 가지 비유의 위상 역시 흔들릴 수밖에 없다. 생성적인 알레고리는 (생성적으로 활용된) 다른 네 가지 비유에 뒤지지 않는 설득력과 의미화의 기제를 갖고 있다. 넷째, 각 비유의 독자성에만 주목한 나머지 각각의 비유가 상호 변환되는 지점을 짚어내지 못했다. 이 책에서는 이 비유들이 환유를 통해 연계된다는 점에 주목했다. 은유와 제유, 상징과 알레고리는 환유적인 속성을 경유해 다른 비유로 바뀐다.

우리는 이 다섯 가지 비유의 도식을 '뒤집힌 피라미드형'이라 불러도 좋을 것이다. 꼭짓점을 이루는 환유가 비유의 정점이 아니라 저점(低點)에 있기 때문이다. 네 꼭짓점에 있는 은유, 제유, 상징, 알레고리는 관습화될 때(곧 환유와 연결될 때), 죽은 은유, 기능화된 제유, 관습적 상징, 평면적 알레고리로 화하고 만다. 그것은 환유가 가진 관습적 성격 때문이다. 각각의 비유는 환유와 연계되면서 의미의 생산성을 잃는 대신에 설득력, 곧 전언의 선동성을 부여받게 된다.

환유가 다른 네 가지를 매개하는 비유가 된 것은 의미의 경제학이 가진 효과 때문이다. 다른 네 가지 비유가 의미의 생산과 관련되어 있다면 환유는 의미의 유통에 관련된다. 은유, 제유, 상징, 알레고리는 모두 의미를 생산한다. 그런데 환유는 의미를 만드는 것이 아니라 만들어진 의미를 유통의 회로 속에 집어넣을 때 출현한다. 이 점에서 보면 의미는 재화와 같다. 다른 네 가지 비유가 의미의 생산기지라면, 환유는 의미의 유통망이자 컨베이어벨트다. 이것이 환유가 다른 비유들을 연계할 수 있었던 비밀이다.

12장 음악

시의 율격에 관하여

이 장에서는 운율 문제를 검토하기로 한다. 우리 현대시에서 운율을 논의하기 위한 방법적 근거를 마련하고 그 실례를 살피는 것이 목적이다. 운율(韻律)은 운[압운(rhyme), 곧 일정한 위치에서 일정한 소리가 위치하는 규칙성]과 율[율격(metre), 곧 일정한 소리의 시간적 반복에서 나타나는 규칙성]을 결합한 말로, 운문을 이루는 소리의 반복에서 나타나는 규칙성을 뜻하는 말이다.

1. 기존의 운율론

한국의 현대시에서 나타나는 운율에 관한 기존의 연구는 다음과 같은 공통점을 지닌다. 첫째, 현대시의 율격 특성을 고전시가에서 보이는 정형성에서 도출했다. 둘째, 대체로 율격을 음보(혹은 마디) 개념으로 설명했다. 셋째, 대부분 우리 시가 압운의 가능성을 품고 있다는 전제를 부정했다. 이 세 가지는 정형시라는 동일한 근거에서 파생된 현상인데, 현대시의 운율을 분석하는 전제로는 미흡하거나 부절적하다.

첫째, 정형시에서 도출된 율격 개념은 자유시를 논의하는 유의미한 준거가 되기 어렵다. 정형시는 '보편화'된 율격을 지향하므로 "다양한 현상들에 공통적으로 나타나는 단 하나의 리듬 개념"[1]만을 남겨놓는다. 자유시의 음악성은 다양한 측면에서 관찰되므로 정형시의 율격을 자유시 연구의 준거로 삼을 경우 정형성에서 벗어나는 여러 음악적 성격을 돌볼 수 없다. 정형시는 또한 "본질화"를 목표로 삼기 때문에, "변화"보다는 "불변성"에만 주의를 기울인다.[2] 따라서 자유시형의 다양한 음악적 성격이 정형적 척도에서의 이탈과 변형, 왜곡으로 측정될 수밖에 없다. 이러한 부정적 규정으로는 현대시의 특질을 설명하기 어려울 것이다.

둘째, 율격을 음보(마디) 개념으로만 설명하면 자유시를 정형성의 틀 안에서 논의하는 결과가 된다.[3] 우리 시의 율격은 대체로 3음보(세 마디)이거나 4음보(네 마디)인데, 이는 통사적 차원에서의 분절을 기준으로 한 것이다. 음보는 하나의 문장 혹은 하나의 절 내부의 규칙성만을 기준으로

---

1) 루시 부라사,『앙리 메쇼닉―리듬의 시학을 위하여』, 조재룡 옮김, 인간사랑, 2007, 150쪽.
2) 같은 책, 151~152쪽.
3) 순수하게 음절수를 기준으로 한 초창기 연구에서의 음수율(조윤제)을 논외로 하면, 우리 시의 운율에 관한 논의는 모두 넓은 의미의 음보(마디) 개념에 포괄된다. 곧 박자(서우석), 강약률(정병욱), 장단율(성기옥), 고저율(김석연), 마디(김대행), 율마디(조창환), 음수율(오세영)을 내세운 경우에도 그 근간은 음보 혹은 마디에 있다. 음보(foot) 개념의 문제점을 지적해 이를 마디(colon, 응집력 있는 단어군)나 박자로 바꾼 경우(앞의 김대행, 오세영, 서우석, 조창환)에도 사정은 달라지지 않는다. 문장과 단어의 중간에 있는 단위로서 율독할 때의 크고 작은 휴지(休止)로 분할되는 동일한 율격 단위를 실체로 하고 있으며, 이를 음보와 마디, 박자로 달리 부를 뿐이기 때문이다. 강약률과 장단율, 고저율, 음수율 등은 이 음보 혹은 마디 내부의 음운 배열 규칙이다. 서우석,『시와 리듬』, 문학과지성사, 1981; 정병욱,「고시가 운율론 서설」,『한국 고전 시가론』, 신구문화사, 1973; 성기옥,「한국 시가 율격의 기층체계」,『국문학연구』(48집), 서울대출판부, 1980; 김석연,「시조 운율의 과학적 연구」,『아세아 연구』(32호), 1968; 김대행,『우리 시의 틀』, 탑출판사, 1989; 조창환,『한국현대시의 운율론적 연구』, 일지사, 1986; 오세영,「한국 시가 율격 재론」,『관악어문연구』(18집), 서울대국문과, 1993 참조.

전개되므로 그 이상이나 그 이하에서 나타나는 운율 현상을 설명하기 어렵다. 현대시의 운율 연구가 대개 1900년대 초중반에 재래의 정형시적 요소를 품은 시편들에만 집중된 것도 이러한 까닭으로 설명할 수 있을 것이다. 이는 음보(마디)의 규칙성이 드러나지 않는 시편들을 논의에서 제외하는 결과를 낳는다.[4]

셋째, 음보(마디)에 기반을 두어 시를 설명하면, 우리 시에서 압운의 가능성이 부정된다. 김대행은 우리 시의 압운이 불가능한 이유를 "우리의 시가에 압운의 전통이 없었기 때문"이라고 보았다.[5] 우리말은 "부착어(附着語)"여서, "대부분의 문에 있어서 서술어는 문의 말미에 오며, 또 서술어는 용언형(用言型)이거나 체언(體言)이거나 접미사를 동반하게 된다. 이 접미사가 동일한 음을 지니는 것은 동일한 형태소일 때이다. 따라서 압운이 음성론의 차원인 한, 한국 시가에서 적어도 각운은 어려웠던 것이다."[6] 우리말은 서술어가 말미에 위치하므로 하나의 문장(혹은 절)을 음보로 분할하면 각운의 가능성이 사라진다는 말이다. 하지만 각운이 아닌 "여타의 운(두운, 중간운, 모운, 자운)의 경우"[7]에는 사정이 다르다. 게다가 행을 바꿀 때의 휴지가 하나의 문장 구실

---

4) 조동일은 한용운, 김소월, 김영랑, 이상화, 이육사의 시를 들어 현대시가 전통적 율격을 계승하고 있음을 설득력 있게 논증했다. 그의 결론은 다음과 같다. "자유시는 율격이나 율동을 가지지 않은 시가 아니고, 작품마다의 독자적인 율격이나 율동을 가진 시라고 정의되어야 할 것이다. (⋯) 내재율도 분석 대상으로 삼으려는 것이 율격론의 이상이고, 그러한 이상의 일단이 이 논문에서 성취되었다"(조동일, 「현대시에 나타난, 전통적 율격의 계승」, 김대행 엮음, 『운율』, 문학과지성사, 1984, 151쪽). 그런데 조동일이 분석 대상으로 삼은 시편들은 모두 음보율에 기반을 두고, 음보 내의 음절수를 바꾸거나 음보의 행을 바꾸거나 음보를 이루는 음절수를 바꾼 시편들이다. 조동일의 결론을 수락한다면 음보의 규칙성이라는 전제 자체를 버려야 한다. 다시 말해 음보의 규칙성으로 설명할 수 없는 시편들이 가진 내재율을 설명할 수 있어야 한다.
5) 김대행, 앞의 책, 29쪽.
6) 김대행, 「압운론」, 김대행 엮음, 앞의 책, 26~27쪽.
7) 같은 쪽.

을 할 때가 많으므로, 각운이 아주 불가능하다고 말할 것도 아니다. 음보라는 정형적인 틀만 버린다면 음절과 어절과 문장, 나아가 한 편의 시를 구성하는 언술 전체에 드러나는 음운의 반복은 압운의 가능성을 품고 있다. 한국어가 압운을 허용하지 않는다는 주장은 철회되어야 한다.[8]

이 세 가지 사항의 검토를 통해 다음과 같은 결과가 나온다. 첫째, 현대시의 운율을 정형시 이론에서 도출하지 말고 개별 시의 장(場)에서 보아야 한다. 정형시 이론 특히 음보(마디) 이론을 운율 논의의 준거로 삼으면, 그에 해당되지 않는 수많은 시편들을 논의에서 제외할 수밖에 없다. 이것은 대부분의 현대시를 논의에서 제외하는 결과를 낳는다. 둘째, 위 주장에서 파생되는바, 현대시의 운율은 전체가 아닌 부분에서 관철되는 현상이다. 전체를 통할하는 정형적 틀이 제거되었기 때문이다. 따라서 운율의 개입 정도는 개별 시편마다 다르지만, 그것이 반드시 음보(마디)만으로 설명되는 것은 아니다. 현대시는 음보나 음성 상징만으로 설명할 수 없는 다양한 운율적 요소를 품고 있다. 셋째, 압운을 현대시의 주요한 운율적 자질로 인정해야 한다.

2. 운율의 이론

정형시에 기반을 둔 기존의 운율 논의에서 벗어나 현대시가 가진 다

---

8) 김대행은 우리 시에서 각운을 제외한 압운의 가능성을 음성 상징과 관련지어 논했고, 여기서 어희(語戱, pun)나 어휘적, 통사적 반복을 압운에서 제외했다. "압운이란 어디까지나 음성 단위로 형성되는 효과"이며, "의미의 구분에 관여하는 요소"가 아니라는 점(같은 책, 23쪽)이 제외의 근거다. 이것은 잘못된 가정이다. 압운은 어휘나 통사 구조와의 일치가 아니라 그것들과의 위반에서 주로 효과를 발휘하기 때문에 의미론적 현상이다. 압운 효과는 의미와의 관련 아래서만(혹은 특정 문맥에 놓였을 때에만) 측정될 수 있다. 2-1에서 상술하기로 한다.

양한 차원의 운율적 자질을 검토할 필요가 있다. 다음과 같은 세 가지 층위를 고려할 수 있을 것이다.

2-1. 동일한 가치를 지닌 음운의 반복

한 편의 시에서 지배적으로 출현하는 음운은 운율적 성격을 갖는다. 이것은 음성 차원의 문제가 아니라 의미론 차원의 문제다. "압운되는 음은 그 돌연성과 직결된다. 즉 그 성격은 청각적, 음성적이라기보다는 오히려 의미론적이다."[9] 음운이 가진 성격이 시 텍스트 전체의 구조에 기입되므로 구조 자체의 성격을 규정하는 유력한 자질이 되기 때문이다. "음운론적 반복은 시 텍스트의 가장 낮은 구조적 차원"[10]이며, 이 차원이 전체 구조와의 관계 아래서 의미화되는 것이다. 로트만에 따르면 그 과정은 다음과 같다.

첫째, 음소는 독립된 의미를 가지고 있다고 가정된다. (…) 둘째, 그것은 그 의미 심장성이 가정(假定)인—그러나 그 실제 의미는 아직도 확립되지 않은—단위, 말하자면 '빈 단어'가 된다. 따라서 이들 음소들은 주어진 텍스트적, 텍스트 외적 구조가 창조하는 의미들에 의해 충전되며 그들은 특수한 '일시적 단어'이다. 그러한 '단어들'의 존재는 예술 텍스트의 고유의 자질이다. 음소들이 빈 단어들의 구성에 있어서 기본 조건, 텍스트의 그 이상의 의미론적 통제를 위한 조건인 것은 정확히 말해 음소들이 언어 속에서 그들 나름의 의미(어휘적, 문법적)를 결여하고 있기 때문이다. 그러나 소리의 반복들은 상당히 더 객관적 분석의 여지

---

9) 유리 로트만, 『시 텍스트의 구조 분석—시의 구조』, 유재천 옮김, 가나, 1987, 111쪽.
10) 유리 로트만, 『예술 텍스트의 구조』, 유재천 옮김, 고려원, 1991, 164쪽.

가 있는 또다른 의미론적 의미를 가지고 있다.[11]

먼저 청각적, 음성적 차원의 소리 자질(음소)이 출현한다. 시적 구조 전체에 기입되지 않은 상태의 음소는 그 자체로 독립적이다. 그것은 의미를 품지 않은(정확히 말하면 시 전체의 의미론적 요소와 아직 관련을 맺지 않은) 단위여서 '빈 단어'로 간주된다. 이 빈 단어(음소)는 텍스트 전체와 관련을 맺지 않은 '특수한 단어'로 기능한다. 이 단어는 텍스트 전체의 의미와는 다른 의미를 갖고 있으나, 텍스트와의 관련 아래서만 의미로 기능한다. 전자를 어휘적, 통사적 의미라 한다면, 후자를 음운 적 의미라 부를 수 있을 것이다. 다시 말해 반복해서 출현하는 음소는 텍스트 전체와 관련을 맺으면서, 특별한 의미를 부여받은 음운으로서 기능하며, 이러한 자질은 반드시 어휘적, 통사적 요소와의 관계 아래 서만 해명되는 자질이다.[12]

로트만은 이 점을 '동음이의어적인 쌍'과 '동어반복적인 쌍'을 비교 해 설명한다. 그에 따르면, 동어반복적인 쌍에서 압운은 사라진다. 반 면 동음이의어적인 쌍에서는 사정이 다르다. "무엇이 다른가? 의미론 (이 개입되었다는 게 다르다—인용자). 압운이 풍부하게 들릴 때 우리는 동음이의어를 다루고 있다. 즉 그 소리 구성은 일치하지만 '그 의미는 다른 단어들'을 다루고 있다. 빈약하게 들리는 동어반복적 압운에서는

---

11) 같은 책, 165쪽.
12) 바흐친은 리듬이 시의 의미론적 자질과 무관한 것이라고 생각했다. "리듬은 (…) 작품 전체의 강조체계가 지닌 모든 측면 사이의 무매개적 연관을 창조함으로써 어떤 말 속에도 잠재되어 있게 마련인 화자 및 발언의 사회적 성격을 그 맹아로부터 파괴한다"(미하일 바 흐친,『장편소설과 민중언어』, 전승희 외 옮김, 창비, 1998, 108쪽). 리듬이 의미론과 무관 한 영역에서 언어체계들을 무매개적으로 연관시킨다는 것인데, 실제로 리듬의 효과는 이 런 '무매개의 매개'(소리와 의미라는 매개할 수 없는 두 항 사이의 폭력적인 매개)에서 발 생하는 것이 아니라, 의미론적 연관과 리듬적 연관의 '상호작용'과 '충돌'에서 발생하는 것 이다.

음성적 형태뿐 아니라 의미론적 내용도 반복된다."[13] 음운적 반복을 의미론 차원에서 다룰 수 있는 것은 이런 위반 때문이다. 음운적 층위가 텍스트 전체의 어휘적, 통사적 층위와 충돌하면서 다른 의미를 생산할 때 운율 효과가 강하게 나타나는 것이다. 따라서 압운은 두 가지 기능을 한다. 1) 형식적, 음성적 차원의 동일시와 2) 내용적, 의미론적 차원의 대립이 그것이다.[14]

시 텍스트에서 음운들은 이러한 의미론적 자질을 품은 채 시에 포괄된다. 그 결과 개방성/폐쇄성, 흐름/단절, 만곡성(彎曲性)/직선성, 고/저, 강/약, 장/단, 양/음 같은 이항대립적인 자질들이 음운 차원에서 수렴된다. 이런 특성은 시 전체의 의미론적 특성과 관련되는 것이며, 이런 특성이 현저하게 나타날 때가 어휘적, 구문적 층위와의 일탈과 충돌인 셈이다.

2-2. 등량화된 음절로 이루어진 마디의 반복

두 번째로 비슷하거나 규칙적인 음절수를 가진 말의 마디가 반복되면서 운율이 생겨난다. 이것은 재래의 음보(마디) 개념을 포괄하지만 다음 같은 점에서 다르다. 첫째, 시 전체의 구조만이 아니라 부분적인 구조에서도 관찰된다. 둘째, 한 편의 시 안에서도 문장과 행이 바뀜에 따라 다양하게 변환될 수 있다. 대체로 많은 음절을 가진 마디는 빠른 호흡을, 적은 음절을 가진 마디는 느린 호흡을 감당하는데, 이런 변화를 추동하는 힘은 시적 주체의 어조와 태도다. 셋째, 기계적인 음절수가 아니라 시적 주체의 호흡에 따른 변화를 수락한다. 텍스트 전체의 심리 변화에 따라 율독의 형식이 달라지기 때

---

13) 유리 로트만, 앞의 책, 187쪽.

14) "비교는 일차적으로 형식적이며 대립은 일차적으로 의미론적이다. 동일시는 표현의 차원(음성학적 차원)에 속하며 대립은 내용의 차원에 속한다"(같은 책, 189쪽).

문에 단순히 글자수로만 마디를 잴 수 없다. 따라서 재래의 율격 논의에서 부가적 특질로 운위되었던 '고저, 장단, 강약' 같은 음운적 자질을 고려할 수 있는 길이 열린다.[15]

강조하고자 하는 것은 이 역시 의미론과의 관련 아래서만 운율적 자질을 갖는다는 사실이다. 시적 주체의 심리 상태와 발화 방식에 따른 호흡과 휴지(休止), 강세와 억양과 장단이 마디를 이루는 음절의 질서에 반영되기 때문이다. 등량화된 음절을 통한 마디 규칙 역시 음운과 마찬가지로 어휘적, 통사적 틀과의 교착(交錯)과정에서 의미론화된다. 다시 말해 의미론적 요소와 동조할 수도 있고 동조하지 않을 수도 있으나, 반드시 의미론적 요소와 관련을 맺는 것이지 그와 무관한 것이 아니다. 야콥슨이 말한바, "압운의 기술은 문법적이거나 반(反)문법적이지 무(無)문법적이 아니다"[16]라는 말을 여기에도 적용할 수 있을 것이다.[17]

---

15) 3절에서 이 가능성을 살폈다. 세 가지 특성이 두루 관찰되지만, 대체로 시 3-1은 음운의 장단, 3-2는 음운의 고저, 3-3은 음운의 강약을 포함한다.

16) 로만 야콥슨, 「문법의 시와 시의 문법」, 『문학 속의 언어학』, 신문수 옮김, 문학과지성사, 1989, 142쪽.

17) 오탁번은 김소월의 「진달래꽃」의 시행, "죽어도 아니눈물 흘리우리다"를 다음과 같이 해석했다. "이 구절은 앞에서도 지적했듯이 '죽어도/아니눈물/흘리우리다'로 떼어서 읽게 되기 때문에 '아니'라는 부사가 이미 '눈물'을 수식하는 형용사 역할을 하고 있다는 점을 간접적으로 암시하고 있는 셈이다. 그러므로 죽어도 '아니눈물'을 흘리겠다는 뜻이 되어 '아니눈물'은 율조(律調)와 의미가 동시적으로 작용한다고 할 수 있다. (…) 눈물은, 이제 더이상 눈물이랄 수도 없을 정도로 절대화된다고 보겠는데, 「진달래꽃」의 '아니눈물'은 바로 이러한 극단에 아슬아슬하게 자리잡은 눈물이다"(오탁번, 『한국 현대시사의 대위적 구조』, 고려대출판부, 1988, 71~72쪽). 오탁번에 따르면 위 시행은 "눈물을 흘리지 않겠다"는 문법적 의미를 벗어나, "아니눈물"이란 '특별한 의미'의 눈물을 흘리겠다는 의미로 변하는데, 이런 해석을 추동하는 힘은 이 시의 세 마디 규칙(율조)이 의미론에 끼친 영향이다. 마디 규칙이 의미론적 요소와 엇갈리는 예라 할 것이다.

2-3. 동일한 구문의 반복

그동안 동일한 구문의 반복은 통사론 영역으로만 간주되어 운율론 영역에서는 논의되지 않았다. 하지만 앞에서 말한바, 운율이 의미론과의 맥락 아래서만 제 기능을 갖는다는 점을 고려한다면, 이에 상응하는 맞짝으로서 구문 요소를 검토하지 않을 수 없을 것이다. 운율이 구문과 길항하면서 음악성을 담보한다면, 구문 역시 압운이나 등량화된 음절에 따른 마디 규칙과 동일한 역할을 한다고 볼 수 있기 때문이다. 동일한 구문이 운율에 미치는 영향을 과소평가할 수 없는 이유는 다음과 같다.

첫째, 우리 시에서 동일한 구문의 반복은 장형화를 가능하게 하는 원리다. 서로 다른 시적 대상(체언)과 상태(용언)가 동일한 구문에 묶이면서 통일성을 갖게 되는데, 이로써 산문적인 시행들이 음악성을 부여받는다. 물론 이런 음악성은 압운이나 마디 규칙에 비해 헐겁고 느슨하다는 것을 부인할 수 없으나, 다른 음악 장치가 작동할 수 있게 하는 기본 틀로 작용한다는 점에서 무시할 수 없는 특성이다. 이 틀 안에서 대상과 상태의 반복과 변형, 비교와 대조가 일어나는 것이다.

둘째, 가장 오래된 음악적 자질인 병행성(parallelism)은 구문 차원에서 드러나는 자질이다.[18] 하나의 문장이나 시행이 다른 문장과 시행을 예견하고 추동한다는 것은 운문의 특질인 '반복성'의 정확한 실례다. 따라서 병행성, 나아가 한 편의 시에서 드러나는 여러 구문의 반복은 통사론만이 아니라 운율론에서도 논의되어야 한다.

셋째, 시에서는 특별히 시행 분절 문제를 검토해야 한다. 시행 분절은 율독상의 휴지(休止)를 담당한다는 점에서는 운율론적이며, 의미의 분

---

18) 병행성은 대창(對唱)을 가능하게 하는 특질로, 가장 오래된 음악적 자질 가운데 하나다. 구약성서의 「시편」과 『시경詩經』에서도 그 예가 흔히 보인다.

절과 강조, 전환을 담당한다는 점에서는 의미론적이다(이 점에서도 운율론은 의미론과의 관련 아래 검토되어야 한다). 그런데 이 시행 분절은 반드시 구문 전체의 구조 아래서만 제 기능을 부여받는다. 구문 차원을 염두에 두지 않고서는 1) 구문에 따라 분절하거나, 2) 하나의 구문을 문장 성분에 맞추어 분절하거나, 3) 하나의 구문을 문장 성분과 엇갈리게 분절하거나(시행 엇붙임),[19] 4) 여러 구문을 한 행에 펼쳐놓는 여러 방법을 해명하기 어렵다.

구문의 반복 역시 의미론적 변화를 수반한다. 실상 모든 반복이 의미 변화를 가져온다고 말할 수 있다. "엄격히 말해서 전적인 무조건적 반복은 시에서 불가능하다."[20] 반복은 의미의 강조와 왜곡, 변형을 가져온다. "음운론적 반복처럼 문법적 반복은 이질적인 어휘적 단어들을 택하여 그들을 동의어와 반의어 난에 정리하면서 비교되고 대조되는 그룹들로 모은다."[21] 나아가 "문법적 반복은 언어학적 자동화의 상태에서 텍스트의 어떤 요소들을 끌어낸다. (…) 두드러진 문법적 요소들은 필연적으로 의미론화된다."[22] 따라서 구문의 반복은 운율론과 의미론 영역에 두루 걸쳐 있다고 할 수 있다.

3. 운율의 실제

정형적인 특질, 곧 전통적인 음보(마디) 개념으로 분석되지 않는 시

---

19) 황정산이 앙장브망(enjambement)을 이 용어로 번역했다. 황정산, 「한국 현대시의 운율론적 연구」, 고려대 대학원 박사학위논문, 1997, 48쪽.

20) 유리 로트만, 앞의 책, 192쪽.

21) 같은 책, 236쪽.

22) 같은 쪽.

편을 중심으로 위 세 가지 특질을 검토하기로 한다.

3-1. 백석, 「나와 나타샤와 흰 당나귀」의 경우

나와 나타샤와 힌당나귀

가난한 내가
아름다운 나타샤를 사랑해서
오늘밤은 푹푹 눈이나린다

나타샤를 사랑은하고
눈은 푹푹 날리고
나는 혼자 쓸쓸히 앉어 소주(燒酒)를 마신다
소주(燒酒)를 마시며 생각한다
나타샤와 나는
눈이 푹푹 쌓이는밤 힌당나귀 타고
산골로가쟈 출출이 우는 깊은산골로가 마가리에살쟈

눈은 푹푹 나리고
나는 나타샤를 생각하고
나타샤가 아니 올 리 없다
언제벌서 내속에 고조곤히와 이야기한다
산골로 가는것은 세상한데 지는것이아니다
세상같은건 더러워 버리는것이다

눈은 푹푹 나리고
아름다운 나타샤는 나를 사랑하고
어데서 힌당나귀도 오늘밤이 좋아서 응앙 응앙 울을것이다[23]

"나는 혼자 쓸쓸히 앉어 소주를" 마실 뿐인데, 이 곰곰한 생각만으로도 나는 나타샤를 사랑하고 나타샤는 내게 오고 눈은 내린다. "나"와 사랑의 대상인 "나타샤", 배경인 "눈"과 이동 수단인 "힌당나귀"가 모두 음운적으로, 등량화된 음절로 결속되어 있다. 세 개의 음운론적 계열이 있다.

3-1-1. /ㄴ/ 음운과 자음 /ㅇ/을 통한 결속[24]과 등량화된 음절

제목부터 보자. 제목을 두 음절씩 나누면 다섯 마디를 이루는데, 이 중에 세 마디(/나와/, /나타/, /나귀/)에서 /ㄴ/ 음운이 병렬된다. /나와/와 /샤와/, /힌당/에 든 /ㄴ/ 음운 및 자음 /ㅇ/과 다른 부분의 /ㄴ/ 음운과의 추가적인 결합까지 염두에 두면, 제목을 이루는 두 음절 다섯 마디는 동일한 음운적 지평 아래 펼쳐져 있다. 이런 음운의 상동성을 통해 시적 주체의 소망이 자신과 대상에 고루 스며들게 된다. 내리는 "눈" 역시 그렇다. 눈은 조사와 결합해 /누니/, /누는/으로 발음되는데, 이로써 이 시의 주요 대상들인 나와 나타샤와 당나귀와 눈이 동일 음운을 통해 결속된다. /ㄴ/ 음운과 자음 /ㅇ/의 반복적 출현은 이 시 전체를 결속하는 주된 음운자질이다.

1연을 구성하는 시행들의 인과 관계 역시 이 자질에 영향을 받고 있

---

23) 고형진 엮음, 『정본 백석 시집』, 문학동네, 2007, 242쪽(원문은 『여성』 3권 3호, 1938. 3). 이 시를 다시 인용할 때 붙인 시 앞의 일련번호는 인용자의 것. 이하 같음.

24) 자음인 받침 'ㅇ'은 연구개비음(軟口蓋鼻音)이며, 'ㄴ'은 치경비음(齒莖鼻音)이어서 긴밀한 친연성이 있다.

다. '내가—나타샤를 사랑해서—눈이 나린다'로 간추려질 1연의 문장은 "나타샤"라는 대상과 내리는 "눈"이 사실은 내 사랑의 상상적 결과임을 보여준다. 관형어들도 나와 나타샤와 눈이라는 개별적 시어들의 병렬에 복무한다. "가난한" 나와 "아름다운" 나타샤와 "오늘밤은"(이 어절은 부사어인데, "가난한"과 "아름다운"에 견인되어 관형어처럼 읽힌다) 내리는 눈이 그렇다. 2연에 등장하는 시적 주체의 상태도 /ㄴ/ 음운의 힘을 빌려 결속된다. 나타샤를 "사랑은" 하고, "눈은" 날리고, "나는" 소주를 마신다. 목적어와 주어가 동일한 조사를 공유하는 셈이다. 3~4연에서도 사정은 같다. 아래에 밑줄로 /ㄴ/음과 자음 /ㅇ/음을 표기하고, 등량화된 음절 경계를 '/'과 '//'로, 이를 통해 나타난 마디의 경계를 '-'과 '+'로 표시하면 다음과 같다. 기호 '—'는 해당 1음절을 장음으로 읽을 가능성을 표시하고 〔 〕는 삽입된 부분을 표시한다.

　　　나와/ 나타/ 샤와/ 힌당/ 나귀 (2-2-2-2-2)

　1-1　가난/ 한—/ 내가 (2-2-2)

　1-2　아름/ 다운/ 나타/ 샤를/ 사랑/ 해서 (2-2-2-2-2-2)

　1-3　오늘/ 밤은/ 푹푹/ 눈이/ 나린/ 다— (2-2-2-2-2-2)

　2-1　나타/ 샤를/ 사랑/ 은—/ 하고 (2-2-2-2-2)

　2-2　눈은/ 푹푹/ 날리/ 고— (2-2-2-2)

　2-3　나는/ 혼자 〔쓸쓸히/ 앉어// 소주를/ 마신다//

　2-4　소주를/ 마시며〕 생각/ 한다 (2-2-〔……〕-2-2 → 〔 〕 부분 제
　　　외) (3-2+3-3+3-3 → 〔 〕 부분)

　2-5　나타/ 샤와/ 나는 (2-2-2)

　2-6　눈이/ 푹푹/ 쌓이는/밤— //힌당/ 나귀/ 타고 (2-2-3-2+2-2-2)

2-7 산골로/ 가쟈// 출출이/ 우는// 깊은/ 산골로가// 마가리에/
   살쟈 (3-2＋3-2＋2-4＋4-2)

3-1 눈은/ 푹푹/ 나리/ 고— (2-2-2-2)

3-2 나는/ 나타/ 샤를/ 생각/ 하고 (2-2-2-2-2)

3-3 나타/ 샤가/ 아니/ 올리/ 없다 (2-2-2-2-2)

3-4 언제/ 벌서/ 내속에// 고조곤히와/ 이야기한다 (2-2-3＋5-5)

3-5 산골로/ 가는것은// 세상한데/ 지는것이/ 아니다 (3-4＋4-4-3)

3-6 세상같은건/ 더러워/ 버리는것이다 (5-3-6)

4-1 눈은/ 푹푹/ 나리/ 고— (2-2-2-2)

4-2 아름/ 다운/ 나타/ 샤는// 나를/ 사랑/ 하고 (2-2-2-2＋2-2-2)

4-3 어데서/ 힌당/ 나귀도// 오늘밤이/ 좋아서// 응앙 응앙/ 울을
   것이다 (3-2-3＋4-3＋4-5)

   시는 2음절 세 마디를 중첩하면서 시작해서(1연) 3음절 두 마디를
세 번 삽입하고(2-4와 2-5) 마디 전체를 반복하며 촉급한 음절로 넘어
갔다가(2-7, 3-4에서 3-6) 다시 처음으로 돌아오면서 끝난다. 마디를 이
루는 음절수가 많을수록 호흡이 빨라진다는 점을 염두에 두면 뒤로 갈
수록 행이 길어지는 이유를 짐작할 수 있다. "나타샤"가 왔으면 하는
소망과 그 소망이 이루어졌을 때의 기쁨이 자신의 심정을 고양시키기
때문에 호흡의 곡선이 가파르게 상승하는 것이다.
   이 시에는 통사적 성분과 어긋날 때 음운적 반복이 두드러진다는 것
을 보여주는 예가 많다. "가난한" "아름다운"과 "오늘밤은"의 결속이
그렇고(1연), "사랑은"과 "눈은"과 "나는"의 결속이 그러하며(2-1에서
2-3까지, 3-1에서 3-3까지), "나타"샤와 "나는"과 "눈이"와 "우는"의 결

속이 그렇다(3-4에서 3-6). 본문에서 "흰당나귀"가 "흰당"과 "나귀"로 분할되는 것 역시 제목에서 견인된 음절 규칙에 따른 것이다.

/ㄴ/음과 자음 /ㅇ/은 이 시에서 81회나 출현한다. 현재 시제로 쓰인 서술어에서의 출현을 제외해도 75회이다. 이런 잦은 출현은 이 두 음운이 시 전체를 결속하는 의미론적 맥락을 품고 있음을 명시하는 것이다. 이는 "나"와 "나타샤"와 "나귀"와 "눈"의 결속, "산골"과 "흰"빛의 추가적인 결속이라는 의미론적 핵심 요소가 음운을 통해서도 현저하게 드러나기 때문이다. 이 때문에 두 음운은 시 전체를 관통하는 음운론적, 의미론적 자질이 되었다.

3-1-2. 유음 /ㄹ/을 통한 결속

유음 역시 잦은 출현 빈도를 보이는데, 세 개의 계열로 나뉜다. 먼저 나타샤와 관련된 계열이 있는데, 이 계열의 핵심어는 1연에 나오는 "아름다운" "나타샤를" "사랑해서"의 셋이다. 대상(나타샤)과 대상의 속성(아름다움), 대상에 대한 시적 주체의 태도(사랑하다)가 서두에 드러난 셈이다. 두 번째로 나와 관련된 계열이 있다. 이 계열의 핵심어는 2연에 나오는 "(눈은) 날리고" "쓸쓸히" "소주를"의 셋이다. 시적 주체의 상황과 상태를 보여주는 어사들이다. 세 번째 계열은 이 둘의 통합을 보여주는 말들로 "출출이"와 "산골로"와 "마가리"에 드러난 셋(사랑하는 이를 만나서 이루고자 하는 상상의 공동체)과 "언제벌서"(현실로서는 아직 오지 않은 나타샤와 상상으로서는 이미 와 있는 나타샤를 보여주는 말로, 나와 나타샤의 현실적 이산과 상상적 만남을 동시에 드러내는 발언)라는 하나와 당나귀가 "오늘밤" "울을것"이라는 둘(만남의 이상적 상태를 지칭하는 발언)이다. 다시 말해 유음은 대상에 대한 사랑과 현재의 상태, 미래의 소망을 집약하는 세 개의 계열을 포함한다.

3-1-3. 이중모음을 통한 결속

끝으로 이중모음을 통한 결속이 있다. /ㄴ, ㅇ/음운이 시 전체를 통할하는 가장 중요한 음운자질이고, 유음 /ㄹ/이 시적 상황과 전개를 요약하는 주된 음운자질이라면, 이중모음은 대상의 속성을 설명하는 부가적인 음운자질로 일종의 활음조(euphony) 역할을 한다. 이것은 이중모음이 사랑의 대상인 "나타샤"에 내포된 음운자질(/샤/)에 견인되었기 때문이다. "산골로가쟈" "마가리에살쟈"에 포함된 청유는 "나타샤"와 연계되면서 이중모음화된다.[25]

3-2. 정진규, 「들판의 비인 집이로다」의 경우

들판의 비인 집이로다

어쩌랴, 하늘 가득 머리 풀어 울고우는 빗줄기, 뜨락에 와 가득히 당도하는 저녁나절의 저 음험한 비애(悲哀)의 어깨들. 오, 어쩌랴, 나 차가운 한 잔의 술로 더불어 혼자일 따름이로다. 뜨락엔 작은 나무의자(椅子) 하나, 깊이 젖고 있을 따름이로다. 전재산(全財産)이로다.

어쩌랴, 그대도 들으시는가. 귀 기울이면 내 유년(幼年)의 캄캄한 늪에서 한 마리의 이무기는 살아남아 울도다. 오, 어쩌랴, 때가 아니로다, 때가 아니로다, 때가 아니로다. 온 국토(國土)의 벌판을 기일게 기일게 혼자서 건너가는 비에 젖은 소리의 뒷등이 보일 따름이로다.

---

25) 청유형이 확인되는 백석의 다른 시는 서행시초 두 번째 연작인 「구장로」(1939)인데, 여기서는 "써부친 집으로 들어가자" "멧사발이고 먹자" 같은 단모음이 확인된다.

어쩌랴, 나는 없어라. 그리운 물, 설설설 끓이고싶은 한 가마솥의 뜨거운 물. 우리네 아궁이에 지피어지던 어머니의 불, 그 잘 마른 삭정이들, 불의 살점들. 하나도 없이 오, 어쩌랴, 또다시 나 차가운 한 잔의 술로 더불어 오직 혼자일 따름이로다. 전재산(全財産)이로다, 비인 집이로다, 들판의 비인 집이로다. 하늘 가득 머리 풀어 빗줄기만 울고울도다.[26]

반복과 삽입을 통한 구와 절의 변주가 이 시를 한 편의 음악으로 만든다. 시행들은 "어쩌랴"와 "전재산" 사이에서 빗줄기처럼 하염없이 울린다. 모든 것을 놓아버리는 저 "빗줄기"에 개방된 모음들의 탄식("어쩌랴")과 "나무의자 하나" 혹은 "한 잔의 술"로 밀폐된 저 폐쇄된 자음들의 단단함("전재산") 사이에서 시인은 울거나 울린다. "들판의 비인 집"은 그렇게 열리면서 닫힌 시인 자신의 모습이다. 1연을 다음 같이 나누어보자.

1-1 어쩌랴, (3)

1-2 하늘/ 가득/ 머리/ 풀어/ 울고/ 우는/ 빗줄/ 기—, (2-2-2-2-2-2-2-2)

1-3 뜨락에/ 와—/ 가득히/ 당도하는 (3-2-3-4)

1-4 저녁나절의/ 저 음험한/ 비애의/ 어깨들 (5-4-3-3)

1-5 오,/ 어쩌랴, (1-3)

---

26) 정진규, 『들판의 비인 집이로다』, 교학사, 1977, 10~11쪽. 성기옥이 이 시를 네 마디(4보격)로 읽었다. 성기옥, 『한국 시가 율격의 이론』, 새문사, 1986, 325~333쪽. 하지만 그의 분석에서도 네 마디에 해당하지 않는 부분이 여섯 군데나 되고, 하나의 마디가 적게는 3음절에서 많게는 10음절에 이르므로 논지의 설득력이 떨어진다. 게다가 음운자질이 해명되지 않았다는 점에서 이 시가 품은 운율에 대한 분석이 완결되지 않았다고 보아야 한다.

1-6　나 —/ 차가운/ 한 잔의/ 술로 더불어/ 혼자일/ 따름이로다.
　　　(2-3-3-5-3-5)

1-7　뜨락엔/ 작은 나무의자 하나,/ 깊이 젖고 있을/ 따름이로다.
　　　(3-8-6-5)

1-8　전재산/ 이로다.　(3-3)

　문장의 중간에 삽입된 감탄문은 비가 내리는 모습과 관련되어 있다. 1-1, 1-5: "어쩌랴" "오, 어쩌랴" 이 둘은 쉼 없이 내리는 비의 연속성을 설명하는 개방적 음운이다. "야"는 폐모음 / ㅣ/에서 개모음 / ㅏ/로 옮겨 간다는 점에서, 들판을 가득 채우며 쏟아지는 빗줄기의 상태를 보여준다. 1-2: 이 구문을 촘촘하게 채우는 2음절 마디들 역시 비의 개방성과 관련되어 있다. "랴"에서 촉발된 유음(/ㄹ/)이 이 음절들에 연속되므로 이 부분을 끄덕이듯, 흐르는 듯 읽어야 한다(/하늘-가득-머리-푸러-울고-우는-빗줄-기—/). 1-3, 1-4: 이 부분에 와서 율동(律動, 리듬)은 흐트러진다. 빗줄기와 나의 자리, 곧 들판의 개방성과 뜨락의 폐쇄성이 접면하면서 집중된 순간이 출현하기 때문이다. 마디를 이루는 음절수가 길어지면서 호흡이 흐트러지는 것이다. "저녁나절의/ 저 음험한"이 가장 거친 호흡을 갖고 있다. 이 말들이 품은 /ㄴ/ 음운은 1-6과 관련 있다. 1-6, 1-7, 1-8: "나 차가운 한 잔의 술로 더불어"는 "혼자"라는 사실을 강조하는 말이다. 첫 네 어절(/나, 차가운, 한, 잔의/)의 지배적 음운인 비음(/ㄴ/)은 "혼자"의 비음이자 "전재산"의 그 비음이기도 하다. 비음은 협착력이 강한 소리다. 자기 자신으로 옭아드는 시인("혼자"), 끝끝내 자기 자신밖에는 주변에 아무도 없는 시인("전재산")의 모습을 이 소리가 보여준다. "작은 나무의자 하나" 역시 그렇다. 따라서 이 시의 음운자질은 다음의 둘로 대별된다.

주된 음운	의미론적 특성	예
개모음과 유음 /ㄹ/	비 내리는 모습과 상태, 외부의 개방성	"어쩌랴" "~로다" "하늘 가득 머리 풀어 울고~"
비음 /ㄴ/	내 자신의 모습과 상태, 내부의 폐쇄성	"차가운 한 잔" "혼자" "작은 나무의자" "전재산"

이제 음절수가 급격하게 변환되는 부분들을 검토할 차례다.

1-4　저녁나절의/ 저 음험한/ 비애의/ 어깨들 (5-4-3-3)

1-7　작은 나무의자 하나,/ 깊이 젖고 있을/ 따름이로다 (8-6-5)

마디를 이루는 음절수의 급격한 변환은 이 두 행에서 보이는 음운적 성격을 전체의 흐름에 외삽하기 위한 방법이다. 촘촘한 음절을 품은 마디에서 성긴 음절을 품은 마디로 이행하면, 호흡은 촉급했다가 완만해진다. 시조 종장의 마디 규칙을 생각해보자. 종장의 음절은 두 번째 마디에서 비대칭적으로 늘어났다가, 세 번째 마디와 네 번째 마디로 이어지면서 줄어든다. 이는 정서의 상승과 하강을 거치며 평탄한 호흡으로 돌아오면서 시를 매듭짓는 방법이다.[27] 위의 두 부분은 평시조 종장의 두 번째 마디에서 마지막 마디까지 이어지는 이 방식(비대칭적으로 상승했다가 완만하게 하강하는 호흡)을 준용하고 있다. 1-8("전재산/이로다")로 넘어가면서 시는 다음 연을 준비한다. 2연을 보자.

2-1　어쩌랴, (3)

2-2　그대도/ 들으시는가. (3-5)

---

27) 김흥규는 평시조 종장의 마디 규칙을 "소음보(少音步)—과음보(過音步)—평음보(平音步)—소음보"로 보고, 이를 통해 정서의 고양(高揚)과 전환, 완성과 여운에 이르는 과정을 상세하고도 적절히 규명했다. 김흥규, 「평시조 종장의 율격—통사적 정형과 그 기능」, 『욕망과 형식의 시학』, 태학사, 1999.

2-3 귀 기울이면/ 내 유년의/ 캄캄한 늪에서 (5-4-6)

2-4 한 마리의 이무기는/ 살아남아 울도다. (8-7)

2-5 오, 어쩌랴, (1-3)

2-6 때가 아니로다,/ 때가 아니로다,/ 때가 아니로다. (6-6-6)

2-7 온 국토의 벌판을/ 기일게 기일게 (7-6)

2-8 혼자서 건너가는/ 비에 젖은 소리의 뒷등이/ 보일 따름이로다.
     (7-10-7)

  2연은 가장 격렬한 호흡을 갖고 있으며, 그에 따라 시적 주체의 심
정도 최고조로 고양되어 있다. 먼저 /ㄴ/음이 자리잡은 곳을 살펴보자.
이 음운은 "귀 기울이면 내 유년의 캄캄한 늪"(2-3)에서 네 번, "한 마
리의 이무기는"(2-4)에서 두 번, "혼자서 건너가는"(2-8)에서 네 번 집
중적으로 출현한다. 협착력이 강한 이 소리는 주체의 현재를 강력하게
구속하는 심리적 밀집(密集)을 보여준다. "전재산"과 "유년" "한 마리
의 이무기"의 만남이 그렇다. 시적 주체의 심리는 여기에 얽혀 있고,
거기서 울음이 나와 지금 자신의 내면과 온 들판을 휘몰아치고 있다.
"들판의 비인 집" 그러니까 개방("비인"을 의미론적으로 읽었을 때)과 밀
폐("비인"을 음운론적으로 읽었을 때)에 의해 이중화된 시인의 심층에는
"유년의 캄캄한 늪"에서 우는 "이무기"가 있다. 물론 이 괴물은 빗소리
의 변주이겠지만, 한편으로는 꼭 그만큼 제 안의 억압된 욕망이기도
하다. 그러므로 "이무기"는 주체의 내면과 빗소리라는 외면을 통일하
는 이 시의 중심 이미지이다. "비에"에서 "비애(悲哀)"로의 유음이의어
적 변환은 소리의 변화가 의미의 변화를 추동하는 또 하나의 예다. 이
모든 것이 몰아치는 빗줄기의 반복성(2-6, 2-7)에 사로잡혀 있다. 내
안의 울음소리와 빗소리는 아직 때가 아니라고 울면서 들판을 건너간
다(2-8). 3연은 이 격렬함을 순화시키는 한편, 처음으로 돌아오면서 결

구를 이룬다. 유음에 밑줄을 쳐서 표시한다.

    3-1   어쩌랴,// 나는/ 없어라. (3+2-3)

    3-2   그리운 물, (4)

    3-3   〔설설설/ 끓이고 싶은/ 한 가마솥의/〕 뜨거운 물. (〔3-5-5〕-4)

    3-4   〔우리네/ 아궁이에/ 지피어지던/〕 어머니의 불, (〔3-4-5〕-5)

    3-5   〔그 잘 마른/〕 삭정이들,// 불의 살점들. (〔4〕-4+5)

    3-6   〔하나도 없이/〕 오—,/ 어쩌랴, (〔5〕-2-3)

    3-7   〔또다시/〕 나—/ 차가운/ 한 잔의/ 술로 더불어/ 〔오직〕 혼자
            일/ 따름이로다. (〔3〕-2-3-3-5-〔2〕-3-5)

    3-9   전재산이로다, (6)

    3-10 비인/ 집이로다,/ 〔들판의〕 비인/ 집이로다. (2-4-〔3〕-2-4)

    3-11 하늘/ 가득/ 머리/ 풀어/ 빗줄/ 기만/ 울고/ 울도/ 다—.
           (2-2-2-2-2-2-2-2-2)

　3연에서 앞에 나왔던 유음(/ㄹ/)과 비음(/ㄴ/)이 통합된다. 3연을 지배하는 것은 구문의 반복과 삽입이다. 〔 〕로 표시된 삽입 부분은 마디를 반복하면서 음절수를 늘려가는 역할을 한다. 마디 안에 든 음절수가 늘어나므로 호흡이 빨라지는데, 삽입된 부분에서도 동일한 음운이 배치되어 호흡을 조절하고 있다. 3-2에서 3-5에 이르는 부분에서는 수많은 /ㄹ/ 음운이 등장한다. 이 음운은 "어쩌랴"와 "없어라"에서 견인된 것인데, 설전음에서 설측음으로 옮겨가면서 독립적인 구(句)를 이루었다. "뜨거운 물" "어머니의 불" "불의 살점들"은 삽입된 부분의 "설설설" "잘 마른"의 도움을 받아 강력한 인상을 형성한다. "물"과 "불" "살점"은 이 시에서 반의어가 아니라 동의어로 쓰였다. 이 말들의 반의어는 "술"이다. "불"과 "물"은 의미론적으로는 "(한 잔의) 술"과 대

조되지만(전자는 어머니의 것이면서 지금은 없고, 후자는 내 것이면서 지금 남아 있다), 음운론적으로는 비교된다. 이 비교가 새로운 의미를 낳는다. 곧 "술"은 "물"과 "불"이 결합한 것이다. 여기에 /ㄴ/이 반복되고, 처음의 빗소리(3-11)로 돌아오면서 시가 끝난다. 주체의 내면과 외면이 이무기란 형상을 통해 불과 물이 술을 통해 들판과 빈 집이 "나무의 자"(이 역시 내 자신의 대리물이다)를 통해 공명하고 있는 셈이다.

3-3. 서정주, 「풀리는 한강漢江 가에서」의 경우

풀리는 한강(漢江) 가에서

강(江)물이 풀리다니
강(江)물은 무엇하러 또 풀리는가
우리들의 무슨 서름 무슨 기쁨때문에
강(江)물은 또 풀리는가

기럭이같이
서리 묻은 섯달의 기럭이같이
하늘의 어름짱 가슴으로 깨치며
내 한평생을 울고 가려했더니

무어라 강물은 다시 풀리어
이 햇빛 이물결을 내게 주는가

저 밈둘레나 쑥니풀 같은것들

또 한번 고개숙여 보라함인가

황토(黃土) 언덕
꽃 상여(喪輿)
떼 과부(寡婦)의 무리들
여기 서서 또 한번 더 바래보라 함인가

강(江)물이 풀리다니
강(江)물은 무엇하러 또 풀리는가
우리들의 무슨 서름 무슨 기쁨때문에
강(江)물은 또 풀리는가[28]

「풀리는 한강 가에서」는 구문의 반복을 통해 율독의 틀을 만들고, 이 틀 내부에 개별 음운을 배치함으로써 음악성을 담보한 작품이다. 여기에 여러 구를 삽입(〔 〕 부분)해 리듬감을 부여했다. 삽입된 부분과 장음으로 읽히는 부분을 표시해 다시 인용한다.

1-1 강물이 풀리다니
1-2 강물은 〔무엇하러 또〕 풀리는가
1-3 〔우리들의 무슨 서름 무슨 기쁨 때문에〕
1-4 강물은 또 풀리는가

2-1 기럭이같이
2-2 〔서리 묻은 섣달의〕 기럭이같이

---

28) 서정주, 『미당 서정주 시전집 1』, 민음사, 1983, 101쪽.

2-3   하늘의— 어름짱— 가슴으로 깨치며

2-4   내— 한평생을 울고 가려했더니

3-1   〔무어라〕 강물은 〔다시〕 풀리어

3-2   이— 햇빛 이물결을 내게 주는가

4-1   〔저— 밈둘레나 쑥니풀 같은것들〕

4-2   또 한번 고개숙여 보라함인가

5-1   〔황토 언덕

5-2   꽃 상여

5-3   떼 과부의 무리들〕

5-4   〔여기 서서〕 또 한번 〔더〕 바래보라 함인가

6-1   강물이 풀리다니

6-2   강물은 〔무엇하러 또〕 풀리는가

6-3   〔우리들의 무슨 서름 무슨 기쁨 때문에〕

6-4   강물은 또 풀리는가

중요 구문을 음운론적 요소를 중심으로 다시 간추리면 다음과 같다.

전체 구문: "～는가" (1, 3, 4, 5, 6연)

하위 구문 ①: "～다니" "～같이" (1-2, 2-1, 2-2, 6-1)

하위 구문 ②: "때문에" "깨치며" "풀리어" (1-3, 2-3, 3-1, 6-3)

하위 구문 ③: 체언형 종결 (4-1, 5-1, 5-2, 5-3)

전체 구문은 통사론적 통일성만을 보여주므로 일단 논의에서 제외하고, 통사론적 요소와 음운론적 요소가 어긋나는 하위 구문부터 검토해보자.

3-3-1. 하위 구문①

첫 번째 하위 구문은 "강물이 풀리다니"라는 감탄형과 "기럭이같이"라는 비교형을 거느린다. 전자는 시적 주체의 변화를 추동하는 이질적인 대상이며, 후자는 시적 주체의 불변성을 보여주는 동질적인 대상이다. 이 둘이 같은 모음운(/~이아이/)을 가짐으로써 시의 처음부터 시적 주체가 계절이 변화함에 따라 심경의 변화를 일으켰음을 보여준다.

3-3-2. 하위 구문②

두 번째 하위 구문은 "때문에"라는 인과(因果) 판단과 "깨치며" "풀리어"라는 순접(順接) 서술을 거느린다. 전자는 강물의 변화가 이미 주체의 내면과 연동되어 있음을, 후자는 주체와 강물의 변화가 제 나름의 질서를 따르고 있음을 보여주는 지표다. /때무네/ /깨치며/ /풀리어/로 발음되는 이 말들은 그 앞의 긴 음절들("우리들의 무슨 서름 무슨 기쁨" "서리 묻은 섯달의 기럭이" "무어라 강물은 다시")을 포착하여 정돈하고 있다.

3-3-3. 하위 구문③

4-1과 5-1에서 5-3까지 나타나는 체언형 종결어는 그 다음에 이어지는 행의 목적어 구실을 한다. 행이 나뉘었으므로 이 부분은 (통사론적으로는 다음 행에 종속되지만) 음운론적으로는 독립된다. 그런데 이 구문들이 품은 음운적 특징인 경음("쑥니풀" "꽃 상여" "떼 과부")에 주목하면, 다른 부분도 동일한 음운자질을 갖고 있음을 알 수 있다. 경음

이 출현한 부분을 밑줄로 표시한다.

  2-2 서리 묻은/ 섯달의/ 기럭이/ 같이 (4-3-3-2)

  2-3 하늘의/ 어름짱/ 가슴으로/ 깨치며 (3-3-4-3)

  3-2 이—/ 햇빛/ 이물결을/ 내게 주는가 (2-2-4-5)

  4-1 저—/ 밈둘레나/ 쑥니풀/ 같은것들 (2-4-3-4)

  5-1~5-3 황토 언덕/ 꽃 상여/ 떼 과부의/ 무리들 (4-3-4-3)[29]

이 시의 의미론적 핵심에는 "꽃 상여"가 "황토 언덕"을 넘어간 뒤에 남아 있는 "떼 과부의 무리들"이 있다. "밈둘레나 쑥니풀"은 (구문상 동격을 이루므로) 이들의 비유적 형상이라 보아도 좋을 것이다. "서리 묻은 섯달의 기럭이"처럼 "어름짱"을 "가슴으로 깨치며" 살고자 했던 시적 주체의 처지와 "떼 과부의 무리들"이 경음들을 통해 같은 지평에 배치되는 셈이다. 한편 이 경음들 주변에 수많은 유음이 배치되어 있다. 이 부분을 다시 표시한다.

  2-2 서리 묻은/ 섯달의/ 기럭이/ 같이 (4-3-3-2)

  2-3 하늘의—/ 어름짱—/ 가슴으로/ 깨치며 (3-3-4-3)

  3-2 이—/ 햇빛/ 이물결을/ 내게 주는가 (2-2-4-5)

---

29) 이런 율독은 이 시에서 부분적으로 보이는 세 마디(7·5조) 형식과 충돌하는 부분이 없지 않다. 1-2, 2-2, 2-4, 3-1, 3-2, 4-2, 6-2 부분이 세 마디로 읽을 수 있는 부분이다. 이 시에서 세 마디 형식이 지배적인 율격을 이루지 않는다고 판단하는 이유는 다음과 같다. 첫째, 전체 20행 가운데 세 마디로 읽을 수 있는 행은 일곱 행이어서 과반을 넘지 않는다. 과반에 못 미치는 형식을 지배적인 율격 형식으로 볼 수 없다. 둘째, 이렇게 읽으면 2-4, 3-2 부분의 율독에 어색함이 생긴다. 2-4에서는 통사적 분단이 7·5조를 허용하지 않고, 3-2에서는 "이 햇빛 이물결"이라 띄어쓰기한 시인의 의도가 살지 않는다. 이를 제외하면 세 마디로 읽을 수 있는 행은 다섯 행으로 줄어들고 만다. 따라서 이 시는 네 마디 형식이 주를 이루고 부분적으로 세 마디 형식이 교차하면서 조직화되었다고 보는 것이 옳을 것이다.

4-1 저—/ 밈둘레나/ 쑥니풀/ 같은것들 (2-4-3-4)
5-1∼5-3 황토 언덕/ 꽃 상여/ 떼 과부의/ 무리들 (4-3-4-3)

이것들은 강물의 풀림과 흐름을 보여주는 지표다. 따라서 얼어붙은 심사/다시 풀려 흐르는 강물이라는 의미론적 대립이 경음/유음이라는 음운론적 대립과 결합되어 있음을 알 수 있다.

이 시에서 하위 구문들은 의미론적 이질성과 음운론적 유사성을 동시에 보여준다. 이때 음운론적 유사성은 특별한 의미론적 자질을 갖는다. 하위 구문을 이루는 술어들의 음운론적 유사성과 경음들이 보여주는 개별 음절의 음운론적 유사성이 시 전체의 주제(풀리는 강물은 내 얼어붙었던 마음이 풀리는 것을 표상한다. "어름짱" 같은 내 자신의 심사와 "떼 과부"들의 곡절 많은 심사가 한가지다)를 구현하는 것이다.

4. 다른 시편들의 예

세 편을 예로 들어 음악을 만들어내는 세 가지 율격자질을 상세히 검토했다. 최근 시의 경우를 살펴보자.

그대 그리운 여자는 어디 있는지
그립던 여자는
모르지? 경주 지나 안강 지나 수세미 머리 소나무 외진 마을 줄팔매질 참새도 띄우며 잔부끄럼 많은 여자 스란치마 짧게 입고 숭시러버라 우사스러버라 웃음소리 말소리 콩자갈 밟는 듯해서 바람도 기웃기웃 젊은 아내 장화 죽자 내내 홀로 살다 곁에 묻혔다는 신라 적 흥덕 임금 옛 사랑 뜬소문을 들었나 염치없이 몰려들어 왕릉 돈다 손뼉 친다

조선솔 빼어난 골짝

서서 어지러운

구름 여자들.

—박태일, 「구름 여자」 전문

1연 3행의 거의 전부를 떠맡은, 곡절 많은 여자의 사연이 그대로 풍경의 사연이다. 풍경은 현실태다. 여기에 연정이 있고 설렘이 있고 추억과 그리움이 있는데, 그것들은 모두 풍경의 것이며 또한 여자의 것이다. 경상도 사투리로 펼쳐진 풍경, 흥덕왕릉에 모여든 "구름 여자들"은 예나 지금이나 그렇게 수선스럽다. 오래전의 순정에 지금도 몸을 꼬는, "서서 어지러운" 여자들이 "조선솔"처럼 구름처럼 거기에 있다.

1연의 1~2행과 2연이 가진 음운의 반복을 먼저 보자. "그대 그리운 여자" "그립던 여자"는 "조선솔"과 "구름 여자"와 관련된다. 유음들이 그 말들을 엮어내고 있다. 2연은 산문처럼 보이지만, 정확히는 운문으로 시작해서 산문으로 전환된다.

경주 지나/ 안강 지나: 도입부로 "지나"를 반복한다.

수세미 머리/ 소나무/ 외진 마을: 비슷한 말소리("수세미"와 "머리", "수세미"와 "소나무")가 반복된다. "외진 마을"은 바로 다음 부분("줄팔매질")과 소리를 공유하면서, 세 토막 형식을 공유하기도 한다.

줄팔매질 참새도 띄우며/ 잔부끄럼 많은 여자/ 스란치마 짧게 입고: 등량화된 소리 마디의 반복

숭시러버라/ 우사스러버라/ 웃음소리/ 말소리: "시러, 스러, 소리"와 "숭시, 우사, 웃음(/우슴/)"의 반복.

콩자갈 밟는 듯해서 바람도 '기웃기웃 젊은 아내 장화 죽자 내내 홀로 살다 곁에 묻혔다는 신라 적—흥덕 임금' 옛사랑 뜬소문을 들었나:

여기까지는 산문으로, 빠른 사설이 들었다. 특히 ' '부분에서 두 음절로 빠르게 읽게 만들었다는 점에 주의하라(기웃-기웃-젊은-아내-장화-죽자-내내-홀로-살다-곁에-묻혔-다는-신라-적—-흥덕-임금/).

　염치없이/ 몰려들어/ 왕릉 돈다/ 손뼉 친다: 다시 처음의 음악으로 돌아와, 네 음절 네 마디로 정돈된다.

박태일은 음악에 깊이 주의를 기울인 시인이다. 한 편을 더 읽는다.

어머니 눈가를 비비시더니

아침부터 저녁까지 비비시더니

어린 순애 떠나는 버스 밑에서도

잘 가라 손 저어 말씀하시고

사람 많은 출차대 차마 마음 누르지 못해

내려보고 올려보시더니 어머니

털옷에 묻는 겨울바람도 어머니 비비시더니

마산 댓거리 바다 정류장

뒷걸음질 버스도 부르르 떨더니

버스 안에서 눈을 비비던 순애

어디로 떠난다는 것인가 울산

방어진 어느 구들 낮은 주소일까

설문은 화장기에 아침을 속삭이는 입김

어머니 눈 비비며 돌아서시더니

딸그락 그락 설거지 소리로 돌아서

어머니 그렇게 늙으시더니

고향집 골짝에 봄까지 남아

밤새 장독간을 서성이던

눈바람 바람.

—박태일, 「어머니와 순애」 전문

이 시에는 슬픔의 리드미컬함이 있다. "눈가를 비비시"는 어머니의 손길은 끝에 가서 "밤새 장독간을 서성이던/눈바람 바람"으로 변형된다. 결국 "눈바람 바람"은 "비비시더니"의 리듬에 실려왔다고 해야 한다. 바람은 음소 /ㅂ/에 의해 그 모든 걸 끌어안는다. 어머니는 눈가를 비비셨을 뿐인데, 이미 그 행동에는 너무 많은 사연이 있다. "비비다"라는 술어는 몇 가지로 변형되면서 시행을 분절하고 결속한다. 눈가를 비비다(1행)―아침부터 저녁까지 비비다(2행)― 순애가 떠나는 버스 아래서 전송하며 비비다(3~7행)의 확장은 하나의 동작(1행)에 시간성(2행)과 공간성(3~7행)을 부여하는 확장인데, 조심하라고 손을 젓다(4행), 내려보고 올려보다(6행), 떨다(9행), 돌아서다(14행), 늙다(16행)로 변형된다. 눈을 비비는 동작 하나에 그토록 많은 의미소가 들어 있었던 것이다. 이 분절과 변형을 지탱하는 것은 어미 "~더니"와 "어머니" 자신이다. "~더니"는 회상과 여운을 담은 어미이며, "어머니"(이 안에는 "머니"가 들어 있다)는 그 자체로 회상과 여운의 상징이다(어머니는 고향이며 슬픔이다).

이 시에서 마디 규칙이 변형되는 곳에는 거의 항상 "~더니"나 "어머니"가 등장한다. 이 시를 노래로 만드는 음소와 음절에 의지해 시의 배치에 주목해보자.

어머니/눈가를/비비시더니//

아침부터/저녁까지/비비시더니//

어린 순애/떠나는/버스 밑에서도//

잘 가라/손 저어/말씀하시고//

사람 많은/출차대//차마 마음/누르지 못해//

내려보고/올려보시더니//어머니//

털옷에 묻는/겨울바람도//어머니/비비시더니//

마산/댓거리/바다 정류장//

뒷걸음질/버스도/부르르 떨더니//

버스 안에서/눈을 비비던/순애//

어디로/떠난다는 것인가/울산//

방어진/어느 구들/낮은 주소일까//

설묻은/화장기에/아침을 속삭이는/입김//

어머니/눈 비비며/돌아서시더니//

딸그락 그락/설거지 소리로/돌아서//

어머니/그렇게/늙으시더니//

고향집/골짝에/봄까지 남아//

밤새/장독간을 서성이던/

눈바람/바람//(고딕체 강조는 인용자)

세 마디 리듬에 기초해 두 마디 혹은 네 마디 리듬이 몇몇 반복되는 음소에 의해 지탱된다는 것을 알 수 있다.

"(어)머니"와 "~더니"의 반복: 어머니의 사랑이 눈가를 비비는 행위로 나타난다.

"~비시더니"와 "버스"와 "바람"과 "밤새"의 반복: 어머니는 눈가를 비비고, 순애는 버스를 타고 떠난다. 남은 어머니의 밤을 지키는 것이 "눈바람"이다.

"순애"와 "울산"의 교차: 음운에 기댄다면 순애는 반드시 울산으로 갔을 것이다.

이 규칙에 맞지 않는 부분은 10~13행까지인데, 이 부분은 어머니에게 속한 것이 아니라 순애에게 속한 것이다. "버스 안에서 눈을 비비던"이라는 촘촘한 음절들의 주인은 "순애"이며(10행), "어디로 떠난다는 것인가"라는 긴 의문의 대답이 "울산"이며(11행), "어느 구들 낮은 주소일까"라는 나지막한 의문이 걸친 장소가 "방어진"이며(12행), "설 묻은 화장기에 아침을 속삭이는" 곤고한 삶을 집약하는 이미지가 "입김"이다(13행: 때는 겨울이다). 어머니의 슬픔 사이에 삽입된 순애의 삶은 리듬을 흩을 만큼 쓸쓸한 것이며, 그것을 알기에 어머니는 더욱 슬프다.

잠들면서 내려다보니 이불 밖으로 발가락들이 모두 삐죽이 나와 있다
의왕시 포일동 서울구치소 12사하(舍下) 9방, 과실치사의 고단한 운
전사들이 세상모르고 단잠 든 밤

—이시영, 「겨울」 전문

한겨울 구치소 안에서 작고 얇은 이불이 몸을 다 덮지 못했다. "이불 밖으로 발가락들이 모두 삐죽이 나와 있다". 다른 말로 발가락들은 가난하고 헐벗었다. 그리고 평등하다. 이 "단잠" 앞에서 무서운 선고와 예정된 영어(囹圄), 심란한 가계가 무슨 힘을 쓰겠는가? 한 평등한 시선이 이불처럼 그 헐벗은 발들을 두루 덮어준다. 등량화된 음절로 이어진 소리의 마디들이 가지런하다. 행갈이를 해보면 위 시의 음악이 좀더 분명해진다.

잠들면서/ 내려다보니/ 이불 밖으로/ 발가락들이/ (4-5-5-5)
모두/ 삐죽이/ 나와/ 있다// (2-3-2-2)
의왕시/ 포일동/ 서울구치소/ 12사하9방,/ (3-3-5-5)[30]

과실치사의/ 고단한 운전사들이/ 세상모르고/ 단잠 든 밤 (5-8-5-4)

두 번째 줄이 2~3음절로 줄어든 것은 여기에 시인의 시선이 내려앉았기 때문이다. 시행이 짧아지면 읽는 속도가 줄어든다.[31] 모두가 헐벗었다는 것은 모두가 평등하다는 뜻이다. 행을 바꿔 인용한 세 번째 줄의 마지막 소리마디는 다섯 글자이며〔"사하(舍下)"를 붙여서 읽을 경우〕, 마지막 줄의 소리마디 배열은 시조의 종지법을 따르고 있다. 곧 마지막 줄은 소리마디의 비대칭적 고양과 글자수의 감소를 통해 결말에 이른다.

---

30) 네 번째 마디("12사하9방")를 다섯 음절로 읽은 것은 "사하"가 단음절로 발음될 가능성을 품고 있기 때문이다. 눌은 합쳐져서 "사"로 읽힐 수도 있다. 물론 이를 두 음절로 읽을 수도 있으며, 그럴 때에 이 마디는 (3-3-5-6)이 될 것이다. 율독이 독자에 따라서 어느 정도 가변성을 허락한다는 점을 부기해둘 필요가 있다.

31) 다음 예를 보자.

어머님, 나는 별 하나에 아름다운 말 한 마디씩 불러봅니다. 소학교 때 책상을 같이 했던 아이들의 이름과, 패(佩), 경(鏡), 옥(玉) 이런 이국 소녀들의 이름과, 벌써 애기 어머니 된 계집애들의 이름과, 가난한 이웃 사람들의 이름과, 비둘기, 강아지, 토끼, 노새, 노루, 프랑시스 잠, 라이너 마이라 릴케, 이런 시인의 이름을 불러봅니다.

이네들은 너무나 멀리 있습니다.
별이 아스라이 멀듯이,

어머님,
그리고 당신은 멀리 북간도에 계십니다.
　　　　　　　　　　　　　　　—윤동주, 「별 헤는 밤」 중에서(5~7연)

행이 담보하는 호흡이 별을 헤는 행동과 유관함을 알 수 있다. 5연에서는 뭇별들을 헤고, 7연에서는 '어머님'이라 이름 붙인 별을 헨다. 5연이 줄글인 것은 시적 주체가 빠르게 헤기 때문이고, 7연의 "어머님"이 독립된 행으로 처리된 것은 주체의 시선이 거기에서 멈추었기 때문이다. 가장 크고 빛나는 별은 물론 7연의 "어머님" 별이다.

이제 나는 유리병, 동 파이프, 고무 벌레, 붉은 벽돌, 거미줄, 안개,
비상구, 접시, 세탁소, 푸른 항구, 불난 집, 가방, 끈 떨어진 꾸러미, 자
동차, 사라진 구름, 발, 발, 발, 밤, 밤, 밤.

—박상순,「빨리 걷다」전문

빨리 걷는 내 앞에 여러 사물들이 스쳐 지나간다. 그것들을 출현시
킨 것이 빨리 걷는 내 자신이기에 나는 그 사물들의 주인이다. 아니 내
가 바로 그 사물들이다. 나라는 기호가 그것들을 만들었기 때문이다.
내가 지나쳐 가야 하므로 이 사물들에는 출현하는 순서가 있다. 내가
더 빨리 걷자 나는 재게 놀리는 "발"(이것은 복수다)로 대표되고, 마침
내 "밤"이 왔다. 음운 차원의 움직임을 보자. "밤"은 "발"에서 파생된
것이고, "발"은 "빨리"의 "빨"에서 파생된 것이며, "빨리"는 "병" "파이
프" "벌레" "벽돌" "줄" "푸른" "불난"('불란'이라 읽는다), "떨어" "구
름"이 품고 있는 음소들, 곧 입술소리와 유음들에서 파생된 것이다.

나는 한 잎의 여자(女子)를 사랑했네. 물푸레나무 한 잎같이 죄그만
女子, 그 한 잎의 女子를 사랑했네. 물푸레나무 한 잎의 솜털, 그 한 잎
의 맑음, 그 한 잎의 영혼, 그 한 잎의 눈, 그리고 바람이 불면 보일 듯
보일 듯한 그 한 잎의 순결과 자유를 사랑했네.

정말로 나는 한 女子를 사랑했네. 女子만을 가진 女子, 女子 아닌 것
은 아무것도 안 가진 女子, 女子 아니면 아무것도 아닌 女子, 눈물 같은
女子, 슬픔 같은 女子, 병신(病身) 같은 女子, 시집(詩集) 같은 女子, 영
원히 나 혼자 가지는 女子, 그래서 불행한 女子.

그러나 누구나 영원히 가질 수 없는 女子, 물푸레나무 그림자 같은

슬픈 女子.

— 오규원, 「한 잎의 여자女子」 전문

"여자(女子)"는 한 잎의 상형이다. "女"자가 나뭇잎 모양을 하고 있기 때문이다. 한 잎의 여자는 이 시에서 숱하게 반복되는데, 이로써 물푸레나무를 이루는 무성한 잎들이 모두 그 여자가 된다. 1연에서는 물푸레나무 잎에 대한 공들인 설명이 모두 그 여자의 속성으로 바뀌었는데, 2연에서는 그 여자에 대한 공들인 설명이 모두 물푸레나무 잎의 속성으로 바뀐다. 그래서 물푸레나무 같은 그 여자는 3연에서 "물푸레나무 그림자 같은 슬픈 여자"가 된다. 서로가 모양과 속성을 공유했기 때문이다. 이 시 역시 구문의 반복이 음악을 만든다는 또다른 예다. "한 잎의 여자"를 둘로 나누어, 1연은 "한 잎의~"로 시작되는 음악을 만들고, 2연은 "~여자"로 끝나는 음악을 만들었다. 물론 3연에서 둘은 종합된다.

거기 그렇게 그렇게들 있습디다요
담 안에 널찍하니 마당을 들여놓고들 있습디다요
마침 감들이 빨간 빛들을 해가지고서는
담장들이 담 안에 마당을 들여놓듯이
가을 햇빛 같은 걸
부지런히 제 안에 들여놓고들 있습디다요
그 안에 같이 섞여 들어가고 싶습디다만
햇빛이 너무 밝아서요
햇빛이 너무 밝아서는 어려웠어요

— 장석남, 「나주」 전문

구문을 늘여놓은 것은 가을 햇빛이 환하게 비추는 정경을 보여주기 위해서이다. 세 가지 주된 음운이 교차하고 있음을 볼 수 있다. 첫째, "거기" "그렇게" "감들" "가을" "같이"가 가진 /ㄱ/ 음운, 둘째, /들, 디다, 담장, 담 안, 마당/이 가진 /ㄷ/ 음운, 셋째, /빨간 빛들을, 햇빛, 밝아서/가 가진 /ㅎ, ㅂ/ 음운의 반복이 그것이다. 첫째 음운이 풍경을 제시하는 데 주로 활용된다면("거기" "그렇게" "감들이" "가을~ 같은 걸"), 둘째 음운은 풍경의 속성을 풀어 보이고("~들 있습디다요" "담장들이" "담 안에" "마당을" "들여놓듯이"), 셋째 음운은 거기에 수반되는 주체의 심리를 드러낸다("빨간 빛들을" "햇빛이~ 밝아서요"). 풍경의 사생이지만, 여기에는 이미 주체의 정서가 촘촘히 스며들어 있다.

> 반쯤 남긴 눈가로 콧잔등으로 골짜기가 몰려드는 이 있지만
> 나를 이 세상으로 처음 데려온 그는 입가 사방에 골짜기가 몰려들었다
> 오물오물 밥을 씹을 때 그 입가는 골짜기는 참 아름답다
> 그는 골짜기에 사는 산새 소리와 꽃과 나물을 다 받아 먹는다
> 맑은 샘물과 구름 그림자와 산뽕나무와 으름덩굴을 다 받아 먹는다
> 서울 백반집에 마주 앉아 밥을 먹을 때 그는 골짜기를 다 데려와
> 오물오물 밥을 씹으며 참 아름다운 입가를 골짜기를 나에게 보여준다
> ─문태준, 「노모」 전문

노모의 입 주변에 여러 갈래의 골이 패었다. 그 "입가 사방에" 몰려든 골짜기에는 "산새 소리와 꽃과 나물"과 "맑은 샘물과 구름 그림자와 산뽕나무와 으름덩굴"이 다 들었다. 이 축지(縮地)를 가능케 한 것은 물론 내 마음, 내 사랑이다. 시적 주체는 사랑의 눈으로 노모의 오랜 삶을 읽었다. 이 시에서 마음이 내려앉은 자리는 그 어디보다도 먼저 "오물오물"이다. 이 의성어가 소리의 결을 따라 노모의 "참 아름다운

입가"에, "골짜기"에 스며들었던 것이다. 이를테면 이렇다. 3행, "오물
오물 밥을 씹을 때"는 /오물-오물-바블-씨블/로 읽는다. "오물오물"
에 든 /ㄹ/의 리드미컬함이 뒷부분을 여전히 지탱하는 것이다. 4~5행
도 그렇다.

> 골짜기에 사는 산새 소리와 꽃과 나물을
> 맑은 샘물과 구름 그림자와 산뽕나무와 으름덩굴을
>
> (고딕체 강조는 인용자)

오물오물, 노모는 참 맛있게 밥을 씹는다. 그게 바로 "골짜기"의 /골/
이기도 했던 것이다. 이 시의 골짜기는 그 모습으로서도, 소리로서도
참 아름답고 맛있는 골짜기다.

> 내가 그리워 그대를 부르는 날
> 그대는 밥그릇을 들고 별밤에 나오너라
> 눈물 많은 풀잎 하나 이제 그만 울도록
> 울다가 별을 보고 눈물조차 마르도록
> 밥그릇을 두드리며 별밤에 나오너라
> 별을 바라볼수록 별들이 아름다워
> 내가 다시 그리워 그대를 부르는 날
> 철조망이 가로막힌 별밤에 나오너라
> 밥그릇을 두드리며 그대 홀로 나오너라
>
> —정호승, 「사랑노래」 전문

유음(/ㄹ/)과 순음(/ㅂ, ㅁ/)이 시행 전체에 걸쳐 빼곡하다. 전자는
시 전체를 음악으로 만들고, 후자는 그 음악의 시작점과 종결점(입술을

모으기 때문에 호흡에 단절이 생기게 된다)을 지시한다. 또한 전자는 주로 '그리워, 부르다, 나오너라, 울다, 아름답다, 마르다, 두드리다, 홀로' 같은 술어와 관련된 반면, 후자는 '밥그릇, 별밤' 같은 체언과 관련되어 있다. 나와 그대를 이어주는 두 개의 범주인 셈이다. 두 말들과 대립하는 단 하나의 음운이 8행의 "철조망"이다. 이 파찰음은 너와 나를 잇는 저 부드러운 지평을 가로막는 유일한 장애물(여기서 시의 주제 의식이 가장 분명하게 환기된다)이어서 평온한 음색을 유일하게 거스르며 발음된다.

구직자의 허기가 너의 입을 찾는다
빠끔하게 수저 들어갈 곳이 열린다.

—황학주, 「입맞춤」 전문

입맞춤에 대한 짧고 아름다운 정의다. "수저 들어갈 곳"을 간절하게 찾는 이라면 구직자 아니면 연인일 것이다. 두 행으로 된 짧은 시인데, 1행과 2행 사이에 음절끼리의 대응과 어긋남이 있다.

구직자의 허기가 너의 입을 찾는다 (4-3-2-2-3)
빠끔하게 수저 들어갈 곳이 열린다 (4-2-3-2-3)

이것은 재래의 음보율에는 맞지 않는 대응이다. 두 행은 동일한 음절수(4)로 시작해서 동일한 음절수(3)로 끝난다. 가운데 부분 역시 전체 크기(7)로는 동일한데, 세부적으로는 어긋나 있다. 첫 행은 '3-2-2'이며, 두 번째 행은 '2-3-2'다. 결국 둘은 약간의 변화(3-2에서 2-3으로)를 불러온 후에 동일한 크기(3)로 정돈되면서 결구로 간다. 이 동일한 음절들이 일치하는 자리에 의미론적인 강세가 있다. 곧 허기가 찾은 너의 "입"은 수저가 들어갈 바로 그"곳"이다. 여기서 구직자의 허기와 연인의 소망이 만나기 때문이다.

5. 현대시의 운율

한국 현대시의 운율을 음보(마디)라는 정형적 규칙성에서만 도출하는 데 반대하고, 현대시의 운율 요소를 여러 층위에서 검토하고자 했다. 본문에서 서술된 주장을 요약하면 다음과 같다. 첫째, 현대시에서 운율은 개별 시편마다 독자적으로 작동한다. 둘째, 한 편의 시에서도 여러 요소가 혼재되어 운율을 이룬다. 셋째, 시적 주체의 심리나 어조 변화에 따라 한 편 내에서도 운율적 성격이 변화한다. 넷째, 압운의 가능성이 인정된다. 다섯째, 시 전체를 통할하는 계량화된, 보편적인 음보(마디) 대신에 등량화된(비슷하거나 규칙적으로 변화하는) 음절을 통한 마디 규칙을 수락할 필요가 있다. 여섯째, 구문의 반복을 운율론에서 포섭해야 한다. 다만 구문 규칙의 준수보다는 그것의 일탈과 위반에서 운율 요소가 두드러진다는 점을 강조해야 한다. 일곱째, 운율은 반드시 의미론과 관련지어 해명해야 한다. 여덟째, 고저와 장단, 강약 같은 부수적인 음운자질 역시 고려 대상이 될 수 있다. 이와 같은 전제를 수락한다면 한국 현대시의 운율적 성격을 다양하게 검토할 수 있으며, 한국 현대시사 전반에 걸쳐 나타난 시편들의 운율 요소를 추출할 수 있다.

13장 소리-뜻
음운은 어떻게 의미화에 기여하는가?

1. 운율과 의미의 상관성

앞 장 운율론의 보론으로 현대시에서 음운이 갖는 의미론적 기능을 검토하고자 한다. 언어학에서는 음운론과 의미론을 별개 영역으로 간주해 둘의 상호 간섭을 허락하지 않지만, 시에서는 사정이 다르다. 통상의 지시문과 달리 시는 표면에 드러난 전언만으로 의미를 전달하지 않는다. 시에서 표면의 전언으로 이면의 전언을 전달하는 반어, 전언의 충돌로 새로운 전언을 형성하는 역설, 다른 사물과 관념으로 전언을 생성, 보강, 지탱하는 비유, 내부의 전언으로 외부의 체계를 지시하는 알레고리 등이 발달한 것은 이 때문이다. 이런 기법들은 모두 의미론의 범주 아래서 검토할 수 있지만, 시에서는 이에 더해 말소리 자체가 의미자질을 갖는 경우가 있다. 이것은 통상의 의미론적 영역에서는 해명할 수 없는, 시의 독자적인 자질이다.

말소리가 의미를 담지할 수 있는 것은 시의 고유한 특징 가운데 하나인 음악성 때문이다. 시에서의 운율은 시적 주체의 어조, 발화, 세계관과 깊은 관련을 맺고 있다. 곧 시적 주체가 대상과 어떤 관련을 맺는가, 대상에 대한 감정적인 태도는 어떠한가, 어떤 발화 방식을 취하고 있는가에 따라 어조와 문체가 형성되며, 이것이 기본적인 율격의 토대를 형성한다. 운율은 구문론과의 관계에 따라서, 다시 말해 문법적인 규칙을 어떻게 지키고 위반했는가를 기준으로 측정된다. 운율은 의미와의 관련 아래서만 그 효과와 성격을 살필 수 있으므로 반드시 의미론의 영역에서 검토해야 한다. 시의 개별 음운이 의미를 품는 것도 일차적으로는 이와 같은 음악적 성격 때문이다.

앞 장에서 현대시의 운율이 생성되는 경로로 세 가지를 들었다. 첫째, 동일한 가치를 지닌 음운의 반복. 둘째, 등량화된 음절로 이루어진 마디의 반복. 셋째, 동일한 구문의 반복. 음운이 감당하는 의미 요소는 위의 세 가지 경로 가운데 첫째와 둘째에 속한다. 이를 구문이 만들어 내는 의미와 구별해 '음운적 의미'라 칭할 수 있을 것이다. 음운적 의미의 유형과 실례를 살피기로 한다.

2. 음운적 의미의 유형

2-1. 의성과 의태로서의 의미

음운이 대상의 소리나 모양을 흉내 내는 기능을 하는 경우가 있다. 이때에는 표면에 떠오른 문법적 의미와 이면에 숨어 있는 음운적 의미, 둘 다가 발생하며, 두 의미 사이의 긴장이 시의 구조화 원리로 작용한다.

나이지리아 나이지리아,
바람이 불면 승냥이가 울고

바다가 거멓게 살아서
어머님 곁으로 가고 있었다.
승냥이가 울면 바람이 불고
바람이 불 때마다 빛나던 이빨,
이빨은 부러지고 승냥이도 죽고
지금 또 듣는 바람 소리
나이지리아 나이지리아,

— 김춘수, 「나이지리아」 전문

"나이지리아"의 표면적 의미는 물론 나라 이름이지만, 이것만으로는 시의 맥락을 잡을 수 없다. '바람'과 '승냥이'와의 미약한 유사성만 있을 뿐, 나라로서 갖는 특별한 의미가 존재하지 않기 때문이다. 실제로 이 시의 "나이지리아"는 바람 소리를 음사(音寫)한 것이다. 음운들의 개방적인 배치가 이를 보여준다. 첫째, 종성이 없어서 소리가 막히거나 닫히지 않는다. 둘째, 초성은 전설음(/ㄴ, ㅈ, ㄹ/)에서 시작해 음가를 잃는(/ㅇ/) 방식으로 진행된다. 전설음은 혀끝에서 발음되는 작고 조밀한 소리다. 여기서 시작해서 자음을 잃었으니 소리가 활짝 펼쳐지게 된다. 셋째, 모음은 개모음(/아/)에서 시작하여 폐모음(/이/)으로, 다시 개모음으로 진행된다. 따라서 연이어 발음하면 리드미컬한 소리(/아~이~아/)가 난다. "나이지리아"를 두 번씩이나 늘여 부른 것도 이것이 나라가 아니라 바람 소리이기 때문이다.

2행과 5행을 겹쳐 읽으면, 승냥이의 울음과 바람 소리가 서로 원인이자 결과이므로, 결국 바람 소리와 승냥이의 울음소리가 동일한 소리임을 알 수 있다. '승냥이 울음소리'와 '나이지리아'라는 말소리가 모두 바람 소리의 은유적 혹은 음운적 표현이 된 셈이다. "바다가 거멓게 살아서"라는 구절은 어두워가는 저녁 하늘을 은유하기 위해 쓰인 것이다.[1] 캄캄해지면 승냥이의 모습이 보이지 않으니 7행("이빨은 부러지고 승냥이도 죽고")과 같이 단절되고, 그래도 바람 소리는 들리니 8행("지금 또 듣는 바람 소리")같이 연속된다. 동격으로 처리된 마지막 두 행에서 바람 소리가 "나이지리아"임이 거듭 확인된다. 따라서 음운적이고 이면적 의미가 시의 토대를 이루고, 표면적 의미(아프리카에 있는 나라)가 보조적인 느낌(바람이 불고 승냥이가 우는 황폐한 느낌)을 환기하는 시편이라 하겠다.

> ──오오냐, 오냐 들녘 끝에는 누가 살든가
> ──오오냐, 오냐 수수이삭 머리마다 스쳐간 피얼룩
> ──오오냐, 오냐 화적(火賊)떼가 살든가
> ──오오냐, 오냐 풀모기가 날든가
> ──오오냐, 오냐 누가 누가 살든가
>
> ─박용래, 「누가」 전문

"오오냐, 오냐"는 표면적으로는 '긍정적인 대답'이지만, 역시 이것만으로는 시가 해석되지 않는다. 이면적으로 이 소리는 '수수밭에 바람이 불어 일렁이는 소리와 모양'을 형상화하고 있다.[2] 원순모음(/오/)의 거듭된 출현과 전설음(/ㄴ/, /ㅣ/)에서 후설음(/ㅏ/)으로 이행하는 소리의 개방성(/냐/)이 바람이 부는 소리를 흉내 내고, 동일한 기표의 병렬이 수수밭의 모양을 흉내 내는 것이다. 게다가 행마다, 그것도 두 번씩

---

1) 다음 시도 같은 이미지를 보여준다. "너무 낮게 뜬 놀이/ 자꾸 발바닥에 깔린다./놀을 밟고 가는 듯한 경인가도(京仁街道)/키 큰 양버들/소사(素砂) 가까운 중국반점(中國飯店)에서/옛 동창(同窓)을 만난다./캡을 쓴 형사(刑事)가 둘이/저만치 도보(徒步)로 가고 있고,/그들을 보내면서/그새 짙은 귤빛이 된/바다"(김춘수, 「바다 사냥」 중에서), 처음의 "놀"이 "그새 짙은 귤빛이 된 바다"로 변했다. 따라서 이 시의 "바다" 역시 "하늘"의 은유다.

거듭했으니 연속해서 바람이 불었을 것이다. 2행의 "피얼룩"은 "수수이삭 머리"에 비친 붉은빛을 형용한 말이며, 3~4행의 "화적떼"와 "풀모기"는 이 "피얼룩"의 유래를 해학적으로 푼 말이다. 수수밭에 핏자국이 묻어 있으니 필시 화적떼가 지나갔거나 풀모기들이 극성을 피웠을 것이다. 그렇다면 (2행을 제외한) 각 행의 끝에 놓인 서술어가 의문문인 까닭도 음운적으로 설명할 수 있을 것이다. 서두와 마찬가지로 각 문장의 서술어가 표현하는 것은 바람이 불어 수수이삭들이 동일한 방향과 동일한 모양으로 날리는 소리와 모습이다. /살든가, 날든가/, 이 두 술어는 종성인 전설음(/ㄹ, ㄴ/)에서 초성인 후설음(/ㄱ/)으로 이행하고(자음의 경우), 개모음(/아/)에서 폐모음(/으/)으로 다시 개모음으로 이행함으로써 리드미컬한 소리(/아~으~아/)를 낸다(모음의 경우). 따라서 각 행 모두가 바람에 일렁이는 수수밭의 움직임을 음운 차원에서 효과적으로 형상화하고 있는 셈이다.

　　눈이 온 뒤에도 또 내린다

　　생각하고 난 뒤에도 또 내린다

---

2) 박목월의 「이별가」가 형상화하는 의성어도 유사한 의미를 품고 있다. "뭐락카노, 저 편 강기슭에서/니 뭐락카노, 바람에 불려서//이승 아니믄 저승으로 떠나가는 뱃머리에서/나의 목소리도 바람에 날려서//뭐락카노 뭐락카노/썩어서 동아 밧줄은 삭아 내리는데//하직을 말자 하직 말자/인연은 갈밭을 건너는 바람//뭐락카노 뭐락카노 뭐락카노/니 흰 옷자라기만 펄럭거리고……//오냐. 오냐. 오냐./이승 아니믄 저승에서라도……//이승 아니믄 저승에서라도/인연은 갈밭을 건너는 바람//뭐락카노, 저 편 강기슭에서/니 음성은 바람에 불려서//오냐. 오냐. 오냐./나의 목소리도 바람에 날려서"(박목월, 「이별가」 전문). 이 시에서 "뭐락카노"와 "오냐"의 반복은 바람에 날리는 갈대들의 모습을 효과적으로 형상화한다. 죽은 동생의 목소리를 듣지 못하는 안타까움("뭐락카노")이, 저승에서 인연을 잇자는 긍정("오냐. 오냐. 오냐.")으로 곧장 전환되는 것은 저 갈밭의 끄덕이는 모양 때문이다. "인연은 갈밭을 건너는 바람"이어서 안타까움과 수긍을 동시에 품고 있다.

응아 하고 운 뒤에도 또 내릴까

한꺼번에 생각하고 또 내린다

한 줄 건너 두 줄 건너 또 내릴까

폐허(廢墟)에 폐허(廢墟)에 눈이 내릴까

—김수영, 「눈」 전문

이 시는 (처음 발표되었을 때 그렇듯) 세로로 조판된 지면에서 읽어야 한다. 시를 세로로 읽으면 각각의 시행이 눈이 내리는 모양이요, 연과 연 사이의 여백이 하늘임을 알 수 있다. 마지막을 제외하면 각 행마다 비음("눈, 생, 응, 한, 한")으로 시작해서 비음으로 끝난다("내린다, 내릴까"). 비음은 협착력이 강한 소리여서 눈이 내리는 모양과 속도를 보여주기에 알맞다. 비는 빠르고 촘촘하게 내리지만 눈은 느리고 성글게 내린다. "폐허"는 눈이 내린 후의 텅 빈 지상과 눈이 내릴 때의 텅 빈 하늘을 동시에 보여주는 소리다. 입술소리(/ㅍ/)에서 마찰음(/ㅎ/)으로 변하면서 공간을 품기 때문이다. 따라서 이 시가 구현하고 있는 소리-뜻은 시 전체의 상형(象形)과도 긴밀한 관련을 맺고 있다.

길고 긴 두 줄의 강철 시(詩)를 남겼으랴
기차는 고향역을 떠났습니다
하모니카 소리로 떠났습니다

—서정춘, 「전설」 전문

첫 행은 독자를 뒤의 두 행으로 안내하는 안내문이다. "길고 긴 두 줄"은 시행이자 철로이다. 기차나 철로가 쇠붙이로 만들어졌으니 그것을 쓴 시 역시 "강철 시"일 것이며, "고향역"을 단호하게 떠났으니 그 매정함으로서도 "강철 시"일 것이다. "두 줄" "강철" "전설" 같은 시어들의 교차된 음소의 배열에 주목하라. 그것들은 모두 '철로'에서 끄집어낸 음운상의 파생어들이다. 그 철로를 따라 기차는 하모니카 소리를 내며 떠나간다. 뒤의 두 행은 그 모양으로서도 기차의 반듯하고 긴 모양을 형상화하지만, 음운의 배열 자체가 기차 소리를 연상시킨다. "남겼으랴" "떠났습니다" "떠났습니다"—이 거듭되는 여운과 반복이 기차가 멀어지면서 내는 울림소리를 흉내 내고 있기 때문이다. 서정춘의 시를 한 편 더 읽는다.

놓친 기차는 억울하다 헉, 헉,
놓친 월척 붕어가 억울하듯이, 라고
억울하게 짖어대는 그는 매우 아름답다

—서정춘,「관계」전문

제목이 된 "관계" 역시 말소리에서 나온 것이다. "놓친" "기차" "억울" 등의 단어에 들어 있는 음소들이 "월척"과 근친 관계에 있기 때문이다. "억울"함은 기차를 놓치고 거칠게 숨쉬는 "헉, 헉," 속에도 숨어 있고, 나아가 그를 보며 빙그레 미소 짓는 내 반응, "아름" 속에도 숨어 있다. 이 시의 소리를 따라가다보면, "기차"와 "억울"을 합쳐서 "월척"이 되기도 할 것이다.

눈 속에서 모래알이 씹힌다
텅 빈 모텔

이미 떠난 당신

사랑은 오래 못 참고

속절도 없이

치——

—성기완, 「당신의 텍스트 10—화면조정시간」 전문

시의 부제는 '화면조정시간'이지만, 실제 시의 시제는 화면조정 이전의 시간이다. 전파를 잡지 못했을 때의 혼란스러운 화면이 모래밭이요, 시끄러운 잡음이 "치——" 소리이기 때문이다. 저 소리가 끝난 다음에야 진정한 화면조정시간(당신을 떠나보낸 후에 장면을 바꾸어야 하는 시간)이 시작될 것이다. 그리운 이는 '눈에 밟힌다'. 그런데 당신은 떠나버렸고 나는 텅 빈 모텔에서 "모래알"을 보고 있다. 그건 밟히는 게 아니라 "씹힌다". 모래알을 씹는 기분이라는 말이 여기서는 비유가 아니다. 사랑은 오래 참는다는 성경의 말도 속절없다. 그런데 저 마지막 "치——" 소리는 못마땅하거나 화가 났을 때 내는 그 감탄사이기도 하다. 나는 떠난 당신을 원망하거나 당신에게 화를 낸 후에야 다른 사람과 함께하는 다른 화면(장면)에 들어갈 것이다.

2-2. 어조와 관련된 의미

음운적 의미는 주로 어조와 관련될 수 있다. 어조는 시적 주체와 대상의 관계를 효과적으로 표시하는 지표다. 어조는 의미론적인 지평에 포섭될 수 있으며, 바로 이 점에서 음운적 의미와 호응 관계를 맺는다. 12장에서 살핀 운율 분석의 예들은 모두 의미화 기제를 품고 있다는 점에서 어조와 관련되었다고 말할 수도 있다.

껍데기는 가라.
사월(四月)도 알맹이만 남고
껍데기는 가라.

껍데기는 가라.
동학년(東學年) 곰나루의, 그 아우성만 살고
껍데기는 가라.

그리하여, 다시
껍데기는 가라.
이곳에선, 두 가슴과 그곳까지 내논
아사달 아사녀가
중립(中立)의 초례청 앞에 서서
부끄럼 빛내며
맞절할지니

껍데기는 가라.
한라(漢拏)에서 백두(白頭)까지
향그러운 흙가슴만 남고
그, 모오든 쇠붙이는 가라.

—신동엽, 「껍데기는 가라」 전문

먼저 제목을 검토해보자. 제목은 본문에서도 여섯 번이나 거듭되는, 이 시의 핵심적인 전언이다. "껍데기는 가라"는 말에서 껍데기로 표상되는 모든 비본질적인 것들(외세, 권력자들, 민중의 기생물들, 쇠붙이같이 하찮거나 잔인한 것들, 피고름처럼 상처 난 것들)을 부정하는 시적 주체의 전언만을 읽어서는 안 된다. 전언만으로는 이 구절의 참다운 의의를 새길 수 없다. "껍데기"는 뜯어내는 것이지 내쫓는 게 아니므로 이 구절은 의미론상으로는 비문에 해당한다. 이 구절의 진정한 효과는 그 발성에 있다. 선언적(宣言的)인 맥락에 따라 읽어보자. "껍데기"는 경음(/ㄲ/)과 폐쇄음(/ㅂ/)의 결합에서 시작해서 모음의 전설화(前舌化), 곧 "어"에서 "에"로 다시 "이"로의 변환을 통해 진행된다(/어~에~이/). 전자의 "껍"은 내뱉고 싶을 만큼 딱딱하고 답답한 소리이고, 후자의 변환은 실제로 혀를 움직여 그것을 앞으로 모으는(전설화하는) 과정이다. 그 다음은 그것의 완전한 이행이다. 조사 "는"은 거듭된 비음(/ㄴ/)으로서 무엇인가를 내뱉기 전에 모으는 단계이고, 술어 "가라"는 그 의미만이 아니라 개방된 모음의 중첩(/ㅏㅏ/)과 폐쇄음에서 유음으로의 변환(/ㄱ→ㄹ/)으로서도 이를 뱉어내는 과정에 상응한다. 그러니까 이 구절은 "외세는 물러나라" "권력자들을 타도하자" 같은 말로는 도저히 감당할 수 없는 청각적 쾌감을 선사하는 것이며, 이 점이 의미상의 요소를 강조하고 명료화하는 것이다.

다른 시행들은 이 구절들의 반복 사이에 삽입되어 있으며, 몇 가지 관형어와 술어를 통해 "껍데기는 가라"라는 기저 문장에 종속된다. 긍정적인 대상("아사달 아사녀")이 등장하는 3연 4행에서 7행을 제외하면 (이들은 "껍데기"같이 내뱉어야 할 부정적 대상이 아니어서 다른 음운을 필요로 한다. '~가, ~서, ~며, ~니' 같이 부드럽게 읽히는 술어들이 등장하는 것은 이 때문이다), 시행들은 다음같이 분해된다.

	모으는 소리 (/-ㄴ/)	연결 어미	뱉는 소리
기저 문장	"껍데기는"	—	"가라"
1연 2행	"사월도 알맹이만"	"남고"	—
2연 2행	"동학년 ~아우성만"	"살고"	—
3연 3행	"이곳에선 ~내논"	—	"아사녀가"

| 4연 3행 | "향그러운 흙가슴만" | "남고" | — |
| 4연 4행 | "그, 모오든 쇠붙이는" | — | "가라" |

　모두가 "껍데기는"과 같이 입안에서 비음(/ㅁ, ㄴ/)으로 모였다가, "~고"와 같은 연결어미를 거친 후에, 반복적인 술어의 강력한 발화 ("가라")에 실려 입 밖으로 추방된다. 3연 3행은 긍정적인 대상("아사달 아사녀")과 부정적인 대상("껍데기")을 매개한다. 말하자면 구문적 의미로는 긍정적이나 음운적 의미로는 전체의 선언에 포함됨으로써 강력하고도 통일된 인상을 주는 것이다.

　　귀기우려도 있는것은 역시 바다와 나뿐.
　　밀려왔다 밀려가는 무수한 물결우에 무수한 밤이 왕래(往來)하나
　　길은 항시(恒時) 어데나 있고, 길은 결국 아무데도 없다.

　　아— 반딧불만한 등불 하나도 없이
　　우름에 젖은 얼굴을 온전한 어둠속에 숨기어가지고… 너는,
　　무언(無言)의 해심(海心)에 홀로 타오르는
　　한낫 꽃같은 심장(心臟)으로 침몰(沈沒)하라.

　　아—스스로히 푸르른 정열(情熱)에 넘쳐
　　둥그란 하늘을 이고 웅얼거리는 바다,
　　바다의깊이우에
　　네구멍 뚫린 피리를 불고… 청년아.
　　애비를 잊어버려
　　에미를 잊어버려
　　형제(兄弟)와 친척(親戚)과 동모를 잊어버려,

마지막 네 게집을 잊어버려,

아라스카로 가라 아니 아라비아로 가라

아니 아메리카로 가라 아니 아프리카로

가라 아니 침몰(沈沒)하라. 침몰(沈沒)하라. 침몰(沈沒)하라!

오—어지러운 심장(心臟)의 무게우에 풀닢처럼 훗날리는 머리칼을

달고

이리도 괴로운나는 어찌 끝끝내 바다에 그득해야 하는가.

눈뜨라. 사랑하는 눈을뜨라… 청년아,

산 바다의 어느 동서남북(東西南北)으로도

밤과 피에젖은 국토(國土)가있다.

아라스카로 가라!

아라비아로 가라!

아메리카로 가라!

아푸리카로 가라!

—서정주, 「바다」 전문

이 시에서 주요 대립 음운자질은 양성모음인 /ㅏ/ 계열과 음성모음인 /ㅓ/ 계열 간의 대립이며, 이를 매개하는 음운이 순음(脣音, 입술소리)으로 이루어진 자음군이다.

먼저 /ㅏ/ 계열의 특성을 살펴보자. 4연 이하의 명령문에서 격렬하게 출현하는 이 모음들은 내면의 격동과 관련되어 있다. 이 음운들에 주목해 읽는다면, 저 "가라"는 명령과 "침몰하라"는 결단과 "눈을뜨라"는 권유가 실상은 같은 것임을 알게 된다. 첫째, '아라스카, 아라비아, 아메리카, 아프리카(아푸리카)'는 "피에젖은 국토"의 건너편에 있

는 이상향으로서의 이국(異國)이 아니다. 일차적으로 그것은 (개모음들의 연속에서 볼 수 있듯) "가라"를 견인해가는 어떤 역동성의 표현이며, (네 개의 음절로 이루어져 있다는 사실에서 볼 수 있듯) 규칙적인 동작을 가능케 하는 어떤 율동의 표현이다. 둘째, "침몰하라"는 말은 체념이나 포기의 선언이 아니다. 이 짧은 문장은 "~가라"로 끝나는 문장과 동격이므로 3연에서 말한 부정의 정신이 극적으로 표현된 말이다. 이때의 "침몰"은 내면으로의 침잠 외에 다른 것이 아니다(아래 순음에 대한 분석에서 상술하기로 한다). 셋째, "눈을뜨라…청년아" 역시 위 두 문장과 동격이므로 이때의 각성 역시 "피에젖은 국토"에 대한 각성이라고 말하기보다는 내면적인 폭발("~로 가라")과 침잠("침몰하라")의 동시성을 증명하는 것이다.[3]

다음 / ㅓ / 계열의 특성을 살펴보자. 3연에서 지배적으로 출현하는 이 음운들은 / ㅏ / 모음들이 요구하는 탈출("가라")과 침잠("침몰하라"), 각성("눈을뜨라")을 수행하기 위해 부정해야 할 것들의 목록을 제시한다. "잊어버려"의 대상이 된 이들이 그렇다. '애비, 에미, 형제와 친척과 동모, 게집'으로 간추려진 이 목록은 시의 세계("네구멍 뚫린 피리를 불고…")와 상반되는 일상의 세계에 속한 구성원들이라 보아야 할 것이다. 이들을 부정한다는 것은 현실을 거부한다는 말이 아니라 나의 노래를 가로막는 장애물들을 치운다는 뜻이다. 3연 1행과 3행의 / ㅓ /

---

3) 최현식은 "피에젖은 국토(國土)"가 환기하는 리얼리즘 충동이 이 구절을 "식민지 현실에 대한 자각"으로 읽게 했다면서 다음과 같이 말했다. "이 시의 여러 정황과 이미지를 따져보면, '국토'는 무엇보다 '시의 국토'임이 드러난다. 가령 '밤'과 '심장', 지금·여기의 저쪽에 존재하는 '바다'와 이토(異土)들은 모두 '시의 이슬', 곧 '순수시'가 거처하는 절대성의 영역이다. 그렇지 않고서는 "아라스카로 가라 아니 아라비아로 가라"와 "눈뜨라. 사랑하는 눈을뜨라…청년아"가 함께 놓일 수 없다"(최현식, 『서정주 시의 근대와 반근대』, 소명출판, 2003, 85~86쪽). 이 책에서 행한 음운적 의미 분석의 결과 역시 이 결론을 강력히 지지한다.

음운이 이를 증거한다. "푸르른 정열에 넘쳐"는 저 부정의 근거가 시적인 열정의 확보에 있음을 말해주며, "바다의깊이우에"는 저 "침몰"이 시적인 세계로의 투신임을 말해준다.

마지막으로 순음들의 계열을 알아보자. 순음들은 시 전체를 관통하고 매개하는 주된 음운자질이다. 첫째, 순음들이 시적 배경과 전경을 이룬다. 이곳은 "바다"이자 "밤"이다. 전자라면 침몰과 투신을 가능케 할 것이며 후자라면 개안("눈을 뜨라")을 가능케 할 것인데, 실제로는 둘이 은유적인 관련을 맺고 있으므로 동일시된다. 1연 2행의 순음들이 그 증거다. "밀려왔다 밀려가는 무수한 물결우에 무수한 밤"을 가득 채운 /ㅁ, ㅂ/ 소리는 파도 소리이자 (거기에 빗대어진) 어둠이다. 사방이 바다이거나 밤이므로 "길은 항시 어데나 있고, 길은 결국 아무데도 없다". 특정한 길이 나 있지 않으므로 어느 곳으로 가든 길이며, 사방이 캄캄하거나 바다이므로 길은 아무 곳으로도 나 있지 않다. 그래서 시적 주체는 자신의 "심장" 속으로 침몰하게 되는 것이다. 둘째, 순음들은 주체의 노래와 부정의 대상들을 매개한다. 나는 "네구멍 뚫린 피리"를 분다. 이 피리는 물론 노래의 제유이며, 이 노래는 시의 환유다. 이 "구멍"에 대한 몰입과 침잠을 통해 "애비를" "에미를" "~동모를" "마지막 네 게집을" 잊어버릴 수 있는 것이다. 순음들의 연쇄를 통해 부정어들의 긴 목록이 정돈되는 셈이다. 셋째, 순음들은 주체의 행동과 그것의 목적어들을 매개한다. 그는 "아"로 시작해서 "아"로 끝나는 대륙들로 떠났으며(이 가운데 셋—'비, 메, 프'—에 순음이 들었다), 그 출행은 내면으로의 "침몰"(여기에는 두 개의 순음이 들었다)이자 개안("눈"에도 두 개의 순음이 들었다)이었다.

결론적으로 「바다」는 양성모음인 /ㅏ/ 계열의 음운으로 내면의 분출과 침잠과 각성을, 음성모음인 /ㅓ/ 계열의 음운으로 열정과 노래를 가능케 하는 조건인 일상의 부정을, 순음들로 시 전체의 일관성을 담보하고 있다.

> 흐르는 물처럼
> 네게로 가리.
> 물에 풀리는 알콜처럼
> 알콜에 엉기는 니코틴처럼
> 니코틴에 달라붙는 카페인처럼
> 네게로 가리.
> 혈관을 타고 흐르는 매독균처럼
> 삶을 거머잡는 죽음처럼.
>
> —최승자, 「네게로」 전문

이 시가 갖고 있는 개별 음운들의 격렬함(격음들)은 부분적으로는 외래어들에서 기인한 것이지만, "네게로" 가는 길의 지난함과도 관련되어 있다. "흐르는 물처럼" 가겠다는 1행의 결심은 그 형식으로서만 보존된다. 나는 물처럼 갈 것이고, 거기에 풀리는 알코올처럼, 거기에 엉기는 니코틴처럼, 거기에 달라붙는 카페인처럼 갈 것이다. 나는 "혈관을 타고 흐르는 매독균처럼", 그렇게 "삶을 거머잡는 죽음처럼" 갈 것이다. 이미지상으로는 물의 흐름에 다 같이 자연스럽게 합류할 것처럼 보인다. 물에 녹아서 흘러갈 것이기 때문이다. 그런데 말소리들이 예사롭지 않다. "알콜" "니코틴" "카페인" "매독균"을 편안하게 읽을 수는 없는 노릇이다. 그것들은 이미 그 길이 지난할 것임을 보여주는 동시에 그 지난함을 돌파하려는 내 필사의 의지를 보여준다. 그래서 그것들은 뜻으로서만이 아니라(술과 담배와 커피와 매독은 몸에 해롭다) 말소리로서도 격렬하다.

2-3. 행갈이와 관련된 의미

행갈이는 시에서 호흡을 좌우하는 중요한 요소다. 호흡의 빠르고 느
림, 높고 낮음, 촘촘하고 성김 역시 의미화에 기여한다. 게다가 행의
비정상적인 분절은 강조의 기능을 한다. 시행의 끝이나 처음에 강세가
놓이기 때문이다. 이런 이중적인 의미에서 행갈이 역시 의미와 밀접한
관련을 맺는다. 행갈이가 만들어내는 음운 효과는 마이너스 차원에서 구현된
음운(/Φ/)이다. 음운이 출현해야 할 곳에서 출현하지 않음으로써 청자
의 기대지평을 배반하고, 그로써 의미론적인 효과를 낳기 때문이다.

벌목정정(伐木丁丁)이랬거니　　아람도리 큰솔이 베혀짐즉도 하이
골이 울어 멩아리 소리　　쩌르렁　　돌아옴즉도 하이 ─①　　다람쥐도
좃지 않고　　뫼ㅅ새도 울지 않어　　깊은 산 고요가 차라리 뼈를 저리
우는데　　눈과 밤이 조히보담 희고녀! ─②　　달도 보름을 기달려 흰
뜻은 한밤 이골을 걸음이란다? ─③　　웃절 중이 여섯판에 여섯번 지고
웃고 올라 간뒤　　조찰히 늙은 사나히의　　남긴 내음새를 줏는다?
시름은 바람도 일지않는 고요에 심히 흔들리우노니 ─④　　오오 견듸
란다　　차고 올연(兀然)히　　슬픔도 꿈도 없이　　장수산(長壽山)속
겨울 한밤내 ─⑤
　　　　　　　　　　　　─정지용, 「장수산長壽山 1」 전문[4] (원문자는 인용자)

이 시의 본문이 품은 긴 여백은 정지용 자신이 조판과정에서 여러
칸의 여백으로 비워둔 곳이다. 이 여백은 행갈이의 기능을 담당하는
휴지(休止)이다. 여백에 따라 시행을 분절해 읽으면 이 휴지가 일차적

---

4) 정지용, 『백록담』, 문장사, 1941, 12쪽. 이 시 전체에 대한 상세한 분석은 졸고, 「장수산
　1」의 구조와 의미」, 『다시 읽는 정지용시』, 월인, 2003, 185~198쪽 참조.

으로는 율독에 대한 배려에서 비롯된 것임을 알 수 있다.[5] 이에 더해 이 여백들이 개입해 이뤄내는 의미화 방식을 살펴보자.

① "벌목정정" 속에는 "쩡쩡"하는 울림소리가 이미 내포되어 있다. "벌목정정이랬거니" 다음의 여백과 "쩌르렁" 앞뒤의 여백은 따라서 이 울림이 퍼져나가는 공간을 시각화한 것이다. 시인이 처음 문장과 두 번째 문장에서 "하다"와 같은 일반적인 종지 대신에 "~하이"라는 고어형(古語形) 종지를 활용한 것은 이런 울림을 고려했기 때문이기도 하다. '혀끝소리'인 /ㄷ/ 소리가 갖는 폐쇄성을 피할 수 있기 때문이다. 따라서 ①부분까지의 긴 여백은 "쩌르렁"이라는 소리의 울림을 반영하고 있으며, 일종의 각운으로서도 기능하고 있다. '~거니, ~하이, ~소리'의 연속이 그렇다.

② 그 다음에는 인적도 짐승의 자취도 끊긴 산의 적막감이 뒤따른다. "다람쥐도 좃지 않고" "뫼ㅅ새도 울지 않어" 이 산은 적막 가운데 다만 우뚝할 뿐이다. 이 고요는 뼈에 사무치고, 눈과 밤은 종이보다도 희다. 그러니 산의 고요함이 말과 말 사이에 묵언(默言)을 낳고, 눈 온 산의 흰빛이 검은 글자와 글자 사이에 백색을 풀어놓았다고 할 만하다. 따라서 ②에 이르는 동안 생겨난 여백은 고요(침묵)와 흰빛(눈)의 대신이다. 아무 말도 기록되지 않았으므로 빈칸이요, 눈이 하얗게 덮였으므로 빈칸이다.

③ 그 적막한 공간을 내가 걸어간다. 비교적 긴 이 시행은 물론 걸음걸이를 반영하는 것이다. 이 행에는 유음(/ㄹ/)이 가득한데, 오래 길을

---

5) 양왕용은 이 여백이 시행 분절의 기능을 하고 있음을 지적했다. "이 작품은 '벌목정정이랬거니'와 '아람도리 큰솔이 베혀짐즉도 하이' 사이의 띄어쓰기가 정상적인 띄어쓰기라기보다는 휴지를 염두에 둔 띄어쓰기라고 보아지며 이러한 부분이 많이 발견된다. 따라서 이 부분이 행구분을 한 것과 같은 효과를 거두고 있는 셈이다"(양왕용, 「정지용 시에 나타난 리듬의 양상」, 김은자 엮음, 『정지용』, 새미, 1996, 289쪽).

걸어온 시적 주체의 행보가 이 음운들에 아로새겨져 있다. 따라서 ③의 여백은 여로의 지속(곧 걸음걸이의 율동)과 관련되어 있다.

④ "여섯판에 여섯번 지고" 웃고 올라가는 이는 이 산의 넉넉한 품을 가졌다. 이 부분은 다시 잦은 여백으로 인해 여러 구절로 분할된다. "고요에 심히 흔들리우노니"를 거느린 긴 행에도 /ㄹ/ 소리가 가득한데, 이 소리는 물론 흔들림의 대신이다. 여기에는 강조어법이 있다. 바람이 불고 그림자가 흔들린다면 이상한 게 없을 것이다. 그런데 "바람도 일지않는" 고요에도 시름은 "심히" 흔들린다. (등불에 일렁이는 그림자를 지시하는 게 틀림없는) 이 시름은 깊은 고요가 역설적으로 돋을새김하는 내적 동요를 탁월하게 형상화한다. 따라서 ④의 여백은 외적 평온과 내적 번민을 극적으로 대비하고 부각하는 일종의 슬로모션이다. 긴 여백이 느린 호흡을 담보하기 때문이다.

⑤ 길게 늘어 읽는다는 점에서 "오오"라는 감탄사도 일종의 여백이다. 그후에는 견디겠다는 결심, "차고 올연"하다는 결심의 내용, "슬픔도 꿈도 없"다는 부가 내용이 따라온다. 모두 여백을 필요로 하는 것이다. 마지막 부분의 말늘임표 역시 여백이다. "한밤내"로 시를 종결짓고 있으므로 이 늘임표는 "장수산 속 겨울 한밤" 내내 지속되는, 혹은 지속되어야 하는 화자의 결심을 대신하는 것이다. 따라서 ⑤에 이르는 여러 번의 여백은 시적 주체의 영탄과 결심, 고양을 부각하는 일종의 강조어법이다.

　　머언 산 청운사(靑雲寺)
　　낡은 기와집

　　산(山)은 자하산(紫霞山)
　　봄눈 녹으면

느름나무
속ㅅ잎 피어가는 열두 구비를

청(靑)노루
맑은 눈에

도는
구름

─박목월, 「청靑노루」 전문[6]

시행들이 극단적으로 압축되어 있어서 우리는 온전한 문장을 여백에 보충해서 읽어야 한다. 그런데 이 보충적인 독서보다 압축된 원래의 행과 연이 품은 의미가 훨씬 더 다양하다. 3~5연을 산문으로 풀면 다음같이 될 것이다.

속잎을 피워내는 느릅나무(가 있는 산의) 구비구비를 (돌아내려오는 / 올라가는) 청노루의 눈에 구름이 돌면서 (비친다)

시인이 단순히 호흡을 위해 위 문장을 토막 냈다고 보기는 어렵다. 완성된 행과 연이 그 자립성으로 인해 새로운 의미를 생성하기 때문이다. 각 연의 이미지가 병치되면서 새로운 은유 효과가 생겨나는 것이다. 위의 산문이 감당하지 못하는 새로운 의미들로는 다음 같은 것이 있다.

---

6) 이 시를 포함해 『청록집』에 실린 박목월의 초기시에 대해서는 졸고, 「박목월 초기시의 구조와 의미」, 『돈암어문학』 12집, 돈암어문학회, 1999 참조.

1) 느릅나무가 가지마다("열두 구비") 속잎을 피워낸다(3연 1행과 2
행 사이의 병치)

2) 느릅나무의 속잎처럼 청노루의 눈알이 맑다(3연과 4연 사이의 병
치)

3) 산굽이처럼 구름이 돈다(3연과 5연 사이의 병치)

1) "열두 구비"는 "자하산"의 여러 고개를 지시하는 말이자 느릅나
무가 가지마다 새순을 피워내는 모양을 형용한 말이기도 하다. 2) 청
노루는(청색이 주는 신비함을 포함해) 어감상 아마도 어린 노루('청'→
'푸른'→'풋')를 의미하기도 할 것이다. 봄의 느릅나무와 청노루는 둘
다 푸르고, 나무의 새순과 노루의 눈은 둘 다 해맑다. 3) "열두 구비"와
"도는/구름"에도 유사성이 있다. '굽이'는 휘어서 굽은 곳이다. 구름도
그곳을 따라서 돈다.

따라서 이 시의 극단적인 압축은 단순한 축약이 아니다. 의미상 많
은 부분을 행과 행 사이의 여백에 맡겨둠으로써 온 문장만으로는 의도
할 수 없는 여러 갈래의 의미를 담보했다고 볼 수 있다. 산문으로 풀면
앞에서 말한 은유들이 생겨나지 않는다. 이 역시 마이너스 효과(부재,
결핍 효과)로 드러나는 행갈이의 음운적 의미다.

사랑은
틈

내 안에 벌어지는
꽃이파리 하나

햇살 비쳐들고

바람 불어오고

벌이 오고 또 나비가 오고

흰 구름 흐르다 흐르다
밤이면

푸른 별자리들 기울어
이슬 내리고

사랑은
틈

거리에서도

아아
너로 하여
나

우주에 살고.

—김지하, 「틈 2」 전문

"사랑은/틈"이라는 구절을 제외하면, 전문을 한 문장으로 보아도 될 것이다. 이 문장은 제 안에 수많은 틈을 품고 있는데, 의미상의 강세는 오히려 이 틈에 놓여 있다.[7] 두 마디 혹은 세 마디로 이루어진 짧은 시행들이 안팎에 품은 이 틈으로 인해 살아난다. "내 안에 벌어지는/꽃이파리 하나"라는 심상은 처음부터 꽃이 아니라 꽃잎의 벌어짐에 초점을 맞추고 있다. 그러니까 1~2연과 2~3연 사이의 여백은 꽃잎의 벌어진 모습을 형상화하는 셈이다(2연의 1행과 2행 사이의 여백도 그렇다). 3~5연의 대구는 꽃을 틔우는 자연의 이법을 보여준다. 꽃잎을 어루만지는 것들이 품은 사랑이 거기에 있다(사랑은 짝을 이루어 온다). 각 연 사이의 여백 역시 햇살이 비치고 바람이 불고 벌과 나비가 날고 흰 구름이 흘러가는 공간이다. "사랑은/틈"이라는 전언이 이 문장의 처음과 중간에 또한 틈을 벌리듯 끼어 있다. 9연의 "아아/너로 하여/나" 같은 구절도 너와 나의 유대가 이런 틈에 의해 생겨난다는 것을 보여준다. 이 구절은 각 행마다 영탄을 품고 있다. 틈이 장음(長音)을 끌어내 2행의 "하여"와 3행의 "나"를 길게 읽게 만드는 것이다. 너와 나의 유대는 빽빽하고 촘촘한, 그래서 서로 밀착된 자리에서는 나타날 수 없다. 그곳에서는 숨 쉴 틈이 없어서다. 외로움이 사랑을 낳는 밑자리다.

　　　진눈깨비 속을
　　　웅크려 헤쳐 나가며 작업시간에
　　　가끔 이렇게 일보러 나오면
　　　참말 좋겠다고 웃음 나누며
　　　우리는 동회로 들어섰다.

　　　초라한 스물아홉 사내의
　　　사진 껍질을 벗기며
　　　가리봉동 공단에 묻힌 지가
　　　어언 육년, 세월은 밤낮으로 흘러

---

7) 이 시가 실린 시집 『화개花開』 전체를 "내 몸에/열리는 숱한 틈"(「틈 1」)에 대한 헌사라고 해도 좋을 것이다. 이 여백들은 김지하의 상징 가운데 하나인 "흰 그늘"의 상형이다.

한번쯤은 똑같은 국민임을 확인하며
주민등록 경신을 한다.

평생토록 죄진 적 없이
이 손으로 우리 식구 먹여살리고
수출품을 생산해 온
검고 투박한 자랑스런 손을 들어
지문을 찍는다.
아
없어, 선명하게
없어.
노동 속에 문드러져
너와 나 사람마다 다르다는
지문이 나오지를 않아

없어, 정형도 이형도 문형도
사라져 버렸어
임석경찰은 화를 내도
긴 노동 속에
물 건너간 수출품 속에 묻혀
지문도, 청춘도, 존재마저
사라져 버렸나봐

—박노해, 「지문을 부른다」 중에서(1~4연)

　가혹한 노동이 지문을 다 닳아 없어지게 했다. 3연의 행갈이는 이를
발견했을 때의 놀라움을 극적으로 표시해준다.

아

없어, 선명하게

없어.

　이 극단적인 행갈이는 막힌 말문을 대신하고, 기막힌 탄식을 표현하며, 어이없는 고통을 형상화한다. 이 역시 말할 수 없음으로써 말보다 더 많은 의미를 전달하는 마이너스 장치의 일종이다.

3. 음운적 의미와 현대시

　세 가지 방식으로 현대시에 나타난 음운적 의미를 살폈다. 먼저 의성과 의태로 기능하는 음운적 의미가 있다. 표면적인 전언 너머에 시적 상황을 반영하는 소리나 동작이 숨어 있다. 문장의 이면에서 음운적 의미가 시적 상황을 아우르는 것이다. 다음으로 시적 주체의 전언을 감당하는 특별한 소리의 결이 있다. 시적인 발화의 특장이 가장 분명하게 드러나는 지점이 여기다. 여기서 시적 주체의 감정, 전언, 상황은 시의 표면에 드러난 바로 그 발화로서만 가능하다는 것(다른 표현으로 번역하거나 번안할 수 없다는 것)이 분명해진다. 이 사항은 어조와 관련지어 해명될 성질의 것이기도 하다. 마지막으로 행갈이가 감당하는 음운적 의미가 있다. 행과 연의 분절이 야기하는 휴지는 의미를 낳거나 변형하는 마이너스 장치로 기능한다. 예측을 교란시키는 공백은 그 자체로 의미화의 기제 가운데 하나이기 때문이다.
　음운적 의미는 시가 기표의 자립성을 다른 어떤 장르보다도 보장한다는 증거 가운데 하나다. 표면에 드러난 전언만으로 시의 분석이 가능하지 않은 것도 이 때문이다. 음운적 의미에 대한 연구는 다음과 같은 점에서 그 의의를 가질 것이다. 첫째, 의미론적 측면에서 좀더 완전한 시의 해석과 분석의 기제를 확보할 수 있다. 둘째, 의성과 의태의 기능을 충실히 분석함으로써 시적 상황을 좀더 충실히 이해할 수 있다. 셋째, 어조를 심층적으로 이해할 수 있으므로 시적 주체와 화자 분석에 도움이 된다. 넷째, 행갈이의 기능에 대한 새로운 이해가 가능해진다. 궁극적으로 음운적 의미는 시적 표현과 시적 상황의 다양한 층위를 이해하는 데 도움이 될 것이다.

<h1 style="text-align:center">14장 인용</h1>

인유와 패러디의 위상에 관하여

1. 인유와 패러디

인유란 하나의 텍스트가 여러 맥락에서 다른 텍스트를 인용하여, 자신의 텍스트에 포함하는 방법이다. 사실상 어떤 것이든 인용 대상이 될 수 있으므로 제재에 따라 인유의 종류를 간추리는 것은 무의미한 일이다. 그것은 역사적일 수도 있고 허구적일 수도 있으며, 시사적일 수도 있고 교훈적일 수도 있으며, 인물이나 사건일 수도 있고 문체나 말투일 수도 있으며, 직접적일 수도 있고 간접적일 수도 있다. 요컨대 인물, 사건, 이야기, 말투, 문체, 구절 등 시학의 모든 분야에서 대상 텍스트를 문맥에 명시하거나 암시함으로써 인유를 생성할 수 있는 것이다. 다만 명시나 암시가 아니라 은닉할 수는 없는데, 이럴 경우에는 인유의 효과가 발생하지 않는다. 인유가 성립하기 위한 요건은 다음과 같다. 첫째, 인유한 텍스트의 독자성이 감지되어야 한다.[1] 인유한 인물, 사건, 이야기, 구절이 명료하게 드러나지 않으면 표절이 되고 만다. 둘째, 인유한 텍스트와 인유된 텍스트 사이에 의미론적 긴장이 있어야 한다.

둘 사이의 긴장이 없으면 그것은 인유가 아니라 단순한 인용에 그친다. 두 텍스트 사이의 관계는 다양하지만, 우리는 이를 5장의 '거리' 유형에 따라 분류할 수 있다. 곧 한 텍스트가 다른 텍스트에 대해서 풍자, 예찬, 연민, 반성, 해학의 관계를 품을 수 있을 것이다. 셋째, 두 텍스트 사이의 긴장이 강렬하여 의미론적 뒤틀림이 일어날 때, 인유의 효과는 강렬해진다. 이것이 패러디다. 6장에서 우리는 '거리'의 다섯 유형이 서로 얽혀들면서 이중화되는 과정을 살펴본 바 있다. 이것이 반어(와 역설)이므로 패러디 역시 같은 방식으로 접근할 수 있다. 곧 인유가 두 텍스트 사이에서 유비 관계를 맺는다면, 패러디는 두 텍스트 사이에서 반어 관계를 맺는다. 넷째, 따라서 인유와 패러디는 긴밀한 관련을 맺고 있다. 인유가 이중화되지 않은 패러디라면 패러디는 이중화된 인유다.[2] 둘을 정도의 문제로 기술할 수 있는 셈이다. 다섯째, 패러디의 효과가 미치는 범위에 따라 부분적인 패러디와 전면적인 패러디로 나뉠 수 있다. 전자가 구절이나 모티프 등을 따온다면, 후자는 문체나 구조를 반영한다.

문학의 역사를 언술의 역사로 볼 때 모든 문학은 실질적으로 패러디다. 특정한 언술의 전통을 받아들이면서도 거기에 저항하여 새로운 언술을 개척한 역사가 문학의 역사이기 때문이다. 패러디를 '진지하고 고상한 예술을 풍자하는, 경멸적이고 익살맞은 예술'로 간주해온 오래된 정의로는 이런 패러디의 생성적인 힘을 설명하지 못한다. "패러디라는 재능은 항상 한 민족에게서 퇴폐와 타락의 징후로 나타났다"[3]고

---

1) 정끝별은 이를 러시아 형식주의자의 용어를 빌려 '원텍스트의 전경화'라 불렀다. "패러디는 반사실적 양식으로, 장치의 은폐가 아니라 장치가 명료히 드러나도록 애쓰는 형태이기 때문이다. 이를 원텍스트의 전경화 장치라 명명한다. 이러한 전경화 장치는 독자들로 하여금 원텍스트를 환기하여 자신의 작품을 읽어달라는 패러디스트의 강력한 요구조건이기도 하다"(정끝별, 『패러디 시학』, 문학세계사, 1997, 60쪽).
2) 패러디의 생산성이 인유를 압도하므로 이후 논의에서는 패러디에 인유를 포괄하도록 하겠다. 이를테면 1-2와 1-3에서의 패러디는 정확히 말해서 인유다.

보는 생각은, 패러디가 기울어가는 문학 형식의 노쇠와 파탄이자 그 문학을 낳은 민족의 노쇠와 파탄이기도 하다는 전제를 품고 있다. 패러디가 품은 뒤틀림은 종종 웃음을 낳지만, 이것이 반드시 원텍스트의 조롱과 경멸로 이어지는 것은 아니다. 패러디가 야기하는 웃음은 단순한 조롱이나 경멸이 아니라 긍정과 옹호를 포괄한다.

웃음은 특수하고 부분적인 것을 대상으로 삼는 것이 아니라, 전체적이고 보편적인 모든 것을 대상으로 삼는다. 웃음은 자신의 세계, 자신의 교회, 자신의 국가를 공식적인 세계, 공식적인 교회, 공식적인 국가에 대항하여 세우는 것이리라. 웃음은 전례를 행하고, 자기 신앙의 상징을 고백하며, 결혼식을 올리고, 장례식을 치르며, 묘비명을 적고, 왕과 주교를 선출한다. 가장 사소한 중세의 패러디일지라도, 마치 그것이 전체적이고 통일된 우스꽝스러운 세계의 일부인 것처럼, 항상 그렇게 만들어지고 있다는 점은 특징적인 사실인 것이다.[4]

웃음은 공식적인 세계 저편에 또 하나의 세계를 세운다. 전자가 지배계급의 이데올로기가 만든 세계라면 후자는 민중의 자기 긍정에 토대를 두고 지어진 세계다. 웃음은 전자를 웃음의 대상으로 만드는 데 그치지 않고 새로운 세계의 전망을 열어젖힌다. "웃음은 물질·육체적 원리의 그 참다운 의의를 밝혀주었다. 웃음은 새로운 것, 미래의 것에 대해 눈을 뜨게 만들었다. 웃음은 반(反)봉건적인 민중의 진리를 말하게 했을 뿐만 아니라, 그 진리 자체의 덮개를 벗기고 내적 형식을 만들게 해주었던 것이다."[5] 이것이 민중문화의 패러디에서만 드러나는 특

---

3) 샹플뢰리, 『풍자예술의 역사』, 정진국 옮김, 까치, 2001, 197쪽.
4) 미하일 바흐친, 『프랑수아 라블레의 작품과 중세 및 르네상스의 민중문화』, 이덕형 외 옮김, 아카넷, 2001, 147쪽.

징이라고 할 수는 없을 것이다. 현대시에 나타난 패러디에서도 이 같은 웃음의 정치학이 목격된다.

　게다가 이 웃음이 전대의 체계를 무작정 부정하는 것도 아니다. 패러디가 이루어질 때, 원텍스트는 적어도 원본(原本)으로서의 권위를 보장받는다. 무엇을 전복한다는 것은 일차적으로 그것의 권위를 인정한다는 말이다. 뒤집기 위해서는 인정해야 하기 때문이다. 따라서 패러디는 패러디된 작품(원텍스트)이 갖는 정전으로서의 권위와 특징을 환기한 후에야 의미론적 왜곡을 가할 수 있다. 이것은 단계적인 과정(인정한 후에 전복한다)이 아니라 동시적인 과정(인정하면서 전복한다)이며, 이때 이루어지는 패러디의 '이중화'는 반어의 '이중화'와 정확히 겹친다.

　'거리'의 다섯 유형에 따른 패러디의 유형을 살펴보기로 한다.

---

5) 같은 책, 155쪽. "바흐친이 (…) 열거하는 서사시 텍스트, 기도문, 문법, 전례 등에 대한 패러디를 그 동시대인들은 결코 무례한 것으로 받아들이지 않았다. 그런 패러디는 (언어적으로든 스타일적으로든) '의도적으로 대화화된 혼종'으로 받아들여졌던 것이다"(게리 솔 모슨·캐릴 에머슨, 『바흐친의 산문학』, 오문석 외 옮김, 책세상, 2006, 730쪽). 패러디는 단순한 '공격성'의 표현이 아니라 바흐친적 의미의 '대화성'의 표현이다. 그런데 바흐친은 시적 언술은 대화성을 가진 언어가 아니라 시인 자신에게 속하는 일의적인 담론이라 생각했다. "시인은 언어란 단일한 것이며 개별 발언 또한 단일한 독백과도 같이 폐쇄적인 것이라는 관념을 받아들이는 한도 내에서만 시인이다. (…) 모든 말은 시인의 의도를 직접적으로 매개 없이 표현해야 한다"(미하일 바흐친, 『장편소설과 민중언어』, 전승희 외 옮김, 창비, 1988, 107쪽. '담론'이라는 역어를 '언술'로 바꾸었음. 이하 같음). 소설 언술의 특장을 강조하기 위해서 시적 언술의 위상을 낮추어 잡은 셈인데, 이런 대조는 "담론의 대화적 지향성이란 모든 언술의 특성이며 모든 살아 있는 언술의 본래적인 방향"(같은 책, 87쪽)이라는 바흐친 자신의 전제와도 충돌한다. 바흐친의 생각과 달리 언술의 대화성이란 시에서도 통용되는 진리다.

1-1. 풍자와 패러디

J의 엄마는 미혼모였다 어느 얼뜨기가 그녀를 받아들여 같이 살았다 의붓아비는 토목공이었다 병원에 가지 못해 가축우리에서 태어났다 자라면서 가출을 한 번 했는데 갈 곳이 없어 교회에 무단 침입했다 서른이 될 때까지 아무것도 안 했다 아무것도 안 할래 아무것도 하지 않고 가만히 있을래* 어느 날 몽상이 늙은 백수건달의 머리를 망치로 뽀갰다 히피가 되는 거야 사막으로 나가 코카인과 헤로인을 번갈아 하고 명상 중에 악마를 보았다 접신을 하고 초능력을 얻었다 무당이 된 그는 낙오자들을 끌어 모아 교주가 되었다 엘에스디를 왕창 먹여서 환상을 보여주고 가끔 흑마술을 부려 물 위를 걷기도 하고 주문을 외워 시체를 좀비로 만들기도 했다 그렇지만 무엇보다 패거리들을 사로잡은 것은 그의 달변이었다 항상 주변에 유령이 출몰하고 더러운 비둘기가 맴돌았다 매춘부를 좋아해서 자주 그녀들과 어울렸다 세력이 점점 커져 히피교주를 숭배하는 무리가 늘어났다 그는 스타가 되었다 식민제국주의를 타도하자며 무산계급 기층 민중을 옹호했다 체제 전복을 기도했고 이내 체포되었다 생쥐 떼 같은 대중은 그를 배신하고 법원은 대신 연쇄살인자를 사면했다 내란 음모죄로 사형이 집행되어 전기의자에 앉았다 일 분을 채우고 청진기를 대보았다 여봐라 이 놈을 더욱 지져라 눈알이 튀어나오고 입에 게거품을 물었다 그는 죽고 나서 더 유명해졌다 며칠 뒤 좀비가 되어 공중 부양 후 미확인 비행물체를 타고 사라지며 말했다 아일비백 신드롬이 형성되고 전기가 출간되고 추앙하는 자들이 늘어갔다 요술왕자 겸 사회주의자 히피교주 때문에 살육과 전쟁이 일어났다 그의 적자라 주장하는 새끼들이 부지기수였다 그들은 교주를 팔아 많은 돈을 벌었다 J를 전기구이로 만든 의자는 성물이 되었다

　* 그룹 코코어의 노래 〈잠수〉 중에서

—이승원, 「아이콘」 전문

　이 이야기가 예수("J")의 일대기를 재구성한 것이라는 점은 불문가지다. 동시대의 문맥에 복음서의 기사를 이입했더니 전혀 다른 인물의 일대기가 생겨났다. 예수의 성스러운 삶은 낱낱이 풍자 대상이 된다. 동정녀 출생은 미혼모의 출산이 되고, 공생애를 준비하기 위한 나날은 실업의 나날로 바뀌었으며, 인간을 구원하리라는 깨달음은 몽상에 불과한 것이 되었다. 마귀의 시험은 약물의 결과였으며 신이한 이적은 흑마술이었다. 십자가의 죽음과 부활, 승천에 이르는 긴 이야기가 혁명과 호러, SF 영화의 문법으로 정돈된다. 시가 그려낸 "J"라는 인물은 문제아, 백수건달, 히피, 사이비 교주, 혁명가, 좀비, 기계인간("아일비백"을 외치는 영화 속의 바로 그 터미네이터다), "요술왕자 겸 사회주의자"다.

　예수에 대한 풍자적인 패러디로 읽히지만, 실제 공격 대상이 예수로 한정된 것은 아니다. 이 시의 풍자 대상은 이 시대의 세속 도시 전체다.[6] 예수의 일대기를 빌려 이 시대의 저열한 삶을 패러디했다고 보는 것이 옳을 것이다. 초점은 "J"에 있는 것이 아니라 그가 관통한 세속적 삶의 양상에 있다. 이를테면 사이비 교주에 쉽게 현혹되는 세태, "생쥐 떼 같은 대중," "내란 음모죄"를 함부로 뒤집어씌우는 권력, "교주를 팔아 많은 돈을" 버는 타락한 종교계 따위가 모두 공격 대상이다. 패러디의 중심에 있는 하나의 대상을 공격하는 것이 아니라 패러디가 가능한 모든 문맥이 비판되는 것이다.

---

6) 이 시인의 첫 시집인 『어둠과 설탕』 전체가 그렇다. 시집 제목도 성경에서 요긴한 삶을 상징하는 '빛과 소금'의 패러디다.

1-2. 예찬과 패러디

> 숲을 멀리서 바라보고 있을 때는 몰랐다
> 나무와 나무가 모여
> 어깨와 어깨를 대고
> 숲을 이루는 줄 알았다.
> 나무와 나무 사이
> 넓거나 좁은 간격이 있다는 걸
> 생각하지 못했다.
> 벌어질 대로 최대한 벌어진,
> 한데 붙으면 도저히 안 되는,
> 기어이 떨어져 서 있어야 하는,
> 나무와 나무 사이
> 그 간격과 간격이 모여
> 울울창창(鬱鬱蒼蒼) 숲을 이룬다는 것을
> 산불이 휩쓸고 지나간
> 숲에 들어가 보고서야 알았다.
>
> —안도현, 「간격」 전문

숲의 나무들이 품은 이 간격은 사랑의 상형이다. 우리는 서로 가지를 이어붙인 연리지(連理枝)를 사랑의 상형으로 알고 있으나, 실제의 나무들은 "벌어질 대로 최대한 벌어진,/한데 붙으면 도저히 안 되는" 간격을 서로에게 수락한다. 이 간격은 마음의 거리가 아니라 사랑의 거리다. 나무들은 이 간격만큼 사랑한다. 서로 멀어질수록 나무의 사랑은 더욱 간절해질 것이다. "산불" 같은 참화를 입을 때, 나무들은 불을 옮기지 않으려고 몸 대신 마음을 태웠을 것이다. "몰랐다"에서 "알았다"로 옮겨가는 서법은 물론 수사적인 것이지만, 이 이행 덕분에 숲은 제 안에 품은 간격을 한껏 넓힐 수 있었다. 이 시는 다음 시를 (나무처럼) 옆에 세워두고 있다.

숲에 가보니 나무들은
제가끔 서 있더군
제가끔 서 있어도 나무들은
숲이었어
광화문 지하도를 지나며
숱한 사람들이 만나지만
왜 그들은 숲이 아닌가
이·메마른 땅을 외롭게 지나치며
낯선 그대와 만날 때
그대와 나는 왜
숲이 아닌가

—정희성, 「숲」 전문

숲은 나무들이 모인 곳이지만, 정작 나무들은 뿌리를 공유하지 않는다. 그렇게 "제가끔 서 있어도" 나무들은 숲을 이룬다. 사람들은? 따로 또 같이 있어도 숲(곧 '숲'으로 표상되는 공동체)이 되지 않는다. 「숲」에서의 대조(숲과 우리는 다르다)는 「간격」에서의 유비(숲의 나무들은 우리와 비슷하다)가 되었으나, 둘은 동일한 생각을 공유한다.[7] 「간격」은 「숲」의 생각을 받아들여 지지, 부연, 심화하고 있다.

1-3. 연민과 패러디

당신들은 모르실 거예요
이 땅에 태어난 여자들은
누구나 한때 군인을 애인으로 갖는답니다
이 땅의 젊은 남자들은
누구나 군사 분계선으로 가서
목숨을 거기 내놓고 한 시절
형제라고 부르는 적을 향해 총을 겨누고
절박하게 고통과 그리움을 배운답니다
그래서 이 땅의 여자들은
소녀 때는 군인에게 위문편지를 쓰고
처녀 때는 군대로 면회를 간답니다
어느 중년의 오후
다시 돌아설 수 없는 길목에서
군복 벗은 그를 우연히 만나
서로 어쩔 줄 몰라 하며
속으로 조금 울기도 한답니다
서로의 생 속에 군사 분계선보다 더 녹슨
어떤 선을 발견하고 슬퍼한답니다
당신들은 모르실 거예요

---

7) 따라서 두 텍스트의 관계는 인유다. 이것은 '연민'의 항목에서도 마찬가지다. 둘의 거리가
멀어서 의미론적인 긴장이 강렬하게 일어날 때가 패러디이며, 둘의 거리가 가까워서 긴장
보다는 친연성이 느껴질 때가 인유이기 때문이다. 어조의 다섯 유형에 적용한다면, 연민과
예찬은 인유에, 풍자와 해학은 패러디에, 반성은 그 중간에 해당할 것(혹은 반성의 정도에
따라 인유와 패러디의 어느 한 쪽에 귀속될 것)이다. 이 책에서는 이들을 모두 패러디라
통칭한다.

이 땅의 여자들은
누구나 한때 군인을 애인으로 갖는답니다

—문정희, 「군인을 위한 노래」 전문

첫 행부터 유행가로 시작한다. "당신은 모르실 거야"로 시작하는 노
래 말이다. 당신은 모르실 거야. 얼마나 사랑했는지. 세월이 흘러가면
그때서 뉘우칠 거야. 시인은 그 고백이 이미 어느 "한때"의 고백이라고
말한다. 그때 젊음이 사랑과 동의어이던 때, "이 땅의 젊은 남자들은"
군사 분계선에 가서 "고통과 그리움"을 배웠다. 여자들도 그랬다. 그네
들은 위문편지를 쓰던 소녀시절을 거치고, 면회를 다니던 처녀시절을
지나와서, 불현듯 옛사람을 만나는 "어느 중년의 오후"를 맞았다. 누구
나 먼 곳에 사랑하는 이와 지나간 젊음을 보내놓고는 아파했다. 세월
은 그들을 갈라놓고, 한때의 사랑과 청춘을 가져가버렸다. 이제 "서로
의 생 속에 군사 분계선보다 더 녹슨/어떤 선"이 생겼다. 그 선은 통속
적인 표현을 빌리면, 넘지 말아야 할 선이자 넘지 못할 선이다. 군사
분계선에 잇대어 생긴 이 분기선 앞에서 우리는 여전히 무엇인가 고통
스럽고 누군가 그립다. "당신들은 모르실 거예요"는 이 통속의 선이지
만, 시의 처음과 나중을 관통하며 거듭 그어짐으로써 세월의 선(그 선
을 사이에 두고 우리는 늙었다), 이별의 선(그 선은 마음의 군사 분계선이
되었다), 회상의 선(그 선은 회상을 통해서만 상기된다)이 된다.

내가 잠 못 이루는 밤에, 라고 쓰면
딴엔 화사한 것이 적지 않은 너는
별이 빛나는 밤에, 라고 번역하던 창가였다.
창문을 열면 이제 별 한 톨 없이
고속도로의 굉음만 쏟아져 들어오는 밤,

통증 때문에 침대 끝에 나앉았는데
호랑이띠인 너는 무슨 으르렁거릴 게 많아서
이빨을 득득 갈며 잘도 잔다.
무게라면 등이 휠 것 같은 삶의 무게라도
네 것까지 한껏 도맡아 안고
별빛으로 길의 지도를 읽어대던 시절의
빛이 사라진 후, 쾌락이라면
마지막 한 방울의 것까지 핥고 핥던 서로가
아픔은 한 점이라도 서로 나눌 수 없는
슬픔에 목이 멜 필요는 없으리라.
우리가 살고 사랑하고 상처 입은 날들의
적재(積載)와만 같은 마주 보이는 어둠의 아파트,
하기야 생계 하나만으로도 서둘러 일어나
저렇게 몇몇 창에 불을 밝히는 사람들이
또한 늘상 너와 내가 아니던가.
생계 본능으로 새벽을 일으키는 네가
딴엔 화사했던 것들을 곤한 코골이로 지울 때
닭띠인 나는 꼬끼오, 나 대신 울어주는
휴대폰을 꺼버리고 너의 이불을 여미고,
네 늦어버린 출근길에 지청구를 듣는다 해도
잠 못 이루는 이 통증의 마음엔 별이 없다.
—고재종, 「나의 통증엔 별이 없다」 전문

　이 시에 숨은 수많은 인유 역시 삶의 아픔과 쓸쓸함을 통속의 자리
에서 환기하기 위한 장치들이다. 나의 "잠 못 이루는 밤"을 너는 "별이
빛나는 밤"으로 읽는다. 전자가 현실적이라면 후자는 낭만적이다. "등

이 휠 것 같은 삶의 무게"가 정말로 이 밤에 우리에게 내려앉았다. 루카치가 회상했던 저 "별빛으로 길의 지도를 읽어대던 시절"은 물론 사라졌다. 그런데 통속은 아픔을 견딜 만한 것으로 해주는 힘이기도 하다. "지청구"를 들으면서도 네가 조금이라도 더 자기를 바라는 마음 같은, 아주 작은 배려가 저 "통증"의 정체이기 때문이다.

1-4. 반성과 패러디

식모는 말이 없다.
말을 많이 하면 밥이 상한다.
그런 미신 때문에 더 많은 밥을 하는
식모의 말은 짧고
강하고 없다.

밥이 없는 것보다 더 무시무시한 말
생각이 없는 것보다 더 무시무시한 몸
그 몸으로 밥을 하고
그 몸으로
말이 없다.

생각보다 짧다.
우리가 먹는 밥 시간은
우리가 놓는 숟가락 소리는
누구보다 강하고
짧다.

잘 먹었습니다!
아니면 더 많은 말이 필요하고
밥이 상한다.
식탁에서

밥과 반찬과 모두가 사라질 때까지
식모는 말이 없다.
아니면
더 많은 밥이 필요하다고.

—김언, 「식모」 전문

"식모는 말이 없다." 우리가 아는 "식모"라는 표상은 기능적인 것이지 인간적인 것이 아니라는 뜻이다. 식모는 대화 상대가 아니다. "말을 많이 하면 밥이 상한다." 그럴 리야 없겠지만, 말을 많이 해서 밥을 하는 데 지장을 받을 수야 있겠다. 그래서 식모는 말을 하지 않거나("밥 더 줘" "네"와 같이) 짧게 말한다. 그것은 강하다. 말을 하면 밥이 상하니까 말은 밥보다 무시무시하고, 생각이 없지 않으면서도 말을 하지 않으니까 식모는 무시무시한 몸으로만 존재한다. 따라서 "그 몸으로/말이 없다"고 표현할 때, 저 몸의 말 없음은 말 건넴의 일종이다. 말없이 밥을 함으로써 식모는 식탁에 참여하고 있는 셈이다. 식모가 없다면 식탁의 장소는 완성되지 않는다. 식사도 대화도 불가능해지기 때문이다. 우리는 "잘 먹었습니다" 같은 인사 외에는 식모에게 할 말이 없다. 기능적으로 참여하지 않으려면, 다시 말해 식모를 식사자리에 초대하게 되면 "더 많은 말이 필요"해질 것이다. 식사가 끝나고 모두가 흩어질 때까지 식모는 그 말 없음으로 함께하고 있다. 이 시를 다음 시의 번안으로 읽을 수도 있다.

그녀는 도벽(盜癖)이 발견되었을 때 완성된다
그녀뿐이 아니라
나뿐이 아니라 천역(賤役)에 찌들린
나뿐만이 아니라
여편네뿐 아니라 안달을 부리는
여편네뿐만이 아니라
우리들의 새끼들까지도
아무것도 모르는 우리들의 새끼들까지도

그녀가 온 지 두 달 만에 우리들은 처음으로 완성되었다
처음으로 처음으로

―김수영, 「식모」 전문

  "도벽"이 발견되기 전에는, 식모는 그저 식모일 뿐이었다. 한 개인으로 가족 구성원에 포함되지 않았다는 말이다. 기능적인 존재였기 때문이다. "도벽"이 발견된 후에야 식모는 밥하는 도우미가 아니라 한 사람이 되었다. 가족들은 식모를 욕했을 테지만, 그렇게 욕을 함으로써 자신들도 완성되어갔다. 그녀 덕분에 그들 역시 기능적인 관계에서 풀려났기 때문이다. 김수영의 식모가 대를 이어 김언의 식모가 된 셈이다.

1-5. 해학과 패러디

  여름에는 하루가 멀다 하고 사랑을 속삭였습니다. 남자의 애간장이 탈 때마다 여자는 콧대를 세우고 연막을 쳤습니다. 여간내기가 아니었

습니다. 여자의 고사리 같은 손과 꾀꼬리 같은 목소리는 각광 받기에 충분했습니다. 남자와 여자가 깨를 쏟으며 지지고 볶는 동안, 알토란이나 떡두꺼비를 닮은 아이들이 웃음꽃을 피우며 장단을 맞추었습니다. 어색한 풍경에 제법 구색이 갖추어졌습니다. 여자가 남자의 간을 녹일 때마다 남자의 간은 점점 콩알만 해졌습니다. 급기야 여자는 남자의 간을 빼먹었지만 정작 자신의 간에 기별은 가지 않았습니다. 여자는 헌신짝 버리듯 남자에게 퇴짜를 놓았습니다. 변죽을 올리지도 않았습니다. 아이들의 미립이 트이기 시작했습니다. 남자는 큰맘 먹고 가슴에 칼을 품었지만 간이 떨어져 나가 무도 베지 못했습니다. 복장이 터지고 억장이 무너지고 있었습니다. 남자는 사랑에 대해 개뿔도 몰랐습니다. 남자는 더위를 먹고 열병에 걸리고 급기야 식음을 전폐했습니다. 꿈인지 생시인지 알 수 없었습니다. 하늘도 캄캄하고 눈앞도 캄캄했습니다. 머리끝에서 발끝까지 안 아픈 곳이 없었습니다. 아침이 올 때마다 정수리에서 나사가 하나씩 빠져나갔습니다. 쪽박이라도 차고 사시나무 떨듯 울고만 싶었습니다. 남자에게는 여자도 없고 여지도 없었습니다. 아이들은 남자를 살리기 위해 억지로 아가리를 벌려 엿을 먹였습니다. 여자에게 욕을 먹이는 것도 잊지 않았습니다. 엿이든 욕이든 뒷맛이 소태처럼 썼습니다. 여자는 얼굴에 철판을 깔고 이웃 마을에 새 둥지를 틀었습니다. 하늘이 두 쪽 나도 여자는 살아남을 것 같았습니다. 간이 이미 부을 대로 부어서 여자는 거짓말을 밥 먹듯 할 수 있었습니다. 밥맛이 떨어질 즈음 막바지 더위가 기승을 부리기 시작했습니다. 앞으로 무슨 일이 벌어질지 불 보듯 뻔했습니다. 신들린 아이들이 동네방네 찬물을 끼얹고 놀았습니다. 간담이 서늘해지고 모골이 송연해졌습니다. 뱃가죽이 등에 붙어 버리자, 남자는 두 손 들고 짐을 싸기 시작했습니다. 이상하게도 짐을 싸면 쌀수록 짐을 벗는 것 같았습니다. 알다가도 모를 일이었습니다. 눈 깜짝할 사이에 마을에는 어른들의 코빼기도 보이지 않게 되었습

니다. 간발의 차이로 가을이 겨울을 앞질렀습니다. 살판난 아이들이 쾌
재를 부르며 겨울을 향해 쏜살같이 달려가고 있었습니다.
—오은,「환절기—관용구로 구성된 어떤 말놀이」 전문

전체를 관용적인 비유로만 구성한 특이한 작품이다. 수사학에서 볼
때 관용적인 비유는 죽은 비유다. 생생함은 다의성에서 오는데(다의성
만이 입체감을 불러일으킬 수 있기 때문이다) 관용어들은 표현과 의미 사
이에 어떤 다의성도 허락하지 않기 때문이다. 그런데 특이하게도 수많
은 관용구들을 모으자 어떤 이야기가 완성된다. 착취를 기본 구조로
하는 어떤 남녀의 만남과 그 후일담 말이다. 그런데 이 시의 경우에는
이를 세속적인 삶에 대한 비웃음이라 볼 수가 없다. 앞에서 읽은 이승
원의 시와 달리 이 시가 겨냥하는 웃음은 풍자적이지 않기 때문이다.
관용어들의 뒤틀린 사용에서 얻어지는 이 웃음은 해학에 가깝다. 관용
어만으로 하나의 이야기가 완성되었다면 분명 놓쳐버린 게 있을 텐데
(하나하나의 삶, 개별적인 삶은 공통된 지시물을 갖지 않는다), 시는 그걸
매끄럽게 마름질해서 드러나지 않게 했다. 이 허탈감이 이 시가 겨냥
한 패러디로서의 해학이다. 곧 상투적인 말들로만 이루어진 한 삶의
절실함 같은 것 말이다.

2. 패러디의 범위—제한적인 패러디와 전면적인 패러디

8장에서 우리는 은유가 미치는 범위에 따라 제한적인 은유와 전면
적인 은유가 나뉘는 것을 보았다. 패러디 역시 두 텍스트 사이의 비교
와 상호작용에서 생겨나므로, 비교되는 텍스트의 영역에 따라 제한적인 패
러디와 전면적인 패러디로 나뉜다. 구절이나 모티프 등을 따온 패러디가 전자라

면, 문체나 구조를 반영하는 패러디가 후자다. 먼저 구절과 모티프로서의
패러디를 보자.

어머니는 노란 샤쓰 입은 사나이와 살구요 아버지는 빨간 구두 아가
씨와 살아요 처음부터 그랬던 거 아니에요 어머니가 장바구니에 방 한
칸을 들였을 때부터예요 말없는 노란 샤쓰가 무겁디무겁던 어머니의 장
바구니를 들어주었다지요 어머니는 매일 장바구니를 옆에 끼고 노란 샤
쓰 입은 사나이를 만나러 가요 가로등도 졸쯤이면 어머니는 개나리처럼
노랗게 물든 채 돌아와서는 아버지 침대에 들어요 아버지는 글쎄 오늘
도 버스를 갈아타는 길목에서 똑똑똑 빨간 구두 아가씨와 주저앉아 있
다 진달래처럼 붉게 물든 채 돌아와 코를 골고 있어요 아버지는 처져만
가는 왼쪽 어깨에 코를 박고 걷다 똑똑똑 빨간 구두를 처음 보는 순간
가슴에 빨간 불이 켜졌다지요 그 불이 좀체 꺼지지 않아 그만 길 한복판
에 붉은 등불을 걸고 주저앉아버렸다지요 아버지와 어머니는 나란히 깊
은 잠에 빠졌다가 아침이면 말갛게 일어나 마주 보며 칫솔질을 할 거예
요 반평생을 그렇게 어머니는 간당간당한 아버지를 노란 샤쓰 단춧구멍
에 단단히 밀어넣은 채 말없는 노란 샤쓰 입은 사나이와 살았고요 아버
지는 시름시름한 어머니를 빨간 구두 굽에 박은 채 똑똑똑 빨간 구두 아
가씨와 행복하게 살았답니다
　　　　　—정끝별, 「노란 샤쓰 입은 사나이와 빨간 구두 아가씨」 전문

익숙한 대중가요 두 곡이 아버지와 어머니의 삶을 절실하게 요약한
다. 둘은 상대방에게서 노래의 주인공을 만났다. 둘은 늙은 서로에게
서 젊은 서로를 본다. 이것은 연민이 아니다. 안쓰럽게 서로의 현재 모
습을 외면하고 있는 것이 아니기 때문이다. 둘은 정말로 "행복하게 살
았"다. 시를 패러디한 노래와 연관지어 읽어보자. 먼저 빨간 구두 아가

씨다. "솔솔솔 오솔길에 빨간 구두 아가씨/똑똑똑 구두 소리 어딜 가시나" 그 아가씨의 경쾌하고 발랄한 존재감이 저 구두 소리에 온전히 들었다(이 부분은 시에 노출되었다). 노란 샤쓰 입은 사나이는 어떤가? "노란 샤쓰 입은 말 없는 그 사람이/어쩐지 나는 좋아 어쩐지 맘에 들어" 그이는 (베르테르처럼) 노란 옷을 입었고, 별로 말이 없다. 그것과 동격을 이룬 자리에 "어쩐지"가 놓였다. 사나이의 과묵하고 고독한 존재감 때문에 나는 설렜고, 이 설렘이 "어쩐지"의 율동을 낳았다(이 부분은 시에서 숨었다). 이 시의 경쾌함은 패러디된 노래의 정서와 율동을 온전히 구현한 데서 온다.

메뚜기는 메뚜기의 언어로 말한다. 바람이 불면 상하이에서 인천까지 날아온다. 인천에서 서울로 오는 방법은 수만 가지다. 그들도 그렇게 왔을 것이다. 동사를 강조하며 그들은 말한다. 목적과 수식을 줄줄이 매달고. '하여 주세요, 빨리, 수강신청?'

왕리? 신칭? 내 골머리를 썩이는 그들의 이름이 생각나지 않는다. 그들은 둘이고, 여자, 그것도 국문학 전공, 아마도 한족(漢族). 무엇보다도 집이 필요하고, 먹을 걱정과 입을 걱정이다. 시론(詩論) 시험에 그들은 답을 적지 못했다. 우리는 다른 나라에 있다. 우리는 왕십리의 언어로 말한다.

*

왕십리는 남의 나라다. 그들은 외국인 등록증을 갖고 실용 영어 회화를 듣는다. 원어민 강사는 영어로만 말한다. 학칙으로 보장받은 그만의 자유, 영어는 그들의 혀를 찌르며 의미를 강요한다. 부라보콘을 들고 원어민 강사가 걸어간다.

메뚜기의 언어로 말하는 메뚜기는 행복하다. 그들은 내 이름을 알까?
이 시는 어느 나라 말에 종속되어 있을까? 우리는 왕십리에 미련이 없
다. XXXXXX-2222222, 외국인 등록증에 찍힌 이방인 숫자. 우리에겐
다른 언어가 필요하다. 그것은 상왕십리에나 존재하는 언어다.

— 신동옥, 「중국인 유학생」 전문

"왕십리는 남의 나라다"라는 구절에서 윤동주와 김소월 시의 반향을
찾기란 그리 어렵지 않다. 중국인 유학생들은 "메뚜기"처럼 서쪽에서
날아왔다. 메뚜기에게 메뚜기의 언어가 있듯, 그들에게는 그들만의 언
어가 있다. 그들은 한족이고 국문학을 전공하지만 거기에는 그다지 관
심이 없다. 그들은 이곳에서 한국의 언어("왕십리의 언어")를 듣지 않
고, "실용 영어 회화를 듣는다". "원어민 강사"가 영어만을 말하는 것도
그들의 자유이고 강요된 권력이다. 그들은 "부라보콘"을, 다시 말해
'승리의 원뿔'을 들었다. 중국인은 중국인의 언어로 말하고, 원어민 강
사는 영어로 말한다. 우리의 언어는 "상왕십리에나 존재하는 언어다".
그렇다면 우리의 시는 어디에 붙여두어야 할 것인가? 이 시대에 ('남의
나라'에 대한) 윤동주의 깨달음과 ('십 리를 더 가야 한다'는) 소월의 깨달
음은 어떻게 적용되어야 할까? 시는 한 구절 속에 시대를 관통해 제기
되어온 현실인식을 숨겨두고 있다.

다음은 전면적인 패러디의 예다.

　자작나무 숲에서
　태초에 사랑이 있었다

　장미의 벼락 속에서
　바다와 사막을 지나

여섯 시에 온 여자

모래의 여자

너를 본 순간

난 아무것도 먹고 싶지 않아

악마의 침

오, 행복한 날들

멀리 있는 죽음

하얀 거짓말

뜨겁고 바람 한 점 없는 밤

활짝 핀 벚꽃나무 아래에서

파괴된 사나이

* 소개된 16권의 책의 저자들: 맨 위로부터 밀란 쿤데라, 세르게이 예세닌, 스테판 츠바이크, 잉게보르그 바하만, 앙리 미쇼, 가브리엘 가르시아 마르케스, 아베 고보, 이승훈, 준 비에브 브리작, 훌리오 코스타사르, 사무엘 베케트, 호세 에밀리오 파체코, 폴 테로, 훌리오 라몬 리베이로, 사가구치 안고, 알프레드 베스터

—함기석, 「생은 다른 곳에」 전문

이것은 전면적인 패러디의 예다. 시를 이루는 제목과 행이 모두 다른 저자의 책 제목이기 때문이다. 이것들을 이어 붙였더니 하나의 이야기가 완성되었다. 이것은 일종의 모자이크화 같은 것이다. 인용만으로 전언을 완성했는데, 그 전언은 인용된 각 행에는 존재하지 않던 것이다. 자세히 살펴보자.

자작나무 숲에서 태초에 사랑이 싹텄다. 숲은 여성성이고 신비이며

시원이다. 그곳은 사랑의 대상이고, 해명되지 않은 사랑의 힘이며, 최초로 사랑이 발원한 바로 그곳이다. 장미의 벼락은 그 사랑의 만개를 뜻한다. 벼락 치듯 사랑이 꽃을 피웠다. 그러나 그 사랑은 바다와 사막을 지나야 한다. 바다와 사막은 사랑의 아픔(바닷물처럼 쓰리게 울다)과 소멸(눈물이 사막처럼 말라버리다)을 대신하는 상징이다. 그곳을 지나한 여자가 내게로 왔다, 여섯시에. 말하자면 그 여자는 어떤 경계의 시간에 왔다. 밤과 낮의 경계, 빛과 어둠을 가르는 미명(未明)이거나 박명(薄明)의 시간에. 그 여자는 모래의 여자, 곧 석녀(石女)다. 바다와 사막을 거쳤으니 그 여자가 푸석푸석한 몸을 가지고 있음을 이해할 만하다. 여자 앞에 선 사나이의 말은 직접화법으로 바뀐다. "너를 본 순간/난 아무것도 먹고 싶지 않아". 식음을 전폐하게 만드는 힘 역시 사랑의 힘이다. 그런 탐닉을 악마의 침이라 부른다. 탐닉의 극한은 늘 악마적이다. 그녀와의 키스는 악마의 침처럼—타액이거나 바늘이었을 테니—달콤했고 고통스러웠다. 여전한 사내의 감탄, "오 행복한 날들"! 죽음은 그들에게 멀리 있을 것만 같다. 하지만 순간의 열락이 지난 후에 무섭도록 오래된 손님이 찾아온다. 순간의 영원성이, 바꾸어 말해 영원할 것 같던 순간이 지나고 나면, 어느 순간 우리는 죽음의 저 아늑하고 무서운 품에 안겨 있음을 깨닫는다. 내가 내지른 기쁨의 감탄문들이 실은 "하얀 거짓말"이었던 셈이다. 이 "뜨겁고 바람 한 점 없는 밤", 불타오르는 열정이 있으되 그 격정을 옮길 수 없는 텅 빈 밤. "활짝 핀 벚꽃나무"는 그렇게 환하게 피어올랐다가 속절없이 우수수 지고 만다. 물론 사나이도 그렇게 파괴된다.

위 시가 선행 텍스트의 제목들을 뽑아 전면적으로 패러디했다면, 다음 시는 불교의 관용구들을 시적 질문으로 받아들여 전면적으로 인유했다.

붉은 살덩어리
어린 아해가 막 울고 있는데

달마는 왜 동쪽으로 왔는가

먹구름은 까마득한 날부터
빗방울의 길을 따라 바다로 흘러갔다네

어린 아해는 왜 목이 붓도록 울어도

오갈 것이 본래 없는데
숯검덩이 달마는 탈바가지 덮어쓰고

왜 동쪽으로 왔는가

달빛 잔잔히 누빈 강물에
달마 눈썹 하늘 비추니

서쪽 하늘에서 떨어진 둥근 달아
네 가는 곳이 어디더냐

엉덩짝을 걷어차니
뜰 앞의 짚신 한 짝!
—최동호, 「둥근 달에게 달마를 묻다 — 달마는 왜 동쪽으로 왔는가」 전문

불교의 공안과 그에 대한 선적 답변이 본문의 내용을 이루므로 일종

의 문답을 끌어내는 시편이다. 질문은 표면에 드러나지만 대답은 이면에 숨어 있다. "달마는 왜 동쪽으로 왔는가"는 '도가 무엇인가?'라는 뜻을 가진 공안 가운데 하나다. "둥근 달"이 비유하는 어린아이는 "붉은 살덩어리", 곧 육신[이를 불교에서는 '색(色)'이라 부른다]을 가진 아이다. 아이는 "막" 울고 있다. "막"에는 '바로 지금'과 '마구'라는 두 뜻이 있다. 아이의 아픔이 현재적이기도 하고 강렬하기도 하다는 뜻이다. 이 울음은 깨달음을 얻지 못한 중생의 울음이며, 이와 대척을 이루는 자리에 깨달음의 표상인 "달마"가 있다. 사람은 하염없는 괴로움에 사로잡혀 있는데, 달마는 왜 동쪽으로 왔을까? 이것이 1~2연을 집약하는 시인의 첫 번째 물음이다. 3연이 첫 번째 대답이다. 구름에서 비가 내리고 그 비가 바다로 흘러가듯, 자연의 운행에는 작위가 없다. 이 운행을 특별한 말로 설명할 것이 없다. 아이의 울음이 고해(苦海)로 흘러드는 것도 당연하며, 달마가 동쪽으로 온 것도 당연하다. 4~5연에는 두 개의 질문과 하나의 대답이 있다. "왜 목이 붓도록 울어도"—아이는 왜 그렇게 우는 것일까? 그리고 달마는 "왜 동쪽으로" 왔을까? 이 질문 사이에 시인은 슬쩍 대답을 끼워넣는다. "오갈 것이 본래 없는데". 4연과 연결짓는다면 5연의 대답은 아이, 곧 중생의 고통에는 자연의 운행 같은 해결책이 없다는 말이며(고통을 넘어서기 위해서는 이를 건너뛰어야 한다), 5연 2행과 연결짓는다면 이 대답은 처음부터 달마가 동쪽으로 온 것에는 아무 의미가 없다는, 아니 차라리 그런 질문 자체에는 아무 의미가 없다는 대답이다(진리는 본래 오가는 것이 아니므로 동쪽이건 서쪽이건 달마의 이동에 의미를 부여할 필요가 없다). 왜 그럴까? 이미 깨달은 자에게는 그런 분별이 소용없기 때문이다. 분별지(分別智) 이후에는 그 분별 자체가 무의미한 것이다. 이 대답은 아이의 울음과 달마의 동행(東行)이 실은 같은 것임을 말한다. 7연 1행에서 또다른 대답이 나온다. "달빛 잔잔히 누빈 강물"은 '월인천강(月印千江)'이 말

하는 바로 그 강물이며, 하늘에 비춘 "달마 눈썹"은 서정주가 「동천」에
서 "하늘에다 옮기워 심어"놓은 바로 그 눈썹이다. 수면(水面)은 다면
경(多面鏡)이다. 달은 하나이지만 강물에 비친 달이 여럿이듯, 부처는
하나이지만 우리 각자가 마음에 모신 부처는 여럿이다. 그러니 아이가
저 달임을 알 만하다. 8연 1행은 "서쪽 하늘에서 떨어진 둥근 달"에 관
해 말한다. 이 달은 달마의 거울이다("달마"와 "달아"의 유사성에 주목하
라). 달마의 짙은 눈썹이 저렇게 하늘에 있으니 달마 또한 저 달임을
알 만하다. 시인이 아이와 달마를 분별하지 않은 것은 우리 안에 불성
(佛性)이 있기 때문이다. 그래서 시인은 달에게 묻는다. "네 가는 곳이
어디더냐". 이 질문은 한편으로는 "달마는 왜 동쪽으로 왔는가"라는 질
문이며, 다른 한편으로는 달마가 동쪽에 온 까닭을 풀이하는 대답이
다. 동쪽이건 서쪽이건 그 자체엔 의미가 없기 때문이다. 그래서 마지
막 연에서 시인은 "엉덩짝"을 걷어차고, 그 발에서 "짚신 한 짝"이 떨
어져나온다. "뜰 앞의 짚신"이 "뜰 앞의 잣나무"(위 질문에 대한 조주의
유명한 대답이다)에 대한 변용임은 쉽게 알아챌 수 있을 것이다. 조주
역시 뜰 앞에 잣나무가 아니라 짚신 한 짝이 있었다면 같은 대답을 했
을 것이다. 그것은 깨달음에 대한 상징인데, 흥미롭게도 달을 가리키
는 손가락 '만'을 가리키는 상징이다. 시인이 말해줄 수 있는 것은 달이
아니라 달을 가리키는 손가락(혹은 달을 걷어찬 짚신 한 짝)이며, 도가
아니라 도에 대해 일러주는 말이다. 이것은 겸손의 표현이지만 자부심
의 표현이기도 하다. 장자의 말대로 "온 천지가 가리키는 손가락 하나
(天地一指也)"이지 않은가? 방위(方位)로 뜻을 묻고는 대답 이후에 그
방위를 버리는 것, 아이와 달마와 달을 나누어 묻고는 아이와 달마와
달을 묶어서 대답하는 것—이것이 선에서 도출한 이 시의 수사학이다.
아이와 달마와 달을 묶어내는 수사적 방식은 도치(4~6연에서 보이는
구문의 교묘한 배치가 그렇다)와 말놀이("달마"와 "달아", "살덩어리"와 "어

린 아해"의 연관이 그렇다)에도 있고, 제유("붉은 살덩어리"와 아이, "엉덩
짝"과 달마의 관계가 그렇다)와 은유("붉은 살덩어리"와 "엉덩짝"이 곧 달
이다)에도 있다.

3. 패러디의 위상

패러디와 비유 일반의 관계를 검토함으로써 시학에서 패러디가 놓
인 위치를 가늠해보기로 한다.

3-1. 패러디와 은유

허천은 들뢰즈의 용어를 빌려 패러디를 "차이를 내포한 반복"이라고
정의한다. 패러디는 "비평적 아이러니의 거리를 가진 모방이며 그 아
이러니는 양쪽이 모두 차단될 수 있다. '초문맥성'의 아이러니와 전도
는 패러디의 중요한 형식적 작동이다."[8] '초문맥성(trans-contextual-
ization)'은 패러디된 부분에서의 문맥이 두 텍스트 사이에서 간섭하는
현상, 곧 의미가 두 텍스트의 문맥을 관통하여 성립하는 현상을 이르
는 말이며, '전도(inversion)'는 패러디의 의미론적 뒤틀림을 이르는 말
이다. 그런데 사실은 모든 반복이 차이를 가져오므로 허천의 정의는
적절하지 않다.[9]

서로 유사한 것만이 차이를 지닐 수 있다. 이것이 첫 번째 명제이다.

---

8) 린다 허천, 『패로디 이론』, 김상구 외 옮김, 문예출판사, 1992, 62~63쪽.

하지만 두 번째 명제는 이렇게 말한다. 오로지 차이들만이 서로 유사할 수 있다. 첫 번째 정식에 따르면, 유사성이 차이의 조건이다. (…) 두 번째 정식에 따르면 유사성 그리고 또한 동일성, 유비, 대립 등은 어떤 효과들로 간주될 수밖에 없다. 이것들은 모두 어떤 일차적 차이에서 비롯되는 산물, 혹은 차이들의 일차적 체계가 낳은 산물들에 불과하다.[10]

첫 번째 정식(유사성이 차이를 낳는다는 것)이 패러디와 연관된다면, 두 번째 정식(차이가 유사성을 낳는다는 것)은 은유와 연관될 것이다. 곧 패러디에서 차이가 반복의 효과라면, 은유에서는 반복(유사성)이 차이의 효과다. 은유는 의미론적인 반복을 통해 차이를 내부에 기입하는데, 이때 만들어지는 유사성은 차이가 낳은 산물이다. 반면 패러디는 형식적인 반복을 통해서 차이를 도입하는데, 이때 생기는 차이는 이런 반복의 결과다. 차이가 반복(유사성)보다 본질적이므로 '차이 나는 반복'은 패러디보다는 은유의 정의에 더 가깝다.

은유가 두 대상 사이에 맺어지는 중첩, 비교, 병렬의 방법, 곧 동일성에서 유사성에까지 이르는 연계의 전략이라면, 패러디는 두 텍스트 사이에서 맺어지는 반복과 뒤틀림, 곧 이중화에서 생겨나는 왜곡과 근

---

9) 보르헤스는 한 작품에서 세르반테스의 유명한 작품을 토씨 하나 바꾸지 않고 '새로 쓴' 가상의 저자 피에르 메나르에 관해 이야기한다. 메나르는 앞의 텍스트를 글자 그대로 반복했으나, 그 반복만으로도 작품의 주제에서 문체에 이르기까지 수많은 차이가 생겨났다. 보르헤스는 메나르가 『돈키호테』를 다시 쓰기 위해 수많은 밤을 지새웠을 것이라 말한다. "그는 이미 존재하고 있는 책을 외국어로 다시 쓰기 위해 온갖 노고와 수많은 불면의 밤들을 바쳤다. 그는 수없이 원고를 쓰고 다시 쓰고 또다시 쓰고, 집요하게 교정을 가했고, 그리고 수천 페이지에 해당하는 그 원고들을 모두 찢어버렸다"(호르헤 루이스 보르헤스, 「삐에르 메나르, 『돈키호테』의 저자」, 『픽션들』, 황병하 옮김, 민음사, 1994, 87쪽). 이 '가상'의 퇴고과정이 원텍스트와 패러디 텍스트 사이에 생겨나는 의미론적 뒤틀림의 과정이자 웃음과 공감이 생성되는 과정이다. 변한 것은 없으나(반복했으나) 그동안 모든 것이 변했다(차이가 생겼다).

10) 질 들뢰즈, 『차이와 반복』, 김상환 옮김, 민음사, 2004, 263쪽.

거 부수기, 외연 허물기의 전략이다. 두 텍스트가 공유하는 접면이 고른가(은유의 경우), 뒤틀려 있는가(패러디의 경우)에 따라 은유와 패러디가 갈린다.

> 내일 모레가 육십(六十)인데
> 나는 너무 무겁다.
> 나는 너무 느리다.
> 나는 외도(外道)가 지나쳤다.
> 가도
> 가도
> 바람이 입을 막는 왕십리(往十里).
>
> —박목월, 「왕십리往十里」 전문

"왕십리"는 '십 리를 더 가다'라는 뜻을 품은 지명이다. 다시 말해 이곳은 정착할 수 없는 곳(목적지까지는 더 가야 한다), 여로의 일부인 곳(나는 가는 중이다), 오고 가는 곳(가기 위해서는 와야 한다)이다. 이것이 삶에 관한 성찰을 불러왔다. "육십"과 "왕십"의 말놀이에도 주목해야 한다. 나는 벌써 육십인데, 아직도 "왕십", 곧 십 리는 더 가야 한다. 나는 무겁고 느리다. 나는 길을 잘못 들었다. "외도"는 '정도(正道)가 아님, 바람을 핌' 따위의 사전적인 뜻을 갖지만, 여기서는 이를 '길의 바깥에 들었음 혹은 가야 할 길에서 벗어났음' 따위의 문자적인 뜻으로 새겨야 한다.

> 비가 온다
> 오누나
> 오는 비는

올지라도 한 닷새 왔으면 좋지.

여드레 스무 날엔
온다고 하고
초하루 삭망이면 간다고 했지.
가도 가도 왕십리 비가 오네.

웬걸, 저 새야
울려거든
왕십리 건너가서 울어나 다고,
비 맞아 나른해서 벌새가 운다.

천안에 삼거리 실버들도
촉촉이 젖어서 늘어졌다네.
비가 와도 한 닷새 왔으면 좋지.
구름도 산마루에 걸려서 운다.

— 김소월, 「왕십리」 전문

'비가 오다'(1연)와 '가도 가도 왕십리'(2연) 사이에 의미론적 긴장이 있다. 이 사이에는 "여드레 스무 날엔/온다고 하고/초하루 삭망이면 간다고" 한 사연이 숨어 있다. 이 사연의 주체가 "비"라면 이런 일기 예보는 주체 자신의 내면을 대신하는 서경일 것이며, (문맥에서는 숨어 있는) '임'이라면 이런 사연은 주체의 심리를 결정하는 외부 사실일 것이다. 어느 쪽이든 나는 이 '오고-감'에 매여 있다. 새와 구름의 울음(3~4연)은 이 비의 오고-감, 임의 오고-감의 말놀이적 반복("가도"와 "다고", "운다"와 "온다")에서 비롯된 것이다.

둘을 "가도 가도 왕십리"라는 관용어가 이어준다. 박목월의 「왕십리」가 구문의 잦은 반복을 통해 삶의 고단하고 지난한 행로를 보여준다면, 김소월의 「왕십리」는 구문의 잦은 교체를 통해 임의 부재에서 비롯된 슬픔(2연의 주체는 비가 아니라 임이다)이 만연한 풍경을 보여준다. 또 전자가 "왕십"과 "육십"의 말놀이에 기초해 있다면, 후자는 오다-가다의 변환에 기초해 있다.

3-2. 패러디와 알레고리

10장에서 알레고리가 텍스트 바깥의 현실(물론 이때의 현실이란 실제의 현실이 아니라 텍스트가 품은 의미론적인 '지시물'들의 총체다)과 비유적 관련을 맺고 있음을 보았다. 반면 패러디는 텍스트 바깥에 자리한 다른 텍스트와 비유적 관련을 맺는다. 따라서 둘이 겹칠 때는 텍스트 바깥의 현실이 텍스트화되는 바로 그때다. 이를테면 다음 시와 같이 1980년 전후의 정치현실이 무협지라는 텍스트 형식과 겹칠 때, 패러디와 알레고리가 만나게 된다.

> 경천동지할 무공으로 중원을 휩쓸고 우뚝 무림왕국을 세웠던
> 무림패왕 천마대제 만박이 주지육림에 빠져 온갖 영화를 누리다
> 무림의 안위를 위해 창설했던 정보기관 동창서열 제이위
> 낙성천마 금규에게 불의의 일장을 맞고 척살되자
> 무림계는 난세천하를 휘어잡으려는 군웅들이 어지러이 할거하기 시
> 작했다
> 차도살인지계를 누구보다도 잘 이용했던 천마대제 만박
> 천상옥음 냉약봉, 중원제일미 녹부용이 그의 진기를 분산시킨 것도

원인이 되겠지만,

수하친병의 벽령장에 철골지체 천마대제가 어이없이 살상당한 건

곁에 있는 사람도 자객으로 변한다, 삼라만상을 경계하라는

무림계의 생리를 너무도 잘 설명해주는 대목이었다

천마대제가 죽자 무림존폐의 위기를 느낀 동창서열 제오위 광두일귀

동문혹은

낙성천마를 기습, 금나수법으로 제압한 뒤 고수들을 규합했다

그리하여 무력 18년 겨울, 고금성 주위엔 무림의 앞날을 걱정하는

천수신마, 건곤일검, 남해일노 등 내공이 노화순청의 경지에 이른

초고수들이 암암리에 몰려들었다 그들은

벽안의 무사들에게 빌린 천마벽력탄과 육혈포를 가지고

동창서열 제삼위 무적금괴 승룡을 제압 중원을 평정하기에 이르렀다

서역의 천마벽력탄 앞에서 무적금괴의 철풍장 정도는 조족지혈이었다

무력 19년 초봄, 칠청단이란 자객의 무리들이 난데없이 출몰해

무고한 백성들을 자객훈련 시킨다며 백골계곡에 잡아가둔 사건이 있

었다

이른바 소림삼십육방 통과보다 더 악명 높다는 지옥십관 훈련

그러나 대부분 지옥일관도 통과하지 못하고 독가시 채찍에 맞아 원

혼이 되었다

그 무렵 하남 땅에선 민초들의 항쟁이 있었다

아, 이름하여 하남의 대혈겁

광두일귀는 공수무극파천장을 퍼부어 무림잡배의 폭동을

무사히 제압했다고 공표 무림의 안녕을 거듭 확인했다

그날은 꽃잎도 혈편으로 흐드러졌고 봄비도 피비린내의 살점으로 튀

었다

이 엄청난 혈채를 어디서 보상받아야 하는가

무력 19년 가을, 광두일귀는 숭산의 영웅대회에서 잔혼귀존 폭풍마
독등과
　형식적인 비무를 거친 뒤 무림맹주의 권좌에 등극했다
　그날 무협신문들은 일제히 환영의 뜻을 표하며
　혈의방 무사들이 통천가공할 무공을 익히며 호시탐탐 중원을 노리는
이때
　강력한 무공의 소유자가 중원을 다스려야 한다고
　수심에 가득찬 기사를 썼지만 대부분 인면수심들이었다
　천마대제는 비명에 갔지만 강자존 약자멸!
　이 무림의 대원칙이 깨질 것을 우려한 광두일귀 및 일부 뜻 있는 고
수들은
　무력(武歷)은 무력으로밖에 지킬 수 없다는 평범한 이치 앞에 숙연해
하며
　한층 겸허하게 무공연마에 정진할 것을 다짐했다
　　　　　—유하, 「무력武歷 18년에서 20년 사이—무림일기 1」 전문

　1980년 전후의 한국 정치현실을 무협지의 용어로 패러디했다. 이 시
를 설명하기 위해서는 1979년에서 1981년 사이에 일어났던 정치사(박
정희 대통령의 죽음에서 전두환 대통령의 취임까지)를 되짚어야 한다. 이
기간을 무력(武歷) 18년에서 20년 사이라 부른 것은 1961년의 5·16
쿠데타에서부터 군부의 무력(武力)에 의한 독재정권이 수립되었기 때
문이다. 시의 본문에 등장하는 여러 등장인물들은 역사상의 실존인물
들을 무협지의 인물로 개명한 것이며, 이후에 벌어진 여러 사건들(12·
12사태, 삼청교육대, 광주민주화운동, 최규하 대통령 하야 등)도 동일한 방
식을 따랐다. 상황을 모르는 이라면 역사책을 펴놓고 비교하며 이 시
를 읽어야 한다. 이것이 패러디의 약점(기존의 설정이 이해되지 않으면

시의 효과가 발생하지 않는다는 것)이자 강점(두 개의 현실을 동시에 발언한다는 것)이다.

3-3. 패러디와 상징

상징과 알레고리의 차이를 다시 한 번 상기해보자. 상징이 여러 개의 의미 영역을 은닉한 채 '내포'한다면, 알레고리는 하나의 의미 영역을 은폐한 채 '지시'한다. 상징에서의 은닉은 내적인 것이다. 그것은 상징이 은유에서 발전해나왔기 때문에 생겨난 현상이다. 상징은 은유의 내적인 비교 영역을 체계 차원에서 포괄한 것이다. 그러므로 상징이 거느리는 의미의 장(場)은 주어진 언어의 지평 내부에서 현실을 접수한다. 반면 알레고리는 단 하나의 지시물을 거느리는데, 이 지시물은 언어의 지평에 속해 있지 않다. 그것이 현실과 일대일의 대응 관계를 맺기 때문이다. 그러므로 알레고리는 텍스트 바깥의 의미 영역을 은폐한 채 지시한다.[11] 따라서 패러디가 텍스트 바깥의 의미 영역, 곧 지시물들의 네트워크와 관련되어 있다면 알레고리가 되고, 텍스트 내부의 의미 영역, 곧 언어적 지평 내부에서만 작동한다면(자족적이라면) 상징이 된다. 패러디에서의 상징과 알레고리를 비교하기 위해 같은 시의 다른 두 부분을 보자.

남산의 첫머리는 회현(會峴)이라는 고개이다. 그 고개는 남산의 북향 그늘이 드리워져 늘 음습하고 차가워, 사람 살 곳이 못 된다. 이곳의 어떤 풀은 그 생김새가 푸른 지렁이 같고, 가느다란 털이 달려 있고, 끈끈이액이 나와, 사람이 다가가면 긴 줄기로 휘감아 잡아먹으려 든다. 이름

---

11) 이 역설을 데카르트의 유명한 경구를 빌려 "가면을 가리키며 걷기(Larvatus Prodeo)"라 불러도 좋을 것이다.

을 창부(蒼芙)라 한다. 이것에 닿으면 오줌을 자주 눈다. 이곳의 어떤 나무는 가지가지가 모두 초록뱀으로 되어 있다. 바람이 불면 찢어진 혀를 날름거리며 사납게 울부짖는다. 이 사목(蛇木)의 까만 열매를 먹으면 아이를 못 낳는다. 폐수가 여기에서 나와 청계(淸溪)로 흐르는데, 그 속에는 입 없는 비닐뱀장어들이 많이 산다. 먹어서는 아니 된다.

회현 마루에서 남산 꼭대기까지에는 닭머리에 살무사 꼬리를 단, 커다란 거북이가 날개를 달고 날아다니는데, 이름을 계불가(鷄緋蚵)라 한다. (…)

(…) 다시 북쪽으로 백리 가면 성북산(晟北山)이라는 곳인데, 이곳의 어떤 짐승은 생김새가 돼지 같은데, 얼굴은 사람 같고, 눈이 네 개에다, 입이 앞뒤로 둘이고, 오리발을 하고 있으며, 그 소리는 되다 만 개 짖는 소리 같다. 이름을 회장(蛔丈)이라 한다. 이것이 나타나면 고을에 큰 도둑이 든다.

다시 북쪽으로 3백리 가면 상계산(上溪山)이 나온다. 초목은 자라지 않으나 물이 많다. 이곳의 어떤 짐승은 생김새가 긴꼬리원숭이 같은데, 앞발이 다섯이요 뒷발이 셋이다. 이름이 구청(狗鯖)이며, 소리는 나무를 찍는 듯하고, 이것이 나타나면 그 고을에 철거와 토목 공사가 많아진다.

다시 북쪽으로 2백리 가면 수유산(水踰山)이다. 수목이 울창하나 옛날에 많은 젊은 사람들이 죽어 묻힌 곳이다. 이곳의 어떤 새는 몸빛이 군청색이고, 부리가 희고, 발이 붉다, 이 새가 앉는 곳마다 붉은 꽃이 핀다.

(…) 다시 북쪽으로 4백리 가면 천마산(天摩山)이 나온다. 은빛 개가 날개 달고 하늘을 날아다닌다. 이 개가 짖으면 입에서 불덩어리가 나온다. 사람을 잡아먹는다.

다시 북쪽으로 5백리 가면 소요산(招搖山)이다. 이곳에서는 바다 건너온 성성(狌狌)이들이 드글드글하다. 어떤 것들은 생김새가 사람 얼굴에 닭깃 같은 머리를 하고, 온몸에 노란 털이 났으며, 다리가 세 개인데 가운데 하나는 성기이다. 또 어떤 것들은 고릴라같이 새까맣다. 사람이 다가가면 잘 웃기도 하는데, 워낙 이 짐승들은 떼거리로 몰려 교미하기를 좋아하고, 난폭하다. 이것들은 고을의 젊은 여자들을 잘 잡아먹는다.
—황지우, 「산경山經」 중 '인왕산경仁旺山經' 중에서

황지우의 「산경」은 중국의 신화 지리서인 『산해경山海經』의 문체와 구절을 가져와 우리 시대의 현실적 지리지를 패러디로 작성한 작품이다. 이 가운데 '인왕산경'(더하여 '남산경')은 알레고리적인 패러디다. 중국의 상상 지리지가 인왕산에서 시작하여 북쪽으로 전개된 한 축에 따라 전개되었기 때문이다. 회현동의 집창촌, 청계천의 폐수, 남산의 케이블카, 성북동의 부자촌, 상계동의 토목공사, 수유리에서의 전쟁의 상흔, 천마산의 비행기, 소요산의 미군들과 기지촌 풍경이 『산해경』의 어조를 빌려 묘사되었다. 알레고리의 사회적, 역사적 성격이 두드러진 패러디라 하겠다.

동쪽에서 무등산으로 들어가는 첫머리는 꼬두메이다. 본디로는 꽃두메이며 혹은 잣고개라고도 한다. 봄날 산허리에 진달래 참꽃이 만발하여 첫 햇살이 비추면, 마치 온 산에 붉은 비단 치마를 펼쳐놓은 듯하다.

이 참꽃을 술 담가 먹으면 매 맞아 얼든 데를 낫게 할 수 있다. 꼬두메를 넘으면 사람 없는 딴 세상이다.

십여 리 들어가면 밤실이라는 곳인데, 맑은 계곡물에 어디선가 복사꽃잎 떠내려오고, 복사꽃 음영(陰影)에 꿀벌이 잉잉댄다. 또 온 골마다 밤꽃 향내 가득하다. 이곳의 어떤 풀은 생김새가 수련(水蓮) 같은데 푸른 꽃이 핀다. 이것을 먹으면 좀체 배가 고프지 않다. 이름을 부지(芙芝)라 한다.

—황지우, 「산경」 중 '무등산경無等山經' 중에서

반면 같은 시의 다른 부분인 '무등산경'은 상징에 가깝다. 무등산이 거느리는 지명들〔'무등산경'의 여로는 '꼬두메, 밤실, 삿갓골, 청학봉, 세인폭포, 석경(石徑), 상봉, 서석, 춘설헌, 입석대, 상상봉, 운주사'의 순으로 진행된다〕을 차용했으나, 그것의 사회역사적 성격보다는 유토피아적 성격이 두드러지게 그려졌기 때문이다. 상징의 표상이 신화적이고 조화 지향적임을 이것으로도 알 수 있다. 예를 들어 "꼬두메" 너머는 별유천지비인간("사람 없는 딴 세상")이며, 밤실에서는 "어디선가 복사꽃잎"이 가득 떠내려 온다. 무릉도원의 암시다. 이것들은 이미 기존의 텍스트에 있는 지명이어서 현실이 아니라 언어의 지평에 연계되어 있다.[12]

---

12) 물론 '무등산경'의 몇몇 부분에서는 알레고리적 지시물들이 있다. 예를 들어 입석대(立石帶) 입구에는 "이름을 래이다(來耳多)라고 하는, 커다란 잠자리 모양의 검은 곤충"이 있다. 이것은 레이더 기지의 명시다. 그러나 전체적으로 '남산경'과 '인왕산경'이 현실에 대한 비판에 치중한 묘사라면, '무등산경'은 이상에 대한 소망에 기댄 묘사다.

3-4. 패러디와 제유

환칭은 제유의 일종인데, 흔히 패러디적 성격을 갖는다. 환칭으로 명명된 인물이 작품에 들어올 때 그 인물이 품은 고유한 맥락이 패러디적인 배경을 이루기 때문이다. 환칭으로 제시된 인물(부분)은 그 인물이 소속된 계급이나 집단(전체)의 이해 관계를 구조적으로 대변한다. 이러한 구조적인 관계가 패러디의 대상이 되는 것이다.

19××년 5월 20일, 목, 흐림
10시쯤 주인아줌마랑 산부인과에 갔어. 너무너무 아파서 죽는 줄 알았어. 아줌마 입던 원피스 두 개, 니트 한 개, 샌달도 하나 선물로 줬어. 또 100만원을 주며 다른 데 가라고 그랬어. 죽은 자기 둘째딸이 나랑 동갑이래나. 그 집 대학생 오빠가 세 번, 그 집 사장님이 접때 두 번 내 방에서 잤다고 그러는 걸까?

19××년 6월 1일, 화, 구름
80만원 집에 송금, 옷(캐쥬얼) 하나 사고, 명동서 구두 두 개 사고, 딱분이랑 립스틱도 하나씩 샀어. 청파동 전화 엄마 집에 온 지 보름, 밤에 호텔에 열 네 번, 낮에 열 일곱 번 갔고, 팁은 따로 통장에 넣어 두었어.

19××년 4월 1일, 월, 비
Mr 송(박사)이 시골 아버지 백내장 수술을 공짜로 해줬어. 앞이 잘 안 보인다던 아버진 안경만 끼면 늘 대낮 같으시대. 시골에선 모두 내가 출세했다고, 효녀 하나 났다고 야단이라는데 막내동생은 한복 입은 내 사진 뒤에 〈누나＝왕비마마〉라 적어 뒀다고 편지를 해왔어. 아이 참,

—하일, 「심청이 누나 2」 전문

"심청이"가 현대사회의 맥락에 이식되면서 구비서사의 문맥들이 뒤틀리게 되었다. 이전의 문맥에서는 '효성'이 주인공의 행위를 설명해주는 원인이었으나, 이 시의 문맥에서는 계급적인 '가난'이 원인이 되었다. 심청이는 가정부로 일한 집에서 부자에게 능욕당하고(1연), 밤거리의 여자가 되어서도 고향집에 돈을 부치고(2연), 마침내 아버지의 수술까지 책임진다(3연). 집에서는 "효녀 하나 났다고 야단"이고, 동생은 누나가 "왕비마마"라고 생각한다. 이런 패러디적 뒤틀림은 제유적인 인물을 본래와는 다른 문맥에 가져다놓아서 생기는 반어 효과다. 처음부터 패러디(곧 부정적 인용)가 반어적 사유의 소산이므로 제유와 패러디의 만남은 이처럼 대조 효과를 낳기도 한다. 반면에 다음 작품은 인유(곧 긍정적 인용)와 제유의 만남을 보여준다.

나에겐 고향이 없지 고향을 잃어버린 것도, 잊은 것도 아닌, 그냥 없을 뿐이야 그를 만난 건 내가 Time Seller Inc.라는 회사에서 일할 때였지 그곳은 시간이 없는 자들에게 시간을 파는 일을 해 그것은 불법이지 그곳의 시간들은 대부분 훔친 것들이거든 나는 시간의 장물을 관리하는 일을 맡고 있었지 어느 날 그가 자신의 시간을 사줄 수 없겠냐고 문의를 해왔어 그는 오자마자 고향 이야기를 꺼냈어 그의 고향은 남쪽의 바닷가 마을이었는데 고향에서 지내던 어린 시절의 시간을 팔고 싶다고 했어 들어보니 사줄 가치도 없는 흔해빠진 시간을 들고 와선 아주 비싼 가격을 부르더군 그는 벨벳정장 차림에 고급 안경을 끼고 있었는데 먼 곳을 바라보는 사람처럼 눈동자가 깊었어 그냥 돌려보내려다가 그런 시간 한 개쯤 사두어도 괜찮을 것 같았지 혹시 팔리지 않는다면 내가 써볼 생각이었지 그래서 그의 시간을 헐값에 샀어 아무도 사가지 않은 그의 시간을 쓰겠다고 한 순간부터 이상한 일들이 벌어졌지 밤이면 잠을 이루지 못하고 신호등을 기다리다가도 깜박깜박 잠이 들었어 끝내는 눈을

뜨고 꿈을 꾸며 걷게 되었지 꿈꾸며 걷는 길가엔 은갈치 떼가 몰려다니
고 해초들이 발목을 감싸서 걸을 수가 없었지 나는 예전의 고향 없는 내
가 그리워졌어 그때의 평화로움은 다시는 나를 찾아와주질 않았지 구입
한 시간은 되팔 수 없었어 그것이 이 일의 룰이거든 그를 찾으면 꼭 보
름의 달무리 진 풀밭으로 데려 가야해 그가 판 유년의 시간에서 가장 아
름다운 곳. 그곳에서 부탁해.

—유형진, 「피터래빗 저격사건—의뢰인」 전문

이 시는 세 편의 연작 가운데 한 편이며, 다른 두 편은 '목격자'와
'저격수'라는 부제를 달고 있다. 연작 전체에 등장하는 "피터래빗"은
비어트릭스 포터(Beatrix Potter)가 지은 동화에 나오는 장난꾸러기 토
끼의 이름인데, 여기서는 유년의 기억을 간직하고 있는 몽상적인 인물
의 환칭으로 쓰였다. 나아가 이 시에서 "피터래빗"은 미하엘 엔데의
『모모』에 나오는 주인공의 면모를 지니기도 한다. 그의 죽음을 의뢰한
인물이 이 소설에 나오는 시간도둑이기 때문이다. 시간도둑들은 바쁜
현대인을 더욱 바쁘게 몰아감으로써 그들에게 시간을 훔쳐 연명한다.
엔데의 소설과는 조금 다르게 그들은 피터래빗의 시간을 사고 그 때문
에 "밤이면 잠을 이루지 못하고 신호등을 기다리다가도 깜박깜박 잠이
들었"으며, "끝내는 눈을 뜨고 꿈을 꾸며 걷게 되었"다. 그가 산 시간과
꾼 꿈은 어린 시절의 행복한 기억과 몽상이다. 따라서 여기에는 두 개
의 패러디적(인유적) 문맥에서 연원한 두 명의 제유적 인물('피터래빗
=모모'와 '시간도둑')이 있다.

4. 패러디의 현대적 쓰임

　패러디는 현대사회에서 더욱 흔하게 쓰이는 방법이 되었다. 그것은 패러디가 시학의 전 영역에 걸쳐 나타나는 이중화의 전략이 되었기 때문이다. 패러디는 어조의 다섯 가지 형식을 텍스트 사이에서도 만들어내고, 그것의 이중화 방식인 반어와 역설을 제 안에서 구현해내며, 은유 범위가 그렇듯이 부분적으로 작용하기도 하고 전면적으로 작용하기도 한다. 또한 패러디는 다섯 가지 비유와 혹은 일치하고 혹은 엇갈리면서 각각의 영역에 걸쳐 출현한다. 하나의 텍스트가 어떤 의미에서든 다른 텍스트를 인용해온다면 그것은 인유이거나 패러디다. 현대의 문화적 확산이 패러디적 문맥을 풍요롭게 산출한 근거가 되어준 셈이다.

15장 감각

이미지를 어떻게 봐야 할 것인가?

1. 감각의 논리

이미지는 어떻게 생겨나는가? 이미지는 처음부터 감각의 소산이지 이성의 소산이 아니다. 감각·지각의 대상과 특질이 이미지이므로 그것은 신체적인 것이지 정신적인 것이 아니다. 이미지(image)를 낳는 정신작용이 상상력(imagination)이므로 둘은 인과 관계로 맺어져 있으며, 그런 정신작용의 사물화가 관념(idea)이므로 이미지와 관념은 포함 관계로 맺어져 있다고 흔히 이야기된다. 하지만 이 말에는 오해의 여지가 있다. 먼저, 상상력이 이미지를 '낳는다'고 생각해서는 안 된다. 주어진 이미지들 간의 역학 관계를 상상력이라고 불러야 한다. 이미지들의 생성, 변화, 소멸에 간여하는 것이 상상력이지만, 상상력이 먼저 있어서 이미지들을 생산한 것이 아니라 이미지들이 먼저 있어서 태어나고 변화하고 사라지기 때문이다. 상상력은 그 이미지들의 역학을 사후적으로 추인할 뿐이다. 그렇다면 이미지는 어디에서 오는가? 세계에서 온다. 세계가 나의 신체에 미친 영향이 이미지다. 따라서 이미지는 단순한 관념의 소산이 아니며, 역으로 관념이 이미지의 소산이라고 해야 한다. 강조점은 언제나 이미지에 있다.

다음으로, 순수이성은 형식화의 기제를 부르는 말에 지나지 않는다. 형식화의 결과가 관념이므로 이성은 처음부터 감각의 카테고리로서만 출현하는 것이다. 일반적인 오해가 여기에 있다. 우리는 '감각'을 의미나 이념의 대척어로 간주해서는 안 된다. 이런 이분화는 감각을 도구화하여, 감각 너머에 그것들을 통괄하는 비신체적인 자아가 있다는 전제를 수락할 때에만 가능한 방법이다. 감각은 처음부터 감각하는 것과 분리될 수 없으며, 그래서 감각을 추상화(통합) 이전의 파편적 지각으로 볼 수 없다.

감각하는 자와 감각적인 것은 두 개의 외항으로서 대면하지 않으며, 감각은 감각적인 것이 감각하는 자로 침투하는 것이 아니다. (…) 나의 시선은 색과 한 쌍을 이루고 나의 손은 단단함과 부드러움과 한 쌍을 이루며, 감각의 주체와 감각적인 것 사이의 이러한 교환에서 우리는 하나는 능동적이고 다른 하나는 수동적이라고, 하나가 다른 하나에 의미를 부여한다고 말할 수 없다.[1]

감각들의 통일성은 감각들이 발원적 의식에로 포섭됨에 의해서가 아니라, 감각들이 단 하나의 인식하는 유기체로 끝없이 통합됨에 의해서 이해될 수 있을 것이다. (…) 감각의 통일성 및 대상의 통일성도 역시 신체의 통일성을 통해서 그렇게 기술된다. 나의 신체는 표현의 장소, 아니 오히려 표현의 현실성 자체이고, 이 점에서 예컨대 시각적 경험과 청각적 경험은 서로에게 잉태적이며, 이들의 표현적 가치는 지각된 세계의 선술어

---

1) 모리스 메를로퐁티, 『지각의 현상학』, 류의근 옮김, 문학과지성사, 2002, 327쪽.

적 통일성의 기초를 마련하고, 선술어적 통일성에 의해서 설명과 의미의 기초를 마련한다.[2] (고딕체 강조는 인용자)

감각은 통섭의 체험이다. 그것은 감각하는 자와 감각적인 것 사이의 분리, 균열, 간극이 아니다. 둘은 주고받음이 아니다. 감각은 감각함/감각됨으로 나뉠 수 없다. 개별자로서의 감각만이 있을 뿐이며, 그것들을 유개념(감각)과 보편적 실체(감각되는 것, 곧 사물)로 쪼갤 수가 없다. 둘은 신체라는 단 하나의 장소를 갖는다. 선험적 이성이 감각을 통합하는 것이 아니라 신체가 그것을 통합한다. 감각은 정확히 감각하는 이 신체에 닻을 내린다. 그것들은 추상적 실체로 환원되지 않으며, 개별적이면서도 독자적이다.

「짐승—사냥—다섯 시」와 같은 글은 단숨에 읽어야 한다. 저녁-되기, 동물의 밤-되기, 피의 혼례. 이 짐승이 다섯 시다! 이 짐승이 이 장소다! "마른 개가 거리를 달린다. 이 마른 개가 거리다"라고 버지니아 울프는 외친다. 이런 식으로 느껴야만 한다. 관계들, 시공간적 규정들은 사물의 술어가 아니라 다양체들의 차원들이다. 거리는 승합마차를 끄는 말 배치물의 일부가 될 수 있듯이, 한스의 말-되기를 열어주는 한스 배치물의 일부가 될 수 있다.[3]

감각은 대상과 배경을 구분하지 않는다. 이러한 미분(未分)이 만들어내는 다양체들의 차원이 바로 이미지의 차원이다. 이미지는 하나의 '이것임(heccéité, thisness)', 곧 보편성이나 일반성으로 환원되지 않는, 개별적이고 특수한 감각의 지평에 놓인 그 무엇이다.[4]

---

2) 같은 책, 356~358쪽.

3) 질 들뢰즈·펠릭스 가타리, 『천의 고원』, 김재인 옮김, 새물결, 2001, 498쪽.

동일한 신체가 감각을 주고 다시 그 감각을 받는다. 이 신체는 대상이고 동시에 주체다. (…) 그럼으로써 느끼는 자와 느껴지는 자의 통일성에 접근한다. (…) 신체는 대상으로서 재현된 것이 아니라, 그러한 감각을 느끼는 자로 체험된 신체다.[5]

'시가 몸의 언어'라는 비유적 언명은 시가 이런 감각적 장(場)들의 상호 연관 혹은 의사소통을 통해 정립되는 신체의 발화 방식이라는 뜻이다. 감각은 의미나 이념과 무관하거나 그것들로 보충되어야 하는 것이 아니라, 그것들의 필연적인 출발지이자 정박지다.

따라서 '감각'의 대척점은 의미나 이념이 아니라 '선험적 이성'(앞의 인용문에 따르면 '발원적 의식')이며, 감각에 관해 논의한다는 것은 필연적으로 그것으로써만 기입 가능한 의미에 관해 이야기한다는 말이다. 이미지와 의미는 분리되는 것이 아니다. "이미지와 의미의 분리 역시 하나의 추상이라고 말하고 싶은데, 왜냐하면 의미는 언제나 이미지 속에 감싸져 있고 또 이미지 저편으로부터 비추이는 빛의 반영 역시 하나하나의 이미지를 통하여 그 빛을 발하기 때문이다. 모든 이미지 하나하나는 우리의 세계에 속해 있고 또 이러한 현존재의 기쁨 또한 이 현존재의 모습 속에서 빛을 발한다."[6] 예술의 존재 형식은 이미지를 통해 의미를 만들어내는 형식이다. 그 역, 그러니까 의미작용이 거기에 알맞은 이미지를 취사선택하는 것이 아니다. 의미는 이미지의 상관관계를 설명하기 위해 제기된 것이다. 루카치에 따르면, 개별적 사물

---

4) "인칭, 주체, 사물 또는 실체의 양태와는 전혀 상이한 개체화의 양태가 있다. 우리는 그것에 '이것임'이라는 이름을 마련해놓았다. 어느 계절, 어느 겨울, 어느 여름, 어느 시각, 어느 날짜 등은 사물이나 주체가 갖는 개체성과는 다르지만 나름대로 완전한, 무엇 하나 결핍된 것 없는 개체성을 갖고 있다. 이것들이 '이것임'들이다(같은 책, 494쪽).

5) 질 들뢰즈, 『감각의 논리』, 하태환 옮김, 민음사, 1995, 63~64쪽.

6) 게오르크 루카치, 『영혼과 형식』, 반성완 옮김, 심설당, 1988, 13쪽.

이 이미지라면 이 사물들의 상관 관계가 개념과 가치, 곧 의미다. 따라서 문학은 (이데아 같은) 사물 너머의 형이상학적 실체에 관해서는 아무것도 말하지 않는다. "문학 그 자체는 사물의 피안에 놓여 있는 것은 아무것도 알지 못한다. 문학에서는 모든 사물 하나하나가 진지한 것이고 유일무이한 것이고 또 비교할 수 없는 것이다."[7] 따라서 문학에서의 의미(사유)는 감각이 만들어낸 것이지 그 반대가 아니다.

세상에는 사유하도록 강요하는 어떤 사태가 있다. 이 사태는 어떤 근본적인 마주침의 대상이지 어떤 재인의 대상이 아니다. (…) 마주침의 대상이 지닌 첫 번째 특성은 오로지 감각밖에 될 수 없다는 데 있다. (…) 재인 안에서 감성적인 것은 (…) 상기되고 상상되고 개념적으로 파악될 수 있는 어떤 대상 안에서 감각들과 직접적으로 관계하는 어떤 것이다.[8]

저 "근본적인 마주침"은 세계가 주체에게 육박해오는 한순간을 가리킨다. 그 순간은 반드시 감각으로 기록될 수밖에 없다. 감각과의 직접적인 관계 이후에야 상기, 상상, 개념의 파악 같은 사유가 가능해지며, 이때의 사유는 이미 사유라 말할 수 없는 사유, 감각의 사유다.[9]
감각은 이처럼 세계와의 직접적인 접면에서 비롯된 사태다. 하나의 대상을 '감각을 통해 받아들인다'는 것은 그 대상과 필연적으로 연관된 사람들과 세계에 관해 안다는 것이다. 고흐의 구두에 대한 하이데거의

---

7) 같은 책, 12쪽.

8) 질 들뢰즈, 『차이와 반복』, 김상환 옮김, 민음사, 2004, 311쪽.

9) "시의 사유가 있다고, 또 시가 하나의 사유라고까지 가정한다면, 이 사유는 감각적인 것과 분리할 수 없고, 따라서 이것은 사유임을 알아보거나 사유로서 분리해낼 수 없는 사유가 되어버린다. 말하자면 시는 사유할 수 없는 사유이다"(알랭 바디우, 『비미학』, 장태순 옮김, 이학사, 2010, 40쪽).

잘 알려진 설명[10]이 목표로 하는 것도 바로 이 점일 것이다. 벗어둔 한 켤레의 구두에서 농부의 육체와 노동의 힘겨움과 대지의 부름, 나아가 가족과 자신의 삶 전체를 말할 수 있다는 것—이것이 이미지를 통한 시적인 발화의 원리가 아니라면 무엇이겠는가?

2. 이미지에 관한 오해

따라서 감각을 이성의 소산으로 기술하는 연구는 흔히 오류를 낳는다. 감각이 신체에 어떻게 기입되는가를 따지지 않는 연구는 선입견에 사로잡히기 쉽다. 하지만 이 말이 작품의 주제와 가치 판단을 배제하고 해설과 해석에만 충실하자는 주장으로 오해되어선 안 된다. 의미나 이념이 주체이자 대상인 신체에 기입된 그 방식을 검토해야 정확한 가치 판단이 가능할 것이라는 말이다. 감각이나 이성'만'을 내세워선 안 될 것이다. 비평이 감각을 '건너뛰고' 의미와 이념을 기재할 수는 없다. 이미지는 추상의 소산이 아니므로 흔히 이루어지는 다음과 같은 이미지 연

10) "너무 오래 신어서 가죽이 늘어나버린 신발이라는 이 도구의 안쪽 어두운 틈새로부터 밭일을 나선 고단한 발걸음이 엿보인다. 신발이라는 이 도구의 수수하고도 질긴 무게 속에는 거친 바람이 부는 드넓게 펼쳐진 밭고랑 사이로 천천히 걸어가는 강인함이 배어 있고, 신발가죽 위에는 기름진 땅의 습기와 풍요로움이 깃들어 있으며, 신발 바닥으로는 저물어가는 들길의 고독함이 밀려온다. 신발이라는 이 도구 가운데에는 대지의 말 없는 부름이 외쳐오는 듯하고, 잘 읽은 곡식을 조용히 선사해주는 대지의 베풂이 느껴지기도 하며, 또 겨울 들녘의 쓸쓸한 휴경지에 감도는 해명할 수 없는 대지의 거절이 느껴지기도 한다. 더 나아가 이 도구에서는, 빵을 확보하기 위한 불평 없는 근심과, 고난을 이겨낸 후에 오는 말 없는 기쁨과, 출산이 임박해서 겪어야 했던 [산모의] 아픔과 죽음의 위협 앞에서 떨리는 전율이 느껴진다. 이 도구는 대지(Erde)에 속해 있으며, 농촌 아낙네의 세계(Welt) 속에 포근히 감싸인 채 존재한다. 이렇듯 포근히 감싸인 채 귀속함(das behüte Zugehören)으로써 그 결과 도구 자체는 자기 안에 [고요히] 머무르게 된다"(마르틴 하이데거, 「예술작품의 근원」, 『숲길』, 신상희 옮김, 나남출판, 2008, 42~43쪽).

구를 지양해야 한다. 이러한 연구는 이미지를 이성의 지배 아래 두는 것이다.

2-1. 이미지를 제재에 따라 분류하는 방법

이것은 이미지와 사물을 동일한 것으로 간주하는 오류다. 이미 말했듯이 대상은 단순한 제재가 아닌데, 더욱이 이런 제재를 이미지로 간주할 수는 없다. 이미지는 대상이 신체에 기입되면서 수용, 변형, 산출되는 과정에서 생겨난다. 따라서 이미지는 신체화된 감각이자 감각화된 신체로서 표상된다. 주체와 무관한 제재가 이미지가 될 수는 없다는 얘기다. 예를 들어 다음 시의 안개는 물이미지가 아니다.

> 이 읍에 와본 사람은 누구나
> 거대한 안개의 강을 거쳐야 한다.
> 앞서간 일행들이 천천히 지워질 때까지
> 쓸쓸한 가축들처럼 그들은
> 그 긴 방죽 위에 서 있어야 한다.
> 문득 저 홀로 안개의 빈 구멍 속에
> 갇혀 있음을 느끼고 경악할 때까지.
>
> 어떤 날은 두꺼운 공중의 종잇장 위에
> 노랗고 딱딱한 태양이 걸릴 때까지
>
> —기형도, 「안개」 중에서

"희고 딱딱한 액체"로 표현된 안개는 물의 유동성을 조금도 갖고 있

지 않다. 안개는 사람들을 가두는 "빈 구멍"이며, 대낮이 되어서야 "두
꺼운 공중의 종잇장 위에／노랗고 딱딱한 태양"과 교체되는 차갑고 단
단하고 불투명한 장애물이다. 이것이 한 시대의 심리적인 공포의 등가
물임은 물론이다.[11] 여기에는 "공장의 검은 굴뚝들은 일제히 하늘을
향해／젖은 총신(銃身)을 겨눈다" 같은 죽임과 죽음의 그림자가 어른거
린다.

2-2. 이미지를 사유의 운동에 따라 분류하는 방법

이미지를 주체의 심리적 표현이나 움직임, 곧 상승과 하강, 수렴과
확산 같은 움직임에 따라 분류하는 것은 무의미한 분석으로 끝나기 쉽
다. 그것은 이미지를 전언의 예증으로 변질시켜버린다. 곧 이미지를
욕망의 고양(상승), 절망(하강), 위축(수렴), 자신감(확산) 따위의 표현
으로 바꾸는 것이다. 이것은 이미지를 이성에 종속시키는 일이다. 거
기에는 감각이 개입할 여지가 없다.

관(棺)이 내렸다.
깊은 가슴 안에 밧줄로 달아 내리듯.
주여.
용납(容納)하옵소서.
머리맡에 성경(聖經)을 얹어주고
나는 옷자락에 흙을 받아
좌르르 하직(下直)했다.

---

11) 이에 대해서는 이 책의 10장에 나오는 '광주'의 알레고리 참조.

*

그 후로
그를 꿈에서 만났다.
턱이 긴 얼굴이 나를 돌아보고
형(兄)님!
불렀다.
오오냐. 나는 전신(全身)으로 대답했다.
그래도 그는 못 들었으리라.
이제
네 음성(音聲)을
나만 듣는 여기는 눈과 비가 오는 세상.

*

너는 어디로 갔느냐.
그 어질고 안스럽고 다정한 눈짓을 하고.
형님!
부르는 목소리는 들리는데
내 목소리는 미치지 못하는.
다만 여기는
열매가 떨어지면
툭 하는 소리가 들리는 세상.

—박목월, 「하관下棺」 전문

「하관」에 '아래('하'), 내리다, 하직하다, 눈과 비가 오다, 열매가 떨어지다' 같은 여러 표현이 있다고 해서 이 시의 주된 이미지를 하강 이미지라 부를 수는 없다. 그것들이 일관된 방식으로 주체의 발화를 관통하지 않기 때문이다. 제목과 첫 줄의 하관식 장면부터 살펴보자. "관이 내렸다"(1연 1행)는 표현은 "깊은 가슴 안에 밧줄로 달아 내리듯"(2행)의 수식을 받는다. 관은 땅속으로 그냥 '내려간' 것이 아니라 내 가슴속으로 '들어왔다'. 동생의 죽음을 깊은 슬픔과 함께 내면화했다는 뜻이다. 이것은 하강이 아니라 깊이의 표현이다. "용납(容納)"이라는 말도 같은 의미의 수식이다. 받아준다, 용서한다, 품에 안는다는 뜻을 가진 이 말 역시 아래를 향하지 않고 안쪽을 향해 있다. 그 다음 "하직(下直)했다"(1연 7행)는 표현은 동음이의어법으로 활용된 말놀이이므로 소리은유다. 작별인사라는 원뜻에 덧붙여 (흙이) 아래로 곧장 떨어진다는 뜻을 품은 이 표현 역시 '아래'가 아니라 '단절'과 연결된다(3연 8행을 분석하며 다시 설명하겠다). 2연 10행의 "눈과 비가 오는 세상" 역시 '하강'이 아니라 '시끄러움'으로 의미화된다.[12] 동생이 있는 곳, 저승은 적막한 곳이다. 그래서 그의 목소리는 내게 닿지만 내 목소리는 그에게 닿지 않았다. 이곳은 눈과 비가 섞여서 치는 곳, 시끄럽고 번잡한 곳이지만 그곳에는 적막만이 흐른다. 마지막 3연 7~8행의 "열매가 떨어지면/툭 하는 소리가 들리는 세상"이라는 말 속에는 「제망매가」의 반향이 있다. 월명사는 죽은 누이와 산 자신을 엮어 "어느 가을 이른 바람에 여기저기 떨어지는 잎처럼 한 가지에서 나고 가는 곳을 모르겠구나"라고 읊었다. 이른 바람에 떨어진 누이라는 잎처럼 떨어진 저 열매는 다 익어서 떨어진 게 아니다. 형인 나보다 동생이 먼저 죽었기 때문이다. 때 이른 저 낙과는 허망하게 저승으로 떠난 동생의 모습을 대

---

12) 1연 1행과 2연 10행을 동일한 '하강'으로 보는 것은 그 방향에서도 잘못이다. 동생은 땅에 묻혔고, 눈과 비는 하늘에서 온다. 하나는 가고 다른 하나는 왔으며, 하나는 저승으로 가고 다른 하나는 이승으로 왔다. 이를 어떻게 동일하게 의미화할 수 있겠는가?

신하면서 동시에 이승에서 허무하게 끊어져버린 인연의 끈을 표상한다. 따라서 이것은 '하강'이 아니라 '단절'을 의미하는 표현이다. 따라서 이 구절에서 중시되어야 할 것은 "열매가 떨어지면"이 아니라 "툭 하는 소리"다. 그것이 허망하고 안타깝게 죽은 동생을 표상하는 주체의 심리적 반응을 정확히 보여주기 때문이다. 마찬가지로 1연 7행에서 중시되어야 할 구절은 "하직했다"의 '하(아래)'가 아니라 그 앞의 "좌르르"라는 표현이다. 허망하게 동생을 놓친 나의 안타까움이 거기에도 있다.

정리해보자. 「하관」의 이미지는 '하강'으로 단일하게 의미화되는 것이 아니다. 거기에는 '들어감'(가슴에 품다), '시끄러움'(저승은 적막하고 이승은 소란스럽다), '단절'(허망하게 끊어지다) 등의 의미소가 있다. 이미지가 이성의 운동이 아니라 감각의 의미화 방식으로 간주되어야 하는 까닭이 여기에도 있다.

2-3. 이미지를 이항대립적 의미로 배열하는 것

이미지를 둘로 나누고, 거기에 긍정(+)과 부정(−)의 의미소를 덧붙이는 것은 상투화된 인식에 가깝다. 이런 사고 방법은 구조주의에서 온 것이지만, 구조주의적 사고가 이런 상투형을 용납하는 것도 아니다. 구조주의에서 말하는 이항대립은 상징체계를 구성하는 형식적 특질이지 내용적 표현이 아니기 때문이다. "공통적인 것은 형식뿐이지 내용은 아닐 것이다. (…) 관계가 존재한다는 것이 관계의 성질보다 본질적인 것이다."[13] 구조주의의 이항대립은 관계를 상세화하기 위해서 필요한 형식화의 기제일 뿐 (원형이나 집단무의식 같은) 의미 내용이

---

13) 클로드 레비스트로스, 『야생의 사고』, 안정남 옮김, 한길사, 1996, 130쪽.

아니다. 시에서의 이미지는 그렇지 않다. 그것은 의미화의 기제이며 (시에서의 의미가 감각적 사실, 곧 이미지를 통해 구현되기 때문이다), 따라서 주체의 발화는 특정 이미지와 결속해 있다.

　　눈은 살아 있다
　　떨어진 눈은 살아 있다
　　마당 위에 떨어진 눈은 살아 있다

　　기침을 하자
　　젊은 시인이여 기침을 하자
　　눈 위에 대고 기침을 하자
　　눈더러 보라고 마음 놓고 마음 놓고
　　기침을 하자

　　눈은 살아 있다
　　죽음을 잊어버린 영혼(靈魂)과 육체(肉體)를 위하여
　　눈은 새벽이 지나도록 살아 있다

　　기침을 하자
　　젊은 시인이여 기침을 하자
　　눈을 바라보며
　　밤새도록 고인 가슴의 가래라도
　　마음껏 뱉자

―김수영,「눈」전문

밤을 새운 젊은 시인이 마당에 나가 첫눈을 보았다. 저 눈의 청신함과 생생함은 깨어 있음, 살아 있음이라는 시대적 의미를 향해간다. 그 반대 자리에는 "죽음"(=잠)이 있다. 시인은 눈 앞에서 살아 있음의 기척(=기침)을 내고자 한다. 그러니 이 시의 이미지를 '눈'과 '가래'로 이분화해서는 안 된다. '눈'='살아 있는 것'/'가래'='더러운 것, 죽은 것'과 같은 이분법은 상투적인 연상일 뿐이다. 이 시는 눈과 가래라는 이항대립적인 이미지로 구축된 것이 아니고, '눈'='살아 있다'→'기침하다'='살아 있는 기척을 내다'라는 인과 관계의 이미지로 구축되어 있다. '가래를 뱉다'라는 말은 '기침하다'의 극한적 표현(살아 있음을 극단적으로 확인하다)이다.[14] "가슴의 가래라도/마음껏 뱉자"고 말할 때, 특별한 뉘앙스를 가진 조사("~라도")를 쓴 것은 이 때문이다. 가래를 뱉는 게 썩 마음에 드는 행동은 아니지만, 그래도 기척을 내기 위해서는 그렇게라도 하자는 뜻이다. 눈과 가래를 이항대립적 의미로 파악한다면, '살아 있는 눈에 더러운 것을 뱉다' 같은 모순적인 진술이 만들어지고 말 것이다.

3. 감각의 배치—이미지의 활용

이미지만큼 오해되기 쉬운 용어도 흔치 않을 것이다. 이런 오해가 다음 같은 혼란을 낳았다. 1) 비유가 만들어내는 모든 보조관념이 이미지다. 2) 시적 제재가 이미지다. 3) 시선의 이동이나 생각의 움직임이 이미지다. 4) 긍정적, 부정적 의미소로 분화되는 것이 이미지다. 5)

---

14) 「눈」에서 '땅에 떨어진 눈'은 (…) 극도로 하얗고 완전히 비생명적인 눈일 뿐이기에, 그것을 보는 시인에게 기침을 하건 가래를 뱉건 생명의 증거를 촉구할 수 있는 힘을 누린다"(황현산, 「김수영의 현대성 또는 현재성」, 『창작과비평』, 2008년 여름호, 183쪽). 위 인용문의 전반부는 이 책의 전제와 다르지만, 후반부는 이 책의 결론과 동일하다.

시각적 대상과 장면만이 이미지다. 2), 3), 4)가 가진 문제에 관해서는 2절에서 밝혔으니 나머지를 검토하자. 1)은 이미지를 한편으로는 비유에, 한편으로는 관념에 종속시키는 태도다. 이것은 감각이 개입할 여지가 없다는 점에서 잘못된 정의다. 이미지는 비유가 아니며, 전언에 종속되는(전언을 전달하는 데 쓰인 후에는 용도 폐기되고야 마는) 부가물도 아니다. 오히려 이미지가 전언을 만든다. 주체의 발화에 영향을 미치는, 감각의 생성지가 바로 이미지이기 때문이다.[15] 5)는 범위가 지나치게 좁을뿐더러 이미지를 2)에 종속시키는 태도다. 이미지 연구에서 시각의 우위를 주장하는 견해가 왕왕 있으나, 이것은 시각 이미지의 우월함을 말해주는 지표가 아니라 시각 이미지 연구의 수월함을 말해주는 지표일 뿐이다.

이미지 연구를 위해서는 다음과 같은 사항이 전제되어야 할 것이다. 첫째, 이미지는 의미(전언)와 분리되어 기술될 수 없다. 한 편의 시에서 핵심적인 이미지는 주체에게 가장 직접적으로 영향을 미치는 감각적 사실이다. 따라서 그 이미지를 중심으로 전언이 만들어진다. **핵심 이미지의 표현이 곧 해당 시의 핵심 전언이 되는 것이다.** 둘째, 이미지는 비유의 보조관념도, 제재도, 시선이나 생각의 이동방식도, 이항대립적 의미소도, 시각적 장면도 아니다. 이것들은 이미지를 선험적인 이성의 종속물로 만들어버린다. 이미지를 이 모든 부가적인 장치에서 떼어놓아야 한다. 주체의 감각이 세계와 맞닥뜨려 생성한 접면, 이것이 이미지다. 셋째, 이미지와 의미는 대립적인 것이 아니다. 이미지는 세계의 구체적 실상이며, 의미는 그런 이미지들의 연관 관계에서 파생된 관념이다. 이미지를 삭제한 곳에서 만들어지는 의미란 없으며,[16] 오직 있는 것은 **이미지들을 설명하는**(이미지들의 실제적인 관계를 구현하는) **의미뿐이다.**

---

15) 경우에 따라서 이미지는 비유의 보조관념을 원관념보다 우위에 놓기도 한다. 3-2 초점화 항목 참조.

그렇다면 한 편의 시에서 이미지는 어떻게 시적 구성의 중심에 놓이는가? 다음에 여러 유형을 제시했다.

3-1. 전이(감각의 이동)

먼저 하나의 감각이 다른 감각으로 전이되면서 생기는 이미지의 변환이 있다. 이런 변환은 시적 주체와 대상의 자리를 바꾸는데, 이 자리 바꿈에서 새로운 이미지가 생겨난다.

> 물먹는 소 목덜미에
> 할머니 손이 얹혀졌다.
> 이 하루도
> 함께 지났다고,
> 서로 발잔등이 부었다고,
> 서로 적막하다고,

—김종삼, 「묵화墨畵」 전문

주체가 대상과 자리를 바꾸면서 생긴 감각의 전이가 이 시의 핵심이다. "할머니가 소 목덜미에 손을 얹었다"로 쓰였어야 할 문장이 피동으로 바뀌면서 다음과 같은 부가적인 의미가 생겨났다. 첫째, 할머니와 소가 평등하게 조명되었다. 둘은 함께 고단하고 외로운 하루를 보냈다. 둘은 오랜 벗과 같다. 원래 문장의 인간 중심적 시각이 교정된 셈이다. 둘째, 할머니 손의 질감이 부각되었다. "얹혀졌다"는 말에는 '늙

---

16) 이런 점에서 플라톤적인 이데아는 시에서 존재하지 않는다. 의미가 이미지 안에만 있다면, 이미지를 제거한 의미(이데아)란 애초부터 불가능한 추상화 작업이다.

고 거친 손'이란 어감이 개재해 있다. '손을 얹다'가 주체의 활력을 보여
준다면, '손이 얹히다'에는 주체의 무력함이 있다. 셋째, 소와 할머니의
대화에 입체감이 생겼다. 원래의 문장이었다면 3행 이하는 할머니의
독백으로 처리되었을 것이다. 피동문으로 전환되면서 대화는 할머니
의 말이자 소의 말로 변화한다. 저 말들이 할머니와 소의 심정을 두루
관통하기 때문이다. 이 전이 덕분에 위 말은 짐승에 감정이입한 할머
니의 혼잣말이 아니라 짐승과 인간이 상통하는 대화로 변화했다.

　　새가 앉았다 떠난 자리, 가지가 가늘게 흔들리고 있다

　　나무도 환상통을 앓는 것일까?
　　몸의 수족들 중 어느 한 부분이 떨어져 나간 듯한, 그 상처에서
　　끊임없이 통증이 베어 나오는 그 환상통,
　　살을 꼬집으면 멍이 들 듯 아픈데도, 갑자기 없어져 버린 듯한 날

　　한때,
　　지게는, 내 등에 접골된
　　뼈였다
　　목질(木質)의 단단한 이질감으로, 내 몸의 일부가 된
　　등뼈.

　　언젠가
　　그 지게를 부수어 버렸을 때, 다시는 지지 않겠다고 돌로 내리치고
　　뒤돌아섰을 때
　　내 등은,
　　텅 빈 공터처럼 변해 있었다

그 공터에서는 쉬임없이 바람이 불어왔다

그런 상실감일까? 새가 떠난 자리, 가지가 가늘게 떨리는 것은?

허리 굽은 할머니가 재활용 폐품을 담은 리어카를 끌고
골목길 끝으로 사라진다
발자국은 없고, 바퀴자국만 선명한 골목길이 흔들린다

사는 일이, 저렇게 새가 앉았다 떠난 자리라면 얼마나 가벼울까?

물끄러미 쳐다보고 있는 창 밖,

몸에 붙어 있는 것은 분명 팔과 다리이고, 또 그것은 분명 몸에 붙어
있는데
　사라져 버린 듯한 그 상처에서, 끝없이 통증이 스며 나오는 것 같은
바람이 지나가고

새가 앉았다 떠난 자리, 가지가 가늘게 흔들리고 있다
　　　　　　　　　　　　　　　　　　　—김신용, 「환상통幻想痛」 전문

　"지게"는 "내 등에 접골된/뼈였다". 지게를 몸의 일부로 느끼는 이
감각이야말로 사실성 차원에서 생성된 감각이다. 지게에는 "목질의 단
단한 이질감"과 "내 몸의 일부"라는 동질감이 함께 있다. 고단한 삶이
야기한 울분에 못 이겨 그것을 부수어버렸을 때 내 몸이 꺾여나간 것
도 그 때문이다. "내 등은,/텅 빈 공터처럼 변해 있었다". 환상통은 사

지가 잘려나갔는데도 그 자리에서 감지되는 통증을 말한다. 지게를 벗고 나자 그 자리가 텅 비었고, 그 빈자리에서 통증이 새어나왔다. 그뿐만 아니다. "새가 앉았다 떠난 자리, 가지가 가늘게 흔들리고 있다". 내 몸이 지게를 잃었을 때 환상통에 떨었듯이 저 나무의 가지도 새를 잃고 통증에 떤다. 이제 지게를 잃은 내 몸은 소중한 것(=새)을 잃고 허청대는 몸(=흔들리는 나무)이기도 하다. 거기에 마당(=지게를 잃은 내 등)에 부는 바람(=환상통)이라는 풍경이 더해진다. 전자(흔들리는 나무)가 사랑을 잃고 아파하는 자의 외면이라면, 후자(바람이 부는 공터)는 그것을 잃고 폐허가 된 자의 내면이다. 동일한 감각이 주체에서 풍경으로 전이되면서(지게를 버린 사건에서 새가 떠난 풍경으로 이동하면서) 환상통의 의미를 세밀하게 보정했던 것이다.[17]

　　왼편으로 구부러진 길, 그 막다른 벽에 긁힌 자국 여럿입니다

　　깊다 못해 수차례 스치고 부딪친 한두 자리는 아예 옴합니다

　　맥없이 부딪쳤다 속상한 마음이나 챙겨 돌아가는 괜한 일들의 징표
입니다

　　나는 그 벽 뒤에 살았습니다

　　잠시라 믿고도 살고 오래라 믿고도 살았습니다

　　굳을 만하면 받치고 굳을 만하면 받치는 등 뒤의 일이 내 소관이 아

니란 걸 비로소 알게 됐을 때

　　마음의 뼈는 금이 가고 천장마저 헐었는데 문득 처음처럼 심장은 뛰
고 내 목덜미에선 난데없이 여름 냄새가 풍겼습니다
—이병률, 「사랑의 역사」 전문

　"구부러진 길" 모퉁이에 긁힌 자국이 있다. 그것은 물론 '상처'의 표
상이다. "맥없이 부딪쳤다 속상한 마음이나 챙겨 돌아가는 괜한 일들
의 징표"이기 때문이다. 이를테면 그 자국은 자동차의 범퍼가 긁어놓
은 자국이다. 아이 참, 긁혔네, 하고 누군가 투덜댔을 것이다. 그런데
누구도 내가 긁었네, 라고 말하지 않는다. 누구나 제 상처 아픈 줄만
안다. "나는 그 벽 뒤에" 살았다. 누군가 그 모퉁이 벽을 스쳤을 때 나
는 그를 모른 척했다. 물론 나는 여러 번 상처를 받았다. 상처는 아물
만 하면 터지고 "굳을 만하면 받치고"는 했다. 이 자리에서 감각의 전
이가 일어난다. 등 돌린 자의 자세는 여기서 외면이 아니라 내면으로
바뀐다. 저 모퉁이의 긁힌 자국은 내 등 뒤의 흔적에서 내 마음의 흔적
으로 전이된다. 다르게 말해서 '등 돌림'이 외면하는 자의 행동에서 상
처받은 자의 자세로 바뀌었다. "등 뒤의 일이 내 소관이 아니"라는 말
이 바로 그 뜻이다. 상처받고 상처 주는 저 행동은 내가 외면한다고 해
서 피할 수 있는 일이 아니다. 그것이 사랑의 본질적인 작용이기 때문
이다. 그걸 깨닫자 그렇게 아픈데도, 내게는 다시 사랑할 마음이 생겼
다. 그런 점에서 사랑의 역사(歷史)는 역사(役事)이기도 하다.

3-2. 초점화(감각의 집중)

다음으로 집중화된 감각이 구현해내는 이미지의 세밀화가 있다. 특정 지점을 중심으로 재편된 이미지는 전체의 상(像)을 왜곡한다. 근경(近景)과 원경(遠景)이 같을 수는 없으므로 이런 초점화는 의미의 변형을 가져온다.

수박을 우적우적 씹어 삼키고 난 그의 입에서
대여섯 개의 수박씨가 차례로 튀어나왔다.
벙어리장갑처럼 뭉툭한 혀는
이빨 사이에서 힘차게 으깨지는 수박 속에서
정확하게 씨를 골라내고 있었던 것이다.
수박을 먹으며 그는 하던 말을 계속 이었다.
그가 수박씨 다음으로 내뱉는 말들이
수박 파편들을 피해가며 정확한 발음을 내도록
혀는 쉴 새 없이 빠르게 움직이고 있었다.
저 작은 입으로 갈비와 맥주와 냉면이 들어가고
수박까지 남김없이 다 들어간 것은
입구멍 안에 어둡게 숨어 있는 혀 탓일 것이다.
먹을 만큼 먹어 더 먹을 마음이 없어진 혀는
수고했다고 등 두드려주는 두툼한 손바닥처럼
이와 입술을 오랫동안 정성껏 핥아주었다.
실컷 먹고 마시고 떠들고 난 그는
개고기 끝내주는 집이 있는데 다음엔 거기 가자고
차만 안 막히면 한 시간에 충분히 갈 수 있다고
중복 점심에는 다른 약속 하지 말라고

혀로 입맛을 다시며 내게 다짐을 받아두었다.

—김기택, 「혀」 전문

　극단적인 초점화(클로즈업)는 대단히 낯선 효과를 유발한다. 이 시의 "혀"는 "그"의 신체 일부이지만, 거기서 떨어져나와 독립적인 개체인 듯 행동한다. 혀는 '혼자서' 씨를 골라내고, 대화를 이어가고, 갈비와 맥주와 냉면을 먹고, 이와 입술을 핥았다. 우리는 시를 읽으며, 입 속의 혀가 단일한 개체인 듯한 느낌을 받는다. 붉고 징그럽고 교묘한 이 혀는 활유의 대상이 되면서 인간의 식욕과 탐욕과 정욕을 거듭해서 대표하게 되었다. 마지막 연에 가서야 혀는 주체의 자리에서 "그"의 일부로, 대상으로("혀로 입맛을 다시며") 물러앉는다. 나중에 "개고기"를 먹는 자리에서 혀는 다시 본색과 정체를 드러낼 것이다.

아파트 입구에 내놓은 교자상이 비에 젖고 있다
지금 빗물은 호마이카 상판 위에 고여 있지만
모서리 틈새나 못 빠진 자국 찾아 들어갔다가
햇빛 나면 습기 되어 빠져나갈 것이다 음식물
쓰레기봉투를 든 새댁이 관리실 앞을 지나며 경비
노인에게 인사한다 거의 눈짓에 가까운 인사, 약간
입술을 오므리고 포도씨 같은 것을 뱉듯 그렇게
하는 인사, 물 위를 스치는 잠자리 날개 같은 인사
나의 웃음도 그렇게 올라타고 싶구나 물 위를 스치는
잠자리 날개에 제 날개를 포개는 잠자리 수컷처럼
이제는 동네 슈퍼로 들어가버린 여인, 생각해보라,
술은 술 노래를 모르고 나는 당신을 모른다는 것

—이성복, 「포도씨 같은 것을 뱉듯」 전문

초점은 "입술을 오므리고 포도씨 같은 것을 뱉듯" 인사를 하는 "새댁"에 있다. 더 정확히는 새댁의 인사에 있는 것이 아니라 "포도씨 같은 것을 뱉듯" 입술을 오므린 새댁의 입 모양에 있다. 그 인사는 "잠자리 날개"처럼 얇고 가볍고 섬세하다. "잠자리 수컷"처럼 나는 그 날개에 내 날개를 포개고 싶지만 여인은 "동네 슈퍼로 들어가"버렸다. 그다음 진술이 나온다. "생각해보라,/술은 술 노래를 모르고 나는 당신을 모른다는 것". 동네 새댁이 누군지 모른다는 말을 하기 위해 시인이 공을 들였겠는가? 모르는 사람이 스치며 하는 인사에도 그렇게 섬세한 아름다움이 숨었다. 초점화된 이 이미지(새댁이 인사할 때 그 입 모양은 포도씨를 뱉는 모양이다. 그것은 잠자리 날개처럼 섬세하다) 자체가 이 시의 전언이다. 만일 이미지의 이런 초점화를 무시하면 전언이 얼크러진다. 이를테면 "나의 웃음도 그렇게 올라타고 싶구나"에 잠자리 수컷을 겹쳐 읽으면, 시는 엉큼한 남자의 욕망을 드러내는 말로 변질되고 만다.

봄이 되면 자꾸 세상이 술렁거려 냄새도 넌출처럼 번져가는 것이었다
똥장군을 진 아버지가 건너가던 배꽃 고운 길이 자꾸 보이는 것이었다
땅에 묻힌 커다란 항아리에다 식구들은 봄나무의 꽃봉오리처럼 몸을 열어 똥을 쏟아낸 것인데
아버지는 봄볕이 붐비는 오후 무렵 예의 그 기다란 냄새의 넌출을 끌고 봄밭으로 가는 것이었다
그러곤 하얀 배밭 언덕 호박 자리에 그 냄새를 부어 호박넌출을 키우는 것이었다
봄이 되면 세상이 술렁거려 나는 아직도 봄은 배꽃 고운 들길을 가던 기다란 냄새의 넌출 같기만 한 것이었다

—문태준, 「배꽃 고운 길」 전문

"똥장군"을 지고 걷는 배밭 길은 흘린 똥물로 "냄새의 넌출"이 뻗어 있었을 것이다. "호박넌출"도 "그 냄새"가 키워낸 것이다. "배꽃 고운 들길"과 "기다란 냄새의 넌출"은 같은 계열의 이미지다. 그런데 이 감각을 지탱하는 힘은 3행, "식구들은 봄나무의 꽃봉오리처럼 몸을 열어 똥을 쏟아낸 것"이란 구절에 있다. 항문이 열리는 모양을 꽃봉오리 여는 모양에 빗댄 이 미화법 덕택에 배꽃이 피었기 때문이다. 이 섬세하고 집중된 이미지가 배꽃의 만개(滿開)와 호박넌출을 불러온 셈이다.

3-3. 관통(감각의 통일)

그 다음으로 일관된 이미지들이 만들어내는 감각의 통일이 있다. 여러 개의 이미지들이 동일한 감각의 지평에 따라 배열되면, 대단히 강렬하면서도 통일적인 이미지가 만들어진다. 이 통일된 이미지(작은 이미지들이 합쳐서 형성된 큰 이미지)는 당연히 강화된 전언을 수반한다.

옛 애인에게서 전화가 왔다. 보험 하나 들어달라고—. 성대도 늙는가, 굵고 탁한 목소리. 10년 전 이사 올 때 뭉쳐 놓았던 고무호스, 벌어진 채 구멍 오므라들지 않던 호스가 떠올랐다.

오후에 돋보기 맞추러 갔다가 들은 이야기; 흰 모시 치마저고리만 고집하던 노마님이 사돈집에 갔다가 아래쪽이 조여지지 않아 마루에 선 채로 그만 실례를 하셨다고—.

휴지 가지러 간 사이 식어버린 몸, 애걸복걸 제 몸에 사정하는 딱한 사연도 있다. 조이고 싶어도 조일 수 없는 불수의근(不隨意筋), 늙음이

다. 몸 조여지지 않는데도 마음 사그라들지 않는 난감함,

　늙음이다. 시니피앙과 시니피에가 실은 남남이듯 몸과 마음 하나가
아니라 둘이라는 깨달음, 찬물에 바닥 적시듯 제 스스로 느끼기 전엔 도
무지 알 수 없는 사실, 그것이 늙음이다.
—장옥관, 「돋보기 맞추러 갔다가」 전문

　옛 애인의 목구멍과 노마님의 아래쪽 구멍은 모두 시간의 구멍이다.
"구멍 오므라들지 않던 호스"는 "굵고 탁한 목소리"를 쏟아내는 옛 애
인에게서 "선 채로 그만 실례를" 한 "노마님"에게로 물줄기를 흘려보
냈다. 한번 흘러간 물은 다시 돌아오지 않는다. 나는 옛 애인과의 사이
에서 그런 구멍을 품었으며, 노마님은 제 몸과 마음 사이에서 그런 구
멍을 품었다. "불수의근"(제대로근이라고도 부른다)은 본래 심장근(心臟
筋)이나 평활근(平滑筋)처럼 의지와 상관없이 운동하는 근육을 말한다.
"조이고 싶어도 조일 수 없는" 것은 불수의근이 아니라 무력한 근육일
뿐인데, 주체는 거기에 불수의근이란 이름을 붙여 그 근육의 주인이
몸이 아니라 "늙음"임을 충격적으로 보여준다. 한번 엎지른 물은 주워
담을 수 없다. 바닥을 적신 후에야 우리는 그 일이 이미 돌이킬 수 없다
는 것을 안다. 마음은 교태와 품위를 여전히 갖고 있으나 몸은 굵고 탁
한 목소리와 아무 데서나 실례를 범하는 두 구멍으로 요약될 뿐이다.
　여기에는 몇 개의 '구멍' 이미지가 있다. 목소리가 나오는 구멍, 실
례를 한 구멍, 그리고 조여지지 않는 호스의 구멍이 그렇다. 이것들은
모두 시간이 벌여놓은 구멍이다. 내가 "돋보기 맞추러 갔다가" 이 이야
기를 들은 것에도 까닭이 있었던 것이다. 노안 역시 눈 근육이 노화로
약화되어 수정체를 조이지 못해서 생기는 증상이다. 이 눈 근육—모
양체근(毛樣體筋)이라 부른다—역시 내 마음대로 할 수 없는 근육이

라는 의미에서 불수의근인 셈이다. 3~4연을 관통하는 '늙음'에 대한 전언을 생성, 지지, 강화해주는 이미지가 바로 이 "불수의근"이 만들어 낸(무력한 근육 때문에 생겨난) 구멍 이미지들이다.

　　헤엄치는 물고기를 완벽하게 감싸는 물, 물은 물고기 전신에 물 마사지를 하는 것이다. 이를테면 귤도 그렇다. 여드름 자국 송송한 귤 껍데기는 젤리 같은 과육을 완벽하게 감싼다. 완벽하다는 것은 제 속의 것들이 숨쉴 수 있도록 치밀하게 구멍 뚫어 놓았다는 것이다. 완전 방수의 고무장갑과 달리, 물에 담근 당신의 손이 쪼글쪼글해지는 것은 뚫린 구멍으로 당신이 숨쉬고 있었다는 것이다. 오래 젖은 당신의 손처럼, 나날이 내 얼굴 초췌해지는 것은 당신이 내 속에서 숨쉬고 있었기 때문이다.
　　　　　　　　　　　　　—이성복, 「완전 방수의 고무장갑과 달리」 전문

"헤엄치는 물고기"를 "감싸는 물"이 있으며, "젤리 같은 과육"을 감싸는 "귤 껍데기"가 있다. 우리 손도 물에 담가두면 그렇게 된다. 자기 몸을 관통한 물 덕택에 물고기는 숨쉬고, 귤의 육질은 "여드름 자국 송송한" 껍데기 때문에 숨쉰다. 마찬가지로 쪼글쪼글한 손은 당신이 숨쉬고 있다는 증거다. 이 감각이 마지막 유비를 낳는다. "나날이 내 얼굴 초췌해지는 것은 당신이 내 속에서 숨쉬고 있었기 때문이다." 마지막 진술 덕에 시는 그리움을 테마로 갖지만, 이 테마는 물고기를 감싸는 물과 육질을 감싸는 귤껍질과 손을 쪼글쪼글하게 만드는 물—이 각각의 대상에 내재해 있는 '통기성(通氣性)'이란 이미지에서 도출되어 나온 것이다. 이 각각의 이미지들이 없었다면, 저 강화된 전언은 없었을 것이다.

　　흑반(黑斑) 잔뜩 끼어 죽어가는 난 잎 어루만지며

베란다 밖을 살핀다.

저녁 비가 눈으로 바뀌고 있다.

주차장에 누군가 차 미등 켜 논 채 들어갔나,

오른쪽 등 껍질이 깨졌는지

두 등 색이 다르다.

안경을 한번 벗었다 다시 낀다.

눈발이 한번 가렸다가

다시 빨갛고 허연 등을 켜놓는다.

난 잎을 어루만지며 주인이 나오기 전에

배터리 닳지 말라고 속삭인다.

다시 만날 때까지는

온기를 잃지 말라고

다시 만날 때까지는

눈감지 말라고

치운 세상에 간신히 켜든 불씨를

아주 끄지 말라고

이 세상에 함께 살아 있는 그 무엇의.

난이 점차 뜨거워진다.

—황동규, 「퇴원 날 저녁」 전문

"흑반(黑斑) 잔뜩 끼어 죽어가는 난"과 한쪽 껍질이 깨져 짝짝이인 미등, 퇴원해서 집에 돌아온 내가 다 동병상련이다. 난은 내 손을 타지 못해서 시들었고, 창밖의 미등은 주인이 끄는 것을 잊어버린 채 가버려서 배터리가 닳아가고 있다. 환후 끝의 나 역시 그렇다. 내게는 난에 낀 흑반처럼 검버섯이 끼어 있기도 할 것이고, 양쪽 색이 다른 미등처럼 흐릿해서 보이지 않는 시력이 있기도 할 것이다. 난을 어루만지는 마음과 배터리가 닳기 전에 주인이 돌아왔으면 하는 마음과 "다시 만날 때까지"를 되뇌는 마음이 다르지 않은데, 이것은 내 몸과 대상을 동일한 지평에 놓아둔 감각의 일관성이 만들어낸 마음이다. 미등의 저 "불씨"가 생명의 불씨이며, 그것을 이어받아 "난이 점차 뜨거워"지는 것은 이 때문이다.

3-4. 영탄(감각의 즉물화)

감각이 특정한 자리에서 영탄의 형식으로 맺히는 경우가 있다. 감각이 특정 이미지로 구현되면서 즉물적인 반응을 불러오는 경우다. 즉물화된 감각이란 특정한 이미지와 맞닥뜨렸을 때 생성되는 감각이므로 이런 감각이 의성이나 의태 같은 영탄으로 드러나는 것은 자연스러운 일일 것이다.

> 남은 아지랑이가 홀홀
> 타오르는 어느 역 구
> 내 모퉁이 어메는 노
> 오란 아베도 노란 화
> 물에 실려 온 나도사
> 오요요 강아지풀. 목
> 마른 침목은 싫어 삐
> 걱 삐걱 여닫는 바람
> 소리 싫어 반딧불 뿌
> 리는 동네로 다시 이
> 사 간다. 다 두고 이

슬 단지만 들고 간다.
땅 밑에서 옛 상여 소
리 들리어라. 녹물이
든 오요요 강아지풀.

—박용래, 「강아지풀」 전문

　행을 무시하고 만들어낸 이 시의 네모반듯한 모양은 강아지풀의 상형이다. 이 시의 "오요요" 소리는 울음이나 자조가 아니며, "상여 소리"도 죽음의 상념에서 비롯된 것이 아니다. "강아지풀"이 환기하는 작고 귀여운 느낌이 "오요요"이며("강아지"를 부르는 소리와 "강아지풀"이 흔들리는 모양), "땅 밑에서" 들리는 "옛 상여 소리"는 기차가 내는 그 소리다("어느 역 구내"에서 자라는, "녹물이 든" 강아지풀을 흔드는 소리). 그러므로 이 시에 담긴 풍경은 감상적인 슬픔이나 죽음의식의 표현이 아니라 해학적인 소묘다. 시행을 끊어서 풀어 쓰면 이 점이 분명해진다.

　1) 남은 아지랑이가 홀홀 타오르는 어느 역 구내 모퉁이

　2) 어메는 노오란 아베도 노란 (그리고) 화물에 실려 온 나도사 오요요 강아지풀

　3) 목마른 침목은 싫어 삐걱 삐걱 여닫는 바람 소리 싫어 (그래서) 반딧불 뿌리는 동네로 다시 이사 간다

　4) 다 두고 이슬 단지만 들고 간다

　5) 땅 밑에서 옛 상여 소리 들리어라

　6) 녹물이 든 오요요 강아지풀

1)은 강아지풀이 있는 곳이다. 역 구내 한 모퉁이에서 강아지풀 일

가가 있다. 2) 이 일가는 화물에 실려 이곳에 있다. 3) 막상 정착하고
보니 침목은 메마르고 바람 소리는 삐걱댄다. 그 메마름과 삐걱댐이
싫어 더 좋은 동네로 이사 가려 한다. 4) 강아지풀에 맺히는 건 이슬뿐
이니 가진 것도 그것뿐이다. 5) 다시 기차가 올 시간이다. 땅이 또 흔
들린다. 6) 철로 가에서 자라므로 강아지풀에는 녹물이 들었다. 역 한
구석에서 자라는 "강아지풀"을 어린아이로 의인화하고 나니 강아지풀
의 일가와 거주지가 모습을 갖추었다. "상여 소리"는 지금 사는 이곳이
시끄러워서 살 만한 곳이 못 된다는 의미를 품은 일종의 해학이므로
죽음에 대한 불길함과는 거리가 멀다.[18]

    때로 버려지는 아픔이여 때로 노래하는 즐거움이여

    때로 오오하는 것들이여 아아 우우 하는 것들이여

    한 세계를 짊어진 여린 것들의 기쁨이여

    그 기쁨의 몸이 경계를 허물며 너울거릴 때 때로 버려지는

    아픔과 때로 노래하는 즐거움의 환호 그 환호의 여림

    때로 아아 오오 우우 그런 비명들이 짊어진 세계여

    때로 아련함이여

    노곤한 몸이 짊어진 마음

                                    —허수경, 「저 나비」 전문

---

18) 박용래의 「면벽面壁 1」에도 "상여"가 나오는데 이 역시 죽음에 대한 상념과 무관하다.
  "내 눈감은 면벽 5분은 멀리 달빛 어린 벼이삭 스치는 꽃상여//어허 어하……/어허 어
  하……"라는 시행을 고려하면, 이 상여는 "어린 벼이삭" 스치는 소리("어허, 어하")에서
  촉발된 감각이다. "오동나무 밑등/한쪽만 적시는/가랑비/지난날을 울어"로 시작해 "아아
  인간사/스무 살까지라는데/ 젊어서 그랬듯/서서 울어"로 끝나는 「곡曲」 역시 감상이 두드
  러진 시가 아니다. 이 시의 울음은 "가랑비"가 내리는 소리다. '서서 운다'는 것은 비가 비
  스듬히 내려 나무 밑등 "한쪽만"을 적시기 때문이다. 더구나 시제(詩題)로 선택한 "곡(曲)"
  은 "곡(哭)"을 동음이의어법인 소리은유로 바꾼 것이다. 곧 이 시에서의 울음은 노래다.

"아아 오오 우우"는 감탄사이면서 나비의 상형이다. 음가 없는 자음을 지우면 이 말들은 'ㅏ ㅏ ㅗㅗ ㅜㅜ'로 적을 수 있으며, 이 형상은 비틀거리며 날아가는 나비의 모양이 된다. 이 소리는 세상의 모든 감탄사를 대신하는 소리다. 그래서 그것은 "때로 버려지는 아픔"을, "때로 노래하는 즐거움"을 보여준다. 아픔과 즐거움, 기쁨과 환호와 비명이 모두 저 나비의 날갯짓에 들었다. 터져나온 저 영탄이야말로 즉물적인 감각의 구현이다.

3-5. 병합(감각의 접붙임)

서로 다른 이미지를 접붙이면, 하나의 감각이 다른 감각과 병합되면서 시공간에 결락이 생긴다. 이 결락은 그 자체로 새로운 이미지를 낳는 힘이다. 3-3에서 살핀바, 일관된 이미지가 통일된 감각과 이미지를 낳는다면, 이 항의 병합된 이미지는 분열된 감각과 착종된 이미지를 낳는다.

지층이 뚝, 잘려나간 해남반도 끝에다 귀를 가져다대면 느리게 길게 날개 젓는 소리가 들린다. 공룡 여러 마리가 해안에 깔린 너른 바위 바닥에 발목이 빠지면서 물 고인 바다 속으로 걸어 들어가던, 그때는 새가 돌 속을 날았다.

—위선환, 「화석」 전문

두 개의 시공간이 어긋난 채로 병합되었다. 공룡이 살던 과거가 있고, 그것들이 화석이 되어 돌 속에 고정된 현재가 있는데, 마지막 구절에 가서 두 시대가 만난다. "그때는 새가 돌 속을 날았다." 이것은 일종의 착란이지만, 이 때문에 화석의 생생함이 부각될 수 있었다.

붕대로 머리 싸맨 아폴리네르처럼 이끼 낀 돌이 있다. 애초에 괴로울 '고(苦)' 자를 닮은 돌, 이미 괴로웠던 것 아니고 무작정, 무한정 괴로울 돌. 제 옆의 누구와도 제 괴로움 공유할 수 없다고 겨드랑이까지 팔 치켜 올린 돌. 전봇대 가로 막대처럼 제 목을 받치고 깍지 풀지 않는 돌. 비늘 돋은 혓바닥으로 마른 입천장 핥으며 몇 안 되는 이빨을 밀어도 보는 돌. 그러나 돌은 이끼 낀 제 움집에서 빠져 나올 생각이 없다. 온몸이 집이라면 당신은 어느 문으로 나오겠는가.

—이성복, 「당신은 어느 문으로 나오겠는가」 전문

고(苦)자가 가진 특별한 상형(象形)에서 생각이 시작된다. 돌은 "붕대로 머리 싸맨 아폴리네르처럼" 괴로워하는 돌이다. 돌은 "괴로울 '고(苦)'"자라고 새길 때 그런 것처럼 고통을 미래의 존재 형식에 투영했다. "苦"자는 네모난 돌 위에 가로막대(—)를 세로막대(|)로 고정해 두고, 그 위에 이끼(艹)를 얹은 모양이다. 그래서 "이끼" 아래 "겨드랑이까지 팔 치켜 올린" "제 목을 받치고 깍지 풀지 않는" "이끼 낀 제 움집" 같은 수식이 붙었다. 마지막으로 돌은 그 자체로 완결되어 있다는 의미에서(口 모양에는 빠져나갈 구멍이 없다) 집이다. 여기서 착란이 생긴다. 돌은 괴로워하는 사람인가? 아니면 그가 사는 (빠져나올 수 없다는 의미에서) 감옥과도 같은 집인가? 이미지의 일관성이라는 측면에서 보면 둘 다일 수는 없다. 그런데 이 착란 덕분에 시는 의외의 결론에 이른다. "온몸이 집이라면 당신은 어느 문으로 나오겠는가." 이 마지막 결론은 여러 질문을 품고 있다. 1) 당신의 몸이 당신의 영혼을 가둔 감옥이라면, 당신은 거기서 어떻게 빠져나오겠는가? 이것은 몸과 영혼의 이중성에서 비롯된 질문이다. 2) 당신이 괴로움으로 어쩔 줄 모를 때, 당신은 어떻게 출구를 찾겠는가? 이것은 돌의 존재 형식("괴로울 고") 에서 비롯된 질문이다. 3) 당신 자신이 당신을 가두고 있다면, 당신은

어떻게 놓여나겠는가? 이것은 아집과 소심함에 대한 질문이다. 이 모든 질문이 돌의 이중성(돌은 사람이자 그 사람이 사는 집이다)이 만들어 낸 이미지의 병합에서 비롯되었다.

　깊은 밤 남자 우는 소리를 들었다 현관, 복도, 계단에 서서 에이 울음소리 아니잖아 그렇게 가다 서다 놀이터까지 갔다 거기, 한 사내 모래바닥에 머리 처박고 엄니, 엄니, 가로등 없는 데서 제 속에 성냥불 켜대듯 깜박깜박 운다 한참 묵묵히 섰다 돌아와 뒤척대다 잠들었다.

　아침 상머리 아이도 엄마도 웬 울음소리냐는 거다 말 꺼낸 나마저 문득 그게 그럼 꿈이었나 했다 그러나 손 내밀까 말까 망설이며 끝내 각지 못 푼 팔뚝에 오소소 돋던 소름 안 지워져 아침길에 슬쩍 보니 바로 거기, 한 사내 머리로 땅을 뚫고 나가려던 흔적, 동그마니 패었다.
　　　　　　　　　　　—이면우, 「아무도 울지 않는 밤은 없다」 전문

두 개의 감각이 돌올하다. 1연에서 내가 본 사내는 "엄니, 엄니" 부르며 "제 속에 성냥불 켜대듯 깜박깜박" 울었다. 성냥팔이 소녀가 찰나에 켜든 성냥으로 꿈을 꾸었듯, 사내는 엄니를 부르며 서럽게, 문득문득 운다. 제일 놀랄 때, 슬플 때, 우리는 엄마를 찾는다. 그 사내도 그랬다. 2연에서 그 자리에 다시 갔더니 그 사내가 남긴 흔적이 동그랗게 패어 있었다. 머리를 땅에 박으며 울었으니 모래 바닥에 동그란 흔적이 남은 것인데, 나는 그것이 "머리로 땅을 뚫고 나가려던 흔적"이라고 생각한다. 그는 슬픔의 힘으로 막막한 삶에 길을 냈던 것, 가로막힌 현실에 출구를 냈던 것이다. 그런데 사실 이 두 감각은 동일한 울음의 표현이다. 하나의 울음이 두 개의 감각으로 나뉘고, 그게 다시 병합되면서 한 사건을 완성했던 것이다.

4. 이미지와 감각

이미지가 오용, 남용되는 경우를 들고, 그것이 감각과 결합될 때에
만 제 기능을 발휘한다는 것을 살펴보았다. 이미지는 시적 제재도, 시
선의 이동에 따른 장면들도, 이항대립적인 의미소도 아니다. 그것은
비유의 보조관념도 아니며 시각적 장면만도 아니다. 이미지는 시적 상
황과의 관련 아래서만 의미화된다. 이 책에서는 이미지의 구현 방식을
감각의 운동 방식에 따라, 1) 전이(감각의 이동), 2) 초점화(감각의 집
중), 3) 관통(감각의 통일), 4) 영탄(감각의 즉물화), 5) 병합(감각의 접붙
임)으로 세분화하여 살폈다. 논자에 따라 이 다섯 형식에 증감이 있을
수 있겠으나, 중요한 것은 그것이 감각의 논리에 따라야 한다는 점이
다.[19] 이미지가 처음부터 감각적 소여로 제공된 것이기 때문에 이를 소
홀히 하면 잘못된 결론에 이르게 되는 것이다.

---

19) "우리가 가지고 있는 유일한 관념들은 우리의 신체에 일어나는 것, 다른 신체가 우리 신
　체에 미친 결과, 즉 두 신체의 혼합물을 표상하는 관념들이다. (…) 이러한 관념들은 이미
　지들이다. 보다 정확히 말하면, 이미지들은 신체적 변용들 그 자체, 즉 외부의 신체가 우리
　신체에 남긴 흔적들이다"(질 들뢰즈, 『스피노자의 철학』, 박기순 옮김, 민음사, 2001, 118
　쪽).

제3부
시학의 지평

환상/ 환상의 영역을 어떻게 탐색할 것인가

추/ 추를 어떻게 봐야 할 것인가

전위/ 전위를 어떻게 유형화할 것인가

변화/ 최근 시의 수사학에 관하여

16장 환상
환상의 영역을 어떻게 탐색할 것인가?

1. 사실성과 환상성

1-1. 환상은 무엇을 드러내는가?

미학의 전 역사에 걸쳐 환상은 부정의 자식이었다. 사람들은 규정되지 않는 것, 실재하지 않는 것, 이름 붙일 수 없는 것, 가능하지 않은 것을 환상이라 불러왔다. 거기엔 진짜가 아닌 것과 올바르지 않은 것이라는 개념이 내재해 있었다. 환상은 사실적인 것과의 거리로만 측정된다. 사실성(reality)의 건너편에 있는 것, 그러니까 '있음(實)'이 아닌 '거짓 있음(幻)'이 환상(fantasy)의 자리였다. 이 이상한 이분(二分)이 바로 규정 가능한 것, 실재하는 것, 이름을 가진 것, 현현의 가능성을 품은 것이 제 영역의 바깥에 설정해둔 경계선이다. 그러나 사실의 영역은 분할된 그때부터 침입을 당해왔다. 사실 아닌 것을 배제함으로써 성립하는 사실이란 결국 사실 아닌 것의 도움을 받아 성립하는 것이기 때문이다.

우리는 우리가 현실이라고 믿고 설정하고 틀 지운 어떤 영역 내에서
만 움직인다. 환상이 부정하는 것은 바로 그런 '구성적' 현실이지 현실
자체가 아니다. 환상은 의식에서 구성되는 앎의 체계(지식의 담론), 무
의식에서 작동하는 욕망의 체계(정념의 담론)를 비틀고 거기서 (대상 a
라 부르는) 환상적 지지물을 떼어내어 새로운 체계의 동력으로 삼는다.
따라서 환상이 품은 부정성은 실천의 다른 이름이다. (…) 환상은 앎의
체계와 욕망의 체계, 지식의 담론과 정념의 담론이 위장하고 은폐하는
지점들을 지시한다.[1]

환상을 부정의 영역으로 추방한 후에 만들어진 현실이란 실제로는
현실이 아니라 '현실의(혹은 현실이라는) 환상'이다. 그런 현실이야말로
구성된 것이기 때문이다. 환상은 그 현실의 구성원리인 앎과 욕망의
체계, 지식과 정념의 언술에 구멍을 낸다. 환상은 부정의 부정이라는
형식으로, 다시 말해 구성된 현실이 부정한 환상이 다시 그 현실을 부
정하는 "이중부정"[2]의 형식으로 실재의 현실을 드러낸다. 이 두 번째
현실을 정신분석의 용어를 빌려 실재(the Real)라 부르자.

외상이 상징화될 수 없이 남아 있는 한, 그것은 실재계이며 주체의
중심에 자리잡은 영속적인 어긋남(dislocation)이라는 것이다. 외상의
경험은 실재계라는 것이 상징계 또는 사회현실 내부로 결코 완전히 흡
수될 수 없는 것이라는 사실을 밝혔다. (…) 언어를 통해 변형될 수 없
는 잔여가 언제나 남아 있다. 라캉이 'X'라고 부르는 이 초과분(excess)
이 바로 실재계이다.[3]

---

1) 양윤의, 「환상은 정치를 어떻게 사유하는가」, 『실천문학』, 2010년 여름호, 71쪽.
2) 같은 쪽.
3) 숀 호머, 『라캉 읽기』, 김서영 옮김, 은행나무, 2006, 156~157쪽.

외상은 의미화가 불가능한 어떤 교착과 교란의 결과다. 남김없이 상징화 되면 외상은 사라진다. 상징계에 온전히 흡수된 현실이 바로 '구성된' 현실이다. 그러나 그 통합이 불가능할 때, 외상이 여전히 남아 있을 때, 우리는 실재가 있는 자리를 알게 된다. 그것은 구성적인 체계를 교란시킨다는 의미에서 체계의 중심점인 주체에게서 발생하는 어떤 '어긋남'이며, 매끄럽게 마름질된 언어의 표면에 균열을 낸다는 의미에서 말해진 것의 '잔여'다. 환상은 이 실재의 표면에서 생겨난다. 실재계와 조우하는 것이 불가능하므로 우리는 그것을 직접 마주칠 수 없으며, 다만 그것의 불가해한 표면인 환상을 접하게 된다. 환상이 표현하는 것은 구성된 현실이 아니라 이 실재로서의 현실이다. 환상을 단순한 현실의 부정(비사실적인 것들의 집적)이라고 정의하면, 구성된 현실을 강화하는 단순부정의 세계에 빠지고 만다. 환상의 전복적인 힘은 그 부정을 다시 부정할 때에야 발휘된다는 점을 강조해둘 필요가 있다.

1-2. 환상은 어떻게 관습을 넘어서는가?

한 작품이 보장하는 당대의 사실성이란 예술이 자신의 전 역사에 걸쳐 다듬어온 내재적 코드들의 당대적 조합이다. 그것은 실재의 표현이 아니라 실재라고 간주되어온 관습의 표현이다. 예술의 개연성과 핍진성, 곧 '그럴듯함'이란 '그래왔음'의 다른 표현이다. 곰브리치는 이를 달리는 말의 그림과 사진을 통해 설명한다.

자연은 항상 우리가 익히 보아온 그림들과 같은 모습으로 보여야 한다고 생각하는 이상한 습관을 우리는 갖고 있다. (…) 말을 그린 많은 그림과 스포츠 판화들은 (…) 달리는 말이 완전히 공중에 떠서 네 다리

를 쭉 뻗고 있는 모습을 그리고 있다. 약 팔십 년 전 말이 질주하는 순간
을 촬영할 수 있을 정도의 완벽한 카메라가 등장하자 지금까지 화가와
관람자가 모두 잘못 알고 있었다는 것이 증명되었다. (…) 새로 나온
사진은 말이 다리를 차례로 땅에서 뗀다는 점을 알려주었다. 그럼에도
불구하고 화가들이 이 새로운 발견을 그림에 적용하여 말이 실제로 달
릴 때와 같은 모습을 그리자, 사람들은 이 그림들이 잘못되었다고 불평
했다.[4]

앞발과 뒷발을 가지런히 정반대로 놀리는 말 그림은 '그럴듯함'이라
간주되어온 예술적 표현들이 실제로는 관습의 소산임을 보여준다. 실
제로 달리는 말의 사진은 미적 감각을 충격하는 일종의 왜상으로 작용
한다. 기존의 관습을 사실성으로 받아들인 이들은 뒤의 사진에서 무언
가 잘못되었음을 느끼고 불평했다. 예술이 확보한 사실성은 결국 체계
의 관습이 확보한 성격이므로 예술의 미메시스는 사실에 대한 믿음을
토대로 성립하는 것이 아니라, 잘 작동되는 관습에 대한 믿음을 토대
로 성립하는 것이다. 따라서 이런 왜상으로 작용하는 환상은 사실성의 훼손
이 아니라 그것의 확장이자 교정이다.

환상은 비존재자를 마치 실존하는 듯이 상정함으로써 현존재자로부
터 벗어나는 싸구려의 능력일 수 없다. 오히려 환상은 예술작품이 현존
재로부터 받아들이는 요인들로써 짜임 관계를 이루며, 이로써 작품은
설혹 현존재에 대한 확정적 부정으로서만일지라도 현존재에 대한 타자
로 된다.[5]

---

4) 에른스트 곰브리치, 『서양미술사』, 최민 옮김, 열화당, 1994, 20~21쪽.
5) 테오도어 아도르노, 『미학이론』, 홍승용 옮김, 문학과지성사, 1984, 275쪽.

환상은 비존재자의 실존을 가정하는 "싸구려의 능력"이 아니다. 이 것은 앞에서 말한바, 부정으로서의 환상에 지나지 않는다. 그것은 작품이 현존재에서 받아들이는 여러 요인들의 짜임에서 비롯된다. 환상은 실재의 재구성이라는 점에서 부정의 부정이며, 그로써 사실성의 영역을 넓힌다. 예술작품이 사실성의 영역을 확장해온 방식이 바로 환상에 있었다는 얘기다. 환상으로 간주되어온 어떤 요인, 관습, 체계가 받아들여지면 그것은 사실성의 영역에 포함되는 것이다.

시의 경우에도 사정은 다르지 않다. 우리가 오랫동안 사실의 영역으로 믿어왔던 것이 실제로는 관습이었다는 것을 옛 시조가 극명하게 보여준다. 시조가 노래해왔던 친화된 대상으로서의 자연은 실제로 집을 나서서 맞닥뜨리는 산과 들이 아니다. 그것은 우리가 관념으로 승인한 자연이라는 점에서 환상에 가깝다. 예술은 환상의 자식이며, 그중에서 내재적 코드가 잘 알려진 작품이 사실적이라 불려온 셈이다. 가령 다음 작품은 환상인가, 아닌가?

엑스레이를 찍었을 때
그 나무에 내 심장이 걸려 있다

나무꾼이
도끼를 들다가 돌아간다

의사가
메스를 들다가 돌아간다

심장박동을 측정했을 때
그 나뭇잎 속에서 내 심장이 두근거린다

머뭇거릴 때
그 나무는 자란다

주저할 때
그 나뭇잎들 무성해진다

그 나무는 알약들을 주렁주렁 매달고
내 심장을 돌본다

그 나무에 올라갔을 때
속을 파먹힌 내 모자가 걸려 있다

—조말선, 「새」 전문

　"엑스레이"가 없다면, 나무에 걸려 있는 "심장"은 황금사과와 같은 신성(神聖)의 기호이기 십상이다. 엑스레이라는 지칭 덕택에 이 작품의 나무가 폐(肺)를 은유한 것임이 드러난다. 그 다음의 해석은 어렵지 않다. '나무꾼이 돌아간다.' 나무가 아니라 엑스레이 사진이기 때문이다. '의사가 돌아간다.' 폐가 아니라 나무이기 때문이다. "머뭇거"림과 "주저"가 심장의 박동을 표시한다면, 자라는 나무는 숨을 들이켠 허파를, 무성해지는 나뭇잎은 부풀어오른 허파꽈리를 나타낸다. 내재적 코드가 해독되는 순간 환상은 사실의 영역에 자리잡는다. 그러니 다시 말하자. 사실과 환상의 경계는 유동적이며, 환상의 모습을 띤 것일수록 사실성의 계기는 더욱 확대된다.

2. 환상의 영역—뜨거운 환상과 차가운 환상

현대시에서도 사실적 판단으로 간주할 수 없는 정경이나 진술을 뭉뚱그려 우리는 환상이라 불러왔지만, 그 환상의 성격은 시인마다 다르고 시편마다 다르다. 환상의 범주로 묶일 만한 시편들의 범위를 획정하기가 쉽지 않다. 처음 말한 바와 같이 이런 시편들에 내재한 환상의 성격을 부정어법으로는 정의하기 어렵기 때문이다. 사실성의 기준, 곧 환상 바깥의 경계를 획정함으로써 환상의 영역을 탐색하려는 시도로는 환상의 자리를 규명할 수 없다. 그 경계가 유동적이기 때문이다.

우리는 환상 내부의 영역을 탐색할 필요가 있다. 분류 기준은 다음과 같다. 1) 먼저 환상이 주체를 표현하는 데 활용되는가? 아니면 세계를 재현하는 데 활용되는가? 전자를 표현적 환상, 후자를 재현적 환상이라고 부르자. 표현적인 환상은 시적 주체의 내면을 환상으로 환치해서 보여주며, 재현적인 환상은 세계의 모습을 환상으로 변용하여 보여준다. 우리는 표현적인 환상을 뜨거운 환상, 재현적인 환상을 차가운 환상이라 불러도 좋을 것이다. 전자가 주체의 정념으로 인해 격렬하다면 후자는 세계의 실상으로 인해 안정되어 있기 때문이다.[6] 2) 다음으로 환상이 특정 사건으로 표현되는가? 아니면 비사건적인 진술로 적히는가? 전자를 사건적 환상, 후자를 비사건적 환상이라 부르자. 이것은 환상의 외양 혹은 드러남에 의한 분류다. 특정한 서사로 드러나는 환상이 있으며, 그러한 서사를 필요로 하지 않는 환상이 있다.

이로써 우리는 환상의 내부에서 네 개의 영역을 나누어 갖게 되었다. 표현적이면서도 사건적인 환상이 있고 비사건적인 환상이 있으며, 재현적이면서도 사건적인 환상이 있고 비사건적인 환상이 있다. 네 유

---

6) 하지만 이를 주관적 환상과 객관적 환상이라 부를 수는 없다. 어떤 경우이든 환상은 시적 주체가 만든 특별한 프리즘을 거친다는 점에서 주관적이기 때문이다.

형에 속하는 우리 시를 살펴보고, 그로써 환상시의 대략을 그리는 것
이 이 장의 목적이다.

2-1. 표현적이고 사건적인 환상(뜨거운 사건으로서의 환상)

시적 주체의 내면과 연동되어 있는 환상은 대단히 정념적이다. 주체
의 호오, 행불행이 환상의 성격을 결정하기 때문이다. 이런 시의 경우,
환상의 격렬함은 정념의 격렬함이다. 이 가운데 사건으로서 드러나는
환상을 먼저 살펴보자.

잠시 휘청했는데 구부러진 노파가 튕겨져 나왔다. 그녀를 놓쳤지만
나는 어딘가로 튕겨져 나갔다가 와락 되돌아와 안기듯이 파고들었다.
나는 뒤로 자빠지며 껴안았다.
노파의 구부러진 등이 끄덕끄덕 운동(運動)하는 게 보였다. 노파가
떼어놓은 거리(距離)를 좁히고 싶지 않았다.

길을 끌면서 그녀는 가고 있었기 때문에 거리(距離)는 나와 무관하게
유지되었다. 길은 그녀처럼 지저분했다. 나는 오 분 전 같은
오십 년 전에 노파의 치마를 밟고 서 있는가? 이상하게 힘이 센 노파
가 조금 무서웠다. 노파의 구부러진 각도대로 시선을 눕히면 천지(天
地)는 심하게 일그러진 채 굳게 닫혀 있었다. 그녀의 등 너머 지평선으
로 해가 뜬다는 사실이 믿어지지 않았다.

치마가 벗겨지듯 훌렁거리며 몇 마리의 철새가 날고 있었다. 나는 오
분 간(間) 오락가락했으니 길을 끌고 가는 그녀와 길 위에 나는 오 분

간격(間隔)이다. 늘어질 대로 늘어져서

　간격(間隔)은 일정하지만 팽팽했다. 나는 노파를 욕하면서 힘 빼지 않았다. 몇 마리의 철새 따위가 천지(天地)를 찢고 있었다. 마침내 따귀를 때리듯이 노파의 치마가 달겨들었다. 보이는 것이 없었기 때문에 더 이상 노파를 볼 수 없었다.

— 김행숙, 「이상한 동쪽」 전문

첫줄이 이 환상의 성격을 일러준다. 잠시 휘청한 순간 튀어나온 노파는 그 휘청댄 모습을 오랜 후에 재현하게 될 미래의 그녀다. "오 분 먼저 가려다 오십 년 먼저 간다"는 무단횡단 금지 표어를 생각해보면 될 것이다. 낙상했다면, 나는 오십 년을 한꺼번에 살 뻔했다. 넘어질 뻔했다가 간신히 자세를 바로잡은 그녀 앞에서 "오십 년" 후의 그녀가 끄덕이며 길을 간다. 넘어질 뻔했던 한 순간이 오십 년의 앞뒤를 축약한 시간의 일점(一點)인 셈이다. 시는 나와 노파의 시간적 상거(相距)를 공간으로 환산한 자리에서 시작되었는데, 이 때문에 노파와 주변풍경에 대한 묘사가 그녀 자신에 대한 당혹스런 자기 진술의 성격을 갖는다. 가령 노파가 "이상하게 힘이 센" 것은 "구부러진" 노파의 "등이 끄덕끄덕" 운동하는 완강함 때문이며(환상 안에서도 시간을 돌이킬 수는 없다), 천지가 "심하게 일그러진" 것은 시간적 단축이 공간적 축지(縮地)로 변형되었기 때문이다(환상 안에서 시간을 압축할 수는 있다). 오래된 미래가 시인 앞에 펼쳐졌는데, 이 미래를 지칭하는 말이 "거리"와 "각도"였던 것이다. 이 시의 환상은 시적 주체의 정념이 만들어낸 표현적 환상이며(나는 휘청해서 죽을 뻔했다), 그 환상이 특정한 이야기로 전개되었다.

　아름답지 않은 것을 들키고 싶지 않아. 뒤를 돌아보지 마. 구멍이 좁다는 걸 알면서도 내내 돌아보던 너의 흰 목에서 피가 흐른다. 노인은 신에게 경배를 드릴 때마다 조금씩 무릎이 부서진다. 너무 쉽게 죽은 사람의 이름을 말하면 안 돼. 한쪽 유방이 도려내진 브래지어를 보고 한 노인이 뒤를 돌아본다. 이것은 전염병일까? 목발을 짚은 사내는 꺼지지 않는 불꽃을 뒷주머니에 깊숙이 찔러 넣는다. 신은 뒤를 돌아보는 불경한 것들의 심장을 움켜쥔다. 까마귀는 붉은 날개를 꺼내 죽은 사람의 목을 후려친다. 아름다워지기 전에 뒤를 돌아보면 안 돼. 오르페우스는 어린 딸과 침대가 없는 외계(外界)로 가기 위해 천상의 노래를 부른다. 목소리를 잃고 나는 자꾸 뒤를 돌아본다. 제 다리를 뜯어먹는 늙은 개.

—이영주, 「뒤」 전문

이 시의 모티프는 오르페우스의 저승여행 마지막 장면이지만, 주체와 대상의 자리가 바뀌면서 정념의 변화가 일어난다. 시는 오르페우스의 뒤를 따르는 에우리디케의 목소리로 시작된다. "아름답지 않은 것을 듣기고 싶지 않아." 나는 죽어 저승에 들었으니 추할 거야. 그러니 너는 돌아보지 마. 돌아보던 "너"의 목에서 피가 흐르고, 너는 노인으로 전환된다. 이미 저승을 체험한 자의 얼굴이므로 그가 노인으로 전환된 것도 자연스럽다. 그의 무릎은 조금씩 부서진다. 저승의 신에게 경배를 바쳤으므로 그의 무릎은 사자(死者)의 그것을 닮았다. 그런데 어떻게 보면 돌아보는 것(회상하는 것)은 노인의 특권이기도 하다. 고개를 돌리지 않고서도 노인은 흔히 과거로 돌아간다. "한쪽 유방이 도려내진 브래지어를 보고 한 노인이 뒤를 돌아본다"는 말은 늙은 여자의 꺼져버린 젖무덤을 보고서도 젊은 여자를 되살려내는(오르페우스처럼!) 노인의 '돌아보기'를 이르는 말일 것이다. 그것은 "전염병" 같은 것이다. "목발을 짚은 사내"(역시 노인이다)가 뒷주머니에 찔러넣은 "꺼지지 않는 불꽃"도 동일한 의미에서의 욕망이다. "불경한 것들의 심장"은 그런 정념에 사로잡힌 자의 심장이다. 그러나 돌아보는 것과 돌이키는 것은 다르다. 가능한 것과 불가능한 것 사이에 경계가 그어져 있기 때문이다. 오르페우스이자 노인인 그(돌이킬 수 없는 것을 돌이키려 한다는 점에서 둘은 동일하다)의 심장을 신이 움켜쥔다. 신이 그의 심정(정념)과 심장(목숨)을 한꺼번에 쥐어짜낸다.

다음으로 서두의 고백이 변형되어 제시된다. "아름다워지기 전에 뒤를 돌아보면 안 돼." 처음의 목소리가 에우리디케(혹은 추억되는 자)의 것이었다면 나중의 목소리는 오르페우스(혹은 추억하는 자)의 것일 테지만, 그것은 이미 미묘한 변형을 거쳤다. 오르페우스 역시 저승에 들었다는 점에서는 에우리디케와 마찬가지로 추해졌을 것이다. 그러나 변형을 거친 후에는 아름다움의 내포가 달라졌다. 이를테면 "아름답지 않은 것을 들키고 싶지 않아"라는 말은 사랑하는 이 앞에 본모습을 드러내고 싶지 않은 자의 안타까움을, "아름다워지기 전에 뒤를 돌아보면 안 돼"라는 말은 사랑하는 이를 온전히 보기 위해 인내해야 하는 자의 조바심을 표시한다. 이제 "목소리를 잃고 나는 자꾸 뒤를 볼아본다". 나와 너는 자리를 바꾸었다. 나는 뒤에 있던 자에서 뒤를 돌아보는 자가 되며, 이로써 둘은 어떤 원환 속에 든다. 어쩌면 그런 물고 물리는 따라감과 돌아봄의 관계가 사랑의 관계일 것이다. 이 시에서는 그런 관계의 속성이 특정 모티프를 중심으로 사건화되어 나타났다.

2-2. 표현적이고 비사건적인 환상(뜨거운 진술로서의 환상)

표현적이지만 사건으로는 드러나지 않는 환상이 있다. 이런 환상은 일종의 자기 진술이 되며, 평면적으로 배열된 환상들이 주체의 고백을 대신한다.

옆집의 주소로
하얀 가발과
제2의 얼굴이 왔다.

나와 똑같은 인간으로 가득 찬 세계에서 온
초대였다.

그렇다면
세수를 해야 한다.

*

세수를 한 얼굴로서
나는 옆집을 찾는다.

다음엔 문지방을 밟은 채로
제2의 얼굴에
하얀 가발을 쓰고
난색을 표한다.

"사실 나는 다른 사람이야."

*

바로 뒤에서
얼굴이 나를 뚫어지게 쳐다보았다.

우리 집에 가자.
우리 집에는
이름이 아주 많아.

—신해욱, 「방명록」 전문

"하얀 가발과 / 제2의 얼굴"은 위장, 분장, 은폐, 익명 따위의 의미소를 거느린 환상적 소도구다. 그것을 지우기 위해 나는 세수를 했지만 여전히 가발과 얼굴은 나를 덮고 있었다. 나는 다른 이와 똑같지만 "사실 나는 다른 사람"이다. "옆집의 주소"와 우리 집 주소가 구분되지 않는 것을 보면, 이것은 사회에 미만한 불통과 익명성의 표현이 분명하다. 그 다음에 이 시의 진정한 전언이 나온다. "우리 집에 가자. / 우리 집에는 / 이름이 아주 많아." 표면적으로는 여러 가지로 위장할 수 있는 다른 가발, 제3, 제4의 얼굴들에 대한 지칭 같지만, 사실 이 말은 반어다. 이면적으로 이 말은 초대한 이에게 어울리는 진정한 이름을 우리 집에서 찾을 수 있을 거라는 환대의 표현이기 때문이다.

시가 과거형으로 적혔다고 해서 이 말들이 어떤 사건을 시화하고 있다고 볼 수는 없다. 그것은 사건이 아니라 상태(우리는 서로 위장하고 산다)와 소망(우리 집으로 당신을 초대하고 싶다)의 표현이기 때문이다. 사건의 기승전결과 굴곡이 없으므로 시는 평면적이지만, 대신 환상의 간명함과 간절함을 확보할 수 있었다.

나는 벌거벗고도 단추 채우는 방법을 알아요
숫자는 몰라도 시계는 스무 개가 넘어요
일요일엔 챙 넓은 모자를 쓰고 자전거를 탔어요
이런, 풀밭에서 느릿느릿 사전이나 씹어 먹을 작자 같으니

나는 자전거를 걷어찼고 자전거는 달렸어요

달리기는 자전거와 나의 슬픈 식사

우리는 삐뚤삐뚤 주위를 맴돌다

아무도 없는 그곳을 빠져 나왔어요

나는 많은 사람들 속에서 투명인간이 되는 법을 알아요

비가 올 때마다 흠뻑 젖지만 우산은 스무 개가 넘어요

오늘밤 달은 제 몸을 반이나 먹어치웠어요

달을 너무 오래 보면 미쳐버린다고 말해준 엄마

검은 옷장 속에서 지나온 계절들을 다림질하고 있겠죠

내가 내 몸을 반쯤 먹어치울 동안

문 열면 봄인 어느 저녁이 올 때까지

나는 나를 찌르고도 피 흘리지 않는 법을 알아요

어제도 시간은 하수구로 흘렀는데

햇살 아래 떠다니는 파도는 스무 개가 넘어요

―강성은, 「스물」 전문

"스물"은 물론 스무 살의 그 스물이어서 성인과 미성년의 경계를 이루는 시간이다. 시는 "알아요"가 등장하는 시행을 기준으로 세 번 거듭되며, 그래서 한 노래의 일절에서 삼절을 구성한다(삼절이 다 적히지 않았으므로 이 노래는 지금도 진행형이다. 삶이 계속되고 있다는 뜻이다). 노래의 각 절은 같은 가락에 얹힌 다른 노랫말이다. 따라서 시행의 위아래를 오르내리며 각각의 절들을 포개어 읽을 수도 있다.

이를테면 이렇다. 나는 "벌거벗고도 단추 채우는 방법을" 안다(1행). 그것과 동격 구문. 나는 "사람들 속에서 투명인간이 되는 법을" 알고(9행) "나를 찌르고도 피 흘리지 않는 법을" 안다(16행). 내가 벌거벗었다는 말은 투명인간처럼 다른 사람의 눈에 띄지 않았다는 말이며(물론 옷을 입었으니 단추를 채운 상태다), 그런 나를 자책했다는 말이다(진짜로 찌른 게 아니니 피가 흘렀을 리 없다). 다음 행. "숫자는 몰라도 시계는 스무 개가" 넘는다(2행). 나는 스무 살이 넘었으며, 그전의 삶은 숫자에 불과한 그리 의미 없는 삶이었다. 역시 동격 구문. "비가 올 때마다 흠뻑 젖지만 우산은 스무 개가" 넘고(10행) "햇살 아래 떠다니는 파도는 스무 개가" 넘는다(18행). 나는 늘 삶의 아픔에 젖어들곤 했다. 맑은 날에도 감정의 파고(波高)는 내게 들이치곤 했다. 일절에서 사랑하는 이에 대한 상념이, 이절에서 가족에 대한 상념이 펼쳐진다. 삼절은 이후로도 이런 삶이 지속되리라는 암시다. 나이를 숫자로 바꾸고 나니 이상하게 반복되는 아픈 삶이 형체를 얻었다. 성인은 무엇인가를 아는 나이다. 그래서 "알아요"와 "스무 개"가 대구를 이룬다. 이 시가 구현한 환상은 성인식을 치르는 시적 주체의 정념이 낳은 것이다. 이것은 사건이 아니어서 화자의 정념만 환상의 형태로 반복된다.

2-3. 재현적이고 사건적인 환상(차가운 사건으로서의 환상)

시의 인식론적 기능, 곧 일상적이고 자동화된 감각을 새롭게 하는 기능은 정념을 불러일으키는 기능과 함께 시의 양대 축을 이룬다. 이런 시들은 세계를 특별한 방법을 통해 재현하려고 하며, 이 과정에서 왕왕 환상이 모습을 드러낸다. 따라서 이런 환상은 세계의 실상을 어떤 형식으로든 품고 있다. 이런 환상 가운데 사건의 외양을 띠고 있는 경우를 살펴보자.

마술사는 지붕에서 뛰어내린다 뛰어내리며 모자를 벗는다 모자 속에서 비둘기들이 하얗게 날아 오른다 마술사는 침대 쿠션을 실은 트럭 위

에 떨어진다 달리는 트럭에 누워 휙휙 지나가는 화단의 검은 꽃들이 진
짜 꽃인지 생각해 본다 모자 속에서 날아 나갔던 하얀 비둘기들이 진짜
비둘기였던가를 생각해 본다 그는 자신이 진짜 마술사인지 생각해 본다
트럭을 타고 가며 그는 생각에 잠긴다 나는 어떤 마술사가 만들어낸 비
둘기가 아닐까 운전석의 마술사는 음흉한 웃음을 흘리며 절벽 쪽으로
차를 거칠게 몰아가고 있었다

—김참, 「마술사의 죽음」 전문

"마술사"는 마술로 사물들을 만들어내는 사람 혹은 사물들을 만드
는 것처럼 속이는 사람이다. 전자라면 그는 조물주이며 후자라면 그는
사기꾼이다. 시는 이 둘을 합쳐 속고 속이는 조물주로서의 인물을 창
조해낸다. 그는 "지붕에서 뛰어내린다". 그것은 자살일 수도 있고 마술
행위의 일종일 수도 있다. 그가 벗은 모자에서 "비둘기"들이 날아올랐
고, 그는 "쿠션을 실은 트럭 위에" 떨어졌다. 그는 자신의 마술을 알고
있다. 비둘기는 진짜였나? "화단의 검은 꽃들"은? 비둘기와 꽃은 진짜
일 수도 있지만, 어쨌든 자신이 그것을 낳은 것은 아니다. 그는 가짜
조물주, 속는 조물주이기 때문이다. 그래서 마침내 마지막 질문에 도
달한다. "나는 어떤 마술사가 만들어낸 비둘기가 아닐까". 속여서 낳는
자가 있다면, 속아서 태어난 자도 있을 것이다. 후자가 그라면, 전자가
"운전석의 마술사"다. 그는 다른 그가 만든 마술, 더 상위의 조물주가
낳은 하급 조물주였다. 운전을 하는 마술사 역시 벼랑으로 달려가고
있다는 것으로 미루어보아 이 원환은 계속될 것이다. 두 번째 마술사
의 죽음 역시 그를 조종하는 또다른 마술사를 필요로 하기 때문이다.
이것은 세계를 낳는(혹은 지탱하거나 포함하는) 다른 세계를 끊임없이
필요로 한다. 이 무한반복은 불가지론에 기대어 세계를 합리적(?)으로
설명하는 방법이다.[7]

사건이 있고 그 사건과 원인-결과의 관계를 맺는 또다른 사건이 무한히 반복되지만, 이 사건들은 주체의 정념을 대신하는 것이 아니다. 차라리 이 이야기를 세계의 실상을 설명하기 위해 제기된 우화라고 해야 한다. 우화 나아가 알레고리는 단 한 번 제시되지만, 그로써 세계의 실상을 거듭 보여준다.

어릴 적 친구가 살던 집으로 이사했다. 그새 주인이 몇 번이나 바뀌었을까. 계단에는 이제 늙어버린 고양이가 졸고 있었다. 이삿짐을 다 옮길 무렵 그 친구가 지나간다. 다가서자 그는 아이처럼 작아진다. 친구를 안아본다. "하나도 자라지 않았네?" 그는 건조하게 웃었다. 계단에는 교실처럼 아이들이 앉아 있었다. 그는 계단 위로 가서 한 아이의 뺨을 후려치며 말했다. "이건 i 때문인 줄 알아. i가 죽었어. 거울이 비어 있다며 자살했어." 평소 그렇게 당차던 i가 자살하다니… "저 아이가 i를 어떻게 알고 있지?"

"누군지 궁금해할 필요는 없어. 이건 서로의 역할을 바꾸어도 상관없는 연극이니까. 네 대사를 잠시 빌렸을 뿐이야." 나무가 길을 향해 짖어대고 있었다. 정확히 어떤 동물의 소리를 닮았는지는 알 수 없었지만 내 목소리처럼 느껴졌다.

—정재학, 「일인극이 끝나고」 전문

이사 간 집에서 어린 시절의 친구를 만난다. "다가서자 그는 아이처럼 작아진다." 회상이 이런 환상을 낳았다. 지금의 모습에서 어린 시절의 모습을 되새기는 작용이 회상인 까닭이다. 친구는 계단 위로 가서 한 아이의 뺨을 후려친다. "이건 i 때문인 줄 알아. i가 죽었어. 거울이

---

7) 이 시에 담긴 아이디어는 호르헤 루이스 보르헤스의 「원형의 폐허들」(『픽션들』, 민음사, 1994)에서도 엿볼 수 있다.

비어 있다며 자살했어." 계단은 아마도 졸업사진을 찍기 위해 모인 장
소일 것이다. 어린 시절의 아이("i"는 소리은유로 어린 시절의 그 '아이'
를 말한다)가 죽어 내가 어른이 되었고, 지금의 내게서는 어린 시절의
모습을 찾아볼 수 없다("거울이 비어 있다며 (…)"). "이건 서로의 역할
을 바꾸어도 상관없는 연극"이다. "아이"와 "i"가 구별되지 않기 때문
이다. 따라서 이 시에 나오는 환상적인 사건은 회상작용의 결과로 출
현했으며, 회상의 주인이 다른 누구도 아닌 "나" 자신이므로 이 연극은
"일인극"이다.

2-4. 재현적이고 비사건적인 환상(차가운 진술로서의 환상)

사건이 아니라 진술로 드러난 재현적인 환상을 살펴보자. 주체의 표
현이 아니라 세계의 재현에 해당하는 진술이므로 이때의 진술은 대상
에 대한 특별한 소묘에 가깝다.

사과를 던지자 최초의 벽이 생긴다. 사과는 벽에 맞아 떨어진다. 벽
에 맞는 순간 보이지도 않는 작은 조각들로 흩어졌다가 사과는 뭉친다.

사과를 던지자 벽이 뚫린다.

푸른 사과들이 도로 양변에 늘어서 있다. 그중 하나를 집어 올리려고
몸을 숙인다. 머리 위로 내가 던진 사과가 날아간다.

—이수명, 「푸른 사과」 전문

사과를 던졌다. 그 다음에는 어떤 일이 일어날까? 이 시는 예상할

수 있는 두 가지 경우를 나누어 적었다. 사과를 던지면 벽에 맞아서 떨어지거나 벽을 부술 것이다. 1연부터 보자. 사과를 던지자 벽에 맞았다. 벽은 이전부터 있었을 것이나 적어도 사과를 던지기 전에는 거기에 벽이 있었다는 걸 알 도리가 없다. 퍼석, 하고 사과 깨지는 소리가 들린 후에야 우리는 벽이 거기에 있었다는 걸 안다(이 앎을 위해서는 시각의 도움을 가정하지 않아야 한다). "최초의 벽"은 그렇게 우리의 인식에 비로소 떠올라온 벽을 말한다. 사과가 깨져 "보이지도 않는 작은 조각들"로 흩어졌다. 하지만 깨진 사과 역시 사과이다. 우리는 벽 아래 떨어진 사과 조각들을 여전히 사과라는 이름으로 일괄해 불러야 한다. 그래서 "작은 조각들로 흩어졌다가 사과는 뭉친다." 2연은 1연에서 파생된 생각이다. 벽이 없다면 사과는 그냥 날아갈 것이다. 있었다가 없어졌으므로 사과를 받아냈던 벽은 이제 "뚫린다". 3연은 다시 2연의 파생이다. 벽 없이, 그러니까 중간에 부딪혀 깨지지 않은 채 사과는 날아갔다. 어떻게 떨어지지 않고 날아갈 수 있을까? 사과가 양변에 도열해 있고, 내가 그 사이를 달려갔기 때문이다. 물체의 운동은 상대적이다. "도로 양변에 늘어서" 있는 사과나무들은 내 운동 속도에 비례해서 반대편으로 날아간다. 물론 개중에는 떨어진 사과("그중 하나")도 있다. 결국 3연은 다시 1연의 근거다. 내가 달려가자 "머리 위로" "사과가 날아간다". 날아간 사과가 내 운동에 의해 추진력을 받았으므로 그 사과는 "내가 던진" 사과다. 다시 처음으로 돌아와서 사과를 던지면 벽에 맞아서 떨어지거나 벽을 부술 것이다……

이 시의 환상은 따라서 사건이 아니라 예상 가능한 두 경우의 수에 관한 진술이다. 이로써 드러나는 것은 우리가 대상(사과)을 인식하는 방식에 대한 발본적인 검토다. 종합하는 감각이 아니라면(예를 들어 시각의 도움 없이 날아간 사과를 인식하고자 한다면) 대상은 우리에게 어떻게 인식될 수 있을까, 개념은 개체를 넘어서도 성립될 수 있을까(깨진

사과와 사과가 깨짐의 차이는?), 선입견이나 억견을 제거한 뒤에 대상은
어떻게 받아들여질까, 운동의 상대적 원리는 주체와 대상의 관계에 어
떤 영향을 미칠까 등의 질문이 이 환상적 진술을 통해 제기된 셈이다.

    서로 두 걸음이다 한 뼘이다, 잰걸음으로 고양이보다 빠르다, 나뭇잎
이 나무에서 떨어져 나무와 멀어지는 만큼, 신호등의 꼬리가 짧아지는
만큼, 경찰관의 수신호와는 반대로 핸들을 꺾고 싶은 만큼, 서로 두 걸
음이다 한 뼘이다, 달에서 빌딩의 모서리까지, 주머니 속의 꽁초가, 보
조개 속의 칼날이, 브래지어 속의 호치키스가 한 뼘이다, 태초의 우주
가, 이교도의 머리를 따낸 칼자루가, 바람의 시체를 챙겨가는 바람이 서
로 두 걸음이다 한 뼘이다, 화장터 굴뚝이, 뼈를 빻는 절굿공이가 한 뼘
이다

—최하연, 「··」 전문

두 개의 가운뎃점이 있다. 두 개의 발자국이라면 그 거리는 "두 걸
음"일 테고, 선분을 이루는 두 점이라면 그 거리는 "한 뼘"이 될 것이
다. 그것은 말줄임표를 닮아서 빠르고, 낙엽처럼 분분히 흩어지며, 보
행 신호등의 꼬리처럼 길이가 줄어들고, 경찰관 앞에서의 교통신호등
처럼(푸른 등에서 붉은 등으로 바뀔 때, 그 나란히 켜진 노란색과 붉은색 등
처럼) 위반하고 싶어지는 걸음이다. 겨우 두 걸음이기 때문이다. 그것
은 또한 달을 집어먹은 빌딩 모서리처럼, 버릴 곳을 찾지 못해 주머니
속에 넣어둔 꽁초처럼, 웃음이 숨긴 적의처럼, 부드러운 젖가슴이 감
춘 날카로움처럼 지척지간이다. 겨우 한 뼘이기 때문이다. 거기에는
또한 처음과 나중이 있고 살의와 죽음이 있다. 바람을 흩어버리는 바
람처럼, 뼈를 빻는 절굿공이와 절구처럼 그것은 가깝다.
    두 점을 우리는 사람과 사람이라 읽을 수도 있고, 우주와 우주라 간

주할 수도 있으며, 존재자와 존재자라고 생각할 수도 있다. 첫 번째라면 두 점은 모든 주고받음을 집약하는 관계의 표현이며, 두 번째라면 두 점은 하나의 세계와 다른 세계의 교접과 혼종과 배제를 나타내는 양상의 표현이고, 세 번째라면 두 점은 모든 개별자들을 대신하는 복수성의 표현(최소한 그들은 둘 이상이다)일 것이다. 어떤 것이든 이 시가 무수한 환상을 낳는 평면적인 진술들로 이루어져 있음은 분명한 사실이다.

3. 네 가지 환상

환상의 네 영역을 살펴보았다. 사실성의 대척점에 놓인 영역, 부정 태로서 존재하는 외부의 영역이 아니라 환상 자체의 생산성에 기초한 영역, 부정의 부정으로서 실재의 현실을 보여주는 내부의 영역으로 말이다. 주체의 정념을 표현하는 뜨거운 환상과 세계의 모습을 재현하는 차가운 환상, 그리고 사건의 외양을 갖춘 서사적인 환상과 진술을 통해 드러나는 진술로서의 환상이 있으며, 앞의 둘이 뒤의 둘과 교차하면서 네 가지 환상의 영역을 만들어낸다.

환상은 사실성의 반대 자리에 놓인 부정의 영역이 아니다. 차라리 환상을 상상력의 능동적인 작용이라 보는 것이 옳겠다. "감성이 자신이 겪는 강제력을 상상력으로 전달하고, 그래서 이제는 상상력이 초월적 실행으로 고양될 때, 상상되어야 할 것, 오로지 상상밖에 될 수 없는 것이자 경험적으로는 상상 불가능한 것을 구성하는 것은 환상이고 환상 안의 불균등성이다."[8] 환상은 어떤 강제력의 표현이다. 그렇게밖에 드러

---

8) 질 들뢰즈, 『차이와 반복』, 김상환 옮김, 민음사, 2004, 321쪽.

날 수 없는 어떤 것이 초월적 감성에 끼친 영향이 환상으로 표현되기 때문이다. 상상력이 상상 불가능한 것의 구성적 원칙으로 작용할 때, 바로 그 지점에서 환상이 출현한다. 이 장에서 그 환상을 넷으로 나눈 것은 각 환상이 생겨나는 자리와 외양이 상이하기 때문이다. 서로 다른 생성점을 한 가지로 간주하면, 환상의 성격과 기능을 오해하게 된다. 주체의 표현과 세계의 재현을 밀고 나가는 환상의 실체는 같은 것이 아니며, 사건으로 드러나는 환상과 진술로 드러나는 환상의 외양도 같은 것이 아니다. 환상이 현대시에서 광범위하게 출현하는 것은 이런 이유에서다.

추를 어떻게 봐야 할 것인가?

1. 미와 추의 상관 관계

추(醜)를 어떻게 받아들여야 할까? 미의 상관자(相關者)로서 미의 부정이자 불완전함으로 파악하면 될까? 로젠크란츠에 따르면 윤리학에서 악이 선의 부정이듯이 미학에서 추는 미의 부정이다. 완전은 불완전을 포함해야 한다. 미학이 완전성의 이념을 포기하지 않는 한, 추는 미의 총체성에 참여해야 한다.

목적이 미(美)일 뿐인 예술이 이제 어떻게 추를 형상화할 수 있게 된 것인가? (…) 그 이유는 이념의 본질에 놓여 있다. 예술은 비록—이 점은 진과 선의 자유와 비교했을 때 한계를 뜻하는데—감각적 요소를 필연적으로 가지고 있지만, 예술은 이 감각적 요소로써 미라는 이념의 현상을 총체적으로 표현하려 하며 표현해야 한다. (…) 그러므로 예술이 그 이념을 단순히 일면적으로 표현하려고만 하지 않는다면 추를 피해갈 수 없는 것이다. (…) 자연과 정신이 전체적으로 그 극적인 깊이에 따

라 표현되어야 한다면 자연스러운 추가, 즉 악과 악마적인 것이 빠져서
는 안 된다.[1]

자연의 추와 정신의 추가 예술의 추에 필연적인 계기로서 포함되어
야 한다는 것이다. 그래서 "미라는 이념의 현상을 총체적으로 묘사하
는 한, 예술은 추의 형상화를 피해갈 수 없다."[2] 그의 견해를 수락한다
면 추는 미와의 거리, 곧 상대적인 불완전함과 부정성의 정도(程度)로
측정될 수 있을 것이다. 이것은 앞 장에서 본 것과 같이 환상이 사실성
의 부정으로 측정된 것과도 같은 맥락이다. 그러나 환상의 고유한 영
역이 있고 그 내부를 탐색할 필요성이 있는 것처럼 추의 영역에서도
같은 문제가 제기되어야 한다.

에코는 로젠크란츠가 "추상적 정의에서 추의 다양한 구현에 관한 현
상학으로 옮아가는 바로 그 순간에, 일종의 '추의 자율성'을 얼핏 우리
에게 보여준다"고 말한다.[3] 그가 분석한 방대한 추의 목록을 단순한 미
의 반대항으로 여길 수 없다는 것이다. "'아름다운'의 모든 동의어들은
무관심적 평가의 반응으로 여겨질 수 있는 반면, '추한'의 동의어들 거
의 모두는 격렬한 거부감이나 공포, 두려움까지는 아닐지라도, 어떤
혐오감의 반응을 포함하고 있다."[4] 아름다움과 추함은 상관적이지만,
둘은 엄밀하게 말해 반의어 관계가 아니다. 그 사이에는 '희극적인
것',[5] '숭고한 것',[6] '무관심한 것'[7] 등의 중간항이 있을 수 있다. 그렇

---

1) 카를 로젠크란츠, 『추의 미학』, 조경식 옮김, 나남, 2008, 56쪽.

2) 같은 책, 57쪽.

3) 움베르토 에코, 『추의 역사』, 오숙은 옮김, 열린책들, 2008, 16쪽.

4) 같은 쪽.

5) "미는 추가 시작하는 경계이고, 코믹한 것은 추가 끝나는 경계가 된다. 미가 스스로부터
추를 배제하는 반면에 코믹한 것은 추와 우애가 좋지만 미와 비교해보면 추의 상대성과 무
가치함을 인식하게 함으로써 추에게서 구역질나는 것을 제거한다"(카를 로젠크란츠, 앞의
책, 26쪽).

다면 추는 어떻게 출현한 것인가?

　　불협화음(dissonance)은 미학에서 별 생각 없이 추하다고 칭해지던 요인들을 예술이 받아들이게 되었음을 나타내는 기술상의 술어다. (…) 전통적인 미학에 따르면 추(ugliness)는 작품을 지배하는 형식법칙과 충돌해왔으며, 그래서 사물에 대항하는 주체의 자유와 형식의 우월성을 확증하기 위해서 통합되어 왔다. (…) 추는 역사적으로 오래된 것으로서, 예술이 자율성을 획득하는 과정에서 예술에서 배제된 것이다. 따라서 그것은 그 자체로서 매개되어 있다.[8]

　　아도르노에 따르면 예술이 예배물에서 벗어나 자립성을 띠면서 추 역시 배제의 형식으로 정립되었다. 두려움과 터부라는 종교적 필연성에서 생겨난 형상이 예술에서 추로 변용된 셈이다. 그것은 내용적인 것이었으나, 거기서 종교적인 두려움과 터부가 사라지고 나자 형식적인 것으로 전화되었다. 따라서 추가 미와 매개되어 있는 게 아니라 미가 추와 매개되어 있으며(미는 두렵고 터부시되는 것들, 곧 추한 것들을 거부하는 과정에서 형성된다), 추/미의 카테고리는 역사적으로 유동적

---

6) "숭고한 것의 감정은 미감적인 크기 평가에서 상상력이 이성에 의한 평가에 부적합함에서 오는 불쾌의 감정이며, 또한 그때 동시에, 이성이념들을 향한 노력이 우리에 대해서 법칙인 한에서, 최대의 감성적 능력이 부적합하다는 바로 이 판단이 이성이념들과 합치하는 데서 일깨워지는 쾌감이다"(이마누엘 칸트, 『판단력 비판』, 백종현 옮김, 아카넷, 2009, 266쪽). 미가 조화와 쾌락의 체험이라면, 숭고는 혼란과 불쾌의 체험이며, 나아가 불쾌를 통해서만 가능한 역설적인 쾌락의 체험이다.

7) 미는 주체의 이해 관계에서 벗어난 것이므로 무관심한 가운데 향유할 수 있다. 반면 추는 그것이 야기하는 혐오감으로 인해 무관심한 것이 될 수 없다. 이것이 미와 추를 가르는 경계가 될 수 있을 것인데, 그렇다면 '무관심한 추'(혐오감이 중화되었으나 미적인 향유의 대상이 되지는 못하는 추)를 중간항으로 설정할 수도 있을 것이다.

8) 테오도어 아도르노, 『미학이론』, 홍승용 옮김, 문학과지성사, 1984, 82~84쪽.

인 것이다(추는 형식법칙의 지배를 받으면서도 그것을 무력화시킨다). 불협화음은 과거에 추하다고 생각되던 요인이 미적 대상이 되었을 때 생겨난다. 주체의 자유가 대두하면서 화해의 이념 아래 두려움과 터부가 비로소 추의 카테고리로 형성되었던 것이다. 그래서 예술에서는 미가 아니라 추가 본질 구성적이다. "예술의 역사에서는 추의 변증법 속에 미의 카테고리가 끌려들어간다. 이런 점에서 키치는 미의 이름으로 터부시되는 추로서의 미이다."[9] 미와 추는 본성상 감성적인 영역에 가해진 일종의 스크래치다. 그런 '긁힘'이 예술의 이념에 포괄될 때 미적인 것이 된다. 그러므로 추는 미적인 것의 경계에 있는 아직 '이념화되지 않은 미'라 말할 수 있다. 키치가 미이면서도 역겹고 혐오스러운 이유가 여기에 있다. 추의 개념이 없기 때문이다. 키치는 자신의 반성적 대립물 곧 추를 잃어버린 미다.

2. 추의 네 영역

최근의 우리 시에서 추의 영역을 탐색해보자. 생산적인 탐색을 위해서는 먼저 추가 미의 불완전성에서 비롯되었다는 전제를 포기해야 한다. 다르게 말해서, 추를 시적 미숙함의 징표라고 생각해서는 안 된다. 추는 다른 데서 온다. 곧 미의 변방에서, 총체성이라는 이념에 기재되지 않았으나 그럼에도 불구하고 이미 활성화된 어떤 영역에서 말이다. 각각의 영역을 살피면서 추에 관한 논의를 더 심화시켜보자.

---

9) 같은 책, 85쪽.

2-1. 알레고리로서의 추

　세상을 지옥도로 형상화하는 시편들이 있다. 자애로운 신, 단란한 가족, 서로를 위하는 연인, 순수한 첫사랑의 형상을 뒤집고 망가뜨리는 음화(淫畵)들이 있다. 이 그림들은 앞의 형상들이 구현하는 사랑, 단란함, 이타성, 순수함을 훼손한다. 이 형상들이 더럽고 지저분한 얼룩(정액, 핏자국, 침, 눈물, 그 밖의 분비물들)으로 추문화될 때, 실제로 추문화되는 것은 세속화된 이데올로기 그 자체다.

　　더럽게 재수 없는 수태고지
　　초장부터 똥 밟은 나는

　　아침저녁 살충제에 제초제를 섞어 마시고
　　줄담배를 피우며 수음을 하네

　　(내 눈이 걸려보지 않은 임질이라고는 없지만, 내 입이 걸려보지 않은 매독이라곤 없지만)

　　징글맞게 재수 없는 수태고지
　　구역질 구역질 애도의 헛구역질

　　성부와 성자와 성신의 이름으로

　　한번 박혀볼래?
　　박아줘?
　　더럽게 지분거리는 벌건 십자가의 이름으로

나는 내 자궁에 불을 지르고

그 불길에 담배를 붙이네

— 김언희, 「더럽게 재수 없는」 전문

'수태고지' 사건이 있다. 동정녀 잉태라는 기적을 전하는 천사의 방문 이야기다. 시인은 여기서 그 이야기의 현실적 측면만을 떼어낸다. 처녀가 애를 뱄다, 재수 없게! "초장부터 똥" 밟았다! 유산을 위해 애를 써보지만(2, 7연), 사실 내 눈과 입은 진즉에 임질과 매독에 걸렸다. 내가 받아들인, 받아들여야 할 세상이 이미 더럽혀져 있었다는 얘기다. 십자가 사건과 성교의 동일시에서(6연) 이 독신(瀆神)의 음화는 절정에 이른다. "한번 박혀볼래?/박아줘?" 십자가가 성기처럼 벌겋게 달아올랐다고 주체는 말한다. 종교에서 가르치는 구원의 역사가 개별자들에 대한 겁탈과 간통에 불과하다는 풍자다.

지하에 계신 음부(淫父)와 음모(淫母)가 침봉으로 내 얼굴에 난 털을 빗긴다 나는야 털복숭이 라푼젤, 짜다 푼 목도리의 털실같이 꼬불꼬불한 털을 발끝까지 내려뜨린 채 울고 있다 울음을 짜보지만 눈물은 흐르자마자 냄새나게 덩어리지는 냉(冷)일 뿐, 에이 더러운 년 쿵쿵거리며 내 얼굴을 냄새 맡던 음부(淫父)가 빨간 포대기같이 늘어진 혀로 내 털 한 가닥 한 가닥을 싸매 핥는다

— 김민정, 「날으는 고슴도치 아가씨」 중에서

김언희가 연인의 알레고리로 세속의 지옥도를 그렸다면, 김민정은 흔히 가족 알레고리로 사회의 지옥도를 형상화한다.[10] 김민정은 도덕 자체가 없는 절대적인 악과 순수한 유희의 장면을 시현하고 있는데,

이것은 물론 도달할 수 없는 경지다. 이로써 시인이 형상화한 것은 순수한 선의 반대쪽 얼룩이다. 미학이 선의 반향(反響)이거나 반영(反映)이라는 생각이 있다. 앞에서 말한 자애로운 신, 단란한 가족, 이타적인 연인, 순수한 첫사랑이 그런 형상이다. 그런데 이것은 미학의 자율성에 대한 훼손일뿐더러 윤리학의 독자성에 대한 훼손이기도 하다. 미학이 윤리학의 하위 분야가 아니라면, 동시에 윤리학은 미학의 상위 분야가 아니다. 둘을 포개어놓으면 앞의 형상은 이데올로기적 구현물이 되고 만다. 이 구현물에는 불쾌(不快)가 없으나, 동일한 이유에서 쾌(快)도 없다. 순수한 도덕성은 그런 점에서 외설적이다.

라캉은 칸트와 사드를 동일한 지평에 두고 읽으면서 바로 이 점을 말했다. 칸트 철학이 궁극적으로 열어젖힌 '순수한 악'(악 자체의 순수의지)의 차원을 사드가 실천하고 있다는 것이다.

우리가 순수한 형식의 면을 끝까지 따라간다면 거기서 우리는 형식을 더럽히는 비-형식적인 향락의 '얼룩'을 만나게 된다. 정념적인 향락의 포기 자체(모든 '정념적인' 내용의 일소)가 어떤 잉여-향락을 생산하는 것이다. 칸트의 정언명령에서 이 향락의 얼룩을 발견하기란 어렵지 않다. 그 엄격한 형식주의 자체가 잔인하고 외설적인 '중립성'의 어조를 취하고 있는 것이다. 주체의 심적 경제 안에서 정언명령은 주체에게 수행 불가능한 명령을 퍼붓는 작인으로 경험된다. (…) 그 정언명령의 무조건적 요구는 주체의 행복과는 반대방향을 향한다. 정확히 그것은 주체의 행복에 무관심하다.[11]

---

10) 김민정 시의 상세한 독해는 19장 참조.

11) 슬라보예 지젝, 『그들은 자기가 하는 일을 알지 못하나이다』, 박정수 옮김, 인간사랑, 2004, 458쪽.

그래서 초자아의 명령, '~하지 마라(Do not)'는 '해라(Do)'와 '마라 (Not)', 둘로 분열한다. 후자가 정언명령의 형식이라면, 전자는 그 속에 숨은 외설적인 유혹이다. 칸트의 정언명령이 도덕(윤리학) 속에 쾌락을 숨기고 있다면, 사드의 광란은 불쾌 속에 도덕(윤리학)을 숨기고 있다. "사드가 끝없이 이어지는 과도한 광란들을 이성적으로, 냉정하고 기계적으로 결합할 때 그것은 ("안 돼, 나는 그것을 할 수 없어, 그것은 너무나 고통스러울 거야……"와 같은) "정념적" 고려에 전혀 구애받지 않는 섹스, "너는 할 수 있어. 왜냐하면 너는 해야 하기 때문에!"로 서명된 섹스, 한마디로 오직 이성의 한계 내에서의 섹스이다."[12] 사드적 광란이 내보이는 것은 정념이 아니라 이성이며, 쾌가 아니라 불쾌이고, 미가 아니라 추다.

우리 시인들이 그려낸 지옥의 알레고리 역시 그렇다. 그것은 순수한 악의 형상을 통해 선(善)으로 포장된 이데올로기를 추문화한다. 이를테면 이들은 완전한 행복의 구현으로서의 가족 공동체와 연인이라는 형상을, 그것을 내파(內破)하는 방식으로 깨뜨린다.

지붕에서 말들이 고삐를 풀었다 히히힝 웃는다 할아비들 잔치 잔치 벌인다 굶어 죽고 물에 빠져 죽고 총 맞아 죽은 할아비들 시뻘겋거나 시푸른 낯빛을 하고 아들 딸 며느리 손자 손녀 들 모여든다 두두둑 두두둑 지붕에선 난데없는 말발굽 소리 할미들 잔칫상 위에 눕는다 할미들 몸에서 주름들 흘러내린다 주르륵 흘러내린 주름들로 잔칫상 푸짐해지고 할미들 뜯어먹힌다 가죽과 내장 힘줄과 뇌까지 다 파먹히고 흰 뼈마저 쪽쪽 빨리고 지붕은 고요하고 고삐 풀린 말들 하늘로 붉게 붉게 흩어지고 히히힝 웃는다 할아비들 이도 없이 거무스레한 잇몸 다 드러내고 길

들은 펄떡펄떡 살아서 잔칫상 기웃거린다 아들 딸 며느리 손자 손녀 들
온데간데 없고 가지도 오지도 못하고 어스름 문밖 길섶 풀들은 흔들리
고 흔들리다 말고 잔치 잔치 벌인다

—김근, 「잔치 잔치 벌인다」 전문

지붕에서 소란을 피우는 저 말들은 빗방울 소리다. 어떻게 들으면
젓가락 장단 맞추는 술상 앞의 할아버지들 같기도 하다. 이런저런 방
법으로 죽은 조상들이 시뻘겋거나(술에 취해 불콰해졌다) 시푸른(죽어서
시체가 되었다) 얼굴로 잔치를 한다. 할아비들이 잔치를 벌이면 할미들
은 그걸 준비하느라 생고생을 한다. 제 몸을 잔칫상 위에 눕히는 일만
큼이나 힘들다. 지붕에서 떨어지는 물줄기는 다 그렇게 할미들의 주름
이다. 할미들을 다 뜯어먹은 후에야 잔치는 끝난다. 그제야 말들은 "붉
게 흩어지고"(노을이 졌다), 할아비들은 잇몸으로 히죽 웃는다. 이 말들
은 이제 잔칫상을 오가는 덕담으로 바뀐다. 다 끝났는데, 이번에는 길
섶 풀들이 바람에 소리를 내기 시작한다. 다시 잔치 준비로 부산한 거
다…… 비 오는 감각에서 잔치가, 다시 잔치에서 우리 역사를 관통해
온 남성/여성의 지위가 드러났다. 문제는 그 잔치가 식육제(할미들은
제 몸을 음식으로 내놓았다)였다는 데 있다. 이 역시 알레고리의 형식으
로 추문화된 폭로전의 일종이다.

2-2. 심리극으로서의 추

어떤 심리 상태를 특정한 이야기나 사건으로 환치할 때 생겨나는 추가 있다.
이런 이야기는 심리적 사실의 표현이므로 특별한 묘출(描出)의 방법론
이 만들어내는 서사다. 어떤 상상, 어떤 상황, 어떤 구문이 이야기를

촉발시키는 경우가 있으며, 이때의 이야기는 통상의 서사적 구성을 위
반하면서 왜곡된다.

엄마를 열고 들어왔네
어두운 길 끝에 놓인 붉은 트렁크
작고 아늑한 그 속에서 나는
피 묻은 얼굴로 잠을 깼었지
나 들어오기 이전부터
달 뜨고 별 지던 곳
수만 개의 열쇠를 숨긴
시간 주머니
엄마가 흘린 피로 촘촘히 짜인,
푸른 글씨로 이니셜을 새긴 트렁크
그러나 지금은
내가 휘두른 칼로
너덜너덜해진 트렁크
내가 칼로 저미고
숟가락 하나 깊이 넣어둔 곳
얼굴이 안 보이는 아버지가
엄마의 입술을 성큼성큼 밟고 들어와
내 팔목을 움켜쥐고
밖으로 내던지던 곳
아직도 입술이 부르튼 엄마가
애야, 애야
내 몸속으로 흘러드는 곳
밤이면 몸 안으로 쏟아지는 별에

가슴을 찔리기도 하는,

엄마의 엄마의 또 엄마가 산통을 견디며
내게로 이끌고 온
붉은 트렁크

—김경인, 「붉은 트렁크」 전문

"붉은 트렁크"는 여자에게서 여자로 이어지는 모계의 상징, 곧 자궁이다. 엄마와 "엄마의 엄마의 또 엄마"를 열고 들어가면 어두운 길, 산도(産道)의 끝에서 "붉은 트렁크"를 만난다. 내가 거기에 들어오기 전부터 그곳은 "수만 개의 열쇠"가 들락거렸던 "시간 주머니"였다. 수많은 아빠와 아빠의 아빠……들이 그곳을 열었을 것이다. 아버지도 같은 방식으로 들어와 나를 "밖으로 내던"졌다. 나 또한 "산통"을 견디며 칼을 댄 적이 있으며(아이를 낳았다는 뜻이다), 그래서 그 트렁크는 지금 낡은 것이 되었고 역사와 상징의 길에 다시금 던져졌다.

거울에 붙어 있는 그녀의 머리카락은
어지럽게 얽혀 춤을 추고 있었다
그녀의 머리를 쓰다듬으면
손바닥엔 고운 핏자국
나는 냄새만 맡으려다 결국에는 핥아먹고 만다
착한 귀가 그녀의 머리카락 사이로 보일 때마다
손에서는 서른 개도 넘는 사마귀가 자라났다
두 손을 비비면 보라색 피가 떨어지고

나와 그녀의 머리카락은

서로 끝없이 얽히다가 하나 둘씩 끊어지고
그녀의 목소리는 멀리 있을수록 잘 들렸다

—정재학, 「매듭」 전문

거울에 "그녀의 머리카락"이 붙어 있었다(1연). 이게 이번 심리극의
개막(開幕)이다. 머리카락 하나가 어떤 자기반성적인 상념을 촉발시켰
다는 뜻이다. 생각이 얽히고설켜 가닥수를 늘렸다. 머리를 쓰다듬었을
때 생긴 손바닥의 상흔은 결 고운 그녀의 마음과 몸을 증거하는 것이
다. 결국 피를 "핥아먹고" 마는 내 행위는 그녀와의 추억에 대한 탐닉
이며, 손바닥에서 자라는 "사마귀"는 그녀를 만지고 싶었던 내 소망이
만들어낸 형상이다. 그러고는 헤어진 지금 상황으로 돌아온다(2연).
'추억의 계기(자기 촉발)→추억의 과정→현실로 돌아옴'이라는 하나
의 매듭이 마침내 완성되었다.

나는 무당처럼 몸을 떨며 발작을 했고
아버지가 나를 향해 엎드려 절했다
아버지의 이마에서 뿔이 돋아나고 있었다
아버지 뿔을 저리 치워요! 저리 가서 혼자 죽어요!

여름 내내 해는 독을 뿜어냈고
내 안의 암세포가 진하게 화장을 하자
치마를 벗은 뮤즈들이 꾸역꾸역 질 속으로 들어왔다

아버지는 자주 눈을 뒤집어까고 주먹으로 방바닥을 두드렸다
방바닥에선 아무것도 나오지 않았다
화려하게 발기한 소주병들이 집안 어디에서나

서로 부둥켜안고 있었다

소주병들 사이를 비집고 들어가 덩달아 흘레붙은 아버지를 등지고

엄마는 어둠 속에서 눈을 뱉어내고 있었다

엄마의 눈을 뱉어내도, 뱉어내도, 다시 생겼다

나는 물컹한 눈알들을 보이는 대로 밟았다

아침이 오면 순하게 구겨진 어린 남동생은

가방을 메고 등교했다

—박연준, 「싹이 난 감자」 중에서

이 시에 담긴 서사를 간추리는 것은 어려운 일이 아니다. 그보다 중요한 것은 이 이야기를 이렇게 구성하게 만든 심리적 정황이다. 뿔이 난 아버지, 내 안의 암세포, 발기한 소주병들, 소주병과 흘레붙은 아버지, 눈을 뱉어낸 엄마, 구겨진 남동생으로 이루어진 가계가 있다. 우리는 이 묘사를 낳은 심리적 작인(作因)을 간추릴 수 있을 것이다. 분노 혹은 욕정(뿔), 절망(암세포), 만취 혹은 공포(발기, 흘레), 부인(뱉어 냄), 상처(구겨짐) 등이 그것이며, 이러한 심리극을 구성하게 한 근본적인 정서는 이런 감정들이 복합적으로 녹아 있는 '고통' 그 자체다.

정재학의 시는 그리움을, 김경인과 박연준의 시는 고통을 근본 감정으로 삼아 제작되었다. 그러나 그 결과는 공히 추의 형상이다. 이것이 뜻하는 바는 무엇인가? 첫째, 심리적인 동인(動因)은 대상의 왜곡을 수반하기 쉽다는 것. 변형된 형상은 고전적인 비례에서 어긋나며, 이 때문에 미보다는 추에 근접하게 된다. 둘째, 고통의 감정은 추와 근친 관계라는 것. 그것은 고통이 객관적인 형상으로 변형되었을 때 추의 형상을 취하기 때문이다. 셋째, 궁극적으로는 추가 미의 대상이 될 수 있다는 것. 앞에서도 고통스럽게 묘사된 형상은 쾌락(감동)의 대상이 된다. "모든 인간은 날 때부터 모방된 것에 대하여 쾌감을 느낀다. 이

러한 사실은 경험이 증명하고 있다. 아주 보기 흉한 동물이나 시신의 모습처럼 실물을 볼 때면 불쾌감만 주는 대상이라도 매우 정확하게 그려놓았을 때에는 우리는 그것을 보고 쾌감을 느낀다."[13] 결론적으로 추한 것들이 미의 대상이 될 수 있으므로 미와 추는 우리가 생각하는 것보다 훨씬 더 가깝다고 하겠다.

2-3. 희극적인 추

추는 흔히 희극적인 것으로 변환되기 쉽다. 중세의 사육제가 그 왁자지껄함 속에서 고상하고 위엄 있고 우아한 것을 비천하고 역겹고 우스꽝스러운 것으로 변형시킨 것을 생각해보라. 추가 야기하는 불쾌, 곧 '공포'와 '혐오' 등의 감정은 여기서 탈색되어 희극의 자리와 교대된다. 캐리커처가 대표적인 예다. "캐리커처는 자신에 의해서 비틀린 실제의 반대 이미지를 특정하게 반영함으로써 코믹으로 넘어간다."[14] 희극적인 것과 접면한 추의 예를 살펴보자.

> 살들이 조각조각 난자되고 〈있다〉가 있다
> 피가 번진 도마 위에 파란 눈을 뜨고
>
> 〈있다〉가 없어진 잉카 레스토랑에서
> 뚱뚱보 여자들이 배를 들고 나온다
> 피망 유령처럼 웃으며

---

13) 아리스토텔레스, 『시학』, 천병희 옮김, 문예출판사, 2002, 37쪽.
14) 카를 로젠크란츠, 앞의 책, 399쪽.

　　포크와 나이프가 식탁에
　　〈놓여/있다〉와 정반대의 상황으로 놓여 있다
　　피가 번지는 도마는 계속 피가 흡수하는 도마

　　탐정 요리사가 빛과 그림자로 도마를 조사한다
　　도마는 깨끗하다
　　조사의 순서와 순환을 역조사한다
　　도마에 깊고 긴 칼자국 문장들이 음각으로 새겨진다

　　도마가 아가미를 벌린다
　　도마가 그를 삼켜 그를 가둔 도그마로 변한다

　　〈있다〉가 사라진 식탁에
　　〈　　〉가 밤과 낮으로 마주 앉아 오래도록 응시한다
　　　　　　　　　—함기석, 「요리사를 요리하는 요리사」 전문

　제목은 이 시가 언어에 대한 이야기—언어를 요리하는 이야기임을
말한다. 살이 "난자되고 〈있다〉가 있다". 이 〈있다〉 혹은 "있다"는 난자
되는 상황을 말하는 진행형인가? 아니면 그 상황이 끝났음을 알리는
완료형인가? 이번엔 살들이 도마 위에서 "파란 눈을 뜨고" 있다. 난자
된 살들은 고기의 분해인가, 분해된 고기인가? 다시 말해 고기가 살들
로 분해되었을 때, 분해된 고기가 있는 것인가, 고기가 분해되어버린
것인가? 전자는 ('고기'라는) 개념을 보존하고 있는 것이고, 후자는 그
개념이 파괴된 것이다. 2연에서 그 "〈있다〉"가 없어졌다. "뚱뚱보 여자
들이" 1연에 나온 살들을 다 먹어버렸기 때문이다(그래서 뚱보 여자들
이다). 그런데 그렇게 먹고 나니, 여자들이 먹은 것은 난자된 살들이 아

니라 "살들이 조각조각 난자되고 〈있다〉가 있다"에서의 그 있음이다. 여자들이 겉은 뚱뚱하고 속은 빈 "피망"에 빗대어진 것은 살들이 아니라 이 있음을 먹었기 때문이다. 공(空)은 먹을 수는 있어도 채울 수는 없는 법이다. 3연에서 "포크와 나이프"가 "정반대의 상황으로 놓여" 있었다는 것은 내가 건너편 자리에 있어서이다. 혹은 식사 전과 후에 놓인 위치일 수도 있겠다. 어느 쪽이든 이상한 역지사지는 계속된다. "피가 번지는 도마"는 피 입장에서 보면 "피가 흡수하는 도마"다. 4연에서 요리사는 도마가 깨끗한지를 조사한다. 조사(調査)는 조사(照射)이기도 해서 도마에 찍힌 칼자국들이 "음각"으로 드러나 보인다. 5연에서는 그 도마가 그를 삼켜 "도그마"가 된다. 정말로 도마 속에 그가 들었다! 6연에도 역설이 있다. 〈있다〉는 사라졌으나, 그 사라진 자리(〈   〉)는 남아 있다. 있다는 실체가 아닌데, 나아가 현존마저 아니다. 그래서 없음(결여, 부재)이 있음의 자리에 있을 수 있다. 그것도 밤낮으로, 오래도록.

이 시가 주는 웃음은 무한한 자기 되먹임이 야기하는 역설의 자리에서 생겨난다. 그 자리는 대상이 왜곡되고 변형된 자리이기도 하다. "여자들"이 "피망 유령"이 되고, "도마"가 "도그마"가 되는 왜곡과 변형은 상식과 비례와 형식의 교란, 과장, 파괴에 속한다. 이를 사물의 캐리커처화라 부를 수 있을 것이다.

검은 옷과 검은 헬멧의 퀵서비스맨 오토바이로 차들 사이사이를 비집으며 달린다 등 뒤에서 밀봉된 박스가 덜컹거리고 엉덩이 아래 양쪽에서 주황색 비상등은 쉴 새 없이 동시에 깜박인다 비상등은 허공의 맥박이다 몸의 주술이다 시간의 다급한 구토다 퀵서비스맨 쉴 새 없이 차선을 바꾼다 납작하고 가파른 사이드 미러에 차들과 허공을 담았다 뱉어버린다 차들의 사이드 미러에 느닷없이 들이닥쳤다 나와버린다 허공

의 암벽에 시선을 척척 갖다 건다 퀵서비스맨 허공의 암벽을 뚫는다 소
리가 울퉁불퉁하다 파편들이 사방으로 튄다 시간이 하혈한다 퀵서비스
맨 몸이 줄줄 샌다 길은 계속 질주한다 퀵서비스맨이 흘리고 가는 몸을
차들이 짓이기며 간다 몸은 잘 다져진다 길에서 살냄새가 난다 몸이 빠
져나간 바지와 점퍼가 펄럭인다 퀵서비스맨 곧 철거될 임시 천막 같다
어깨를 따라 둥글게 새겨진 성실퀵서비스가 타다 남은 뼈처럼 덜그럭거
린다 낡은 오토바이의 비좁은 난간 위에 악착같이 붙어 있는 것은 두 발
인가 굳어버린 절규인가 절망이라는 새살인가 바람이 천막의 앞가슴을
퍽퍽퍽 치며 묻는다 텅 빈 몸 안에 바람의 근육을 달고 질주하는 퀵서비
스맨 살을 내어주고 삶의 시간을 얻는 퀵서비스맨 느닷없이 급브레이크
를 밟는다 허공이 쭉 찢어진다 짙은 곰팡이 냄새가 난다 브레이크 등에
서 흘러내리다 멈춘 퀵서비스맨의 심장이 펄떡거린다 심장은 아직 붉다
물컹하다

—이원, 「퀵서비스맨」 전문

첫 시작은 세밀한 객관묘사다. 잠언이 끼어드는 부분부터 묘사가 주
관적인 것으로 바뀐다. "비상등은 허공의 맥박이다 몸의 주술이다 시
간의 다급한 구토다". 퀵서비스맨의 오토바이가 허공의 맥동이자 몸의
홀림이자 시간의 빠름을 지시한다는 말은 정확한 지칭이다. 오토바이
는 차들 사이를 이리저리 빠져나가고, 그에 따라 사이드미러에 비친
풍경도 "느닷없이 들이닥쳤다 나와버린다". 오토바이는 더욱 속력을
높이고, 그러자 시간이 그를 따라잡지 못한다. 빛의 속도에 이르면 시
간이 정지하고, 그 속도를 넘으면 시간이 역전될 수도 있다는 물리학
의 가르침을 상기하자. "시간이 하혈"을 시작하자 퀵서비스맨이 흘리
고 간 몸뚱이가 길에 널린다. 이것은 물론 교통사고가 아니다. 그만큼
그가 빠르게 지나간다는 표식일 뿐이다. 마침내 목적지에 이르러 그가

"급브레이크를" 밟고 서기 때문이다. 이제 그의 몸과 오토바이는 속도에 따라 분해되었다가 정지한 후에 재조립된다. "심장은 아직 붉다 물컹하다". 그는 아직 살아 있다. 퀵서비스맨의 생명은 빠른 배송에 있다. 그의 존재의의가 바로 그것이다. 그는 자기 실존을 속도에 걸었다. 이 희극적 전언을 묘사만으로 적은 게 이 시다.

  화성이 근접한다 두피 모근이 삼삼오오 사라진다 육체가 절기마다 비대해진다 애인이 지인과 동침한다 원수들이 코앞에서 눈앞에서 상을 받는다 박수가 무명과 범용을 예언한다 눈 코 입이 큰 처녀가 복사기처럼 번쩍 웃는다 잠을 훔쳐간 자를 잡는다 불길한 꿈처럼 전화벨이 울린다 싫어도 실내 야구장에 세워진다 털 많은 손이 술잔에 가루약을 탄다 황폐한 수수께끼가 풀리지 않는다 금을 잃고 황사를 받는다 번개와 천둥 사이가 좁아진다 하늘에서 내려온 햄버거를 믿는다 지구를 빠져나가지 못한다 계속 머물 수도 없다

—이승원, 「저주」 전문

한 세대가 겪을 만한 저주의 아이콘이 빼곡하다. 순서대로 적으면 이렇다. 전쟁, 탈모, 비만, 배신, 원수가 땅 사기, 이름 없음과 보잘것없음, 추녀의 관심, 불면, 불길, 구타, 강간, 미궁, 사라진 노다지, 임박한 천벌, 외계인의 내침, 빠져나갈 수 없음과 머물 수 없음. 이 모든 세목들이 흥겨운 곡조에 실려 빠르게 전달된다. 요컨대 율독의 흥겨움과 형상의 유머러스함이 내용의 비극성과 어긋나면서 추의 영역을 생성하고 있다고 하겠다. 이런 어긋남에는 역사적인 전거가 있다. 앞에서 말한 중세의 사육제도 그런 예다.

중세의 엄숙함 내부는 웃음과는 모순되게, 공포, 연약함, 겸손, 체념,

허위, 위선의 요소로, 혹은 이와는 반대로 강제, 위협, 협박, 금지 등의 요소로 가득 차 있었다. 이 엄숙함은 권력의 대변자가 되면 위협하고 요구하며 금지시킨다. 그러나 종속되어 있는 자를 대변하게 되면 떨고 굴복하고 찬미하며 칭송하는 것이다. 그러한 까닭에 중세의 엄숙함은 민중들의 불신을 불러일으켰다. (…) 축제의 광장이나 주연(酒宴)의 식탁에서 엄숙하고 육중한 격조는 가면처럼 벗겨져버리고, 또다른 진리가 웃음, 우스꽝스러운 언행, 몰(沒) 예의범절, 욕설, 패러디, 풍자적 개작 등등의 형식 속에서 울려퍼지기 시작한다. 모든 공포와 허위는 이러한 물질적 육체적인 축제의 원리가 거둔 승리 앞에서 사라지는 것이다.[15]

희극적인 추는 별개의 두 영역에서 온다. 지배계급의 문화가 야기하는 공포와 위협이 하나요, 민중문화가 배태한 우스꽝스러움과 패러디가 다른 하나다. 우리는 이를 공식적인 이데올로기와 민중문화의 영역 간의 관계로 치환할 수 있을 것이다. 추는 이 두 영역의 겹침 혹은 낙차에서 생겨나는데, 이것이 추에 풍자와 해학의 요소를 품게 만들어준다.

2-4. 상황적인 추

마지막으로 살펴볼 영역은 프로이트가 '두려운 낯설음(Unheim-liche)'이라 불렀던, 특정 상황에서 발생하는 추의 영역이다. "두려운 낯설음이라는 감정은 공포감의 한 특이한 변종인데, 오래전부터 알고 있었던 것, 오래전부터 친숙했던 것에서 출발하는 감정이다."[16] 낯설고 기

---

15) 미하일 바흐친, 『프랑수아 라블레의 작품과 중세 및 르네상스의 민중문화』, 이덕형 외 옮김, 아카넷, 2001, 156쪽.

괴한 느낌으로 다가오는 것은 억압되거나 망각되었던 것이 다시 떠오르는 것이다. 개인의 유년기를 괴롭혔던 유령이나 시체, 초자연적인 것에 대한 환상 같은 것 말이다. 프로이트는 이것이 거세 콤플렉스에서 기원한다고 보았으나, 시학의 영역에서 반드시 이런 제한이 필요한 것은 아닌 듯하다.

> 두 아이가 배드민턴을 치고 있다.
> 하나는 땅에서, 하나는 지붕 위에서.
> 둘 사이를 오가는 피투성이 새가
> 두 아이를 만나지 못하게 한다.
> 아이들의 팔은 한없이 길어져
> 허공을 가르는 채찍 되어 서로를 묶고
> 깃털이 빠져버린 날아다니는 기계는
> 마지막 어금니를 떨어뜨린다.
>
> —이수명, 「배드민턴 치는 아이들」 중에서

아이 둘이 배드민턴을 치고 있다. 낯익은 광경이다. 둘 사이를 "피투성이 새가" 오간다. 낯선 이야기다. 이 새는 물론 깃털을 단 배드민턴 공이다. 아이들이 채로 두들겨댔으니 새가 피투성이가 되었을 거라고 상상하는 것이 이상하지 않다. 새가 오가는 동안, 곧 배드민턴을 치는 동안 아이들은 만나지 못할 것이고(4행), 그래서 채를 휘두르는 그들의 팔이 서로를 묶고 있는 셈이고(6행), 마침내 깃이 빠져버린 공은 땅에 떨어진다(8행). 낯익은 것이 낯설게 체험될 때, 그 낯섦 속에서 어떤 공포스러운 외양이 현상한다.

---

16) 지그문트 프로이트, 『예술, 문학, 정신분석』, 정장진 옮김, 열린책들, 2003, 405~406쪽.

누군가 나의 머리 잘린 꿈을 들여다보았다
햇빛의 유혹쯤이야 테니스공처럼 피하기 쉽지
허공을 떠다니는 새의 부드러운 발톱들이
때론 창문으로 들어와 가슴을 할퀴곤 한다
새롭게 쌓인 책의 그림자 회칠한 벽 깨끗한
바닥 위로 흐르는 구름 투명한 불꽃의 꽃나무
삐걱이는 각운의 목발 산책을 나서는 음모와
고인돌의 추억 사이에서 한숨 돌릴 때 말 없는
붉은 지붕들 일제히 다리를 떨고 아 나에게
도끼 자루를 달라 그러면 정신없이 썩일 터이니
늑골을 씹어먹는 바람아 눈곱을 떼는 태양아

—이준규, 「자폐」 전문

"자폐"가 표제라고 해서 이 시를 자폐증의 표현이라고 볼 필요는 없
다. 그보다는 어떤 무료한 일상의 표현이라고 보는 게 낫겠다. "나의 머
리 잘린 꿈"이란 누군가 내 내면을 살펴보았다는 말이다(1행). "누군가"
는 이 경우 비인칭이다. 내 내면을 지금부터 말하겠다로 번역하면 된
다. 징그러운 표면을 가졌으나 실상은 낯익은 설정이다. "햇빛의 유혹"
을 피한다고 했으니 외출하지 않았다는 말이고(2행), 새의 발톱이 가슴
을 할퀸다고 했으니 새의 처지를 부러워했다는 말이다(3~4행). 5행 이
하의 이야기도 그렇다. 나는 하릴없이 책이나 읽었고, 그건 "회칠한
벽"(성경에서 바리새인의 위선을 비유하는 말이다)처럼 겉은 멀쩡하나 속
은 썩어버린 심사이고, 구름과 불꽃의 나무(둘 다 성경에서 모세와 관련
된 신성의 징표다)를 찾아나선 내 산책은 규칙적이지만("각운") 불구에
가깝다("삐걱이는 각운의 목발"). 삶("음모")과 죽음("고인돌") 사이에서
내가 한숨 돌릴 때 지붕들이 한심한 영혼을 쳐다본다는 듯 다리를 떨

었다. 썩은 도끼 자루야 그렇게 죽이는 부지하세월일 터, 바람과 태양
이 내 무능한 산책의 동반자일 뿐이다.

　　골목은 놀이터였다

　　고요하고 붉은 길의 유래를 얘기해 줄까 여왕이 이곳을 떠나기 전날
그녀는 혀가 잘리도록 온 담벼락을 핥았다
　　밤새 비명을 따라하며 아이들은 변성기를 맞았고
　　장미나무가 자라는 방향은 길하다고 믿었다

　　두 귀를 잡아 올린 죽은 토끼의 무게만큼
　　모두의 머리칼이 무겁다 북향으로 고개를 숙일 땐 모래로 머리를 감
는 기분

　　반짝이는 기억과 가시에 떠도는 두려움 사이
　　공기를 찢고 빨개진 눈을 비비며 병정들이 태어난다
　　우리가 무얼 빚졌을까 늘어진 젖가슴을 그렸던 아이들은 천천히 손
목을 잘리며 생각했다

　　여왕은 추운 나라를 돌며 갓 난 짐승들의 태막을 혀로 벗기는 노동을
한다지
　　이건 비린내를 좇던 아이가 돌아와
　　숨을 거두기 전에 일러 준 그녀의 근황
　　숨을 거두기 전까지 아이는 자기가 그녀와 닮았는지를 물었다

　　길은 온통 날카로운데

납작해지는 봉분마다 여린 식물을 심으며

이제 여왕을 미치게 했던 작은 동물의 죽음을 얘기해 줄까
지붕 위에서 조감하던 소란한 골목과
우리가 사랑했던 여왕의 젊은 시절을

—김상혁, 「여왕의 골목」 전문

골목을 배경으로 한 어떤 성장담이 있다. "고요하고 붉은 길"의 주인인 저 여왕은 "장미나무가 자라는" 길의 주인이다. 그녀는 "이곳을 떠나기 전날" "혀가 잘리도록 온 담벼락을 핥았다". 장미가 만개해서 골목의 양쪽을 채웠다는 얘기다. 그러고는 꽃잎이 졌고, 여왕은 이곳을 떠났다. 아이들은 변성기를 맞았고 당연히 어른이 되었다. 머리칼이 무거운 것은 생각이 많다는 것이고, "북향으로 고개를" 숙였다는 것은 어떤 권위에 복종하기 시작했다는 것이다. 아이들이 떠나고 나면(어른이 되고 나면), 새로운 아이들이 태어난다. 아이의 죽음과 탄생은 저 성장담이 계속될 것임을 일러주는 말이다.

새로울 것 없는 일상, 너무 낯익어서 아무 충격도 주지 못하는 삶이 저 두려운 낯섦과 기괴함의 스펙트럼을 통과하고 나자 전혀 새롭게 다가왔다. 따라서 이때의 추는 시학에서 말하는 '낯설게 하기'의 효과로 발생한 것이다. 자동화(自動化)된 인식에 충격을 줌으로써 대상을 새롭게 보게 만드는 효과인 셈이다. 이것이 정신분석과는 다른 자리에서 생겨나는 '상황'으로서의 추다.

3. 미의 발생지로서의 추

추는 현대에 오면서 더욱더 광범위하게 확장되었고, 미와의 접속면을 넓혀갔다. 표현주의와 퇴폐주의와 입체파가 그렇고, 공업화된 공간에서 생겨나는 역학적인 형상들이 그렇고, 다다와 초현실주의와 키치와 캠프(camp)가 그렇다. 현대의 추는 미의 부정형이 아니라 미의 긍정형이 된 것만 같다. 어째서 이런 일이 생겨났을까? 이 글의 처음에서 추를 이념화되지 않은 미라 불렀다. 이제 미는 추의 영역까지 넘쳐흘러 이념화되지 않은 것이 미가 되었다. 추한 것이 미의 발생지가 된 것이다.

정치와 예술은 지식의 형식이 그렇듯 '허구들'을 구성하는데, 이 허구들은 말하자면 기호와 이미지들의 실질적인 재배치이자, 우리가 본 것과 말하는 것, 우리가 행하는 것과 행할 수 있는 것의 관계들이다./우리가 문학성과 역사성 사이의 관계에 대한 또다른 질문과 맞닥뜨리는 곳이 바로 여기다. 정치적인 진술과 문학적인 관용어들은 실제로 효과들을 생산한다. 그것들은 발화와 행동의 모델들을 규정하지만 또한 감각적인 강도의 체제들도 규정한다. 그것들은 볼 수 있는 것의 지도를 그리고, 볼 수 있는 것과 말할 수 있는 것 사이의 궤도와 존재의 양식, 말함의 양식, 행동과 제작의 양식들 사이의 관계를 그려낸다. 그것들은 감각적인 강도와 개념, 그리고 신체의 능력을 규정한다. (…) 그것들은 생산, 재생산, 복종이라는 자연적인 주기에 맞춰져 있는 제스처와 리듬의 기능성을 방해함으로써 감각적인 것의 지도를 다시 그린다.[17]

---

17) 자크 랑시에르, 『감성의 분할』, 오윤성 옮김, 도서출판b, 2008, 53~54쪽(영문판을 참조해 수정, 인용했음).

랑시에르는 근대 미학의 특징을 미학적, 감성적 체제라 불렀다. 그에 따르면 미학은 이제 감각 자체를 재배치한다. 그것은 감각적인 것의 강도(intensity)와 개념, 신체의 능력을 새롭게 규정함으로써 기존의 생산, 재생산, 복종의 사이클에서 벗어난 새로운 감각의 지도를 그렸으며, 이 점에서 정치적인 실천과 만난다. 추는 이런 감각적인 것의 재분배가 만들어낸 필연적인 결과다. 그것은 기존의 주기에 익숙한 신체에게는 섬뜩한 것, 기괴한 것으로 지각될 것이나, 그 결과로 감각은 새롭게 분배된다. 그것은 감상자의 형식화된 미적 범주에 가하는 폭력이지만, 그것을 통해 새로운 미의 분할선이 그어진다는 점에서는 즐거움이기도 하다. 미와 추의 경계가 바로 이 유동적인 분할선이다.

18장 전위

전위를 어떻게 유형화할 것인가?

1. 시사와 전위

이 장의 목적은 1970년대 이후 전개된 한국의 시에서 '전위'의 맥락과 위상을 살피는 데 있다. 시사(詩史) 기술을 염두에 두고 전위를 검토할 때, 다음 사항들을 고려할 필요가 있다.

첫째, 전위의 범주를 그것의 내재적 문학 형식 안에서 논의해야 한다. 아방가르드는 처음에 군사적 은유로 출현했으며, 따라서 목적의식을 내포하고 있었다. 최초의 전위를 표방한 이들은 사회체계의 변혁을 목표로 했으며, 그래서 전위(아방가르드)는 사회주의자와 무정부주의자들의 관용어다. 정치적 전위의 맥락에서 예술이 정치에 종속된다면, 예술적 전위의 맥락에서는 예술의 독립성이 강조되었다. "예술적 아방가르드와 정치적 아방가르드의 주요 차이점은 바로 예술적 아방가르드가 예술의 독립적이고 혁명적인 잠재력을 주장했다면, 정치적 아방가르드는 그 반대의 사상, 즉 예술은 정치적 혁명가들의 요구와 필요에 따라야 한다는 생각을 정당화하려는 경향이 있다는 데서 찾을 수 있다."[1] 전위에 관한 논의에서 전자를 포함하면, 전위는 목적의식을 품거나 선동성을 내포한 모든 문학에 적용된다. 주제가 고정되면, 그것의 형식적 변환만이 고려 대상이 된다. 1970년대 이후에 전개된 북한문학의 실험과 남한의 민중문학과 노동해방문학 등에서 모색된 수많은 실험(집체시, 벽시, 르포시, 가요시 등)의 유사성을 이 점에서 설명할 수 있다. 따라서 정치적 전위를 논의에서 제외하고, 전위의 형식 실험이 유의미한 주제의 반영을 보여주는 경우로만 논의를 한정해야 한다. 곧 주제와 유리된 '형식'이 아니라 '의미-형식'의 변화를 보여주는 작품만을 전위로 간주할 필요가 있다. 이런 경우를 '사회적 전위'라 하여 의식적인 운동으로서의 정치적 전위와 구별하고자 한다.

둘째, 전위를 (통시적 맥락에서의) 발전이 아니라 (공시적 맥락에서의) 다양성의 증가로 간주해야 한다. 전위는 기존의 모든 '체계', 곧 부분과 전체의 유기적 통일을 지향하는 모든 양식을 의심하고 파괴하는 반체계이며, 따라서 전체성의 맥락에서는 체계화, 양식화되지 않는다. 그것은 다른 체계들을 체계로 파악할 수 있게 해주는 반양식화의 원리다. "다양한 기법과 절차들이 예술적 수단으로 '인정'될 수 있음은 역사적 아방가르드 운동 이후에야 비로소 가능해졌다. (…) 역사적 아방가르드 운동이 하나의 양식을 발전시키지 않았다는 것은 그 운동을 다른 것과 구분지어주는 특별한 양상이다. 다다이즘적 양식이라든가 초현실주의적 양식과 같은 것은 결코 없다."[2] 따라서 전위의 사적 맥락을 짚어내기 위해서는 전위가 가진 당대적 특성, 곧 반양식화가 미친 당대적 효과를 먼저 기술해야 한다. 그것은 이전 양식의 파괴를 통해

---

1) 마테이 칼리니스쿠, 『모더니티의 다섯 얼굴』, 이영욱 외 옮김, 시각과언어, 1993, 134쪽. "레닌은 「무엇을 할 것인가」(1902)에서 당을 노동계급의 아방가르드(전위)로 정의했다." 그는 "비당파적인 문학" "문학적 초인"을 타도해야 할 대상으로 여겼다(같은 책, 144~145쪽). 정치적 전위시의 두 가지 전개 양상에 관해서는 각주 6) 참조.
2) 페터 뷔르거, 『아방가르드 예술 이론』, 이광일 옮김, 동환출판사, 1986, 55쪽.

산출되는 부정적 효과이며, 작품의 의미가 아니라 그것의 구조와 패턴이 어떻게 갱신될 수 있는가에 대한 모색과 관련되어 있다. "〔아방가르드 예술에서—인용자〕 수용자의 주의는 (…) 작품의 의미에로 돌려지지 않고, 구성원칙에로 돌려진다. 구성에 참여할 때 유기적 작품 내에서는 필연성을 지닐 수 있었던 구성 요소가 아방가르드 작품에서는 단순히 구조와 패턴을 형성하는 데 불과하기 때문이다."[3] 따라서 전위를 살피기 위해서는 주제론보다 전대와 다르게 이루어지는 구성원리(구조와 패턴)를 파악할 필요가 있다.

셋째, 공시적 관계를 검토한 후에야 통시적인 맥락을 짚을 수 있다. 전위 역시 이전의 설계를 토대로 해서만 출현한다. 기존의 문학 양식이 있어야 그것의 반(反)양식이 성립하기 때문이다. 1960년대 서구 문학에서 아방가르드가 맞는 위기는 이런 성격에서 비롯되었다. "그것의 공격적이고 무례한 수사학은 단순히 유쾌한 것으로 간주되었고, 그것의 묵시록적 절규는 편안하고 무해한 상투어로 변화되었다."[4] 이것이 전위의 운명이다. 전위는 당대적 의의를 획득하는 순간 또다른 양식으로 전화하며, 그로써 전위의 생성적 힘을 소진하고 기존 양식 가운데 하나로 전락해버린다. 이런 변화를 추동하는 힘은 '의미-형식'의 계승이다. 곧 당대에 전위로서 도입된 요소는 후대에 반양식을 추동하는 요소로 작용하며, 이를 통해 전위의 사적 맥락을 구성할 수 있다. 이런 요소를 검토하기 위해서는 당대의 사회적 변화와 기술의 발전 양상까지 고려해야 한다. "20세기 예술에서 일어난 진정한 혁명은 모더니즘의 아방가르드 예술가들에 의해서가 아니라 '예술'이라고 공식적으로 인정되는 영역의 범주 밖에서 달성되었다는 것을 부인할 수 없다. 그것은 기술과 대중 시장, 즉 미적 소비의 민주화의 논리가 결합됨으로

---

3) 같은 책, 148쪽.

4) 마테이 칼리니스쿠, 앞의 책, 151쪽.

써 달성되었다. 그리고 물론 주로 사진의 산물이자 20세기의 중심 예술인 영화에 의해서도 달성되었다."[5] 예술 바깥의 외적 범주가 예술 내부의 변화를 추동할 수도 있다는 이야기다. 전위의 통시적 관계는 그러므로 전위를 낳은 내적 맥락(곧 선행 텍스트라는 '설계도')과 외적 맥락(당대의 시대적, 역사적 상황과 기술의 발전)을 두루 검토해야 한다.

이 장에서는 이 세 가지 사항을 염두에 두고, 우리 시에서 관찰할 수 있는 전위의 유형과 언술적 특성을 서술하고자 한다. 전제는 다음과 같다. 첫째로 정치적 전위를 제외한다. 둘째로 전위에 나타난 양식적 특질을 검토한다. 셋째로 이 맥락의 통시적 관계를 짚는다. 이를 위해 전위의 맥락을 셋으로 나누고 그것의 구성원리를 기술하고자 한다. 물론 이러한 기술은 방법론적인 것이지 실체적인 것이 아니다. 각각의 맥락은 독립적이지 않으며, 상호 간에 삼투와 습합을 허용한다는 점을 염두에 두어야 할 것이다.

2. 전위의 유형과 기법

2-1. 사회적 전위[6]와 몽타주 구성

당대의 현실을 가감 없이 형상화하기 위해 비시적이라 알려진 여러 요소를 시에 도입한 대표적인 인물로 우리는 김수영을 들 수 있다. 그는 재래의 어조를 파기하기 위해 구어와 대화체를 적극적으로 활용하

---

5) 에릭 홉스봄, 『아방가르드의 쇠퇴와 몰락』, 양승희 옮김, 조형교육, 2001, 47쪽.

6) '정치적인 전위시'와 '사회적인 전위시'를 구별해 기술하기로 한다. 정치적인 전위시는 둘로 나뉜다. 첫째, 임화와 신동엽에서 시작하여 김지하와 김남주, 백무산에 이르는 시편들로, 의미-형식의 변화를 모색하지 않은 채 정치적인 의식이 전면에 드러난 시편들이다(이 책에서는 이를 전위의 맥락에서 제외했다). 이 계열의 시는 전위보다는 기존의 시적 양식

고, 관습적 제재를 넘어서기 위해 신문과 잡지, 다른 책과 역사에서 가려 뽑은 시사적(時事的)인 사실들을 다루었으며, 소시민적 본성을 풍자하기 위해 시를 일기와 같은 사적 담화의 형식으로 적었다. 그래서 그의 시에는 자기 풍자와 반어, 인유, 고백이 어지럽게 얽혀 있다.

이러한 잡다한 언술들을 통합하는 구성원리가 몽타주 기법이다. 몽타주는 영화가 부상하면서 영화의 구성원리로 일찌감치 발견되었다.[7] 이후 영화이론의 전개과정에서 몽타주는 미장센과 함께 영화적 구성원리를 통합하는 주요 용어가 되었다. 전통적인 시가 기반하고 있는 것은 일종의 미장센을 통한 구성이다. 미장센이 단일한 숏(shot) 안에서 사람이나 사물들 사이의 관계를 통해 의미를 산출한다면, 몽타주는 숏과 숏 사이의 관계에서 전언을 도출해낸다. 미장센을 축으로 배열된 시편에서는 하나의 시점이 있고 그 시점과의 인과적, 심리적, 물리적 거리에 따라 대상이 배치된다. 그래서 강력하고도 단일한 시적 주체가 대상을 장악한 시가 출현한다. 반면 몽타주를 구성원리로 갖는 시편들에서는 전체의 구성에만 관여하는 미약하거나 복수적인 주체가 이질적인 대상을 느슨하게 배열한다. 전자가 시적 주체의 주관성을 강조한다면, 후자는 시적 대상들의 객관성을 강조한다.[8] 에이젠슈테인은 몽타주 이론의 전개과정에서 다음과 같은 사항을 몽타주 구성의 특징으로 들었다. 이와 비교하여 김수영에게서 발견되는 특질을 도표화하면

─────────

에 의거해 설명할 수 있으리라 판단된다. 둘째, 1980년대의 민중시 계열의 실험이 있다. 집단 창작시, 벽시, 르포시 등의 작업이 그런 예다. 이 계열에서는 형식 실험이 두드러졌으나 그것이 유의미한 성과를 낳지는 못했다. 후대에 단절되었기 때문이다. 반면 사회적인 전위시는 그런 경향성이 시의 의미-형식의 모색을 통해 드러난 시편들로서, 후대에 계승되었다. 2-3에서 정치적, 사회적 전위시와 서정적인 전위시를 비교해 그 특징을 상술했다.
7) "쿨레쇼프는 '예정된 순서'로 숏들을 결합하는 것을 기술적인 용어로 '몽타주'라고 정의했다. 따라서 1916년에 쿨레쇼프는 영화기법의 원천으로 추구해야 할 것이 무엇보다도 몽타주라고 선언했다"(김용수, 『영화에서의 몽타주 이론』, 열화당, 1996, 21쪽).
8) 최근 시인들의 몽타주 구성에 관해서는 19장 1절을 참조.

다음과 같다.[9]

몽타주	김수영 시의 특질	시의 예
에피소드적 구성	대상들의 병렬	「꽃잎」 연작
숏과 사운드의 어긋남	시행엇걸침(앙장브망)	「전화 이야기」 「거대한 뿌리」
내용과 형식의 괴리(충돌)	반어	「죄와 벌」 「성」
내용과 이미지가 비약적으로 변화하는 파토스 구성	어조의 급격한 변화에 따른 고양	「설사의 알리바이」 「거대한 뿌리」
부분들의 논리적 연결이 아닌 이미지 연상	반복과 변주를 통한 시상의 전개	「풀」 「네 얼굴은」 「사랑」
개별 이미지들의 집적에 따른 총체적 이미지	대상들의 병렬에 따른 총체화	「사랑의 변주곡」 「현대식 교량」

대화체의 도입, 광고와 기사문과 TV와 서적의 인유와 패러디, 전통적 어조의 파기 등을 가장 극단적으로 활용한 시인으로 1980년대의 황지우를 들 수 있다. 이런 시적 특질은 김수영 이전에는 그다지 일반화되지 않았던 것이며, 황지우 이후에는 상당히 일반화된 것이다. 1990년대 초까지 이와 같은 시편들이 지속적으로 출현했다. 예컨대 유하는 당대의 현실을 무협지(『무림일기』, 1989)와 압구정동(『바람부는 날이면 압구정동에 가야 한다』, 1991), 할리우드 영화(『세운상가 키드의 사랑』, 1995) 등으로 패러디화한 시를 지속적으로 선보였다. 함성호 역시 수많은 인용과 주석이 붙은 시편들(『56억 7천만 년의 고독』, 1992)을 선보였으며, 장경린은 「난중일기」 연작(『누가 두꺼비집을 내려놨나』, 1989)과 '이자(利子)' 연작(『사자 도망간다 사자 잡아라』, 1993)에서 패러디와 알레고리로 당대 현실을 풍자한 시를 선보였다. 하지만 2000년대 들어 이와 같은 방식의 전위는 그 비판적 힘을 소진했다. 사회의 민주화가 진전되고 인유와 패러디가 관습화되면서 사회역사적 상상력을 이런

---

9) 에이젠슈테인의 몽타주에 관한 설명은 김용수, 앞의 책, 3부에서 뽑았다.

형식에 담기 어려워진 데 그 원인이 있을 것이다. 2000년대 들어 인유와 몽타주 구성은 개인의 내면을 드러내거나 새로운 문화 코드를 도입하는 방법론으로 축소되었다. 박정대의 인유(『단편들』, 1997;『내 청춘의 격렬비열도에는 아직도 음악 같은 눈이 내리지』, 2001)와 황병승의 명명법(『여장남자 시코쿠』, 2005;『트랙과 들판의 별』, 2007)이 그 예가 될 것이다.

2-2. 자의식적 전위와 자립적 표상

사회역사적 현실을 의미-형식에 담아낸 김수영의 극점에 김춘수가 놓여 있다. 1970년대에 제출된 김춘수의 무의미시는 순수시의 지평에서 출현했으며, 내면의 표상들을 짧은 서경에 담아낸 것이 특징이다.[10] 김춘수가 무의미시론의 전제로 삼은 것이 서술적 심상과 비유적 심상의 구분이다. 서술적 심상이란 제시된 심상이 취의를 갖지 않은 채 심상 자체로 제시되어 있는 것을 말한다. "우리는 이러한 심상들이 모여서 빚어내는 선명한 정경(情景)을 그려봄으로써 신선한 감각적 경험을 할 수만 있다면 그만이지, 더이상 이러한 심상들의 배후에 있는 관념이나 사상을 탐구할 필요는 없다."[11] 반면 비유적 심상이란 "관념을 말하기 위하여 도구로서 쓰이는 심상을 두고 하는 말이다".[12] 그는 서술적 심상은 '순수'한 심상이며, 비유적 심상은 관념을 활용했으므로

---

10) 김춘수의 무의미시와 무의미시론에 관한 자세한 논의는 졸저, 『한국현대시의 시작방법 연구』, 깊은샘, 2001; 졸고, 「무의미시는 무의미한 시가 아니다」, 『문예중앙』, 2005년 여름 참조. 두 글에서 김춘수의 '무의미시'가 순수시의 일종이며, 언어의 의미를 파기한 시가 아님을 설명했다.

11) 김춘수, 『김춘수 전집2―시론』, 문장사, 1984(중판), 244쪽.

12) 같은 책, 247쪽.

'불순'한 것이라고 말했다. 김춘수의 용법에 따르면, '의미'는 '관념' '사상'과 유의어다. 이것들은 이른바 참여시에서의 대사회적 전언이라는 맥락을 갖고 있다. 김춘수는 '서술적 심상=관념이나 사상이 없는 것=순수한 것' / '비유적 심상=관념이나 사상이 있는 것=불순한 것'이란 도식을 만들어냈는데, 실제로 '서술적(descriptive)'이라는 용어는 '묘사적'이라는 용어로 더 적절하게 번역될 수 있는 것이다. 시에서 드러난 심상이 직접적인 취의를 갖지 않는다고 해서 관념이나 사상이 없다고 할 수는 없다. 심상을 직접 제시하면 심상 그 자체가 의미화된다. 김춘수의 의도와 다르게 무의미시에 의미가 없다고 말할 수는 없는 것이다. 어쨌든 이로써 대사회적 관계와 절연한 자의식적 표상이 시에 도입되었다.

자의식의 공간 내에서 산출된 이런 표상을 자립적 표상이라 부를 수 있다.[13] 재래의 시가 품은 표상은 대개 대상에 대한 지시적 의미를 품으며, 따라서 의존적이다. 김춘수의 시와 시론에 동력을 제공한 것이 모더니즘 미술이다. 그는 무의미시론에서 미국의 추상 표현주의 화가 잭슨 폴록의 액션페인팅을 거듭 참조하고 있다. 추상화는 처음부터 대상의 재현을 의도하지 않는다는 점에서 자의식적이다. 하지만 그 자의식의 공간 내에서 내면의 정념에 상응하는 어떤 표현성이 생겨난다. 비평가이자 미술사가인 스타인버그는 폴록의 작품이 드러내는 그런 성격을 공간성이라 설명했다. "스타인버그는 (…) 평면성에 초점을 맞추고, 과연 폴록의 작품이 완전한 평면인지 질문한다. 추상적인 주제

---

13) 이 글에서 김춘수의 '서술적 심상'을 '자립적 표상'이라 바꿔 부른 것은 서술적 심상 역시 비유적 틀 안에서 조명되기 때문이다. 그의 서술적 심상은 비유적 심상과 외연이 겹치지만 (둘 다 비유를 품고 있다), 화자의 대사회적 전언에 전적으로 종속되지는 않는다는 점에서는 비의존적이다. 따라서 '자립적/의존적'이라는 구분은 완강한 경계를 가진 것이 아니라 상대적인 것이다.

와 형태로 인해 일종의 환상과 공간감을 느낄 수 있는 그 작품은 오히려 거대한 공간성을 내포한다. 폴록의 〈NO.1〉(1948) 안에 겹쳐진 선들은 완전한 평면 위의 어떠한 환영도 암시하지 않는 추상이지만 선들의 겹침을 거대한 크기로 전환시켜볼 때, 거기에는 광활한 깊이의 공간이 숨어 있을 수 있고 그것을 느낄 수도 있기 때문이다."[14] 언어를 질료로 삼은 시의 영역에서는 말할 것도 없다. 시의 언어가 대사회적 전언을 파기한다고 해도, 그것들이 산재(散在)한 곳에서는 일종의 내면 공간이 생겨난다. 김춘수의 전위는 바로 이 공간을 소개했다는 의의를 갖는다.

김춘수의 작업을 이어받은 이가 이승훈과 오규원이다. 이승훈은 '비대상시'(1976)라는 시론을 정립했는데, 그 요점은 다음과 같다. 1) 비대상이란 한 편의 시 속에 노래되는 구체적인 대상이 없음을 뜻한다. 2) 비대상의 세계는 외부 세계를 무화(無化)하고 실존적인 내면 세계를 얘기하는 것이다. 3) 비대상시는 무의식의 세계를 시화한다. 4) 언어가 개입할 때 실제의 대상은 사라지고 비대상이 남는다.[15] 실제로 김준오는 이승훈의 시를 포함해 오세영과 김영태, 김종해 등의 현대시 동인의 시와 정현종과 오규원의 초기 시를 실재 세계의 부재(세계 상실)와 잠재의식과 내면의 탐구, 순수 추상 등으로 정리했다.[16] 오규원 역시 언어 문제에 대한 천착을 계속해 1990년대 들어 '날이미지시'라는 시론을 정립했다. 그는 야콥슨의 소론에 기초해 은유적 계열의 시를 관념적 의미를 생성하는 시로 보았고, 환유적 계열의 시를 표상적 의미를 생성하는 시로 보아 후자가 세계의 생생한 실상을 보여준다고

---

14) 진휘연, 『아방가르드란 무엇인가』, 민음사, 2002, 92쪽.

15) 이승훈, 『한국 현대시론사』, 고려원, 1993, 304~310쪽 참조.

16) 김준오, 「현대시의 추상화와 절대은유」, 『문학사와 장르』, 문학과지성사, 2000, 327~353쪽 참조. 자립적 표상에 해당하는 김준오의 용어가 절대은유다.

주장했다. 그러나 그의 시론과 실제 시 사이에는 어떤 착란이 있다.[17]

　　담쟁이덩굴이 가벼운 공기에 업혀 공중에서
　　허공으로 이동하고 있다

　　새가 푸른 하늘에 눌려 납작하게 날고 있다

　　들찔레가 길 밖에서 하얀 꽃을 버리며
　　빈자리를 만들고

　　사방이 몸을 비워놓은 마른 길에
　　하늘이 내려와 누런 돌멩이 위에 얹힌다

　　길 한켠 모래가 바위를 들어올려
　　자기 몸 위에 놓아두고 있다

　　　　　　　　　　　　　　　　　―오규원, 「하늘과 돌멩이」 전문

　시인 자신이 밝힌 시론에 따르면, 이 시는 '발견적' 날이미지시의 예

---

17) 오규원의 시론에 대한 상세한 검토는 졸고, 「'날이미지시'는 날이미지의 시가 아니다」,
『시와 반시』, 2007년 가을호 참조. 이 글에서 오규원의 시론을 비판적으로 살펴 시인의 의
도와 시의 실상에 괴리가 있음을 지적했다. 오규원이 시론을 전면적으로 적용한 시집은
『토마토는 붉다 아니 달콤하다』(1999)와 『새와 나무와 새똥 그리고 돌멩이』(2005)이다.
초기인 『왕자가 아닌 한 아이에게』(1978)와 『이 땅에 씌어지는 서정시』(1981)는 언어가
현실을 어떻게 드러내는가 하는 방법론적 고민을 드러내고 있으며, 중기인 『가끔은 주목
받는 생이고 싶다』(1987)와 『사랑의 감옥』(1991), 『길, 골목, 호텔 그리고 강물소리』
(1995)에서는 인유와 패러디를 도입해 사회역사적 현실을 드러내는 시적 방법론을 탐구
하고 있다. 따라서 이 시기까지의 작업은 2-1에서 말한바, 사회적 전위의 맥락에서 논의하
는 게 더 적절하다.

다. 사실적 현상 위에 발견의 순간을 얹은 시편이다. 여러 현상적 풍경들에 새로운 의미가 부가되었다. 그런데 이 의미는 시인의 설명과 달리 환유적 축이 아니라 은유적 축을 따라간다. 각 연에 제시된 풍경들이 사실은 활유(활유는 은유의 일종이다)에 기초해 변환되었기 때문이다. 허공으로 뻗는 담쟁이덩굴은 가벼운 공기에 "업혀"서 가고(1연), 새가 나는 모습 위에 "푸른 하늘"이 펼쳐져 있으며(2연), 들찔레 꽃이 떨어지는 것이 들찔레의 의지로 설명되고(3연), 길에 얹힌 돌멩이 위에 역시 하늘이 얹혔고(4연), 바위 아래가 부스러져 모래가 되었다(5연). 각 연의 발견을 지탱하는 것은 정확히 활유이며, 이 활유를 가능하게 한 것은 풍경을 바라보는 주체의 해석작용이다(특히 2연 전체는 지상에서 바라보는 화자의 위치가 전제되지 않으면 얻어낼 수 없는 구절이다). 이 시의 전위적 특질은 대상이 품은 본래의 서경적 맥락을 탈구하는 데 놓여 있을 뿐, 그 자체의 공간성과 지평(그 위에 대상들이 배열된다)을 갖고 있다.

1990년대 이후에 이러한 계열의 시가 지속적으로 지어졌다. 이는 전위가 제도화되면서 시적 관습을 허용하는 의미론적, 방법론적 장(場)이 확산된 데 따른 결과이며, 표면적인 층위에서 민주화가 완성되면서 대사회적 전언의 크기가 축소되었기 때문이다. 재래의 시적 양식이 형상화하는 고정된 자아의 상(像)이 상투화되면, 시적 관습 자체가 의문의 대상이 된다. "예술의 역사에서 아방가르드 운동이 야기한 단절의 의미는 제도로서의 예술을 파괴한 것이 아니라 미학적 규범을 타당한 것으로 설정할 수 있는 가능성을 파괴했다는 데에 있다."[18] 전위는 기존 양식 자체를 의문시하는 게 아니라, 그 양식을 가능하게 하는 규범 자체를 의문시한다. 전위가 반(反)양식이라는 것은 재래의 양식 너머

18) 페터 뷔르거, 앞의 책, 156쪽.

에서만 출현한다는 말이며, 그로써 재래의 양식이 기반하고 있는 미적 경험이 파괴된다. 자의식적 전위가 다듬어낸 자립적 표상은 재래의 시적 관습이 허용한 의존적 표상의 바로 그 의존성을 끊어낸 데서 생겨난다. 그런데 이러한 자립적 표상이 관습화되면서 전위적 맥락이 약화되었던 것이다(이것은 물론 전위 자체의 운명이기도 하다). 또한 형식적 민주주의의 완성은 공동선(共同善)이라는 이념을 흔들었으며, 이로써 개인의 실존적 위기가 두드러졌다. 정치적 아방가르드의 쇠퇴를 이 점으로도 설명할 수 있을 것이다.

    저 파도치며 달려온 산맥을
    몸속에 담근 밤바다
    그 밤바다를 수수만년
    진간장처럼
    달이고 달이면
    가장 깊은 밑바닥에서
    이것을 얻을 수 있다
    세상에서 가장 부드러운

    이것이
    서로 맞닿으면 침묵의 인장이 되지만, 대신
    몸속의 산맥들이 줄줄이 넘어지게 된다
    네 몸이 네 얼굴 위에 매단 억만 겹의 꽃술
    오므리면 뾰족한 가위가 되고
    펼치면 해 저무는 저 바다가 되는
    붉은

멀리서
내 입술이 활처럼 휘고
거기서 작은 올빼미들이 튀어나와
쉴 새 없이 네 이름을
부르는

―김혜순, 「입술」 전문

김혜순의 시 역시 이런 자립적 표상을 미약하나마 보여준다. 하지만
위 시가 표상이 기댄 의존성을 완전히 끊어냈다고 하기는 어렵다. 위
시에서 각 연을 완성하는 것은 제목을 이룬 "입술"이다. 각 연에 출현
하는 "산맥"을 품은 "밤바다"와 "꽃술" "가위" "작은 올빼미들"은 입술
의 여러 속성, 곧 부드럽고 붉고 호명하는 양태와 관련되어 있다. 그런
데 3연의 "활처럼"이란 직유에 등장하는 활은 의존적 표상이지만, "작
은 올빼미들"은 자립적 표상에 가깝다. 그런데 이후의 시편들에서는
주체와의 관련을 짐작하기 어려운 대상과 사건이 출현한다. 박상순의
『6은 나무 7은 돌고래』(1993)와 김참의 『시간이 멈추자 나는 날았다』
(1999), 정재학의 『어머니가 촛불로 밥을 지으신다』(2003)에서 전개되
는 서술적 사건들(시간성과 현실이 박탈된 채, 공간화된 사건들), 함기석
의 『국어선생은 달팽이』(1998)와 이수명의 『왜가리는 왜가리 놀이를
한다』(1998)에서 보이는 구문과 시적 대상의 왜곡, 박서원의 『난간 위
의 고양이』(1995)와 강정의 『처형극장』(1996)에서 드러나는 화자의 비
체화(非體化)―이들 시의 화자는 흔히 단일한 인격체가 아니다―등
이 그런 예가 될 것이다.

2-3. 서정적 전위와 알레고리

서정시의 영역에서도 재래의 시적 관습에서 벗어난 일군의 시, 곧 전위적 맥락을 가진 시들이 있다. 황동규가 이전의 서정적 발언에 알레고리화된 정치적 발화를 담은 시편들(『태평가』, 1968와 『열하일기』, 1972에서 그 단초를 보이다가 『나는 바퀴를 보면 굴리고 싶어진다』, 1978에서 완성된 경향)을 선보인 이래, 1980년대에 폭발적인 성과를 낸 일련의 시편들이 쏟아졌다. 이성복(『뒹구는 돌은 언제 잠 깨는가』, 1980), 최승자(『이 시대의 사랑』, 1981), 최승호(『대설주의보』, 1983), 박남철(『지상의 인간』, 1984) 등의 시집이 그러한 예다. 1980년대적 상황의 들머리에 '광주'의 고통스런 체험이 있었음은 물론이다. 광주 민주화 운동은 한편으로는 정치적인 전위시를 촉발하는 계기였고, 다른 한편으로는 사회적인 전위시와 서정적인 전위시를 쏟아낸 계기이기도 했다.

서정적 전위가 기대고 있는 반(反)양식적 특질은 알레고리다. 실상 전위의 특질 전체를 알레고리적 차원에서 논의할 수도 있을 것이다. 전위시의 기법은 시적 대상의 총체성을 의도하지 않는다는 점에서 상징이 아니라 알레고리에 가깝다. 작품의 유기적 조화를 의도하는 통상의 서정시에서는 부분과 전체의 조화가 강조되지만, 그 전체성의 효과를 파기하는 전위시에서는 "개개의 부분들의 조화가 아니고, 오히려 이질적인 요소들의 모순적인 관계"[19]가 중시되기 때문이다. 상징이 부분과 부분의 조화를 추구하며 그로써 유기적 전체(곧 총체성)를 추구한다면, 알레고리는 개별 부분의 자립성을 보존하고 있으며 그러한 파편들의 집적 이상을 의도하지 않는다. 상징이 이상적 전체로서 신화적이라면, 알레고리는 현실적 파편화로서 역사적이다.[20]

---

19) 페터 뷔르거, 앞의 책, 149쪽.

20) 이에 관해서는 10장 알레고리 항목 참조.

2000년대 들어서도 서정적 전위는 그 표현과 패턴을 달리하면서 수많은 작품들을 낳았다. 김민정의 『날으는 고슴도치 아가씨』(2005)와 이민하의 『환상수족』(2005), 이기인의 『알쏭달쏭 소녀백과사전』(2005), 유형진의 『피터래빗 저격사건』(2005), 최치언의 『설탕은 모든 것을 치료할 수 있다』(2005) 등을 그 예로 들 수 있다. 김민정은 김언희(『트렁크』, 1995;『말라죽은 앵두나무 아래 잠자는 저 여자』, 2000)의 작업을 이어받아 지옥도를 연출하는 가족 알레고리로 사회적 관계를 형상화했으며, 이민하는 피로한 육체와 어긋난 관계, 지극한 모성과 같은 사적 체험을 육체의 알레고리로 나타냈다. 이기인은 음담패설의 문법으로 사춘기의 통과제의(입사식)를 그렸는데, 이렇게 해서 드러난 '여공'은 성숙(＝성애)을 위해 노동(＝처녀성)을 지불하는 소녀의 알레고리적 형상이다. 유형진의 '피터래빗'은 만화 주인공에 빗댄 서정시인의 알레고리이며, 최치언은 블랙유머로 알레고리적인 이야기의 공간을 창출했다. 이 공간은 최금진(『새들의 역사』, 2007), 황성희(『앨리스네 집』, 2008), 강성은(『구두를 신고 잠이 들었다』, 2009), 오은(『호텔 타셀의 돼지들』, 2009) 등으로 더욱 확장되고 있다.

3. 전위의 유형과 의의

사회적 전위, 자의식적 전위, 서정적 전위로 나누어 최근 시를 포함한 전위의 맥락을 살폈다. 몽타주와 자립적 표상, 알레고리 등의 기법은 전체성, 일의성, 체계성으로 대표되는 기존 시의 구성 방식을 탈맥락화, 재맥락화하는 방식이다. 현대시는 기존의 맥락을 벗어나면서 새로운 시적 의미를 자신의 영역으로 포괄해왔다.

정치적 전위를 포함하여 전위시의 경향을 다음과 같이 비교할 수 있다. 정치적인 전위시가 사회현실과 정치체계의 개선을 목표로 하는 외향성의 시편들이라면, 서정적인 전위시는 그 고통을 내면화, 알레고리화한 내향성의 시편들이다. 정치적인 전위시가 재래의 화자와 어조와 대상을 포기하지 않은 채 대중성과 선동성의 경향을 강화해나갔다면,[21] 사회적인 전위시는 시 형식의 변화를 통해 당대 현실에 대한 응전력을 키워갔다. 또한 사회적 전위시가 시의 의미-형식의 변화를 통해 현실을 몽타주했다면, 서정적 전위시는 시적인 정념(그 근저에 놓인 것이 광주를 포함한 사회적 고통의 체험이다) 자체를 알레고리화한다. 현실의 객관성에 초점이 놓여 있으므로 사회적 전위시의 화자는 여러 발화와 대상을 취택하고 편집하고 논평하는 자리에 있는 반면, 주체의 정념에 초점이 놓여 있으므로 서정적 전위시의 화자는 스스로 체험하고 토로하고 고백하는 자리에 있다. 요컨대 서정적인 전위시는 객관적 현실을 몽타주하지 않는다는 점에서는 사회적 전위시와 구별되고, 재래의 정념을 문제시한다는 점에서는 정치적 전위시와 구별되며, 시적 대상들을 내면의식의 산물로 보지 않는다는 점에서는 자의식적 전위시와 구별된다.

이 네 유형의 전위시를 통상의 서정시(이 책의 유형에 따르면 4장에서 밝힌 '행복한 서정시')를 포함해 도표화하면 다음과 같다.

전위의 유형	어조	세계에 대한 태도	주된 기법
통상의 서정시	고백(告白)	동일화(세계와의 일치)	의존적 은유
정치적 전위시	선동(煽動)	비판적(세계에 대한 공격성)	환유와 제유
사회적 전위시	논평(論評)	비판적(세계의 재구성)	몽타주
자의식적 전위시	기술(記述)	무매개적(세계와의 표상을 끊음)	자립적 은유
서정적 전위시	고백(告白)	이질화(세계와의 분열)	알레고리

---

21) 이런 특질은 이미 1920년대의 임화와 1960년대의 신동엽에게서도 관찰되는 특질이다. 따라서 정치적인 전위시는 재래의 규범과 시작의 전통 아래 그 형식을 규명하는 것이 적절하다고 판단된다.

전대의 전위는 후대에 양식화되면서 전위로서의 생명을 상실한다. 새로운 시대의 전위는 이전 텍스트가 품은 구조와 패턴(일종의 '설계도')을 전위로 인식하지 않는다. 전대의 미적 규범과 기능, 효과들은 당대의 전위에서는 부정의 대상이지만, 전대의 설계가 완성되지 않았다면 새로운 전위는 출현하지 않았을 것이다. 그러나 전위가 양식화되면, 거기에는 이미 전위라는 이름을 붙일 수 없게 된다. 그것이 전위의 운명이자 전위가 문학사에 편입되는 유일한 방식이다. 따라서 전위의 사적 맥락은 시사에서 새로운 시적 규범과 패턴이 생겨나고 고정되고 부정되는 과정을 보여준다고 할 수 있다.

그러나 전위의 운명이 그렇다고 해서 전위의 의의까지 부정할 수는 없다. 전위는 모든 시의 생성점이기 때문이다. 전위는 소통의 장애물이지만, 더불어 진리의 편이기도 하다.

> 종종 사람들은 중요한 것은 '의사소통'을 하는 것이고, 모든 윤리는 '의사소통의 윤리'라고 주장한다. 의사소통도 좋지만, "도대체 무엇을 의사소통하는가"라고 묻는다면, 이에 대해 대답하는 것은 의외로 간단하다. 즉 의견들을 의사소통한다는 것이다. (…) 한 치의 진리도 담고 있지 못한 의견들을 말이다. 게다가 의견들은 거짓을 담고 있는 것도 아니다. 의견은 참과 거짓에 아직 이르지 못하는 쪽에 있다. (…) 의사소통은 오직 의견들에만 적합하다. (…) 진리의 윤리학은 '의사소통의 윤리학'에 완전히 반대되는 것이다. 진리의 윤리학은 실상(實相, le Réel)의 윤리학이다.[22]

소통은 의견들을 위한 것이다. 의견은 참과 거짓, 진리와는 무관한

---

22) 알랭 바디우, 『윤리학』, 이종영 옮김, 동문선, 2001, 65~67쪽.

것이다. 참된 시는 소통으로 대표되는 의견들을 부수고, 실재(실상)의 윤리를 개입시킨다. 전위는 그 불가해한 표면을 통해 안전하게 교환되는 소통의 회로를 깨뜨리는 것이다. 그 빈틈으로 타자가 개입한다. 전위는 시에서의 대상을 동일시의 질곡에서 해방한다.

　시의 모든 전위에는 주체가 타자를, 타자가 주체를 아우르는 특별한 현재가 있으며, 아직은 형태도 색깔도 없는 미래, 어떤 주체의 망상도 아직 침범하지 못한 미래, 곧 타자의 미래가 있다. 타자를 영접하는 주체만이 오직 그 미래에 들어간다. 타자가 되는 주체만이 미래로 쏟아지는 특별한 현재를 경험한다. 형태 없는 미래와 연결되어 있기에 끝나지 않는 이 현재를 우리는 시적 시간이라고 부른다. 전위는 시의 형이상학이다.[23]

　전위는 타자와의 접촉면이다. 기존의 형식이 동일시의 지평에서만 성립하는 것이기 때문에, 그 지평을 부수려는 노력은 타자를 찾아나서는 모험이 된다. "타자를 영접하는 주체"가 미래를 확보하고 있는 것도 같은 맥락이다. 아직 오지 않은(未來) 시간을 당겨서 체험하기 위해서는 타자에게서 오는 이러한 절대적 타자성을 수긍해야 한다. 시적 시간의 비밀은 그것의 개방성에 있다. 전위가 모든 시의 첨점이자 본질이 되는 것도 바로 이 열림에 의해서다.

---

23) 황현산, 「끝나지 않는 이야기」, 『시와 반시』, 2008년 겨울호, 183쪽.

19장 변화

최근 시의 수사학에 관하여

1. 새로운 혹은 하위의 수사학

최근 시에 드러나는 몇몇 특성을 수사학적 차원에서 검토하고자 한다. 최근의 시가 재래의 독법으로 해명되지 않는다는 주장은 받아들일 수 없지만, 수사적 요소 가운데 기존의 우세종(優勢種)이 현저히 약화된 것은 사실이다. 과거에 열성인자로 취급되던 방계(傍系)의 수사학이 부상하고 있다고 해야 옳을 것이다. 이 점을 살펴 최근 시의 축조 방식을 짐작해보고자 한다. 이를 통해서 최근 시를 설명하는 유의미한 분석의 기제가 일부나마 마련되기를 소망한다. 물론 이 특성이 최근 시의 모든 측면을 일률적으로 설명할 수도, 각 시인들의 개성을 두루 포괄하지도 못한다는 사실을 유념해야 할 것이다. 강조하고 싶은 것은 최근 시의 변화 역시 수사학의 역사 아래 포괄될 수 있으며, 포괄되고 있다는 사실이다.

2. 최근 시의 수사학

2-1. '몽타주' 구성

최근 시에서는 각각의 자립적인 부분들을 조합하고 재배치하여 시를 완성하는 것을 흔히 볼 수 있다. 통상의 이야기가 한 장면과 다른 장면을 인과 판단에 따라 배열하는 것과는 달리, 최근 시의 이야기에서는 각각의 장면을 연관짓는 인과의 끈이 빈약하거나 부재한다. 다음 도식을 보자.

1) 인과율에 따른 장면의 진행

$$A \rightarrow B \rightarrow C \rightarrow D$$

통상의 이야기에서, 각각의 장면(A, B, C, D)이 배열되는 순서는 계기적이며 선형적이다. 하나의 장면이 다른 장면을 부르고, 그것이 다시 다른 장면을 도출해내는 식으로 최종 국면에 이른다.

2) 최근 시가 품고 있는 장면의 진행

$$A - B - C - D$$
$$\downarrow \quad \downarrow \quad \downarrow \quad \downarrow$$
$$(\alpha \rightarrow \alpha \rightarrow \alpha \rightarrow \alpha)$$

반면 최근의 시에서는 각각의 장면을 잇는 인과적인 사슬이 없다. 각각의 장면은 느슨하게 걸쳐 있으며, 그래서 서로 간에 치환 가능한 형식을 갖는다. 그것들이 관련을 맺고 있는 것은 연속된 다음 장면이 아니라, 그것들을 배열하는 주체의 의도나 심리 상태(α)다. 주체가 품은 특별한 생각이나 느낌이 개별 장면을 산출했으며, 그것들을 특정한 순서로 배열하게 했다고 하겠다. 이를 몽타주 구성이라 불러도 좋을 것이다. 개별적이고 자립적인 형상들의 충돌과 조합을 통해 한 편의 시를 축조하는 구성 방식이다. 전통적인 시가 미장센을 통한 구성 방식을 보여준다면, 이런 시들의 구성 방식은 몽타주다.[1] 전체의 구성에만 관여하는 미약하거나 복수적인 주체가 이질적인 대상을 느슨하게 배열하는 방식이다.

    ① 긴 머리를 자르기 위하여 밤을 나선다 밤에 머리를 자를 만한 곳이 없다고 수첩에 옮긴다 ② 나는 비스마르크 제도에 사는 초록파푸아 달팽이의 느린 생을 이야기하고 싶다 ③ 맥주 거품 같은 구름이 근원에 홀린 듯 떠 있는 밤, ④ 생은 먼 데서 흘러오고 ⑤ 나는 벼락이 수천 년 전부터 하늘 속을 흐르다 찾아온, 숲 속 가장 어두운 나무의 눈을 떠올린다

    —김경주, 「몽상가」 중에서(숫자는 인용자. 이하 같음)

각각의 문장이 관련을 맺는 것은 인접한 문장이 아니라 제목('몽상가')이다. ① 밤은 몽상을 위해 마련된 계절이며, 수첩은 몽상을 적는 곳이고, 긴 머리는 몽상의 결과다(그는 머리 자를 틈이 없다). ② "비스마르크 제도"는 몽상이 필요로 하는 먼 곳(몽상은 지금, 이곳을 떠난 곳에서 시작한다)이며, "초록파푸아 달팽이의 느린 생"이 바로 몽상가의 생이다. ③ 몽상은 "맥주 거품"처럼 부풀어오르고, "근원"을 향해 간다. ④ 몽상은 그런 먼 곳에 기반을 둔 "생"이다. ⑤ "수천 년 전"의 "벼락"은 그런 근원을 향한 섬광 같은 깨달음이며, 거기서 세계수 같은 신성

---

1) 시의 미장센, 몽타주 구성에 관해서는 18장 2-1 참조.

의 나무가 눈을 뜬다. 각각의 문장이 모여 이야기를 구성했지만, 문장 차원에서는 이야기의 전개과정이 눈에 뜨이지 않는다. 이는 이 시가 하나의 미장센 안에서 구성되지 않고, 몽타주로 구성되었기 때문이다.

  1 유년시절 자신의 음부를 자세히 들여다보게 해준 여자의 부음을
      듣는다
  2 잘린 잔디밭을 맨발로 걷는다
  3 깨진 거울로 조각난 표정을 맞추는 놀이를 한다
      웃음소리가 들린다
  4 아이는 모아놓은 유지매미의 숫자를 세거나 커튼을 쳐 놓고 혼자
      서 논다
  5 물 속에 집을 짓는 잎사귀날도래,
      어른이 되지 않으면 물 밖으로 나올 수 없다
  6 양친은 내게 천진함과 더불어
      견딜 만한 불행을 속주머니처럼 내 몸통에다 달아주었다
  7 나는 물 밖으로 나오기 싫은 구름을 끄집어내 손바닥 위에 올려 놓
      는다
  8 운명에 재빨리 반응한 것이 가장 먼저 증발한다
      손바닥은 뜨거워지고 나는 생기를 얻는다
  9 모두 죽어간다, 하지만 크게 앓고 난 인간은 마치
      한번도 손대지 않는 불꽃처럼 다시 살아난다
 10 본래 있던 자리로 되돌아가는 구름, 그러나 영원히 끝나지 않을
—박판식, 「토르소」 전문

박판식의 시에서도 개별 시행은 다음 시행과 연관되지 않는다. 불수 의적인 형상들이 솟아나고, 뜻하지 않은 잠언들이 끼어든다. 여자의

부음에서 시작하여 구름으로 끝나는 연상의 진행에는 눈에 띄는 매개 고리가 없다. 하나의 형상이 다른 형상을 불러온 게 아니기 때문이다. 이것들은 제목이 된 '토르소'와만 연관된다. 토르소는 밀폐되고 자립적인 어떤 심리의 표상이다. 몸통만으로 존재하는 그것은 이웃항과 관련 없이 존재하는 형상들, 자족적이거나 밀폐된 삶의 상징물이다.

하나씩 살펴보자. 1. "자신의 음부를 자세히 들여다보게 해준 여자의 부음"은 누구와도 나눌 수 없는 유년의 비밀스러운 체험이며, "음부/부음"에서 보듯 음절의 변환만으로 의미를 생성하는 닫힌 체험이다. 2. "잘린 잔디"는 다 자라지 못했고 "맨발"은 신발을 잃었다. 풀과 다리의 토르소인 셈이다. 3. "깨진 거울"과 "조각난 표정"도 부분으로 전체를 짐작해야 하는 토르소의 운명을 가졌다. 4. 아이는 "혼자서 논다". 토르소처럼 토막 난 그런 놀이다. 5. "잎사귀날도래"는 혼자 노는 아이처럼 "어른"이 되기 전에는 물 밖으로 나오지 못한다. 6. 나 역시 혼자 노는 아이처럼 천진함과 불행을 품고 살았다. 7. "물 밖으로 나오기 싫은 구름"도 그런 내 자신의 심리적 형상이다. 8. 아이나 잎사귀날도래가 어른이 되면 밖으로 나오듯, 제 운명을 받아들이고 나면 구름도 하늘에 오를 수 있을 것이다. 그게 증발이다. 9. 그것은 이전의 한때, 다시 말해 유년과 유충의 시절을 잃는 것이다. 성장통을 겪은 인간이 한 죽음(유년의 자신)을 지불하고 새로운 삶을 얻듯이. 10. 구름은 원래 하늘에서 와서 물에 갇혔다. 이제 구름은 증발해 제자리로 돌아가고, 새로운 세대가 시작될 것이다. "영원히 끝나지 않을" 반복이다. 몸통에서 시작한 토르소가 얼굴과 사지를 끊고, 다시 제 몸으로 돌아오듯.

최근 시의 형상들이 전체의 비유적 틀에서 조망되지 않는 것은 이런 자립성을 갖고 있기 때문이다. 그렇다고 해서 형상 전체를 틀 짓는 어떤 원칙이 없을 수 없다. 최근 시의 형상들이 주체의 사색적, 심리적 대응물로서 기능하고 있다고 보면, 그 틀이 해명된다. 형상들은 자립적이며, 자립적인 그만큼 상관적이다. 몽타주를 원용해 시를 지으면, 각각의 장면이나 개별 시행들은 병행성을 특징으로 갖게 된다. 물론 단순한 병렬은 아니다. 나란히 늘어선 장면과 시행들이 충돌하거나 조합하면서 새로운 의미를 생성해내는 것이다.

2-2. 확장된 '현실법(現實法)'

현실법이란 과거에 일어난 일을 현재 눈앞에서 일어나는 일처럼 묘사하는 수사법을 말한다.[2] 과거시제로 적힐 부분에 현재시제를 적용함으로써 생생한 묘출(描出)을 가능하게 하는 방법이다. 최근 시편에서는 이야기가 전개되는 경우에도 전체 구문을 현재시제로 적어가는 경우가 많다. 추측과 비교와 설명을 현재시제로 기록하면, 은유나 평면적인 환상이 생겨난다. "A는 B인 것 같다" "A처럼 B하다" "A는 B라는 뜻이다" 같은 구문이 "A는 B다"로 통일될 때 은유가, "A는 B한다"로 통합될 때 환상이 발생한다. 이것은 시제의 착란이 주는 일종의 착시효과다.

1 물이 뛰쳐나온다 꽃병을 엎지른다

2 여자 몸을 뛰쳐나온 아이가 물방울 눈을 뜨고 두리번거린다

3 아이가 기르던 프리지아 한 마리가 바닥에서 꿈틀,

4 여자를 기르던 앞치마가 싱크대에서 달려와 바닥을 훔친다

5 오후를 잘게 다지는 도마 위 칼질 소리

6 텔레비전 채널이 아이의 손가락을 돌리고

---

2) 김욱동,『수사학이란 무엇인가』, 민음사, 2002, 355쪽. 이하의 하위 수사학 용어들은 이 책을 참조했다.

7 아이가 은하철도를 타고 티비 속으로 들어간다

8 여자는 브라운관에서 머리가 긴 아이를 끌어내 무릎 위에 올려놓
  고 자장가를 부른다

9 아이는 쿠션처럼 쌕쌕거리며 잠이 든다

10 여자는 눈이 내리는 마을로 가는 책 속의 마차를 탄다

11 책 속에서 담배를 태우러 보라색 입술만 나온다

12 가끔은 담배가 입술을 태우고 책이 담배를 문다

13 글자들이 연기를 뿜고 연기가 가구들을 태워버리고

14 탄내 가득한 천장에서 밀랍 같은 숯덩이가 뚝뚝 떨어진다

15 맞닿아 있던 여자와 아이의 피부가 까맣게 들러붙는다

16 수십만 킬로를 날아온 흰쥐들이 숯무덤을 파헤치자

17 아이의 무릎 위에 여자가 잠들어 있다

18 흐물거리던 살 껍데기가 옷걸이에 걸려 있다

—이민하, 「데칼코마니─관계에 대한 고집」 전문

주체와 대상의 자리를 바꿈으로써 일종의 사물 주체가 생겨났다. 현재시제는 이 사물 주체의 움직임을 적기 위한, 특별한 방법론이다. 아이가 프리지아가 든 꽃병을 엎지르자 물이 쏟아졌다(1~3행). 어머니인 여자가 부엌에서 달려와서 앞치마로 물을 닦았다(4행). 여자는 저녁을 준비하고(5행), 아이는 티브이를 보다 잠이 든다(6~9행). 여자는 아이를 위해 자장가를 불러주거나 동화책을 읽어주었다(8, 10행). 여자는 잠시 담배를 피우며 상념에 잠겼다(11~12행). 그 다음 이 상념이 다른 시간대와 접속한다. 13~15행에 나오는 화재는 실제로 일어난 일이 아니다. 여전히 아이는 엄마 품에서 고요히 잠들어 있기 때문이다(17행). 그것은 아이와 여자가 (제목을 이룬 "데칼코마니"처럼) 뗄 수 없는 사이라는 것을 보여주는 지표일 뿐이다(15행: 둘은 "들러붙"어 있다). 그들이

"까맣게" 되었다는 말은 밤이 왔다는 뜻이므로 "수십만 킬로를 날아온 흰쥐들"은 켜든 불빛 외에는 다른 것일 수 없다. 불을 켜자 여전히 둘은 고요하다. "흐물거리던 살 껍데기"와 "옷걸이"는 아이를 품은 여자의 살과 뼈다(18행). 그녀의 마음이 온통 아이에게 가 있기 때문에 아이가 없다면 그녀는 아무것도 아니다. 따라서 이 시는 모자간의 평화로운 한때에 대한 소묘인 셈인데, 현재시제로 적힘으로써 둘 사이의 일상잡사가 낯설고 생생한 것으로 변화했다.

수도꼭지의 밭은 트림
단단한 어둠에 머리를 들이밀다
크어억—ㅋ
녹슨 몸엣것을 한 차례 떨구다

나는 찌그러지는 얼굴을 집어
들고 터널 속을 달린다
붉은 물이 한 땀 두 땀
흘러온 길들이 따라온다

사이렌이 불규칙한 간격으로 거리에 투하되고
그렇다 나는 어둠과 친한 물 단풍의
한 잎새 어느새 끝물이다
무분별한 입자들로 에워싸여
그대의 욕조 위에 쏟아진다
검붉은 침을 흘리며
이 페이지는 전면이 피로 뒤덮였소
달의 개짐에서 뭉클한 빛이 붉게

붉게 반사된다

헐어진 족보 책을 읽듯 거리는
잎새들을 쥐었다 펴고 다시 한번 뒤집어보는데
관리인 아저씨가 낙장들을 주워모아
불을 당긴다

—진수미, 「낙장불입」 전문

시는 두 개의 장면을 전제로 한다. 하나. 녹슨 수도꼭지가 "밭은 트림"을 하듯 녹물을 떨군다. 둘. 가을이 되어 단풍이 낙엽을 떨군다. 그 다음, 그 이야기를 자기화하는 주체가 있다. 하나. 나는 녹물처럼 "붉은 물"(생리혈을 말한다)을 흘리며 삶을 살아왔다. 둘. 나도 이미 끝물이어서 "그대의 욕조" 혹은 침실에서 피를 흘렸다. 낙수도 낙엽도 모두 낙장(落張)이어서 화투판에서 그렇듯 돌이킬 수가 없다. 지나온 삶도, 그대 앞의 내 마음가짐도 돌아갈 데가 없다. "관리인 아저씨"가 모은 낙엽의 운명처럼 나는 다 타버렸다. 반성이 겉으로는 풍경과, 안으로는 유머와 결합해 있다. 이 시의 현재시제는 두 개의 장면을 이음매 없이 연결하기 위한 장치로 기능한다.

여기에 예변법(豫辨法)을 추가할 수 있을 것이다. 예변법이란 앞으로 일어날 일을 이미 일어난 일로 소묘하는 수사법으로, 현실법의 반대다. 둘 다 시제의 착란을 겨냥한다는 점에서 동일한 효과를 갖는다. 현실법이나 예변법을 준용해 시를 지으면 시는 평면적이면서도 함축적이 된다. 평면적이라는 것은 시가 시간의 지표를 잃음으로써 단일한 인상 아래 포섭된다는 뜻이며, 함축적이라는 것은 시에서 그렇게 늘어선 대상들이 여러 갈래의 시간과 공간으로 분기해간다는 뜻이다. 하나를 잃고 다른 하나를 얻은 셈인데, 그 공과의 대차대조표는 아직 완성되지 않았다. 나아가 술어를 통일하는 방식(과거시제로만 일관하는 방식, 혹은 의문문이나 대화체로만 적는 방식 등) 역시 이런 시제의 탈각이나 어조의 평균적 활용과 관계되는 것으로 보인다.

2-3. 의사(擬似) '인유'와 '명명법'

인유와 명명법에 '의사'라는 제한을 둔 것은 최근 시에서 인유와 명명의 효과가 자의식적이기 때문이다. 통상적으로 인유(引喩)와 명명(命名)이 대상과의 일치를 의도하면 인용과 정체성 호명(呼名)으로 전화하고, 대상과의 불일치를 의도하면 패러디와 정체성 분열로 전화한다. 그런데 최근 시의 인유와 명명은 기존 대상과의 일치/불일치보다는 새로운 대상의 산출로서 기능한다. 대상을 지나쳐 자신에게로 이르는 이 운동은 이른바 비스듬하거나 미끄러지는 효과인데, 이때 엇갈리거나 미끄러지는 것은 대상이 아니라 주체 자신이다.

    1 카쿠는 투라를 불렀다
    2 칭치가 물을 건넜다
    3 돌아오는 길에 아리는 숲 속에서 예루와 했다
    4 틴차와 역청은 모르는 사이다
    5 육리가 마을이 뭐냐고 물었다
    6 숨이 차오르면 산을 내려간다
    7 산이 올라온다
    8 추추가 '내려간다' 뒤에 '올라온다'가 있다는 것에 쓸데없이 주목,
    9 둘이 관계가 있다고 의심했다
    10 혁녕이 추추를 죽였다

11 이 죽임도 추추의 주장과는 아무 상관없다

12 반복이 마을에 자꾸 출몰했다

13 왁도는 자꾸 돌라와만 자기 시작했다

14 태어나는 투과의 수는 변치 않았지만

15 비슷한 모양의 투과가 나타나기 시작했다

16 이쯤에서 모든 행간은 서로 아무 상관없다고 우긴다

17 릭탕은 우기는 것도 그전의 무엇과 관계하고 있으므로

18 신성한 객체들의 독립 상태를 모욕했다고 소리쳤다

19 드디어 마을의 야기의 그림자로 뒤덮였다

20 나는 릭탕을 죽이고 부랴부랴 떠났다

—김병호, 「이야기의 역사」 전문

　시에 나오는 수많은 이름은 대개 의미가 없거나 아주 조금("투과"와 "야기", 이 둘만) 의미가 있다. 이 시가 이야기의 탄생과 역사를 추적하는 가상의 보고서임을 염두에 두고, 명명법을 간추려보자. 8행 이전은 이야기가 탄생하기 전이다. 거기에도 호명이 있고(1행), 돌이킬 수 없는 행위가 있으며(2행), 모종의 교합이 있고(3행), 질문이 있을 테지만(5행), 어쨌든 그것들을 묶는 인과 판단은 아직 존재하지 않으므로 인물들은 이름을 부여받지 못했다(정확히 말하자면 그들의 이름은 무의미했다). 사실과 사실은, 이름과 이름은 서로 "모르는 사이다"(4행). 그다음 "추추"가 행동 사이에서 인과성을 발견했다(9행). 그후에 "반복이 마을에 자꾸 출몰했다"(12행). 이제 교합마저 반복을 품었고(13행), 태어난 "투과"들은 서로 비슷했다(15행). "투과"는 어쩌면 투과(透過)일 것이어서 이미 상관적인 이름이다. 그들의 이름은 이제 불투명성(이전에는 이름이 실체를 관통하지 않았다)에서 투명성으로 옮겨간다. 마침내 온 마을에 이야기("야기")가 퍼졌다. 이야기가 성립되기 전의 이름들은

모두 의미를 갖지 못했다. "추추"와 "릭탕"의 죽음은 무의미한 이름의 죽음이다. 이미 "야기", 곧 인과 판단과 반복과 의미의 소여가 마을을 지배했기 때문이다. 그들은 어렴풋이 야기의 전제(專制)를 짐작했으며, 그래서 무의미한 이름을 버려야 했다.

이 시의 명명법은 대상의 정체를 발견하거나 폭로하는 방법이 아니다. 이름들은 주체의 자의식적 구도에 따라 무의미/의미를 품고 있다. 이름들은 이야기의 출현에 상관적일 뿐, 그 자신의 정체성과는 아무 관련이 없다. 명명은 명명이되 명명의 형식을 띤 이야기의 구성성분인 셈이다. 이것이 김병호의 의사-명명법이다.

십이월의 프랑스엔 붉은 비만 내린다네
그대를 기다리던 흰 원피스가 붉게 물들었다고
세느 강의 아홉 번째 다리 아래
출렁이며 흐르는 검은 문장(文章)들이 내게 일러주었네

십이월의 프랑스엔 붉은 비만 내리고
먼 나라에 버려진 늙은 여자의 침실이 다 젖었다고
호주머니 속의 차가운 백동전들이 말해주었네

—황병승, 「프랑스 이모」 중에서

황병승의 경우에도 사정은 크게 다르지 않다. 이 시인의 시에 나오는 수많은 이국 이름들은 명명법이 요구하는 특정 코드를 갖고 있지 않다. 이 이름들에는 이름으로 불려야 할 어떤 필연성도 없다. 황병승이 부여한 이름들은 성(gender)과 상징, 문화의 경계를 뒤섞은 채 그의 세계 곳곳에서 산다. 그들은 그렇게 혼종된 세계를 살아가는 '실재하는' 거주자들이다. 왜 그런가? 인용한 부분 앞에는 프랑스 이모가 조카인 "쟝"에게 건네는 긴 대화가 있다. "쟝 어서 오너라 쟝 창문을 열어주겠니 쟝 내게 입 맞춰 주렴 쟝 널 얼마나 기다렸는지 아니 (…)"로 이어지는 긴 전언 사이에 조카의 말이 끼어든다.

(쟝 쟝 쟝 대체 그 프랑스 놈이 당신을 어떻게 한 거죠?) 저는 쟝이 아니에요 이모 변성기는 이미 오래전에 지났는걸요
                                        ―황병승, 「프랑스 이모」 중에서

그러니까 이모의 말은 일종의 의사(擬似) 체험이다. 우리는 이런 이모를 외국 영화나 소설에서 흔히 접했다. 한 사람이 그런 이국적인 자리에 제 자신의 의사―정체성을 부여했던 것이다. 사실은 이렇다. 조카는 "쟝"이 아니고 "변성기는 이미 오래전에" 지나갔다, 다시 말해 사춘기 시절의 꿈(이국에 대한 선망, 현실과 비현실의 뒤섞임, 낭만적인 호명 따위) 등은 이미 옛날의 일이 되었다. 이국 이름들은 실재하는 관계를 덮고 있는 자의식적인 명명의 효과인 셈이다. 이 의사 명명법이 이탤릭체로 된 의사―시를 낳았다. 이 인용에는 실제의 텍스트도 없고 따라서 우리말로 된 번역 텍스트도 없다. 인용이 아니라 인용의 형식을 빈 자작시다. 그런데 놀라운 것은 원래의 시가 가졌음 직한 어떤 파토스를 이 의사―시가 보존하고 있다는 점이다. "*먼 나라에 버려진 늙은 여자의 침실*"은 이 여자(제 자신을 프랑스 이모로 지칭하는)가 누운 바로 그 자리가 아닌가?

황병승의 인유와 명명은 현실과 무관한 비현실의 소산이 아니다. 현실을 변형하고 뒤틀되, 그 내부에 이미 현실의 논리가 내재해 있기 때문이다. 그의 시를 자족적인 환상의 놀이라고 보는 시각은 잘못된 것이다. 실제 이름 위에 의사―이름을, 실제 현실 위에 의사―텍스트를 덮음으로써 이루어지는 이 효과는 반어적이다. 인용한 시의 낭만적 외피

아래 몸져누운 늙은 여자와 가난(*"호주머니 속의 차가운 백동전들"*)이 있
듯이. 이것이 황병승의 의사–명명법이고 의사–인유다.[3]

　의사 인유와 명명은 발화 대상이 아니라 발화의 문맥 자체를 문제
시한다. 문맥 자체가 탈구되면서 대상이 발화 주체의 내부에 통섭되
는 것이다. 이것이 새로운 발화를 산출하는 기능적 요인 가운데 하나
다.

2-4. '알레고리'의 무대

　최근 시의 알레고리는 그다지 명확하지가 않다. 그것은 최근의 시가
알레고리를 일종의 무대 장치로 활용하면서 의도 자체를 극화하기 때
문이다. 의도가 언중(言衆)의 통념을 배반하기에 시의 표면만 따라 읽
으면 작위적인 상황이 펼쳐진다.

　처음엔 모자를 벗었어요 조금 더웠으니까요 그리고 갑자기 엉덩이에
서 뿔이 났어요

　밤새 엉덩이를 더듬어보다 거울을 보았어요
　소녀가 소녀에게 말했어요 이젠 너도 살찐 소가 되었구나, 축하해

---

3) 시인의 두 번째 시집에서도 동일한 의사–명명법이 보인다. "문친킨 문친킨,/스위트 워러
　의 말이다/언제부턴가 나는 이 말을 자주 중얼거린다"(「문친킨—미치mich를 생각하며」
　중에서) 부제를 참조하면, 이 시가 자기 자신에 관한 시 혹은 시 쓰기에 관한 시임을 알 수
　있다. "문친킨"은 아마도 문친(문자친구의 줄임말)과 킨(KIN, "즐"을 눕힌 말)의 합성어일
　것이다. 자신의 시 쓰기가 새로운 세대의 새로운 글쓰기임을 은연중에 표현하고 있는 의
　사–명명이다.

소녀가 먼저 여인숙으로 들어가고
엉덩이 살을 한 근만 팔라고 조르던 그 정육점 남자가
조용조용 뒤따라왔어요
그 정육점 남자의 저울 위로 올라가 맛있는 부위를 어떻게 설명했는
지 모르겠어요
내장은 안 팝니까,

아저씨 살살 해요 안 아프게 살점만 떼어가세요
다만 살 한 점을 팔아치운 소녀는, 몸이 가벼워졌어요
가죽을 벗었으니까요
이제 두꺼운 여인이 되게 하옵소서 손바닥을 모으니
삶의 가죽이 너무 두껍구나 하는 생각이 들었어요, 점점 길게 기도하
지 못했어요

소녀는 거울을 보며 자기 젖을 빨고 있는
송아지를 생각하고
얼룩 송아지는…… 얼룩을 지우고 가라

두 번째와 세 번째 구멍이 헐거워진 그 시곗줄을 팔목에 채우고 거울
을 보고
소녀는 초침처럼 부지런히 그 어두운 골목을 돌아나왔어요

소녀가 걸어갈 때,
초침은 거의 우는 소리에 가깝고 시침과 분침은 가랑이를 벌리고 있
었어요

우연히 시간을 물어볼 때마다, 그 가랑이를 보여줬어요

—이기인, 「소녀의 거울」 전문

　이기인이 음담패설의 문법으로 노동과 성에서의 착취 문제를 이야 기한다고 보기는 어렵다. 그의 시는 노동시도 아니고 성애시도 아니 다. 소녀가 "처음 만난 기계와 잤다"거나 "기계가 나를 핥아주었다, 나 도 기계를 핥아먹었다"와 같은 말, 그리고 그녀가 "새로 들어온 기계 와" 사귀었다는 말(「알쏭달쏭 소녀백과사전—흰 벽」)은 자못 충격적이지 만 여기서 관음증적인 시선을 읽어서는 안 된다. 그의 시에서 "소녀" (혹은 "여공")는 알레고리적인 환칭이다. 환칭은 특정 인물로 그 집단 전체를 대표하는 수사다. 이기인의 소녀(여공)는 유물론적인 육체로 대표되는 사춘기의 인물이며, 그래서 거기에는 '첫사랑, 영혼, 감성, 설렘' 같은 정신적인 지표가 없다. 소녀의 상대가 되는 다른 남자가 "기계"인 것도 같은 까닭이다. 기계로서의 육체를 대면하고 있으므로 소녀는 여공이며 잠자리가 공장이고 옷이 작업복이고 방사(房事)가 본 업이거나 잔업이다. 그러니까 "알쏭달쏭 소녀백과사전" 연작은 유물론 적인 삶이 거쳐야 하는 특별한, 그러나 이상할 것 없는 성장담이라고 해야 옳다.

　위 시는 「알쏭달쏭 소녀백과사전」 연작(이 연작이 시집의 1부를 이루 고 있다)과 유관한 작품이다(이 시를 포함해 1부와 연관된 시들이 시집의 2부를 이룬다). 「알쏭달쏭 소녀백과사전」 연작(1부)과 2부를 이루는 시 편들에서 시인은 사춘기 소녀의 통과제의를 유물론적 육체의 문제로 다루었다. 뼈와 살을 가졌으되 영혼의 짐을 벗은 인간은 누구나 기계 다. 그녀의 작업장은 늘 잠자리다. 1부의 시편들에서 예를 들어보자. "'사원모집' 현수막"에 적힌 내용이 "나를 외면하지 말아요"이고(「알쏭 달쏭 소녀백과사전—비둘기」), "꽃 같다는 소녀들에게선 구린내가 난다"

(「알쏭달쏭 소녀백과사전―나비」). 소녀는 "나와 함께 잠을 자고 싶어 하는 곰 같은 사람이 한 마리 있었다"고 말하는데, 그가 곰이 된 이유는 "나의 꿀단지를" 탐냈기 때문이다(「알쏭달쏭 소녀백과사전―꿀단지」). 소녀가 자기 몸을 "걸레"라고 지칭하는 것도 같은 이유에서다(「알쏭달쏭 소녀백과사전―걸레」). 아이들이 솜사탕을 먹자 "솜사탕 막대기가 발기"했고(「알쏭달쏭 소녀백과사전―솜사탕」), "요구르트에 빨대를" 꽂자 "얇은 처녀막"이 뚫렸다. 그 다음에는 물론 열심히 빨아야 한다(「알쏭달쏭 소녀백과사전―상처」). 연장통에 든 "구부러진 못 두 개"는 "사랑한다고 고백했다가,/퇴짜 맞은" 것들이고, "망치 나무 손잡이"는 "오래 남아서 옛사랑을 증언할 것만" 같다(「알쏭달쏭 소녀백과사전―못」). 망치와 못의 관계 역시 박고 박히는 관계다. "작업복"에 튄 "붉은 물방울"은 "생리대에 쏟아진 피"를 상기시키고(「알쏭달쏭 소녀백과사전―봄비」), "ㅎ방직공장의 굴뚝"이 "건장한 남자의 그것처럼" 보였다(「ㅎ방직공장의 소녀들」). 소녀가 씹던 껌은 "반죽이 잘 되어 통통한 자지가" 되었다(「소녀의 껌」). 침실이 공장이고, 남자가 기계이고, 성희(性戱)가 작업이었던 셈이다.

「소녀의 거울」로 돌아오자. "처음엔 모자를 벗었어요 조금 더웠으니까요" 하는 말은 변명으로 들린다. 과연 그 다음에 이어질 사건은 소녀가 겪을 일이 아니다. "엉덩이"에 난 뿔은 못된 짓을 한 결과로 돋은 것일 터, 그 뿔 때문에 "소녀"는 "살찐 소"가 되었다. 이제 소녀는 "여인숙으로 들어가고" "정육점 남자가" 그녀를 따라온다. 소녀는 소처럼 부위별로 나뉘어 남자에게 먹힌다. 그래서 남자가 정육점 주인이다. 물론 그곳이 여인숙이므로 이 먹고 먹히는 관계는 성적인 관계다. 남자는 다시 송아지가 되고(소녀의 젖을 빨고 있으니까), 소녀는 그에게 "얼룩을 지우고 가라"고 말한다(이 얼룩이야 물론 사내가 흘린 정액 외에 다른 것일 수 없다). 이제 소녀는 남자를 알았으므로 "두꺼운 여인"이 되었고, 누군가 시간을 물어볼 때마다 "시침과 분침"으로 이루어진 "가랑이"를 보여준다. 시간이 지나면서 이런 일을 거듭 겪었다는 뜻이다.

이기인 시의 알레고리는 육체만으로 겪어야 하는 입사의례다. 음담패설의 언어로 적혔으나, 실상 시가 의도하는 것은 성숙이 순결을 지불하고 얻어진다는 통념의 이면일 것이다. 이때의 순결이란 게 소녀의 것이 아니라 그 상대인 남자의 것이기 때문이다. 그것은 거짓 순결이며, 그래서 이를 폭로하는 음담패설도 거짓 음담패설이다. 알레고리를 뒤집어 그것의 의도 자체를 무대에 올리는 것, 이기인의 작업이 의도하는 바가 이것이다.

아버지를 기다려요 아버지를 거절해요 아버지를 놓칠까봐 아버지를 따라가요 아버지의 따귀를 찰싹 갈겼어요 아버지의 등짝을 힘껏 떠밀었어요 정말 즐겁게 버림받네요 뿌리박힌 회전의자를 뱅뱅 돌리는 아버지 전속력으로 즐거운 아버지 전속력으로 만족한 아버지 아버지가 만든 법 아버지가 깰 순 없잖아요 나는 아버지의 법 안에서 안간힘을 쓴다 아버지를 허락하는 것은 아버지를 어기는 것 아버지를 버리는 것은 아버지를 지키는 것 아버지를 기다려요 아버지를 거절해요 아버지의 등짝을 더욱 퍽퍽 후려칠까요 나는 아버지를 즐기는 아버지를 즐기는 중이에요 아버지를 껴안으며 돌려세우는 거절의 고성방가 아버지로 인해 누리는 폭력의 정당방위 나는 즐겁게 당한다 저쪽에서 뛰어온 내가 버린 아버지를 이쪽에서 뛰어간 내가 버린다 헉헉거리며 나는 당한다

—조말선, 「테니스」 전문

조말선의 시가 무대에 올리는 "아버지" 역시 의사-명명이다. 실제의 아버지가 아니라 아버지라는 이름이 가진 상징만이 문맥에서 활용되기 때문이다. 그런데 이 아버지는 시집 전체에서 끊임없이 대상을

바꾸어 출현하므로 다의적인 문맥을 가진 상징이 되지만, 개별 시편에서는 일대일 대응을 이루는 (숨은) 대상을 가지므로 알레고리라 할 수 있다. 아버지와의 관계를 진술하는 시의 본문은 모순된 행동으로 가득하다. 이 행동들이 제목을 이룬 '테니스'와 관련되면서 그 의미가 밝혀진다. 테니스 치는 상대방을 아버지에 빗댔다고 보아도 좋고, 테니스 행위 자체가 아버지와의 관계를 설명한다고 보아도 좋다. 중요한 것은 그로써 테니스를 치는 극화된 행동이 보여주는 알레고리적 진실이다. 곧 그것은 아버지-기표가 세속에서 작동하는 모든 방식의 극화 내지 집약이다.

알레고리가 의도하는 이면의 상식과 통념을 뒤집을 때 알레고리는 쉽게 상징으로 전화된다. 알레고리가 근거하는 명료성이 흩어지는 대신, 다의성이 모여들기 때문이다. 그런데 최근 시에서는 이 다의성이 시적 무대에 포괄되는 방식으로 알레고리화된다. 이를 극화된 알레고리라 말할 수 있겠다.

2-5. 육체 언어로서의 '위악어법'

이기인의 시에서 보듯이 음담패설의 형식으로 적어간 시들이 기반하고 있는 것은 유물론적인 육체의 언어다. 몸에 기반을 둔 언어가 성애를 발화 형식에 포함하는 것은 자연스러운 일이다. 육체의 언어 역시 파동을 갖고 있는데, 그것과 오르가슴의 그래프 사이는 그리 멀지 않다. 그것이 성애 자체가 아니라 성애의 형식이라는 사실은 특별히 강조해야 할 일이다. 성적인 어사가 전면에 드러나면, 시는 위악(僞惡)을 내세우게 된다. 위악어법은 완곡어법의 반대다. 완곡어법이 육체적인 반응을 검열하는 정신의 언어라면, 위악어법은 그 정신의 하부 구조까지 내려간 육체의 언어다.

　습관성 유산에는 정확한 분석이 필요한데 당신의 할머니처럼 다산성
의 별보배조개 체질도 아니고 당신 어머니 같이 들큰한 애액을 분비하
고 까무라치는 가무락조개 성질도 닮지 못했으니 갑골 문형에서 심각한
유전자 변형을 일으킨 것은 매일 고통의 각성제인 모래를 치사량 이상
삼키거나 일부러 깊숙하게 상처를 내나본데 나의 소견으로 내부의 백색
알갱이를 포기하고 몸을 내게 맡기는 건 어때 어차피 패물이 퇴물로 될
때까지 화폐로 유통되긴 마찬가진데 반짝이는 암세포를 제거하면 눈깔
만한 양식 진주 목걸이를 당신에게 걸어주지 몰락한 부족에게 그게 어
디야
　　　　　　　　—김이듬, 「조개껍데기 가면을 쓴 주치의의 달변」 전문

　이기인의 소녀가 "걸레"인 것과 비슷하게 김이듬의 여자는 "조개"
다. 이 속어가 "다산성" "애액" 같은 성애의 문법으로 표시되는 생산성
에 관한 이야기를 낳았다. 여자는 "습관성 유산"을 하는 환자다. 다른
말로 모래를 삼켜 진주를 만들려는(고통과 상처를 통해 빛나는 결실을 낳
으려는) 여성성의 구현자다. 주치의는 그걸 포기하라고 권한다. 그가
보기에 여자의 상처는 "반짝이는 암세포"다. 그것은 이 부황한 세계에
서 가면의 삶을 갉아먹는 독소이자, 그럼에도 불구하고 제 안의 슬픔
을 궁글려 빚어낸 아름다움이다. "가면"을 쓴 삶(잘살기 위해서 맨얼굴
따위는 필요치 않다), 한 여자를 "화폐" 가치로만 측정하거나 "양식"하
는 삶이 남자의 삶이자 정상적인 삶(남자가 주치의다)이라면, "고통의
각성제"를 삼키거나 "일부러 깊숙하게 상처" 속으로 침잠해들어가는
삶이 여자의 삶이자 양식되지 않은 삶이다. "다산성"의, "애액을 분비"
하는 여자들을 일러 "몰락한 부족"이라고 강변하는 남자의 저 "달변"

너머에 제 안에 웅크려 진정한 생산을 꿈꾸는 가여운 여자들이 있다. 그것은 성애가 아니라 성애의 형식을 빌린 슬픔이다.

선생님이 막대기로 남자애들의 머리통을 탕탕 후리더니 날 안고 화장실로 간다 어김없이 선생님은 내 교복블라우스 앞가슴 새에 입술을 부벼 넣더니 단추 하나를 먹어버린다 걱정 마 도로 달아 줄께 선생님이 내 교복블라우스 단추를 두 개째 먹어버린다 단추를 다 먹어치운 선생님이 내 젖꼭지를 꼬집어 뜯더니 동글동글 반죽하기 시작한다 봐 선생님이 단추 만들어준다고 했잖아 아니아니 실 바늘은 못 만들잖아요 나는 호주머니에서 연필을 꺼내 선생님의 손등을 꾸욱 하고 찍어버린다 구멍 난 손등을 면도칼로 짤라 신주머니에 넣으며 나는 매일매일 학교에 간다 가다가다 집에 오는 길이면 어김없이 대머리 물미역 장수가 나를 쫓아온다 대머리 물미역 장수는 제 성기에 물미역을 둘둘 감더니 내 목에 리본처럼 건다 물 좋아 한번 씹어봐 대머리 물미역 장수가 물미역이 둘둘 감긴 제 성기를 내 입 속에 밀어 넣는다 물 좋다니까 대머리 물미역 장수가 물미역이 둘둘 감긴 제 성기로 내 치마 속을 쑤시고 들어온다 아니아니 쇳내 나게 상했다고 했잖아요 나는 호주머니에서 연필을 꺼내 대머리 물미역 장수의 성기를 꾸욱 하고 찍어버린다 구멍 난 성기를 면도칼로 짤라 신주머니에 넣으며 매일매일 나는 학교에 갔다
　─김민정, 「엄마, 학교 다녀오겠습니다─나는 안 닮고 나를 닮은 검은
　　나나들 3」 중에서

김이듬이 성애의 문법으로 세계가 생성되는 현장을 포착한다면, 김민정은 성애의 문법으로 황폐화된 세계를 고발한다. 그녀의 시가 말하는 세계는 전도된 세계다. 고통이 유머로, 도덕이 패륜으로, 고양된 영혼이 분열된 육체로, 고담준론이 음담패설로, 가족과 애인이 원수로

옷과 몸을 바꿔 입었다. 이렇게 해서 블랙유머가, 중독된 풍자가, 사도-마조히즘의 잠자리가, 도색잡지에 쓰인 시가, 단란한 지옥도가 생겨났다. 제목부터 보자. "엄마, 학교 다녀오겠습니다". 얼마나 따스한 말인가? 가정에는 사랑하는 엄마가 있고, 학교에는 나를 가르치는 선생님이 있다. 학교는 우리를 정상적인 어른이 되게 만들어주는 곳이다. 그런데 등하교 길과 학교에서 겪는 일들이 그렇게 끔찍할 수가 없다. 고기 써는 기계에 한 팔을 잃은 외팔이 소년이 내 다리를 그 기계에 밀어넣었고, 선생은 나를 성추행했으며, 길에서 만난 물미역 장수가 날 겁탈하려 들었다. 사건들에서 성적인 측면이 두드러진 것은 어린 내게 쳐들어온 세속의 흉포함이 처음부터 육체의 언어로 적혔기 때문이다. 어쨌거나 나는 학교에 다니며 그렇게 세상을 배웠다. 나는 그들의 혀와 손등과 성기를 잘라 신주머니에 넣으며 매일 학교에 갔다. 나 또한 상상적인 복수를 감행했던 것이다. 이것이 무대화된 알레고리이자 몽타주 구성이라는 것을 보여주는 증거는 사건의 반복에 있다. 나는 학교에 가면서 한 번, 학교에서 한 번, 집으로 돌아오면서 한 번 끔찍한 일을 겪었다. 그런데 그 체험과 체험에 대한 내 반응은 똑같았으며, 그 반응의 결과 역시 같았다. "매일매일 나는 학교에 갔다". 그러니까 이야기들이 시간의 계기적 진행에 따라 배열된 것이 아니라 동일한 이야기가 세 번에 걸쳐 반복되었다고 봐야 한다. 당연히 실제의 이야기가 아니라 상상적인 알레고리의 무대 위에서 벌어진 이야기다. 김민정이 소개한 성애 역시 흥분된 육체와 발기된 서정이 아니다. 그녀는 성애의 형식을 띤 위악어법으로 끔찍한 모럴의 현장을 이야기했다.

2-6. '블랙유머'

최근 시의 또다른 특성은 웃음이나 울음 같은 (기쁨이나 슬픔이라는) 특정 정서의 육체적 표현에 대한 강조다. 유머는 본래 이성의 산물이다. 유머는 우선적으로 주어진 상황과 거기서 생겨나는 발화를 개괄하는 정신을 요구한다. 그 상황과 발화를 뒤집거나 비트는 데서 유머를 얻어내기 때문이다. 그런데 유물론적 육체가 얻어내는 웃음은 처음부터 상황과 발화의 불일치에서 생겨난다. 그것은 웃어야 할지 울어야 할지 알 수 없는 어이없는 웃음이어서 블랙유머에 가깝다(김민정의 앞 시에서 드러난 웃음도 물론 그렇다).

1) 칼국수를 먹다가 칼이 나왔다 청동기 반달돌칼 같은/오래된 통속이 국수그릇 속에서 출토되었다/주인아줌마 이런 일이 가당키나 해요/아줌마는 창피한 듯 다산성의 젖가슴을 출렁이며/포장마차를 뛰쳐나가버렸다

—최치언,「유물」중에서

2) 해일 속에서 아르카디아를 구한 애꾸눈 하록은/녹아 흐르는 하늘색 캔디바의 단물을 쪽 빤다

—유형진,「캔디바를 물고 있는 폭풍 속의 하록 선장」중에서

3) 대머리의 두 사내가 박치기를 한다. 무용한 짓이므로 나는 감정적으로 고양된다.

—김행숙,「에코」중에서

1) '칼국수에는 칼이 없다.' 시인은 펀(pun)의 형식을 빈 이 오래된

유머를 뒤집어 어긋난 시간과 상황을 만들어낸다. 칼국수에서 나온 칼은 유물처럼 "출토"되었다. "다산성의 젖가슴을" 출렁이며 달려나간 것으로 보아 이 아줌마는 부끄러움(가당치 않은 짓을 했으므로)과 야성(돌칼을 휘두르며 들판을 달려가던 청동기 시대의)을 동시에 가졌다. 칼국수에 든 칼은 이 평온한 한때를 찢어내고 다른 시간, 다른 맥락을 떠오르게 하는 특별한 지표였던 셈이다.

2)에 나오는 구절을 이해하기 위해서는 같은 시에 나오는 다음 구절을 참고해야 한다. "더이상의 전쟁은 없는 시대/살육은 이제 스크린에서 튀어나와/현실의 거리에서 활보한다/귓전에 프로그레시브로커/켓다퍽아웃켓다헬." 전쟁과 살육이 스크린 위에 펼쳐졌는데, 사실 그것은 "현실의 거리에서 활보"하는 것이다. 로커의 노랫말을 가득 채우는 욕설처럼 말이다. 하록은 스크린 안에서 "50미터 해일"에 맞서고, 나는 캔디바를 빨며 그것을 본다. 현실 상황과 스크린 속 상황이 구별되지 않으므로 하록이 캔디바를 먹는 일도 이상스러울 게 없다.

3) "기계의 나르시시즘이 공장을 돌린다." (이 시의 무대가 된) 공장은 자동화(自動化)되어 있는데, 그게 공장의 나르시시즘, 공장의 욕망이다. 박치기를 하는 대머리 사내들은 성적인 기표를 가졌다. 욕망은 본래 무용한 것이며, 무용한 것만이 순수하고("기계의 나르시시즘 속으로 사라진 아이들은 놀라운 속도로 순수해졌다"), 순수한 것만이 고양에 이른다. 짐작할 만한 일이지만, 거기에 합리적인 설명은 불필요하다. "그러므로 나는 주장하지 않는다. 전기를 감정에 비유해서는 안 된다." 감정이 공장을 돌리는 게 아니다. 욕망이 그것을 돌린다.

블랙유머는 불일치의 체험이다. 그것은 불화하는 관계, 분열된 상황, 어긋난 발화의 소산이다. 그것은 공동체에 대한 비판의식의 결과이며, 뒤틀린 맥락 속에서 급작스럽게 솟아나는 (선명하지 않은) 발화로 표현된다. 불합리한 상황에 놓인 주체의 직접적인(개관하는 정신이

아닌 체험하는 신체의) 반응, 그 어이없어하는 반응이 블랙유머를 낳은
것이라 하겠다.

2-7. 반(反) '잠언'

시적 상황에서 얻어진 깨달음이나 교훈을 단문의 명제로 집약하는
문장들이 있다. 통상의 잠언은 시적 연상이 가진 자연스러운 흐름의
결과이고, 시적 전언을 집약하는 표현이며, 시적 상황이 비약하는 지
점이다. 최근 시에도 잠언은 때때로 표명되지만, 이들 시의 잠언은 잠
언이 갖게 마련인 인생론적이거나 존재론적인 통찰을 결여하고 있다.
아니 '결여'라기보다는 '반대'라고 보는 것이 옳을 것이다. 최근 시의 잠
언은 잠언에 대한 거부와 저항을 보여주며, 잠언의 형식을 빌렸으되
무의미한 깨달음(정확히는 '무의미함에 대한' 깨달음)이며, 그래서 잠언
의 패러디이거나 역설이다.

　　비가 내리자
　　나는 드디어 단순해졌다
　　당신을 잊고
　　잠깐 무표정하다가
　　아침을 먹고
　　잤다

　　낮에는 무한한 길을 걸어갔다
　　친구들은 호전적이거나 비관적이고
　　내 몸은 굳어갔다

한 사람을 살해하고
두 사람을 사랑하고
잠깐 울다가
음악을 들었다

나의 사랑은 변하지 않았다
나의 죽음은 변하지 않았다
나는 금욕적이며
장래 희망이 있다

—이장욱, 「좀비 산책」 중에서

시를 지탱하는 전언들이 내부에 반어적인 간격을 품고 있다는 것을 먼저 지적해야 할 것이다. 비가 내리자 "나는 드디어 단순"해진 것은 잠시나마 "당신을 잊고" 살 수 있었기 때문이다(1연). "무한한 길"을 무의미한 일상이라고 읽어야 한다. 나는 당신 없이도 하루를 살아갔다(2연). "살해"와 "사랑"은 "호전적이거나 비관적"인 친구들과의 관계를 집약하는 말이다(3연).

그 다음, 잠언이 나온다. "나의 사랑"과 "나의 죽음은 변하지 않았다/나는 금욕적이며/장래 희망이 있다"(4연). 이 잠언 내부에도 간격이 있다. 첫째, 호전적이거나 비관적으로 친구들을 대하는("한 사람을 살해하고/두 사람을 사랑하고" 운운) 내 태도는 여전했다. 거친 성정을 참아가며 나는 여전히 살아갈 것이다. 둘째, "당신"에 대한 내 사랑은 변하지 않았고, 그래서 당신 없이는 나는 살아도 산 게 아니다. 그래도 참고 살아야 할 것이다. 어느 쪽이든 이 잠언은 잠언이 요구하는 깨달음이나 진지함을 담고 있지 않다. 이 잠언은 내 사소한 고백의 다른 표현일 따름이다.

어려운 건 결심의 문제다 저 구름은 오 분간 한자리에 머물러 있기로
한 모양이다 오 분 후 구름은 쉬지 않고 내내 자세를 바꿀 수도 있을 것
이다 중요한 것은 내가 보고 있는 오 분간이다 바람이 구름을 지나치는
순간, 구름의 모양은 흐트러진다 그것이 바람의 힘이었을까를 생각하는
것은 어리석은 일이다 그렇지 않은가? 그 역도 마찬가지다 구름의 힘이
바람을 불러들인 것은 아니다 저기 있는 구름을 결정한 것은 구름의 형
태가 아니고, 내가 보는 구름은 오 분간 한자리에 머물러 있는 구름이다
우리는 오 분간, 아주 약간, 옮겨진 건지도 모르지만

—하재연, 「오 분간」 전문

시의 허두를 차지하고 있는 잠언은 뒤에 이어지는 본문과 연관되지
않는다. 뒤의 이야기는 거의 무의미해 보인다. 나는 오 분간 머물러 있
는 구름을 보았다(물론 "오 분간"은 내게도 구름에도 다 걸리는 말이다).
바람이 불면 구름은 흩어질 테지만, 그게 바람 때문이라고 말할 수도
없고 그 반대라고 말할 수도 없다. 그렇게 구름은 머물러 있을 뿐인데,
어쩌면 이 모든 것은 구름을 보는 우리가 자리를 바꾸었기 때문인지도
모르겠다. 그런데 이 무의미해 보이는 진술을 거친 후에야 첫 문장이
다시 다가온다. 그게 결심의 문제라면, 오 분간 머문 것은(혹은 오 분
뒤에 흐트러지는 것은) 구름의 의지인가, 그걸 보는 우리의 의지인가?
아니면 오 분간 "한자리에 머물러 있기로 한" 구름의 결심 자체가 대단
한 것인가? 이미 흐트러지는 구름을 오 분간 같은 구름이라고 간주하
는 우리 시선이 대단한 것인가? 어느 쪽이든 이 잠언은 보는 것과 보이
는 것, 행동하는 것과 그 행동의 영향을 받는 것 사이의 미묘한 관계를
인격화할 뿐, 그 자체가 깨달음의 표현이나 고양된 정신성의 표현이

아니다.

반(反)잠언은 잠언이 가진 집약적 성격(전언을 특별한 경구나 명제로 압축하는 것)을 흩어버리고, 잠언이 견지하는 진지함(고양된 어조)을 깎아내리며, 잠언이 내보이는 격렬함(문어체가 가장 장중함)을 속화한다. 그것은 잠언의 형식을 빌렸으되 잠언의 이면을 폭로하는 잠언이다. 권위와 정전(正典)에 대한 비판의식이 만들어낸 형식인 셈이다.

2-8. '비문'을 통한 '강조어법'

비문은 당연히 좋지 않은 문장이다. 문법이라는 약속된 규칙을 지켜야 의미의 명증성이 확보될 수 있기 때문에, 이를 어기는 일은 시적인 미숙함의 징표가 된다. 그런데 시인들은 때로 문법의 한계를 벗어나서 비문을 구사하기도 한다. 통상적으로 이를 시적 허용이라 부르지만, 이런 허용은 문법을 '고의적으로' 위반할 때에만 효과를 발휘한다. 시인이 그것이 위반임을 알고도 위반할 때, 다시 말해 규칙을 위반했을 때 생기는 일탈 효과를 측정할 수 있을 때에만 효과가 생기는 것이다.

부인이 괄태충처럼 사라질까봐 두렵다
그는 이러한 종류의 산문과 운문을 생의 모든 부분에서 반복했다
회색이 만든 아름답고 슬픈 시대
내가 그대에게 하루에 하나씩의 문밖을 던지던 것에 아직 방문객이 없던 시절
그늘을 잃었고 그날의 그림자를 모두 잃었다
괄태충처럼 사라질까봐 두렵다
하지만 잠을 자고 나면 이것이 어떤 잠인지를 알 수 없게 되리라

멀리서 들려오는 타인의 쇼팽에게 먼지를 묻혀주는 밤

보다 더 굵고 긴 악몽에

향기나는 콘돔을 씌우고

아버지와 하녀 사이에 도착하기 전에 비는 죽는다

이 계절에 구름을 위쪽 단추까지 채우고 또 이 계절에

우린 젖은 우리를 풍향계 앞에 꺼내놓고

괄태충처럼 사라질까봐 두렵다

운 없는 어린잎이 현관문을 두드렸어 그런 뒤적이는 소리들이

내 감정의 일부를 성공적으로 부숴놓곤 했다

창에 돌을 던져준 건 고맙지만 창들은 예전부터 깨진 들판을 달리고
있었다

양손 곁에 놓여 있는 더러운 주말은 그렇다면 즐겁다

연금술의 치유력으로 겨울잠을 한 조도(照度) 포기한다

괄태충처럼 사라질까봐 두렵다

쓸쓸하게 녹아 없어진 초의 개수를 매일 밤 처음부터 다시 외워보며

그대도 나처럼 신비한 불결을 향해 잠들어라

—조연호, 「고전주의자의 성」 전문

"그"는 고전적인 삶의 기율을 실천하고 싶어하지만 좌절한 자다. 그의 말을 따라가면서 의미론적으로 꼬인 문장들을 찾아보자. 먼저 1행: 그가 사랑하는 부인은 "괄태충"처럼 사라질 것만 같다. 괄태충은 한편으로는 민달팽이의 한자어이므로 그녀가 꿈틀대는 살덩어리로밖에 느껴지지 않는 어떤 퇴락의 경지를 이르는 말인데, 다른 한편으로는 '괄시'와 '권태'의 합성어이기도 하다. 그녀는 괄시받고 권태로운 지경에 처했다. 이것은 '귀부인'과 '고전주의자'와 '성'이 결합했을 때 생기는 어감이기도 하다. 4행: "하루에 하나씩의 문밖을 던지던 것"이라는 비

문은 '문밖에 두다'와 '밖으로 던지다'의 합성에서 생겨났다. 거듭해서 그대를 밖에 세워두거나 밖으로 내쳤다는 말이다. 이 중복은 의미의 증폭이자 강조이기도 하다. "문밖"은 '문전박대'의 준말이기도 하다(따라서 문밖은 소리은유이기도 하다). 세 번에 걸쳐 문전박대가 일어난 셈이다. 8행: "타인의 쇼팽에게 먼지를 묻혀"주는 일이란 누군가의 피아노 연습곡을 듣는 체험을 말하는 것이겠다. 그로써 환기되는 느낌이 낡았거나 추억의 일부가 되었다는 이야기다. 9~11행: "굵고 긴 악몽에/향기나는 콘돔을 씌우고/아버지와 하녀 사이에 도착하기 전에 비는 죽는다". 이 긴 문장이 품고 있는 것은 고전적인 영화에서 흔히 볼 수 있는 상투적 정황이다. "굵고 긴" 성기("콘돔"이니까)가 상상하는 아버지와 하녀 사이의 정사가 있고, 그 상상이 꺼뜨리는 욕망의 죽음이 있다. 17행: "창에 돌을 던져준 건 고맙지만 창들은 예전부터 깨진 들판을 달리고 있었다". 창이 처음부터 깨져 있어서 들판과 나 사이에 아무런 장애물도 없었다는 이야기다. 창이 들판을 달린다는 말을 창밖에 펼쳐진 들판을 달리고 싶었다라고 바꿔 읽을 수도 있다. 19행: "연금술의 치유력으로 겨울잠을 한 조도(照度) 포기한다". 연금술이 약속하는 치유의 힘이란 신비한 것이자 거짓된 것이다. 겨울에는 태양이 비스듬히 비치기 때문에 조도가 낮아진다. 조도가 한 단계 더 낮아졌으나(어두워졌으나) 편안하지는 않았다는 말이다. 마지막으로 21~22행: "초의 개수를 매일 밤 처음부터 다시 외워보며/그대도 나처럼 신비한 불결을 향해 잠들어라". 개수는 본래 외는 게 아니라 세는 것이다. 여러 번 세는 것을 반복해서 외울 정도가 되었다는 뜻이다. "불결"은 불길과 물결을 합성한 말이다. 초는 녹아서 흐르기도 하고, 타기도 한다. 물과 불의 속성을 동시에 간직한 초는 신비하다. 이것은 연금술과 고전주의자와 성에 어울리는 소품이기도 하다. 따라서 조연호가 구사하는 비문은 의미를 강조하거나("문밖을 던지던 것"), 비유를 품었거나("타인의 쇼팽에게 먼지를 묻혀주는 밤"), 순서를 바꾸거나("창들은 예전부터 깨진 들판을 달리고 있었다"), 합성이거나("불결") 하는 여러 방식에서 태어난 것이다. 그로써 문법은 교란되지만 대신에 수많은 의미와 이미지와 음악을 품은 문장이 생겨났다. 이 시인의 문장이 품은 풍요로움은 한국 시에서는 대단히 희귀한 것이다.[4]

　　골목 끝 노란색 헌옷 수거함에
　　오래 입던 옷이며 이불들을
　　구겨 넣고 돌아온다
　　곱게 접거나 개어 넣고 오지 못한 것이
　　걸린지라 돌아보니
　　언젠가 간장을 쏟았던 팔 한쪽이
　　녹은 창문처럼 밖으로 흘러내리고 있다
　　어둠이 이 골목의 내외(內外)에도 쌓이면
　　어떤 그림자는 저 속을 뒤지며
　　타인의 온기를 이해하려 들 텐데
　　내가 타인의 눈에서 잠시 빌렸던 내부나
　　주머니처럼 자꾸 뒤집어보곤 했던
　　시간 따위도 모두 내 것이 아니라는 생각
　　감추고 돌아와야 할 옷 몇 벌, 이불 몇 벌,
　　이 생을 지나는 동안
　　잠시 내 몸의 열을 입히는 것이다

---

4) 조연호 시의 난해성에 관해서는 여러 지적이 있어왔으나, 그것이 의미의 적층이라는 점에 관해서는 충분히 논의되지 않은 것 같다. 그의 시들이 품은 것은 의미의 교란이나 훼손이 아니라, 의미의 복수성 내지 강세다. 언어가 불투명하기에 불가피하게 난해성의 외관을 띠게 되지만, 거기에는 이중삼중으로 켜를 이룬 의미들이 살아 숨쉰다. 그것은 무의미로 가지 않고 겹의미로 간다.

바지 주머니에 두 손을 넣고

종일 벽으로 돌아누워 있을 때에도

창문이 나를 한 장의 열로 깊게 덮고

살이 닿았던 자리마다 실밥들이 뜨고 부풀었다

내가 내려놓고 간 미색의 옷가지들,

내가 모르는 공간이 나에게

빌려주었던 시간으로 들어와

다른 생을 윤리하고 있다

저녁의 타자들이 먼 생으로 붐비기 시작한다

―김경주, 「먼 생」 전문

　뒷부분의 시행들에서 어색한 부분을 검토해보자. 18행: "종일 벽으로 돌아누워 있을 때"를 교정하면 '벽을 향해 돌아누울 때' 혹은 '벽쪽으로 누워 있을 때' 정도가 될 것이다. 그런데 위와 같이 문장을 씀으로써, '내가 벽이 되어(벽으로) 다른 이들을 외면하고(돌아누워) 있다'는 어감이 첨가된다. 19행: "창문이 나를 한 장의 열로 깊게 덮고" 창문에서 볕이 들어 내 몸을 덥혔다는 말일 텐데, 아무래도 "한 장의 열"과 "깊게"는 어울리지 않아 보인다. 이불의 비유일 텐데, 낱장으로는 깊게 덮기가 어렵기 때문이다. 그런데 이를 병치함으로써 저 열이 신열(身熱)의 일종일 수도 있다는 게 암시된다. 미열(微熱)만으로도 깊이 아팠다는 얘기다. 20행: "살이 닿았던 자리마다 실밥들이 뜨고 부풀었다". 정확히 하면 '살에 닿았던 자리'라고 해야 할 것이다. 살이 다른 것과 닿은 게 아니라, 볕이 살을 비춘 것이기 때문이다. 그런데 "살이 닿았던 자리"라고 쓰면, 육체가 가진 촉감이 도드라진다. 살이 주어이자 주체가 되기 때문이다. 살은 실밥처럼 뜯겨 밖을 향해 나오려 애썼다. 24행: "다른 생을 윤리하고 있다". 윤리(倫理)라는 명사가 이런 식으로 동사가 되지는 않는다. 시적 주제는 고의적으로 이를 동사로 만들어 윤리가 가진 실천적 성격을 강조한다. 윤리는 사유 대상이 아니라 실천해야 할 덕목이다. 마지막으로 2연: "저녁의 타자들이 먼 생으로 붐비기 시작한다". 저녁의 타자들은 불빛을 보고 모여든 날벌레들일 테지만, '먼 생으로 붐빈다'는 말은 모호해서 문장 자체로 이것을 이해하기는 어렵다. 이 말은 1연 15행의 "이 생"과 대조될 것이다. 내가 지금의 생을 사는 동안에 여러 옷과 이불을 필요로 했는데, 저 벌레들도 불빛을 찾아 온기를 나누려 하는구나(물론 이 타자들을 그냥 옷가지와 이불들이라 보아도 뜻이 어긋나지는 않는다. 나는 타자를 입거나 덮고 이 생을 견뎠다). 김경주의 비문들은 어감을 바꾸고, 의미를 더하며, 시에 육체성을 부여하는 데 활용된다. "생"이나 "영혼" 같은 추상어에 흔히 기대는데도, 이 시인의 시가 생생하고 구체적으로 읽히는 것은 이런 섬세함 때문이다.

2-9. 시선의 변화, 감정의 사물화를 통한 비례의 '왜곡'

시선을 다르게 걸쳐두면 풍경의 절개면이 달라지고, 감정을 사물처럼 다루면 사건의 성격이 달라진다. 전자는 다른 비례의 사물을 얻어내는 방법이고, 후자는 다른 비례의 사건을 얻어내는 방법이다. 전자부터 살펴보자.

옥상에 앉아 있던 태양이
1층 유리창으로 내려온다.
유리 속을 걷는 구두는 반짝인다

귀가 접힌 어떤 사람들은
계단을 밟고 지하로 내려간다
계단으로는 지상에 없는 음악이 올라온다

작품은 지상에 걸리지 않는다

나의 아름다운 바지는 다리가 하나이다
지퍼 하나, 주머니는 넷

오후 여섯 시에 나는 가장 길어진다

하체가 지하로 빠진 골목은
골반에서 화분을 키운다
지상에 없는 향기가 흙에 덮여 있다

나는 천천히 걸어 여섯 시 꽃에 닿는다

닫히는 문에 손을 찧으며
여섯 시 꽃으로 들어가 여섯 시 꽃에서 나온다

길가에서 아이들이
발끝을 비벼 머리를 지우는 장난을 한다
머리를 지운 아이들은 사라진다

멀리 떨어진 머리를 주우러

나는 길어진 내 그림자 위를 걸어간다
귀가 지하에 잠겨 있을
내 그림자의 끝으로
—신영배, 「오후 여섯 시에 나는 가장 길어진다」 전문

정오의 태양과 오후 여섯시의 태양은 다르다(1연). 전자는 나를 난쟁이로 만들고 후자는 나를 키다리로 만든다. 게다가 나는 지하층에서 산다(2~3연). 이 사실이 풍경을 다르게 만든다. 이를테면 "나의 아름다운 바지는 다리가 하나"인데, 주머니는 넷이다. 앞뒤 주머니가 넷이라 보아도 되지만, 이미 저녁의 해가 비례를 망가뜨렸다는 점을 생각해볼 필요가 있겠다. 내 바지의 두 다리는 붙어서 하나가 되었다. 그렇다면 원래 거기에 있는 주머니가 둘이고, 다리를 넣는 주머니가 둘이니 도합 네 개의 주머니라고 말해도 좋을 것이다. 이곳은 지층이어서 화분은 "골반" 자리에 걸쳐 있고, "지상에 없는 향기"가 난다(6연). 나는 저녁 여섯시에 들어가서 아침 여섯시에 나온다(8연). 길가에서 아이들이 부산스럽다. 그들의 발끝이 멀리 늘어진 내 머리 그림자를 지우는 것만 같다(9연). 나는 긴 길을 걸어 집으로 돌아온다(10연). 햇빛의 각도가 만든 풍경의 변화가 심리적인 변화를 수반하는 형국이다. 나는 피곤하고 시간은 느리게 흐른다.

후자를 살펴보자.

역삼동을 가려면 이리로 가는 것이 맞나요
그렇다는 대답을 서너 차례 듣고서도
또다시 묻는 여자
검은 뒤통수들이 뱉어 놓은 가래침이
여자 얼굴 위로 흥건하다

물결이 될 수 없어 아픈 여자
고여 있는 제 몸 더러운 물도
양손으로 떠올리고 보면
투명한 것을
더러운 투명함만 헤아리고 또 헤아리다
결국 제 가슴에 강물을 포개 놓고
바느질을 시작하는 여자

안 땀, 겉 땀
흰 이빨 드러내며
강물 위로 번지는 백치의 웃음이
내 입술을 억지로 잡아당긴다
　　　　　─장승리, 「물결의 안팎―지하철에서 만난 여자 2」 전문

　여자의 거듭된 질문에 사람들은 외면으로 대답했다. "검은 뒤통수들이 뱉어 놓은 가래침"은 그런 외면이 야기한 멸시의 흔적이다. 여자는 여러 번 무시를 당했다. 여자가 "물결이 될 수 없"었던 것도 그 가래침이 얼굴에 "고여" 있었기 때문이다. 그 물도 두 손으로 떠올리면 "투명"했을 것이다. 멸시가 단지 심리적인 것(그것은 보이지 않는다)이기 때문이기도 하고, 여자에게 배당된 속성(여러 번 묻는 일이 잘못은 아니다)이 아니기 때문이기도 하다. 투명했으니 깨끗하기도 했을 텐데 여전히 거기에는 멸시가 묻어 있어서 "더러운 투명함"이고, 고여 있으니 강물은 아닐 텐데 그래도 "안 땀, 겉 땀"이 물이랑처럼 연속되어 있으니 포개진 "강물"이다. 따라서 이 시의 묘사는 특별한 심리의 사물화다.

3. 최근 시의 변화에 관하여

몇몇 하위 수사학의 요소를 들어 최근 시의 특질을 살폈다. 상기한 특징 외에도 다음 같은 사항을 추가할 수 있을 듯하다. 첫째, 급락법(急落法). 숭고에서 경박으로, 고양에서 해학으로 급반전되는 어조의 변화. 둘째, 연쇄법(連鎖法). 한 장면에서 다른 장면으로 꼬리를 물고 이어지는 전환들. 셋째, 육하원칙의 의도적 배제를 통해 진공의 시공간 속에서 진술하기. 이런 수사적 특질들은 기존의 수사학에서 주류적 특질이 아닌 것들이다. 최근의 시들이 이런 하위 수사학에 더 많은 관심을 보이는 것은 자연스러운 일일 것이다. 그것은 전대 미학의 부정이 아니라 그것의 비스듬한 계승이며, 이로써 우리는 미학의 영토를 넓히는 긍정적인 효과를 기대할 수 있다. 다만 이런 특질이 어설픈 성취를 정당화하는 규준이 되어서는 안 될 것이며, 그래서 그 성과를 중심으로 측정되어야 할 성격의 것이라는 점은 마땅히 강조해두어야 한다.

|ㄱ|

가면(의 화자) 23, 27
가상 23, 26, 33, 35 → 자아
가요시 611
가주어(로서의 주체) 37
가청성 226 → 환유
감각 54, 160, 339, 345, 423, 528~
　560, 566, 577, 581, 585, 593, 609,
　616 → 이미지
감각의 운동 257, 560
감각의 운용 95
감각의 이동 542 → 감각, 전이
감각의 접붙임 557 → 감각, 병합
감각의 즉물화 554, 560 → 감각, 영탄
감각의 집중 547 → 감각, 초점화
감각의 통일 529, 550, 560 → 감각, 관
　통
감각적인 것 529, 530, 532, 608, 609
　→ 미학, 추
감성 583, 588, 609 → 미학, 이미지,
　추, 환상
감정의 사물화 660
감탄문 442
강세 219, 432, 462, 479, 484 → 운율
강약 432, 463 → 운율

강조어법 103, 481, 655
개념의 은유론 231 → 은유
개별화 168, 242, 243, 317, 367 → 구
　체화, 제유
개인적 상징 367, 387 → 상징
객관적 25, 36, 71, 167, 195, 429, 597,
　625
객체 61, 293
거리 33, 81, 165~196, 209, 224, 490,
　492, 614 → 어조, 패러디
결여로서의 주체 38
결합의 축 235, 236 → 환유
경제성, 경제적 226, 355, 418 → 환유
계열체 235, 236, 240 → 은유
고백 56, 58, 71, 103, 125, 140, 168,
　171, 204, 262, 299, 415, 498, 573,
　614, 625 → 어조, 전위
고저 432, 463 → 운율
공감각 142
공동현존재 40
관계 형식 33
관념 43, 48, 69, 258, 464, 528, 529,
　541, 567, 616~618
관습적 상징 366, 367, 371, 419, 424
　→ 상징
관습화된 은유 420 → 죽은 은유, 은유

자립적 은유 625 → 은유, 전위
자립적 표상 616
자아의 세계화 33, 133
자연적 상징 367 → 상징
자유간접화법 57
자유시 426, 427
자의식 90, 617
자의식적 118, 134, 161, 616, 617, 621,
    624, 639, 640
자의식적 전위 616 → 전위
작가 23, 26, 31, 165 → 저자
작은 자아 46
잠언 87, 136, 304, 601, 631, 652~654
장단 432, 463 → 운율
장르 47, 95, 133, 487
장형회 84, 133
재귀적 186 → 반성, 어조의 기본 형식
재담 311
재현적 환상 569 → 환상
저자 25, 28, 29, 40, 231, 244 → 작가
적절성 200 → 유비
전경화 490 → 패러디
전도 513 → 패러디, 반어
전면적인 은유 200 → 은유
전면적인 패러디 490, 504, 507, 508 →
    패러디
전언 60, 91, 95, 118, 136, 154, 179,
    202, 222, 246, 367, 381, 424, 464,
    487, 508, 535, 541, 550, 614, 617,
    618, 620
전용 225, 227 → 은유
전위 350, 610~627
전위의 유형 613~627
전이 542 → 감각, 의미론

전체적 394 → 상징
전통 서정시 134 → 서정시
전통시 614, 630 → 전위
정념 135, 136, 150, 161, 564, 569~
    573, 579, 583, 617, 625
정체성 200 → 유비
정치적 전위 625 → 전위
정합적 142, 164, 161
정합적인 언어 98
정형성 425, 426
정형시 425, 426~428
제유 242, 244, 313~333, 354, 358,
    417, 421, 524
제유 시사 358 → 제유
제유의 유형 → 구체화, 일반화
제유의 종류 317~333
제유적 구성 356, 357 → 제유
제유적 본유개념 263 → 은유
제유적 사고 257
제한적인 은유 260 → 은유
제한적인 패러디 504 → 패러디
존재론적 은유 231 → 은유
존재자 582 → 환상
종개념 316, 418 → 제유
종속문(포괄문) 356 → 제유
종속성(포괄성) 313, 315~317 → 제유
좌표 361~415 → 상징, 알레고리
주관적 71, 167, 195, 569
주어 32, 33, 61, 97
주제 28, 60, 245, 533, 611, 617
주체성 29, 44
주체와 대상의 거리 169, 174, 191 →
    어조
주체의 대상에 대한 관계 169 → 어조,

| ㅊ |

| ㅋ |

| ㅌ |

지은이 **권혁웅**

1967년 충주에서 태어나 고려대 국문과와 동대학원을 졸업했다. 1996년 중앙일보 신춘문예에 평론이, 1997년 문예중앙 신인문학상에 시가 당선되어 작품활동을 시작했다. 시집으로 『황금 나무 아래서』 『소문들』, 산문집 『두근두근』, 평론집으로 『시적 언어의 계보학』 『미래파』, 신화 연구서 『태초에 사랑이 있었다』 등이 있다. 현대시동인상, 시인협회 젊은시인상, 현대시학작 품상 등을 받았으며, 현재 한양여대 문예창작과 교수로 재직하고 있다.

시론

ⓒ 권혁웅 2010

1판 1쇄 │ 2010년 10월 7일
1판 12쇄 │ 2024년 10월 2일

지은이 권혁웅

책임편집 이연실 │ 편집 김춘길
디자인 김이정 김민하 │ 저작권 박지영 형소진 최은진 오서영
마케팅 정민호 서지화 한민아 이민경 왕지경 정경주 김수인 김혜원 김하연 김예진
브랜딩 함유지 함근아 박민재 김희숙 이송이 박다솔 조다현 정승민 배진성
제작 강신은 김동욱 이순호 │ 제작처 영신사

펴낸곳 (주)문학동네 │ 펴낸이 김소영
출판등록 1993년 10월 22일 제2003-000045호
주소 10881 경기도 파주시 회동길 210
전자우편 editor@munhak.com │ 대표전화 031)955-8888 │ 팩스 031)955-8855
문의전화 031)955-3579(마케팅), 031)955-2697(편집)
문학동네카페 http://cafe.naver.com/mhdn
인스타그램 @munhakdongne │ 트위터 @munhakdongne
북클럽문학동네 http://bookclubmunhak.com

ISBN 978-89-546-1303-3 93810

www.munhak.com